KB020205

일본, 그들은 사람이기를 거부했다

일본, 그들은 사람이기를 거부했다

문호준 지음

지우출판

일본, 그들은 사람이기를 거부했다

인쇄 / 2023. 2. 10

발행 / 2023. 2. 20

지은이 _ 문호준

발행인 _ 김용성

발행처 _ 지우출판

출판등록 _ 2003년 8월 19일

서울시 동대문구 휘경로 2길3. 4층

TEL: 02-962-9154 / FAX: 02-962-9156

ISBN 979-11-980102-6-1 03810

lawnbook@hanmail.net

값 19,000원

머리말

악의 중심에 전쟁이 있다. 전쟁은 사람을 죽이는 싸움이다. 그런데 그 싸움은 지금 유럽에서도 계속되고 있다. 지난해 러시아와 우크라이나는 전면전에 돌입했다. 악마에 전쟁의 시작, 살생을 일삼는 전쟁은 반인륜적 범죄를 양산한다.

인간은 애초에 영혼이 순수한 고유의 생명체다. 하지만 전쟁은 이런 인간을 악마로 만들기도 한다. 죽음의 천사들이 불운한 인류의 머리 위에서 춤을 췄다. 전쟁은 결국 끝이 오고야 만다. 머리카락 하나의 힘이라도 남아 있어야 승자가 되고 마는 전쟁은 인류가 피해야 할 마지막 양심이다.

전쟁은 범죄자를 만들어낸다. 전범자들은 대개 자살을 하거나, 전범재판에서 사형을 선고받는다. 운 좋게 신분을 속이고 도망가서 살아가는 사람도 있다. 제2차 세계대전은 다수의 전범자들을 양산했지만 다수의 나치 전범들은 처벌받지 못했다. '멩겔레'는 제2차 세계대전의 대표적 전범자로서 여성 불임수술을 하였고, 잔인한 생체실험을 서슴지 않았으며 특히 가스실험실로 보낼 유대인 선별작업을 담당했다. 그에게 인간적 양심이라곤 먼지 한 톨만큼도 없었다. 그는 전쟁이 끝난 후 독일 내에서 숨어지내다가 바다 밖으로 도주했다. 신분을 속이고 살다가 결국 붙잡혀 교수형에 처해졌다.

'멩겔레' 같은 전범자들을 생각하면서 **"수용소군도"**를 썼고, 수용소군도 집필 중 이시이 시로 731부대장의 생체실험에 대해 많은 자료를 입수했다. 그러므로 지식인의 한 사람으로서 731부대의 전모(全貌)에 대해 쓰지 않을 수가 없었다.

러일전쟁에서 승리한 일본은 랴오뚱 반도를 인수하였는데 이곳에 관동주關東州를 만든 것이 관동군사령부의 시초다. 이후 관동군사령부는 만주사변을 일으키고 난징사건을 저질렀다. 일본 관동군은 중국 하얼빈을 점령하고 난징사건을 일으키기까지 일천만 명이 넘는 포로와 일반인을 상대로 강간위안부, 집단학살, 약탈, 생매장을 일삼았다. 그리고 관동군 산하 731부대는 악마보다 포악한 인간의 생체실험을 자행했다. 저자는 일제의 이러한 만행을 강력히 규탄한다. 그리고 흉악한 전범戰犯인 일본군과 거래를 하여 생체실험의 자료를 얻기 위해 이를 묵인한 미국을 통렬히 고발한다. 미국은 일본 731부대가 포로들과 납치자들에게 자행한 엄청난 양의 생체실험 자료를 넘겨받는 조건으로 전쟁범죄자들의 죄를 묵인해주며 일본군의 범죄행위를 슬며시 덮고 말았다.

일본제국의 만행은 여기에서 끝나지 않는다. 포로의 피부까지 벗기는 만행을 저질렀다. 피부의 표본을 얻기 위해서 실험대상을 묶어놓고 껍질을 벗겼다. 사람의 껍질을 벗기는 짓이 우리 지구상에 아직도 행해지고 있다는 점에서 충격적인 일이 아닐 수가 없다. 이렇게 피부의 껍질을 벗겨내고 숨을 쉬며 살아있는 반 시체 상태의 포로를 장작불에 태웠다고 한다. 일본 군의관들은 피부 껍질이 벗겨진 채 장작불 위에서 몸부림치는 포로들의 모습을 보고 흡족해했다고 한다. 남자와 여자의 생식기를 절단한 실험도 있었다. 생식기를 절단한 이유는 절단한 생식기를 각각 여자와 남자의 생식기에 바꿔서 붙이기 위함이었다. 즉 성전환 수술을 실험했던 것이다.

난징학살은 1937년 12월부터 이듬해 2월까지 대략 6~8주에 걸쳐 이루어졌으며 중국에서는 이를 **'난징 대도살'**이라는 이름으로 부르며 치를 떨고 있다. 일본군은 12월 초, 항복하지 않으면 피의 양쯔강을 만들겠다며 최후통첩을 하였는데 중국군은 끝내 투항하지 않았다.

이에 일본군은 전면적인 공격을 감행한다. 피란하지 못한 50~60만여 명의 난징 시민들을 집단학살한 것은 물론이고 여자들을 닥치는 대로 강간했다. 미모가 있는 여자한테 줄을 섰고, 심지어 죽은 여자에게도 일본군은 덤벼들었다. 선간후살先姦後殺이라 하여 강간한 다음에는 반드시 여자를 죽였다. 더욱 참혹한 것은 일본군이 강간한 여자 중에서 10살 어린이에서 70이 넘는 노인까지 대상을 가리지 않았다는 점이다.

일제는 중국 난징을 점령하여 약 2개월간 인간 도살을 저질렀다. 관동군사령부 산하 731부대 이시이 시로 부대장은 조선의 고흥반도 **'평화로운 작은 섬 소록도'**에 잠입하여 나환자는 물론 임산부 여성과 건강한 일반인까지 생체실험을 자행했다. 일제는 인류에게 용서받을 수 없는 인면수심의 반인륜범죄를 저질러놓고 반성을 거부하며, 현재 **'사도광산'**의 유네스코 등재를 적극적으로 추진하고 있다.

끝으로, 일본군의 만행과 소록도의 진실을 알리고 일본국 변호사와 함께 일본 정부를 상대로 수년간 소송을 진행하여 보상금을 받아낸 법무법인 화우 **박영립**前 대표변호사, 現 화우공익재단이사장 변호사께 먼저 감사의 마음을 전한다. 그리고 소록도 자연문화유산 등재를 위해 노력하신 **임정혁**前 서울고검장, 대검차장검사, 소록도의 진상규명을 위해 노력하신 **박원하**現 서울삼성병원 정형외과 교수 교수님께 감사를 드린다.

또한 일본인의 만행을 전 세계에 알리기 위해 영화제작에 뜻을 세우신 **서영석** 회장님께 깊은 감사를 드리고, 세상에서 가장 사랑하는 나의 친구 겸謙, 담潭이와 함께 돌아가신 임들의 영혼이 편안히 영면永眠하기를 기도한다.

2023년 2월 봄의 문턱에서

저자 문호준 올림

차 례

1. 생체실험을 위한 보조원 선발

1

그가 지바현청千葉縣廳에서 소년 소녀들을 처음 만났을 때는 사쿠라 꽃이 지천으로 피어 머리가 어지러울 지경이었다. 사쿠라 꽃이 봄바람에 운동장에 하얗게 눈송이처럼 날렸다. 연한 꽃향기가 콧속으로 스며들자 그는 코를 큼큼거렸다. 봄바람이 설레는 마음을 유혹하듯 지나갈 때 뺨을 간지럽히는 분粉가루 냄새가 날아왔다. 분가루 향기가 가슴을 헤집더니 시선을 단숨에 잡아당긴다. 사쿠라 꽃보다 청순해 보이는 소년 소녀들이 간편한 의복인 유카타일본 기모노의 일종으로 평상복으로 사용하는 간편한 옷를 입고 타비양말를 신지 않은 채 그를 향해 걸어오고 있었다.

"너희들 고등학교는 졸업 했나?"

그가 소년 소녀들을 향해 물었다.

"저는 실업학교에 재학 중인데 꼭 졸업을 해야 하나요?"

"실업학교 재학 중이어도 괜찮아. 어차피 시험을 통과해야 입대할 수 있으니까 말이야."

그는 시험이란 단어를 입에 올릴 때 속에서 피식 웃음이 터져 나왔다. 입대 자격 시험 치고는 일본에서 가장 싱거운 시험이기 때문이었다.

"시험이요?"

"그래, 저기 접수처에 가서 접수하고 곧장 시험을 치고 집에 돌아가 며칠 기다리면 통지서를 받을 수 있을 거야."

"예, 고맙습니다."

소년 소녀들이 허리를 숙이며 접수처를 향해 총총 걸어갔다. 걸어가는 그들의 뒤통수에 대고 그는 소리쳤다.

"난 다나까田中 중위란다."

"고맙습니다. 다나까 중위님! 저는 시노즈카 요시오篠塚良雄라고 합니다."

소년 소녀들 중에 키가 큰 소년이 뒤를 돌아보며 소리쳤다. 다나까 중위는 그 소년을 향해 손을 흔들며 싱긋 웃어주었다. 벚꽃 이파리들이 어지럽게 날아갔다.

소년 소녀들은 다나까田中 중위의 말처럼 접수처에 접수하고 곧장 시험을 치렀다. 시험문제는 소년 소녀들이 지금껏 공부하며 치른 시험 중에 가장 쉬운 시험이었다. 그들은 모두 시험을 치르고 나서 의아한 표정들이었다.

"세이코, 우리가 정말 시험을 치른 게 맞니?"

"정말 웃기네. 군대에 지원하는 시험이 원래 이렇게 쉬운 거냐? 시노즈카, 이 시험 좀 이상하지 않니?"

그들은 모두 영문을 모르겠다는 표정들이었다. 어이가 없는 듯 시험장에서부터 고개를 갸우뚱하는 애들도 있었다.

"인간은 포유류에 속한다. 맞으면 O, 틀리면 X 하시오."

"우리를 뭘로 보는 거야?"

그들은 시험문제를 떠올리며 비아냥거렸다.

"물의 분자구조는 H_2O다. 맞으면 O, 틀리면 X 하시오."

"사각형의 넓이는 가로X세로이다. 맞으면 O, 틀리면 X 하시오."

이보다 더 쉬운 문제도 있었는데 시험을 치른 수험생 중에 자존심이 상해서 그런 문제를 떠올리고 싶은 애들은 없었다. 소년 소녀들은 그날 치른 시험에 대해 몹시 의아한 생각을 하며 집으로 돌아왔다. 아무리 농업과나 상업과를 다녔던 실업학교 출신들이라 하여도 자격시험을 주관식이 아닌 OX 방식으로 테스트한다는 게 이해가 되지 않았다. 산수나 이과시험은 하나의 형식적인 절차라는 생각이 들었다. 시험을 쉽게 치르고도 그들은 모두 기쁘지 않았다. 소년 소녀들이 맞이하게 될 일은 처음서부터 그렇게 의문스럽게 시작한 것이었다.

그들은 며칠 뒤에 다나까 중위의 말처럼 모두 합격 통지서를 받았다. 친구를 따라 장난삼아 시험을 치렀던 소년에게도 합격 통지서를 보냈다. 그들은 모두 4월 1일 정오까지 육군군의학교 방역연구실로 오라는 통보를 받았다. 그들에게 오라고 지정한 육군군의학교는 도쿄의 도야마초戶山町에 있었다. 지금의 신주쿠구 소재였다.

4월 1일, 시노즈카 요시오의 일행 중 육군군의학교에 나타난 사람은 시노즈카 군과 세이코 양 둘뿐이었다. 다른 친구들은 합격 통지서를 받았음에도 의심이 든 탓에 참석하지 않았다. 다른 청소년 일행들까지 서른 명 정도가 통보를 받은 날짜에 육군군의학교 방역연구실에 나타났다. 그들이 모인 곳은 육군병원이나 군사학교 등을 비롯한 군사시설들이 밀접해 있었다.

그들이 들어갈 수 있는 출입구는 하나밖에 없었는데 다른 출입구는 그들이 사용할 수가 없는 모양이었다. 그들은 출입구에서 안내원의 지시를 받았다. 안내원이 지시한 대로 그들은 출입구로 들어가서 계속 앞을 향해 걸었다. 계속 앞을 보고 걷고 있는데 시노즈카 요시오 보다 앞서 걷고 있는 소년이 소리쳤다.

"에이, 이게 뭐야? 죽으라는 얘기야?"

소년의 말에 일행은 우뚝 걸음을 멈추었다.

"뭔데 그래?"

"갑자기 무슨 일이야?"

불길한 느낌이 어린 일행의 말에 그들은 다시 일제히 걸음을 빨리했다. 그리고 그들은 모두 탄식을 흘리고 말았다. 그들이 향하던 곳은 낭떠러지였던 것이다. 그들이 당황한 표정으로 탄식을 흘리고 있을 때 군복을 입은 사람이 소리쳤다.

"너희들 자원입대 합격생들이지?"

낭떠러지 못 미쳐 왼쪽으로 나지막한 건물이 하나 있었는데 반짝이는 별이 박힌 군모를 착용한 군인이 물었다.

"예 그, 그렇습니다."

그들은 서로 눈치를 보며 머뭇거리듯 대답했다.

"애들아, 놀라지 마라. 설마 낭떠러지로 떨어지게 하겠느냐? 이쪽이다, 이쪽~"

그들은 절벽 앞에서 멈추었다. 절벽을 등지고 수위실이 있었는데 절벽 아래에는 넓은 운동장이 보였다. 운동장에서는 러닝셔츠 차림의 군인들이 공놀이를 하고 있었다.

안내원을 따라 나지막한 건물로 들어갔다. 안내원은 신분확인을 한 후 시노즈카 일행을 안쪽으로 데리고 들어갔다. 안쪽에는 다른 여러 합격생이 이미 도착해 웅성거리고 있었다. 방역연구실은 다른 어떤 분위기와는 달랐다. 마치 이상한 냄새를 맡기라도 한 듯 합격생들은 코를 벌름거리고 눈동자를 이리저리 굴렸다. 군복을 입은 다나까 중위가 모인 소년 소녀들을 향해 명령을 하듯 소리쳤다.

"육군군의학교에 입학한 것을 환영한다. 너희들은 앞으로 대일본제국의 영광을 위해 자랑스런 일을 하게 될 것이다."

중위의 말을 듣고 시노즈카가 가장 먼저 물었다.

"우리가 군의학교에 입학한 겁니까?"

"무슨 자랑스런 일을 하는 것이오?"

소년 소녀들은 영문을 모르겠다는 표정으로 여기저기서 웅성거렸다. 육군군의학교 입학이란 말에 고개를 갸웃대는 애들도 여럿 보였다. 그들은 모두 육군 사병에 지원했던 것이다. 시노즈카는 방역연구실의 분위기가 어쩐지 색

달랐던 것을 떠올렸다.

“차차 알게 될 거다. 자, 나를 따라오도록 하라.”

“우릴 어디로 데리고 가는 것입니까?”

중위가 절도 있는 걸음으로 그들을 안내했다. 그들은 영문도 모른 채 그 군인을 따라 걸었다. 중위는 정문을 빠져나와 그들을 한적한 데로 안내했다. 이십여 분 걸어 그들이 도착한 곳은 세이겐사淸源寺라는 절이었다. 세이겐사라는 절은 몹시 을씨년스럽게 느껴졌다. 그들은 절의 한편에 마련된 숙소에서 생활하게 되었다.

그들은 절에서 숙박을 하면서 날마다 군의학교로 향했다. 이상한 것은 처음에 군의학교에서 그들은 아무것도 하지 않았다는 점이다. 처음 그들을 절로 안내한 중위가 주로 그날의 일과를 알려주었다. 며칠이 지나도록 군의학교에서 그들에게 주어진 특별한 일은 없었다. 특별한 교육을 받지도 않았고 그냥 어슬렁거리며 놀았을 뿐이었다. 정말 영문을 알 수 없는 일이었다.

방역연구실 우측에 사무동이 있었고, 바로 인접한 곳에 연구동이 있었다. 방역연구실의 좌측으로는 강당과 식당이 있었다. 그들은 1주일 정도 육군군의학교에서 어영부영 놀았다. 그런데 그들에게 특별한 지시사항은 없었지만, 주의 깊게 살펴보니 그들을 은밀히 감시하는 모양이었다. 그들 중에 울타리 밖으로 나가려고 하면 어디서 엿보았는지 호루라기를 불었다. 다급한 호루라기 소리에 그들은 군의학교 밖으로 나갈 엄두조차 내지 못했다. 울타리를 넘었다가 호되게 얻어터진 애들도 몇 명 있었다. 그런데 일주일이 지난날, 그들은 처음으로 뜻밖의 공부라는 것을 했다. 야간에 이루어진 중국어 학습이었다. 그들은 군의학교에서 일하는 다른 사람들과 함께 저녁 식사 후에 중국어를 배웠다.

“우리가 왜 중국어를 배워야 합니까?”

그들 중에 가장 먼저 이의를 제기한 사람은 다름 아닌 시노즈카였다. 시노즈카가 중국어 교사를 향해 이렇게 물었을 때 세이코와 나란히 앉은 소녀들 몇 명이 크게 고개를 끄덕였다. 그러나 아무런 대답을 하지 않고 교사는 오직 중국어 수업을 진행했다. 교사가 그들에게 들려준 말은 중국어를 배워두면 좋을 것이라는 말뿐이었다. 그들은 무작정 중국어 교사가 시키는 대로 중국어를 배웠을 뿐이다. 시노즈카는 며칠 뒤에 왜 중국어를 배워야 하는지 연속으로 물었는데 중국어 교사는 쓸데없는 질문을 한다고 옆구리를 두 번이나 걷어찼다. 시노즈카는 이를 악물며 고통을 참았다. 그러면서 이곳은 결코 군대가 아닌 모양이라고 생각했다.

중국어 공부와 함께 색다른 공부가 시작됐다. 그들은 날마다 좁은 실험실에서 위생 여수기濾水機를 관찰했다. 여수기의 작동방법을 익히고 여수기에 걸쭉한 액체를 넣은 다음 여수기를 통해 걸러진 액체를 검사했다. 그들은 무엇 때문에 이런 작업을 하는지 알지 못했다. 이제 위에서 시키는 대로 하는 도리밖에 없었다. 왜 이런 작업을 하느냐 물은 소년은 밖으로 끌려가서 개머리판으로 명치를 가격당했다. 숨이 턱 막혔고 기절을 해버렸다. 소년들이 쓰러진 동료를 업어서 데리고 왔다.

그들은 전문가의 지도하에 여과관濾過管:불순물 등을 걸러지게 하는 기구을 살폈다. 그들은 군의학교 내의 깊숙한 공간에서 여과관을 제조하는 과정도 견학했다. 그곳에서는 소수의 정예 요원들이 여과관을 제조하고 있었다. 여과관을 만드는 원료는 전분에 규조토를 섞은 것인데 이렇게 섞은 것을 구워서 여과관을 만들면 정예 요원들이 세밀히 여과관을 검사했다. 시노즈카 일행은 이런 과정을 견학한 것이다.

그들의 일과는 중국어 공부를 하고 찍소리 않고 여과관을 검사하는 일이었다. 이런 하루의 일과를 통해 무엇을 이루려고 하는지 그들은 알지 못했다.

이런 작업을 여름이 다 가도록 기계처럼 반복했다. 몇 개월 익힌 탓에 그들은 간단한 중국어 정도는 할 수 있었는데 시노즈카는 중국어 공부에 욕심이 생겨 한 단계 더 높은 반에 들어가서 밤이 늦도록 공부했다. 이제 이곳의 생활이 운명이라고 생각했다.

흰서리가 내리고 해가 많이 짧아졌을 때 그들은 일제히 운동장에 집합했다. 그날은 군의학교의 교육과정을 영문도 모르고 마치는 날이었다. 그날 오후, 그들은 소년대라는 이름을 부여받았다. 소년대의 이름으로 운동장에 모인 그들 앞에 중위는 두 명의 군인을 높이 받들며 소개했다.

"이분은 엔도 사부로 소좌님이시다."

엔도 사부로 소좌가 조회대에 올라가 소년대를 향해 절도 있게 최경례를 하자 소년대는 열심히 박수를 보냈다. 엔도 사부로는 소년대의 인사를 받고 최경례를 붙일 뿐 아무런 훈시도 하지 않고 조회대에서 내려왔다. 엔도 사부로 소좌는 소년대를 안내한 다나까 중위보다는 군인으로서 절도가 있어 보였는데 몸이 다부진 탓에 그렇게 보였는지 모른다. 중위가 이번에는 키가 껑충한 군인을 소개했다.

"이분은 이시이 시로 중좌님이시다. 모두 부동자세로 경례하라."

소년대는 구령에 맞추어 일제히 절도 있게 경례를 올렸다. 이시이 시로 중좌는 언뜻 보기에는 군인다워 보이지 않았다. 일본의 여느 군인들답게 군복을 빼입거나 목이 무릎까지 올라온 장화를 신지 않았다. 그는 군도軍刀를 성의 없이 차고 있었는데 칼이 흘러내려 곧 바닥에 닿을 것 같았다. 키는 6척약 180cm 장신에 텁수염을 지저분하게 기르고 있었다. 이시이 시로 중좌는 엔도 사부로 소좌가 올라가서 소년대의 경례를 받았던 그 조회대 위로 올라가지 않고 연병장에 어정쩡한 자세로 서서 소년대를 빙 둘러본 다음 중위를 향해 훈시를 하듯 소리쳤다.

“이봐, 부관~ 얼굴색이 안 좋은 사람이 있다. 신체검사를 다시 하도록 하라!”

이시이의 목소리는 카랑카랑했다. 따뜻한 감정이라곤 털끝만큼도 묻어있지 않은 목소리였고 외모 또한 그렇게 보였다.

“하이, 알겠습니다.”

다나까 중위와 엔도 소좌의 동작이 빨라졌다. 엔도 소좌가 후닥닥 소년대를 향해 다가갔다. 그러더니 한 명씩 꼼꼼하게 살폈다. 이시이 시로 중좌의 지시에 따라 얼굴색이 안 좋은 대원을 찾고 있는 것이었다. 엔도 소좌와 다나까 중위에 의해 소년 대원 2명이 지적을 받았고, 지적받은 대원은 대열에서 열외 되었다. 열외 된 두 명의 대원에게는 결국 귀가조치가 내려졌다는 소문이 돌았다. 나머지 대원들을 향해 이시이 시로 중좌가 소리쳤다.

“공부를 열심히 하도록 하라. 성적이 우수한 대원에게는 의대에 들어갈 기회를 주도록 하겠다. 그리고 공부뿐만 아니라 신체 건강도 중요하니 부관은 신체검사를 철저히 하도록 하라!”

이시이 중좌는 한참 동안 소년대를 뚫어지게 바라보았다. 다나까 중위는 행정서류에 무엇인지 열심히 기록하고 있었다. 엔도 소좌가 소년대 사이를 계속해서 돌아다니며 대원들의 얼굴을 살펴보고 팔도 들어 올려 보고 있었다. 어떤 대원에게 다가가서는 마치 가축의 건강상태를 확인하기라도 하는 듯이 입을 벌리게 하여 목구멍이며 치아 상태를 살펴보았다. 이시이 중좌는 대원들의 이런 모습을 보고 만족하지는 않았지만 믿는 구석이 있다는지 고개를 끄덕이고 있었다.

“하얼빈은 좋은 곳이다. 맛있는 음식을 많이 먹어 두도록 하라.”

그리고 이시이 중좌는 소년대를 향해 이상한 말을 남기고 사무동으로 돌아가 버렸다.

“엔도 소좌님, 하얼빈은 좋은 곳이라니 무슨 말입니까?

이시이 중좌가 모습을 감추자 시노즈카가 엔도 소좌를 향해 물었다. 시노즈카 뿐만 아니라 여기 집합한 소년대 대원 모두 의아하게 여겨지는 말이었다.

"맛있는 음식을 많이 먹어두라는 말은 무슨 뜻입니까?"

시노즈카의 물음에 엔도 소좌가 무릎을 걷어찼다. 엔도 소좌는 물론 다나까 중위 역시 그들의 물음에 아무런 대답을 하지 않았다. 시노즈카를 비롯한 모든 소년대 대원들은 장차 자신들에게 일어날 일에 대해 아무런 상상조차 하지 못했다. 엔도 소좌가 시무룩한 표정으로 돌아가고 그들은 다나까 중위의 안내를 받아 사진 촬영실에 도착했다. 대원들은 하나씩 순서대로 나와서 인물사진을 찍었다. 시노즈카는 이런 일이 무엇 때문에 벌어지고 있는지 전혀 알 수 없었다. 이제 맞는 게 두려워 차마 묻지도 못했다. 시노즈카의 눈에 그들은 마치 정신병자들처럼 보였다. 눈빛을 보니 하나같이 정상이 아니었다.

사진을 찍은 후, 그들은 더욱 열심히 중국어 공부를 했다. 그들이 혹시 중국에 갈지도 모른다는 말을 하는 대원도 있었다. 하얼빈은 좋은 곳이라는 이시이 중좌의 말을 떠올리며 그들이 아마 중국에 가게 되는 모양이라고 우려 섞인 말을 하는 대원도 있었다. 그들은 세이겐사 절의 숙소에 돌아와서도 잠을 이루지 못하고 이곳에 들어와서 일어났던 일들을 떠올려보았다. 여수기의 여과관을 검사하는 일, 뜻하지 않게 중국어를 공부한 일, 소년대 대원 모두 증명사진을 찍은 일 그리고 공부하면 의대에 들어갈 수 있으며, 하얼빈은 좋은 곳이라는 이시이 시로 중좌의 말을 떠올리며 잠을 이루지 못했다.

2

이시이 시로 중좌와 엔도 사부로 소좌는 교토의 외곽에 있는 유곽에서 은밀한 대화를 나누고 있었다. 아름다운 의복을 입은 게이샤일본의 기생, 여성 접

대부들이 다소곳이 옆에 앉아 술 시중을 들고 있었다.

"이시이 중좌님, 제가 잠시 드릴 말씀이 있어요."

"오카미대모 상, 오늘 무슨 특별한 일이 있나?"

이시이가 까칠한 목소리로 물었다. 동석한 게이샤들이 서로 눈치를 보며 까르르 웃었다. 엔도 소좌는 객쩍은 표정으로 술잔을 빙글빙글 돌리고 있었다.

"뭐 특별한 일이라면 특별한 일이죠."

"뭔데 그러나? 그냥 여기서 얘기해 봐."

이시이 중좌가 술잔을 단숨에 비우면서 말했다. 이시이는 엔도 사부로와 처음 갖는 술좌석 탓인지 그의 눈치를 살피며 말했다.

"그럼, 잠깐 귀 좀 빌려주세요."

"그러지~"

입술이 유난히 붉은 대모가 이시이 중좌 쪽으로 사뿐히 걸어와서 귓가에 대고 속삭였다. 이시이 중좌의 반대편에 앉아있는 엔도 사부로 소좌의 귀에는 무슨 말인지 하나도 들리지 않았다. 이시이 중좌가 대모에게 말했다.

"이봐, 오카미 상. 아주 좋은 일이군. 마침 엔도 소좌를 어렵게 모셨으니 우리들 얘기가 끝나는 대로 들여보내 주게."

"하이. 중좌님을 위해서 충성을 다할 것입니다."

이시이는 갑자기 미친 사람처럼 상위의 모든 술잔에 술을 부었다. 그리고 잔을 강제로 게이샤들의 입에 들이부었다. 게이샤들은 인상을 찌푸리면서도 이시이의 잔을 감히 거부하지 못했다. 이시이의 눈빛은 마치 미친 짐승의 눈빛처럼 광기가 서려 있었다.

이시이 시로의 나가라는 손짓에 게이샤들이 한꺼번에 자리에서 일어섰다. 몸을 가누지 못하는 게이샤도 있었다. 우루루 나가려는 게이샤 하나를 붙들고 이시이는 의복 안으로 손을 집어넣어 겨드랑이털을 몇 가닥 뽑았다. 게이샤의 작은 비명과 함께 게이샤들이 모두 나가고 이시이 중좌와 엔도 사부로 소좌가 마주 보고 앉았다. 시끌벅적하던 방안에 순간적으로 적막감이 밀려들었다. 이시이 중좌가 한참 머뭇거리다 입을 열었다.

"엔도 사부로 소좌님, 나를 도와주시오."

"선배님, 말씀 낮추십시오. 지위도 그렇고 연배도 엄연히 저보다 위인 걸로 알고 있는데~"

엔도 소좌가 예의를 갖추어 정중히 말했다. 이시이 중좌의 성품을 알기에 엔도 사부로의 이마에는 땀이 배었다.

"아니오. 우리가 프랑스 육군대학에서 잠깐 만난 인연도 있는 데다 귀국 후 이렇게 엔도 소좌가 직접 육군군의학교까지 찾아 주었으니 고맙다는 말씀을 꼭 드리고 싶었소. 자, 내 술 한 잔 받으시오."

"이시이 중좌님, 말씀 편히 하십시오. 귀국해서 참모부 작전과에 부임하였는데 중좌님에 대한 소문이 일본 육군성에 널리 퍼져있어서 직접 이렇게 뵙고 싶었던 것입니다. 중좌님, 제 술도 한잔 받으십시오."

이시이 중좌와 엔도 소좌는 서로 술잔을 부딪쳤다. 맑은 술의 향기처럼 백색 술잔이 부딪치는 소리가 경쾌하게 들렸다. 이시이 중좌는 정작 하고 싶은 말을 꺼내려다가 망설이기를 거듭하고 있었다. 그가 계획하고 있는 장래의 원대한 포부를 실현하는 데는 바로 엔도 사부로 소좌의 도움이 절대적이었다. 그런데 엔도 소좌의 최근 행동은 실망스럽기 이를 데가 없었다. 그들은 서로 눈치를 살피며 몇 순배 술잔을 교환했다.

"엔도 소좌, 아버지가 포목점을 하였지요?"

"하하하~ 어떻게 저에 대해 시시콜콜한 것까지 기억해 주십니까?"

엔도 소좌는 마음속으로 뜨끔했다. 한편으로 기분이 나빴다. 마치 내보이고 싶지 않은 정보를 이시이 중좌에게 털린 느낌이 들었다.

"포목점 장사가 늘 적자였다지요?"

엔도 소좌의 기억이 과거로 돌아가는 듯했다. 러일전쟁 뒤에 일본의 상점들은 고전을 면치 못했다. 학교 진학을 하지 않고 엔도가 센다이 육군 지방유년학교를 지원한 것도 이러한 집안 형편 때문이었다.

"어렸을 때 친구들한테 맞은 적은 있지만 한 번도 친구를 때려본 적은 없다지요? 한데 어떻게 군인이 되는 길을 택했는지 정말 궁금하오."

"47명의 합격생 가운데 1등으로 합격을 하였습니다. 제가 바로 열네 살 때의 일입니다."

엔도 소좌는 지난날을 떠올리며 지그시 눈을 감았다. 졸업할 때도 성적이 우수하고 품행이 방정하다고 황태자로부터 은시계까지 하사받았다.

"놀라운 일이오. 육군사관학교도 수석 졸업을 하지 않았소?"

"마치 저에 대한 호구조사라도 하신 모양이군요."

엔도 사부로 소좌는 이후 육군대학에 입학하여 3년 동안 수련한 후 졸업했다. 이후 야중포 중대장이 되었고, 관동대지진 때는 계엄령하에서 약 6천여 명의 조선인을 통제하는 역할을 하였다. 그리고 몇 년 후에 무관으로서 프랑스에 파견되어 프랑스 방공학교와 프랑스 육군대학에서 공부하였는데 바로 이때 프랑스를 방문한 이시이 시로와 잠시 스치듯 만나게 되었다.

"하하하~ 엔도 소좌한테 특별히 관심을 가지고 있기 때문이라오."

"황송할 뿐입니다. 나는 사실 전쟁을 반대하는 사람입니다. 내 예상이 틀리지 않는다면 이시이 중좌님께서 이런 일로 저를 만나려는 게 아니오?"

엔도 사부로는 처음으로 이시이 중좌를 향해 속마음을 전달했다. 처음부터 그의 가슴속에는 이런 우려스러움으로 가득차 있었다.

"사내답게 얘기하겠소. 엔도 소좌의 예상이 맞소. 나는 대일본제국의 영광을 위하여 원대한 계획을 준비해온 사람이오."

"이시이 중좌께서 굳이 말하지 않아도 저는 이미 알고 있습니다. 교토 의대의 수재가 아니시오? 교토대학 아라키 총장님의 따님인 기요코清子 상을 아내로 맞이하지 않았습니까? 게다가 뇌염 연구로 의학 박사학위도 받았지요? 뇌염 환자의 뇌척수액을 원숭이 20마리에 주입하는 실험도 하셨고, 토끼나 모르모트, 쥐 같은 설치류 실험도 하신 것으로 알고 있습니다. 죽은 사람의 뇌 조직을 갈아 검체로 활용한 얘기는 우리 같은 실험실 사람들에게는 이미 전설적인 이야기가 되었소."

이시이 중좌는 엔도 소좌의 말에 깜짝 놀랐다. 공연히 어깨가 으쓱해진 것도 사실이다. 하지만 이시이로서는 지금 엔도의 기분을 언짢게 할만한 입장이 되지 못했다. 왜냐하면, 엔도의 말투는 이시이 중좌에게는 마치 가슴을 콕콕 찍는 소리처럼 들렸기 때문이다.

"이거 부끄러울 따름이오. 나는 일본제국을 위해 최선을 다했지만, 한편으로는 인간말종이라는 비난도 받은 게 사실이니 말이오. 하지만 일본제국이 지금부터 바이러스를 집중적으로 연구하지 않으면 우리가 바라는 대로 결코 세계를 제패할 수가 없을 것이오."

이시이 시로 중좌는 자신의 강렬한 의식을 엔도 소좌에게 어필했다. 그가 엔도 사부로 소좌에게 강력하게 주입하고 싶은 대목이 바로 세균 바이러스를 통해 세계를 제패하는 과업이라고 할 수 있었다. 하지만 지금 엔도 사부로 소좌의 행동은 이시이 중좌의 이러한 계획에 정면으로 도전하는 셈이었다.

"저는 프랑스 혁명의 3대 정신을 몸소 프랑스 땅에서 지켜보았고 자유, 평등, 박애가 무엇인지 프랑스 사람들에게 듣고 인생에 대해 다시 생각하게 되었소. 그때 사실 상관한테 문학 공부를 하고 싶다는 견해를 피력하기도 했다오. 저는 아주 나약한 군인이었던 것이지요."

엔도 사부로 소좌의 이마에서 끈적거리는 듯한 땀이 돋았다. 프랑스 전쟁

격전지에서 근대식 무기에 희생된 프랑스 병사들에 관한 얘기를 듣고 자신이 군인이란 사실을 처음으로 후회했었다.

"그래서 프랑스 유학을 마치고 호화판 여객선旅客船을 타고 미국을 여행했던 것이오? 그래, 자유와 독립의 나라 미국에서 무엇을 깨달았소?"

이시이 중좌의 물음에 엔도 사부로 소좌는 유심히 이시이 중좌를 바라보았다. 엔도의 머릿속에 미국을 여행할 때 가슴 깊이 새긴 생각들이 떠올랐다. 대체 이시이 중좌는 무슨 말을 하려고 이런 얘기까지 끌어내는 것인가.

"서양 열강의 군사적 이기주의를 깨달았습니다. 대량 살상무기가 얼마나 무서운 무기인지 알게 되었소."

엔도 소좌가 고개를 쳐들어 이시이 중좌를 뚫어지게 쳐다보았다. 마치 두 사람이 기氣 싸움을 벌이고 있는 모양 같았다.

"그런 깨달음 후에 대일본제국을 위해 무슨 결심을 하였던 것이오?"

이시이 중좌는 엔도 사부로 소좌를 맞받아 뚫어지게 쳐다보았다. 전시戰時 상황에서 나약한 엔도 소좌의 정신상태를 생각하면 가슴속에서 울화통이 터졌다. 엔도 소좌는 이시이 중좌의 시선을 응시하지 못하고 고개를 숙였다. 유럽의 여러 나라를 여행한 이시이로서는 나약한 일본제국을 생각하면 피가 거꾸로 치솟는 것이었다. 이시이 중좌의 생각에는 일본이란 나라가 영국이나 미국, 프랑스, 러시아 등과 비교하였을 때 아주 미약한 나라라는 점이었다. 일본 국민은 일본이 대단한 나라라고 생각할지 모르지만, 여러 차례 전쟁의 승리에도 불구하고 일본은 세계 속에서 전혀 존재감이 없었다. 이시이 중좌는 유럽 여행을 통해 일본에 대한 국제적 평가가 낮다는 점에서 몹시 낙심했던 것이었다.

"무기를 개발하지 않도록 일본 참모부에 제안하고자 하는 것입니다. 일본이 주축이 되어 세계 각국이 군비軍備를 축소하도록 하는 것이오. 저는 곧 일본 정부에 군축안을 제출할 것이오."

엔도 사부로 소좌는 여리고 말랑말랑한 외모와는 달리 단호한 어조로 말했다. 엔도의 다부진 말끝에 이시이 중좌는 입술을 한쪽으로 말아 올리며 비웃었다. 이시이의 머릿속에는 어디 맘껏 한번 해보시오, 하며 엔도 소좌를 보기 좋게 짓밟을 생각을 하고 있었다.

"엔도 소좌께서 국민의 세금으로 유학을 가고 해외여행까지 하였는데 세계를 제패하고자 하는 대일본제국을 위해 고작 군비축소를 제안한다는 말이오? 내 이런 얘기까지 꺼내려고는 하지 않았는데 말이 나온 김에 해야겠소. 프랑스 육군대학에서 독가스 무기에 대한 강의를 듣지 않았소? 이거 미안한 얘기지만, 엔도 소좌는 그 독가스 무기 수업에서 최고 점수를 받았어요. 엔도 소좌의 내면에 박혀 있는 전쟁에 대한 군인으로서의 양심을 부정하지 마시오. 먹여주고 가르쳐준 조국을 위해 이 시점에 무엇을 할 것인지 생각해달란 말이오. 가열차게 한곳을 바라보며 합심을 해야 할 우리가 이렇게 비효율적인 논쟁을 하고 있어야 되겠소? 만약 그렇다면 엔도 소좌는 당장 군복을 벗으시오."

이시이 중좌는 한 발짝도 물러서지 않겠다는 의지를 담아 목소리를 날카롭게 세웠다. 이시이의 앙칼진 말에 엔도 소좌의 표정이 어두워졌다. 엔도 소좌는 이시이 중좌가 이렇게 격앙된 모습을 보이리라고는 생각하지 않았다. 이런 중에도 엔도는 조금 전 게이샤들을 괴롭힌 이시이의 기벽奇癖을 떠올리며 두려움을 느꼈다. 소문대로 이시이는 마치 정신병자 같았다.

"전쟁의 참상을 이시이 중좌님께서도 잘 알지 않습니까? 전차나 전투기, 기관총은 인간을 처참하게 죽이는 살상용 괴물입니다. 제가 프랑스 육군대학에서 독가스 무기에 대한 강의를 들었던 것은 이를 추앙해서가 아니라 전쟁의 참혹상을 깊이 이해하고 싶었기 때문입니다. 중좌님, 그건 그렇다 치고 제게 군복을 벗으라는 말은 지나치다고 생각하오. 제가 당장 옷을 벗으면 호구지책은 어떻게 하란 말이오? 제게 딸린 가족을 무책임하게 버리라는 말입니까?"

엔도 사부로 소좌는 자존심이 상했지만, 이시이 중좌를 향해 이렇게 맞대응했다. 군복을 벗고 싶어도 가장 문제가 되는 것은 생계문제였다. 총칼을 내세워 호구지책을 꾸려나가는 삶이 엔도 스스로 부끄러움을 느끼고 있었지만, 군대를 떠나 살아갈 용기가 서지 않았다. 군비를 감축하는 국제연맹에 일본의 의지를 보여주어야 한다고 일본 참모부에 건의하는 것이 엔도 소좌로서는 최소한의 양심 같은 것이었다. 엔도 사부로 소좌의 말에 기다렸다는 듯이 이시이 시로 중좌가 반색을 하며 말했다.

"엔도 소좌님, 나는 나이 스물아홉 살에 교토대학을 졸업하고 근위보병연대 2등 군의중위로 4년여 근무하면서 투철한 군인정신을 익혔소. 군인 신분으로 국가에 헌신하기 위해 교토대 미생물학 대학원생이 되기도 하였고, 불철주야 공부하여 뇌염 연구로 박사학위까지 받았소. 아시다시피 장인어른이 교토대학 총장을 하는 바람에 대학교수로 봉사할 기회도 많이 있었소. 하지만 나는 비록 몸은 고단하지만 계속 군대에 남아 대일본제국을 위해 헌신하기로 하였소. 그래 학위를 마치고도 계속 교토 위수병원에 1등 군의대위로 근무를 자청했던 것이오. 엔도 소좌님처럼 기회를 얻어 2년여 동안 그리스, 터키, 스위스, 독일, 미국 등 25개국을 여행하였소. 그리고 유럽 여행을 마치고 3등 군의정軍醫正:소좌으로 승진하였소. 하지만 내 솔직히 고백하건대 나는 미국 록펠러 재단을 방문하지 못했소. 하지 않은 게 아니라 하지 못했단 말이오. 소문을 들어서 알고 있겠지만, 나이토 료이치 중좌께서도 록펠러 연구소에 황열병 바이러스에 관한 자료를 제공해주기를 요청하였다가 거절당한 사실이 있지요? 우리 대일본제국이 세계사에 길이 남을 전승으로 한참 역사를 쓰고 있을 무렵이오. 하지만 기세 좋게 우리는 거절 당했소. 내가 해외여행을 통해 깨달은 점은 일본은 아직 많이 부족하다는 점이오. 우리가 전승을 거두어 승승장구하고 있지만, 세상은 우리를 부러워하지도 존경하지도 않았소. 대체 왜 이런 일들이 일어나고 있다고 생각하시오?"

엔도 소좌는 이시이 중좌의 감상에 젖은 고백사에 빨려들면서 어쩌면 이시이 중좌와 자신의 길이 다르지 않다는 것을 깨달았다. 군인이 되어 누구보다 조국을 위해 헌신하며 대일본제국의 영광을 위해 목숨을 바치고자 한다는 점에서 다르지 않았다. 엔도 또한 해외를 돌아다니면서 일본이 세계를 결코 지배할 수 없다는 것을 깨달았다. 엔도가 그렇게 생각한 데는 이미 서양이나 유럽 등이 백병전이나 물리적인 무기를 통한 전쟁에서는 패배할지 몰라도 악랄한 살상으로 전쟁의 방향을 틀 때는 일본의 패배는 불을 보듯 뻔하다는 생각에 이르렀기 때문이다. 프랑스만 하더라도 마음만 먹으면 독가스를 활용하여 일본을 얼마든지 무너뜨릴 수 있을 것이란 점을 유학 시절에 이시이는 이미 깨달은 것이다.

"이시이 시로 중좌님, 말씀 중에 죄송하오만 설마 일본이 세계를 지배할 수 있다고 과신하고 있는 것은 아니지요? 중좌님과 제가 프랑스 육군대학 독가스 무기 강의를 함께 들었던 적이 있지 않소? 저는 아직도 실망감으로 한숨을 토해내는 중좌님의 표정을 잊을 수가 없습니다. 다른 나라가 우리 일본처럼 전쟁을 좋아했다면 얼마든지 대일본제국을 무너뜨릴 수 있는 살상 무기가 있다는 것을 중좌님께서도 똑똑히 보질 않았소?"

이시이 중좌는 엔도 사부로 소좌의 말에 가슴이 뜨끔했다. 엔도가 자신의 깊은 속내를 이미 훤히 들여다보았다는 것을 알아차린 순간 얼굴이 화끈거렸다. 이시이는 멋쩍은 듯 두 손바닥을 넓게 펴서 뺨을 훑어내렸다.

"지나간 일을 기억해 주니 고맙소. 결론적으로 엔도 소좌나 나는 조국에 애국하고자 하는 마음은 같지만, 그 방식이 문제가 되는 듯하오. 우리가 의기투합하면 미국이나 프랑스에 빼앗긴 자존심을 회복하면서 장차 우리들의 앞날에도 영광스러운 날이 열릴 것이오. 이런 말을 함부로 할 수는 없는 입장이지만 엔도 소좌에게 뜻을 함께해달라고 부탁하는 의미에서 조심스럽게 귓속말을 하겠소."

이시이 중좌는 목이 마른 탓에 단숨에 물잔을 들이켰다. 몇 번 혀를 축인 다음 아주 비밀스러운 태도로 엔도 사부로 소좌의 귀에 대고 말했다. 엔도 사부로 소좌가 표정을 바꾸면서 이시이 중좌에게 상체를 뻗어 귀를 바짝 가져다 대었다.

"나는 사실 군의학교 내에 방역연구실을 개설하였소. 처음에는 5명의 군의를 지원받아 시작하였는데 지금은 군의 7명에다 요원이 35명이나 되는 거대 집단으로 성장을 하였소. 엔도 소좌도 직접 우리 시설의 규모를 확인했으니 짐작을 하였겠소만 그 시설의 모든 권한을 내가 가지고 있소. 더욱 놀랄 일은 따로 있소. 사실 극비사항이지만 만주 하얼빈에 은밀히 연구시설을 설립했다오. 거대한 규모의 부지를 마련하여 민가까지 완전히 철수시키고 세균연구시설을 설립했소. 장차 어마어마한 예산까지 일본 정부로부터 지원을 받게 될 것이오. 엔도 사부로 소좌께서 나와 뜻을 함께해 준다면 내 반드시 엔도 소좌를 장군으로 만들어줄 것이오. 또한, 최고의 대우를 해주고 가족이 함께할 수 있는 특별관사까지 마련해 주도록 하겠소."

"소문은 얼핏 들었습니다. 만주에서는 비밀리에 '가모加茅부대'라는 이름으로 불리고 있다지요. 한데 그곳 예산을 의회에서 통과시켜주지 않을 거란 소문이 있던데 만주 하얼빈 운용자금을 어떻게 마련한단 말입니까?

엔도 사부로 소좌는 처음 경직한 태도와는 달리 은근히 이시이 중좌의 제안에 관심을 두고 있었다. 이시이는 이제 절반은 이루었다는 생각이 들었다. 돈으로 밀어붙이면 이루지 못할 것이 없다는 생각이 들었다.

"내 고향이 사실은 지바현의 가모可茅라는 마을이오. 나름대로 자부심을 걸고 시작한 일이란 말이지요. 이런 비밀스런 이야기는 하늘이 무너져도 지켜야 하는 극비사항이지만 내 특별히 엔도 소좌한테만은 털어놓겠소. 가모부대는 솔직히 말해서 세균전을 준비하고 있소. 그래서 모든 예산문제는 국회의 동의가 필요 없는 것이오. 의회에 보고하지 않아도 특별예산으로 편성되어 연간 90억엔 상당의 예산을 배정받게 될 것입니다. 이 어마어마한 자금을 바로 내가 주무른다는 말이오. 엔도 소좌, 나하고 같이 만주 하얼빈에서 새로운 세계를 개척해 보지 않겠소?"

"좋소. 저도 군인이오. 이시이 중좌께서 저와 가족을 잊지 않고 보살펴 주신다면 뜻을 같이하도록 하겠습니다. 그런데 이시이 중좌께서 제게 약속을 하나 더 해주실 것이 있습니다."

"그게 무엇이오?"

이시이 중좌의 얼굴에 미소가 번졌다. 어느새 이시이의 손이 엔도 사부로의 손을 붙잡고 의기투합하고 있었다.

"제 체면을 세워 주십시오. 전쟁 반대니 군비감축이니 떠들어댔는데 만주 이상한 부대에 합류한다고 하면 모두 저를 우습게 대할 것이오."

"하하하~ 그런 점은 염려 마시오. 엔도 소좌가 제시한 군축안에 대해 내 각별히 상부에 얘길 해서 승인되지 못하도록 조치를 취하겠소. 그리고 만주에 있는 관동군사령부에 발령받을 수 있도록 손을 써보겠소. 관동군사령부와 가모부대는 아주 지척이라 할 수 있으니 우리에게 필요한 다양한 세균전을 연구하고 성공적으로 준비할 수가 있을 것이오. 게다가 아직은 공개할 수 없지만 아주 재미있는 경험을 하게 되리라고 장담하오. 엔도 소좌, 내 제안이 어떻소?"

이제야 엔도 사부로 소좌의 표정이 활짝 열렸다. 엔도 소좌가 흥분한 나머지 연속 술잔을 두 잔이나 비웠다. 이시이 시로 중좌와 엔도 소좌의 합작이 시작되는 순간이었다. 엔도 소좌는 이시이 중좌의 향후 계획을 은밀히 예상하고 있었다. 원숭이와 모르타 실험을 하고 죽은 사람의 두뇌를 갈아 끔찍한 실험을 했던 이시이의 다음 야망이 무엇인지 어렵지 않게 짐작할 수 있었다. 엔도 소좌는 비록 양심의 가책은 되지만 가족의 생계를 잇고 부와 명예를 축적할 수 있는 절호의 기회가 될지도 모른다는 생각이 들었다.

이시이 중좌는 대모에게 들어오라는 신호를 보냈다. 대모가 나이가 스무 살 정도 들어 보이는 파릇파릇한 게이샤를 데리고 들어왔다. 조금 전에 대모가 이시이 중좌에게 했던 귓속말은 스무 살 게이샤를 올리겠으니 기대하시라는 말이었다. 이시이 중좌를 아는 술집의 대모들은 이시이가 손버릇이 고약하고 나이 어린 계집들을 유난히 밝힌다는 사실을 소문으로 들어서 알고 있었다. 게이샤는 젊은 탓에 청순한 이미지였으나 강렬하게 꾸며서인지 세련미와 우아함을 동시에 갖추고 있었다. 대모가 특별히 신경을 썼는지 값비싼 기모노를 입었고, 허리에 매는 오비帶:허리띠도 단정히 매어져 있었다. 여성의 생식기를 상징한다는 갈라진 복숭아 머리가 한껏 이시이와 엔도 소좌를 유혹하고 있었다. 게이샤는 조용히 들어와 사케를 따르고 말없이 춤을 추었으며 샤미센일본의 대표적인 현악기의 세 줄을 뜯어 선율을 펼치고 있었다.

벚꽃이여 벚꽃이여
들도 산도 마을도 보이는 곳마다
안개인가 구름인가 아침 해의 향기나네
벚꽃이여 벚꽃이여
꽃이 한창일 때다~

어느새 이시이 중좌와 엔도 소좌는 자리에서 일어나 어깨동무를 하며 샤미센 음악에 맞춰 '사쿠라'라는 노래를 부르기 시작했다.

벚꽃이여 벚꽃이여
3월의 하늘은 보는 곳마다
안개인가 구름인가 향기 피어오르네
가자꾸나 가자꾸나
보러가지 않겠니~

이시이 중좌는 한껏 기분이 달아올랐다. 엔도 소좌 역시 게이샤의 가무歌舞에 취해 긴장된 마음이 풀렸다. 일본의 역사와 굴곡을 같이하며 걸어왔던 게이샤, 한때는 쇼군의 노리개가 되고 사무라이들의 애첩이 되어 관능의 세계에 은둔한 자들이었다. 화려한 외모와 입성에도 불구하고 어두운 골목이나 혹은 밀폐된 공간에서 마음을 숨기고 살았다. 엔도 사부로 소좌는 자신이 걸어온 세계가 마치 게이샤의 세계와 닮아있다는 생각이 들었다. 외부와 차단된 세계에서 침묵의 맹세를 지켜내는 일이 얼마나 힘이 드는 일인지 군인 신분이 아니면 깨닫기 어려울 것이다.

게이샤의 길이란 사랑의 감정을 억제하고 오직 세련미나 우아함이 전부였으며 오직 자신을 찾아온 남성을 매혹시키기 위한 몸부림이었다. 엔도 소좌의 길 역시 감정을 억제하고 오직 조국의 부름에 몸부림치는 길이었다. 한때는 조국을 위한 자신의 어떤 몸부림도 아름다운 선택이라고 믿었다. 권력자들의 틈바구니에서 하얀 분칠로 감정을 숨기며 온갖 음모와 배신을 목격했던 게이샤들처럼 엔도 역시 대일본제국의 시녀가 되어 자신을 은폐할 수밖에 없었다.

돈에 빠져 대모에게 고용되어 값비싼 기모노를 입고 춤추며 샤미센을 뜯어도 남는 것은 허전함 뿐이었다. 엔도 소좌 역시 조국을 위해 미친 듯 몸부림을 쳤어도 지금 남은 것은 공허함이 아니고 무엇인가. 게이샤가 팔을 젓고 학처럼 발을 내디뎠다. 기모노 속에 움츠린 몸은 땀에 젖을지라도 사내를 위해 웃고 춤추며 즐거움을 선물한다. 이시이 중좌가 게이샤를 따라 팔을 젓고 몸을 흔들며 발을 높이 뗄 때 엔도 사부로 소좌 역시 이시이를 따라 했다. 진한 분粉 냄새가 코를 자극했다.

"엔도 사부로 소좌, 오늘 게이샤의 오비허리띠를 푸시오."

이시이 시로 중좌가 엔도 소좌의 귀에 대고 소곤거렸다. 엔도 소좌가 얼굴에 미소를 띠며 장단을 맞추었다.

"오비를 푸는 사람이 게이샤를 사야 하는데 제게 그런 능력이 있었으면 좋겠습니다. 대모가 저 같은 떠돌이 군인한테 사랑을 팔지도 의문이오."

"게이샤들은 사랑을 희생한 대가로 맛있는 음식도 먹고 좋은 의복을 입지요. 보통의 여성들은 갈 수 없는 경승지경치가 매우 좋은에 맘껏 여행을 다닐 수도 있소. 일본의 능력 있는 사내들에게 가무를 베푸느라 사랑을 희생할 수밖에 없는 신세지요. 예술을 위해 사랑을 희생하는 어릿광대 같은 존재니까요. 엔도 사부로 소좌, 이제 겨우 게이샤 수업 1년이라는데 요이코의 모습이 마음에는 드시오?"

"마음에 듭니다. 이시이 중좌님께선 나이가 어릴수록 매력을 느낀다고 하지 않았소? 요이코를 살 수 있는 능력만 된다면 까짓거 사내로서 오비를 풀고 따뜻한 방에서 맘껏 사랑을 나누고 싶지 않겠소? 박봉의 군인에게는 과분한 일이지요."

"하하하~ 엔도 소좌를 위해서 여기 이시이가 있는 게 아니겠소? 뒷일은 내게 맡기고 요이코의 오비를 오늘 밤에 풀도록 하시오. 우리가 이렇게 같은 배를 타게 되었으니 우리 앞길이 장차 아주 찬란하게 빛날 것이오. 본시 게이샤는 삼백 년 전 에도시대천황에게 정권을 돌려주기까지의 시대 1603년~1867년부터 국가의 통제 아래 정착을 하게 된 제도 아니오? 권력을 지닌 자에게만이 게이샤의 오비를 풀 수 있는 특권이 주어졌던 것이오. 아무런 부담 갖지 말고 맘껏 풋풋한 사랑의 맛을 탐닉하도록 하시오. 게이샤를 하나쯤 후처로 두는 것도 나쁠 거야 없지 않겠지~ 이봐, 대모! 대모!"

이시이가 문밖을 향해 크게 소리치자 요이코의 춤사위가 멈추었다. 그리고 곧 대모가 문을 열고 들어왔다. 이시이 시로 중좌는 대모에게 귓속말을 했다. 대모가 활짝 웃음을 지으며 고개를 끄덕였다. 이시이 중좌는 대모에게 엔도 소좌가 이 자리에서 요이코의 오비를 풀어줄 것이며, 모든 경비는 자신이 부담하겠다고 약속했던 것이다. 이시이 중좌는 흡족한 마음으로 비틀거리며 외투를 걸치고 밖으로 나왔다. 오늘 밤에는 나이 어린 소녀의 성기性器나 실컷 만지면서 잠자리에 들고 싶은 마음이었다. 사람들은 자신을 향하여 손가락질하지만 이렇게 하지 않고서는 하룻밤을 편히 잠들기가 쉽지 않기 때문이었다.

3

서른 명의 소년 대원들은 야간열차에 몸을 실었다. 9월 중순 낙엽이 흩날리기 시작하면서 대기大氣 역시 차가워지기 시작했다. 교토를 떠나 남쪽으로 향하는 열차에 몸을 실은 소년대를 다나까田中 중위가 인솔하고 있었다. 소년 소녀들은 영문도 모른 채 숙소를 정리하고 짐을 챙겨 군용버스에 올랐는데 버스가 멈춘 곳은 숙소에서 멀리 떨어진 기차역이었다. 야간열차는 소년대를 뒤쪽 칸에 분리하여 싣고 몇 시간 달려 시모노세끼 항구에 도착했다. 먼동이 이미 텄는데 항구에서 갈매기들이 소년대를 반기듯 울었다. 끼룩끼룩

끼루룩~ 몸이 지칠 대로 지친 소년대는 항구에서 조선의 부산으로 향하는 배에 오르면서도 어디로, 왜 가는지 영문을 몰랐다. 시노즈카 요시오篠塚良雄 대원은 다나까田中 중위의 표정이 침통한 것으로 보아 좋은 일은 아니라는 생각이 들었다.

항구를 밀어내며 출렁출렁 조선을 향해 떠내려가는 뱃전에서 소년대 모두의 표정 역시 어두웠다. 지금까지 중국어를 공부하고 여과기를 검사하며 여과관을 만드는 일에 전념했다. 군인이 되고자 하였으나 그들은 제대로 훈련을 받지 않았다. 총을 쏘지도 않았고, 검술을 익히지도 않았다. 어깨에 빛나는 계급 견장도 부여받지 못했다. 감시를 받으며 군의학교 밖으로 맘대로 나올 수도 없었다. 그들은 다만 여러 차례 하얼빈은 좋은 곳이며, 열심히 공부하면 하얼빈 의대에도 다닐 수 있다는 말을 들었을 뿐이다.

부산항에 당도하여 곧장 열차를 탔다. 소년대는 열차를 타는 많은 일본 병사들을 보았다. 열차의 맨 뒤에 올라탄 소년대는 여전히 영문도 모른 채 강제로 이동되고 있었다. 조선의 칙칙한 산과 들을 보면서 소년대 대원들은 고향에 계신 부모님을 생각했다. 다나까 중위도 시무룩한 표정으로 말없이 차창 밖을 바라보고 있었다. 열차는 검은 연기를 내뿜으며 한없이 산과 들판을 달리고 터널을 통과했다. 대원들은 피곤한 나머지 하나둘씩 곯아떨어졌다.

꼬박 하루 반나절을 달려 경성에 도착했다. 경성에서 두 시간 정도 지체한 다음 열차는 다시 출발했다. 한 끼의 식사로 하루를 버티다 보니 대원들은 모두 지쳐 있었다. 조선의 산과 들판이 스쳐 지나가도 이제 무료함만 더했다. 산은 푸르고 들판에 곡식도 푸르렀지만, 조선 사람들은 맥이 없어 보였다. 무명 치마저고리를 입은 예쁜 색시가 지나가도 무관심이었다. 때 묻은 조선 사람들은 활기를 잃은 곰처럼 동작이 굼떠 보였다.

"소년 대원 여러분, 지금 우리가 지나고 있는 곳은 조선 땅이다. 우리는 이십여 년 전에 이 광활한 조선 땅을 손에 넣었다. 먼저 러시아와 힘겨루기를 하여 조선 땅에 대한 지배권을 확보했다. 선배들의 씩씩한 기상이 느껴지지 않는가? 우리는 더욱 강력한 나라가 되어 중국 만주대륙으로 진격하고 있다. 현해탄을 건너 조선의 땅을 내 집 마당처럼 밟고 중국 만주로 진격하는 이 여정이 나는 지금 아주 감격스러울 따름이다."

다나까 중위가 흔들리는 열차의 좌석에서 일어나 잠결인 듯 무심히 창밖을 바라보고 있는 대원들을 향해 일장 훈시를 하고 있었다. 누구인가 잠꼬대를 하는 것처럼 드문드문 박수를 보내자 나머지 대원들이 너도나도 눈치를 보며 박수를 보냈다.

"지금 우리는 어디를 향해 가고 있습니까?"

다나까 중위를 향해 시노즈카가 물었다. 어디로 가는지 무엇 때문에 바다를 건너 조선 땅을 밟고 있는지 구체적인 얘기도 없이 허풍만 떠는 다나까 중위가 시노즈카는 곱게 보이지 않았다. 세이코 역시 다나까 중위를 업신여기듯 노려보고 있었다.

"아직 대원들에게 우리의 이동 목적을 말할 수 없다. 이것은 엄연히 국가적인 명령이다. 하지만 우리가 조선의 국경에 다다를 때 왜 바다를 건너 조선 땅을 밟아왔는지 설명해 주겠다."

다나까 중위의 표정이 딱딱하게 굳어졌다. 소년대가 타고 있는 10호 객차에서 상황을 아는 사람은 다나까 중위밖에 없는 모양이었다. 다른 객차와의 왕래도 없고, 소년대는 오직 열차의 후미 10호 객차에서 지시에 따를 뿐이었다. 음식을 제대로 공급받지 못한 탓에 대원들은 배가 고팠다. 뱃가죽 속에서 꼬르륵 소리가 났지만, 음식은 하루에 겨우 한 번 제공되었다. 배가 굶주리니 몸이 처진 데다 잠이 쏟아졌다. 흔들리는 기차는 산악지대를 달리고 있었다. 기차도 힘이 달리는지 산악지대를 오를 때는 몇 번 쿨럭거리는 느낌이었다.

며칠 지나 조선 땅을 벗어나서 중국 국경을 넘어 만주로 접어들었다. 소년 대원들을 태우기 위해 중국 국경에서 군용버스가 대기하고 있었다. 간단히 인원 점검을 하자마자 군용버스는 달리기 시작했다. 먼지를 풀풀 날리며 군용버스가 산악지대를 달렸다. 시노즈카는 중국의 국경 지역에서 세이코와 헤어졌다. 몇 명 되지 않은 소녀 대원들은 다른 군용버스에 옮겨탔다. 예쁘장하게 생긴 키요코도 대원들과 헤어지는 게 몹시 서운한지 발을 동동 굴렀다. 시노즈카는 군용버스 앞에서 세이코와 잠시 손을 붙잡고 아쉬운 작별을 고했다.

"세이코, 우린 다시 만날 수 있을 거야."

"시노즈카, 몸조심 해. 나도 다시 만날 수 있을 거라 믿어. 우린 자랑스런 군인이 되어 다시 만날 수 있을 거야."

군용버스에서 안내하는 군인이 어서 타라고 재촉했다.

"세이코, 맞아. 우린 군인으로 여기에 온 거야. 소년대는 아마 특수임무를 띠는 조직일지 몰라. 우린 군인이라는 자부심을 가져야 해."

"알겠어. 우린 군인이 되려고 했으니까 군인이야. 계급장만 없지 우린 분명 군인이야. 시노즈카, 내가 친구로서 널 좋아하는 거 알지?"

시노즈카는 대답 대신에 고개를 끄덕여주었다. 세이코는 다른 여성 대원의 팔에 이끌려 군용버스에 올라탔다. 세이코가 타자 군용버스는 곧장 경적을 울리며 떠났다. 차창 너머로 세이코의 슬픈 표정을 바라보는 시노즈카의 가슴이 찢어지는 느낌이었다. 자신을 따라 군의학교에 왔다가 운명처럼 소년대가 되어버린 세이코를 생각하면 괜히 미안한 마음이 들었다. 시노즈카를 기다리고 있는 군용버스에서 승차를 재촉하는 호루라기 소리가 들렸다. 시노즈카는 공허한 마음을 달래며 군용버스에 올라탔다.

"우리는 대일본제국의 후손들이다. 우리는 지금 중국의 광활한 만주대륙을 손에 넣을 절호의 기회를 맞았다. 육군 정보국에 따르면 만주 요동 반도에 주둔하고 있는 관동군이 대대적인 만주 점령 작전을 개시했다고 한다. 지금 랴오둥과 지린성을 장악하고 동북 3성을 손에 넣으려고 진격 중이라고 한다. 이번 작전이 성공하면 대일본제국은 광활한 만주대륙을 토대로 소비에트소련의 평의회: 노동자, 농민, 병사 등 대표자로 구성되며, 소련의 정치적 기반을 이루는 권력기관을 칭하며, 15개 공화국과 연방을 구성해 다민족 국가를 이루었다까지 영토를 확장할 수 있을 것이며, 곧 이곳에 본거지인 만주국일본 관동군이 1932년 3월 1일 중국 만주 신징에 세운 국가, 1945년 8월 관동군의 패배로 무너짐을 세울 것이라고 한다. 우리는 지금 손에 총을 들지는 않았지만, 서구 열강들과의 전쟁에서 압도적인 승리를 거두기 위해 특별 임무를 띠고 가는 중이다. 대원들이 무엇 때문에 중국말을 익히고 여과기를 검사하며 여과관을 수없이 만드는 작업을 했는지 머잖아 알게 될 것이다. 우리는 지금 만주 하얼빈으로 진격 중이니 대원들은 실컷 눈이나 붙여 두도록 하라."

다나까 중위는 군용버스를 타고 만주를 향해 상당히 달렸을 때 이동 목적에 대해서 처음으로 입을 열었다. 일본과 중국이 전쟁을 치를지도 모른다는 염려를 하지 않은 것은 아니지만 소년대가 그 전쟁의 한복판으로 진입을 하는 중이라는 사실을 알고서 대원들은 놀라지 않을 수가 없었다. 시노즈카는 자원입대시험을 치르고 중국어 공부를 하며 여과기 검사를 하는 과정이 도무지 이해가 되지는 않았지만, 군인이라는 자부심을 지니고 상부의 지시에 충실히 따랐다. 총도 군복도 지급받지 못했지만, 군인이라는 명분으로 하루하루 최선을 다한 나날들이었다.

그들은 이틀을 달려 하얼빈에 도착했다. 하얼빈 시내는 군용버스가 지나갈 때 황토 먼지가 피어올랐지만 도시는 매우 질서 있게 보였다. 대륙의 찬바람 탓인지 낙엽들은 이미 도로에 가득 쌓여서 바람에 흩날리고 있었다. 만주

대륙의 태양이 길게 자취를 늘어뜨리며 저녁의 고향으로 저물고 있었다. 하얼빈 시내가 눈에 들어오자 대원들은 의자 등받이에 깊게 붙인 등을 떼어 허리를 폈다. 도로에는 자동차도 달리고 마차도 달렸다. 다나까 중위도 하얼빈의 도시가 신기한 모양이었다. 대원들은 진작 잠에서 깨어 차창 밖에 스치는 도시를 주의 깊게 들여다보고 있었다.

소년대를 태운 군용버스는 일본인 거류지 앞에서 멈추었다. 다나까 중위는 버스에서 내려 대원들을 점검했다. 대원들은 피곤함을 털어내며 버스 밖으로 나왔다. 만주 특유의 이국적인 냄새가 코를 자극하고 있었다. 시노즈카는 두리번거리며 주위를 살폈다. 세이코 일행을 태운 군용버스의 모습은 보이지 않았다. 다나까 중위를 향해 미리 약속된 듯한 하사관 헌병이 다가와 경례를 붙였다.

"다나까 중위님이시죠?"

"그렇소."

다나까 중위가 경례를 받으며 대답했다.

"나는 특별감찰부 헌병대 오오다大田高利 하사관입니다."

"만나서 반갑소."

다나까 중위의 얼굴에는 긴장한 표정이 역력했다.

"저를 따라 오십시오."

오오다 헌병이 절도 있게 앞서 걸었다. 다나까 중위를 비롯하여 소년대 대원들이 오오다 헌병의 뒤를 따라갔다. 일본인 거류지를 끼고 송화강이 흐르고 있었다. 울타리 너머로 언뜻언뜻 강물이 출렁거리는 게 보였다. 하얼빈이라는 도시는 유럽식 건물의 장식과 송화강의 모습이 잘 어울린다는 느낌을 주었다. 거류지까지 오는 동안 소년대의 눈에 비친 도시의 모습은 화려했다. 일본인 거류지를 왕래하는 자동차와 트럭들의 모습도 끊임없이 보였다.

거류지로 들어가는 입구는 두 군데였다. 소년 대원들을 포함한 일반인이 출입하는 문과 특수층이 출입하는 문이 다른 모양이었다. 거류지 안에 안내소가 있었고, 위병소도 있었는데 위병소에는 제복을 멋지게 빼입은 헌병들이 왕래하는 사람들을 꼼꼼히 통제하고 있었다. 헌병들의 허리춤에는 권총집과 군도가 고압적으로 매달려 있었다. 오오다 헌병의 안내를 받아 소년 대원들은 위병소를 통과했으며 거류지 2층에서 행정서류를 작성했다. 소속, 이름, 나이, 고향 등을 기록했는데 다나까 중위는 대원들에게 '가모부대'라는 소속명을 기입하도록 알려주었다.

시노즈카는 속으로 가모부대라는 말을 몇 번이고 곱씹었다. 소속이 가모부대라니 대체 무슨 의미인지 몰랐다. 세이코는 어디로 갔을까. 시노즈카는 어수선한 생각 속에서도 세이코를 만나게 되기를 간절히 바라고 있었다. 다나까 중위에게 세이코의 행방을 물어보려 하였지만, 그가 알고 있을지도 의문이었다. 다나까 중위 역시 하얼빈에는 초행임이 분명해 보였기 때문이다. 그들은 거류지에서 간단히 식사를 마치고 대기실에서 대기했다.

몇 시간 대기실에서 웅성거리며 장차 소년대의 앞날에 대한 얘기를 주고받았다. 대원들이 내린 결론 중에 분명한 것은 적어도 중국 만주 하얼빈에 투입하려고 중국어를 학습시켰다는 사실이었다. 거류지에 대기하면서 대원들은 중국인을 마주할 수 있었고, 중국말로 서로 인사를 나눌 수 있었다. 그러나 여과기를 검사하고 여과관을 제조한 까닭은 여전히 이해가 되지 않았다. 게다가 공부를 열심히 하면 하얼빈 의대에 보내주겠다는 의미도 알지 못했고, 가장 의문인 것은 군대에 지원했지만, 군인이란 신분에 어울리는 훈련을 받지 않았다는 점이었다.

그들은 거류지에서 하루를 보냈다. 거류지는 중국 하얼빈에 들어오는 일본인이 절차를 밟는 동안 머무르는 장소였다. 소년대는 하루 지난 다음 날 다나까 중위로부터 신분증을 받았다. 소년대의 신분증에는 육군군의학교에서 촬영한 증명사진이 붙어 있었다. 거류지에서 점심을 해결한 다음, 소년대는 다나까 중위의 지휘 아래 일제히 군용버스에 올라탔다. 군용버스에서는 비릿한 냄새가 올라왔는데 창문을 열었는데도 냄새는 사라지지 않았다.

버스가 어디론가 출발하자 대원들은 주머니에 넣어둔 신분증을 꺼내 꼼꼼히 살펴보았다. 가모부대, 이름, 나이, 고향 그리고 뜻 모를 숫자가 영문을 모르고 찍은 증명사진 아래 부끄러운 듯 숨어 있는 느낌이었다. 가모부대 출신이란 공통점을 안고 대원들은 군용버스에 몸을 맡겼다. 시노즈카는 버스가 가모부대를 향해 달리고 있겠다는 생각이 들었다. 그러나 대체 가모부대는 어떤 부대인지 감이 잡히지 않았다. 한 30여 분 정도 털털거리며 광활한 벌판을 달렸다. 신작로는 다듬어지지 않았고 황토 먼지가 뿌옇게 일었다. 만주대륙이란 말처럼 끝도 없이 평원이 펼쳐져 있었다. 투덜거리듯 달리는 군용버스에서 바라보니 신작로 저쪽으로 송화강의 지류인지 넓지 않은 강물이 흘렀다.

소년대를 태운 버스는 만주 하얼빈에서 남동쪽을 향해 달리고 있었다. 대원들은 나중에 이곳이 일본군 731부대가 만든 특수연구시설이 건설되고 있다는 것을 알았다. 일본군 731부대는 특수부대로서 일본이 전쟁을 치르기 위해 은밀히 세균무기 개발하고 있는 부대였다. 시노즈카를 비롯한 소년대는 이때만 해도 자신들이 끔찍한 인간에 대한 생체실험의 중심에서 전쟁범죄자가 되리라는 것은 상상조차 하지 못한 일이었다.

신작로를 따돌리고 직선으로 뻗은 철도에 선로 공사가 진행되고 있었다. 소년대는 차창 밖에 펼쳐지고 있는 진기한 광경을 신기한 듯 바라보았다. 철도 공사 구역을 따라 간간이 말뚝에 매달린 일장기가 소년대를 반기는 듯 펄럭이고 있었다. 일본제국이 광활한 만주 하얼빈의 외곽지역에 철도 선로를 설치하고 있었다. 일본인 거류지와 731부대를 연결하는 선로인 모양이었다.

노동자들은 헐렁한 현지 중국인들이었는데 제복을 입은 일본 병사가 채찍을 들고 감시하고 있었다. 힘차게 뻗은 선로를 따라 노동자들이 벌떼처럼 움직이고 있었다.

이시이 부대 또는 가모부대, 도고부대, 관동군 방역급수부 등의 이름으로 불리며 인체실험과 세균전 등의 온갖 범죄를 저지른 '만주 731부대'라는 사실을 모른 채 군용버스에 몸을 실은 소년 대원들은 악랄한 전범戰犯의 소굴로 들어가고 있었다. 시노즈카를 비롯한 소년 대원들이 나중에 알게 된 얘기지만 일본 군의학교에서 세균연구를 중심으로 했던 방역연구소가 만주 731부대의 전신이 되었다.

소년 대원들은 군용버스를 타고 다나까 중위의 인솔하에 낯선 부대에 당도했다. 하얼빈 일본인 거류지를 떠나 30여 분 달린 후에 핑팡 구역에 도착했다. 핑팡 구역에는 일본 공군부대와 육군 부대가 정식절차를 거쳐서 설립되어 있었다. 이 부대 주변으로 120km 구역이 일본의 통제를 받는 특별군사구역이었다. 특히 소년대가 도착한 731부대로부터 5km 반경은 무인구역無人區域이었다.

시노즈카 일행이 목적지에 도착해서 바라본 세상은 비록 완성되지는 않았지만 광대한 영역이었다. 731부대 부대원 명부인 유수명부留守名簿에 의하면, 엄청난 규모의 인력이 하얼빈에 상주하고 있었다. 대략 군의관 52명, 기사의사 49명, 간호사 38명, 위생병 1117명이 유수명부에 기재될 정도였으니 어마어마한 규모인 것이다.

731부대원은 4종류의 신분으로 구성되어 있었다. 장교와 사관, 병사, 군속 등이었다. 신분에 따라서 표식이 달랐는데 색깔로 된 천을 비표祕標로 사용하고 있었다. 731부대는 본부에 모두 8개의 부속이 있었다. 제1부~제4부, 총무부, 훈련교육부, 자재부, 진료부 등이었다. 그리고 특별히 감옥을 관리하는 특별반도 있었는데 소년 대원 중 시노즈카는 바로 특별반에 배치되었다.

소년 대원들이 처음 이곳에 발을 디딜 무렵에는 731부대는 매우 엉성한 상태였다. 광활한 부지만 펼쳐져 있고, 말뚝을 박거나 구획의 표시 등이 복잡하게 얽혀 있었다. 하지만 기본설계만 되어 있는 곳에, 대략 기본적인 터를 잡았지만 처음 소년 대원들이 이런 모습을 보고 감탄할 뿐이었다. 광활한 땅에 설계한 건물이 완전히 자리를 잡지는 못했지만, 형태는 제법 갖추어져 있었다. 난방이나 온수공급, 전력공급, 각종 실험시설, 병영 등이 아쉬운 대로 작동되고 있었다. 소년 대원들이 당도한 시점부터 몇 년이 걸려서 부대시설들을 완성하였지만, 중국 만주 땅에 터줏대감처럼 터를 잡은 군대시설은 감히 일본 제국의 영광처럼 여겨졌다.

부대 정문에서 바라다보면 본부건물을 에워싸고 높은 토담이 끝도 없이 이어지고 있었다. 토담 위에는 고압전기가 흐르는 철조망을 세웠다. 토담 주변으로 깊이가 키를 훌쩍 뛰어넘는 방공호를 만들어두었고 토담 바로 옆에는 위병소가 설치되어 있었다. 이러한 위병소는 토담을 따라서 5개가 설치되어 있었다. 본부건물을 사람들은 1동이라고 불렀다. 본부건물 1층에는 사진반과 인쇄반이 있었고, 총무부, 진료부도 있었다. 다양한 부서가 나열되어 있었다.

731부대의 모든 정보는 총무부로 집결된다. 그리고 본부건물 2층에는 부관실을 비롯해 대장실, 서무과, 회의실, 표본진열실이 있었다. 표본진열실은 인체실험에 이용된 인체의 각 부위가 진열되어 있었으며, 의학 연구자들은 이곳에서 자신의 성과를 발표하곤 했다. 특히 2층에는 제단을 갖춘 영안실이 설치되어 있었는데 세균전을 준비하고 연구하면서 희생을 당한 대원들의 사진을 모시고 있었다.

소년 대원들은 처음 731부대 정문 위병소에서 우뚝 솟은 굴뚝을 바라보았다. 굴뚝 끝으로 진한 연기가 머리를 헤치듯 솟아 나오고 있었다. 다나까 중위가 대열을 잠시 정지해놓고 행정서류를 들고 안으로 들어가자 일행 중 료타良太라는 대원이 함께 온 친구 쥰潤에게 물었다.

"이봐 쥰, 우리 일본 군인 맞아?"

"나도 모르겠어, 총도 한번 쏘아보지 못하고 이상한 공부만 했잖아. 료타, 근데 여기 분위기가 정말 죽을 맛인 것 같아. 낯설어도 너무 낯설단 말이야."

쥰이 불만 섞인 목소리로 대답했다. 쥰과 료타 역시 시노즈카와 세이코처럼 친구와 함께 군에 지원을 한 것이었다. 둘의 대화를 엿듣고 있던 시노즈카가 끼어들었다.

"료타 씨, 지금 일본은 전쟁을 하고 있지 않나요?"

"중국을 잡아먹겠다고 관동군을 세웠다고 합니다. 중국은 땅덩어리가 워낙 넓어서 전쟁이 나도 표시가 나지 않는다고 하네요."

료타 씨가 인상 좋은 모습으로 대답했다. 시노즈카는 쥰과 많은 대화를 하지는 않았지만 눈빛만 봐도 생각을 공유할 정도로 통하는 사람이었다.

"근데 시노즈카 씨, 세이코란 친구는 어디로 갔는지 아세요?"

쥰이 물었다. 쥰은 사실 육군군의학교에서도 시노즈카의 친구인 세이코에게 좋은 감정을 가지고 있었다. 세이코를 비롯한 여성 대원들과 국경에서 헤어진 후부터 쥰의 심정은 막막한 상태가 되었다.

"여성 대원들이 어디로 갔는지 어떻게 알겠어요? 세이코는 나 때문에 군대에 지원한 건데 어디로 갔는지도 모르니 미치겠어요."

이때, 다나까 중위가 하사관과 함께 나와서 대원들의 숫자를 헤아린 다음, 구령에 맞춰 대원들은 안으로 들어갔다. 시노즈카를 비롯한 소년 대원들이 가장 먼저 밟은 731부대의 시설은 로ㅁ호동이었다. 네모 형태로 배치되어 있어서 사람들은 이를 로호동이라고 불렀다. 대원들이 처음 로호동에 발을 들여놓을 때 코를 자극할 정도의 악취를 맡았다. 대원들은 놀라 동료의 얼굴을 쳐다보면서도 아무런 말을 입 밖에 내지 못했다. 다나까 중위로부터 함구령이 떨어졌기 때문이다.

시노즈카는 특별반에 배치를 받았다. 특별반은 마루타를 감시하고 관리하는 임무를 부여받았고, 쥰은 가라사와반에 배치를 받았다. 세균의 생산과 배양을 담당하는 임무였는데 책임자가 가라사와 도미오柄尺十三夫라는 기사의사였기 때문이다. 대원들이 본부건물에 들어선 순간 악취가 코를 찔렀던 것은 바로 세균 실험실이 1층에 있었기 때문이다. 쥰의 친구 료타는 바이러스 실험을 전문으로 하는 가사하라 반에 배치 되었다. 실험실 책임자는 가사하라 시로笠原四郎라는 사람이었다. 바이러스 실험실은 2개 동에서 이루어지고 있었는데 특별히 지하 통로로 로호동까지 연결되어 있었다.

소년 대원들은 각자 배치를 받고 숙소로 이동했다. 소년 대원의 숙소는 뒤쪽 구석에 자리 잡고 있었다. 한 방에 대여섯 명이 공동으로 숙소를 사용했다. 시노즈카는 다행스럽게도 마음에 맞는 쥰이나 료타 대원들과 같은 숙소에 배정받았다. 낯선 환경 탓에 그들은 계속해서 악몽을 꾸었다. 731부대에 도착한 첫날부터 대원들은 철저히 상부의 지시에 따라 움직여야 했다.

시노즈카는 날마다 숙소와 1층 식당과 특별반을 기계처럼 왔다 갔다 했다. 가라사와 반의 쥰을 간혹 식당에서 만날 수가 있었지만 가사하라 반의 료타는 거의 식당에서 만나볼 수가 없었다. 밤이 늦어서야 대원들은 숙소에서 마주할 수가 있었다. 그러나 모두 피곤한 탓에 대원들은 숙소에 들어오자마자 잠이 들었다. 소년 대원들은 숙소에서도 자신이 맡은 일과에 대해 동료들에게 함구하라는 명령을 받았다. 어떤 엄청난 일을 보았더라도 다른 사람한테 입을 열어서는 안 된다는 것이었다.

소년 대원들은 기계처럼 정해진 일을 하면서 벙어리처럼 지내왔다. 그러면서 731부대의 엄청난 비밀사업에 범죄자처럼 가담하게 되었고, 범죄자란 낙인이 두려워 자신들의 일을 은폐시켰다.

그들은 세월이 흐를수록 731부대에 동화되어 갔다. 대원들은 핑팡역平房驛이 완공되며 전용선로가 설치되는 것을 자랑스럽게 지켜보았다. 로호동과 결핵균 실험실, 바이러스 실험실, 동상 실험실, 가스 실험실, 시체소각로 등이 차근차근 제모습을 이루어가는 과정을 지켜보았다.

본부건물 2동의 자재부와 병기고가 부설되는 것도 보았다. 자재부는 731부대의 기재조달을 위해 꼭 필요한 부서였으며, 배전실도 부설했다. 그리고 병기고는 칼과 총, 탄알 등을 보관하는 창고로서 731부대의 안전을 위해 꼭 필요한 영역이었다. 난방과 전기를 공급하는 보일러실이 완성된 것도 보았다. 대원들은 보일러실이 완성되어 난방과 온수를 원활히 쓸 수 있다는 점에서 상당히 고무되었다. 관리과 동력반에서 관리하는 분야로서 발전 및 급수, 가스, 보일러 등을 관리하는 인력만 50명이 넘었다.

소년 대원들은 자동순환식 보일러인 다쿠마식 보일러 혜택으로 온수를 편리하게 쓸 수 있었다. 동력실은 3층의 건물이었다. 화장실은 물론이고 갱의실更衣室:옷을 갈아입는 방과 욕실이 갖추어져 있었고, 2층에 보일러 연소실이 있었다. 그리고 3층에는 석탄 저장실이 갖추어져 있었는데 자동 석탄 배급시설이었다. 70 톤 규모의 석탄 저장능력을 보유하고 있었으며, 깔때기 모양의 석탄 배급기는 컨베이어 벨트와 연결되어 있었다.

731부대 요원들의 수는 매일 놀라울 정도로 늘어났다. 부대 요원들은 간혹 가족을 데리고 일본에서 하얼빈으로 왔다. 그래서 해를 거듭할수록 731부대 가족들이 기하급수로 늘어났다. 그러자 당장 생활 쓰레기와 오수汚水 문제가 발생했다. 그래서 부랴부랴 지하 배수지를 설치했다. 생활 쓰레기는 방열공열을 내보내거나 내뿜음을 통해 지하 배수지로 보냈다. 지하 배수지 위에는 40여 개에 달하는 방열공이 있었다. 그 방열공을 통해 지하 배수지 온도를 빠르게 낮추었다. 지하 배수지의 벽을 뚫어 지하 통로로 연결하였는데 지하 통로의 길이는 80m에 달한다. 지하 배수지 펌프실에서 지하 배수지의 물이 흐르는 속도를 조절하였다.

해를 거듭하면서 731부대는 세균 및 독가스 실험시설을 완성해 나갔다. 731부대 세균 실험의 중심은 로ㅁ호동이었다. 로호동에는 특설감옥이 설치되어 있었기 때문에 당연히 세균 실험의 중심이 될 수밖에 없었다. 가라사와 반의 쥰은 1층 실험실에서 세균배양과 생산 작업을 하는데 모든 에너지를 쏟았다. 심한 악취 탓에 하루도 머리가 아프지 않은 날이 없었는데 쥰은 숙소에 돌아오면 머리가 아프다고 동료들에게 날마다 불평을 늘어놓았다. 그럼에도 쥰은 세균배양과 생산에 대한 정보를 동료들에게 일절 발설하지 않았다.

로호동 3동의 2층은 병리연구실이 설치되어 점차 자리를 잡았다. 오카모토 고조岡本耕造 가 병리연구의 책임자로 일했기 때문에 병리연구실 대원들을 오카모토 고조 반이라 불렀다. 혈청연구를 하며 표본과 재료 전반을 담당하던 우쓰미 가오리內海薫반도 3동 2층에 자리를 잡았다. 그리고 콜레라 연구를 담당하던 미나토 마사오湊正雄반이 우쓰미 가오리반 옆에 나란히 자리 잡았다. 4동 2층에는 동상연구반인 요시무라 히사토吉村奏人반이 자리하고 있었는데 동상연구반에는 진공 탱크가 마련되어 있었다.

5동 2층에는 적리赤痢:전염병를 연구하는 에시마 신페이江島眞平반과 탄저균炭疽菌 연구를 담당하는 오타 스미太田澄반이 들어섰다. 6동 2층에는 병리연구를 담당하는 이시카와 다치오마루石川太刀雄丸반이 자리 잡고 있었는데 같은 병리연구를 하는 오카모토반보다 전문적인 연구실이었다. 료타가 배치되어 일하고 있는 가사하라반은 로호동의 마루타실과 해부실을 지나 맨 꼭대기에 설치되어 있었다. 특히 바이러스를 실험하는 가사하라반에는 해부실과 욕실을 경계로 쥐의 이동을 막기 위한 차단 판막이 설치되어 있었다.

소년 대원들이 731부대에 배치된 지 몇 년 되지 않아 이런 연구시설들의 설비가 완벽하게 갖추어졌다. 로호동 7동과 8동에는 특별히 마루타와 관련한 시설이 갖추어져 있었다. 마루타들은 남자 마루타와 여자 마루타로 분리하여 수용하였는데 7동에는 남성 마루타가 수용되었으며, 8동에는 여성 마루타가 수용되었다. 이러한 특설감옥 중에 1층에는 집단수용을 하였고, 2층에는 대개 독방이었다. 마루타는 대개 집단 방에 수용되었고, 특별히 격리할 마루타는 몇 안 되는 2층 독방에 수용되었다.

감옥의 대부분은 집단방이었고 독방은 적었다. 7동과 8동의 감방을 모두 합치면 48개였고, 한 개의 집단방에 4명을 기준으로 수용했는데 이렇게 보면 마루타 수용인원은 거의 200여 명에 가까웠다. 특설감옥의 왼쪽 끝에는 특별반이 있었다. 시노즈카 대원은 바로 이 마루타를 관리하는 특별반에 배속되었다. 마루타를 위한 공용 목욕탕도 설치되었고, 반대편에는 공용식당이 설치되었다. 목욕탕이나 식당이나 여성과 남성을 엄격히 구분했고, 동선이 겹치지 않도록 모든 노력을 기울였다.

결핵균 실험실은 남북을 가로지르는 건물에 있었다. 지상 2층, 지하 1층의 견고한 구조물이었다. 후타키 히데오二木秀雄 기사가 책임자로 근무했으며, 지하실에는 17단의 계단이 있었다. 동상 실험실은 연구실 가운데 가장 넓은 규모였다. 동상 실험의 특성 탓인지 동상 실험실은 공기나 가스 등의 기체가 통하지 않은 기밀성이 관건이었다. 건물의 천장 부근에는 작은 통풍구멍이 있었다. 실내에는 단열층과 냉동기 그리고 저온용 에어컨이 설치되어 있었기 때문에 1년 내내 동상실험이 가능했다.

시노즈카가 가장 소름이 끼친 곳은 가스 실험실이었다. 가스 실험실 책임자가 시노즈카를 부르면 그는 먼저 소름부터 돋았다. 마루타를 관리하는 특별반이란 임무가 시노즈카에게 간혹 혐오스럽게 느껴질 때가 있었다. 가스실험의 재료로 사용한 마루타는 건강한 마루타가 아니었다. 다른 실험에서 이미 사용되어 쓸모없게 되어버린 마루타였다. 가스 실험실에 불려온 마루타는 가스 실험실이 자신의 무덤이었다. 가스 실험실을 떠올리면 시노즈카는 마치 죽음을 목전에 둔 마루타처럼 온몸이 땀으로 흥건히 젖었다.

가스 실험실의 부속시설로서 가스 저장실도 있었다. 원통형 건물의 가스 저장실은 지상 1층에 지하 2층의 구조를 하고 있었는데 본체는 지하에 있었다. 가스 저장실 지하에서 지하 배수지까지 연결된 지하 통로가 있었다.

마루타가 사망하면 바로 화장했다. 731부대 내에 있는 베이강 시체소각로는 주로 실험재료를 은폐하는 장소로 쓰였으며, 실험동물의 사체를 주로 소각했고 간혹 마루타도 소각했다. 또한, 베이외다 시체소각로는 일본인 사망자를 화장하기 위한 시설이었다. 이러한 시체소각로에는 20여 미터에 이르는 굴뚝이 높게 솟아 있었다. 위생을 생각하면 시체소각로를 외곽지역에 설치하는 것이 옳았지만 731부대는 3군데 시체소각로를 모두 본부 중심에 두었다. 이것은 특히 마루타 실험을 은폐하기 위한 증거물이라 할 수 있었다.

시노즈카를 비롯한 소년 대원들은 731부대의 중심 시설이 설치되는 과정을 모두 지켜보았다. 세균폭탄 같은 공격용 무기를 생산하는 병기반이 모습을 갖추어가는 것을 목격했다. 731부대 부설기구로서 도자기 탄협과 여수관을 굽는 세균탄협 제조공장이 본부에서 10km 떨어진 곳에 설치되는 것도 보았다. 731부대가 생산한 세균무기 가운데 도자기로 된 세균탄 수가 가장 많았다. 그리고 특별한 실험을 위한 야외실험장이 부대 인근에 설치되는 것도 지켜보았다.

이렇게 완벽한 특수부대로 자리 잡도록 시노즈카를 비롯한 소년 대원들은 바깥 구경을 한 번도 하지 못했다. 어쩌다 야외실험장에 차출된 대원에게는 그날은 바깥세상 구경을 할 수 있는 운 좋은 날이었다. 몇 년이 훌쩍 지났지만 시노즈카는 세이코에 대한 소식을 전혀 듣지 못했다. 다나까 중위에게 한번 세이코의 행방에 대해 물어보았다가 심하게 구타만 당했다. 다나까 중위는 세월이 흐르면서 대위로 진급을 하였는데 소년 대원들은 어떤 계급조차 부여받지 못했다. 다나까 대위는 계급이 상승하면서 바깥출입을 자유롭게 하는 모양이었는데 이상하게 소년 대원들에게 폭력까지 행사했다. 바깥출입을 하고 들어온 날에는 소년 대원들에 대한 다나까 대위의 폭력이 심해졌다. 그런 탓에 소년 대원들은 다나까 대위에게 모두 극심한 반감을 지니게 되었다. 그들은 그저 초라한 급여를 받고 일하는 노무자에 지나지 않았다. 대원들은 결국 속아서 만주 하얼빈 731부대에 오게 되었다는 사실을 깨닫게 되었다.

4

엔도 사부로 소좌는 이시이 시로 중좌의 권력을 현실에서 느꼈다. 그가 작성한 군축안이 이시이 중좌의 말처럼 참모본부에서 승인되지 못했다. 엔도 소좌는 군비를 완전히 없애자는 자신의 의지를 꺾지 않고 충분히 강렬한 뜻을 펼쳤다. 일본 군부에서는 엔도 사부로의 자존심을 충분히 세워 주면서 최종적으로 참모본부에서 이를 부결시켰다. 이시이 중좌의 말처럼 된 것이었다. 더욱 놀라운 일은 만주 관동군사령부에 곧장 발령을 받게 된 것이다. 엔도 사부로 소좌는 임무수행단이라는 이름으로 하시모토 소장을 모시고 만주 관동군사령부에 파견되었다. 이런 일들이 일사천리로 진행된 것은 이시이 중좌의 권력이 작용한 때문이라고 엔도 사부로 소좌는 믿고 있었다.

관동군 임시사령부에 도착한 엔도 소좌는 일본 참모본부의 명령에 따라 먼저 하시모토 소장과 함께 진상조사를 시작했다.

"철도 폭파사건은 어떻게 된 일이오?"

엔도 사부로 소좌가 사령관을 향해 물었다. 이시이 시로의 권력을 알고 있는 탓에 사령관 앞에서도 엔도는 기가 죽지 않았다. 혼조 시계루 사령관이 입술을 삐딱하게 말아 올리면서 엔도 일행을 바라보았다.

"당신들이 전쟁에 대해 얼마나 알고 있소? 우리는 대일본제국을 위해 목숨을 걸고 싸우고 있단 말이오."

혼조 사령관이 가소롭다는 듯 비아냥거렸다.

"알고 있소. 자칫 무모한 도전이 되지나 않을까 염려하는 것이오. 여러분이 우리를 반기지 않는다는 것을 알았을 때 입장이 난처했단 말이오. 우리는 사실 여러분들이 비밀리에 북만주로 출병하는 것을 막아 달라는 임무를 띠고 왔소."

하시모토 소장의 턱짓에 따라 엔도 사부로 소좌가 진지하게 말했다.

"엔도 사부로 소좌님, 저는 관동군 작전 주임 참모 이시하라 간지라 하오. 엔도 소좌께서 제자리를 대신하러 오셨다는 것을 잘 알고 있소. 우리 광활한 만주 땅에 와서 이렇게 구석에 앉아 답답한 얘기는 나중에 하고 우선 좋은 데 가서 목이나 축입시다."

이시하라 간지가 하시모토 소장보다 엔도 사부로 소좌를 쳐다보면서 뜻밖의 제안을 했다.

"하시모토 단장님, 그렇게 하면 좋지 않을까요?"

엔도 소좌와 함께 만주로 달려온 암호 담당 이마이 다케오今井武夫 대위가 말했다. 그들은 이시하라 간지의 말에 마음이 움직여 자리에서 일어나 외출채비를 서둘렀다. 회의실에서 밖으로 나와 하시모토 단장과 조금 거리가 멀어졌을 때 이시하라 간지가 엔도 사부로 소좌의 귀에 대고 속삭이듯 말했다.

"엔도 사부로 소좌님, 이시이 시로 중좌님께서 기다리고 계십니다."

"이시하라 주임 참모님, 저도 예상하고 있었습니다. 실은 제가 관동군사령부에 오게 된 것이 이시이 시로 중좌님의 요청이었습니다."

엔도 사부로는 이시하라 참모의 입에서 이시이 시로 중좌에 관한 얘기가 나오자 더는 숨길 것이 없다고 생각했다.

"하면 관동군 임시사령부의 음모를 대략 짐작하고 있다 뭐 이런 얘깁니까?"

"내 자세한 내막은 모르오만 이시이 시로 중좌님과 뜻을 같이 하기로 약속한 것은 맞습니다."

이시하라 간지 주임이 엔도 사부로 소좌의 손을 꽉 움켜쥐었다. 엔도 소좌 역시 이시하라 작전 주임 참모가 움켜쥔 손에 힘을 주었다. 이렇게 해서 엔도 사부로 소좌는 관동군사령부의 뜻에 동조하는 계기가 되었다.

일본 참모본부에서 중국 만리장성을 침공하는 관동군의 폭주를 막으라는 임무를 무시하고 관동군사령부의 음모에 동조하는 입장이 되었다. 관동군사령부의 음모란 전쟁을 멈추지 않고 계속하는 것이다. 관동군이 북만주로 진격하여 장차 중국 천하를 손에 넣고 소련까지 침략하기 위한 교두보를 확보하는 것이었다. 결국, 하시모토 수행단의 모든 대원이 엔도 사부로로부터 설득을 당해 관동군사령부의 음모에 동조하게 되었고, 걷잡을 수 없이 확대된 관동군사령부의 추가적 군사행동은 이후 천황의 승인까지 받아내는 계기를 만들었다. 엔도 사부로는 이러한 격동의 시대에 각종의 군사작전을 계획하게 되었다.

그날, 하얼빈의 프자덴 거리에서 엔도 사부로는 놀라운 모습을 보았다. 이시하라 주임의 안내를 받아 임무수행단 일행이 프자덴의 고급요정에 도착했을 때 이시이 시로가 반갑게 맞았다.

"엔도 사부로 소좌, 어서 오시오."

"이시이 중좌님, 반갑습니다. 하얼빈에서 선배님을 만나게 되니 만감이 교차하는군요."

그들은 힘껏 손을 잡았다. 엔도 사부로는 화려한 요정의 모습을 보고 놀랐고, 아름다운 여자들을 보고 다시 한번 놀랐다. 더욱 놀란 것은 이시이 시로 중좌와 하시모토 단장, 관동군의 혼조 시게루本庄繁 사령관이 이미 서로 잘 알고 있다는 사실이었다. 미리 약속이나 한 듯 정해진 순서처럼 밤의 여흥을 즐겼다. 엔도 사부로 소좌와 혼조 시게루 사령관은 아주 격의 없는 사이 같았다.

"제가 두 분 장군님께 한잔 올리겠습니다."

"아이쿠 이시이 중좌~"

"이시이 중좌는 술보다 여자를 더 좋아하지 않소?"

"하하하~"

하시모토 단장이나 혼조 사령관이나 이시이 시로 앞에서 허리를 넙죽 숙였다. 하시모토 단장은 이시이 시로를 보자 장군의 기상은 보이지 않고 넋이 나간 것처럼 한풀 풀린 모습이었다.

"거야 여기 하얼빈에 나와 있는 일본군들은 모두 술보다 여자를 좋아하지요. 우선 중요한 얘기부터 하고 마음에 맞는 여자들을 불러 앉히시오. 엔도 사부로 소좌, 기대하시오."

엔도 사부로 소좌는 입가에 미소를 지으며 하이! 하고 대답했다. 일본에서 만주대륙까지 이동하는 여정에 몸과 마음이 지칠대로 지쳐 있었다. 샤미센의 음악을 들으며 허리가 버드나무처럼 간드러질 듯 하늘거리는 밤거리의 여자들을 보니 피로가 한결 풀리는 느낌이었다. 엔도 사부로의 심장이 떨렸다. 이시이 시로의 재력은 소문처럼 어마어마한 모양이었다. 의회의 심사 없이 특별예산으로 지원받는다는 예산이 90억 엔이라고 했다. 90억 엔의 예산을 이시이 중좌가 주무른다는 것은 엄청난 자금을 뒤로 빼돌릴 수도 있음을 의미하는 것이다. 이시이가 자신만만한 목소리로 말했다.

"여러분의 지지에 힘을 입어 하얼빈 연구소는 세균전 연구에 만전을 기하고 있습니다. 외형적으로는 이제 거의 기초를 다졌고, 외곽지역에 제2, 제3의 특수실험실 부지까지 마련했습니다. 세균 전문가인 엔도 사부로 소좌까지 이렇게 참여하게 되었으니 이제 어떤 세력도 두려울 게 없을 것입니다."

일행이 일제히 박수를 보냈다. 엔도가 나중에 둘러보고 감탄을 아끼지 않았지만, 이시이 중좌는 하얼빈에서 가까운 핑팡 지역에 세균전을 위한 일본의 요새를 만들어 놓았던 것이다.

"우리는 이제 중앙 참모본부의 통제망에서 벗어나 만주국을 통해 독자적으로 세력을 키워나갈 수가 있습니다. 우리들의 군사작전을 결국 쇼와 천황께서도 승인해 주었지 않습니까? 이제 우리가 염원해왔던 엔도 사부로 소좌도 여기 이렇게 참여하게 되었으니 관동군사령부와 이시이 중좌의 도고가모부대가 함께 손잡고 세계로 뻗어 나갈 일만 남았습니다."

혼조 시게루 사령관의 자신감 넘치는 말을 듣고 그들은 일제히 탄성을 지르며 박수를 보냈다. 본격적으로 여흥이 시작되면서 미모를 뽐내는 여자들이 우루루 들어왔다. 일본 여자는 물론 조선 여자도 있었고, 몽골 여자와 중국인 여자도 있었다. 엔도 사부로 소좌는 이시이 중좌와 교토에서 함께 술을 마신 경험이 있는 탓에 이런 분위기가 낯설지 않았다. 여흥이 시작되자 어깨 위에 계급 견장은 아무런 의미가 없었고, 금방 오랜 친구처럼 분위기가 무르익었다.

엔도 사부로는 술기운이 오르자 일본에 두고 온 아내와 자식 생각이 났다. 그리고 이시이 시로 중좌의 권유로 품에 안았던 게이샤 요이코 생각도 났다. 일본에서 몇 차례 요이코를 만나 품에 안았었지만, 전쟁 중이라 경황이 없이 헤어졌다. 엔도 사부로는 만주로 발령을 받아 이동하면서 이시이 중좌가 자신에게 약속했던 말들을 떠올려보았다. 가족의 생계를 책임지고 부와 명예를 쌓도록 책임질 것이며, 게이샤 요이코에 대한 모든 자금을 책임진다고 말했던 것이었다. 엔도 사부로는 자신의 내면에 은근히 꼬물거리고 있는 속물근성을 느끼면서 저도 모르게 빰이 붉어 올랐다.

그날, 프자덴 거리의 요정에서 일행은 몸속에 남아있는 한 줌의 힘까지 쏟아내며 여흥을 즐겼다. 고국의 향수에 젖게 하는 샤미센의 음악을 들으며 하늘거리는 게이샤의 허리를 휘어 감은 채로 맘껏 여자의 향기에 젖었다. 한바탕 여흥을 마치자 일행은 모두 자신의 여자를 데리고 각자의 방으로 건너갔다. 조선 여자가 마음에 든다는 하시모토 단장이 여색女色을 그렇게 심하게 밝힐 줄은 몰랐는데 부하들이 보는데도 한점 부끄러워하는 기색이 없이 조선 여자의 젖가슴을 주물럭거리면서 꺽, 꺽 숨이 넘어갔다. 혼조 사령관은 뼈대가 굵은 몽골 여자한테 혹한 모양이었다. 가장 먼저 술자리를 벗어난 사람이 바로 혼조 사령관이었다. 엔도 사부로는 자신에게 주어진 체격이 조그만 중국인 여자를 품지 않았다.

"엔도 사부로 소좌, 왜 여자를 그냥 보냈소?"

이시이 시로가 빙긋 웃으며 물었다.

"두고 온 아내 생각이 나서 그렇습니다."

"하하하~ 전쟁 중인데 그렇게까지 절개를 지킬 필요가 있소? 가만 보니 요이코란 게이샤 생각이 나서 그런 게 아니오?"

이시이 중좌의 말에 엔도 사부로는 정말 얼굴이 달아올랐다. 이시이 중좌의 예상이 적중하자 엔도 사부로는 머리를 긁적거렸다.

"좋은 일 있을 것이오. 내일부터는 우리가 가슴속에 품어온 이상을 향해 불철주야 매진해야 하오."

"알겠소, 이시이 중좌님."

엔도 사부로의 얼굴에 가득 미소가 돌았다.

"엔도 사부로 소좌, 프랑스 육군대학에서 독가스 특수무기를 개발했던 경험을 살려 우리 731부대를 도와주시오. 아니 이 이시이를 도와주시오."

"만주 하얼빈까지 이렇게 왔는데 무엇을 망설이겠습니까? 이제 내일부터 발 벗고 뛰어야지요. 저는 가족의 생계만 해결되면 여한이 없습니다."

"가족의 생계뿐이겠소. 내게 다 생각이 있으니 엔도 소좌는 오직 731부대의 세균무기를 완성해 주시오."

엔도 사부로는 이튿날부터 사령부에서 731부대로 달려갔다. 광활한 대지에 세균부대의 기초를 다진 이시이 시로 중좌의 안내로 핑팡 부대를 살펴보았다. 중국 만주는 일본의 대륙 군사 거점지였다. 천연자원이 부족한 섬나라 일본은 세계 공황의 여파로 도시에는 실업자가 늘어났고, 농촌에서는 빈곤 상황이 계속되고 있었다. 이런 상황에서 광활한 중국 만주는 신천지나 다름이 없었다.

일본은 광활한 만주 땅에 관동군으로 가득 채우고 싶었지만, 소련 영토와 경계를 이루고 있는 지역만 2천 킬로가 넘었다. 무장 개척민은 물론 청년 의용군을 모집해서 관동군으로 편입시키려는 정책까지 대두되었지만 막대한 군사비와 전쟁자원 문제로 이내 한계상황에 직면한 것이다. 광활한 만주는 물론 장차 일본의 세력을 세계로 뻗어 나가도록 하기 위해서는 세균전 부대의 개발이 절대적인 방법이었다. 게다가 소련은 시베리아 철도를 활용하여 물자 등의 수송력을 강화해 나갔는데 연해주까지 병력을 증강시켰다. 이런 상황에서 일본은 결코 소련을 따라잡을 수가 없었다. 전쟁 무기 차원에서도 소련에 비하면 턱없이 부족했다. 관동군이 영구적으로 지하 요새를 건설해야 했고, 세균무기 개발이 필수적으로 요구되는 시점이었다.

엔도 사부로와 이시이 시로는 날마다 핑팡의 731부대에서 머리를 맞댔다. 시간이 가는 줄도 모르고 오직 세균무기의 개발에 매달렸다. 가장 먼저 가로 6.44m, 세로 12.24m, 높이 5.6m의 결핵균 실험실을 설치하고 후타키 히데오를 책임자로 두었다. 동상 실험실은 가로 2.8m, 세로 20m, 높이 7.2m를 동쪽에 짓고, 서쪽에는 가로 7.7m, 세로 20m, 높이 3.8m를 벽돌과 철근을 사용하여 지었다. 건물 천장의 작은 통풍구멍은 프랑스에서 경험한 것을 토대로 하였는데 냉동기 및 저온용 에어컨을 구비하여 사시사철 실험할 수 있도록 하였으며, 동상실험 책임자로 요시무라 히사토 기사의사를 두었다.

바이러스 실험실은 대량 살상무기 제조에 필수적이었다. 이시이와 엔도 사부로는 많은 고민 끝에 바이러스 실험실을 두 동에 설비했다. 지붕을 뾰족한 철기와 지붕으로 하였는데 밖으로 가스가 혹시 새어나가는 것을 철저히 차단한 방식이었다. 가로 4m, 세로 약 6.6m로 지하 통로를 활용하여 로호동의 본부건물과 연결시켰다. 바이러스 실험실의 책임자로 가사하라 시로 기사를 지명했다. 가사하라 시로 기사는 유행성출혈열 연구에 지대한 공을 세운 사람이었다.

엔도 사부로는 이시이 시로와 가스 실험실의 설치에 의견을 모았다. 처음에는 닭이나 개, 쥐, 비둘기 같은 동물을 대상으로 실험을 하다가 다른 세균실험으로 몸이 망가진 마루타를 최종적으로 실험의 대상으로 분류했다. 가스실험이야말로 극비리에 진행된 프로젝트였는데 이는 원통형의 가스 저장실을 설비함으로써 최대의 효율을 이루도록 설치했다.

적리 연구실, 탄저균 연구실, 병리 연구실, 혈청 연구실 등 세균연구에 필요한 다양한 연구실을 구축했다. 관심을 다른 데로 돌릴 겨를이 없을 정도로 세균무기 개발을 향한 일정은 매우 촉박했다. 이렇게 숨돌릴 틈도 없이 한 해가 지나고 두 해가 지났다. 731부대가 세균무기의 요새로 자리 잡을 때까지 엔도 사부로는 고등관 숙소와 연구실을 시계추처럼 왕래했다. 세균 냄새에 머리가 지끈거릴 때는 7동 마루타 실에서 가까운 테니스 코트장에서 종종 테니스를 쳤다.

그러던 어느날이었다. 이시이 시로의 부름을 받고 엔도 사부로는 하얼빈 프자덴 거리의 요정에 들렀다. 엔도는 그곳에서 깜짝 놀라고 말았다. 이시이 시로와 나란히 앉아 자신을 반기는 숙녀복 차림의 여성이 있었다.

"엔도 사부로 소좌, 놀라지 마시오."

"선배님, 이게 대체 무슨 일입니까?"

엔도 사부로의 입이 딱 벌어져서 다물어지지 않았다.

"엔도 사부로, 지금 실망했단 말이오?"

"그럴 리가 있겠습니까? 그저 너무 뜻밖의 일이라서~"

"사내대장부가 말을 한 번 뱉었으면 책임을 져야지. 자네 가족, 명예, 사랑과 인생까지 내가 모두 책임지겠다고 하지 않았소?"

이시이 시로의 목소리는 자신감이 넘쳤다. 엔도 사부로와 함께 세균무기의 요새를 착착 마무리해가게 되니 그의 가슴이 설렐 정도였다.

"그야 선배님을 믿지만 너무 갑작스러운 일이라서~"

"하하하~ 요이코, 어서 낭군님한테 인사 올리지 않고 뭐하고 있나?"

게이샤 요이코가 얼굴 가득 미소를 띠며 고개를 숙였다. 엔도 사부로가 고국을 떠나온 이후 하루도 잊어본 적이 없는 요이코였다. 만주 하얼빈에서 성공하여 반드시 데리러 오겠다는 약속을 하였지만 이시이 시로를 통해 이렇게 소원이 이루어질 줄은 몰랐다. 이시이 시로는 게이샤의 모든 것을 책임지겠다던 약속을 지켰다. 이시이는 또한 731부대 내의 일본인 거주지에 엔도 사부로의 살림집을 마련해 주었다.

엔도 사부로는 급여도 충분히 받아 본국의 아내와 자식들에게 넘칠 정도로 송금했다. 세상에 부러울 것이 없었다. 엔도는 731부대를 세균무기의 요새로 개발하는데 모든 에너지를 쏟아부었다. 또한, 관동군사령부에 지하 요새를 구축하라는 중앙참모부의 명령을 받아 사령부 정찰기를 타고 만주국 수도 신징新京과 하얼빈 핑팡을 누볐다. 정찰기를 타고 요새화에 필요한 하이라얼이나 둥닝 같은 지역을 돌아보고 와서 중앙 참모본부에서 시찰 나온 장교들과 머리를 맞대고 회의에 돌입하곤 했다.

"소련군이 군사력을 무지막지하게 강화하고 있습니다. 연해주를 포함한 국경 지역에 10개의 사단 병력을 배치했단 말이오."

중앙 참모본부에서 나온 작전 과장 스즈키 요리미치鈴本率道 대좌가 침통한 표정으로 말했다. 작전 회의를 위해 회의 탁자에 둘러앉은 동료들이 고개를 끄덕였다.

"우리 관동군 병력은 소련군 병력의 절반밖에 되지 않소. 이뿐만이 아니오. 항공기도 부족하고 전차 보유는 더 부족한 상태라오."

"엔도 사부로 소좌, 소련군에 대항하기 위해서는 우리가 지금 앞뒤 가릴 때가 아니오. 도고부대 일은 어찌 진행되고 있소?"

"이시이 시로 중좌님과 날마다 머리를 맞대고 세균무기 개발에 박차를 가하고 있습니다. 핑팡을 세균무기로 요새화한다면 제아무리 강력한 소련군이라도 초토화시킬 수가 있을 것이오."

엔도 사부로가 대답했다.

"빠른 시일 안에 우리가 계획한 전쟁을 치를 수 있도록 최선을 다해 주시오. 중앙 참모본부에서 이시이 중좌와 엔도 사부로 소좌의 노고를 충분히 이해하고 있소. 쇼와 천황까지 움직인 마당에 관동군의 사활이 달린 군사작전을 중지할 명분이 없다는 결론을 내렸기에 우리가 이렇게 급히 출장을 나온 것이오."

스즈키 대좌가 긴장한 듯 숨을 몰아쉬며 연거푸 입을 열었다.

"당장 핑팡으로 날아갑시다. 쇼와 천황께서 당장 둘러보고 보고하라는 명령이오. 이번에 731 세균부대 요새화가 성공만 거둔다면 천황께서 친히 두 분께 큰 선물을 하사하겠다고 약속했소."

"이렇게 용기를 주시니 몸 둘 바를 모르겠습니다. 그럼, 당장 정찰기를 타고 핑팡으로 가시죠."

엔도 사부로와 스즈키 대좌 일행은 급히 정찰기를 띄워 신징에서 하얼빈의 핑팡을 향했다. 흰 구름 사이를 낮게 뚫고 가는 정찰기 안에서 밑을 내려다보니 세상이 온통 아름답게 보였다. 울긋불긋 물든 광활한 만주대륙을 날아가고 있는 엔도 사부로의 머릿속에는 아내를 비롯한 가족의 모습이 떠올랐고, 도고촌에 은밀히 지내고 있는 젊고 예쁜 게이샤 요이코의 얼굴이 떠올랐다.

2. 특설감옥-은밀한 유혹

1

다나까 대위는 황급히 자리에서 일어나 2층으로 뛰어갔다. 이시이 시로 중좌의 다급한 호출이었다. 본부 건물 1동 2층의 우측 끝방에 이시이 중좌의 방이 있었다. 1층 총무부에서 이시이의 방까지 채 3분도 걸리지 않았다. 다나까 대위는 지금 731부대 중심부서인 총무부의 정보 대위였다. 731부대에 관련한 모든 정보가 시시각각 다나까가 근무하고 있는 총무부로 집결되고 있었다. 정보를 취급하면서 다나까 대위는 바깥출입을 비교적 자유롭게 할 수가 있었다.

"이시이 중좌님! 부르셨습니까?"

"다나까 대위, 잠시 후에 아주 중요한 손님들이 방문하기로 되어 있다. 본국 중앙참모부에서 가모부대 시찰을 나온다는데 획기적인 우리의 기술을 보여줄 수 있도록 몇 가지 준비하라."

이시이 시로는 소파에 등을 기대고 앉아 앉은뱅이 탁자에 구두를 걸친 채로 말했다.

"하이, 준비하도록 하겠습니다."

"우리에게 위험하지 않으면서 놀라운 효과를 즉각 보여줄 수 있는 것으로 준비하라."

무엇인가 골똘히 생각하면서 이시이가 말했다. 이시이의 눈빛이 활활 타오르는 느낌이었다.

"하이! 그럼, 가스실험실을 준비하도록 하겠습니다."

다나까는 바이러스 실험과 가스실험을 동시에 책임지고 있는 가사하라 시로를 떠올리면서 대답했다. 실험 재료인 마루타포로를 다루면서 시간이 흐를수록 담대해지는 가사하라 책임자의 입에서 무료하다는 말을 들었기 때문이다.

"그게 좋겠구만~ 한데 실험 재료는?"

이시이 중좌가 구둣발을 탁자에서 거두고 상체를 소파에서 일으켜 세우면서 물었다.

"가사하라 기사가 요즘 따분해 죽겠답니다."

"하하~ 그렇다면 아주 기대가 되는데 그래~"

다나까 대위는 가사하라 기사에게 이시이 중좌의 지시를 전달했다. 가사하라는 다나까의 말을 듣고 얼굴 가득 미소를 지었다. 들쥐로부터 바이러스를 채취하여 몸속에 집어넣는 유행성출혈열은 변화가 생각보다 더디다 보니 실험 자체가 지겨웠다. 하지만 가스실험은 곧장 눈앞에서 가스의 위력을 볼 수 있는 탓에 실험 자체가 흥분이었다. 더군다나 가사하라는 실험 재료인 마루타 중 반드시 제거하고 싶은 자가 있었다. 느닷없이 자신의 아랫도리를 가격한 조선 독립군 마루타를 생각하면 분통이 풀리지 않았다. 조선 독립군 마루타는 엔도 사부로 소좌의 아랫도리를 가격한 적도 있었다.

"가사하라 기사님, 왜 그렇게 기분이 좋습니까?"

"정보 장교님은 모를 것이오. 마음속에 죽이고 싶은 원수를 직접 처리하는 일이 얼마나 가슴 설레는 일인지 말이오."

가사하라는 까닭모를 콧노래까지 불렀다. 다나까 대위는 가사하라의 변화된 모습을 보고 내심 놀라고 있었다. 가스실험에서 처음 개새끼를 실험 재료로 활용하였는데 개새끼가 낑낑거리며 죽어가는 모습을 보고 실험 자체를 부정한 경력이 있었다. 그런데 본국 중앙참모부 시찰단을 위해 가스실험을 선보인다니 공인된 자리에서 울분을 씻어내는 일이었다.

"누굴 죽이고 싶다 이런 말입니까?"

"예~ 말하자면 좀 복잡한 감정이 얽혀 있지요."

"무슨 복잡한 감정이 얽혀 있는데요?"

"지금 다 말해버리면 현장에서 재미가 없을 텐데요."

"참, 가사하라 기사님이 이렇게 변하게 될 줄 몰랐습니다."

다나까 대위는 한참동안 가사하라의 얼굴을 쳐다보았다. 생명체에 작은 위력을 가하는 일조차 망설이던 사람이 불과 몇 해 사이에 이렇게 달라질 수 있다니 사람의 일이란 알다가도 모를 일이라고 생각했다.

오후 2시가 되어서 본국 시찰단이 핑팡에 도착했다. 엔도 사부로의 안내를 받으며 시찰단 일행은 이시이 시로의 방에서 세균실험실 관련 보고를 받고, 차茶를 마시고 담소를 나눈 다음 도고부대의 실험실을 직접 시찰했다. 이시이는 엔도 사부로와 오랫동안 준비해온 강력한 세균무기를 보여줄 생각에 가슴이 벅찼다.

"이곳은 우리가 자랑하는 실험실의 재료인 마루타를 보관하고 있는 곳입니다."

7동 특별감옥을 둘러보며 이시이 중좌가 말했다. 특별감옥에는 수백 명이 넘는 사람들이 마루타란 이름으로 수용되어 있었다.

"어렵게 지원받은 마루타들입니다. 우리에게는 이런 마루타를 공급받는 것이 전쟁의 승패를 가를 수 있는 관건이라 할 수 있소."

엔도 사부로 소좌가 어깨를 으쓱하며 설명했다. 특별감옥에는 남자 마루타들이 무표정한 모습으로 시찰단을 바라보고 있었다. 어떤 마루타들은 알아들을 수 없는 자신의 말로 욕설을 지껄이고 있었다. 마루타의 입에서 쏟아지는 욕설은 알아듣지는 못해도 욕설이란 것을 모르지 않았다.

"마루타를 어디서 공급받고 있지요?"

하시모토 단장이 특별감옥의 마루타들을 뚫어지게 쳐다본 후 좌우를 살피며 물었다. 하시모토를 향해 마루타가 쇠창살 안에서 손짓으로 욕을 먹였다. 하시모토의 밝았던 표정이 갑자기 일그러지고 있었다.

"관동군 사령부에서 대개 조달을 해옵니다."

다나까 대위가 주위의 눈치를 살피며 작은 소리로 대답했다. 관동군 헌병대와 결탁하여 잡아들인 죄인들로 특2급으로 분류되어 최종적으로 이곳 특설감옥에 수감 되는 것이다. 정보장교로서 떳떳하지 못한 일임을 알기에 드러내놓고 보고한다는 게 쉽지 않았다.

"하하하~ 그럼, 혼조 시게루 사령관께서 일등공신이 되겠군요."

"하시모토 단장께서 그런 말씀을 해주시니 면목이 없소. 나보다 실은 엔도 사부로 소좌와 이시이 시로 중좌가 합심해서 오늘날 이처럼 강력한 도고부대를 이룩한 것입니다."

"한데 이시이 중좌, 여자를 좋아한다는 소문은 들었는데 어째 여자 마루타의 모습은 하나도 보이지 않는 것이오?"

하시모토 단장이 고개를 갸웃거리며 물었다.

"단장님, 바로 옆 8동에 여자 마루타들을 따로 관리하고 있답니다. 그럼, 8동 특설감옥으로 이동할까요?"

이시이 시로는 흥분한 마음을 주체할 수 없어 여러 번 숨을 몰아쉬었다.

"저 이시이 중좌님, 제가 오늘 실험할 마루타를 데리고 이동을 하면 어떻겠습니까?"

가스실험 책임자인 가사하라 기사가 물었다. 731부대에서 근무하는 대원들은 대개 그를 가사하라 반장이라고 불렀다. 그래서 가스실험실에서 일하는 대원들을 가사하라반이라 부르고 있었다.

"그렇게 하는 게 효율적이겠군."

이시이가 미소를 지으며 대답했다. 이시이 시로는 죽어가는 마루타를 상상하는 것으로도 설레고 떨렸다.

가사하라 기사가 시찰단 단원들을 2층으로 안내했다. 다나까 대위는 총무부의 정보장교로서 꼼꼼히 기록하고 있었다. 1동 2층에는 마루타의 독방이 있었다. 마루타 중에서 특별한 관리의 대상은 독방에 수용되고 있었다. 말썽을 부리는 마루타 역시 독방에 수용된다. 2층 독방마다 마루타들이 무표정하게 앉아 있었다. 가사하라 기사가 3호 독방 앞에서 멈췄다.

"시노즈카 군, 문을 열고 저놈을 끌어내라."

"하이!"

특별반 소속인 시노즈카 요시오 소년대원이 절도 있게 대답했다. 열쇠를 꽂아 자물통을 열고 능숙하게 마루타에게 다가갔다. 시노즈카 대원은 아주 숙련된 동작으로 마루타를 제압하고 있었다. 시노즈카의 동작은 또한 거침이 없어 보였다.

"가사하라 반장, 이놈은 출신이 어디오?"

이시이 시로 중좌가 물었다. 이시이는 밤잠을 설쳐 빨갛게 충혈된 눈으로 마루타를 뚫어지게 쳐다보았다.

"조선인입니다."

"하하하~ 조센진이란 말이오?"

본국에서 나온 하시모토 단장과 다른 수행원들의 눈동자가 빠르게 움직였다. 가사하라가 말을 이었다.

"내 이놈한테 한번 된통 당했어요."

"아니 당하다니요. 조선놈들은 자칫 잘못 다뤘다간 되레 당한다는 걸 몰랐단 말이오?"

내내 입을 다물고 있던 엔도 사부로 소좌가 혀를 차며 입을 열었다. 엔도 사부로 역시 1동 2층 3호 독방 조선인을 알고 있었다.

"독립운동하는 종자들은 목숨을 헌신짝처럼 여긴다는 놈들이오. 항상 조선인 마루타들을 조심하시오."

이시이 중좌가 엔도 사부로의 말을 이어 덧붙였다. 조선인 마루타는 독방에서 나오지 않으려고 두 발로 버티고 있었다. 가사하라가 마루타를 잡아먹을 듯 노려보았다. 마루타의 몸은 너덜너덜해 보였지만 여기서 나가면 마지막이란 것을 아는지 잔뜩 하체에 힘을 주고 있었다.

"가사하라 반장, 이 조선 놈 애인도 8동 감옥에 수감되어 있지 않소?"

"그렇습니다. 그 조선년도 아주 악질 중에 악질이지요."

가사하라 기사가 이를 뿌드득 갈며 말했다.

"손가락을 잘랐는데도 독립군 은거지를 얘기하지 않는 년이죠. 정보 담당으로 일하면서 가장 악질적인 년이었소."

다나까 정보 대위가 가사하라 반장을 거들었다. 마루타가 이곳에 들어오면 모든 정보를 수집하는 게 정보 담당의 임무였다. 다나까는 처음 이들을 포로로 생각하며 연민을 느끼기도 하였지만, 마루타로 생각하면서부터 차가운 심장의 소유자가 되었다.

조선인 마루타를 몇 사람이 힘을 합쳐 겨우 끌어냈다. 조선인 마루타는 맨발에 너덜너덜 닳은 국방색 내의를 입고 있었다. 새까만 턱수염이 수북이 자랐는데 몸은 비틀거려도 눈빛은 강렬했다. 황소처럼 잔뜩 버티다가 독방 밖으로 끌려 나오자 조선인 마루타는 순순히 걸었다. 마루타를 앞장세우고 구경거리 만난 듯 시찰단 일행이 뒤를 따랐다.

"가사하라 반장, 하시모토 단장님께서 먼 길 오시느라 고생하였는데 뭐 좀 더 자극적인 실험을 보여주면 어떻겠소?"

"원하시면 그렇게 하겠습니다. 내 이놈한테 사타구니를 채여서 그럴 생각까지는 하지 않았는데 오늘 당장 이놈 애인을 합방시키면 어떻겠습니까?"

"하하하~ 거 아주 좋은 생각이군 그래. 사랑하는 연인들은 죽음 앞에서 무슨 짓을 하는지도 아주 궁금하고 말이야~. 다나까 대위, 괜찮겠나?"

이시이 중좌가 박장대소를 하며 다나까 대위를 향해 물었다. 이시이가 정보 장교에게 이렇게 물은 뜻은 이 마루타들에게 장차 정보를 더 확보할 수 있겠느냐는 것이었다.

"조선 년놈들은 몸이 가루가 돼도 비밀을 폭로할 놈들이 아닙니다. 몸도 다 망가져서 마루타 가치도 없으니 아예 마지막 합방을 시켜주지요."

그들은 중앙통로를 가로질러 8동 2층 여성 마루타 독방으로 향했다. 1층 집단 마루타 방을 지나칠 때 여성 마루타들이 표정 없이 앉아서 시찰단 일행이 알아들을 수 없는 말로 욕설들을 늘어놓았다. 시찰단 일행이 무슨 말인지 알아들을 수는 없었지만 각기 자기 나라의 천박하고 상스러운 욕설이란 것을 모르지 않았다.

"마루타들의 출신은 어떻게 되오?"

"중국, 몽골, 조선이 대부분이고 간혹 소련, 영국, 미국 마루타도 있습니다."

하시모토 단장의 질문에 혼조 시게루 사령관이 얼른 대답했다. 하시모토 단장이 흡족한 표정으로 고개를 끄덕였다. 관동군 사령부에 집계되는 포로 중에서 731부대의 마루타로 보내지는 경우가 대다수였다. 조선인의 경우에는 독립운동을 하다가 포로가 되는 경우가 많았고, 도고부대에서 조직한 헌병대에 의해 직접 잡혀오는 경우도 있었다. 강제로 연행되어 마루타가 되어버린 경우였다.

"나를 데리고 지금 어디로 가느냐?"

계단을 올라가면서 조선인 마루타가 서툰 일본말로 물었다. 마루타의 발바닥에서 핏자국이 배어났다. 엔도 사부로가 뒤를 돌아보니 마루타의 발자국에 어김없이 핏자국이 만들어져 있었다. 조선 마루타의 물음에 일행들은 히죽히죽 웃었다.

"빠가야로! 어서 나를 죽여달라! 이 개새끼들아!"

조선인 마루타가 시찰단 일행을 향해 소리쳤다. 이시이를 비롯한 시찰단의 표정이 순간 일그러졌다. 그들은 조선인 마루타에게 흘러나온 욕설의 의미를 너무 많이 들어서 알고 있었다.

"시노즈카! 당장 저놈의 아가리를 봉하라!"

이시이가 맹수같은 목소리로 소리쳤다.

"하이!"

특별반에서 오랜 세월 마루타를 관리해온 시노즈카가 시무룩이 대답했다. 시노즈카는 자신의 의지와 관계없이 만주 하얼빈까지 끌려와서 마루타를 관리하는 소년 대원으로서 자신의 처지와 마루타의 처지가 다르지 않다고 생각했다. 십 대 때 이곳에 끌려와서 어느덧 이십 대 중반을 향해 가고 있었다. 친구 세이코에 대한 죄책감에 하루도 마음 편할 날이 없었다. 세이코의 행방을 알아내려고 노력했지만, 아직껏 알아내지 못했다. 시노즈카는 이시이나 엔도 사부로 등과 눈빛을 마주치는 게 아주 지겹도록 싫었다. 육군군의학교에서 달콤한 말로 유혹했던 순간을 떠올리면 세이코에 대한 죄책감에 식은땀이 흐를 정도였다. 도고부대에서 숨을 죽이며 생활하면서도 시노즈카는 항상 이들에 대한 복수를 생각하고 있었다. 시노즈카가 가방에서 솜뭉치를 꺼내 마루타의 입에 밀어 넣었다. 알아듣지 못할 소리로 투덜거리던 조선 마루타의 입이 조용해졌다.

8동 2층 7호 독방 문이 철커덕 열렸다. 독방 문이 열리자 벽을 등지고 있던 조선 마루타가 등을 돌렸다. 중키에 몸이 가죽처럼 말랐고 산발한 머리가 어깨를 덮었다. 시노즈카는 조선인 마루타들을 다룰 때면 자신에게 화가 났다. 국가를 위해 목숨을 바치고자 하는 저들의 용기 앞에 시노즈카는 자신의 모습이 작아지는 것을 느꼈기 때문이다. 그런 자들을 감옥에 가두고 생체실험을 하는 자신이 용납되지 않았다.

"박순금 나와라!"

시노즈카가 작은 소리로 말했다. 박순금이란 조선 마루타가 마치 말라비틀어진 무말랭이 같은 모습으로 걸음을 뗐다. 그녀는 이제 저항할 의식마저 달아난 모양이었다. 시노즈카는 시찰단이 알아차리지 못하도록 안타까운 심정으로 잠시 그녀를 바라보았다.

"어, 어디로 가오?"

박순금 마루타는 자신에게 인간적으로 대해주는 시노즈카에게 유독 존대를 했다. 그녀는 눈을 거의 뜨지 못하고 있었다.

"힘들어도 눈을 떠보라."

"무, 무슨 일이오?"

시노즈카의 말에 여자 마루타가 겨우 눈을 떴다. 어두운 데서 밝은 데로 나오니 눈이 부신 모양으로 여자는 고개를 숙였다. 시노즈카는 조선인 남자 마루타의 입에서 솜뭉치를 꺼내주었다.

"순금아!"

솜뭉치를 꺼내자마자 남자 마루타가 소리쳤다.

"동철 씨, 죽기 전에 한번 꼭 만나보고 싶었는데~"

"순금아, 오빠가 지켜주지 못해 미안하다."

조선 남자 마루타가 여자 마루타를 끌어안으며 말했다. 시찰단은 조선말을 몰랐으므로 즐겁다는 듯 두 사람이 껴안는 모습을 바라보았다. 조선 마루타들은 어디서 그런 힘이 나오는지 격렬하게 서로를 껴안았다. 남자 마루타가 헝클어진 여자 마루타의 머리를 헤치고 얼굴을 들이밀더니 격렬히 입을 맞추었다.

"시노즈카, 꼴 사납다. 그만 데리고 가라!"

"하이!"

이시이 중좌의 말에 시노즈카가 얼른 마루타들을 떼어냈다. 떼어내면서 작은 소리로 말했다.

"김동철, 당신 애인과 함께 가스실로 들어갈 것이다."

"나는 두렵지 않다. 순금아, 오빠하고 마지막을 함께 하자."

조선 마루타 김동철은 태연한 척 말했으나 몸을 떨고 있다는 것이 마루타를 붙든 시노즈카에게 전해졌다.

"오빠, 무슨 소리예요? 저놈들이 우릴 어떻게 한다는 거야?"

"순금아, 우리가 함께 가스실에 들어간다는구나. 널 지켜주지 못해 정말 미안하다."

마루타들은 순간 모든 것을 단념한 듯 다시 끌어안았다. 시노즈카는 그들을 저지하지 않고 한숨을 쉬며 머뭇거렸다. 가사하라 반장이 그들을 떼어냈다. 가사하라 반장은 김동철에게 아랫도리를 채였던 악연 탓에 죽으러 가는 김동철을 보고 고소했다. 마루타들이 계단을 절뚝거리며 걸어 내려갈 때 2층 독방에서 조선인으로 보이는 여자 마루타가 소리쳤다.

"박순금 동지, 나 정기옥이야. 죽어서 꼭 만나자."

"기옥 언니, 우리 이제 좋은 세상에서 태어나자."

박순금 마루타가 이렇게 말했지만 2층 독방까지 들릴 리가 없었다. 김동철 마루타가 끌려 내려가며 뒤를 돌아보면서 힘껏 소리쳤다.

"정 동지, 우리 죽음은 결코 헛되지 않을 것이오!"

"대한독립만세!"

2층 독방에서 어렴풋이 들리는 소리였다. 이시이 시로와 엔도 사부로를 비롯한 시찰단은 그 소리에 모두 이마를 찡그렸다. 일본인 가운데 대한독립만세를 모르는 사람은 거의 없었다. 혼조 시게루 사령관이 이시이를 쳐다보며 이기죽얄미울 정도로 비웃다거렸다.

"조센진들은 입만 열면 저 소리지! 이시이 중좌, 이놈들이 어떻게 죽어가는지 궁금해서 미치겠소. 어서 끌고 갑시다."

"그러지요. 이봐 시노즈카, 어서 이것들을 끌어다 가스실에 쳐넣어라!"

"하이!"

이시이 시로의 다급해진 말에 시노즈카의 발걸음이 빨라졌고, 가사하라 반장이 흥분된 표정으로 앞장서서 뛰어갔다. 시찰단은 마루타 시설을 품에 안듯 돌아가고 있는 컨베이어 벨트를 신기하게 바라보았다. 실험실 재료를 컨베이어 벨트에 실어 보내는 방식이었다. 혼조 시게루 사령관은 이곳에 올 때 몇 번 보았지만 직접 움직이는 것을 다시 보니 놀랍고 웅장했다. 하시모토 단장 역시 감탄하면서 속으로 이시이 중좌와 엔도 사부로 소좌가 무슨 일을 낼 사람들이란 생각이 들었고, 이놈들은 장차 자신과 경쟁자가 되리라고 생각했다. 조선인 마루타 김동철이 순순히 끌려가다 갑자기 몸을 버티며 저항했다. 가사하라 반장이 복수심에 불타 김동철의 아랫도리를 걷어찼다. 김동철이 악비명을 질렀고, 소년 대원이 김동철을 부축해서 축 처진 몸을 질질 끌고 가스실로 향했다.

2

시노즈카는 조선인 마루타들이 힘겹게 서로의 손을 꼭 붙잡는 것을 보았다. 삶의 마지막이라는 것을 알면서도 마루타들은 결코 두려워하는 기색이 없었다. 그는 이것이 둘 사이에 끈끈한 사랑의 힘이라고 생각했다. 세이코와 함께 있었다면 시노즈카 역시 이들처럼 끈끈한 사랑으로 발전하게 되었을지 모른다.

"동철이 오빠, 지금 우리를 어디로 데리고 가는 거야?"

박순금이란 조선인 마루타는 넋이 빠진 모습으로 묻고 또 물었다.

"순금아, 오빠와 같이 하늘나라에 가는 거야."

"오빠와 함께라면 어디든지 나는 좋아요."

시노즈카는 조선인 마루타의 도란거리는 소리를 들으니 세이코와 도란거리던 때가 떠올랐다. 그는 이런 마루타들의 행위를 저지하고 싶지 않았다.

"조선독립을 위해서 우린 죽음을 함께 하는 거야. 순금이 너와 같이 떠날 수 있어서 오빠도 아주 기분이 좋아~"

"오빠 닮은 애기를 낳고 싶었는데 죽어서 다시 만나요."

김동철이란 조선인 마루타가 갑자기 콜록 콜록 기침을 했다. 기침이 겨우 멈추자 박순금이란 여자 마루타를 향해 다시 입을 열었다.

"그럼, 우린 지금 죽어서 같이 걸어가는 거라고 생각하면 되지. 이렇게 함께 가고 있잖아. 순금아, 우리는 곧장 가스실에 넣어질 거야. 그곳에서 마지막 힘을 모아 사랑을 하자."

"그래요, 오빠~ 그런데 오빠 우리가 지금 어디로 가는 거야?"

조선인 여자 마루타의 의식이 오락가락하는 모양이었다. 시노즈카는 마루타들이 무슨 말을 하는지 알아들을 수가 없었다. 마지막을 향해 비틀비틀 걸어가면서 도란거리는 소리가 그의 가슴을 헤집었다. 그는 죽으러 가는 자들 앞에서는 항상 죄인이란 마음을 가졌다. 그런데 불행하게도 조선인 마루타의 사랑을 알고 있는 시노즈카의 가슴에는 항상 세이코의 모습이 떠올랐다. 박순금이란 조선 마루타는 투박하게 생겼지만, 세이코는 항상 상냥하고 부드러운 여자였다. 시노즈카는 이런 순간이 가장 견디기 어려웠다. 순간 세이코가 보고 싶다는 생각이 물밀 듯 가슴에 밀려왔다.

그들은 모두 다카하시 반을 양쪽에 끼고 걸었다. 그들은 금방 좌측으로 해부실을 지나왔다. 실험을 당하다 죽은 마루타들은 어김없이 해부실로 보내진다. 살아서 해부실에 보내진 자보다 죽어서 보내진 자들은 어쩌면 행복한 마루타인지 모른다. 해부실 곁에 붙어있는 욕실 쪽에서 매캐한 승홍수 냄새가 났다. 해부를 마친 기사의사들은 욕실에 들어가 시체 냄새를 지우려고 박박 몸을 문질렀다. 다카하시 반을 지나니 가사하라 반이 작업하고 있는 가스실험실과 가스 저장실이 보였다. 어느새 총무부의 조사과 인쇄반과 사진반에서 나와서 취재에 열을 올리고 있었다. 인쇄반과 사진반 대원들은 마루타 실험을 자세히 찍어서 보관했고, 실험상황을 하나도 놓치지 않고 기록했다.

가스실험실에서 소년 대원 료타는 마루타를 기다리고 있었다. 바이러스실에서 주로 일을 하는 료타를 시노즈카는 일과 중에 자주 만날 수가 없었는데 마루타를 데리고 와서 직접 보게 되니 반가웠다. 하지만 그들은 서로 눈빛만 교환할 뿐 아무런 말을 하지 않았다. 어떤 경우에도 대원들끼리 비밀스런 말을 주고받을 수가 없었다. 실험 중에는 그들은 오직 침묵해야 했다.

"가사하라 반장, 어서 준비하시오."

"하이!"

이시이 중좌가 가사하라 반장에게 지시하자 가사하라 반장이 활짝 웃으며 가스실험실의 통제실로 들어갔다.

"료타 씨, 나 좀 도와줘요."

"그러지요."

시노즈카는 료타 씨와 함께 가스실험실 앞에서 잽싸게 조선 마루타 연인들을 실험실 안으로 밀어 넣었다. 시노즈카는 마루타들의 목숨이 몇분 밖에 남지 않았다는 것을 알고 동작을 서둘렀던 것이었다. 가스실로 독가스가 들어오기 전에 마지막 사랑을 나눌 수 있도록 배려한 것이다. 조선 마루타들은 이게 마지막인 줄 알기에 시노즈카의 바람처럼 가스실에 들어가자마자 껴안으며 바닥에 뒹굴었다. 마루타들의 이런 모습을 일행들은 신기하게 바라보았다. 마루타들의 이런 장면을 보고 버럭 화가 났던 사람은 엔도 사부로 소좌였다. 김동철이란 조선인 마루타에게 사타구니를 차이고 나서 아직도 아랫도리가 불편했다. 밤마다 안았던 요이코를 안지 못한 지도 몇 주가 되었다.

"가사하라 반장, 당장 저것들을 분리하시오!"

엔도 사부로 소좌가 소리쳤다. 마루타 남녀가 껴안는 것을 보고 엔도 사부로는 분통이 터졌다.

"엔도 사부로 소좌, 보기 좋은데 우리 눈요기나 합시다."

이시이 시로 중좌가 헤벌쭉 웃으며 말했다. 이시이의 눈빛이 활활 타올랐다.

"이시이 중좌님, 안 됩니다. 황홀하게 죽도록 내버려 둘 수가 없습니다. 이해해 주십시오."

"엔도 소좌, 죽어가는 마당에 그럴 것까지야 뭐 있나? 이런 활동사진은 보기 힘든 장면인데 그냥 두고 봅시다."

혼조 시게루 사령관이 볼만하다는 식으로 말했다. 엔도 사부로는 사령관의 말에 어쩔 수 없이 두고 볼 수밖에 없었다.

"이시이 중좌님, 이제 가스를 분사해도 될까요?"

가사하라 반장이 화가 잔뜩 나서 물었다.

"5분 뒤에 분사합시다."

"조사과 사진반, 어서 들어가 사진을 찍어라!"

"하이!" 사진 반에게 지시하자 잽싸게 사진 반원 두 명이 헐레벌떡 가스실로 뛰어 들어갔다. 조선인 마루타들은 완전히 하나의 몸처럼 붙었다. 격렬하게 사랑의 행위를 하고 있었다. 시노즈카는 죽음 앞에 치러진 사랑의 행위가 순간 신성하게 느껴졌다. 사진 반원 두 명이 마루타들에게 바짝 접근해서 열심히 사진을 찍었다. 다나까 대위의 표정은 몹시 흡족해 보였다. 마루타들은 쩝쩝 입을 맞추었다. 힘이 없어 쓰러질 것 같았는데 그들은 옷을 벗고 몸을 결합했다.

다나까 정보 대위가 사진반이 찍은 사진을 은밀히 인화해서 돈벌이를 한다는 사실을 아는 사람은 아무도 없었다. 다나까는 사진 반원들이 마음에 들지 않은 지 직접 가스실 안으로 들어가더니 사진기를 빼앗아 찰칵찰칵 원하는 장면을 찍기 시작했다. 마루타들은 여전히 한 몸처럼 붙어서 격렬하게 흔들고 있었다. 어느 순간, 마루타들은 알몸인 채로 뒹굴어 위치가 바뀌었는데 다나까는 이런 순간을 놓치지 않으려고 미친 듯이 사진기의 플래시를 눌렀다. 이러한 다나까의 행동을 눈여겨보는 사람은 이시이 중좌도 엔도 사부로 소좌도 아니었다. 마루타를 관리하는 특별반의 시노즈카 소년 대원이었다. 그는 정보장교가 상부에 보고를 하기 위해 저토록 열심히 사진을 찍지는 않을 것이라고 생각했다. 아직 결혼을 하지 않은 노총각인 다나까 대위가 음탕한 사진을 은밀히 침실에 숨겨두고 즐기는 것도 아닐 것이라고 생각했다. 다나까 정보장교는 일본인 거류지 헌병대를 밥 먹듯 들렀다. 이렇게 바깥출입을 자주 하게 되면서 생긴 버릇 중의 하나가 바로 악착같이 마루타의 사진을 찍는 것임을 시노즈카는 넌지시 짐작하고 있었다.

"더는 못봐 주겠다.. 다나까 대위, 어서 가스실에서 나와라."

다나까 대위는 엔도 사부로의 지시에도 한참 동안 사진을 찍었다. 이시이 중좌의 이마에 주름이 잡히려는 순간 다나까 대위는 가스실 밖으로 나왔다.

"이시이 중좌, 이 사진은 앞으로 어떻게 처리 되오?"

"인쇄반에서 인화를 해서 실험자료를 작성합니다. 가스주입량과 사망시간, 시체 강직성, 남녀의 사망시간 차이 등을 엔도 사부로 소좌가 면밀히 분석하게 되지요."

"엔도 소좌의 공이 무엇보다 크군요. 프랑스 육군대학에서 독가스 무기에 대해 공부를 하셨다고 들었는데 이시이 중좌와 엔도 소좌의 공적으로 앞으로 도고부대의 위상이 하늘을 찌르겠군요."

"과찬이십니다. 대일본제국의 번영을 위해 몸 바쳐 일하는 것이지 일신상의 영달을 위해 일하지 않습니다. 마루타가 죽는 순간이 이제는 세계를 향해 장엄하게 펄럭이는 일장기의 몸부림이듯 여겨지곤 합니다."

엔도 소좌가 얼굴을 붉히면서 말했다. 시노즈카는 순간 엔도 소좌의 얼굴을 뚫어지게 바라보았다. 그는 누구보다 자신의 명예욕과 영달을 위해 일하는 사람이 엔도 사부로 소좌라고 생각하고 있었다.

"하하하~ 장차 두 분을 위해 대일본제국에서 큰 훈장을 내릴 것이오. 가스 실험을 마치고 어서 다음 실험실도 구경하고 싶소."

"그래야지요. 다나까 대위, 어서 저것들을 떼어내 눈에 잘 띄게 벽에 세운 다음 집행하도록 하시오."

"하이!"

다나까 대위와 시노즈카 대원이 마루타를 떼어낸 다음 벽에 세워 멜빵으로 하체를 고정했다. 마루타들은 모두 땀으로 범벅이 되었다. 시노즈카는 그들을 향해 작은 소리로 입을 열었다.

"함께 꼭 천국으로 가시오. 그리고 나를 용서해 주세요."

시노즈카가 다나까보다 늦게 실험실에서 나왔다. 이시이와 엔도 소좌가 신호를 하자 통제실에서 가사하라 반장이 기계를 작동시켰다. 가스 분사 버튼을 누르자 쉬~하는 바람 소리와 함께 연기 같은 분말이 가스실에 퍼져 올랐다. 가스는 가스실의 바닥 쪽에서 천천히 올라왔다. 마루타들은 가스가 하얗게 올라오자 하체가 고정 당한 채로 상체를 힘껏 돌려 팔을 뻗었다. 사진반 대원이 마루타를 향해 창유리 밖에서 찰칵찰칵 사진을 찍었다. 1분이 경과하면서 마루타들은 서로 힘껏 붙잡고 있는 팔을 놓쳤다. 2분이 경과 하면서는 모두 허리가 아래로 꺾였다. 3분에 접어들자 그들은 의식을 잃었다. 조선인 남녀 모두 팔을 아래로 늘어뜨리고 허리를 반쯤 꺾은채 죽었다. 다나까 정보 대위가 열심히 이러한 과정을 기록했고, 가사하라 반장은 통제실에서 뒤처리 작업을 하고 있었다.

조선인 마루타들이 팔을 늘어뜨린 채로 죽자 이시이와 엔도 사부로, 혼조 시게루 사령관, 하시모토 단장은 격정적으로 박수를 보냈다. 박수 소리에 이마를 찡그린 사람은 시노즈카와 바이러스 반의 료타 대원이었다. 다나까 정보 대위가 소년 대원들의 표정을 살짝 들여다보았지만 다나까 대위 역시 흡족한 얼굴이었다. 가사하라 반장이 통제실에서 실험을 마치고 나오자 이시이 중좌가 격려해주었다.

"가사하라 반장, 고생이 많았소. 아주 훌륭하오."

가사하라 반장이 허리를 넙죽 숙였다.

"개방된 공간에서 한꺼번에 적들의 목숨을 끊는 게 이제 관건이군요. 가사하라 기사, 내가 저번에 제시한 사람의 몸을 이용하면 동물보다 독성이 강해진다는 말이 이제 입증이 되었소?"

이시이 중좌가 잔뜩 흥분된 표정으로 말했다.

"어느 정도는 입증이 되었다고 할 수 있습니다. 하지만 우리가 개방된 공간에서 적을 세균무기나 가스로 살상하기 위해서는 보다 많은 실험이 필요하지요. 특히 전쟁터에서 수많은 적을 살상하기 위해서는 특별한 살포방법을 적용하여야 합니다."

가사하라 반장의 설명에 이시이 시로 중좌는 이해한다는 듯 고개를 끄덕였다.

"내가 지난번에 제시한 방법의 항공 살포는 언제 실험이 가능하오?"

엔도 사부로가 가사하라 반장에게 물었다.

"실험이야 당장 가능합니다만, 마루타들을 대상으로 하기에는 아직 실험재료에 대한 손실이 너무 클 거 같아서 말입니다."

"하면 적은 수의 마루타로 실험을 해서 통계적으로 비율을 내어 결과를 도출하면 되지 않겠소?"

엔도 사부로 소좌가 모두 들으라는 식으로 큰 목소리로 말했다. 마루타를 관리하는 시노즈카의 머릿속에 당장 항공실험 현장으로 데리고 나갈 마루타들의 얼굴이 빠르게 떠올랐다. 몸이 만신창이처럼 망가져서 실험실에 누워 있는 것으로도 얼마 살지 못할 마루타들이었다.

"즉시 개방된 장소에서 가스실험을 하는 것보다 비행기를 통해 먼저 세균투하실험을 해보는 것이 현명할 것 같습니다."

가사하라 반장이 대답했다. 개방된 외부공간에서 가스실험을 하는 것이 아직은 시기상조라는 생각이 들었다. 특별한 장치를 사용하지 않으면 가스를 투하하는 즉시 넓은 대기 속에 흩어지게 되니 적을 살상하기가 어려울 것이었다.

"가사하라 반장의 말에 동의하오. 그래서 내가 본국에서부터 연구한 방법이 있는데 상황이 촉박하니 서두르는 게 좋겠소. 오늘은 다들 몸도 피곤하니 잠시 저쪽 해부실에서 해부하는 것으로 마무리하고 내일 내가 본국에서부터 연구해온 방법을 곁들여서 몇 가지 그간 미루어 온 다른 실험을 해보는 게 좋을 것 같소."

이시이 시로 중좌의 말에 엔도 사부로를 비롯한 모든 시찰단이 동의했다. 시찰단을 데리고 이시이 중좌와 엔도 소좌는 시체 해부실로 향했다. 마루타들의 시체를 씻고 해부실로 옮기는 일은 소년 대원들의 몫이었다.

시노즈카와 료타 대원이 다른 대원들과 함께 시체를 세척실로 옮겼다. 마루타의 시체를 기다란 나무 탁자 위에 올려놓고 씻기 시작했다. 조선인 마루타들은 독가스를 마신 탓에 온몸이 파랗게 변해 있었다. 그러나 박순금이란 마루타나 김동철이란 마루타나 몸속에는 아직 따뜻한 기운이 남아있는 듯했다.

시노즈카와 다른 소년 대원들은 죽은 마루타들의 시체 앞에서 묵념을 올렸다. 교육을 받을 때는 마루타를 절대 사람으로 생각하지 말고 그저 통나무로 생각하라는 것이었지만 소년 대원들은 의견을 모아 비밀리에 마지막 떠나는 마루타들의 명복을 빌었다. 그것은 일종의 죄의식에서 벗어나고자 하는 작은 몸부림이었는지 모른다.

시노즈카는 자루 달린 솔과 고무호스로 정성껏 마루타의 몸에 물을 끼얹으며 닦아 주었다. 처음에 대원들은 시체를 씻으면서 부들부들 떨렸지만, 시간이 흐르게 되니 자연스럽게 익숙해졌다. 담력을 키우려고 처음에 마루타를 총검으로 찌르는 연습까지 했을 정도였다. 이것이 도고부대에 붙들려온 소년대 교육의 필수코스였다. 바이러스 실험으로 죽은 마루타의 경우에는 감염위험이 있어서 시체를 세척 하는 작업이 위험했다. 하지만 독가스 주입은 그럴 염려가 없었다.

"시노즈카 씨, 나는 오늘 저녁식사를 하지 못할 것 같소."

료타 대원이 시노즈카를 향해 입을 열었다.

"우리 대원들 중 마루타 시체 씻고 저녁식사 제대로 한 사람 있나요? 당연히 먹지 못하겠죠."

시노즈카가 료타에게 동의하는 말을 흘리자 다른 대원들이 열심히 고무호스로 물을 뿌리면서 풀 없이 웃었다.

"시노즈카 씨, 우리 식사시간에 그럼 7동 뒤쪽 테니스 코트장 벤치에서 만납시다."

료타 씨의 사뭇 진지한 표정을 보자 시노즈카 역시 진지한 표정이 되었다.

"시체를 씻는 날은 무척 피곤한데~ 무슨 할 얘기 있나요? 료타 씨 가만 보니 외부교육 받고 온 뒤부터 사람이 진지해진 것 같은데~"

"시노즈카 씨, 이따 테니스 코트장에서 얘기 합시다."

료타 씨가 시노즈카에게 이렇게 진지하게 얘기했던 적은 없었다. 시노즈카는 료타 씨가 외부교육을 받고 와서 어딘지 모르게 달라졌다는 생각이 들었다. 안산鞍山에 있는 무슨 물리연구소에서 교육을 받고 오더니 만주의대 정신신경과에 또 교육을 받으러 갔다. 도고부대에서 처음에는 같은 숙소에서 생활했지만 몇 해가 지나더니 숙소 동료를 교체했다. 그런 탓에 비교적 친숙하게 지냈던 료타 씨나 쥰 씨와 밤에 숙소에서 만나 얘기를 나눌 시간이 거의 없었다.

조선인 마루타를 깨끗이 씻겨 시체를 해부실에 운반했다. 시찰단이 관람실에서 흥분된 모습으로 시체실을 지켜보고 있었다. 이시이 시로와 엔도 사부로 역시 흥분된 표정으로 얘기들을 나누고 있었다. 시체 2구가 반듯하게 시체대에 눕혀지고 가사하라 반장과 엔도 사부로, 이시이 시로가 시체대 앞으로 걸어왔다. 이시이 시로가 직접 메스를 들어 망설임 없이 조선인 마루타의 배를 갈랐다. 검붉은 피가 흘러나왔고, 소년 대원들이 흘러나온 피를 거즈로 열심히 닦아냈다. 이시이는 간肝을 비롯하여 콩팥 같은 장기들을 거침없이 적출했다. 노릿한 내장 냄새가 실험실 주변을 채웠다. 사진 반원이 사진을 부지런히 찍었다. 다나까 정보 대위는 조선인 마루타 박순금의 음부를 향해 부지런히 셔터를 누르고 있었다. 그녀의 음부는 참혹했다. 핏물까지 음부에서 흘렀을 정도였다.

"폐에 침습한 독가스와 혈중 독가스 농도를 체크해 주시오."

이시이 시로의 말에 가사하라 반장이 비닐장갑을 끼고 마루타들의 폐에 키트지를 집어넣었다. 조선인 마루타들은 둘 다 폐가 검은 것으로 보아 담배를 많이 피운 모양이었다.

"폐의 전체를 순식간에 독가스가 침입했습니다."

가사하라가 갈비뼈를 젖히고 흉강 내부의 폐를 뒤적이며 말했다.

"호흡곤란, 맥박 정도는 체크가 되었소?"

이시이 시로가 물었고, 다나까 정보장교는 열심히 기록하고 있었다.

"예, 정보장교가 초 단위별로 증상을 기록해 두었습니다."

"사망원인은?"

이시이 시로의 물음이었다.

"당연히 독가스 중독이죠. 10초 만에 현기증, 30초 만에 구토 발생, 3분 이내 완전 사망입니다."

이시이 시로가 껄 껄 웃었다.

"혈액농도는 어떤가?"

엔도 사부로 소좌가 가사하라 반장에게 물었다. 가사하라 반장은 혈청 담당인 우쓰미 가오루內海薰 반장에게 걸어가서 실험의 결과를 물은 다음 고개를 끄덕이며 익숙한 듯 거침없이 대답했다.

"0.01%에 구토, 0.1%에 바로 사망입니다. 일산화탄소가 1.28%에서 1~3분 이내에 사망에 이르는 것을 볼 때 독가스에 의한 사망은 10배 이상 효과가 뛰어나다고 할 수 있습니다."

"가사하라 반장, 수고 많았소. 우쓰미 반장도 수고 많았소. 오늘 실험은 대일본제국이 세계를 제패하기 위한 중요한 밑거름이 될 것이오."

이시이 시로가 아주 어깨를 으쓱하며 칭찬 삼아 말했다. 시찰단들이 고개를 끄덕이며 박수를 보냈다. 그들은 시체에서 풍기는 비릿한 냄새에도 아랑곳하지 않고 마치 현장을 즐기고 있는 듯했다. 가사하라 반장이 덧붙였다.

"최종사망은 합병증의 소견을 보입니다. 독가스 중독을 중심으로 부정맥이 나타났고, 대소변 조절 장애가 나타났습니다. 아마 두개골을 절개해보면 심각한 뇌 손상을 확인할 수 있을 것입니다."

"오늘은 이만하면 됐소. 내일 또 볼만한 실험들이 기다리고 있을 테니까 오늘은 이만 돌아가서 저녁 겸 술이나 한잔합시다."

이시이를 비롯한 시찰단이 모두 돌아가고 시노즈카와 료타 등 소년 대원들이 마지막으로 마루타의 시체를 처리했다. 소년 대원들은 폐와 간, 위, 십이지장, 췌장 등을 예리한 칼로 절단했다. 이렇게 표본실에 보낼 장기를 따로 절제하여 분류한 다음 나머지 장기는 대충 뱃속에 집어넣어 흐르지 않도록 피부를 꿰맸다.

바퀴가 세 개 달린 수레에 조선인 마루타를 각각 담아 베이강 시체소각로를 향했다. 시체소각로에 도착해서 소년 대원들은 잠시 마루타 시체를 향해서 묵념을 하고 시체를 시체소각로 대원들에게 인계하고 모두 헤어졌다. 그들의 뒤로 높게 솟은 굴뚝에서 검은 연기가 올라왔다. 시노즈카는 굴뚝에서 솟구쳐나오는 연기를 보지 않으려고 절대 뒤를 돌아보지 않았다.

7동 마루타실 뒤쪽 테니스장의 벤치에서 시노즈카는 료타 대원을 기다렸다. 동료대원들은 식당에 가지 않고 몸을 씻은 다음 모두 숙소로 돌아갔다. 마루타의 시체를 해부하고 소각하는 날에는 대원들은 하나같이 식사를 하지 못했다. 마루타들을 알고 지냈기에 복잡한 감정들이 들썩거려도 통제할 수가 있었지만, 식사만큼은 제대로 하지 못했다. 소년 대원들에게 금식은 마치 시체 해부 이후의 불문율처럼 되어버렸다.

"시노즈카 씨, 저녁 식사는 하지 않았죠?"

료타 씨가 물었다.

"하지 않은 게 아니라 하지 못한 거죠. 마루타의 시체를 해부하고 소각하는 날에는 먹은 음식을 어김없이 게워내고 마니까~"

시노즈카의 목소리에 지친 기운이 묻어 있었다. 시노즈카 뿐만 아니라 소년 대원들 대부분이 저녁 식사 후에 음식을 게워냈다. 실험실에서 마루타가 죽어 나가는 날은 시체 해부가 이어졌고, 시체 소각이 이루어졌다. 그런 날은 소년 대원 대부분이 음식을 먹지 못했다. 아무리 배가 고파도 음식을 넘기지 못했다.

"나한테 묻고 싶은 게 있지 않아요?"

"그래요. 묻고 싶은 게 많지만 상부에서 무엇이든 도고부대에서 일어나는 일은 묻지도 말고 듣지도 말라고 했잖아요."

료타 씨의 말에 시노즈카가 힘없이 대답했다.

"그렇지만 이대로 가다간 아마 우리가 미쳐버릴 줄도 모르는데~ 내가 적어도 무슨 교육을 받고 왔는지는 물어도 되는 게 아닌가요?"

"특별히 알고 싶지도 않습니다. 우리는 어차피 속아서 여기까지 붙들려 온 게 아닌가요? 우리는 마루타를 처리하는 기계처럼 길들어졌어요."

"시노즈카 씨, 나는 이시이 중좌의 명을 받고 쇼와 제강소의 물리연구실에 다녀왔습니다. 그곳에서 오직 X-RAY 기계의 조작방법만 암기했어요. 입에 달리듯 암기하고 나니 이번에는 만주의대 정신신경과로 가라는 명령을 받았습니다. 그곳에서 척수액이란 용액 검사를 익혔습니다. 하지만 내게 별다른 변화는 없었어요. 봉천奉天의 동선당同善堂이란 데로 가라는 지시를 받고 그곳으로 갔는데 바로 그곳에서 내게 변화가 생긴 거예요."

"동선당이요? 처음 들어보는 얘긴데~"

시노즈카는 어둠이 짙게 깔린 테니스장의 벤치에서 료타 씨를 빤히 바라보았다. 동선당이란 말은 정말 처음 들어보는 말이었다.

"아마 얘길 들으면 놀랄 겁니다. 나는 그곳에서 엄청난 범죄를 저질렀습니다."

료타 씨가 길게 숨을 내뱉으면서 고백하듯 말했다.

"엄청난 범죄라니 무슨 말이예요?"

시노즈카의 눈빛이 날카롭게 료타의 눈빛을 쏘아보았다. 소년 대원의 범죄는 자의에 의한 것이 아니라 강제된 범죄임을 모르지 않았다. 그들이 도고부대에서 은밀히 저지르고 있는 범죄 역시 자의에 의한 것이 아니지만 도의적

책임에서 자유로울 수는 없다고 생각했다.

"동선당은 고아孤兒 수용시설이었어요."

"중국인 고아 말이죠?"

료타 씨는 묵묵히 고개를 끄덕였다. 시노즈카는 봉천에서 정기적으로 반입되는 마루타가 있음을 잘 알고 있었다.

"조선인 고아도 간혹 섞여 있기는 했지요. 나는 그곳에서 엄청난 죄를 지었습니다. 고아 중에서 마루타로 쓸만한 고아들 선별작업을 바로 내가 했던 것이지요. 처음에는 몹시 망설였지만, 상부의 명을 거스르기도 힘들었고 나도 또한 변화를 주고 싶어 어쩔 수가 없었어요."

료타 씨가 벤치에서 일어나더니 담배를 꺼내 물었다. 시노즈카 역시 안쪽 주머니에서 담배를 하나 꺼내 입에 물었다. 둘은 한참 동안 담배 필터를 깊게 빨아 진한 연기를 뿜어냈다. 둘은 침묵하는 동안 담배만 깊게 빨아 연기를 풀풀 날려 보냈다. 담배를 절반 정도 피운 이후 시노즈카는 바닥에 짓뭉개버리고 물었다.

"료타 씨, 변화를 주고 싶어 어쩔 수 없었다고요?"

"나도 사람이니까요."

료타 씨는 말하면서 고개를 숙였다.

"무슨 감미로운 말로 저놈들이 료타 씨를 유혹했나요?"

"나는 곧 하사관 양성 교육을 받게 될 겁니다."

료타 씨의 목소리에 갑자기 자신감이 실렸다.

"도고부대에서 실시하는 하사관 양성 교육 말입니까? 본국에서 젊은 청년들을 강제로 데려와서 관동군 부대에 총알받이로 내보내려는 작전 말이오."

시노즈카는 비록 조국이지만 일본이 미쳐가고 있다는 생각이 들었다. 세계를 제패하기 위해 세균전을 준비하고 적을 살상하기 위해 포로를 마루타로

삼는 것은 인간적인 측면에서 용서할 수 없는 죄악이었다.

"맞아요, 시노즈카 씨~"

"료타 씨는 하사관이 되는 게 좋은가요?"

시노즈카는 료타 씨의 말을 들으니 공연히 화가 났다.

"날마다 마루타들에 증오의 눈빛을 마주하는 것보다야 낫지 않겠어요? 전쟁터에 나가 차라리 우리의 적군과 싸우는 게 낫겠지요. 운이 좋으면 군의부軍醫部에 배치받을 수도 있을 테고~"

"료타 씨, 만약 우리 조국이 나중에 전쟁에서 패하게 된다면 우리는 무사할까요? 우리는 전쟁 포로들이나 무고한 주민들을 엄청나게 살상하고 있어요. 만약 우리가 패망한다면 우리는 범죄자로 붙잡혀 처형을 당할 수도 있단 말이지요."

"아무리 우리가 패망한다 해도 국가가 시킨 일인데 우리에게 죄를 물을 수가 있나요? 우리는 자발적으로 범죄행위를 하고있는 게 아니란 말입니다. 죄를 물으려면 이시이 이놈이나 엔도 사부로 같은 놈들한테 물어야 옳지요."

"료타 씨의 말에 공감합니다. 하지만 지금 우리가 사는 세상이 미쳐 있는데 정의라는 게 작동이 되겠어요? 게다가 전쟁에 패한다면 세상이 더욱 혼란스러워질 텐데 옳고 그른 것을 판단할 수가 있겠느냐 말에요. 나는 그냥 마루타들에게 심정적으로는 잘 대해주고 싶은 사람이에요. 시노즈카 씨야 시체해부 후에 가장 먼저 저녁 식사를 하지 못한 사람이 아닌가요?"

"쳇~ 그러면 뭐하나요? 마루타들은 우리를 짐승처럼 바라보고 있는데~. 우리가 장차 전쟁에서 패망하면 저놈들은 가장 먼저 우리부터 잡아 죽이려고 할 겁니다. 그런데 료타 씨, 이런 얘길 하려고 은밀히 이곳에서 나를 보자고 한 겁니까?"

도고부대에 관한 얘기는 아무리 친한 동료라도 하지 않는 게 불문율이었다. 그런데 진지한 태도로 만나자 해놓고 고작 뻔한 도고부대에 관한 얘기라니 약간은 실망스럽기 짝이 없었다.

“그럴 리가 있나요. 엄청난 비밀정보를 가지고 왔지요.”

“비밀정보요?”

시노즈카는 료타 씨를 물끄러미 바라보았다. 테니스장에서 운동을 마친 고등관들이 짐을 챙겨 돌아가고 있었다. 고등관들은 가족들이 있는 관사 구역으로 돌아갈 것이다. 도고숙사라는 이름의 관사는 가족관사도 있고 독신자 관사도 있으며 병사들의 가족이 생활하는 공간도 있었다. 일상생활에 필요한 부속시설이 빠짐없이 들어섰는데 가족병원도 있고 학교, 상점, 음식점, 유곽도일종의 창녀촌 있었다. 겉으로 봐서는 도고부대가 잔인하기 이를 데 없는 인체실험의 지옥임을 전혀 알아차릴 수가 없었다. 고등관들이 힐끗 쳐다보면서 등을 보이고 멀어지자 료타 씨가 조심스럽게 말을 꺼냈다.

“시노즈카 씨의 친구에 대한 소식을 들었습니다.”

“내 친구 소식이라니요?”

처음에 마치 료타 씨의 목소리가 환청처럼 들렸다.

“세이코 씨의 행방을 내가 알고 있어요.”

“아니 뭐라고요? 세이코의 행방을 료타 씨가 알고 있단 말예요?”

시노즈카는 세이코의 행방을 알고 있다는 료타 씨의 말에 온몸을 파르르 떨었다. 도고부대에 들어온 이후 오랜 세월이 흘렀지만 세이코에 대한 소식을 들을 수가 없었다.

“나도 처음에는 믿어지지 않았어요.”

“세이코는 지금 어디 있나요?”

시노즈카의 마음이 다급해졌다.

“만주 하얼빈에 있습니다.”

"하얼빈 어디에 있습니까? 세이코를 직접 만나 보았나요?"

"직접 보지는 못했지만 하얼빈의 외곽 저택에 있었지요."

시노즈카는 료타 씨의 말에 다시 한번 놀라지 않을 수가 없었다.

"하얼빈의 외곽 저택이라니오? 지금 하얼빈 외곽 저택에 살고 있단 말이오?"

"지금은 아닙니다."

료타 씨는 엄청난 비밀정보를 떨궈주면서도 서두르지 않았다.

"그럼 세이코는 지금 어디에 있습니까?"

"세이코 씨는 지금 프자덴의 한 유곽에 있습니다."

시노즈카의 머리카락이 바짝 서는 느낌이었다.

"아니 유곽에 있단 말이에요?"

"술집의 기생이 되었단 말이지요."

료타 씨의 입에서도 한숨이 흘러나왔다. 시노즈카는 순간 엄청난 죄책감이 들었다.

"료타 씨는 이런 사실을 어떻게 알게 되었소?"

"우리와 함께 소년대에 들어온 예쁘장한 여자를 기억 하시나요?"

시노즈카의 뇌리에 불쑥 예쁜 여자의 얼굴이 떠올랐다.

"키요코란 여자 말입니까?"

"시노즈카 씨도 기억하고 있군요."

료타 씨의 호흡이 비로소 가빠지고 있었다.

"기억하지요. 세이코처럼 예뻤고 그래서 세이코와 가장 친했던 소년 대원 아닙니까? 소년 대원 서른 명 중 여성 대원은 달랑 다섯 명이었으니까 기억하고도 남지요."

"키요코라는 여자를 바로 동선당에서 만났습니다."

"그래요? 그럼, 키요코라는 여자도 동선당에서 일을하고 있었나요?"

세이코에 대한 소식을 묻는다는 것이 순간 두렵게 느껴졌다. 그래서 키요코에 대한 안부로 당혹스러움을 조절하고 있었다.

"차라리 동선당에서 일을하는 여자로 만났다면 괜찮았을 거예요. 키요코는 동선당에 맡겨놓은 자신의 아이를 만나러 정기적으로 오고 있었어요."

"아이요? 그럼, 세이코의 소식을 키요코에게서 들었군요."

시노즈카는 크게 숨을 들이마셨다.

"그래요. 키요코 씨는 관동군 소속 어느 부대장 아이를 낳아서 길렀는데 버림을 받았다고 합니다."

"세이코도 키요코 씨처럼 일본 군인의 아이를 낳았나요?"

이렇게 물으면서 시노즈카는 몸을 파르르 떨었다.

"아이를 낳은 것은 아닌데~"

"왜 말끝이 그렇게 짧아요?"

시노즈카는 숙였던 고개를 불쑥 쳐들었다.

"시노즈카 씨, 놀라지 마십시오. 세이코 씨는 몇 해 동안 이시이 시로 중좌의 여자로 지냈답니다. 지금은 기생이지만 한 때 하얼빈의 외곽 러시아 저택에서 철저히 이시이의 여자로 살았다고 하오."

"흥, 이제야 이놈들의 술수를 알겠군요. 예쁜 여자애들을 뒤로 빼내서 자기네 여자로 만들었던 거군요. 이시이의 여자가 되었으면 끝까지 이시이의 여자로 남았어야지 기생이 되었다면 철저히 버려진 게 아닙니까?"

"그렇다고 합니다. 세이코 씨는 하얼빈 프자덴 거리에서 제법 잘 나가는 기생이라고 하네요. 시노즈카 씨에 대해 세이코 씨는 아무것도 모른다고 합니다. 이시이 시로 중좌는 철저히 731부대의 존재를 외부에 숨기고 있었던 것이지요."

"세이코를 만날 방법이 있을까요? 프자덴 거리의 잘 나가는 기생이라면 내가 일단 외부에 나갈 수 있어야 할 텐데 뭐 좋은 방법이 있을까요?"

"방법이 있습니다."

료타 씨의 말에 시노즈카는 정신이 번쩍 들었다. 무슨 방법을 써서라도 세이코를 만나야 한다는 생각뿐이었다.

"뭐든 할 테니 료타 씨, 내게 방법을 알려 주세요."

시노즈카는 벌써부터 가슴이 뛰기 시작했다. 세이코를 만나볼 수 있다는 생각을 하니 긴장도 되면서 설레기도 하였다. 세월이 많이 흘렀는데 세이코는 어떻게 변해 있을까? 비록 지금은 기생이 되어 있다고 해도 어떻게 해서 한때 이시이의 여자로 살았단 말인가. 시노즈카는 이제야 이시이 중좌가 자신을 외면할 수밖에 없었던 정황을 이해할 수 있었다.

"다나까 정보 대위한테 외출증을 받아내면 가능합니다."

"어떻게 외출증을 받아낸단 말이죠? 그리고 이곳에서 밖으로 나간다 해도 일본인 거류지 위병소에서 꼼꼼히 조사하지 않나요?"

도고부대 밖으로 나간다는 생각은 꿈에서도 하지 못했다.

"다나까 정보 대위가 그래서 필요한 거예요. 다나까 대위는 특별감찰부 헌병대와 긴밀히 연결되어 있어요."

"특별감찰부 헌병대요? 무슨 뜻이죠?"

헌병대라는 말에 시노즈카는 다시 한번 놀랐다.

"말하자면 길어져요. 그저 헌병대와 합이 너무 잘 맞아서 부지런히 돈벌이를 하고 있다 뭐 이런 말이지요."

"아 그렇군요."

이제야 세상 돌아가는 이치를 알 것 같았다.

"시노즈카 씨는 특별반에 근무하잖아요. 마루타를 관리하는 일이니까 다나까 대위의 환심을 충분히 살 수 있다고 생각해요."

“내가 다나까 정보장교한테 무슨 도움을 줄 수 있을까요? 다나까 대위의 환심을 사는 방법이 뭐가 있을까요?”

시노즈카는 정말 절박하게 세이코를 만나보고 싶었다.

“예쁜 마루타들을 제물祭物로 바치는 것이지요.”

“제물이요?”

료타 씨의 말에 시노즈카는 다시 담배를 하나 꺼내물었다.

“사진기를 가지고 들어와서 맘껏 사진을 찍도록 해주면 되지요. 발가벗은 여자 마루타의 사진은 프자덴 거리에서 비싼 값에 팔려나간답니다. 간혹 독방을 열어주면 아마 2주에 한 번은 외출할 수 있도록 해주지 않겠어요?”

“아~ 나는 이런 세계가 있는 줄은 몰랐는데 정말 도고부대는 놀라운 곳이군요. 그렇다면 세이코가 있는 유곽은 프자덴 어디입니까?”

“거기까진 나도 잘 모릅니다. 분명한 것은 다나까 정보장교가 긴밀히 그들을 만나고 있다는 느낌을 받았어요. 내가 시노즈카 씨에게 알려주고 싶은 정보는 이게 다예요. 나는 곧 하사관 교육을 받으러 갈 겁니다. 교육받고 군의부에서 부사관으로 일할 수 있었으면 좋겠어요. 인생을 이런 식으로 망치고 싶지 않아요. 인생은 단 한 번뿐이잖아요? 예쁜 여자 만나서 결혼도 하고 싶고 가정도 일구고 싶어요. 시노즈카 씨도 나와 같은 꿈을 꾸고 있지 않나요?”

시노즈카는 료타 씨의 말에 아무런 대답을 하지 못했다.

그들은 어둠이 짙게 깔린 테니스장을 함께 걸었다. 료타 씨가 어색하게 시노즈카의 손을 잡았다. 시노즈카는 료타 씨의 손이 가볍게 떨리는 것을 느꼈다. 아무리 찾아봐도 빛의 출구를 찾지 못한 도고부대에서 료타 씨는 나름대로 빛의 방향을 가늠하고 있었다. 빛의 출구는 사람의 의지에 따라서 찾을 수도 있고 찾지 못할 수도 있을 것이다. 시노즈카는 당장 세이코의 행방을 알아내는 일이 이곳에서 살아나갈 수 있는 빛의 출구라는 것을 깨달았다. 그날 료타 씨와 한참이나 손을 붙잡고 어깨를 들썩거리며 울먹인 이후 숙소로 돌아온 시노즈카는 밤새 한숨도 잠을 이루지 못했다. 이시이 시로에게 버림받은 세이코를 생각하면 한 순간도 잠이 오지 않았다.

3

731 도고부대는 아침부터 분주했다. 부대 정문으로 고급 자동차들이 줄을 지어 들어왔다. 이시이 시로 중좌와 엔도 사부로 소좌로부터 밤새 하얼빈의 고급요정에서 여흥을 즐긴 일행들은 도고부대 고등관 식당으로 돌아와서 또 밤새 술을 마시고 쓰린 속을 두부 오뎅탕으로 달랬다. 반주를 곁들여 속을 풀고 세균실험의 현장으로 일제히 향했다. 세균실험을 준비하는 대원들은 새벽부터 일어나 일상처럼 되어버린 실험현장을 정신없이 누비는 중이었다.

이시이 시로와 엔도 사부로의 안내하에 특별한 야외 실험장소로 이동했다. 731 청쯔거우城子溝 야외 실험장은 도고부대 본부에서 약 10km 정도 떨어진 곳에 있었다. 비밀을 최고로 중시하는 731부대이지만, 특히 비밀을 요구하는 실험은 야외 특설 실험장에서 진행하는 경우가 많았다. 도고부대나 관동군사령부 지도부는 세균무기를 개발하고 실험하는 그들의 비밀이 외부에 폭로되는 것을 가장 두려워하고 있었다. 천황마저 731부대의 존재가 외부에 알려지는 것을 극도로 경계하고 있었다.

"하시모토 단장, 여기까지 오느라 수고 많았소. 나는 관동군 수의총감 와타나베라고 하오."

"반갑소. 세균전에 대비해야 한다는 것을 미리 예측한 와타나베 총감의 혜안을 존경하고 싶소."

"혼조 사령관님, 어째 지난달에 뵈었을 때보다 얼굴이 많이 상해 보이십니다. 불철주야 대일본제국의 승리를 위해 전쟁을 하느라 고민 중이시니 누구를 탓할 수도 없지요."

"하하하~ 다카하시 수의부장께서 농담이 너무 심하시군요. 그래, 100부대를 대표하는 두 분께서 오셨으니 오늘 정말 좋은 구경 한번 기대해 보겠소."

100부대 역시 도고부대와 같은 세균부대라 할 수 있었다. 만주 창춘에 설립된 관동군 임시 병마수용소가 100부대의 전신前身이었다. 세균연구를 주로 하는 와타나베 수의총감에 의해 관동군 군마 방역창으로 명칭이 바뀌면서 100부대라는 별칭이 등장했다. 군마軍馬치료와 방역을 담당하는 부대로서 관동군사령관으로부터 훗날 가축 세균전 준비를 명령받게 되는 것이다. 소위 가축 세균전 준비부대였는데 백신 제조도 도맡았다. 동서로 0.5km, 남북으로 1km 규모에 이르렀고, 부대 복무자는 1천 명이 넘었다. 대개는 일본인이었으나 중국인도 300명이 넘었다.

"100부대는 비저균 전문입니다."

이시이 중좌와 엔도 소좌, 혼조 사령관과 하시모토 단장이 자리에 앉자 곧 다카하시 수의부장의 보고가 이어졌다. 다카하시는 작은 키에 배가 볼록했는데 말을 할 때는 마치 잘못 든 버릇처럼 고개를 좌우로 심하게 흔들었다.

"그래 100부대에서는 어떤 실험 결과물을 보유하고 있소?"

하시모토 단장이 흥미롭다는 표정으로 물었다. 혼조 사령관을 비롯한 다른 일행들은 100부대와 은밀히 내통하고 있어서 대충은 실험의 과정과 결과에 대해 알고 있었다.

"우리 100부대는 탄저균 및 비저균 전문으로서 직접 균주를 배양하고 있습니다."

"도고부대 전문인 페스트균이나 콜레라균에 비해 독성은 약하지만 가축에게는 강한 독성을 보이고 있지요. 따라서 군마 등의 가축에 타격을 줌으로써 적의 군대 기능을 마비시켜버릴 수가 있을 것으로 예상합니다."

다카하시의 말을 이어받아 엔도 사부로 소좌가 설명했다. 엔도 사부로는 이시이를 중심으로 수의총감 및 수의부장과 긴밀히 내통하고 있었다. 이시이 중좌의 머릿속에는 장차 100부대에서도 인간 생체실험을 활발히 하리라는 확신이 섰다. 마루타만 충분히 확보할 수 있다면 군마 실험 못잖게 인간 생체실험도 가능할 것이다.

"단지 적의 말馬에 타격을 준단 말이오? 적의 가축을 넘어뜨릴 속셈으로 100부대를 운용하고 있다니 실효적 측면에서 너무 빈약한 전략이 아니오?"

이시이가 항상 염려하는 대목을 하시모토 단장이 정확히 짚어내고 있었다. 와타나베 총감과 다카하시 수의부장이 머뭇거리는 틈을 타서 얼른 이시이 중좌가 말을 받았다.

"비저균을 섞은 귀리를 먹인 말 60마리를 방사했소. 가축 대상실험을 충분히 하였기 때문에 어떤 결과물이 나오리란 것은 다카하시 부장께서 잘 아실 것이오."

비저균에 감염된 말을 방사해 적들에게 전염시킬 목적이었다.

"우리 100부대는 그래서 야외실험을 많이 했던 것입니다. 방사한 말馬은 저 혼자 쓰러지지는 않습니다."

다카하시 부장이 이시이의 말에 덧붙였다.

"저 혼자 쓰러지지 않는다니 무슨 말이오?"

하시모토 단장이 뾰족한 목소리로 물었다.

"다른 말은 물론 다른 가축에게도 전염을 시킨다는 말입니다. 적진의 마사馬舍에 침투하여 비저균 섞은 음식을 투사할 수 있다면 적의 모든 말을 괴사시킬 수도 있을 것입니다."

다카하시 수의부장의 설명에 하시모토 단장의 얼굴에 살짝 미소가 돌았다.

이런 순간을 놓치지 않으려는 듯 이시이 중좌가 예상 밖의 말을 꺼냈다.

"하시모토 단장님, 100부대에는 격리소라는 곳이 있습니다."

"격리소요?" 단장의 목소리에서 감정의 여운을 감지하기 어려웠지만, 몹시 설레는 듯한 느낌이었다. 엔도 사부로 소좌 역시 자신의 공적을 드러내놓고 싶다는 듯 이시이보다 먼저 응대했다.

"강생원康生院이라고 마약중독환자들이 수용되어 있는 곳이지요."

"마약중독환자라면 가축이 아니라 사람이란 뜻인데~"

"예, 맞습니다. 실은 인간을 상대로 은밀히 생체실험을 몇 건 진행한 바 있습니다. 극비리에 하고 있어서 이렇게 공개한 적은 없지요."

세균전은 국제법으로 허용되지 않았다. 따라서 세균전 무기의 개발 역시 국제조약에 위배되는 행위였다. 그런 점에서 야외 실험장은 내부정보의 유출 걱정이 없었으며 100부대야말로 이상적인 생체실험의 공간이었다.

"이시이 중좌, 아주 잘 하셨소. 이왕 이렇게 되었으니 대일본제국의 승리를 위해 모든 힘을 한데 모아야지요."

"그럼, 본격적인 실험 장소로 이동하시지요."

시찰단의 규모는 100부대 관계자들이 참여하면서 더욱 커졌다. 장소를 옮겨 작은 강둑을 넘어 외딴 실험장을 향했다. 시찰단보다 먼저 소년 대원들이 10여 명의 마루타를 데리고 와서 실험준비를 마친 상황이었다. 이시이 중좌를 비롯한 시찰단이 실험실을 앞에 두고 간유리를 통해 내부를 관찰하고 있었다. 마루타들은 발가벗겨진 자신들의 모습을 내려다보며 수치스러운 듯 눈을 감았다. 마루타들의 몸은 대개 비쩍 마른 상태였다.

"저놈들은 포로들이오?"

하시모토 단장이 턱을 쭉 내밀면서 물었다. 발가벗은 5 명의 사내들은 원숭이 쳐다보듯 바라보는 시찰단을 향해 알아듣지 못할 말을 내뱉고 있었다.

"단장님, 실험실에서 저것들은 사람이 아니라 마루타통나무입니다. 우리는 실험실 안에서는 저 발가벗은 실험 재료들을 그저 마루타라고 부릅니다. 저것은 물건이지 생명체가 아니라는 말씀이지요."

이시이 중좌가 하시모토 단장을 향해 설명했다. 이시이 중좌가 설명하는 중에도 간유리 안에서는 마루타들이 팔뚝을 들어 보이며 욕설의 시늉을 했다.

"저놈들이 저러는 건 아직 살만하단 뜻이겠지~ 그럼, 도고부대와 100부대가 함께 준비한 실험을 보여주도록 하겠습니다."

"자, 잠깐~ 엔도 사부로 소좌. 여성 마루타들의 모습은 어찌 보이지 않소? 오늘 여자 마루타도 데리고 나온다고 하지 않았소?"

혼조 사령관은 실험을 참관할 때 여성 마루타의 젖가슴과 엉덩이, 음모 등에 특별히 관심이 많은 사람이었다.

"하하하~ 혼조 사령관님을 위해서 특별히 예쁜 계집들로 준비를 했지요. 이봐, 시노즈카 대원, 어서 엉덩이 큰 계집들을 전시실로 데리고 나오라."

"하이~"

명령이 떨어지자 소년 대원들이 익숙한 동작으로 여성 마루타들을 데리고 나왔다. 이제 간유리 너머로는 중앙분리대를 중심으로 좌우 5명씩 열 명의 마루타들의 모습이 보였다. 마루타들은 모두 발가벗은 모습이었다. 여성 마루타들은 젖가슴을 완전히 드러낸 상태였다. 여자들은 자신들의 벗은 모습을 물끄러미 바라보며 같은 처지임에도 몹시 부끄러움을 느끼고 있었다. 남자 마루타들과 중앙분리대를 사이에 두고 여자 마루타들도 나란히 줄을 섰다. 여자들의 젖가슴이 빈약한 초승달처럼 초라하게 덜렁거렸다. 남자 마루타들이 여자들의 젖가슴을 훔쳐보다 이내 고개를 숙였다.

다나까 정보장교는 입가에 회심의 미소를 지었다. 예쁜 여자 마루타를 대기시키라는 자신의 지시에 시노즈카 대원이 고분고분한 탓에 기분이 좋았다.

다나까는 어깨에 매달린 사진기를 꺼내 여자 마루타를 중심으로 순간의 움직임과 표정을 담아내기 시작했다. 시노즈카와 눈이 마주치자 다나까 대위는 눈까지 찡긋해 보일 정도였다.

엔도 사부로가 손짓으로 다음 지시사항을 내리자 소년 대원들의 동작이 분주해졌다. 소년 대원들은 밥그릇을 하나씩 마루타들 앞에 놓아두었다. 이번 실험을 위해 마루타들은 이틀을 꼬박 굶은 상태였다. 밥그릇이 하나씩 앞에 놓이자 마루타들은 마치 사흘 굶은 짐승처럼 밥을 퍼먹기 시작했다. 마루타들은 밥그릇을 보자마자 전혀 경계하지 않고 그릇을 비우고 있었다.

"독약효과 실험입니다."

이시이 시로 중좌가 의젓한 목소리로 설명했다.

"어떤 재료를 사용하였소?"

"흰독말풀과 헤로인, 피마자 씨앗으로 만든 독약이오."

엔도 사부로 소좌가 익숙한 말씨로 대답했다. 엔도의 표정이 밝아 보였다.

"독약을 넣었는데 저토록 미친 듯이 먹어댄단 말이오?"

"하하하~ 단장님, 저건 불쌍한 마루타를 위한 일종의 배려지요."

엔도 사부로가 껄껄 웃으며 대답했다.

"아니 당장 실험결과를 도출해내야 하는 절박한 순간에 배려라니요?"

"단장님, 저건 일종의 미끼랍니다. 이제 밥그릇이 비워지면 국그릇이 나올 겁니다. 독약은 바로 그 국물에 넣는 것이오. 국물 대신 죽을 먹거나 담배를 피우는 것들도 있지요. 죽과 담배에는 헤로인을 섞어 놓았지요."

"어디 한번 두고 보십시다."

헛기침을 하며 하시모토 단장이 재촉했다. 혼조 사령관은 자신의 시선을 오직 여자 마루타의 가슴과 하체에 집중하고 있었다. 다나까 정보 대위는 사진반 대원과 함께 열심히 사진을 찍고 있었다.

"저기 뒤쪽 키가 큰 여자 마루타는 정말 아깝소."

"단장님, 저 마루타는 러시아 여자입니다. 체형이 크고 하얀 피부에 몸매가 독특한 게 눈에 확 들어오죠?"

이시이 중좌가 침을 흘리듯 헤벌쭉하며 설명했다.

"정말 아깝소. 난 눈요기라도 이국적인 게 참 좋은데~ 이렇게 실험 재료로만 쓰고 보내기에는 너무 아까워~"

단장의 시선은 계속 러시아 여자 마루타에 집중하고 있었다.

"너무 아까워 할 필요 없습니다. 저 러시아 여자는 프자덴 거리의 창녀랍니다."

이시이 중좌가 러시아 여자 마루타에 대해 계속 설명했다.

"에이 창녀라고요? 근데 어이 여기에 끌려온 것이오?"

하시모토 단장의 눈빛은 좀전의 눈빛과는 달랐다. 프자덴 거리의 창녀라는 말을 듣고 실망스런 눈빛으로 단장은 혀를 끌끌 차고 있었다.

"관동군 사령부 정보를 수집하다 걸렸지요. 프자덴 거리의 창녀들은 조선년이나 중국년이나 러시아년이나 첩자 노릇을 하는 경우가 많지요."

"이거 관동군 사령부보다 도고부대 대원들이 각별히 조심해야 하겠소. 특히 마음대로 프자덴 거리의 술집에 드나들 수 있는 고등관들 말이오."

"그야 매주 한 차례씩 강당에 몰아넣고 정신무장을 시키곤 하는데 어디나 이탈자들은 나오기 마련 아닙니까?"

이시이와 엔도 사부로는 하시모토 단장의 말에 가슴이 뜨끔했다. 하얼빈의 고급요정이나 프자덴 거리의 질펀한 유곽에서 정작 입단속을 해야 할 사람은 자신들이었다. 특급 비밀을 위한 술자리에서는 여자들을 내보내고 대화를 하지만 술이 과해지면 이런 규칙이 아무짝에도 쓸모없다는 것을 일찍부터 경험했기 때문이다.

"본국에서 데려온 첩 년들이 다들 문제지요? 머나먼 이국땅에서 전쟁을 준비하느라고 몸과 마음이 피폐해질 대로 피폐해져 있는데 단칼에 근절할 수도 없고~. 육군성 중앙본부가 그저 알아서 처세를 해달라는 부탁밖에 할 수 없는 것도 다 까닭이 있을 테지~"

하시모토 단장은 혼조 시게루 관동군 사령관과 이시이 중좌, 엔도 소좌 등을 흘깃거리면서 하소연 비슷한 말을 늘어놓았다. 이시이 시로나 엔도 사부로 둘 다 본국에서 데려온 첩이라는 말이 단장의 입에서 튀어나올 때 온몸에 찌릿한 전류가 관통하는 느낌이었다.

그런데 분위기가 침체하려는 순간 마침 간유리 너머 실험장 안에서 변화가 일어나기 시작했다. 독약을 섞은 국물을 마신 이후 30분이 흘렀다. 이시이와 엔도 사부로를 비롯하여 관동군 사령관이나 와타나베 수의총감, 다카하시 수의부장 등은 앞으로 전개될 과정을 충분히 짐작하고 있었다. 그들은 이런 실험을 몇 번 경험했기 때문이다. 다나까 정보 대위는 아마 이번의 인체실험 기록지에 앞 번의 실험결과와 똑같은 내용을 기록하게 될 것이다.

"아니 저게 무어요? 다들 잠이 들지 않았소? 벌써 죽은 것은 아닐 테고 흥 저기 저 담배를 태우던 몇 놈은 몸을 가누지 못하고 있네."

"죽은 것은 아닙니다. 죽으면 의심을 받게 되니 옳은 방법이 아니지요. 국물을 마신 놈들은 지금부터 5시간 정도 잠에 곯아떨어질 것입니다."

"저기 해롱해롱한 년들은 참 볼만하오. 제정신은 분명 아닌 거 같은데 그렇다고 쓰러지지도 않잖소?"

"바로 이 실험의 핵심이 저런 모습입니다. 헤로인 독성을 첨가한 담배를 적진에 살포하게 되면 전쟁터에서 적의 병사들이 싸울 의지를 잃고 저렇게 해롱해롱하게 되는 것이지요. 담배를 적진에 살포하는 작전만 성공하게 된다면 다수의 적을 쉽게 제압할 수가 있을 것입니다."

"얼씨구~. 러시아 여자 마루타는 해롱해롱한 모습이 마치 춤을 추는 것처럼 보이는구만. 젖가슴이 커서 출렁출렁한 게 아주 그냥 보기에는 그만이오."

야외 실험장에서 마루타 독극물 실험에 참여한 시찰단과 관계자들은 해롱해롱한 여자 마루타들과 마음속으로 함께 춤을 추고 있었다. 국가로부터 부여받은 사명이 아니라면 당장 문을 열고 들어가 함께 어울렸을지도 모른다. 그러나 지금은 엄연한 전시상황이었다. 자칫 실수했다가는 꼼짝없이 군법 재판에 회부 될 수도 있었다.

시노즈카 대원은 러시아의 나탈리야라는 여자 마루타를 일부러 실험 재료에 선정했다. 몸이 여자로서 완벽했고, 미모가 아주 빼어난 이십 대의 젊은 마루타였다. 다나까 정보 대위가 나탈리야의 미모에 흠뻑 빠져있다는 것을 시노즈카가 모를 리가 없었다. 미모가 빼어난 여자 마루타가 들어오면 어느 순간부터 고등관들이 시노즈카에게 환심을 사려고 들었다. 독방에 여자 마루타를 집어넣고 한 시간 정도 자리를 피해 주고 눈을 감아주면 볼일을 깔끔하게 마무리할 수가 있기 때문이었다.

시노즈카는 아주 고지식한 데가 있어서 이런 점들이 용납되지 않았다. 그래서 731부대의 모든 대원에게 주어진 철저한 마루타 관리의 수칙을 한 번도 어겨보지 않았다. 여자 마루타를 누구에게나 사적으로 소유하도록 하지 말 것. 그는 죽어서 해부당할 마루타라는 것을 알면서도 눈 한번 슬쩍 감아주는 행위를 절대 용서할 수가 없었다. 만주 땅에 와서 세이코와 헤어졌다는 사실을 생각하면 여자 마루타로부터 욕정을 풀어보려는 고등관들이 죽이고 싶을 정도로 미웠다. 그럼에도 시노즈카는 나탈리야보다 훨씬 빼어난 니나 반나라는 러시아 여자 마루타를 마치 자신의 무기처럼 애지중지 관리하고 있었다.

"저것들이 마냥 잠들어 있는데 어떻게 실험을 마무리 하려오?"

이시이와 엔도 사부로를 향해 하시모토 단장이 물었다.

"한번 잠이 들면 5시간 정도 지나야 깨어나게 됩니다."

다카하시 수의부장이 대답했다.

"아까 우리한테 팔뚝으로 욕을 먹인 놈은 지금 상태가 어떻소?"

"심기가 불편하시지요? 당연히 욕설의 대가代價를 치러야지요."

"욕설의 대가라면?"

하시모토 단장이 호기심 가득한 표정으로 물었다.

"그놈은 청산가리 주사를 놓아 바로 살해할 것이오."

이시이가 손바닥으로 목을 자르는 시늉을 했다.

"응당 그리해야지요. 대일본제국을 향해 팔뚝으로 감히 욕을 먹이다니~"

이때, 담배를 태우고 신나게 춤을 추던 마루타 하나가 풀썩 바닥에 쓰러지는 게 보였다. 시찰단 일행의 시선이 와타나베와 다카하시를 향했다. 다카하시가 배시시 웃으며 설명하는 말을 덧붙였다.

"중국놈입니다. 헤로인 1g 넣은 죽을 먹은 놈인데 의식불명 상태에 이른 겁니다."

"저놈의 목숨은 장차 어찌 되오?"

혼조 시게루 관동군 사령관이 물었다. 사실 헤로인 1g을 성인에게 투여할 때 마루타에게 일어나는 반응에 대한 실험은 이번이 처음이었다.

"예상대로 진행될 것으로 보입니다."

"그렇다면 저놈은 1시간 이내에 사망하겠군."

실험의 예상결과에 대한 보고서를 이미 받아본 까닭에 혼조 시게루 사령관이 자신 있는 목소리를 흘리고 있었다.

"이변이 없다면 아마 그러겠지요."

혼조 시게루 사령관을 쳐다보며 와타나베 수의총감이 말했다. 시찰단 일행은 멀리 구불구불 흘러가고 있는 강물을 바라보며 잡담들을 나누었다. 삼삼오오 무리를 지어 사소한 얘기를 나누며 호탕하게 웃는 사람도 있었다.

강물이 흐르듯 시간이 흐르는 소리가 들렸다. 시노즈카는 분명 강물처럼 흐르는 시간의 소리를 들었다. 그것은 마루타가 버럭 외치는 소리였다. 어떤 집단이든 그 집단에 조화롭지 못한 존재는 있게 마련이었다. 체질도 특이한 체질은 이런 실험에서 예외일 수밖에 없는 것이다. 마루타가 크게 지르는 고함高喊이 강물을 깨우는지 강가를 걷던 시찰단들이 우루루 야외실험장 간유리 앞으로 모여들었다.

"무슨 일이오?"

혼조 시게루 사령관을 향해 하시모토 단장이 물었다. 이시이와 엔도 사부로는 이처럼 이변이 일어나는 상황이 즐겁다는 듯 여유 있는 표정을 지어 보였다. 와타나베와 다카하시 수의부장의 표정 역시 전혀 놀라워 보이지 않았다. 시노즈카와 다나카 정보장교의 표정만 살짝 어두웠을 뿐이었다.

"해독이 빠른 체질입니다."

다카하시 수의부장의 말이었다.

"가만, 저 마루타는 나탈리야라는 러시아 마루타가 아니오?"

"예, 그렇습니다."

시찰단장과 사령관이 동시에 혀를 찼다.

"처음서부터 중독되지 않았던 것은 아니오?"

단장이 모두를 향해 고개를 갸웃거리면서 물었다.

"그럴 리가 없습니다. 우리 모두 확인했잖습니까? 처음에 중독되어 해롱해롱 몸을 흔들고 젖가슴을 덜렁거리며 춤을 추던 장면을 떠올려 보십시오."

혼조 시게루 사령관이 재빨리 위기를 모면하려고 하시모토 단장을 향해 대답했다. 하시모토 단장이 알아들었다는 듯 고개를 끄덕였다.

"그런데 나탈리야라는 마루타가 저렇게 멀쩡해졌으니 우리의 비밀을 모두 알게 된 것이 아니오?"

"그렇지요. 비밀유지를 위해 사살을 하도록 되어 있습니다."

이시이 시로가 대답했다.

"그럼, 나중에 잠에서 깨어난 마루타들은 어떻게 하는 것이오?"

"실험 후 2주가 되면 쇠약해져서 마루타로서도 쓸모가 없게 되는 것이지요."

이시이의 대답에 하시모토 단장은 무표정하게 고개를 끄덕였다. 그날, 야외 실험장에서의 인체실험은 가축에게 독성을 가진 탄저균이나 비저균이 사람에게도 비슷한 효과를 나타낸다는 것을 입증해주었다. 나탈리야라는 러시아의 여자 마루타는 이시이 중좌의 권총으로 사살되었다. 이시이는 한 치의 망설임도 없이 총구를 나탈리아의 가슴에 겨누었다. 나탈리아가 가슴에 피를 흘리며 쓰러질 때 시노즈카는 소리를 지를 뻔했다. 야외 실험장에서 특설감옥으로 살아 돌아가는 마루타는 거의 없었지만 그녀를 애지중지 아꼈던 그로서는 맥없이 쓰러져 숨이 끊어지는 모습에 허탈함이 밀려들었다.

시찰단이 모두 떠나고 시노즈카를 비롯한 소년 대원들은 잠든 마루타들이 깨어나기를 기다렸다. 시찰단 일행에게 팔뚝으로 욕을 먹이던 중국인 마루타는 이시이 시로가 돌아가기 직전 권총으로 사살했다. 그리고 잠든 마루타들은 정확히 5시간 후에 깨어났다. 잠에서 깨어난 마루타들에게 소년 대원들이 총을 겨누었다. 도고부대의 마루타들은 야외 실험장에서 모두 죽었다. 소년 대원들은 야외 실험장에서 죽은 마루타들을 모두 군용트럭에 싣고 도고부대를 향해 달렸다. 시노즈카는 그날, 소년 대원들이 모두 꼼짝없이 저녁밥을 굶게 되었다고 생각했다. 저녁밥을 굶는 것은 물론 소각할 마루타 시체들이 많아 도고부대 본부 주변 시체소각로 세 곳을 모두 가동해야 하리라고 생각했다. 화장터 굴뚝에서 검은 연기가 새벽 동이 틀 때까지 끊임없이 올라오리란 것을 생각하는 것만으로 아침에 먹은 음식마저 다시 토해낼 것만 같았다.

4

야외 실험장에서 마루타들에게 독성실험을 보여준 이시이 시로와 엔도 사부로는 의기양양해 있었다. 육군성 중앙본부에서 이렇게 시찰단을 보내준 것이 오히려 고맙다는 생각이 들었다. 세균전을 위해 모든 에너지를 쏟아왔던 자신들의 피땀이 결코, 헛되지 않았다는 생각을 하고 있었다. 731 도고부대의 부설인 세균탄협 제조공장은 이시이와 엔도 사부로의 야심찬 포부를 반영하는 시설이었다.

도고부대 본부에서 10km 이내에 설립한 제조공장은 연구실, 공작과, 정비대 등의 완벽한 시설을 갖추었다. 이시이 시로가 일본에서부터 연구해 온 여수관을 비롯해 도자기 탄협을 굽는 것이 주요 목적이었다. 사무실이 중앙에 자리 잡고 있으며, 도자기와 여수관을 구울 수 있는 가마터 2곳과 굴뚝 4개가 우뚝 서서 위용을 과시하고 있었다. 굴뚝들은 서로 연결되어 있어서 연기가 원활하게 빠져나갈 수 있었다.

"건물이 도합 7동입니다."

"이시이 중좌는 정말 대단하오."

이시이의 손을 잡고 하시모토 단장의 칭찬이 계속 되었다.

"값싼 중국인 노동자들을 적절히 이용하면 이루지 못할 것이 없지요."

이시이가 자랑스럽게 응대했다.

"하하하 도고부대 731대원들의 생활공간인 도고촌을 건설해놓은 걸 보니 장차 731부대의 앞날이 정말 기대 되오."

하시모토 단장과 다른 시찰단들이 감탄의 목소리를 흘렸다. 중국 만주의 광활한 땅에서 이토록 지형지물을 요령 있게 이용하여 전쟁본부의 수뇌부를 만든다는 것은 쉬운 일이 아니었다.

"정말 완벽한 요새라 할 수 있을 것이오."

"이거 사령관님까지 왜 이러십니까? 나보다 엔도 사부로 소좌의 공이 결코 작지 않습니다."

이시이 시로는 시찰단의 자신을 향한 칭찬의 화살을 엔도 사부로에게 돌렸다. 그에게 엔도 소좌는 없어서는 안 될 필수적인 조력자였다. 맘껏 지원을 해주려고 하지만 여자를 공급하는 문제만큼은 쉽지 않았다.

"우리 모두 불철주야 합심한 결과일 것이오. 인체실험 노선이 이제 거의 확립된 것 같아 마음이 한결 가볍소."

하시모토 단장의 말이었다.

"단장님께서 그렇게 봐주시니 몸 둘 바 모르겠습니다. 도고부대는 장차 조직으로서뿐만 아니라 대일본제국을 위한 학술적 조직으로 발전해나갈 것입니다."

엔도 사부로가 하시모토를 향해 말했다. 이시이 시로가 크게 고개를 끄덕이며 웃었다.

"응당 그리해야지요. 대일본제국뿐만이 아니라 세계공영에 이바지해야겠지요."

하시모토 단장과 시찰단은 매우 흡족한 표정이었다.

"우수한 인재들을 꾸준히 선발해서 유학을 보내고 훌륭한 기술을 습득해야 합니다. 육군 중앙본부에서 먼저 유능한 군의軍醫들을 뽑아 해외 기술을 습득하여 장차 도고부대를 세계적인 거대 연구시설로 만들어야 합니다. 하시모토 단장께서 각별히 도와주십시오."

이시이가 하시모토를 향해 크게 허리를 숙였다.

"눈으로 보는 것만으로도 이렇게 흡족한데 여부 있겠소. 본국에 도착하는 대로 천황께 이시이 중좌의 뜻을 상신上申하겠소."

하시모토 단장의 막힘없는 태도에 그들은 모두 호탕하게 웃었다. 그러나 만족한 시찰단의 표정과는 달리 다나까 정보 대위는 내내 시무룩한 얼굴이었다. 다나까는 이시이 중좌의 권총에 의해 사살된 러시아 마루타 나탈리야를 생각하면 가슴 한쪽이 달아난 느낌이었다. 정보장교로서 시찰단을 수행하고 있지만, 나탈리야가 세상에 없다는 생각만 하면 모든 것이 허무하게 여겨졌던 것이다.

"다나까 대위, 자네 왜 그렇게 맥이 빠져 보이나?" "아, 아닙니다."

이시이 중좌의 눈빛을 피하며 다나까 정보장교는 고개를 숙였다. 다나까의 시무룩한 표정의 내막을 알아차리는 사람은 시노즈카 대원이 유일했다.

"실험 재료들은 차질없이 공수하고 있나?"

엔도 사부로가 다나까를 향해 물었다.

"예~ 정확히 실험 예상지역에 배포한 상태입니다."

그들은 모두 인근의 안다이安伏 야외 실험장으로 이동했다. 안다이 야외 실험장은 세균폭탄의 효력을 확인하기 위해 인체실험이 빈번하게 실시되는 곳이었다. 실험장소에는 이미 소년 대원들과 실험 담당자들이 만반의 준비를 하고 있었다. 마루타들이 200m 간격으로 남녀 2명씩 열을 지어 서 있었다. 마루타들은 모두 20여 명이었는데 그들은 몸을 가누기조차 힘이 드는 모양이었다.

"페스트균 공중 살포실험을 보게 될 것입니다."

이시이 시로 중좌가 시찰단을 향해 입을 열었다.

"항공기 살포실험을 하오?"

혼조 시게루 사령관이 어두운 표정으로 물었다.

"그렇습니다. 이제 곧 도고부대 격납고에서 항공기가 이륙할 것입니다."

"페스트균 살포라면 항공기에서 풍선 폭탄을 살포할 때 열기에 균이 타죽어 실효성이 아주 떨어진다고 보고를 받았소."

혼조 사령관이 이시이와 엔도를 번갈아 쳐다보면서 약간 실망하는 말을 흘렸다.

“사령관님, 그런 문제점을 저희들이 특별히 보강하였습니다. 항공기 살포 시 타죽는 문제를 해결하기 위해 제가 몸소 고안을 하였지요. 도자기 폭탄이 바로 아까 세균탄협 제조공장에서 만들어지는 도기 폭탄입니다.”

엔도 사부로가 고무된 표정으로 설명했다. 엔도는, 마루타의 발에 걷어챈 아랫도리를 연신 만지작거리고 있었다.

“아하 그래요? 도기에 페스트균을 넣어서 항공기에서 지상으로 살포를 한다는 얘기지요? 그런데 우리 아군에게도 위험을 끼칠 우려가 있다고 들었는데.”

“그런 문제는 적군의 위치를 정확히 파악하여 도기 폭탄을 살포하면 전혀 문제가 없습니다. 이시카와 기사, 어서 그동안 실험한 성과물을 보고하시오.”

이시이 시로의 지시에 페스트균 전문인 이시카와 다치오마루 기사가 기회를 틈타듯 준비하고 있다가 경과를 요약해서 보고했다.

“원래 페스트균은 벼룩이 중간매체입니다. 하지만 우리는 직접 균을 배양해서 엔도배지라는 특수용기에 투입하여 지시에 따라 일정한 지역에 놓아두면 비행기가 와서 엔도배지를 가져갑니다. 그 엔도배지에 페스트균을 넣으면 페스트 투하실험이 되는 것이고, 대장균을 넣으면 대장균 투하실험이 되는 것입니다.”

이시카와 다치오마루 기사가 그간의 실험 경과를 보고하고 있을 때 도고부대 격납고 쪽에서 비행기 1대가 이륙하는 소리가 들렸다.

“페스트는 유행하기 전에 반드시 쥐가 죽습니다. 쥐가 죽은 다음에 사람에게 감염이 되지요. 만주 하얼빈의 쥐들을 모두 잡아 실험에 사용하는 것은 아주 낙후된 재래식 실험방식입니다. 그래서 우리는 직접 페스트균을 배지에서 양성하여 비행기를 통해 투하하는 방식을 사용하고 있습니다. 하지만 비행기에서 방향과 위치를 잘못 알고 엉뚱한 데다 투하를 하는 바람에 여러 번 시행

착오를 겪기도 했지요."

이시카와의 설명을 듣고 있던 혼조 시게루 사령관과 하시모토 단장 일행이 약속이나 한 듯 혀를 찼다. 비행기 소리로 방해를 받기 전에 보고를 마칠 생각으로 이시카와 다치오마루 기사의 마음이 급했다.

"닝보에서 페스트 벼룩을 저공살포 하다가 아군이 손실을 보았는데 오늘처럼 날씨가 좋은 날보다 우천 시에 페스트 벼룩을 투하하면 수천 명의 적을 희생시킬 수가 있습니다. 엔도배지에 탄저균이나 파라티푸스균을 대량으로 넣으면 어떤 일이 발생할지 아직 실험은 해보지 않았지만 아주 무시무시한 결과가 나오리라고 예상하고 있습니다. 도조 히데끼와 천황께서 이런 실험을 자유롭게 할 수 있도록 허락만 해주신다면 우리는 엄청난 세균무기를 확보하게 되리라고 확신합니다."

이시카와 다치오마루 기사가 설명을 마쳤다. 격납고를 이륙한 비행기는 곧장 안다이 실험장 상공을 선회하고 있었다. 도기폭탄을 실은 비행기는 마루타들이 위치한 지점의 상공을 천천히 돌았다. 시찰단이 관람하고 있는 곳에서 마루타들이 있는 지역까지는 불과 200여 m에 지나지 않았다. 도기폭탄이 터질 때 바람이라도 세차게 분다면 위험에 빠질 수도 있었다. 비행기가 저공低空하여 가늠하듯 천천히 날았다. 마루타들이 위치한 지점을 훑어보듯 한번 선회하면서 투하의 시기를 가늠하는 모양이었다.

시찰단은 멀찍이 서서 이맛살을 끌어내리듯 못마땅한 표정으로 비행기를 쳐다보고 있었다. 마루타들을 나무 기둥에 묶어놓고 소년 대원들이 뒤로 멀찌감치 달아났다. 마루타들이 몸부림치는 모습을 일행은 멀찍이서 지켜보고 있었다. 비행기는 쌔앵 하며 저공비행을 하고 있었다. 멀리 나아가 방향을 완만하게 틀면서 비행하는데 정확히 도기폭탄이 마루타들의 머리 위로 떨어졌다. 비행기는 첫째 마루타의 상공에서 도기폭탄을 정확히 떨구고 직진하여 날았다. 둘째 마루타 지점의 상공에서 다시 도기폭탄을 정확히 떨구고 직진하여 날았다. 비행기는 매우 숙련된 동작으로 마루타의 위치를 찾아 상공에서 정확히 도기폭탄을 떨어뜨렸다. 비행기에서 투하된 도기폭탄은 예상대로 마루타가 위치한 지점의 2m 이내의 공간에서 폭발했다. 도기폭탄에서 시커먼 페스트균이 마루타를 향해 떨어지고 있었다. 시찰단은 마루타의 움직임을 집중해서 관찰하고 있었다. 마루타들이 나무 기둥에 묶인 채 여전히 몸부림치는 모습이 보였다.

"페스트균에 감염되면 사망률이 어느 정도 되오?"

"단장님, 감염자는 사망률 100%입니다."

이시이 시로가 의기양양한 목소리로 대답했다.

"오호 그래요? 사망에 이르는 시간은 어떻소?"

"사람에 따라 다르지만 약을 쓰지 않을 경우, 빠르면 하루에서 며칠 내에 모두 사망에 이르게 됩니다."

이런 보고를 하는 이시이의 모습이 몹시 상기되어 있었다.

"아군피해 대책은 어느 정도 구비하였소?"

"우리는 이미 치료제를 개발하였고, 지금 한창 예방백신 개발에 열중하고 있습니다."

엔도 사부로가 이시이 시로를 곁에서 거들었다. 다나까 정보 대위는 이들의 대화 내용을 열심히 기록하고 있었는데 소년 대원들은 현장에서 철수하여 실험지휘부로 돌아왔다. 철저히 방역복을 입은 소년 대원들은 무덤덤한 표정으로 마루타들의 반응을 응시하고 있었다. 시찰단을 향해 이시이 중좌는 망원경을 건넸다. 망원경으로 적나라하게 바라보이는 마루타들의 상태는 몸부림 자체였는데 이시이는 이런 모습을 시찰단에게 과시하고 싶었다.

"보십시오, 단장님. 하하하~"

이시이 시로가 미친 듯 웃었다.

"내게도 망원경을 하나 주시오."

혼조 시게루 사령관이 엔도 사부로를 향해 말했다. 엔도 사부로가 얼른 휴대하고 있는 망원경을 혼조 사령관에게 건넸다. 단장과 사령관이 망원경을 건네받아 마루타들을 살폈다. 단장의 입에서 감탄하는 소리가 흘러나왔다. 혼조 사령관은 몸부림치며 죽어가고 있는 마루타들을 보며 자신감이 넘쳤다.

"페스트 벼룩 1kg당 아마 10여 명을 살상할 수 있을 것입니다."

이시이 시로 중좌가 단장과 사령관의 눈치를 살피며 말했다.

"이시카와 반장, 30kg이면 적을 몇 명이나 살상할 수가 있소?"

"30kg이면 3개 중대 병력을 살상할 수가 있지요. 비가 내릴 때 투하한다면 대대 병력 정도는 무난히 살상할 수가 있을 것입니다."

이시카와 다치오마루 반장의 대답에 하시모토 단장과 혼조 사령관이 동시에 놀란 듯 입을 벌렸다. 30kg의 페스트균으로 최대 6백여 명의 적병을 살상할 수 있다는 이시카와 반장의 대답은 지금 실험에 참여하고 있는 다른 시찰단들마저 놀라게 했다.

"직접 배양한 페스트균에 감염되어 이렇게 죽어가는 모습을 보니 대일본제국의 미래는 아주 밝을 것 같소. 소중한 실험자료를 잘 보관하도록 하시오."

"페스트균에 의한 사망자의 해부 표본을 만들어서 장차 사이판이나 괌 등의 결전에서 사용할 계획입니다. 우리의 치밀한 세균전 계획이 현장에서 차질없이 실행될 수 있도록 여기 두 분께서 전적으로 도움을 주셔야 합니다."

이시이 시로가 다시 한번 하시모토 단장과 혼조 사령관을 향해 크게 허리를 숙였다.

"도고부대의 활약상을 이렇게 직접 돌아보니 아주 믿음이 가오. 중요한 것은 실전實戰에서도 차질없이 활용할 수 있어야 하오."

하시모토 단장이 믿음이 가는 말투로 당부의 말을 흘렸다. 순간 이시이 시로의 마음은 더욱 급하게 움직이기 시작했다. 부하들에게 은밀히 지시한 만주 하얼빈 주민을 대상으로 하는 세균 무기실험을 확대해야 한다는 점이었다. 주민의 생활 주거지에 하루빨리 은밀히 침투하여 우물물을 오염시켜야 할 임무가 남아있었다. 또한, 주민들이 즐겨 먹는 만두 같은 음식에 독균을 넣어 페스트균이나 탄저균 등을 퍼트리는 임무가 남아있었다.

"하시모토 단장님, 이제 거의 막바지에 와 있습니다. 본국에서 조금만 더 지원을 해주신다면 불과 2~3개월 이내에 실전에서 활용할 수 있는 성과물을 만들어낼 수가 있을 것입니다."

"여러분들이 이룩한 성과를 치하하오. 하지만 무엇보다 중요한 것은 외부에 우리의 비밀이 노출되어서는 절대 안 된다는 점이오. 실험 재료인 마루타의 공급이, 많은 한계에 부딪힌 것도 사실이오. 한 명의 마루타를 너무 소모적으로 소비하지 말아야 한다는 말이오. 마루타는 그저 실험 재료일 뿐이니 만신창이가 될 때까지 각종의 실험에 활용할 수 있어야 하오. 특히 실험 중에 아군의 희생이 동반되어서는 결코 안 된다는 점을 명심하시오."

혼조 시게루 사령관의 당부는 항상 이시이에게 부담으로 작용했다. 본국을 떠나 만주 대륙에서 극비리에 세균전 부대를 양성한다는 것은 엄청난 위험의 환경에 둘러싸인 셈이다. 세균무기의 개발에 있어서 실용화 단계에 도달하려면 그에 상응한 희생이 따라야 한다는 것을 해외 견학을 통해 잘 숙지하고 있었다.

"사령관님의 말씀을 항상 명심하겠습니다."

시찰단 일행은 마루타들이 몸부림치는 모습을 한참 동안 망원경을 통해 빠짐없이 지켜보았다. 이시이와 엔도 사부로는 마루타들이 고통으로 몸부림칠수록 에너지가 넘쳤고, 기분이 통쾌했다. 마루타의 고통은 이시이와 엔도 사부로에게는 더할 수 없는 축복이었다. 고통으로 몸부림치는 것을 목격해야 대일본제국에 애국하고 있다고 믿었다.

안다이 야외 실험장에서 도고부대를 향해 돌아오는 내내 이시이와 엔도 사부로의 머릿속에는 혼조 사령관의 당부가 뇌리에서 떠나지 않았다. 실전에서 차질없이 활용할 수 있어야 한다는 하시모토 단장의 격려의 말에 고무되다가도 비밀유지와 아군의 희생, 마루타 조달의 어려움을 생각하면, 천둥을 동반한 검은 구름 같은 두려움이 떠나지 않았다. 이시이는 오직 사람을 죽이는 일에만 관심을 두고 있었다. 하루라도 죽은 사람을 보지 않으면 답답할 정도로 마루타의 실험에 매몰되고 있었다.

3. 처녀막 검사

1

시찰단이 떠난 도고부대는 처음 며칠 동안 마치 정적에 빠진 느낌이었다. 실험장에서도 죽어 나간 마루타들이 많은 탓인지 반원들도 풀이 죽은 상태였다. 시찰단이 머무는 동안에 너무 긴장했던 탓인지도 모른다. 그러나 어디서 공급해오는지 특별반 대원들은 마음 놓고 숨 쉴 여유조차 없었다. 마루타 80여 명이 밤의 어둠을 틈타 은밀히 들어온 것이었다. 그래서 도고부대는 다시 마루타 실험으로 활기를 띠기 시작했다.

시노즈카는 마루타들을 분류하면서 아주 놀라운 사실을 발견했다. 마루타들은 대부분 중국인이었고 조선인이나 러시아인은 손에 꼽을 정도였다. 밤을 틈타 군용트럭에 실려 들어온 마루타들은 마치 짐짝처럼 감옥 속으로 던져졌다. 마루타들은 대부분 건강한 사람들이었는데 다른 감옥에서 이감移監되어 온 마루타는 없는 듯했다. 다른 감옥에서 이감되어온 마루타는 대개 고문 등의 후유증을 앓다가 보내지는 포로나 죄수들이었다.

"시노즈카 군, 쓸만한 마루타 들어왔나?"

다나까 정보 장교가 시노즈카를 향해 물었다. 시노즈카는 다른 때와는 달리 다나까 대위에게 상냥한 표정을 지어 보였다.

"버려진 물건 중에 늘 쓸만한 물건 하나쯤 있지요."

"아주 듣기 좋은 소린데~"

다나까는 러시아 나탈리야가 죽은 이후 처음으로 명랑해 보였다. 시노즈카는 어떻게든 다나까 정보 장교의 환심을 사서 세이코의 행방을 추적해 볼 생각이었다.

"나탈리야가 떠나서 재미없죠?"

"상관한테 함부로 말하는 거 아니야!"

다나까는 순간 표정을 일그러뜨리며 소리쳤다. 주위에 다른 대원이 없어서 맘껏 소리를 질렀는지 모른다. 시노즈카는 다나까 대위가 이런 식으로 화火를 다스리는지 모른다고 생각했다.

"대위님, 엔도 소좌가 왜 조선인 마루타를 일찍 죽여버린지 아세요?"

"그걸 내가 무슨 수로 아냐? 쓸데없는 생각 하지 말고 어서 마루타 분류작업이나 해라. 동이 트기 전에 마쳐야지~"

"엔도 사부로 소좌가 조선인 마루타 김동철한테 사타구니를 걷어차였답니다."

"쿡 쿡~ 너 이 자식아 함부로 그런 말 지껄였다간 네가 마루타가 되는 수 있어. 오래 살고 싶으면 군소리하지 말고 일이나 열심히 해~"

전등 불빛 아래서 시노즈카는 다나까 대위를 한번 노려보았다. 세이코의 행방을 다나까 대위가 알고 있다는 생각을 하니 공연히 화가 치밀었다. 시노즈카는 자신이 도고부대 안에서는 마루타와 별반 다르지 않다고 생각했다. 자신의 삶이 도고부대 울타리에 마치 마루타처럼 저당 잡힌 몸이라는 생각이 들었다. 시노즈카는 세이코를 만나기 위해 이제 수단과 방법을 가리지 않으리라 다짐하고 있었다.

"조선인 마루타들이 엉켜 있을 때 당장 떼어놓으라고 소리친 거 보셨죠?"

"너 자식 계속 지껄일 거야?"

다나까 정보 장교의 날카로운 목소리가 시노즈카의 귓구멍을 찔렀다.

"다나까 대위님, 가사하라 반장이 한방 먹인 거예요. 가사하라 반장이 가스실에 남녀 마루타를 동시에 집어넣는 실험을 계획한 거 아닙니까?"

"그래, 듣고 보니 네 말이 틀린 말은 아니다. 젊은 게이샤 곁에 두고도 사타구니가 아파서 가까이 가지 못한 처지인데 조선인 마루타가 죽으면서 마지막 불타는 사랑을 하고 있으니 화가 날만도 하지."

다나까 대위의 태도가 살짝 누그러졌다. 시노즈카는 이렇게 분위기가 달아오르는 순간을 놓치지 않았다.

"다나까 대위님, 마루타 사진 찍는 거 좋아하시죠?"

"내가?"

다나까 대위는 시노즈카를 뚫어지도록 쳐다보았다. 그리고 말의 꼬리를 흐렸다.

"시노즈카 요시오 군, 무슨 말이야? 사진을 찍어서 자료로 남겨야 하니까 찍는 건데~"

"후후후~ 자료를 남기는데 마루타 엉덩이를 그렇게 황홀하게 찍을 필요가 있나요? 사진을 찍는 대위님의 모습이 아주 예술이었다니까요."

시노즈카는 그냥 속으로 웃으려고 했는데 갑자기 웃음소리를 밖으로 흘리고 말았다. 다나까 대위의 그런 동작에 숨어있는 의미를 시노즈카가 아무리 건성이라 해도 놓칠 리가 없었다. 도고부대에서 일어나는 사소한 일이라도 예민하게 받아들일 수밖에 없는 처지였다.

"시노즈카 군, 우리가 언제부터 이렇게 농담하는 사이가 되었지?"

"대위님, 저 농담하는 거 아닙니다."

시노즈카는 제법 진지한 태도로 다나까 대위를 바라보았다.

"농담이 아니면 뭔데? 마루타 엉덩이가 네 마음에 들지 않는다는 말이냐?"

"후후후~ 대위님께서 이렇게 농담을 하시니까 드리는 말씀이에요. 다나까 대위님, 러시아 마루타 니나 반나 아시죠?"

시노즈카는 자신이 계획한 방향으로 다나까 대위를 천천히 끌어들이고 있었다.

"니나 반나?"

"에이 시치미 떼지 마세요. 도고부대에서 니나 반나 모르는 사람이 어디 있어요?"

마루타 중에서 가장 아름다운 여자 마루타가 니나 반나라는 것을 도고부대 근무자 중에서 모르는 사람은 없을 것이다.

"짜식~ 자꾸 심란하게 지랄하고 있냐?"

"대위님, 심란할 때는 담배를 한 대 태우는 게 진정이 되지 않나요?"

세이코의 행방을 알아낼 수만 있다면 무슨 짓을 해도 두렵지 않을 것 같았다.

"뭐야? 에이 그래 몸도 찌뿌둥한데 우리 담배나 하나 태우러 가자."

다나까 대위는 시노즈카를 한참 뚫어지게 쳐다보더니 긴장을 풀려는지 나가서 한 대 태우자고 제안했다.

두 사람은 7동 뒤편의 테니스장을 향해 걸었다. 새벽 안개가 차갑게 얼굴을 스쳤다. 테니스장에서 약간 오르막길 저쪽에 시체 해부실이 보였다. 해부실 건물은 새벽의 희붐한날이 새려고 빛이 희미하게 밝아오르는 기운 탓인지 망령처럼 떠있는 느낌이었다. 해부실 옆에 갱의실이 있고, 갱의실 옆에 욕실이 있는데 욕실을 떠올리니 승홍수독성이 매우 강하며, 살균 소독약으로 사용하였다 냄새가 맡아지는 느낌이었다.

"대위님, 니나 반나를 2층 독방으로 옮겨놓겠습니다."

"나한테 왜 그런 얘기를 하지?"

다나까 대위는 담배를 오른손 가운데 손가락 틈에 짧게 끼었다. 시노즈카는 희붐한 어둠 속에서 다나까 대위의 손가락이 가볍게 떨리는 것을 보았다.

"필요하시면 독방에 마음대로 드나드셔도 됩니다. 아무한테도 얘기하지 않고 침묵하겠습니다."

마치 범죄를 모의하듯 시노즈카가 웃으면서 말했다.

"사진을 맘대로 찍어도 좋다는 말이냐?"

다나까 대위가 고개를 갸웃하며 물었다.

"대위님, 사진보다 더한 것을 하셔도 좋습니다. 저는 무조건 침묵하겠습니다."

시노즈카는 생각보다 다나까 대위가 고분고분 행동하는 듯이 여겨졌다. 다나까를 움직일 자신이 생기는 느낌이었다.

"갑자기 내게 선심을 쓰는 걸 보니 시노즈카 군이 나한테 뭐 잘못 한 게 있나본데?"

"대위님한테 잘 못 한 게 있는 게 아니라 잘 보이려고 그럽니다."

시노즈카는 굳이 뜸을 들일 필요가 없다고 생각했다. 세이코를 만나려면 시간을 서두를 수밖에 없었던 것이다.

"나한테 잘 보이려고?"

"하이!"

시노즈카는 전혀 주눅들지 않고 명랑하게 대답했다. 다나까 정보 대위를 지켜본 바로 은근히 자신감이 섰기 때문이다.

"니나 반나 가지고 나한테 원하는 게 있을 텐데~"

"하이, 망설이지 않고 사내답게 말씀 드리겠습니다."

"그래 내게 원하는 게 뭐야?"

다나까 대위가 담배를 땅바닥에 짓뭉개고서 시노즈카를 노려보듯 쳐다보았다.

"대위님, 세이코가 내 친구라는 거 아시죠?"

"아니 난데없이 세이코 얘기야?"

다나까 정보 장교는 순간 당황하는 눈치였다. 시노즈카 역시 피우던 담배를 바닥에 비벼끄고서 다나까 대위를 뚫어지게 쳐다보았다.

"하얼빈 프자덴 거리에 있다는 얘기 들었습니다."

"너 혹시 료타 군한테 그 얘기 들었나?"

다나까의 직접적인 물음에 시노즈카는 얼른 머리를 굴렸다.

"아, 아닙니다. 쑥덕거리는 소리를 들었어요."

"하하하~ 시노즈카 군은 그래도 의리가 있구나. 료타 군이 아니면 아무도 모르는 정보란 말이야. 료타 군을 보호하려고 기지를 발휘해서 꾸며대는 걸 다 알고 있다. 나한텐 그냥 편하게 얘기해도 되니 사실대로 말해라."

다나까 대위가 허리를 크게 한번 뒤로 젖히면서 말했다. 시노즈카는 다나까 대위의 표정에서 약간의 신뢰감이 느껴졌다.

"료타 씨가 동선당에서 일할 때 키요코 씨를 만났답니다. 키요코가 관동군 소속 어느 부대장 아이를 낳아서 길렀는데 버림을 받았다고 하네요. 키요코 씨는 동선당에 맡긴 아이를 가끔 보러 왔다가 료타 씨를 거기에서 만난 거예요. 동선당이 어떤 곳인 줄은 대위님께서 누구보다 잘 아시겠죠? 동선당에 료타 씨를 보낸 분이 바로 대위님 아닌가요?"

시노즈카는 자신이 알고 있는 내용을 전혀 위축되지 않고 말했다. 고국을 떠나 이역만리 만주 땅에까지 와서 처음으로 둘 사이에 나눈 진지한 대화였다. 먼동이 뿌우옇게 터오는 게 보였는데 병사들이 일어나 구령 조회를 하는 소리가 멀리에서 아련히 들려왔다.

"내가 보냈고 데려온 것도 내가 맞다. 료타 씨는 이름처럼 그저 착한 친구일 뿐이야. 동선당 같은 데 있을 만한 친구가 되지 못했어."

"료타 씨는 정말 하사관 교육을 받고 군의부에서 부사관으로 근무할 수 있나요? 다나까 대위님이 그렇게 약속했다고 철석같이 믿고 있던 걸요."

"그래, 내가 약속했다. 곧 관동군사령부에서 하사관 교육생 모집이 있을 거야. 군의부 교육을 마치면 도고부대에서 부사관으로 일할 수 있도록 내가 힘써줄 생각이다."

"약속을 꼭 지켜주세요. 료타 씨는 착한 사람이에요. 예쁜 여자 만나서 결혼도 하고 싶고 가정도 일구고 싶답니다. 한 번뿐인 인생을 망치고 싶지 않대요."

"하하하~ 하나밖에 모르는 놈~ 예쁜 여자 만나 결혼하기가 그렇게 쉽나? 한 번뿐인 인생 누군 뭐 망치고 싶어서 이렇게 사느냔 말이야. 우린 조국을 위해 시대적으로 희생해야 될 운명이란 걸 알면 그런 소리 지껄이지 못할 테지~"

다나까 정보 장교의 말을 시노즈카는 알아들을 것도 같았지만 장교답지 않은 말처럼 들렸다. 어떤 환경에서도 바른길을 만들고 올바른 꿈을 꾸어야 한다고 시노즈카는 생각했다.

"대위님은 능력도 있는데 왜 결혼하지 않으세요? 돈도 많이 벌었다는 소문도 들리던데요. 니나 반나처럼 예쁜 여잘 만나지 못해서 그런 말을 하신가요?"

"아니 이 자식이 상관한테 못할 소리가 없군. 니나 반나처럼 예쁜 여자 만나지 못했다는 말은 수긍하지만 내가 돈을 많이 벌었다는 말은 용서가 되지 않는단 말이야. 내가 도고부대에 박혀서 무얼 해서 돈을 벌겠냐? 이시이 중좌나 엔도 소좌야 가모부대에 지원된 특별예산을 떡 주무르듯 주무르니 첩을 몇 년이라도 거느릴 수 있겠지만 우리 같은 하급들은 눈치껏 살아도 이 모양밖에 되지 않는다고~"

동이 트자 빠르게 해가 올라왔다. 건물들 사이에 뾰족 눈썹을 드러낸 해는 잠깐 사이에 화사한 얼굴을 내밀었다. 저쪽에서는 테니스 라켓을 들고 이리저리 몸을 풀고 있는 장교들의 모습이 보였다. 확성기를 통해 군가가 울려 퍼졌고, 구령을 외는 병사들이 군가를 따라불렀다. 가모부대의 새벽을 이렇게 멀찍이서 지켜본 경험이 시노즈카에게 그리 많지는 않았다.

"다나까 대위님, 니나 반나는 정말 아까운 여자 같아요. 마루타만 아니라면 러시아 여자라도 데리고 사는 거는 괜찮지 않나요? 이시이나 엔도 사부로도 니나 반나를 아직 만지지 못했어요. 예쁜 여자 마루타 방에 들어가는 고등관들이 있다는 소문도 있으니까 은근히 조심하는 거라구요. 대위님, 내가 오늘 니나 반나를 2층 독방으로 올릴 테니 밤에 은밀히 오십시오. 독방을 열어드리겠습니다. 대신 세이코가 일하고 있는 프자덴 거리의 술집을 가르쳐 주세요. 정말 부탁드립니다."

"니나 반나가 고등관들 손을 타지 않은 거는 정말 확실하냐?"

"예, 확실합니다."

시노즈카는 단호히 대답했다. 그가 아는 한 분명한 사실이었다. 마루타의 독방 열쇠는 오직 특별반에서 관리하고 있기 때문에 이시이나 엔도 사부로라 할지라도 몰래 독방을 열어볼 수가 없는 것이다.

"나탈리야를 이시이 중좌가 권총으로 살해했잖아? 나탈리야가 해독이 빨라서 우리가 독약을 투입해 실험을 했다는 사실을 눈치챘다는 이유로, 근데 너 이게 이시이 중좌가 직접 권총을 빼 들어 살해할 이유가 된다고 생각하냐?"

"이시이 시로 중좌가 나탈리야를 겁탈했다고 의심하시는 겁니까?"

시노즈카는 오히려 사살하지 않고 살려두는 게 의심을 받을 수도 있지 않겠는가 생각했다.

"이시이 시로는 항상 증거를 남기지 않으려고 기를 쓰는 사람이지. 그렇지 않고서야 시찰단이 보는 앞에서 직접 권총을 빼 들어 사살한다는 게 말이 되는가? 시노즈카 군은 한낱 마루타 수칙 때문에 이시이 시로가 직접 나탈리야를 사살했다고 생각하나?"

"예. 나는 그렇게 생각합니다. 수칙을 어기면 가모부대는 존재할 수 없으니까요."

도고부대는 부대원 전원이 지켜야 할 비밀을 지키고 수칙을 지키기 때문에 존속되는 거라고 생각했다. 도고부대에서 하는 일이 밖에 알려진다면 엄청난 파문을 일으킬 것이다.

"흐응, 아주 소년 대원만 아니라면 천황의 훈장도 받을 만하겠군. 시노즈카 군, 세이코 양이 한때 이시이 중좌의 첩이 되었다는 소식은 료타 군에게 이미 들었겠지?"

"예. 다나까 대위님께서 세이코와 키요코 씨를 긴밀히 만나고 있을 거라는 말도 들었습니다. 그래서 대위님한테 환심을 사야 한다고 료타 씨가 내게 말했어요."

시노즈카는 점점 다급해졌고, 팽팽한 긴장감이 들었다.

"그래 환심을 사려고 니나 반나를 2층 독방에 올려보내겠다는 거야?"

"약속할 수 있습니다."

당장이라도 약속할 수 있음을 시노즈카는 말로 증명했다.

"좋아~ 약속 지키고 비밀 보장하면 내가 세이코 있는 데를 알려주지~"

다나까 대위의 태도는 뜻밖에 너그러워졌다.

"오늘 밤 자정에 특별반으로 은밀히 오십시오."

이제 세이코를 만날 수만 있다면 시노즈카는 목숨이라도 내놓을 생각이었다.

"알았다. 시노즈카 군, 이시이 중좌가 아는 날엔 우린 함께 죽는 날이란 걸 명심해라. 내 말 무슨 말인지 알아 듣겠나?"

"하이!"

하급 관리 하나가 미모의 여자 마루타를 겁탈한 사건이 발생하였는데, 이시이와 엔도 사부로는 며칠 동안 샅샅이 추적하여 범인을 적발했다. 하급 관리는 바로 총살을 당했다. 여자 마루타는 이시이 같은 고위 간부들이 아니고서는 함부로 겁탈하기 어려웠다.

다나까 대위와 테니스장에서 헤어진 이후 시노즈카는 숙소로 돌아왔다. 해는 중천에 떴는데 잠깐 숙소에서 눈을 붙일 생각이었다. 하지만 가슴이 뛰어서 도저히 잠을 이룰 수가 없었다. 세이코와 어릴 적부터 만들었던 고향의 추억을 떠올렸다. 실업학교에서 친구들과 도시락을 함께 먹던 일, 운동회를 하며 달리기 시합을 하던 일, 오타후쿠가면를 쓰고 친구들을 놀라게 하던 장면 등 다양한 추억들이 떠올랐다. 세이코가 이시이의 여자로 살았다는 소문을 떠올리는 순간 이런 추억들이 뿔뿔이 흩어졌다. 이시이는 나이 어린 계집들을 병적으로 밝힌다는 소문이 부대 내에 은밀히 떠돌고 있었다. 대원들은 멀찍이서 이시이를 바라보며 미친 정신병자라고 속으로 속삭일 정도였다. 최근에는 부대 내에서 일하는 나이 어린 여성의 가슴을 주물렀다는 소문까지 돌았다.

2

시노즈카는 이제 몇 시간 후면 다나까 대위로부터 세이코가 있는 곳을 전해 들을 수 있다는 생각에 가슴이 부풀었다. 숙소에서 잠깐 고양이 잠을 잔 뒤 특별반에 나와 마루타를 점검했다. 분류작업을 마저 하는데 보니 간밤에 들어온 80여 명의 마루타 중 조선인 마루타 3명, 러시아 마루타 2명, 중국인 마루타가 75명이었다. 조선인 마루타는 하얼빈의 음식점에서 체포한 사내들로 독립군 의심이라는 문구가 붙었고, 러시아인 2명은 모두 여자 마루타로서 요정에서 체포하였는데 첩자로 의심된다는 문구가 붙어 있었다. 중국인 마루타는 10명씩 조를 지어 7동 1층 집단방에 수용되어 있었고 여자 마루타는 8

동 집단방에 수용되어 있었다.

시노즈카는 중국인 마루타들이 수용되어 있는 집단방을 점검했다. 중국인 마루타들은 일본군에 의해서 강제로 체포되어 들어온 모양이었다. 시노즈카는 중국말을 유창하게 하지는 못했지만 일상적인 대화를 하는 데는 어려움이 없었다. 시노즈카가 중국인 마루타들이 수용되어 있는 1층 집단방을 살펴보는데 마루타들이 물었다.

"여기가 어디냐?"

"우리를 왜 여기로 붙잡아 왔냐?"

시노즈카는 마루타들의 물음에 아무런 대답을 하지 않았다. 마음속으로 하나씩 숫자를 헤아리며 능청을 피웠을 뿐이다. 8동 1층 감옥에 수감 되어 있는 중국인 여자 마루타도 열 명이 넘었는데 비교적 젊은 여성들이었다.

"잘 생긴 총각, 여기가 대체 어디야?"

여자 마루타들이 시노즈카를 보고 물었다. 시노즈카는 공연히 민망한 나머지 휠휠 휘파람을 불면서 넌지시 예쁜 여자 마루타가 있는지 살피는 중이었다. 아무리 봐도 평범한 여성들 같아 보이지는 않았다.

"여기는 감옥이야? 총각, 우릴 왜 붙잡아 들인 거지? 우리가 불법으로 몸을 팔지는 않았는데 왜 이렇게 여기에 가둔 거야? 워차오!에이 씨발"

"야 새끼야, 여기 일본군 부대야? 이 새끼들아 우리를 왜 일본군 부대로 잡아들여 이렇게 가둬둔 건데? 야 애숭이 총각 놈아, 너 프자뎬 거리 여자하고 한번 발가벗고 해봤냐? 워차오니마!니미씹 이 자식아 너 벙어리야?"

시노즈카는 여자 마루타가 험한 욕설을 입에 담자 이마를 끌어내리며 무섭게 노려보았다. 프자뎬 거리의 기생들인 모양이었다. 시노즈카는 문득 세이코가 생각나서 걷던 걸음을 멈추고 여자 마루타들을 물끄러미 바라보았다. 프자뎬 거리의 기생들이라면 세이코를 알 수도 있겠다는 생각이 들었다.

시노즈카는 1층 복도를 가로질러 2층으로 향했다. 그의 뒷전에 대고 간밤에 잡혀들어온 여자 마루타들이 중국말로 욕설을 담아 시부렁거리고 있었다. 시노즈카는 2층의 독방 가운데 비어있는 가장 끝방을 열어 말끔히 청소했다. 조선인 마루타가 가스실험으로 죽은 이후 얼마 동안 비어있던 방이었다. 다나까 대위를 위해 정성껏 쓸고 닦고 나니 아늑한 공간으로 탈바꿈한 느낌이었다.

1층 집단방에 있는 니나 반나의 방을 찾아 복도를 가로질렀다. 시노즈카를 향해 집단방에 수감 되어 있던 여자 마루타들이 다시 소리쳤다.

"밥 좀 줘 자식들아. 왜 우리를 잡아들였는지는 몰라도 배는 굶기지 말아야지? 야, 애숭이 같은 자식아. 너 이름이 뭐냐? 빠가야로!"

시노즈카는 여자 마루타들의 악다구니에 전혀 개의치 않았다. 심한 욕설을 들어도 화를 내지 않았다. 이시이 중좌 같으면 아마 욕한 마루타를 끌어내어 당장 총살을 시켰을 것이다. 시노즈카는 복도를 걷다가 욕설이 들리자 잠깐 자리에서 멈췄다. 그리고 마루타들을 위해 꼭 해주고 싶은 말을 해주었다.

"네들 나한테는 욕을 해도 좋다. 하지만 절대 이시이 중좌님한테는 욕을 하지 마라."

"나이 어린 새끼가 네들이라고? 왜 개자식아! 내 입으로 네놈들한테 욕도 못 하냐? 워차오!"에이 씨발

시노즈카는 마구 욕설을 퍼부어대는 여자 마루타들을 보니 가슴이 아팠다. 엔도 사부로는 욕설을 들으면 같이 농담 삼아 욕설을 해대는 타입이지만 이시이 중좌는 어떤 욕설도 자신을 향한 욕설이라면 용납이 되지 않은 사람이었다.

"이시이 중좌님을 조심해라. 네들 머리통에 총알이 박힌단 말이야~"

"야 씨발놈아, 총알 박혀도 무섭지 않아~ 워차오~워차오~ 밥이나 넣어

주라."

시노즈카는 더이상 얘기하지 않았다. 이제부터 양쪽 귀를 모두 닫고 걸을 생각이었다. 니나 반나가 수감 되어 있는 집단방을 열고 가만히 니나 반나를 밖으로 데리고 나왔다. 니나 반나는 갑자기 집단방에서 밖으로 나오자 놀라는 눈치였다. 시노즈카는 러시아 말을 전혀 알아듣지 못하므로 니나 반나가 뭐라 물어왔지만 아무런 말을 하지 않았다. 니나 반나를 앞장세우고 복도를 걸어 나오는데 중국인 여자 마루타들이 다시 소리쳤다.

"러시아 여자 데리고 어디로 가냐?"

"여기가 어디냐? 여기 감옥이냐?"

시노즈카는 다짐한 대로 양쪽 귀를 닫고 걸었다. 계단을 오를 때까지 양쪽 귀를 손으로 막고 마루타를 앞장세우고 올라갔다. 2층 복도의 중간에서 니나 반나를 목욕실로 밀어 넣었다. 그녀에게 씻으라는 동작을 보여주자 니나 반나는 어리둥절한 표정을 짓다가 살짝 웃었다. 시노즈카는 그녀가 씻는 동안 깨끗한 의복을 챙겼다.

목욕실에 수건과 의복을 넣어주고 문을 닫고 기다렸다. 한참 후에, 니나 반나가 젖은 몸을 닦으며 문을 열고 나왔다. 물기에 젖은 금발의 니나 반나에게서 여자 냄새가 물씬 풍겼다. 음식을 부실하게 넣어주는데도 가슴은 선정적으로 빵빵했다. 물기 젖은 몸에서 살고 싶다는 생명력이 강하게 느껴졌다. 도고부대에 감금된 이후 한 차례도 사내의 손을 타지 않은 탓인지 시노즈카의 호의에 고맙다는 듯 니나 반나가 목례를 했다.

니나 반나를 앞장세우고 뒤따라 걸어가는 시노즈카는 오랜만에 향긋한 여자의 냄새를 맡은 탓인지 야릇한 기분이 들었다. 세이코도 아마 이렇게 성숙한 숙녀가 되어 있겠지. 세이코를 만날 수 있다는 생각을 하니 가슴이 마구 뛰기 시작했다. 세이코가 프자덴 거리의 기생이란 사실은 시노즈카에게 중요하지 않았다. 오직 세이코를 볼 수 있다면 무엇이든지 하리라 작정했다. 세이코를 만나면 다시는 무기력하게 헤어지지 않을 것이라고 수없이 다짐했다.

"나탈리야 언니는 어디에 있어요?"

"그런 건 묻지 마라."

그날의 순간을 떠올리면 온몸이 떨렸다. 이시이 중좌의 총은 사람을 구별하는 눈이 없었다. 감정이 흘러가는 대로 이시이의 총구에서는 화약 냄새가 뿜어져 올라왔다.

"살아는 있는 거죠?"

니나 반나의 목소리가 애절했다.

"자꾸 묻지 말라니까~."

시노즈카는 이제 나탈리야를 떠올리기도 싫었다. 니나 반나가 자꾸 물어오니 순간 소름이 돋았다. 시노즈카는 몸을 부르르 떨며 진정시킨 다음 니나 반나를 2층 끝의 독방에 집어넣었다. 시노즈카는 어렵게 구한 여자 화장품을 넣어주고 몸에 바르도록 베풀었다. 난데없는 화장품을 보고 니나 반나는 눈물을 흘리며 정신없이 찍어 발랐다. 작은 손거울을 넣어주니 연신 자신의 모습을 거울로 비춰보며 눈물을 흘리고 있었다. 시노즈카는 니나 반나라는 러시아 여자 마루타를 위해서가 아니라 오직 다나까 대위의 환심을 사기 위해 이런 해괴한 짓을 벌이고 있는 것이었다. 이런 방법만이 자신이 세이코를 만날 수 있는 유일한 길이라고 생각하고 있었다.

"무슨 일이지요? 나를 독방에 가두지 말아요, 제발~"

니나 반나가 시노즈카에게 뭐라 말하고 있었지만, 그는 무슨 의미인지 알지 못했다. 멀뚱히 그녀를 쳐다보다가 볼록한 가슴에 시선이 멈췄다. 그도 사내인지라 볼록한 금발 여자의 가슴을 보니 순간적으로 만져보고 싶은 충동을 느꼈다. 하지만 시노즈카는 이를 악물고 그런 생각을 참아냈다. 다나까 정보

장교를 위해 진심으로 충성을 다하고 확실하게 환심을 사야 만이 세이코를 만나게 되리라는 믿음을 가지고 있었기 때문이다.

"니나 반나, 나 좀 도와다오."

시노즈카는 서툰 중국말로 니나 반나에게 말했다. 혼잣말처럼 말을 했는데 니나 반나가 중국말을 제법 알아듣는지 중국말로 대꾸했다.

"뭐든 할게요. 나를 살려주세요."

"니나 반나, 너는 죽지 않고 살아서 밖에 나갈 수 있을 거야."

시노즈카는 순간 그녀에게 이런 희망 섞인 말을 뱉고 말았다. 장담할 수 없는 약속을 얼떨결에 해버린 것이다. 시노즈카는 비록 이런 참담한 공간에서 말이 되지 않는 약속도 말로 뱉어진 이상 지켜야 한다는 소신을 가지고 있었다. 그런 점에서 시노즈카는 육군군의학교에서 이시이 시로 중좌와 엔도 사부로 소좌가 했던 약속이 헌신짝처럼 내팽개쳐진 것에 대해 죽도록 증오심에 불타고 있었다.

"내가 무얼 어떻게 해야 하나요?"

"다나까 대위님이 들어오면 반갑게 맞이하면 된다. 장교님이 네 몸을 만져도 반항하지 말고 웃으면서 맞이하라."

"하이! 하이!"

니나 반나가 뜻밖에 고분고분 대답했다.

"다나까 대위를 잘 모셔라. 그러면 너는 이곳에서 살아나갈 수 있을 거야."

"하이! 하이!"

시노즈카는 니나 반나를 안심시킨 다음 당부 말까지 해놓고 독방에서 나왔다. 다른 독방에 수감 되어 있는 몇 명의 여자 마루타들이 시노츠카를 향해 입을 놀렸다.

"나 좀 꺼내줘! 악마 같은 놈들아!"

"날 차라리 죽여 주라 개새끼들아~"

시노즈카는 독방에 수감된 여자 마루타의 입이 몹시 거칠었지만 이내 참고 있었다.

"야 너 배꼽 밑에 달린 거 안까졌지? 나하고 한번 하게 이리 들어와 봐! 너 여자 맛 한 번도 못 본 숫총각 맞지? 이리 들어와 보라니까, 하하하~"

복도 입구의 독방에 수감된 여자 마루타의 입에서 모욕적인 말이 튀어나왔다. 시노즈카는 우뚝 자리에서 멈춰 독방을 바라보았다. 바짝 마른 마루타가 자신을 향해 팔뚝으로 욕을 먹이고 있었다. 도고부대에서 물밀 듯 밀려오는 외로움을 달랠 때 항상 세이코를 생각했다. 사랑하는 사이는 아니었지만, 서로의 가슴에 이성의 호기심으로 설레던 순간들이 떠올랐다. 만주 국경에서 헤어지지 않았다면 시노즈카는 세이코와 분명 사랑하는 관계로 발전했을 것이다.

"걱정마라, 이년아. 당장 가스실에 쳐넣어줄 테니까!"

시노즈카가 일본말로 말했다.

"네 좆이나 따먹어라 새끼야~"

마루타는 끝내 입을 다물지 않았다. 무료한 탓인지 독방의 마루타들은 지나가는 사람을 향해 말을 붙이기 좋아했다. 대원들은 대개 한 번은 경험을 한 탓에 말려들지 않지만 깜빡하는 사이에 독방의 마루타들과 말씨름을 하다 상처를 입는 경우가 있었다. 시노즈카는 흥분된 마음을 누그러뜨리며 2층 계단을 걸어 내려왔다.

다나까 대위는 정확히 밤 12시에 특별반에 나타났다. 대위의 몸에서 가벼운 향수 냄새가 맡아졌다. 다나까 대위는 몹시 들떠 보였고, 표정도 밝아 보였다. 소년 대원 하나가 저쪽에 있어서 시노즈카는 대위를 향해 눈짓을 하며 밖으로 나왔다. 옥상으로 가는 수동 엘리베이터 앞에서 다나까에게 말했다.

"약속대로 모든 준비를 마쳤습니다."

"만약 이시이 중좌나 엔도 소좌가 들이닥친다면?"

다나까 대위의 얼굴에는 약간 두려운 표정이 묻어 있었다.

"그럴 리는 없을 겁니다. 모두 잠들었을 시간 아닙니까?"

"만약이라는 게 있잖아?"

시노즈카는 이럴 경우를 대비해 마음속에 만반의 준비를 하고 있었다.

"독방 열쇠는 모두 특별반에서 관리하고 있습니다. 만약 술에 취해 니나 반나를 데려오게 한다면 그냥 욕실에서 씻기는 척하면 문제 될 게 없지요. 그러니까 내가 여기에 있는 한 대위님께서 난처한 순간은 없을 것입니다."

"좋아, 오늘 보니 시노즈카 군 아주 제법인데? 우리 사내답게 거래하자."

하면서 다나까 대위가 쪽지를 건넸다. 쪽지에는 세이코가 일하고 있는 하얼빈 프자덴 거리의 요정 이름과 위치가 또렷이 적혀 있었다. 시노즈카는 쪽지를 받아 깊숙이 넣어둔 다음 다나까 대위를 2층 독방으로 안내했다. 독방의 마루타들은 잠이 들었는지 시비를 걸어오지 않았다. 그들 둘은 발소리가 나지 않도록 조심스럽게 걸음을 떼었다. 복도의 맨 끝 방에서 시노즈카는 독방 문을 열었다.

"대위님, 들어가십시오."

"고맙다, 시노즈카 군."

다나까 대위의 목소리가 떨려 나왔다. 복도의 끝방이라는 것을 알고 매우 흡족한 모양이었다.

"열쇠를 드릴 테니 나오실 때 직접 잠그고 나오십시오. 아주 만족하실 겁니다."

"정말 고맙군."

시노즈카는 아직 다나까 대위와 거래할 문제가 남아 있었지만 일이 끝나면 자연스럽게 해결되리라고 믿고 있었다. 비록 협소한 마루타의 감옥이지만 나름대로 잠자리의 편안함을 추구할 수 있도록 최선을 다해 준비한 것이다. 다나까 대위가 독방으로 들어가는 것을 보고 시노즈카는 복도를 천천히 걸었다. 독방의 마루타들이 잠에서 깨어나지 않도록 아주 조심스럽게 걸음을 뗐다.

다나까 대위가 니나 반나의 독방에 들어간 지 정확히 1시간이 흘렀다. 시노즈카는 속으로 가벼운 미소를 지었다. 다나까 대위는 이제 자신과 같은 배를 탔다고 시노즈카는 생각했다. 니나 반나의 정돈된 독방을 보고 자신에 관한 생각을 달리할 것이다. 시간은 정처 없이 흘러 새벽 두 시를 향하고 있었다. 돌아올 때도 되었는데 설마 긴 밤을 자려는 것은 아닌가? 생각하며 시노즈카는 피식 웃었다.

업무책상에 엎드려 잠깐 잠이 들었던 모양이다. 문을 두드리는 소리에 시노즈카는 잠에서 깨어났다. 고개를 쳐들고 보니 소년 대원들이었다.

"시노즈카 씨, 오늘 야간 근무가 아닌 것으로 아는데~"

"동료와 시간을 교체했어요. 그런데 갑자기 무슨 일이오? 새벽 시간에 이렇게~"

다나까 대위를 생각하자 시노즈카는 마음이 불안했다.

"건강한 마루타 한 명을 데려오라는 이시이 중좌님의 명령이오."

"이시이 중좌님의 명령이오? 이시이 중좌님은 지, 지금 어, 어디 있소?"

시노즈카의 목소리가 부들부들 떨렸다.

"왜 갑자기 떨고 그래요? 지금 이시이 중좌님은 인마실험실人馬實驗室에 있어요."

"새벽 시간에 인마실험실에는 무슨 일이지요?"

이시이가 무엇을 하려는지 알면서도 시노즈카는 침착하게 물었다. 이시이는 술에 취한 날이면 난데없이 마루타를 불러내 색다른 실험을 하곤 했다.

"건강한 마루타가 필요하답니다. 승마 중에 골절되어 목숨이 위태로운 말이 있는데 인마혈교환실험人馬血交換實驗을 해볼 작정인가 봅니다."

"하필 새벽 시간에 인마혈교환실험이오? 채혈 실험은 이미 끝나서 결과물까지 모두 나오지 않았소?"

인마혈교환실험이란 사람의 피와 말의 피를 서로 교체하는 실험이었다. 사람을 실험대 위에 눕히고 말을 옆에 세워서 서로 피를 교환하는 것이다. 마루타의 한쪽 팔의 혈관에서는 혈액을 빼서 말의 혈관에 주입하고, 다른 한쪽 팔의 혈관에 말의 피를 주입하는 실험기법이었다.

"채혈 실험과 인마혈교환실험은 실험의 대상과 방식이 모두 다르잖아요. 죽어가는 말은 곧 일본의 재산이라는 이시이 중좌의 말씀을 잊었나요?"

"무슨 뜻인지 모를 리가 있소? 건강한 마루타의 목숨이 불쌍해서 그렇지요."

마루타를 떠나보내는 날은 시체를 닦아야 하고 시체를 닦으면 곧이어 해부를 했다. 해부가 끝나면 근처 소각로에서 시체를 태웠다. 시체를 태우는 날에는 비릿한 냄새 때문에 목구멍으로 음식을 제대로 넘기지 못했다.

"시노즈카 씨는 아직도 마루타를 생명체로 보고 있단 말이오? 마루타는 그저 통나무밖에 되지 않는다고 수없이 곱씹어온 우리 소년대가 아니오?"

"우리 소년 대원 중에 당신 같은 생각을 하는 대원이 있다는 걸 이제 알았소. 나는 소년 대원이라면 모두 한 마음 한뜻인 줄 알았는데 내 생각이 잘못되었군요. 따라오시오. 건강한 마루타 한 명이면 되오?"

"건강한 청년으로 데려오라 하시네요. 근데 시노즈카 씨, 뭐 하나 물어봐도 될까요?"

특별반에서 나와 7동 집단방으로 향하면서 소년 대원의 물음에 시노즈카는 잠깐 걸음을 멈추었다.

"내게 무슨 물어볼 말이 있어요?"

"이시이 중좌님은 왜 시노즈카 씨를 싫어하죠?"

소년 대원의 말은 뜻밖이었다. 잠시 생각을 가다듬은 후에 다시 걸음을 떼기 시작했다. 이시이 중좌가 자신을 싫어하다니 얼른 이해가 되지 않았다.

"날 싫어한다니 무슨 말이에요?"

"중좌님께서 간혹 시노즈카 씨 안부를 묻는데 말미言尾에 항상 이상한 말을 덧붙이더라니까요."

"이시이가 나를 향해 무슨 말을 덧붙였는데요?"

시노즈카는 이시이 중좌에게 맺힌 감정 탓인지 저도 모르게 호칭까지 생략하고 있었다. 속아서 만주까지 끌려온 것과 세이코와 헤어지게 된 것을 생각하면 가장 먼저 이시이와 엔도 사부로를 죽이고 싶었다.

"사실대로 말해도 되나요?"

소년 대원이 뜻밖의 말을 했다. 소년 대원은 주뼛주뼛 뜸을 들였다. 시노즈카는 7동 외부 출입문을 열치면서 말했다.

"말해 보세요. 얘길 꺼내고서 말을 하지 않으면 감정만 쌓이잖아요?"

"예, 그럼 할게요."

소년 대원이 시노즈카를 쳐다본 다음 몇 걸음 빨리 걸으면서 말했다. 시노즈카의 머릿속에 니나 반나 문제로 염려했던 다나까 대위에 관한 생각은 순간 멀어져 버렸다. 시노즈카의 발걸음이 빨라졌다.

"세이코 애인이 시노즈카 맞느냐? 만주로 오기 전에 둘이 옷 벗고 함께 뒹군 사이가 맞느냐? 세이코는 아래가 왜 그렇게 헐렁하냐?"

"그만 하세요. 무슨 말이 듣고 싶은데요?"

시노즈카는 우뚝 걸음을 멈추고 소리쳤다. 순간 두려움 같은 것은 생각할

겨를이 없었다. 이시이 시로의 말을 들으니 왜 이시이 중좌가 세이코를 버렸는지 당장 이해할 수 있을 것 같았다.

"아, 알았어요. 그냥 이시이 중좌님의 말을 전해준 것 뿐이어요."

"마루타가 죽으면 당신들은 즐거워? 네들도 천벌을 받을 거야!"

"시노즈카 씨, 함부로 말하지 말아요. 마루타의 목숨은 결국 당신 손이 좌지우지하잖아요. 어떻든 시노즈카 씨가 마루타를 선택해서 실험실로 보내는 거 아니에요? 마루타들이 걱정되면 그냥 몰래 풀어줘야지요. 이렇게 새벽에 얼마든지 기회가 많잖아요?"

시노즈카는 소년 대원의 말에 몸을 부르르 떨었다. 주먹을 쥐었다가 겨우 풀면서 흥분된 마음을 진정시켰다. 소년 대원이 지껄인 말은 이제 듣지 않기로 했다. 1층 집단방 문을 열고 차디찬 다다미방일본식 방의 바닥에 까는 돗자리에서 잠자고 있는 마루타들을 깨웠다. 마루타들이 신경질을 부리며 부스스 눈을 떴다. 그의 시야에 가장 먼저 들어온 마루타는 며칠 전에 복부를 봉합하고 아직 상처조차 아물지 않은 중국인 청년이었다. 말이 청년이지 몸을 움직이는 상태로 보면 노인이나 다름없었다.

"너 이리 나와!"

소년 대원이 들으라고 일부러 엄포를 놓듯 소리쳤다.

"시노즈카 씨, 이시이 중좌님께서 건강한 놈으로 데려오라고 하였어요."

몸을 비틀거리며 겨우 일어서던 중국인 마루타를 보더니 소년 대원이 말했다. 시노즈카는 소년 대원을 기분 나쁘다는 듯 한 번 쳐다보고 나서 건강해 보이는 옆의 마루타 옆구리를 발로 툭 찼다. 옆구리를 차인 마루타는 잠에서 아직 덜 깨어났는지 투덜거리며 일어났다. 건강해 보이는 양다팡楊大方이란 중국인 청년이었다. 시노즈카의 기억에 아마 이 마루타는 중국 저장성절강성 취저우 사람이 분명할 것이다. 취강衢江에 작은 배를 띄워 고기잡이를 하는 낚시꾼인데 일본 병사에 의해 잡혀 온 것으로 그는 기억하고 있었다.

"이놈이면 되겠어요?"

"좋아 보이는데요. 너 이름이 뭐야?"

소년 대원이 서툰 중국말로 형식적으로 묻고 있었다.

"나는 양다팡이오. 나를 어디로 데려가는 것이오?"

"양다팡, 이분을 따라가서 대일본제국을 위해 너의 소임을 다하라!"

시노즈카는 소년 대원이 들으라고 일부러 투철한 도고부대의 대원답게 소리쳤다. 그리고 양다팡이란 마루타를 소년 대원에게 인계했다. 마루타를 앞장세우고 복도를 걸어 나올 때 집단방의 마루타들이 모두 깨어서 웅성거리고 있었다. 새벽 시간에 불려 나가는 동료 마루타들이 거의 만신창이가 되어 돌아오거나 아예 돌아오지 못한 경우를 자주 보았기 때문에 그들은 모두 불안감에 떨고 있었다. 마루타들의 웅성거리는 소리가 복도 천정으로 퍼져 올라갔다.

마루타 양다팡을 소년 대원의 손에 넘기고 시노즈카는 재빨리 8동 2층 독방으로 향했다. 복도의 끝에서 그는 잠시 숨을 몰아쉬었다. 등줄기를 따라 땀이 흥건히 젖었다. 숨을 고른 다음에 니나 반나의 독방을 두드렸다. 어두운 독방에서 다나까 대위가 말없이 불끈 상체를 일으켜 세웠다. 니나 반나는 몸에 향수 냄새를 풍긴 채 잠들어 있었다.

"시노즈카 군, 무슨 일이냐?"

"대위님, 이시이 중좌가 지금 인마실험실에 왔답니다."

시노즈카의 목소리가 떨렸고, 다나까 대위는 후닥닥 일어나 속옷을 껴입고 독방에서 튀어나왔다. 니나 반나가 상체를 일으켜 세워 두 사람을 쳐다보았다.

"어떻게 알아?"

"소년 대원이 젊은 마루타를 데리러 왔어요."

시노즈카는 진정하려고 애를 썼다. 다나까 대위가 돌아가면 니나 반나를 데리고 1층 집단방에 집어넣으면 아무런 문제가 없을 것이었다.

"술버릇이 다시 도진 모양이군. 야심한 밤에 인마혈교환실험을 하겠다는 건가?"

"그러는 모양입니다."

"역시 미치광이 이시이 답군."

다나까 대위가 혼잣말처럼 입을 열었다.

"양다팡을 보냈는데 저장성 취저우 사람 맞죠?"

시노즈카는 다나까 정보 장교가 마루타의 정보에 대해 숙지하고 있을 것이라고 생각해서 물었다.

"저장성 취강의 낚시꾼이지. 아마 취저우나 숭산촌이 맞을 거야. 우리가 세균전을 준비하면서 가장 중요시하는 지역이 바로 저장성 취저우 숭산촌, 이 지역이야. 우리 부대에서 아주 가장 멀리 떨어진 지역까지 세균으로 통제할 수 있는 기틀을 다지는 일이니까 말이야."

저장성이라면 일본의 남쪽 가고시마보다 조선의 제주보다도 훨씬 남쪽에 있는 지역이었다. 홍콩이나 마카오 지역까지 가야 만날 수 있는 저장성의 마루타는 아마 전략적 필요에 따라서 마구잡이로 붙잡아 왔을 것이다. 중국은 땅덩어리가 방대하다 보니 북쪽 사람과 남쪽 사람의 특성도 다르고 언어도 사뭇 달랐다. 양대팡을 빨리 실험재료로 사용하지 않고 뜸을 들이는 것이 어쩌면 세계여행을 전문으로 했던 이시이나 엔도 사부로의 의도인지도 모를 일이었다.

"다나까 대위님, 숙소로 돌아가십시오."

"시노즈카 군, 나를 위해 아주 많은 준비를 했더군. 간밤의 일은 우리 둘만의 비밀이야. 이번 일요일에 하얼빈 프자덴 거리에 나갈 수 있도록 외출증을 끊어주겠다. 프자덴 1번 거리에서는 외출증이 없이는 헌병들의 통제 때문에 돌아다닐 수가 없지. 앞으로 시노즈카 군이 나를 대하는 태도를 봐서 일주일에 한 번씩 외출증을 끊어줄 수도 있네~"

복도를 걸으면서 다나까 대위가 말했다. 시노즈카는 순간 감동한 나머지 걸음을 멈추면서 다나까를 향해 충성맹세를 했다.

"다나까 대위님은 역시 사내다운 사내십니다. 사실 외출증을 내일쯤 부탁할 생각을 하고 있었거든요. 이렇게 알아서 미리 챙겨주시니 정말 감사합니다. 앞으로 여성 마루타들의 사진을 맘껏 찍을 수 있도록 잘 모시겠습니다."

"시노즈카 군은 역시 바보가 아니었군. 나는 이곳에서 있는 동안 많은 돈을 벌고 싶다. 고향으로 돌아가면 너무 허무할 것 같아 돈이라도 벌어보자는 속셈이었는데 돈을 제법 모으다 보니 자꾸 욕심이란 게 생겨서 더 많은 것을 원하게 되더군. 이게 인간의 속성이겠지만 시노즈카 군이나 나나 왜 이렇게 할 수밖에 없는지 우린 얘기하지 않아도 알 수 있잖아?"

다나까 대위가 마음이 급한 모양으로 다시 걸음을 부지런히 옮겼다. 시노즈카는 어서 니나 반나를 꺼내 1층 집단방에 집어넣어야지 하는 급한 마음에 엉거주춤 따라 걸으며 말했다.

"예, 대위님. 저는 돈을 모을 생각은 없습니다. 그냥 세이코만 만날 수 있으면 됩니다. 제 꿈은 당장 그것밖에 없어요. 다나까 대위님이 제게 세이코를 만날 수 있도록 도와주시니 저도 대위님께 무조건 충성하겠습니다."

"좋아, 시노즈카 군. 우리 결의를 맺자."

두 사람은 복도에서 어정쩡한 자세로 손가락을 걸었다. 다나까 대위가 숙소를 향해 부지런히 걸어가는 뒷모습을 한참 바라본 이후 시노즈카는 계단을 걸어 올라 2층 복도 끝방을 향해 뛰듯 걸었다. 니나 반나는 어두컴컴한 독방에서 쪼그리고 앉아 울고 있었다. 시노즈카는 니나 반나의 어깨를 가볍게 두들겨주었다.

"니나 반나, 고생했다."

시노즈카가 중국어로 말했다. 그의 목소리에 정신을 차리는 모양으로 니나 반나가 고개를 쳐들었다. 시노즈카가 작은 소리로 말했다.

"어서 일어나라."

"이제 어디로 가나요?"

시노즈카는 아무런 대답을 하지 못했다. 니나 반나를 일으켜 세워 독방을 나왔다. 먼동이 훤히 텄는지 복도 끝이 훤했다.

"니나 반나, 내 말을 잘 들어라."

"제발 나를 살려 주세요."

니나 반나의 떨리는 목소리가 간절했다.

"내 말을 잘 들으면 살아서 나갈 수 있다."

그러나 시노즈카는 이런 말에 책임질 수 없다는 것을 모르지 않는다.

"무엇이든 시키는대로 하겠어요."

서툰 중국어로 니나 반나가 말했다. 시노즈카는 대충 의미를 이해했다.

"그래 고맙다. 대위님을 잘 모셔라."

"알았어요. 날 꼭 살려주세요."

니나 반나의 표정은 몹시 진지하고 간절했다. 그녀는 이곳에서 반드시 살아서 돌아가려는 희망을 품고 있었다. 새벽 동이 텄는데도 대원들의 인기척은 아직 느껴지지 않았고, 마루타들은 아직 잠에서 깨어나지 않았는지 조용했다. 시노즈카는 누구의 눈에도 띄지 않고 1층의 집단방에 니나 반나를 집어넣었다. 집단방의 마루타들도 여전히 잠에 빠져 있었다. 니나 반나가 애절한 눈으로 시노즈카를 쳐다보았다. 시노즈카는 자신을 믿으라는 의미로 천천히 고개를 끄덕거려주었다.

특별반 사무실에 돌아왔을 때 시노즈카는 안도의 한숨을 쉬었다. 모든 일이 자신이 바라던 대로 풀려가는 모양이었다. 세이코의 행방도 알게 되었고, 외출증까지 받게 되었다. 이번 일요일이면 보고 싶은 세이코를 만날 수 있을 것이다. 시노즈카는 갑자기 기분이 좋아졌고, 온몸에 힘이 솟구치는 느낌이었다.

3

"235번, 넌 이름이 뭐야?"

이시이 시로는 자신의 입속에서 새어 나오는 술 냄새를 맡았다. 어젯밤에 마신 술기운이 아직 온몸에 남아 있었다.

"양다팡이오."

"양다팡? 네 고향은 어디지?"

이시이는 몽롱한 상태에서 바짝 정신을 차리려고 애썼다. 술을 과하게 마실 때는 간혹 객기가 발동해서 이렇게 실험실을 찾곤 했다.

"저장성 취저웁니다."

"저장성? 아주 먼 곳에서 잡혀온 놈이로군."

이시이 시로가 기침을 콜록콜록하며 혼잣말처럼 입을 열었다. 이시이가 일본어를 사용했기 때문에 양다팡이란 마루타는 무슨 말인지 이해하지 못했다.

"이봐, 소년 대원! 어서 말똥을 치워라. 아이쿠 이런 구린내. 저놈의 말이 실험을 시작하기도 전에 똥부터 지리는 모양인데~"

"하이, 당장 치우겠습니다."

기력이 떨어진 듯한 말이 비틀거리며 똥을 흘렸다. 똥 냄새가 아주 구리게

났으므로 이시이는 연신 코를 큼큼거리며 숙련된 동작을 취하고 있었다. 소통이 되지 않은 동물을 데리고 실험을 할 때 이시이는 까닭 모를 흥분감을 느꼈다. 그리고 마루타를 앞에 앉혀놓고 실험을 할 때 이시이가 가장 경계하는 것은 마루타의 눈빛이었다. 이시이는 절대 실험 중에 마루타와 눈빛을 마주치지 않으려고 애를 쓰는 사람이었다. 마루타의 눈과 마주치지 않으려는 행동은 그에게 있어서 실험실 금기사항이었다.

소년 대원이 똥을 치우자 이시이는 말을 주의 깊게 살폈다. 이시이를 정확히 기억하고 있는 말은 이시이가 주위를 돌자 불안한 기색이 역력했다. 이시이가 말의 엉덩이 뒤쪽을 만지려고 할 때 말은 이시이를 뒷발로 걷어찼다. 하지만 말은 힘이 없는 탓에 이시이를 전혀 가격하지 못했고, 이시이는 순간 말을 향해 비아냥거렸다.

"이놈 보게. 어이 말좆, 감히 이시이를 걷어차려고?"

"중좌님, 준비 됐습니다."

소년 대원이 실험도구를 준비하여 이시이 앞에 대령했다.

"이봐 소년 대원, 저기 각목 하나 가져와라!"

"하이!"

소년 대원이 실험실 한쪽에 굴러다니는 각목을 집어 이시이에게 건넸다. 소년 대원은 이시이가 각목을 가지고 무엇을 하려는지 이미 짐작하고 있었다. 대원의 손에서 이시이의 손으로 각목이 전해진 순간 말이 갑자기 후루루 소리를 내며 몸부림을 쳤다. 마치 자기에게 닥칠 다음 순간을 예상이라도 하듯 말이다.

이시이가 각목을 높이 쳐들어 말의 등짝을 후려쳤다. 힘이 없던 말이 순간 포효하며 몸부림을 쳤다. 말은 마구 뒷발질을 했고, 이시이는 각목으로 말의 등짝을 계속 후려쳤다. 그는 말이 뒷발질한 죗값을 치르도록 하겠다는지 말을 내려칠 때 그의 눈빛이 유난히 타들었다.

"말을 틀에 가두어라."

"하이!"

소년 대원이 말이 움직이지 못하게 틀에 집어넣었다. 말은 틀에 갇히지 않으려고 몸부림을 쳤지만 끝내 틀에 갇히고 말았다. 말은 틀에 갇혀 몸을 움직이지 못하고 선 채로 연신 후루루 울부짖었다.

"235번 마루타를 말 옆의 틀에 묶어라."

"하이!"

이시이의 지시에 대원의 손동작이 빨라졌다. 양다팡이란 마루타가 손이 묶인 채로 틀에 갇혔다. 마루타가 들어가는 틀은 네 개의 나무 기둥에 문짝을 만들어서 위를 향해 세운 관과 같은 모양으로 한번 들어가면 몸을 움직일 수도 없을 정도로 비좁았다. 마루타는 들어간 바로 그 자세로 실험이 끝날 때까지 서 있어야만 하는 것이다. 이시이는 자신이 실험장에 있다는 사실만으로도 가슴이 설렜다. 게다가 실험을 통해 유익한 자료를 얻을 수 있다는 기쁨보다 실험의 대상이 반응하는 모습을 보면 자신의 몸까지 흥분되는 것을 느꼈다.

"주삿바늘을 말의 엉덩이에 꽂아라."

"하이!"

이시이 시로는 주삿바늘이 말의 엉덩이에 들어갈 때 말이 후루루 입술을 털며 몸부림치는 모습을 보고 야릇한 미소를 지었다. 이시이는 양다팡이란 마루타의 팔뚝에 주삿바늘을 꽂았다. 인간과 말의 피는 잘 섞일 수 있을까? 예상이라면 아마 잘 섞이지 않을 것이다. 말의 피와 인간의 피는 근본적으로 분자구조가 달라서 원활하게 섞이지 않을 것이다. 기적 같은 결과를 얻어내지 못하더라도 뜨거운 피의 냄새를 맡을 수 있다는 것이 이시이는 좋았다. 특히 말과 인간의 몸에서 혈액이 빠져나가는 양에 따른 신체의 변화를 지켜보는 것으로도 충분히 의미 있는 실험이라는 생각이 들었다. 이시이는 인생을 마감하는 날이 벼락이 치듯 닥치면 그저 시뻘건 피를 묻히고 뜨거운 김이 모락모락 피어나는 끈적한 냄새를 맡으며 운명을 맞이하리라는 생각이었다.

기계를 작동하자 마루타의 팔에서 빠져나온 피가 말의 혈관으로 들어갔다. 그리고 말의 혈관에서 나온 피가 마루타의 혈관으로 흘러 들어갔다. 말의 피와 인간의 피가 서로 섞이고 있는 상황이었다. 적어도 15분이 지나면 말과 인간의 몸이 반응을 보일 것이다. 혈액의 혼합은 어느 정도 가능한지, 생명에 지장을 가져오는 혈액 교체의 양은 어느 정도인지, 말과 인간은 몸에서 어느 정도의 피가 빠져나가야 목숨을 잃는지 이러한 결과를 살펴볼 수 있는 실험이었다.

지금 양다팡이라는 마루타의 몸은 예술적으로 작동하고 있다. 한쪽 팔에서 피가 빠져나오고 다른 한쪽 팔로 말의 피가 주입되고 있다. 이런 모습을 보면 이시이는 가슴이 뛰고 벅차며 몸에 야릇한 충동을 느낀다. 아마 30분쯤 지났을 것이다. 말은 체격이 큰 탓인지 혈액량의 15% 미만의 손실에 불과하다. 말은 눈만 씀벅거릴 뿐 별다른 반응이 없다.

15분이 더 흘렀다. 이시이는 담배를 태우면서 말과 인간의 반응을 관찰했다. 정확히 혈액량의 30%가 손상되는 순간이다. 말과 인간이 모두 혈압이 떨어진 것으로 나타나고 있다. 반응을 보이는 순간 실험을 집행하는 자로서 몹시 흥분되는 것을 느꼈다. 이런 흥분은 세이코라는 애의 몸속에 처음 자신의 크고 단단한 성기性器를 집어넣는 바로 그 순간과 맞먹는다. 그러므로 이시이 시로는 이런 실험을 절대 멈출 수 없다는 것을 스스로 깨닫고 있었다.

마루타 양다팡의 사지四肢는 차가워지고 있었다. 이제 소변 배출량이 줄어들 것이다. 하지만 소변이 마르는 상태에 이르려면 아직 멀었다. 마루타가 몸의 자세에 변화를 준다면 아마 혈압이나 맥박수에 분명한 변화가 보일 것이다. 하지만 양다팡은 관棺과 같은 나무상자 속에 갇혀 몸을 움직일 수가 없다. 이런 방식으로 15분 정도 경과 한다면 혈액량의 40%가 손실되고 말은 피가 응고되어 선 채로 눈을 감을지 모른다. 이런 상태에서는 혈압이나 장기의 기능을 유지하기가 어렵기 때문에 출혈이나 출혈성 쇼크가 나타날 수도 있다.

"양다팡!"

이시이 시로가 마루타를 향해 흥분된 목소리로 소리쳤다. 마루타는 저체온증이 나타나고 있었다. 호흡이 거칠어지고 소변이 말랐다. 눈을 떴다가 감았다가 하면서 혼돈의 상태를 보여주고 있었다. 이시이가 이번에는 양다팡의 뺨을 후려쳤다. 반응이 희미한 것이, 아마 깊은 혼돈의 상태에 돌입한 모양이었다. 말로부터 관찰하기는 어려웠지만 양다팡이라는 마루타의 몸을 통해 사지에서 청색증이 발견되는 것을 보았다.

"이시이 중좌님, 말이 죽었습니다."

"통쾌하군. 감히 내게 뒷발질을 했으니 이놈은 해부할 것도 없이 당장 소각하라."

"하이!"

이시이 시로가 껄껄 웃었다. 이시이는 적어도 도고부대에서 마루타들의 신이었다. 마루타들의 죽고 사는 문제를 자기 마음대로 조절할 수 있었기 때문이었다. 이시이는 마루타의 피 냄새를 맡는 일을 아주 만족한 일상으로 여기고 있었다.

"양다팡 이놈은 이 체혈 교환실험만 하고 죽이기는 아깝구나. 이놈의 피를 다시 빨리 주입해야겠군. 이봐, 소년 대원, 너는 빨리 가서 가라사와 기사를 데리고 오라. 이놈의 몸속에 배양한 세균을 집어넣고 실험을 진행해야 한다고 전해라. 그리고 곧장 놈의 심장을 해부할 테니 시체운반 대원들을 데리고 오라."

이시이의 목소리가 어느덧 카랑카랑하게 울렸다.

"세균 제조과장, 가라사와 도미오 소좌를 말씀하시는 겁니까?"

"그래 임마, 어서 좆이 빠지게 뛰어가라!"

"하이!"

소년 대원이 황급히 뛰어가는 것을 보고 이시이는 빙긋 웃었다. 그리고 빠른 손놀림으로 양다팡의 몸속에서 빼낸 피를 다시 주입하기 시작했다. 그런데 당장에는 반드시 살려내리라고 속성으로 피를 주입하다 보니 반응이 나빴다. 피를 주입할 때 너무 빠른 속도로 주입하게 되면 혈액 응고 장애가 발생한다. 균형 잡힌 수혈을 해야 달아난 생명이 천천히 돌아오는 것이다. 이런 인마실험의 경우 적어도 3시간 이내에 말과 마루타 모두 사망할 것이라는 가정假定은 거의 맞아떨어짐을 확인했다. 이시이는 이만하면 아주 만족한 실험이라고 생각했다. 피가 아주 천천히 주입되면서 마루타의 정신이 다시 돌아오는 모양이었다.

"양다팡! 정신이 드나?"

"살려 주세요!"

양다팡은 살고 싶다는 강렬한 의지를 담아 소리쳤다. 하지만 힘이 빠진 나머지 외치는 소리는 마치 모기가 날아가는 소리처럼 아주 작았다. 작은 소리에도 간절한 소망이 담겨 있었다.

"그럼, 지금 당장 살려 주고 말고~ 머나먼 저장성에서 잡아 온 너를 당장 죽이기에는 너무 아깝지 않겠냐?"

이시이는 일본말로 이죽거리듯 말했다. 이시이가 조롱하는 말을 알아듣지 못하는 양다팡은 계속 간절하게 외치고 있었다.

“제발 살려 주세요.”

“글쎄, 죽이지 않는다니까는~ 나는 사람을 죽이지 않아. 내가 죽이는 건 그저 한낱 마루타통나무일 뿐이지 하하하~”

이시이가 마치 미친 사람처럼 웃었다. 얼마 후, 심부름 간 소년 대원이 가라사와 일행과 함께 도착했다. 가라사와 기사가 부하 한 명을 데리고 헐레벌떡 실험장에 나타난 것이다. 이시이의 얼굴은 여전히 술기운이 번져 있는 상태였다. 소년 대원은 말의 사체를 처리하려고 다시 대원들을 소집하러 본부 건물을 향해 뛰기 시작했다. 그리고 가라사와 기사는 이시이 중좌를 향해 깍듯이 경례를 붙였다.

“부르셨습니까? 각하~”

“각하? 하하하 듣기 싫지는 않군.”

며칠 전부터 이시이 시로를 향해 극존칭을 사용하는 대원들이 나타나기 시작했다. 이시이와 엔도 사부로에게 본토에서 몇 계급 진급이라는 파격적인 은전恩典의 혜택을 내릴 것이라는 소문이 관동군사령부에 나돌았고, 이런 소문이 군인들의 말을 통해 도고부대 내까지 전해진 것이다.

“곧 장군이 되신다는 소문이 만주 관동지방에 쫙 퍼졌습니다. 대일본제국을 향한 이시이 각하의 충성과 열정을 모르는 사람은 아마 없을 것입니다.”

“하하하~ 그런가? 내가 바이러스 전문인 가사하라를 부르지 않고 자네를 부른 것은 자네의 인생이 나와 몹시 닮아있기 때문이라네.”

이시이가 기분 좋은 표정으로 말했다. 이시이는 각하 소리를 듣자 기분이 상승한 것이었다.

“아, 아이쿠, 내 인생이 각하를 닮다니 그, 그저 황송합니다.”

이시이의 앞인 탓인지 가라사와의 목소리는 몹시 떨렸다.

“아, 아닐세. 자네는 듣자니 집안의 자랑거리였다더군. 이시이 가문의 나처럼 말이야."

이시이가 눈을 말똥거리면서 주위를 살피고 있는 양다팡의 얼굴을 어루만지며 말했다.

"헤헤~ 제가 잇달아 딸만 태어나던 집안에 바로 13번째 자식으로 태어났습니다."

"하하하~ 자네 이름이 그래서 도미오十三夫가 된 게로군."

이시이 시로는 가라사와를 뚫어지게 쳐다보았다.

"염치없지만 부모와 누나들은 나를 가장 우선해서 키우고 가르쳤지요."

"그런 가족 덕분에 자네가 도쿄의전을 졸업하고 군의軍醫가 된 게지. 언제나 가족의 고마움을 잊지 말게."

"벌써 옛날이 그립군요. 내가 육군 소위에 임명되었을 때 우리 집안은 물론 마을의 자랑이었어요."

"하하하~ 자랑이고 말고. 자네가 군진위생학軍陳衛生學을 비롯해서 무려 2년여 동안 마술馬術 등 11개 과목을 수료한 수재였다지?"

"아이쿠, 각하에 비하면 아무것도 아니지요. 그저 나는 육군령 제2호 군대교육령으로 제시된 확고한 군인정신을 함양한다는 사상에 충실할 뿐입죠."

이시이 시로는 얼굴에 약간 미소를 띠며 가라사와를 쳐다보았다. 이시이는 냉정히 따져서 가라사와를 생각하면 항상 마음이 위축되었다. 가라사와 기사는 본토의 가족들에게 충실하고 가족들에 대한 애정이 너무도 강렬하며, 특히 아내와 몇 년 동안 끊임없이 편지왕래를 하고 있다는 소문을 들었기 때문이다.

"자네, 국제법을 공부했다지?"

"하이!"

"우리가 만약 전쟁에서 진다면 자네의 판단에 따라 나는 전쟁범죄자가 되는 게 맞다고 생각하나?"

"아이쿠 당치도 않습니다. 전쟁범이라뇨. 우리는 어디까지나 대일본제국의 명령에 따른 군인정신을 실천한 투철한 애국자일 뿐이지요. 각하, 나는 일본이 어떤 전쟁에서도 패하지 않을 것이라고 믿습니다."

"고맙네. 그렇게 되어야겠지. 우리는 도고부대를 통해 세계를 제패할 수 있는 실력을 충분히 키울 수가 있다. 장차 어떤 세력도 도고부대의 세균전의 위력을 피해갈 수는 없을 것이야. 한데 저기 저 친구는 누구인가? 자네의 부하인가?"

"가장 신뢰할만한 제 부하입니다. 이봐, 사사키 군, 각하께 어서 인사 올리게."

가라사와가 가장 신임하고 있는 창고지기 사사키 고스케佐夕木幸助였다. 몸이 가느다랗고 말수가 적은데 가라사와의 모든 일을 기억하고 있는 부하이다. 지금까지는 가라사와에게 있어 가장 신뢰할만한 사람이었다. 하지만 가라사와가 실험실에서 마루타들을 악독하게 대할 때면 사사키의 눈빛이 이상한 증오감에 불타올랐다. 사사키가 헐레벌떡 뛰어와서 허리를 깊게 숙여 이시이 시로에게 예의를 갖추었다.

"감히 각하께 인사 올립니다."

"자네의 임무는 무엇인가?"

젊은 사사키에게 거구의 이시이가 상체를 쑥 내밀며 물었다. 도고부대 내의 근무자가 몇천 명이 되기 때문에 이시이는 거의 대원들의 대부분을 알지 못했다.

"창고지기입니다."

"하하하~ 아주 중요한 임무를 맡고 있구나. 창고지기라면 대일본제국의 세균전 결과물들을 소중히 보관하는 아주 중차대한 임무가 아닌가?"

"하이! 대일본제국의 영광과 이시이 각하를 위해 이몸 기꺼이 바칠 것입니다."

"기상이 있어 보이는구나. 어서 하던 일을 하게."

"하이!"

창고지기가 저쪽으로 걸어간 후 이시이 시로는 가라사와를 더욱 가까이 오라고 불렀다. 그때, 나무상자에 갇혀있는 마루타 양다팡이 상체를 마구 흔들었다. 이시이는 쇠막대기 같은 것을 집어 들어 상체를 흔드는 양다팡을 푹 찔렀다. 마루타 양다팡이 아악, 하고 본능적으로 소리쳤다.

"가라사와 기사, 자네는 소문처럼 정말 여자를 좋아하지 않나?"

"아, 아닙니다."

가라사와는 이시이 시로가 여자를 누구보다 밝힌다는 사실을 알기 때문에 얼른 머리를 저었다. 가라사와는 아내와 오랜 세월 떨어져 지냈지만 다른 고등관들처럼 외도를 하지 않았다. 아내와 가족에 대한 그리움을 편지를 주고받으면서 달래고 있었다.

"일주일 간격으로 아내와 편지를 교환한다면서?"

"뭐 꼭 그런 것은 아닙니다."

이시이는 가라사와의 말에 고개를 틀어 바라보았다. 마루타 양다팡이 곁눈질로 두 사람을 쳐다보고 있었다. 마루타의 의식이 완전히 돌아온 것이다.

"지조를 영원히 지킬 만큼 아내를 사랑하나?"

가라사와는 대답하지 못하고 머뭇거렸다.

"어머니를 봉양하느라고 이곳에 와서 사는 것도 거부했다면서?"

이시이가 대답을 재촉하듯 거듭 물었다.

"어머니 건강이 좋지 않아서 어쩔 수가 없습니다."

"아내를 위해 지조를 지키는 사람은 자네밖에 없을 걸세."

이시이가 약간 비아냥거리는 투로 말했다. 그런 중에도 이시이의 시선은 마루타 양다팡에게서 떠나지 않았다.

"저도 사냅니다. 하지만 병든 어머니를 위해 헌신하는 아내를 배신할 수가 없어서 어쩔 수가 없습니다."

"효자孝子에 열부烈夫로군. 내가 힘을 써서 자네의 아내를 만주 하얼빈으로 한번 오도록 해주겠네."

이시이가 듬직한 목소리로 말했다.

"이렇게 배려해 주시니 몸 둘 바를 모르겠습니다."

"나는 자네를 가장 신뢰하네. 우리 부대에 마루타의 피 냄새가 싫다고 하는 고등관들이 몇 놈 있다고 들었는데 자네도 누군지 대충 알고 있지?"

"글쎄 저는 잘~"

가라사와가 머뭇거렸다. 이시이 시로는 마루타 양다팡에게 걸어가며 가라사와를 향해 명령하듯 입을 열었다.

"사이토 고이치로 같은 놈을 가까이 하지 말게."

"각하, 저는 사이토 기사를 가까이 하지 않습니다."

가라사와는 인체실험에 대해서 불만을 토로한 사람이 사이토 고이치로 기사라는 소문을 들었다.

"그래야지~ 자네는 도고부대에 온 것을 후회하나?"

"그저 대일본제국과 내 가족을 위해 업무에 임할 뿐입니다. 다른 생각은 전혀 하지 않습니다."

"그래야지~ 역시 듣던 대로 자네는 투철한 군인정신을 소유한 훌륭한 장교야. 가라사와 기사, 8동 마루타 중에 니나 반나라는 마루타에 대해 들어 보았나?"

"금발의 젊은 마루타라고 알고 있습니다."

"아직 한 번도 보지 못했나?"

이시이 시로는 머나먼 중국 땅에서 오랜 세월 오직 본국의 아내만을 생각하며 여자들을 멀리하는 가라사와에 대한 궁금증이 발동했다.

"집단방에 있어서 특별히 니나 반나를 구분해서 보지는 못했습니다."

"내가 매우 아끼는 러시아 여성 마루타지. 나는 니나 반나를 통해 나도 마음만 먹으면 얼마든지 금욕생활禁慾生活을 할 수 있다는 시험을 하고 있다네."

이시이 시로가 아주 대견한 투로 말했다. 가라사와는 니나 반나라는 금발의 미녀에 대해서 상당한 세월 특설감옥에 가두고 세균실험도 예외를 한다는 소문을 들었다. 가라사와는 자신을 불러 왜 이런 말을 하는지 순간 이해하지 못했다.

"각하께서 제게 왜 이런 말씀을 하시는지 모르겠습니다."

"하하하~ 자네가 굳이 내 속까지 알 필요야 없지. 난 말이야, 자네가 니나 반나를 원한다면 얼마든지 잠자리를 하도록 만들어줄 수 있다는 말을 하고 싶은 거라네."

"호의는 고맙지만 저는 마루타를 품고 싶은 생각이 전혀 없습니다."

가라사와는 문득 마음속에 품은 생각을 뱉어냈다. 도고부대에서 고등관들 사이에 은밀하게 예쁜 여성 마루타를 공유한다는 소문이 돌았다. 마루타를 강간하고 은밀히 세균실험을 통해 없애버린다는 무서운 얘기까지 들었다.

"그런가? 이거 괜히 난처하게 낯바닥이 붉어지는군."

"아, 아닙니다. 각하를 난처하게 만들 생각은 없습니다. 그저 고생하는 아내 생각을 하다 보니 가슴에서 여자를 밀어내는 것 같습니다."

"자네, 그런 약한 정신으로 어떻게 전쟁에서 승리를 장담할 수가 있겠나? 전쟁은 그런 약해빠진 정신으로 절대 승리할 수가 없네. 자네, 이놈을 당장 처치할 수가 있겠나? 인마혈교환실험 하나로 죽이기에는 너무 아까운 마루타란 말일세."

이시이 시로는 심각한 표정을 지으면서 가라사와를 쳐다보았다. 가라사와는 순간 어떻게 대응을 해야 할지 몰라 물끄러미 마루타를 바라보고 있었다. 양다팡이란 마루타는 영문을 모른 듯 기력이 빠진 모습으로 그들을 바라보고 있었다. 이시이가 품속에서 불쑥 날렵한 칼을 건네며 가라사와에게 말했다.

"가라사와 기사, 당장 이놈의 목을 따게."

"가, 각하!"

가라사와는 순간 온몸이 굳었다. 비록 마루타를 상대로 인체실험을 하지만 나름대로 양심을 가지려고 은밀히 노력해온 몸이었다.

"왜 두렵나? 이 칼로 이 놈의 목을 따지 못하겠다는 게지 응? 그렇다면 세균무기로 이놈을 한 시간 이내에 처치할 수는 있겠나?"

"하이!"

이번에는 가라사와가 망설이지 않고 대답했다. 세균무기를 사용하여 마루타의 생명을 빼앗는 것은 이제 제법 익숙해진 탓에 크게 망설이지 않아도 되었다. 이때, 소년 대원들이 우루루 들이닥쳐 죽은 말의 사체를 끌어냈다. 대원들이 여러 명 달라붙어야 말의 사체를 처리할 수가 있었다. 몸집이 컸고 비록 말라빠진 말이라도 골격이 커서 대원 대여섯 명이 협력해야 소각장까지 이동할 수가 있었다.

"아이 참, 가라사와 기사!"

이시이 시로가 마루타 양다팡을 향해 실험도구를 들고 걸어가는 가라사와를 불러세웠다. 이시이의 얼굴은 이제 붉은 기운이 반쯤 달아난 상태였다. 가라사와가 떼던 걸음을 멈추고 이시이를 바라보았다.

"예 각하! 무슨 하실 말씀이 더 있습니까?"

"가라사와 반에 즌이라는 대원이 있나?"

이시이 시로의 눈빛이 순간 타들었다. 가라사와는 빠르게 머리를 굴렸다. 가라사와 반에 소속되어 있는 20여 명의 대원을 빠르게 떠올렸다. 그리고 곧장 예쁘장한 즌이라는 청년을 생각해냈다.

"즌이라는 대원이 있습니다."

"혹시 즌이라는 놈이 이곳 만주에 오기 전에 애인이 있었다는 말을 듣지 못했나?"

이시이 시로의 표정이 까닭 없이 심각해 보였다. 표정 너머로 가라사와는 이시이 시로가 심리적인 불안감에 빠져 있다는 생각이 들었다.

"그런 얘기는 듣지 못했습니다. 나는 소년 대원들하고 터놓고 얘기를 하는 사이는 되지 못합니다."

"그럴 테지~ 이놈들 중에 군인이 되지 못해서 속았다는 놈들이 몇 있는 모양이야. 하얼빈 의대에 보내줄 거라는 말도 거짓말이고 훈련을 받으면 군인 신분이 되도록 해주겠다는 말도 말짱 거짓말이라고 한다는군. 어떤 놈들은 기사들 밑에서 죽기보다 싫은 인체실험을 원활히 하도록 도와야 하고 죽은 마루타들을 소각하는 악역을 맡았다고 아주 노골적인 불만을 터뜨린다는 게야. 가라사와 반장, 즌이라는 대원을 당장 불러올 수 있나?"

"물론입니다. 이봐, 사이토 군! 이리 와보게."

가라사와 기사가 사이토 창고지기를 급히 불렀다. 사이토가 헐레벌떡 뛰어왔다.

"시키실 일이 있습니까?"

"4동 세균배양실에 가면 가라사와 반에 즌이라는 대원이 있을 거야."

가라사와는 창고지기에게 지시하면서 이시이 시로가 무엇 때문에 즌이라는 대원을 찾는지 영문을 몰랐고, 의아하게 생각했다.

"네 알고 있습니다. 계집애처럼 예쁘장한 대원 말하는 거죠?"

"글쎄 예쁘장한 대원인지 어떤지는 모르겠는데 어서 달려가서 쥰이라는 대원을 데려오게. 각하께서 찾으시네."

"하이! 근데 반장님 그 칼은 어디에 쓰려는 것입니까?"

"자넨 알 거 없네. 어서 쥰이나 데려오게."

명령이 떨어지자 사이토 창고지기가 쏜살같이 달려갔다. 이시이 시로가 씩 웃으면서 가라사와를 쳐다보고 있었다. 가라사와는 몹시 떨고 있었다. 대일본제국을 위해 도고부대의 군인은 악마가 되어야 한다는 말이 있는데 이시이의 칼을 보고 사시나무 떨듯 떨었던 자신이 스스로 용납이 되지 않았다.

"가라사와 기사! 어서 이놈을 없애라니까! 자네같이 약아빠진 군인이 도고부대에 있다니 놀랍군. 본국의 아내가 두려워서 바깥 여자를 멀리하는 자네가 존경스럽다가도 이해할 수가 없군. 나는 외간 여자를 정복하는 것과 칼을 쓰는 것 모두 두려워하지 않는 사람이라네. 두려우면 칼은 이리 주게."

가라사와는 이시이 시로의 말에 문득 얼굴이 빨갛게 달아올랐다. 군인이란 신분에 치욕적인 말이라는 것을 모르지 않았다. 가라사와는 마음을 굳게 먹고 대답했다.

"아닙니다. 각하께서 제가 칼로 이놈의 목을 따는 것을 정말 보고 싶으십니까?"

"그냥 해본 말일세. 마루타 한 명은 우리 대일본제국으로선 중요한 자산일세. 무모하게 칼로 죽일 수는 없지. 어서 세균을 투입해서 이놈이 죽는 경과를 지켜보세."

"하이!"

가라사와는 순간 안도의 한숨이 새어 나왔다. 마음에도 없는 호기를 부려

보았지만 정말 칼로 마루타를 처치하라고 하였다면 끝내 실행에 옮기지 못했을 것이다. 가라사와는 세균 배양한 농축액을 다량으로 마루타의 입속에 강제로 집어넣었다. 피부 박리를 통해 세균 주사를 놓거나 혈관이나 근육에 세균을 주입하는 방식보다 직접 주입하는 것이 사망시간을 단축할 것이라고 가정을 세워 연구하고 있었는데 직접 주입하는 실험을 하게 되어 다행이었다.

주입 후 십 여분이 지났을 때 마루타의 상태가 급격히 나빠졌다. 이때, 이시이 시로가 요의를 느낀 나머지 소변을 보러 화장실로 향했다. 마루타는 아직 죽지 않고 숨을 쉬고 있었으며 뜻밖에 의식까지 또렷한 느낌이었다. 가라사와의 마음이 몹시 급해졌고, 가라사와는 잽싸게 마루타에게 다가가서 손으로 목을 눌렀다. 그러자 마루타는 곧 하얗게 눈을 뒤집었고, 금세 절명했다. 마루타가 절명한 것을 확인하고 가라사와는 눌렀던 손을 풀었다. 가라사와가 마음을 진정시키며 손을 털고 있는 사이 이시이 시로가 또 나타났다.

"어떻게 되었나?"

"죽었습니다."

가라사와의 대답을 듣고 이시이는 흡족한 모양이었다.

"훌륭하군. 대일본제국이 세계를 제패한다면 자네가 중요한 역할을 하는 걸세. 그래 무슨 세균을 투입하였는가?"

"탄저균 세균 배양액이 약해서 담배 콜타르를 주사했습니다."

가라사와가 능청맞게 거짓말을 했다.

"아 그래? 우리도 오래 살려면 담배를 좀 줄여야 하겠군."

이시이는 불안하기 때문인지 담배를 피우는 횟수가 해가 갈수록 늘어났다.

"폐에 담배 연기를 주입하는 실험으로 봐선 평생 담배를 피워도 생명에는 크게 지장이 없을 것 같습니다."

가라사와는 전전긍긍하며 이시이의 비위를 맞추려고 애쓰고 있었다.

“하하하 그런가? 담배 연기와 콜타르의 차이가 크군. 어 저기 대원들이 오는군. 이놈 시체를 당장 여기서 치우도록 하게.”

이시이 시로는 파랗게 질려 죽은 마루타를 바라보며 담배를 입에 물었다. 사이토 창고지기가 쥰이라는 소년 대원을 데리고 나타났다. 다른 대원들이 우루루 달려와 마루타 양다팡의 시체를 수거해 해부하기 전에 욕실로 향했다. 가라사와와 사이토는 목욕시킨 마루타를 해부하기 위해 미리 해부실로 향하고 있었다.

쥰이 이시이를 향해 다가와서 정중히 허리를 숙여 인사를 올렸다. 이시이는 마치 재미난 마루타가 들어올 때처럼 관심을 주어 쥰이란 대원을 쳐다보았다.

“불렀습니까, 각하!”

“자네가 쥰이란 대원인가?”

이시이의 눈빛이 강렬하게 빛났다.

“하이!”

쥰이란 대원은 영문을 모르고 불려온 탓에 이시이 시로 앞에서 잔뜩 얼어붙어 있었다.

“너무 겁먹지 말게. 소년 대원은 용감하고 기상이 높지. 대원은 나를 본토 육군군의학교에서부터 보았겠지?”

“예. 군의학교 운동장에서 각하께서 처음 연설하실 때 감동을 받았습니다.”

이시이는 쥰의 말에 쳐다보던 시선을 슬쩍 피했다. 쥰은 도고부대에서 이시이를 이렇게 가까이서 바라본 것이 처음이었다.

“내가 무슨 감동적인 연설을 했던가?”

“공부를 열심히 하라고 말씀하셨지요”

이시이가 순간 의미 없는 기침을 했다. 쥰의 목소리에는 약간 실망 섞인 기운이 묻어 있었다.

"아니 내가 그런 말을 했던가? 그야 공부는 누구나 열심히 해야 하니까."

이시이가 얼굴을 붉히며 말을 얼버무렸다.

"공부를 열심히 하면 의대에 들어갈 수 있는 기회를 얻을 것이라는 말씀도 하셨지요"

쥰의 눈빛이 순간 빛났다. 쥰은 이번에는 이시이의 시선을 피하지 않았다.

"흠 흠~ 대원들에게 용기를 북돋워 주기 위해 그런 말을 했겠지. 벌써 오래전 얘기가 되고 말았군."

"그런데 각하께서 저를 부르신 까닭이 무엇인지요?"

쥰은 겁먹은 표정보다 이제 호기심이 어린 표정이었다.

"자네 혹시 세이코를 아나?"

"예? 세이코라면 소년 대원으로 함께 만주 국경까지 왔던 그 세이코를 말씀하십니까?"

쥰은 순간 당혹스러웠다. 친구 료타로부터 들었던 이상한 말도 떠올랐다.

"그렇다네. 쥰 군이 정확히 기억하고 있군."

"그 세이코라면 알고도 남지요. 육군군의학교에서부터 같은 대원으로 수업을 들었으니까요."

쥰이 태어나서 처음으로 여자한테 관심을 가졌는데 그게 바로 세이코였다. 세이코를 처음 본 순간부터 마음을 빼앗겼다. 그런데 이시이의 여자가 되었다는 말을 듣고 분노를 금할 수가 없었다.

"자네가 세이코를 좋아했나?"

"혼자 짝사랑을 했을 뿐이죠. 근데 높으신 이시이 각하께서 내게 왜 그런 걸 묻죠?"

준은 이런 상황이 도저히 믿어지지 않았다. 세이코를 짝사랑한 일로 이시이의 부름을 받았다는 말인지 도무지 영문을 모를 일이었다.

"이거 계급장 떼고 사내끼리 하는 얘기라고 생각하게. 자네 혹시 세이코의 몸을 만진 적이 있나?"

"세이코의 몸을 만지다니 무슨 말씀이세요? 세이코의 손을 잡은 적은 있었지만, 몸을 만진 적은 없습니다."

"자네가 세이코를 좋아했다고 들었네."

"그런 얘기라면 시노즈카 대원을 불렀어야 옳겠군요."

준은 이시이를 강렬하게 쳐다보았다. 감히 어디에서 이런 용기가 나는지 자신도 이해할 수 없는 일이었다. 세이코의 입을 통해 이시이는 이런 얘기를 들었을 것이다.

"하하하, 쥰 대원이 나에게 한방 먹이는군. 그렇다면 말이 나온 김에 하나 더 묻겠네. 시노즈카 군이 세이코의 애인이었나?"

"애인까지는 모르겠지만 가장 친한 친구인 것은 맞습니다."

준은 자신의 생각대로 말했다. 쥰의 생각에 세이코와 시노즈카 둘의 관계는 군의학교에서부터 어정쩡한 관계로 보였다. 사랑이 시작되려는 찰나의 느낌을 받았는데 아마 시노즈카가 세이코와 국경 지역에서 헤어지지 않았다면 둘은 분명 사랑하는 사이로 발전했을 것이다.

"친구라~. 자네 혹시 시노즈카 군이 세이코와 붙어먹었다는 얘기는 듣지 않았나?"

준은 순간 얼굴을 찡그렸다. 이시이의 입에서 이런 말이 튀어나오리라고는 상상도 하지 못한 일이었다. 소문대로 이시이는 미치광이처럼 보였다.

"그런 얘기는 듣지 못했습니다. 각하, 저는 이만 돌아가도 되겠습니까?."

"돌아가도 좋네. 오늘 아주 수고가 많았군."

이시이 시로는 성큼성큼 화난 듯 걸음을 떼는 소년 대원 쥰의 뒷모습을 물끄러미 바라보았다. 이시이의 입가에 의미 모를 야릇한 미소가 번졌다. 이시이는 고등관도 아니고 겨우 철이나 들었을까 싶은 소년 대원들과 입씨름 하니 마음이 불편했다. 이상하게 여자 특히 세이코란 계집애를 생각하면 저런 대원들마저 경쟁자가 되는 듯했다. 대원들이 데리고 놀았던 계집을 데리고 놀다가 성에 차지 않아 차버린 것 같은 심정은 자신을 한없는 열등감에 사로잡히도록 했다.

"날 제대로 한번 만족시켜 보세요."

"아니 뭐야?"

"진정한 사내라면 밑구멍 털이나 뽑는 그따위 해괴한 짓 그만두고 날 밤새 죽여달란 말이에요. "

"아니 이년이 감히? 너 어떤 놈한테 밑구멍을 대주었어? 나이 어린 계집이 왜 이렇게 고무줄처럼 헐렁해? 너 시노즈카 이놈하고 몇 번이나 붙어먹었냐?"

"흥, 5분도 노를 젓지 못한 사람이 누구 탓을 하나요? 열일곱 소녀를 첩으로 앉혔으면 밤마다 외롭게 하지는 말아야지요. 계집 하나 제대로 죽이지 못하면서 러시아를 무너뜨린다고요?"

세이코의 불만 섞인 목소리가 귓전에 윙윙대는 느낌이었다. 이시이 시로는 입술을 깨물면서 해부실을 향해 천천히 걸음을 옮겼다. 가라사와는 대원들을 시켜 양다팡의 시체를 씻기고 난 후, 열심히 해부하고 있었다.

이시이는 이날 따라 마루타의 해부에는 관여하고 싶지 않았다. 세균이 인체에 미치는 결과는 각 연구실 반장에 의해 꼼꼼히 기록될 것이다. 세균무기를 연구하는 그에게 가장 소중한 것이 바로 이러한 결과물일 것이다. 하지만 이런 결과물보다 이시이는 세균으로 많은 수의 적을 속전속결 죽이는 것이 최대의 관심사였다. 페스트균과 탄저균은 어느 정도 결실을 보았다. 독가스 역시 성과를 보았고, 직접 제조한 항공기 도기 폭탄에 의한 페스트균과 독가스 살포 역시 괄목할만한 결과가 나타났다. 지금까지는 모든 것이 계획한 대로 되어가고 있었다. 이시이는 이런 과정들이 만족할만한 수준이라고 생각하고 있었다.

이시이는 술기운이 모두 달아난 뒤라 간밤의 과음過飮을 후회하고 있었다. 과음 뒤에는 여지없이 세이코의 목소리가 윙윙거렸다. 세이코를 생각하면 이시이는 저도 모르게 열등감에 사로잡혔다. 부대를 지휘하고 부하를 다스리는 일과 여자의 일이란 엄청나게 달랐다. 가녀린 계집의 몸뚱이를 붙들고 일순간 몸부림치듯 씨름을 해도 세이코는 만족하지 못했다. 마음이 성급한 것은 자신의 성미가 급한 탓에 어쩔 수 없다고 하더라도 세이코의 몸속에 자신의 몸만 담그면 너무 뜨거운 나머지 금세 사정을 해버리고 말았다. 세이코는 물론 자기 자신조차 육체적 결합에 있어서 만족하지 못했다.

세이코의 밑은 뜻밖에 헐렁했다. 10대 처녀라는 이름으로 머나먼 타국에서 이시이는 육체적 위로를 달래고 싶었다. 그는 이상하게 나이 어린 계집을 보면 몸이 달아올랐다. 육군군의학교에서부터 낙점해놓은 세이코에 대한 기대가 너무 컸던 것인지도 모른다. 하지만 세이코의 몸은 10대라서 뜨겁기는 하였지만 그를 완전히 받아들이지는 못했다. 술기운을 빌어 처음 가진 잠자리에서 이시이는 자신의 주특기인 여자의 음모를 뽑는 버릇을 보여주고 말았다. 그리고 몸을 가누지 못할 정도로 취한 그의 몸은 음주 후에 일어나는 습관을 통제하지 못했다. 아프다고 소리를 지른 세이코의 목소리는 이시이의 음경陰莖을 위축시켰고, 느슨해진 둘의 결합은 힘없이 풀린 매듭처럼 풀리고 말았다. 그런 일이 있고 나서 세이코의 몸을 탐닉하려고 하면 까닭 없이 몸이 위축되면서 결합한 음경이 기력을 잃고 말았던 것이었다.

이시이는 멀찍이 서서 가라사와와 대원들이 하는 모습을 지켜보았다. 양다팡의 몸은 이제 해부실로 옮겨졌다. 이시이는 가라사와를 향해 고개를 끄덕이면서 해부실로 이동했다. 해부실 바깥 의자에 앉아 간유리 너머로 가라사와가 해부하는 모습을 내려다보았다. 피 냄새를 맡자 몸이 흥분하는 듯 하였지만, 이시이는 해부 탁자로 다가가지 않았다.

해부를 마치고 가라사와가 이시이를 향해 다가왔다. 대원들은 해부가 끝난 마루타를 운반용 손수레에 싣고 소각장으로 향하고 있었다. 가라사와는 해부를 마친 뒤에 옆의 목욕실에 들어가 승홍수로 몸을 씻고 담수탕에 몸을 담갔다. 갱의실에 들러 옷을 갈아입자 허기가 몰려왔다. 이상하게 해부를 하고 나면 가라사와는 허기를 느꼈다.

"가라사와 기사, 수고 많았네."

"각하, 많이 지쳐보이십니다."

가라사와가 허리를 꾸벅 숙였다. 이시이가 보니 가라사와의 눈동자에는 빨갛게 핏줄이 서 있었다. 이시이는 여전히 욕구가 채워지지 않은 듯한 표정이었다.

"밤을 꼬박 새웠지만 나는 괜찮네."

"허기가 지는데 식당으로 가시지요."

가라사와가 수건으로 손을 닦으면서 말했다.

"아닐세. 음식이 들어갈 것 같지 않네. 해부를 마치고 허기가 진다는 것은 피를 보고 몹시 흥분된다는 뜻이지. 자네는 역시 도고부대 세균반이 천직일세. 그럼, 자네는 허기를 달래고 오게. 이따가 8동 특별반에서 나와 다시 만나세."

"저와 함께 무슨 해야 할 일이 더 있습니까?"

가라사와가 수건을 목에 두르며 물었다.

"그렇다네. 자네에게 선물을 주고 싶네. 아주 특별한 선물 말일세."

"각하, 저는 괜찮습니다. 각하께서 저를 불러주신 것으로도 충분합니다."

가라사와는 이시이 시로의 호의에 몸 둘 바를 몰랐다.

"어서 밥을 먹고 에너지를 보충하게. 아주 특별한 곳에 힘을 써야 하니까 말이야. 그럼, 내가 먼저 특별반에 가 있겠네."

이시이 시로는 8동 특별반으로 걸음을 옮기면서 입가에 미소를 짓고 있었다. 가라사와는 멀어지는 이시이의 뒷모습을 바라보며 고개를 갸웃거렸다. 특별반에서 만나 선물을 주겠다는 이시이 시로의 말이 무슨 영문인지 몰라 가라사와의 머릿속이 복잡하게 얽혀들었다. 가라사와는 멀어지는 이시이의 모습을 보며 착잡한 생각이 들었다. 사람들이 이시이를 왜 악마라고 하는지 겅중거리며 걸어가는 모습을 통해 떠올려보고 있었다.

4

시노즈카는 품속에 넣어둔 외출증을 보니 부르르 떨렸다. 이번 일요일에 프자덴 거리에 나가 세이코를 만날 수 있다니 믿어지지 않았다. 두려운 나머지 떨리는 것이 아니라 설레는 나머지 떨리는 현상이었다. 그는 마루타의 인원 점검을 마치고 간밤에 죽어 소각한 마루타들을 자료에 정확히 기록했다. 인마실험장에서 양다팡이란 마루타가 죽어 소각되었고, 부상으로 온전하지 못한 말이 한 마리 죽어 또한 소각되었다.

다나까 정보 대위와 손가락까지 걸어 결의를 맺은 것은 아주 놀라운 일이었다. 두 사람 사이에 모종의 비밀이 만들어졌다는 것은 시노즈카로선 아주 대단한 사건이었다. 시노즈카는 마루타를 정확히 관리하고, 특히 여성 마루타를 은밀히 관리하면 수지타산에 맞는 일이 생길 것이라고 생각했다. 니나 반나가 실험에 이용되지 않는 기간이 길어질수록 다나까 대위와 시노즈카 사이에는 따뜻한 봄날이 계속될 것이었다.

그런데 이상하게 마음 한구석에서 불안함이 꿈틀거리는 것을 배제할 수가 없다. 마루타의 관리만 잘하면 모든 일이 순조롭게 진행되리라 확신하면서도 일순간에 일이 풀리는 것을 보니 은근히 한구석에 두려움도 생기는 것이다. 그럴 것이 지금 도고부대에 수감된 마루타 중에 니나 반나라는 러시아 마루타는 이시이를 비롯하여 고등관들이 호시탐탐 노리고 있을 것이기 때문이었다. 시노즈카는 다만 이시이의 최근 행동이 이상하다고 여기고 있었다. 러시아의 미녀 나탈리야를 은밀히 겁탈하고 결국 야외실험장에서 권총으로 사살해버린 이시이 시로가 이상하게 니나 반나의 몸을 탐하지 않고 있다는 점이다. 이시이 시로는 마치 자신의 인내성을 시험이라도 하듯 니나 반나의 몸을 탐할 생각을 하지 않고 있었다.

그런데 이시이가 뜻밖에 특별반에 들이닥쳤다. 시노즈카를 비롯한 특별반의 근무자와 소속 대원들은 예고 없이 들이닥친 이시이를 보고 잔뜩 몸이 굳었다. 대원들은 이미 이시이를 각하로 호칭하며 절도있게 경례를 붙였다.

"이시이 각하, 어서 오십시오."

특별반 반장이 떨리는 목소리로 이시이를 환영했다. 대원들은 자리에서 일어나 이시이를 향하고 있었다. 시노즈카는 이시이를 마주하자 겁에 질리면서도 얼굴을 똑바로 바라보았다. 세이코를 첩으로 삼았다가 마음에 들지 않는다고 헌신짝처럼 차버린 사람이란 것을 생각하면 속에서 화가 치밀어올랐다.

"시노즈카 군, 나와 이렇게 가까이서 보는 것은 처음이지?"

"하이, 각하!"

시노즈카는 저도 모르게 군기가 들어 있었다. 이시이를 강렬하게 한번 쏘아본 다음 고개를 숙였다. 이시이의 시선에서 자신을 향한 혐오의 눈빛을 보았기 때문이다.

"자네는 고향에 애인을 두고 왔나?"

이시이가 뜻밖의 물음을 던졌다.

"무슨 말씀인지 잘 모르겠습니다."

시노즈카는 이상한 감정의 회오리에 빠져들 듯 어지러운 마음이었다.

"그래? 두뇌가 아주 게을러빠졌군."

이시이가 품속에서 담배를 하나 꺼내 입에 물었다. 이시이는 시노즈카가 서 있는 데로 바짝 걸어와서 마치 누가 키가 큰지 비교를 하겠다는 듯 똑바로 섰다. 시노즈카는 기가 죽지 않으려고 어깻죽지를 곧게 폈다. 시노즈카의 키는 이시이보다 작았지만, 몸집은 밀리지 않았다.

"시노즈카 군은 여자 경험이 있나?"

"하이, 아주 경험이 많습니다."

시노즈카는 자신을 속이면서까지 얼렁뚱땅 대답했다. 쓸데없는 논쟁인지 알았지만, 세이코의 일을 생각하면 이시이 시로 앞에서 기가 죽고 싶지 않았다.

"자네 혹시 특설감옥 독방에 갇힌 계집년들을 주물렀나?"

"하이! 각하께서 권총으로 사살射殺한 나탈리야는 물론 니나 반나까지 내가 주물렀지요."

시노즈카의 입에서 전혀 예상하지 못한 소리가 흘러나왔다. 그가 곧 후회했어도 입 밖으로 흘러나온 말을 주워 담을 수는 없었다.

"아니 뭐야? 이런 버르장머리 없는 새끼~"

"불쾌하셨다면 내뱉은 말을 주워 담겠습니다."

시노즈카는 자신이 지금 무슨 말을 하고 있는지 가늠할 수가 없었다. 감히 이시이 시로 각하의 앞에서 조롱하는 말을 하다니 간덩이가 부어 감각을 잃지 않고서야 있을 수 없는 일이었다.

"네가 감히 이시이를 가지고 놀겠다는 거냐?"

"그런 뜻은 아닙니다. 너무 당혹스런 질문을 하시기에 그만~"

시노즈카는 뱉어버린 말을 주워 담으려고 순간 기지를 발휘했다. 모든 것이 세이코와 얽힌 문제라고 생각했다. 세이코를 끝까지 책임지지 못하고 프자덴의 기생으로 만들었으면 반성부터 하는 것이 옳을 것이다. 그런데 자신을 향해 불쑥 시비를 걸고 들어오는 이시이의 마음을 정말 이해할 수가 없었다.

"도고부대의 이시이가 자네한테 이런 질문도 못한다는 말이야? 더한 질문을 해도 자네가 고분고분 대답해야 옳지 않아? 여기는 계급사회의 중심이란 말이다!"

"하이! 더한 질문을 하십시오. 얼마든지 대답해 올리겠습니다."

시노즈카는 분위기가 험악하게 무너지기 전에 만회해보려고 노력했다. 생각 같아선 자신은 군인이 아니라는 주장을 하려고 하였지만 지금 상황은 진정할 필요가 있었다. 이시이는 사람의 목숨을 아주 가볍게 취급하는 사람이다. 일본인이라 하더라도 자신의 마음에 들지 않으면 무슨 짓을 벌일지 모르는 일이었다.

"하하하~ 진작에 그렇게 고분고분했어야지 말이야. 자네는 군인이 아니라고 항변할 수도 있겠지만 소년 대원은 군인으로 가는 교두보가 아닌가? 자네 동료 바이러스 반의 료타 군은 아마 며칠 후면 관동군사령부로 하사관 양성 교육을 받으러 떠날걸세."

이시이가 시노즈카의 머리를 툭, 툭 쥐어박으며 말했다.

"얘기 들었습니다. 그런데 제게 여자 경험이 있느냐고 물으신 까닭이 궁금합니다."

시노즈카는 속에서 은근히 화가 치밀었다.

"대원들이 10대에 본국을 떠나와서 청년이 되었는데 도고부대에 갇혀 지냈으니 여자를 품을 기회가 당연히 없었겠지. 그래서 마음이 아파 물어본 거라네. 내 말 알아듣겠나?"

"각하께서 소년 대원들을 그렇게 아끼시는지 몰랐습니다. 집단방에 여자 마루타들이 많이 있는데 대원들이 맘껏 주물러도 좋도록 기회를 주셨으면 고맙겠습니다."

시노즈카는 마음에도 없는 말을 내뱉고 말았다.

"자네들은 그래서 아직 미숙한 정신상태라고 한다네. 지금은 전쟁 중인데 전쟁 중에 여자를 강간하는 것은 범죄행위란 것을 명심하게. 만약에 우리가 전쟁에서 패한다면 전범자가 되어 사형에 처해질 수도 있다는 걸 알아야 해. 이봐 자네, 빨리 로호동 3동 2층으로 가서 우쓰미 반장을 데려오게. 당장 니나 반나의 밑구멍 검사를 해야겠어. 처음 처녀성 검사를 받았을 때 완벽한 처녀였는데 아무래도 불안하군."

시노즈카의 눈에 이시이 중좌는 마치 미친 사람처럼 여겨졌다. 이시이의 말에는 체면이나이성 같은 감정이 들어 있지 않았다. 소년 대원이 로호동을 향해 쏜살같이 달렸다. 우쓰미반은 혈청 연구를 담당하던 우쓰미 가오루內海薰 기사가 반장을 맡고 있었다. 혈청 연구반 좌측은 병리연구를 담당하는 오카모토 반이며 우측은 콜레라 연구를 담당하던 미나토 반이었다. 바로 옆 동의 2층에는 진공 탱크가 마련되어 있는 요시무라 반이 있었는데 요시무라 히사토가 바로 동상연구의 전문가였다. 그 옆 동의 2층에는 적리赤痢:이질 연구를 담당하던 에시마 반과 탄저균악성 종기 연구를 담당하던 오타 반이 있었다.

얼마 지나서 혈청 연구반 우쓰미 반장이 특별반에 도착했다. 우쓰미 반장은 이시이 시로를 보고 절도 있게 경례를 올렸다.

"우쓰미 기사, 내 어려운 부탁을 해야겠네."

"각하의 지시라면 당장 무엇이든 시행하겠습니다."

우쓰미 가오루 반장이 흥분한 듯 서슴없이 대답했다.

"고맙군. 당장 니나 반나의 처녀성 검사를 하게."

"각하, 무슨 문제라도 있습니까? 니나 반나가 처음 입소할 때 처녀성 검사도 하였고, 매독 검사도 하였잖습니까?"

여성 마루타가 입소하면 가장 먼저 시행하는 것이 성기에 대한 질병 검사였다. 질병 검사를 하면서 아주 나이 젊은 여자들의 처녀성 검사도 병행했다.

"나도 알고 있네."

"그때는 분명 처녀성을 간직하고 있었고, 매독 같은 질병도 없었지요. 그런데 니나 반나의 신변에 무슨 변화가 생긴 것입니까?"

우쓰미 가오루 반장이 연거푸 물었다.

"니나 반나에게 신변의 변화가 생길 게 뭐가 있겠나? 여자 냄새를 맡아보려는 대원들의 행동거지가 괘씸하다 여겨진 탓에 점검이나 한번 해보자는 뜻이라네. 하하하~."

"그럼, 당장 니나 반나를 데려다 검사를 하겠습니다."

"그래, 고맙네. 특히 니나 반나의 처녀성을 세밀히 검사해 주게. 매독 검사는 거의 하지 않아도 될 걸세. 만약 소년 대원들이 니나 반나를 겁탈했다면 매독 같은 가능성은 없으니까 말이야. 본토에서 이곳에 들어와 바깥 구경 한번 못하고 징역살이를 하는 불쌍한 아이들이 아닌가?"

이시이가 우쓰미 가오루 반장과 시노즈카를 번갈아 쳐다보며 비아냥거리듯 말했다.

"하긴 그렇습니다. 그래도 처녀성 검사를 하는 김에 성병 검사까지 같이하도록 하겠습니다. 대일본제국의 안전을 위해서 말입니다."

"자네는 정말 애국자로군. 대일본제국의 안전이라? 하하하~. 우쓰미 반장의 속이 이렇게 깊다니 아주 놀랍네. 나를 위해서 하는 일이지?"

이시이가 우쓰미 가오루 반장의 어깨에 손을 짚으며 물었다.

"하이! 아니라면 서운하겠죠. 저야 각하를 위해서 충성을 하는 길이 곧 대일본제국을 위해서 충성을 하는 길이라고 생각합니다."

"검사 결과가 나오면 내 방으로 오게. 나는 방에 가서 잠시 쉬어야겠네."

우쓰미 가오루 반장이 이시이를 향해 눈을 찡긋하였다. 이시이 시로는 우쓰미 반장이 8동 집단방을 향해 뛰어가는 것을 보고 담배를 피워물었다. 이시이는 대원들이 분주히 움직이는 것을 담배를 피우며 지켜보았다.

이시이는 나이 어린 대원들 앞에서 행하고 있는 자신의 행동이 스스로 역겹다는 생각이 들었다. 하지만 세이코를 생각하면 모든 것들이 혼란스러울 뿐이었다. 세이코만 생각하면 이상하게 열등감에 사로잡혔다. 시노즈카 같은 소년 대원에 대한 열등감으로 사로잡힌 자신을 향해 밤새 손가락질을 했던 사람은 누구도 아닌 이시이 자신이었다. 이시이는 복잡한 마음의 갈피를 잡지 못한 채 자신의 사무실로 돌아왔다. 그리고 곤한 나머지 사무실 소파에 등을 기대고 앉아 꾸벅꾸벅 졸고 있었다. 예전 같으면 이런 기분이라면 나이 어린 계집의 가슴을 주무르거나 음모를 만지며 마음의 위로를 받을 처지였다. 소년 대원들에 관한 질투심은 자신이 생각하기에도 젖비린내 나는 일이었던 것이었다.

5

이시이가 떠난 후 마음이 다급해진 시노즈카는 로호동 총무부를 향해 뛰었다. 그런데 시노즈카는 특별반에 누군가 첩자가 있다는 생각이 들었다. 다나까 대위는 벌써 누군가로부터 이시이가 특별반에 들러 니나 반나의 처녀성 검사를 시켰다는 사실까지 들어 알고 있었다. 시노즈카는 이제 정말 말 한마디라도 조심해야겠다고 생각했다.

"시노즈카 군, 이시이 각하께서 니나 반나의 처녀성 검사를 지시했다면서?"

시노즈카가 헐레벌떡 숨을 몰아쉬고 있는 동안 다나까 대위가 먼저 말했다.

"누구한테 소식 들었습니까? 좀전의 일인데~"

시노즈카는 귀신이 곡할 노릇이라는 듯 헐떡거리며 다나까 대위를 쳐다보았다.

"흥, 마음이 약하군. 그것 때문에 좆빠지게 뛰어온 거야? 날 뭘로 보고~"

"알고 계셨군요. 대위님, 이제 우리 어떻게 해야 하죠?"

시노즈카는 자신이 다나까 대위에게 니나 반나를 바쳤다는 사실을 이시이가 알게 되는 날에 둘은 모두 무사하지 못할 것이란 것을 모르지 않았다.

"뭘 어떻게 해? 너는 이시이 각하가 겁나?"

시노즈카의 입장에서 다나까 대위의 태도는 매우 뜻밖이었다. 이제 우리는 죽었구나 하며 펄쩍 뛸 줄 알았기 때문이다.

"니나 반나의 몸을 누군가 건드린 줄 알면 나는 아마 총살을 당할지도 모르죠. 이시이 각하의 성품이 급하시다는 것을 대위님께서도 잘 아시잖아요?"

시노즈카의 입술이 파르르 떨렸다.

"자식, 걱정할 거 없다. 나도 제법 도고부대에서 생존할 수 있는 최상의 방법 하나쯤은 터득하고 사는 놈이야. 걱정할 거 없으니 가서 편히 일이나 해라. 참 너 이번 일요일에 프자덴 거리에 나갈 거지?"

다나까 대위가 자신만만하게 말했다.

"예, 외출증을 받았으니 나가봐야죠. 이곳 헌병대에서 간섭하지 않고 통과

시켜 주겠지요?"

"임마, 총무부 다나까 대위가 발행한 외출증이야. 정상적인 외출증인데 이곳 헌병 놈들이 무슨 트집을 잡는다는 거야?"

다나까 대위는 놀랄 정도로 큰소리를 쳤다.

"그럼, 일본인 거류지 위병소 헌병들이 나를 쉽게 밖으로 나가게 허락해줄까요?"

"거긴 더 식은 죽 먹기야 임마. 내가 특별감찰부 헌병대 오오다 중사한테 찔러 준 돈이 얼마인데 감히 내가 끊어준 외출증을 보고 트집을 잡는다는 말이야?"

다나까는 일본인 거류지의 위병소 헌병인 오오다가 자신이 찔러 준 돈으로 진급을 했다는 사실도 알고 있었다.

"하이! 고맙습니다, 대위님!"

"걱정하지 말고 프자덴 거리에 나가 봐. 세이코가 네 친구라는 것은 알지만 그년도 이제 닳고 닳았을 거야. 너도 조심하란 말이야! 너 솔직히 세이코하고 사귀는 사이는 아니었지? 그냥 친구로 지낸 거 맞지? 임마, 네가 세이코 남자친구였다면 넌 이시이 각하가 죽여도 열 번은 더 죽여버렸을 거야."

다나까 대위의 말에 시노즈카는 문득 소름이 돋았다. 다나까의 말은 결코 틀린 말이 아님을 너무도 잘 알고 있었다. 이시이 각하를 이번에 특별반에서처럼 아주 가깝게 보지는 못했지만, 야외실험장 등에서 먼빛으로 보면 매우 활동적이며 폭력적이었다. 살아있는 마루타의 목숨을 마지막으로 결정하는 사람도 단연코 이시이 시로였다. 니나 반나와 미모를 겨루는 러시아 마루타 나탈리야를 고등관들이 보는 앞에서 일절 망설이지 않고 권총으로 사살하는 것도 시노즈카는 멀찍이서 지켜보았던 것이었다.

"대위님, 무슨 일이 생기면 나는 무조건 모르는 일이라고 딱 잡아떼겠습니다. 대위님과도 니나 반나와 2층 독방에서 아무런 일이 없었던 걸로 하겠습니다."

"째째한 자식, 사내놈이 그렇게 용기가 없냐? 한번 죽지 두 번 죽어? 사내란 죽을 땐 죽더라도 한번 찔러는 보는 거야 임마. 봐라, 자식아. 세이코에게 뜸 들이다가 자식아 이시이 한테 빼앗긴 거 아니야? 너 세이코 못 따먹었지?"

치졸한 다나까 대위의 말에 시노즈카는 입술을 샐쭉거렸다.

"대위님, 지금 무슨 말씀 하십니까? 대위님은 저질低質로 보지 않았는데 이시이 각하를 닮아가시는 겁니까?"

시노즈카가 다나까 대위에게 비아냥거리는 말을 했다. 그런데도 다나까 대위는 당당한 태도를 내보이고 있었다.

"저질? 새끼야 저질이면 어때! 고국 떠나 전쟁통에 언제 죽을지도 모르는데 즐기는 놈이 인생을 잘 사는 거야! 나이 어린놈들이 인생을 모르니 어쩔 수 없다만~"

"대위님, 저도 이제 어리지 않습니다. 고국 떠나온 지 몇 년째입니까? 세이코를 만나게 되면 대위님의 도움에 대해 꼭 얘기하겠습니다."

다나까 대위의 말이 시노즈카의 귀에 몹시 거슬렸지만 내색하지 않았다. 지금 아쉬운 처지는 다나까 대위가 아니라 자신이라고 시노즈카는 생각하고 있었다. 당장 다나까 대위의 마음이 돌아서면 세이코를 만날 기회는 영영 사라지는 것이다.

"그래, 그 약속 꼭 지키기 바란다. 어서 가봐. 말했다만 아무 탈 없을 거다. 그러니 너는 예쁜 여자들을 어제처럼 내게 은밀히 상납하면 되는 거야. 단 네가 꼭 지켜야만 할 사항이 하나 있다."

다나까 대위가 작정한 듯한 말을 흘렸다.

"지켜야만 할 사항이요? 그게 무엇입니까?"

시노즈카는 떼던 걸음을 우뚝 멈추었다.

"난 어떤 년이든지 두 번 자는 것은 싫어. 항상 새로운 년으로 상납해주면 너에게 매주 프자덴 거리에 나가 세이코를 만날 수 있도록 해주마. 내 말 무슨 뜻인지 알아들었냐?"

이상하게 다나까 대위는 자신감에 넘치는 표정이었다.

"하이! 이시이 각하가 원하지 않는다면 무조건 대위님께 상납하겠습니다. 대신 대위님께서도 꼭 약속 지켜주셔야 합니다."

"난 사내야 자식아. 또 하나 부탁을 하지. 이시이 각하가 건든 여자 마루타는 바로 내게 상납을 해라."

"각하가 데리고 잔 마루타를 데리고 자면 더 위험할 수 있지 않을까요? 이시이는 변태 같은 사람이란 걸 우리 소년 대원들이라면 누구나 알고 있는 사실인데요. 대위님을 죽일 수도 있지 않아요?"

그들이 생각하는 이시이는 충분히 그러고도 남을 사람이었다.

"짜식, 내가 그렇게 어리숙한 사람인 줄 알아? 나도 다 발 뻗고 누울 자리는 만들어놓고 행동하는 사람이란 말이야. 염려 말고, 어서 가봐. 장차 이시이 각하의 변태가 하늘을 찌를 거야. 니나 반나를 건들지 않고 오래 두고 관찰하는 데 이제 한계가 왔다는 말이지. 한계에 봉착해서 간밤에 그런 소란을 떨었던 거야. 쯧, 쯧~ 니나 반나 처녀성 검사를 한다는 게 정상적인 사람의 머리에서 나온 짓이냐?"

다나까 대위가 혀를 몇 번 차면서 이시이 시로를 깔아뭉갰다.

"예, 백번 천번 옳은 말이죠. 그럼 대위님, 저는 이만 가보겠습니다. 어떻든 이시이 각하가 니나 반나의 처녀성 검사를 지시한 상황이니까 주의하십시오."

"쳇! 알았어 임마. 어서 가봐! 너 이번 일요일에 세이코 만나면 총각 딱지나 꼭 떼고 와라. 아 참, 앞으로 이시이 각하한테는 절대로 세이코 만난다고 얘기하면 곤란하다. 너나 나나 그런 문제라면 얼마든지 문책을 당할 수가 있으니까."

다나까 대위의 말이 진심처럼 들렸다. 이시이는 생각보다 훨씬 위험한 인물이며, 어떤 짓도 벌일 수 있는 비정한 인물이었다. 시노즈카는 진심을 담아 고개를 끄덕여주고 총무부에서 나왔다. 특별반으로 돌아오는 길목에서 헌병실을 지나 작은 창고와 잇대어 연결된 문을 열쳤다. 담배나 한 개비 피우려고 하였는데 조사과 사진반 대원들이 웅성거리면서 시노즈카를 쳐다보았다. 시노즈카는 괜히 그들과 마주치기 싫어 고개를 숙이며 방향을 틀었다. 소년 대원들이 시노즈카 귀에 들리지 않도록 작은 소리로 입을 열었다.

"시노즈카 씨는 아마 매우 엉큼한 사람일지 몰라."

"나도 그렇게 생각해. 니나 반나를 아무도 모르게 2층 독방에 재웠다는 소문이 있어."

"그럼, 시노즈카 씨가 니나 반나를 따먹었을까?"

대원들은 부대 내에서의 자잘한 소문을 들으면 은근히 동료들과 만나 노닥거리기를 좋아했다. 시노즈카는 대원들의 노닥거리는 소리를 전혀 알아들을 수가 없었다.

"그야 모르지. 쉽진 않을 거야. 이시이 각하도 만지지 않고 아끼는 마루타를 감히 겁쟁이 시노즈카 씨가 만질 수 있겠어?"

이시이가 건들지 않고 있는 니나 반나에 대한 것이라면 대원들에게는 사소한 바람 소리 같은 것도 구미를 끌어당길 정도였다. 시노즈카는 대원들이 자신을 향해 뭔가 이기죽거리고 있다는 것을 느끼면서 특별반으로 돌아왔다. 특별반에 돌아와서 마음을 진정시키려고 하였으나 진정되지 않았다.

시노즈카에게 있어 시체 해부실로부터 시작된 허기는 더욱 심해져서 며칠 굶주린 마루타의 뱃속처럼 꼬르륵꼬르륵 소리가 들렸다. 시노즈카는 특별반에서 뛰어나와 7동과 8동의 중간 복도에 있는 취사장에 마련된 대원 식당으로 향했다. 음식 냄새를 맡았는데 밀려오는 허기에도 불구하고 비릿한 피의 냄새가 뇌리에서 되살아났다. 그는 음식을 거의 목구멍 안으로 넘길 수가 없었다. 겨우 힘을 내어 몇 번 작은 양의 음식을 목구멍으로 넘겼다. 그리고 음식물이 식도를 스칠 때 욱하고 토할 것 같아 결국 식당에서 나와버렸다.

그는 곧장 특별반 사무실로 돌아오지 못하고 밖에서 방황하고 있었다. 일사불란一絲不亂하게 움직이는 도고부대 대원들의 모습이 곳곳에 보였다. 그는 무작정 발길이 닿는 대로 걷다가 문득 컨베이어벨트를 가로질러 강철문을 열고 오르막을 향하고 있음을 발견했다. 의식은 거부하는데도 발이 습관처럼 기억한 모양이었다. 좌측에는 해부실이 보이며 곧장 걸어가면 다카하시 반이 양쪽으로 펼쳐져 있고, 더 걸어가면 쥐 이동을 막는 차단 판막이 있을 것이다. 해부실을 떠올리면서 시노즈카는 재깍 걸음을 되돌렸다.

시노즈카는 은근히 겁을 먹고 있었다. 다나까 대위는 당당한 척 위선을 떨었지만 다나까의 행위를 고스란히 알고 있는 시노즈카로선 마음이 놓이지 않았다. 다나까 대위가 부인하면 모든 죄를 자신이 뒤집어쓰고 말리라는 것을 시노즈카는 잘 알고 있었다. 지금쯤 우쓰미 가오루 반장은 니나 반나의 처녀성 검사를 마쳤을지 모른다. 자리를 오래 비울 수 없는 탓에 시노즈카는 특별반 사무실로 천천히 걸음을 옮겼다.

그런데 로호동의 정문에 군용트럭이 한 대 멈추는 것을 보았다. 간혹 이런 트럭이 정문에 서 있는 것을 보긴 하였는데 이번에는 아주 오랜만에 보는 것이다. 트럭의 조수석에서 군의 대위로 보이는 사람이 내려 트럭의 짐칸에서 큼직한 상자들을 내렸다. 시노즈카는 본능적으로 트럭이 멈춰서 있는 곳으로 향했다. 트럭을 향해 대원들이 분주히 움직이는데 짐칸에서 내린 큼직한 상자들을 어깨에 메고 혈청 연구반으로 뛰었다.

"구와시마 대위님, 멀리 오시느라 수고 많으셨습니다."

헌병 병사가 깎듯이 경례를 붙였고, 중키의 중위가 나와 정중히 영접을 하고 있었다.

"도고부대의 공기가 아주 눅눅하군."

"대위님, 펑텐 포로수용소 공기는 어떻습니까?"

중위가 구와시마 지사부로桑島治三郎 대위를 향해 물었다. 구와시마 지사부로 대위는 랴오닝성 최대의 도시 펑텐현재의 선양의 포로수용소에서 막 도고부대에 도착하는 중이었다. 비행기를 타고 하얼빈까지 왔다가 트럭을 이용해 물자를 수송하는 중이었다.

"그야 펑텐 수용소 공기는 이곳보다는 상쾌하오. 포로들도 군침이 도는 종자들이 많이 수용되어 있으니까 아주 신선하다고 할 수 있겠군."

"펑텐 포로수용소로 출장을 간 지는 벌써 1 년이 넘었지요?"

"몇 개월 지나면 거의 2 년이 다 되어 가는 모양이오. 이제 펑텐의 시간도 서서히 짜증이 나려고 해요. 외국 놈들의 혈청을 뽑아내는 일이 그렇게 쉽지는 않아~. 화가 오르면 포로들에게 폭행을 하게 되고 그래서 포로 놈들 사이에서 내가 악마로 통한다더군."

"얘기는 듣고 있지요. 대위님 이름만 들어도 몸을 떤다는 얘기도 들었어요. 아, 저기 미나토 군의軍醫가 오십니다."

중위가 말하며 뒤로 한 걸음 물러섰다. 미나토 군의는 이곳 도고부대에서 특히 마루타들에게 세균으로 오염시킨 음료를 마시도록 하여 해부를 함으로써 증상을 관찰하고자 하는 전문 기사였다. 콜레라반을 맡고 있었는데 구와시마 대위가 펑텐 육군병원에 잠시 입원해 있을 때 만난 적이 있었다. 미나토 군의는 영국인과 미국인의 면역성을 연구하기 위해 도고부대에서 펑텐 포로수용소로 출장을 나갔었다. 그는 박테리아 균종菌腫으로 펑텐 포로수용소를 내 집처럼 드나들었던 사람이다.

"미나토 기사님, 오랜만입니다."

"몸은 좀 괜찮습니까?"

미나토가 구와시마 대위의 입원 시절을 떠올리며 예의상 물었다.

"워낙 멀리 이동한 탓에 힘이 듭니다."

"혈청을 아주 많이 공수해 오셨다니 정말 놀라운 일입니다."

인체실험을 하기 위해서는 혈액의 공급이 무엇보다 중요했다. 구와시마가 펑텐 포로수용소를 방문하는 제일 목적이 바로 혈액을 확보하는 일이었다.

"세균무기를 백인종의 몸에 시급히 적용해 보아야 전쟁에서 승리할 수 있습니다. 백인종 특유의 면역력을 알아보는 것도 흥미로운 일이고요."

"대위님의 열정에 경의를 표합니다. 세균무기 실험에 있어서 피의 공수는 총의 실탄을 조달하는 것처럼 중요한 영역이죠. 펑텐 포로수용소에서 탈출한 미국인들을 다시 붙잡아다 총살을 한 것도 대위님이라 들었습니다."

"아이쿠, 기분 좋은 경험은 아니오. 수용소의 말뚝에 사흘을 묶어 두었던 것은 절대 수용소를 탈출하지 말라는 경고였지요."

"사흘 묶어둔 미국인 세 명을 펑텐 시내에 끌고 다니다가 일부러 시민들이 보도록 총살을 했다는 소문이 있는데 사실인가요?"

"볼 면목이 없습니다. 대일본제국의 승리를 위해 누군가는 악마가 되어야 한다는 점을 이해해 주십시오."

"아, 아닙니다. 대위님을 존경하는 뜻에서 여쭈어본 것입니다. 자, 이시이 각하께서 기다리고 있으니 어서 들어가시죠."

"가십시다."

구와시마 대위와 미나토 군의는 나란히 이시이 시로의 사무실을 향했다. 시노즈카는 그들의 뒷모습을 유심히 바라보았다. 대원들은 군용트럭의 짐칸에서 마지막 종이상자를 꺼내 본부로 나르고 있었다. 시노즈카는 이렇게 한가하게 있을 때가 아니라는 것을 문득 깨닫고 특별반을 향해 빠른 걸음을 옮겼다.

"시노즈카 씨, 어디 다녀오는 거예요?"

"다나까 대위님을 좀 뵙고 오는 중이오. 무슨 일이 있었소?"

동료 대원에게 물어보는 시노즈카의 얼굴은 아주 걱정이 가득했다. 시노즈카는 내색하지 않았지만 내심 니나 반나의 처녀성 검사의 문제가 염려되었다. 다나까 대위가 밤새 니나 반나를 품에 안았다는 사실을 부인할 수가 없기 때문이었다. 그런데도 태연하게 업무에 임하고 있는 다나까 대위를 생각하면 또한 놀라운 일이었다.

시노즈카는 마루타 인명 대장을 점검하고 동물 대장까지 정리를 마쳤다. 그러나 특별반 일이 손에 잡히지 않는다. 어제는 마루타 1명과 말 1마리를 소각했다. 시노즈카 뿐만 아니라 소년 대원들은 대개 알고 있는 마루타가 죽으면 밥맛을 상실했다. 우울한 감정의 늪에서 한동안 혼효混淆:여러가지 많은 일들이 갈피를 잡을 수 없을 정도로 어지럽게 뒤섞인다한 생활에 빠져들었다.

그러다가 다른 마루타들이 입소하게 되면 새로운 마음으로 탈바꿈하고는 했다. 마루타들을 많이 공급받은 탓에 도고부대는 약간 술렁이는 분위기였다. 특히 여성 마루타들이 들어오면 그녀들에 대한 온갖 소문이 무성하게 떠돌았다. 여성 마루타에 대한 정보는 이상하게 시노즈카의 손끝에서 명단이 서류에 기록되기도 전에 정보가 돌았다. 이런 점들을 보면 중국 내에 돈벌이 수단으로 은밀히 마루타를 제공하는 단체가 있다는 말이 틀린 말이 아닐지도 모른다. 그런데 마루타를 만나기도 전에 들었던 소문은 사실인 경우가 대부분이었다.

그날은 시노즈카에게 매우 다행인 날인지도 모른다. 그날, 우려했던 상황은 일어나지 않았다. 시노즈카는 뜻밖에 자신을 향해 웃으며 손짓하는 행운의 여신을 보는 느낌이었다. 호된 치도곤을 맞거나 심지어 총살을 당할 수도 있는 상황인데 아무런 일이 발생하지 않고 위기의 순간을 넘겼던 것이었다.

하지만 처음으로 외출을 계획한 일요일에 시노즈카는 하얼빈의 프자덴 거리에 나갈 수가 없었다. 도고부대에 심각한 일이 마루타들에게서 터져버렸기 때문이었다.

4. 인마혈 교환실험

1

고요한 일요일의 새벽, 도고부대에 비상이 걸렸다. 새벽 동이 트기 직전이었다. 요란한 벨 소리가 부대 경내를 흔들었다. 관사 구역 역시 비상으로 요란법석이었다. 관사 구역의 중심이 되는 도고숙사同鄕宿舍를 사람들은 보통 사관동이나 도고촌이라고 불렀다. 부대의 장교와 가족들, 사관들과 그들의 가족들이 거주하는 공간이었다. 도고촌에는 학교와 병원, 체육시설, 상점가, 음식점 하물며 유곽까지 갖추어져 있었다. 관사 구역의 독신관사에서 잠에 곯아떨어져 있던 다나까 대위 역시 비상벨 소리에 잠에서 깨어났다.

다나까 대위는 정신없이 군복을 껴입었다. 한두 번 비상이 걸린 것은 아니지만 공연히 불안한 마음이 들었다. 니나 반나의 일은 전혀 걱정하지 않았지만 이시이 시로의 성품이 변덕스런 탓에 무슨 불호령이 떨어질지 아무도 모르는 일이었다. 간밤에 술을 과하게 마신 탓에 목이 말랐다. 다나까는 세수도 하지 않은 채로 수도꼭지를 틀었다. 그런데 바로 이때 도고숙사의 대원들에게 공지하는 방송이 들렸다.

“비상 공지합니다. 관사 구역 대원 여러분께 수돗물 섭취 금지령을 발동합니다. 간밤 수돗물에 독극물이 살포된 정황이 있으니 주민 여러분께서는 수돗물 섭취를 당장 금지하여 주십시오.”

다나까는 수도꼭지를 틀어막았다. 수돗물을 받아 마셨다면 당장 죽을 수도 있는 일이었다. 상황을 생각하니 부르르 몸이 떨렸다. 대충 신발 끈을 묶은 다음 1동 총무부로 향했다. 총무부로 향하는 중간에서 보일러공을 만났다. 보일러공은 숨을 헐떡거리며 자재부 배전실 방향에서 뛰어오고 있었다.

“어떻게 된 일이오?”

다나까 대위 역시 긴장한 나머지 숨을 헐떡거리며 물었다.

"본부 우물에 독극물이 살포 되었답니다."

"감히 누가?"

다나까의 머릿속에 의심할만한 어떤 인물도 떠오르지 않았다.

"지금 조사 중인 모양입니다. 본부에 있는 우물 두 군데 모두 살포됐다고 합니다."

"조치는 취했소?"

보일러공의 표정으로 보아 급한 불은 끈 모양이었다. "예, 배수관을 모두 차단하고 저수통의 물을 제거하였습니다. 관사 동쪽 보일러실 온수 배관도 차단을 했습니다. 그런데 3천 미터가 넘는 배관에 독극물이 차 있을 수 있어서 불행한 상황이 나타날 수 있겠지요."

"불행한 상황이라~"

도고부대 대원들이 제조한 독극물에 일본인들이 독살을 당한다면 정말 씻을 수 없는 치욕적인 사건이 될 것이다. 제발 이런 끔찍한 일이 일어나지 않기를 다나까 대위는 순간 마음속으로 빌었다. 대체 누가 이런 짓을 벌인단 말인가.

"뭐, 온수로 목욕을 하게 되면 피부에 발진 등이 나타날 수도 있을 테고, 만약 물을 끼얹다가 입으로 들어가게 된다면 치명적일 수도 있지요."

"이거 참 어처구니없는 일이로군. 이런 일로 비상이 걸리리라곤 예상조차 하지 못했는데~ 관사 구역은 새벽 시간이라 피해를 막을 수 있다고 쳐도 세균실험 구역은 밤새 실험에 참여하는 기사들과 대원들이 많이 있었을 텐데 참 난처한 일이오."

다나까는 일단 참사가 일어나지 않기를 바라면서 이번 사건은 아마 내부 소행일 것이라고 생각했다.

"온수 배관도 모두 차단했는데 실험 중에 음용수로 사용하지 않았다면 큰 문제는 없을 것입니다."

"간혹 정신 나간 기사들이 있다는 게 문제지요. 술을 퍼마신 뒤 실험을 하는 놈들은 꼭 실험용 용수를 꿀꺽꿀꺽 마시는 것을 보았지요. 주의하라고 여러 번 당부까지 하였으니 만약 불행한 사건이 발생한다면 자업자득이겠지요, 뭐. 이시이 각하께서 또 발악하게 생겼군."

다나까는 주변에 혹시 도고부대에 크게 불만을 품은 사람이 있었는지 떠올려보았다. 그러나 불만을 드러내놓고 토로하는 사람은 아무리 머리를 굴려도 떠오르지 않았다.

" 이시이 각하를 아까 보았습니다. 새벽에 도고신사에 기도하러 들어간 모양이지요?"

"그래요? 각하께서 신사神祠에 가실 때는 마음이 불안하다는 증거인데~"

다나까는 혹시 이시이 각하, 하고 생각하다가 머리를 흔들었다.

"불안이요? 전혀 아니었어요. 비상사태가 났는데도 아주 태연하던데요, 뭐. 헐레벌떡 배전실로 뛰어가는데 나더러 쉬엄쉬엄하라고 하더라니까요. 우물에 독극물이 살포된 모양이라고 말씀드렸는데도 아주 여유작작했어요."

보일러공의 말투에는 아주 이시이 시로를 범인으로 의심해도 틀리지 않을 거라는 듯 증오감이 묻어 있었다.

"아니 그래요? 이시이 각하께서 정말 그렇게 하더란 말이지요?"

"예, 내가 무슨 덕을 보자고 거짓말을 하겠어요. 대위님 그럼, 나는 이만 갈랍니다."

다나까는 보일러공의 뒷모습을 물끄러미 바라보았다. 보일러공의 말을 듣고 나니 괜히 이시이 시로를 떠올리게 되었다. 이시이가 이런 독극물을 우물에 살포해서 얻을 게 뭐란 말인가. 실전實戰에 이용하기 위해 이런 어처구니없는 일을 벌였단 말인가? 하지만 그럴 가능성은 희박했다. 실전용으로 시험하려거든 중국인 마을 주민들을 대상으로 해야 할 일이 아닌가 말이다. 일본인이 피해를 보게 되면 아무리 이시이 시로라도 난처한 처지가 아니겠는가. 그렇다면 대체 누구의 짓이란 말인가.

사무실로 향하면서 다나까는 계속해서 범인이 될만한 사람이 누구일까 생각해 보았다. 독극물에 대한 지식이 있어야 하겠고, 그러한 독극물을 손에 넣을 수 있는 위치에 있어야 가능한 일이었다. 소년 대원들의 가능성 역시 배제할 수는 없었다. 하지만 소년 대원이 그런 짓을 벌이려면 자신의 목숨을 걸어야 하는 일이었다. 감히 소년 대원 중에 자신의 목숨을 걸면서 이처럼 무모한 짓을 벌일만한 인물이 있을까? 다나까 대위는 마음속으로 고개를 저었다. 혹시 시노즈카 군일까? 시노즈카는 세이코를 만나려고 혈안이 되어있었기 때문에 그럴 가능성은 더욱 희박했다.

본부 1동 건물이 왁자지껄했다. 이시이가 있는 2층에서는 울음소리가 들렸는데 몹시 소란스러운 분위기였다. 총무부 사무실에 들어서니 한 계급 낮은 동료 장교가 다나까를 향해 입을 열었다.

"왜 이렇게 늦었습니까?"

"사관동도고촌에 비상이 떨어진 것을 보고 서둘러 오는 중이야. 우물에 독극물을 살포했다는데 어떻게 된 거야?"

2층에서 한 여자가 서럽게 우는 소리가 아래층까지 울렸다. 다나까 대위는 정말 심상찮은 일이 터진 모양이라고 생각했다. 그런데 2층에서 들려오는 울음소리는 사람이 죽었을 때 우는 곡哭소리였다.

"나도 잘 모르겠어요. 2층 영안실에서 여자 울음소리가 계속 들려오고 있어요."

"누가 죽은 거야? 마루타가 죽었다고 이곳 영안실에 안치할 일은 없을 테고 우리 일본인 중에 대체 누가 죽었다는 말이야?"

일본인이 죽지 않고서야 사진과 위패를 모시는 영안실에서 저토록 슬픈 여자의 울음소리가 새어 나올 리는 없을 것이다.

"대위님, 내가 잠깐 올라가 볼까요?"

"그렇게 하게. 영안실에 올라가서 상황을 알아보고 괜찮다면 2층 복도 오른쪽 끝에 있는 이시이 대장실 분위기도 좀 보고 오게."

"하이!"

다나까는 일이 손에 잡히지 않았다. 사무실 주위가 온통 도고부대에 심각한 일이 일어나고 있는 듯한 어수선한 분위기에 휩싸여 있었다. 2층 영안실에서 여전히 구슬피 울어대는 여자의 울음소리가 들렸다. 다나까는 주위에 울려 퍼지는 여자의 울음소리에 귀를 기울였다. 울음소리를 가만히 듣고 있으면 분명 무엇이라고 말을 하고 있었지만, 발음이 정확하지 못해 무슨 말인지 알아들을 수는 없었다. 곧 중위가 돌아왔다.

"대체 누가 죽은 거야?"

"병기창고兵器倉庫 보초병이 죽었답니다."

중위가 고개를 갸웃거리면서 말했다.

"병기창고 보초병? 그럼, 보초를 서다가 죽었다는 말이야?"

"아닙니다. 문제가 좀 있는 것 같습니다. 보초병이 죽은 데가 병기창고가 아니에요."

다나까의 머릿속이 점점 복잡하게 얽혀들었다.

"아니 그럼, 근무 중에 무단이탈을 했다는 말이야? 대체 어디서 죽은 건데?"

"저기 도고촌 상점이요. 생활필수품 전문매장에서 새벽 두 시쯤 물을 마셨다고 합니다."

도고촌 상점이라면 대개 일본 주민들을 위해 매장을 운영하는 일본인 부식 가게로서 간혹 중국인 종업원을 두는 경우가 있었다. 부식 가게 끝에서 꺾어져 돌면 아주 한적한 공간에 여자들이 술과 웃음을 파는 유곽이 몇 개 있었다.

"독극물을 마셨다는 얘기로군. 근데 저렇게 슬피 우는 여자는 대체 누구야?"

"결혼을 약속한 상점 여자종업원이랍니다. 가게에서 밤새 같이 지냈다고 하네요."

중위의 대답에 다나까 대위는 혀를 찼다. 생활필수품 전문매장이라면 자신도 몇 번은 들렀을 텐데 얼른 여자종업원의 얼굴이 떠오르지는 않았다.

"독극물 사망이 확실한 모양이군. 이시이 대장실은 살펴보았어?"

"대장실에 이시이 각하는 없고 부관실에 물어보니 회계과 옆 회의실에서 고등관 몇 명이 회의를 하고 있다고 합니다."

"독극물에 의한 사망이 확실하다면 사망자가 더 늘어날 수도 있겠는데~ 나도 하마터면 수돗물을 마실뻔했다니까."

다나까는 삶과 죽음이 같은 공간에 머물고 있음을 제대로 느끼는 중이었다.

"대위님, 근데 아무리 생각해도 갑자기 이런 일이 일어난 게 수상쩍은 구석이 있는 것 같습니다."

"수상쩍은 구석이라니? 자네는 뭐라도 짚이는 데가 있단 말이야?"

다나까는 부하를 물끄러미 바라보았다.

"그냥 추측해 본 건데요. 어제 이름만 들어도 몸을 떤다는 대위님이 펑텐 포로수용소에서 이곳에 오셨잖습니까?"

"구와시마 대위를 말하는가?"

다나까 정보장교는 구와시마 대위의 이름만 들어도 이제 소름이 돋았다. 구와시마 대위가 악마라는 소문은 공연히 떠돌아다니는 것이 아니었다.

"이름만 들어도 몸을 떤다는 악마 장교는 단연 구와시마 아닙니까? 어제 외국인 혈청을 엄청나게 공수해서 들어온 거랍니다."

"그런데 이번 독극물 사건과 무슨 연관이 있다는 거지?"

다나까의 목소리는 우려와 호기심으로 가득 차 있었다. 머릿속에서 부지런히 구와시마와 독극물의 연관성을 조립하고 있었다.

"구와시마 대위님을 위병소까지 나가서 영접한 사람이 누군지 아십니까?

"이시이 각하이신가?

이시이 시로라면 세균실험에 도움이 되는 부하라면 누구든지 환영을 하고도 남는다고 생각했다. 세균을 통해 많은 사람을 죽일 수 있어야 하는 것이, 이시이의 최대 임무라면 임무인 것이었다.

"아닙니다. 바로 미나토 군의軍醫가 영접하였답니다."

"미나토 기사?"

다나까의 뇌리에 뭔가 번갯불이 스치는 듯한 느낌이었다. 미나토 군의라면 마루타를 대상으로 세균에 오염된 음료를 마시게 하여 해부를 할 정도로 악착같은 사람이었다. 미나토와 구와시마의 합작이란 말인가? 아무리 그렇더라도 중국인이 아닌 일본인을 대상으로 왜?

"미나토 군의가 박테리아 균종을 들고 펑텐 포로수용소에 밥 먹듯 드나든 거 모르세요?"

"그런 정보쯤은 도고부대의 정보장교인 내가 모를 턱이 있나? 듣고 보니 그럴듯한 얘기이긴 한데 일본인을 대상으로 위험천만한 독극물 실험까지 한다는 것은 우리가 너무 실험기사들을 속물로 보고 있다는 방증이야. 그들에게도 일본인에 대한 애족심이 자신의 연구실적보다 상위에 있다는 말일세."

중위의 말처럼 연구실적을 위해 같은 동포를 죽일 수도 있다는 것은 다나까 대위로선 얼른 이해가 되지 않았다. 이런 일이 외부에 알려진다면 자칫 도고부대의 존재마저 위태로울 수 있는 일이라는 생각이 들었기 때문이다.

"대위님, 아직도 저들을 모르십니까? 이번 독극물 사건은 수돗물 섭취 금지 기간이란 비밀을 공유하는 집단을 제외하고 모두 죽어도 좋다는 무서운 발상이 깔려 있어요. 전문연구자들을 제외한 다른 부대원들은 모두 본국에서 공수해 올 수 있으니까 말입니다."

부하의 말을 듣고 보니 다나까 자신도 언제든 버려질 수 있고, 죽임을 당할 수 있겠다는 생각이 들었다. 하지만 다나까 대위는 침착하려고 애를 썼다.

"너무 과장해서 생각하지 말게. 나는 듣지 않은 것으로 하겠네. 새벽에 비상을 걸어 공지까지 했다는 사실을 꼭 기억해 두게."

"대위님, 제 말을 명심하십시오. 구와시마라는 사람은 악마랍니다. 미국인 포로를 사흘 동안 말뚝에 묶어둔 작자예요. 펑텐 시내에서 군중들 모아놓고 그 미국인 포로들 셋을 총살했다는 소문 들었잖습니까?"

다나까 대위는 머리를 크게 저었다. 아무리 악마라고 해도 일본인의 목숨까지 파리 목숨처럼 취급할 리는 없는 것이다. 설령 아니라도 다나까는 그렇게 믿고 싶었다.

"다나까 대위님, 이시이 각하 집단의 마음속에는 이상한 신神이 존재한답니다. 그들의 가슴 깊숙이 존재하는 그 신이 날마다 이렇게 속삭인다고 합니다. 대일본제국의 승리를 위해서는 누군가 악마가 되어야 한다. 바로 그들 가슴속에 숨어있는 신의 얘기만이 그들의 의식 속에 박힌 대의大義며 정의正義라는 것이죠."

악마라는 소리가 다나까 대위의 귓전에 윙윙거리는 느낌이었다. 그는 총무부에서 밖으로 나와 무작정 발길이 닿는 대로 걸었다. 그가 우뚝 멈추었을 때 보니 자신이 우쓰미반의 혈청 연구실 앞에 서 있다는 것을 알았다.

"반장님 계시나?"

소년 대원을 향해 다나까 대위가 물었다. 그는 무엇 때문에 이곳으로 왔는지 몰랐는데 무작정 오고 말았으니 우쓰미 가오루 기사를 한번 만나볼 생각이었다.

"실험실에서 막 연구실 방으로 가셨습니다."

"아, 알겠네. 우쓰미 반에서도 독극물 희생자가 발생했나?"

수돗물을 마셨다면 많은 희생자가 나타날 수밖에 없는 일이었다. 이렇게 물을 때 다나까의 가슴이 불안한 마음으로 마구 뛰었다.

"아직까지는 보고 받은 사항이 없습니다."

"다행이군."

다나까 대위는 실험실을 한번 둘러보고 나와 옆의 직원 사무실을 슬쩍 훑어본 다음 우쓰미 기사 연구실로 들어갔다. 우쓰미 가오루 기사는 의자에 비스듬히 기대어 쪽잠을 자고 있었다. 다나까 대위가 인기척을 내자 깜짝 놀라며 잠에서 깨어났다.

"이게 누구시오?"

"우쓰미 기사님, 잠을 깨워서 미안합니다."

다나까 대위는 우쓰미 기사가 내민 손을 엉거주춤 감싸 잡으며 말했다. 이곳에서는 1동 2층 중앙에 있는 영안실에서 서럽게 울어대던 소리가 들리지 않았다. 중앙통로를 따라 계단을 오르고 그런 다음 좌측으로 완전히 꺾어 들어왔기 때문일 것이다. 또는 독극물을 마시고 죽은 병사에 대한 그 여자의 슬픔의 진혼곡이 끝났을지도 모를 일이다. 새벽에 들었던 울음소리는 다나까 대위가 이곳 도고부대에서 들었던 슬픔의 진혼곡 중에 가장 애처로운 소리였던 것이다.

"다나까 정보 대위님께서 무슨 일로 여길 들르셨나요?"

"그냥 발길 닿는대로 오다 보니 이곳이었지요."

다나까 대위의 말은 의미심장한 뜻을 내포하고 있었다. 우쓰미 기사가 이런 뜻을 모르고 넘어갈 리가 없었다.

"총무부 정보 대위께서 아무렴 목적도 없이 이곳에 들렀겠습니까? 자, 좀 앉아서 말차末茶라도 한잔 하시지요."

"지금 수돗물을 사용할 수 없을 텐데 말차를 끓여 마실 수가 있소?"

다나까 대위의 머릿속이 순간 복잡하게 돌아갔다.

"하하하~ 정보 대위답게 아주 철저하시군요. 미리 받아둔 물이 있어서 나는 애호하던 말차를 끓여 마실 수가 있어요."

그늘에서 말려서 만든 찻가루의 맛을 떠올리며 우쓰미 기사가 입맛을 다셨다.

"독극물 사건이 일어나리란 걸 미리 아셨단 말이오?"

다나까는 정보장교로서 직업적 습관이 발동하고 있었다. 이번 독극물 사건에 대해 정보 장교로서 기록해야 할 사안이 많을 것이란 생각이 들었다.

"아이쿠 대위님, 내가 그럼 이번 독극물 사건에 연루되어 있다고 보시는 겁니까?"

"그런 뜻은 아니오. 하지만 물을 미리 받아두었다니 하는 말이 아니오?"

이번 사건을 미리 알았다면 그들은 일본인의 살상을 도모한 공모자라 할 수 있다. 이번 사건의 핵심은 누가 미리 수돗물을 받아두었는지 조사하는 것이 관건이라는 생각이 들었다.

"물을 미리 받아서 센 기운을 죽인 다음에 말차를 우려내면 향이 더욱 그윽해서 좋다오. 이제 더는 쓸데없는 상상으로 일을 크게 만들지 마시오."

우쓰미 기사의 대답에 다나까 대위는 변명할 거리가 궁색해지고 말았다. 우쓰미 기사의 말은 거듭 생각해 보더라도 한 점 그르지 않고 틀림없는 말이기 때문이었다. 그러나 우쓰미 기사의 변명이 아니라도 미리 수돗물을 받아두었다면 독극물 실험의 내막을 사전에 숙지했을 것이라 의심받는 것은 분명한 사실이었다.

"구와시마 기사가 부대에 들어와 계신 것은 알고 계시지요?"

"얘기는 들었어요. 하지만 난 아직 만나보지 못했소. 그런데 내게 왜 그런 것을 묻습니까?"

"무슨 뜻이 있어서 물은 것은 아닙니다. 미나토 기사가 구와시마 기사를 영접한 모양이더군요. 그리고 이시이 각하와 은밀히 만난 것으로 알고 있습니다. 구와시마와 미나토 기사가 의기투합해서 벌일 일이 뭐가 있을까요? 바로 엄청난 희생자를 불러올 수 있는 독극물 같은 사건이 아닙니까? 이시이 각하야 뭐 세균무기를 최대한 빨리 사용하도록 혈안이 되어 있으니 마다할 이유가 없지 않겠지요?"

"다나까 대위의 말을 듣고 보니 이론적으로는 옳습니다. 하지만 실험을 하더라도 미나토 기사는 철저히 마루타들의 희생에 초점을 맞추는 사람입니다. 일본인의 생명을 함부로 취급하는 그런 사람이 아니란 말이죠."

"무슨 말인지 알겠습니다. 참, 우쓰미 기사님한테 뭐 하나 궁금한 것이 있는데 물어도 되겠습니까?"

다나까 대위는 말차를 비우고 자리에서 일어나며 지나가는 듯한 투로 물었다. 정작 그의 발걸음이 이쪽으로 향한 목적이 바로 여기에 있었다.

"물으십시오. 내게 더 궁금한 무엇이 있소?"

"니나 반나 몸의 상태를 조사했다고 들었습니다."

"하하하~ 이제야 보니 다나까 정보 대위가 여기에 들른 목적이 바로 니나 반나의 몸이 궁금했던 때문이군요. 내 추측이 틀렸소?"

다나까 대위는 의미 없이 살짝 웃음을 지어 보였다. 니나 반나의 첫 입소 때도 여자 몸의 상태를 검사한 사람이 바로 우쓰미 기사였다. 그때 니나 반나의 몸은 완벽했는데 처녀성을 지니고 있었고, 매독이나 임질 같은 전염병도 일절 없었다.

"마루타의 상태를 점검하는 것도 정보장교의 임무 중 하나입니다. 왜 정보장교가 여성 마루타 몸의 상태를 알고 있어야 한다는 점은 우쓰미 기사님이 잘 아시리라 믿습니다."

"예, 치욕적인 얘기지만 잘 알고 있지요. 니나 반나의 몸은 여전히 깨끗하고 처녀성 또한 잘 간직하고 있었습니다."

"아니 정말입니까? 정확히 검사해 보셨나요?"

니나 반나의 신체검사 얘기에 다나까 대위는 은근히 군침을 삼켰다.

"검사야 항상 정확하지요. 여자의 생식기는 너무 자세히 들여다보는 바람에 한 번도 틀린 적이 없어요."

우쓰미 기사가 헐렁하게 웃었다.

"놀라운 일이군요. 그럼, 이시이 각하께 보고는 정확히 하셨겠지요?"

"정확한 보고야 당연하지요. 아니 뭐 보고가 다 무엇입니까? 내게 이상한 요청을 하셨는데 이거야 원 어떻게 대처를 해야 할지 말입니다."

다나까 대위는 걸음을 떼려다가 다시 몸을 돌려 자리에 앉았다. 이시이 시로가 우쓰미 기사에게 이상한 제안을 하였다니 몹시 궁금했다. 대체 이시이는 우쓰미 기사에게 무슨 제안을 하였단 말인가.

"아니 요청이라니요? 설마 니나 반나와 신혼 방을 꾸려보라는 요청은 아니었겠지요?"

"하하하~ 정보장교는 역시 냄새를 정확히 맡는군요. 뭐 비슷한 얘기를 하시는데 아직도 몹씨 불안하고 망설여지는 게 사실이에요."

"아니 대체 무슨 요청을 하셨기에 그러십니까? 그저 내게 편히 얘기해 보십시오."

"나 참 말을 해야 하나 말아야 하나 원~"

우쓰미 기사는 선뜻 입을 열지 않았다. 다나까 대위는 니나 반나의 처녀성에 여태 문제가 생기지 않았다는 사실에 놀랐다. 시노즈카가 특별히 마련해 준 독방에서 그날 밤 자신이 이성을 잃고 행동했다면 한바탕 소용돌이가 일어났겠다는 생각을 하니 끔찍했다. 사진을 찍어 돈을 모을 수 있다면 니나 반나 같은 여자들은 프자덴 거리에 얼마든지 있다는 생각을 하면서 다나까는 오직 사진 촬영에 몰두했었다. 다나까 대위는 우쓰미 기사를 뚫어지게 쳐다보았다.

"이시이 각하께서 니나 반나를 아끼셨던 것은 자신의 의지를 꺾지 않으려고 그랬답니다. 이날껏 술에 취해 여성들에게 빠져 자신의 인생이 엉망진창되었다면서 니나 반나 만큼은 절대 건드리지 않으려고 다짐을 했다는 겁니다. 처녀성을 지니고 있으며 몸이 깨끗한 여자만 보면 안달이 날 정도로 견딜 수 없었던 자신의 의지를 니나 반나를 통해 시험해 보고 싶었다고 말입니다. 니나 반나는 여전히 처녀성을 간직하고 있었고 몸도 깨끗했습니다. 누구도 니나 반나의 몸에 손을 대지 않았다는 반증이죠. 감히 니나 반나의 몸에 이시이 각하 말고 누가 손을 댈 수 있었겠습니까. 도고부대 대원들 가운데 이시이 각하의 성품을 모르는 자가 감히 어디 있나요? 아이쿠 대위님, 왠 땀을 그렇게 흘리세요?"

우쓰미 기사의 말을 들으면서 다나까 대위는 이마에 땀이 흘렀다. 자칫 나쁜 짓을 했더라면 목숨이 달아났을지도 모를 일이었다. 다나까는 잽싸게 옷소매로 이마의 땀을 훔쳤다.

“맞습니다. 우쓰미 기사님, 이시이 각하의 요청이라면 반드시 들어주시는 게 좋을 겁니다. 워낙 성격이 급하고 당돌한 분이시란 것을 모르지 않지요? 각하께서 직접 요청을 하는데도 거절하는 것은 옳지 않아요. 눈 딱 감고 니나 반나의 몸을 하룻밤 가지십시오. 니나 반나는 오직 살기 위해서 시키는 대로 무엇이든 할 수 있는 여자라고요. 목숨이 경각에 달렸는데 감히 몸을 탐내는 사내 앞에서 까탈을 부리겠어요?”

“얘기는 들었지요. 반반한 여자가 들어오면 번갈아 고등관들이 잔치를 했다고 하더군요. 믿기지 않는 얘기지만 그런 소문이 돌고 있어요. 반반한 여자들이 저항도 하지 않는다면서요? 조선 계집년들만 빼고 말이에요. 그런데 731 고등관들이라면 저기 프자덴 거리에 나가서 더 품위 있고 반반한 여자들을 눕힐 수가 있을 텐데 왜 감옥에 갇힌 마루타의 몸에 빠져드는지 알 수가 없단 말입니다.”

우쓰미 기사의 입에서 더 심한 말이 나올지도 모른다고 생각했다. 그래서 다나까 대위는 우쓰미 기사의 말에 응대하지 않고 곧장 일어나 밖으로 나왔다. 오전 일과가 시작되면서 도고부대는 본격적으로 피해자를 파악했다. 사관동의 장교 1명, 독신자 숙소의 하사관 2명과 역내에 머물렀던 중국인 군속 2명, 소년 대원 1명 등이 최종 사망자로 집계되었다. 사망자 이외에 크고 작은 피해를 본 부대원과 주민들이 10여 명에 달했다. 고등관들의 피해는 전혀 나타나지 않았다.

이상한 것은 이시이 시로는 이번 사건에 대해 악착같이 범인을 잡으려고 애쓰지 않았다는 것이다. 다나까 대위는 이런 점을 근거로 이시이 시로 집단이 은밀히 실험한 독극물 사건이란 결론을 내렸다. 이시이는 정보장교인 다나까 대위에게 이번 사건에 대해 단 한 줄도 기록하지 말라고 지시했다. 이시이 시로를 비롯한 고등관들의 은밀한 작전이었거나 아니면 빈틈을 이용해 내부 혹은 외부의 음모가 있었더라도 기록은 명예를 떨어뜨리는 치명적인 과오過誤를 인정할 수밖에 없는 것이다. 다나까는 수첩에 기록한 모든 메모를 지우거나 찢어 없애버렸다. 저승 문턱에 다녀온 사건이 도고촌에서 일어났다는 사실에 다나까는 몸서리치고 있었다.

다나까 대위는 그날 오후의 햇빛이 비스듬히 떨어질 때 테니스장의 벤치에서 시노즈카 대원을 조용히 만났다. 시노즈카의 얼굴에는 불만으로 가득 차 있었다. 독극물 사건만 일어나지 않았다면 생애 처음으로 하얼빈의 프자덴 거리를 활보할 수 있었을 것이다. 다른 때 같으면 테니스장이 장교들로 붐볐을 것인데 독극물 사건이 발생한 탓에 개미 새끼 한 마리 얼씬거리지 않았다.

"시노즈카 군, 실망이 크겠군."

"일요일은 다시 돌아오겠지요."

다나까 대위는 시노즈카의 말에 고개를 끄덕여주었다. 그는 소년 대원치곤 생각보다 속이 깊다고 생각했다.

"오겠지. 근데 당장 배가 고픈데 식당에 갈 수도 없고, 음식점에 갈 수도 없고~"

"대위님, 늦었지만 하얼빈 시내에 나가보면 어떨까요?"

시노즈카로서는 하얼빈의 프자덴 거리에 나가 세이코만 만난다면 여한이 없는 일이었다.

"이시이 각하까지 부대에서 일을 보고 있는데 우리가 바깥에서 돌아다니면 되겠냐?"

"예~ 맞습니다."

시노즈카는 실없이 웃었다.

"소년 대원 한 명도 죽었다면서?"

"잘 모르는 대원이에요. 에시마 반에서 일하는 대원인데 우리보다 한참 나

중에 들어온 대원이랍니다."

시노즈카는 얼굴을 모르는 대원이지만 소년 대원이 죽었다는 점에서 몹씨 걱정이 되는 모양이었다. 소년 대원의 죽음에서 시노즈카는 자기의 죽음을 떠올리고 있을지도 모른다.

"그렇군. 에시마 반이라면 적리이질 연구를 하는 반인데~"

"예. 5동 2층 적리실험실이요. 그런데 대위님, 우쓰미 반장이 검사한 결과는 어떻게 나왔답니까?"

시노즈카는 마음속에 담아둔 궁금증을 참지 못하고 이렇게 물었다. 다나까는 이런 대목에선 더욱 자신감이 넘쳤다.

"여태 그 생각하고 있었나?"

다나까 대위는 여전히 여유가 있었다.

"생각해 보세요. 내가 걱정하지 않을 수가 있나요?"

"하하하~"

다나까 대위는 혼자 우스워서 껄껄 웃었다.

"왜 그렇게 웃습니까?"

"이봐 시노즈카 군, 내가 그렇게 생각이 모자란 사람 같아?" "무슨 말씀이세요?"

시노즈카는 너무나 태연하며 당당한 다나까 대위의 행동이 이해가 되지 않았다. 지금쯤 이시이 각하의 불호령이 떨어져 전전긍긍해도 시원찮을 판이었다. 시노즈카를 조롱하듯 의기양양한 다나까 대위를 도대체 이해할 수가 없었다.

"니나 반나의 처녀성에 전혀 문제가 없고, 임질이나 매독도 전혀 문제가 없다고 우쓰미 기사가 말하더라. 시노즈카 군, 이제 이해되었나?"

다나까 대위는 혼자서 또 껄껄 웃었다. 그는 자신이 니나 반나의 몸을 밤새 만졌을 것이라고 시노즈카는 생각할 것이라고 믿고 있었다. 어쩌면 당연한 생각일지 모른다. 시노즈카와 약속을 할 때 분명 그런 의도를 가지고 했던 것도 사실이었다. 하지만 다나까 대위는 여자의 몸에 홀리지 않으려고 정신을 바짝 차렸다. 이성을 잃으면 위험하다. 마음속으로 수없이 되뇌었다. 니나 반나의 몸에 손을 대느니 차라리 사진을 찍어 프자덴 거리에서 은밀히 거래하는 것이 낫다고 생각했기 때문이다.

"대위님, 그럼 외출증은 어떻게 되는 거예요?"

"자네 하는 거 보고 외출증을 끊어주겠네."

다나까 대위는 이제 시노즈카를 자신의 편에 완전히 끌어들였다고 생각했다.

"뭘 어떻게 도와드려야 합니까?"

"너는 그냥 예쁜 여자 마루타를 니나 반나처럼 나한테 제공해주면 된다. 절대 몸에 손을 대지 않고 사진만 찍는 거니까 위험한 거래는 아니지 않아?"

다나까 대위는 이제야말로 사실대로 말했다.

"대위님, 사진을 찍어서 어디에 씁니까? 프자덴 뒷골목에서 벗은 여자들 사진을 가지고 거래를 하는 겁니까?"

"시노즈카 군, 여성 마루타가 죽으면 아깝잖아. 이렇게 사진이라도 찍어서 거래를 해야 돈을 모을 수 있단 말이야. 쥐 꼬리 만한 군대 월급으로 어느 세월에 돈을 모으냐? 너, 여태 나를 속물로 보았지? 난 여자를 누구처럼 난잡하게 다루지 않아. 돈을 모아서 프자덴 거리에 나가면 얼마든지 예쁜 여자들 살 수가 있단 말이야. 돈을 버는 방법치곤 근사하지 않니? 마루타에 아무런 피해를 주지 않고 만약 이시이 각하한테 걸린다면 그저 가벼운 징계 정도 먹을 거야. 그러니까 시노즈카 군은 나한테 예쁜 여자 마루타를 저번처럼 제공해주면 되는 거야. 나는 간혹 너에게 외출증을 끊어주면 되는 것이고 말이야."

시노즈카는 다나까 대위의 속내를 이제 완전히 들여다보았고, 이해할 수도 있을 것만 같았다. 여자 마루타의 몸에 손을 대지 않는다면 특별반 마루타 담당이란 임무는 적어도 시노즈카에게는 외출을 하기 위해 만족할만한 일이었다. 시노즈카는 공연히 기분이 좋아져서 테니스장에서 펄쩍펄쩍 뛰며 특별반으로 향했다. 다나까 대위는 시노즈카가 즐거워하는 모습을 보고 멋쩍게 웃으며 총무부를 향해 걸었다. 그도 장차 시노즈카에게 일어날 엄청난 일을 짐작조차 하지 못하고 있었다.

2

다나까 정보 대위가 끊어준 외출증은 시노즈카에게 네 차례나 무용지물이 되고 말았다. 다섯 번째 끊어준 외출증을 들고 시노즈카는 어느 일요일 오전에 겨우 하얼빈 프자덴 거리에 나갈 수가 있었다. 하얼빈 시내에 들어가기 위해 통과하게 되는 일본인 거류지 헌병대 위병소에 외출증을 제출했다.

"너, 군대 계급도 없는 노동자가 하얼빈에는 왜 들어가는 거야?"

헌병대 위병소 병사로 보이는 날렵한 헌병이 살벌한 태도로 물었다. 시노즈카가 가장 염려한 것이 바로 이런 대목이었다. 시노즈카의 회백색 의복에는 어떤 표식이나 부대 표시도 없었다. 고용인의 자격으로 가슴에 다는 백색의 별 마크 하나도 붙어 있지 않았다. 류타 대원이 가슴에 별을 달고 싶어서 군인이 되려고 도고부대를 떠나던 날 소년 대원들은 부러워 죽을 지경이었다.

"외출증을 지니고 있는데 왜 팍팍하게 그래요?"

"임마, 이런 외출증이야 최종판단은 우리 몫이야. 너 프자덴 뒷골목에 놀러 가는 거지? 그렇지 응?"

시노즈카는 위병소 병사의 말에 덜컥 겁이 났다. 모처럼 기회를 잡아서 어렵게 도고부대 밖으로 나왔는데 이곳에서 외출이 가로막힌다면 몹시 억울할 듯한 생각이 들었다. 군인 신분과 군속 신분을 구별하기 위해 부대에서는 의복의 가슴에 각기 다른 비표秘標를 부착했다. 고등관과 판임관, 기사, 전문요원, 노동자에 따라 표식이 달랐다.

소년 대원들은 가슴에 별이 달린 사람을 보면 은근히 부러움에 뒤를 돌아보곤 했다. 대원들은 오직 일만 하며 노동자 취급을 받고 있었다. 소년 대원들은 노동자가 아니라 비표를 부착한 군인 신분이 되는 게 마지막 소원이었다.

시노즈카는 다나까 대위의 당부를 떠올렸다. 그리고 얼른 대답했다.

"놀러 가는 게 아닙니다. 특별감찰부 헌병대 오오다 중사님을 만나서 전해드릴 편지가 있어요."

시노즈카의 말에 헌병대 위병 병사의 표정이 순간 달라졌다. 병사의 옆에 붙어서 삐딱하게 시노즈카를 바라보던 하사의 표정 역시 정색을 하듯 변했다.

"네가 오오다 중사님을 어떻게 아냐?"

"도고부대 다나까 대위님 심부름이란 말에요."

"정보 장교님 말이군. 편지 전달해 줄 테니까 이리 다오. 너 혼자 프자덴 거리에 돌아다니면 얼마나 위험한 줄 몰라?"

이런 얘기는 다나까 대위에게서도 여러 번 들었던 말이다. 하지만 시노즈카는 처음 듣는 얘기처럼 대꾸했다.

"뭐가 위험해요?"

"조선독립군 놈들 보면 너는 맞아 죽는단 말이야. 그러니까 편지 이리 주고 그냥 돌아가라."

조선독립군이란 말에 시노즈카는 소름이 돋았다. 특별반에서도 조선독립군 마루타는 다른 마루타들과는 달랐다. 죽어가면서도 당당했고, 그들은 꼭 죽어가면서 조선독립만세를 부르짖었다. 그리고 특히 놀라운 것은 일본인에게 고개를 숙이며 목숨을 구걸하지 않았다는 점이다.

"아, 아닙니다. 오오다 중사님을 불러 주십시오."

헌병대 병사가 연락을 취했던 모양으로 특별감찰부 헌병대 오오다 중사가 금방 나타났다.

"다나까 대위가 보낸 시노즈카라고 합니다."

"그래 시노즈카 군."

오오다와는 처음 입소할 때 잠깐 스쳤던 인연이 전부였다. 그럼에도 그의 모습에서 세월의 흔적이 느껴졌다. 오오다 중사는 몸이 많이 불어 있었고, 옛날보다 아주 여유 있어 보였다. 시노즈카는 오오다 중사의 안내로 위병소의 특별공간으로 이동했다.

"다나까 대위님의 편지를 가져왔단 말이야?" "예, 여기 있습니다."

시노즈카는 다나까 대위로부터 전해 받은 편지를 오오다 중사에게 건넸다. 오오다는 편지를 개봉해 대충 읽는 모양이었다. 오오다는 시노즈카를 머리부터 발끝까지 세심히 살피는 듯하더니 정중히 입을 열었다.

"자네가 도고부대 특별반에 근무하나?"

"예, 그렇습니다."

이곳에서는 특별반의 마루타를 담당하는 일이 어깨를 으쓱대는 일처럼 여겨졌다.

"마루타를 관리한다고?"

"예, 맞습니다."

시노즈카에게 마루타에 관한 것은 무엇이든 자신이 있었다.

"지금 도고부대에 몇 명의 마루타가 있지?"

"오오다 중사님, 그건 비밀사항이라 말씀드릴 수 없습니다."

도고부대에 처음 들어올 때 가장 먼저 전달받은 주의사항이 부대 내의 정보를 외부에 노출 시키지 않는다는 것이었다.

"오호 그래~ 아주 제법인데?"

"도고부대 대원들은 반드시 지켜야 할 수칙이란 게 있습니다."

도고부대 내에서 다나까 대위를 위해 불법을 저지르기는 하였지만, 부대 밖에서 도고부대의 정보를 흘리는 대원이란 소리는 듣기 싫었다.

"그 정도는 특별감찰부에서도 잘 알고 있다. 자네, 지금 어디에 가려고 하지?"

오오다 중사의 태도는 뜻밖에 부드럽고 따뜻했다.

"중사님, 사실 내 친구를 만나러 프자덴 거리의 요정에 찾아가려고 합니다."

오오다 중사의 호의에 시노즈카는 마음을 열기 시작했다.

"시노즈카 군의 친구가 프자덴 거리의 요정에 있어?"

"하이!"

시노즈카는 이제 일이 술술 풀리는 느낌이었다.

"프자덴 거리 어디인데?"

"여기 있습니다."

시노즈카는 다나까 대위로부터 받은 쪽지를 오오다에게 건넸다. 오오다는 쪽지를 받아 보더니 방긋 미소를 지으며 입을 열었다.

"프자덴 5번가 조로야卒伍屋라면 내가 아주 잘 알고 있지. 자네 친구가 여기에서 일하고 있다는 말인데 어떤 친구냐?"

"고향 친구예요."

"시노즈카 군, 조로야가 무슨 요정이야? 조로야는 아주 지저분한 유곽이야. 돈 없는 사내놈들을 홀려 몸이나 팔아서 먹고사는 것들이지~"

오오다 중사의 말을 듣고 시노즈카는 순간 마음이 복잡했다. 세이코가 몸을 파는 유곽에서 생활하고 있다는 소식은 그에게 가장 불행한 소식이었다. 시노즈카는 아랫배에 힘을 주면서 마음을 진정시켰다.

"예~ 하지만 내 친구를 만나야 합니다."

"유곽에서 일하는 고향 친구라면 여자가 되겠군. 손님을 상대로 호객행위를 하는 놈들이 몇 있기는 하지만 말이야."

오오다 중사는 은근히 시노즈카가 만나려고 하는 사람에게 관심을 두고 있는 듯이 말했다.

"여자입니다. 고향에서 중국 만주에 올 때 같이 왔다가 국경 지역에서 헤어지게 되었지요. 중사님, 제발 만나게 도와주십시오."

"시노즈카 군, 이제 보니 헤어진 애인 만나러 가는 거 같은데?"

오오다가 웃음을 띠면서 농담삼아 말했다.

"아, 아닙니다. 정말 애인은 아니고 친굽니다."

시노즈카의 얼굴이 살짝 붉어졌다.

"알았다. 내가 책임지고 프자덴 5번가 조로야에 데려다주지. 대신 나하고 잠시 나눌 얘기가 있는데 걱정하지 말고 이리 따라와 봐라."

시노즈카는 오오다 중사를 따라서 위병소에서 나왔다. 오오다 중사는 그를 데리고 일본인 거류지 2층으로 올라갔다. 제복을 멋지게 빼입은 오오다의 허리춤에는 권총과 군도가 매달려 있었는데 살찐 몸집을 움직일 때마다 군도가 심하게 덜렁거렸다. 소년 대원들과 처음 일본인 거류지에 들어와서 서류를 작성하는 곳이라 낯설지는 않았다.

2층의 복도 끝에 작은 사무실로 들어갔는데 그곳에는 아무도 없었다. 작은 탁자가 있고, 탁자 옆으로 앉은뱅이 의자가 하나 놓여 있었다. 창문 하나 보이지 않았는데 벽을 향해 철제책상이 하나 놓여 있었다. 어둑한 것이 무슨 유령의 사무실에 들어온 느낌이었다. 시노즈카는 오오다의 안내로 앉은뱅이 의자에 앉았다. 대체 무슨 일로 자신을 이곳으로 데리고 온 것일까. 시노즈카는 세이코를 만나고 싶은 마음에 시간을 지체하는 이런 일들이 전혀 마음에 들지 않았다. 그는 피곤한 나머지 의자에 비스듬히 앉아 잠시 눈을 감았다. 어깨를 툭 건드리는 순간 그는 놀라듯 깨어났다.

"무슨 죄지은 사람처럼 그렇게 놀라나?"

어둑한 공간에서 마주하는 오오다 중사의 눈빛이 아주 날카롭게 파고들었다. 자세히 보니 돼지 털처럼 진한 눈썹이 기다랗게 뻗어 있었고, 귓불이 뒤로 날렵하게 뻗어 있었다. 오오다의 코끝 역시 날카롭게 솟아 있었는데 모자를 벗은 모습을 보니 이마가 넓었다. 오오다가 말을 할 때 입술 꼬리가 특이한 모습으로 올라갔다.

"피곤해서 잠이 들었나 봐요."

"시노즈카 군, 정신 똑바로 차리고 이걸 좀 봐주게."

오오다 중사가 무슨 사진을 하나 시노즈카에게 내밀었다. 어둠 속에서 사진은 흐릿해서 잘 보이지 않았는데 마치 무슨 비밀작전이라도 수행하는 것처럼 오오다 중사가 플래시를 켜서 사진을 비추었다.

"누군지 아는 얼굴인가?"

"하이!"

시노즈카는 순간 긴장하면서 짧게 대답했다. 오오다가 내민 사진은 러시아 마루타 니나 반나의 벗은 모습이었다. 금발의 머리가 사진 속에서 선명하게 반짝이는 듯했고, 눈빛이 이글거렸다. 그리고 풍만한 젖가슴이 마치 잘 익은 복숭아처럼 동그랗게 매달려 있었다. 시노즈카의 얼굴이 화끈거릴 정도였다.

"니나 반나라는 러시아 여자입니다."

"그렇군. 금발의 여인이 니나 반나라는 러시아 여자였군."

오오다 대위의 눈동자가 반짝거렸다. 시노즈카는 순간 머릿속이 복잡했다. 대체 이런 사진이 어떻게 여기에 있다는 말인가. 누가 이런 사진을 찍어서 외부에 노출 시켰다는 말인가. 다나까 대위의 얼굴이 불현듯 떠올랐다. 니나 반나의 몸에 손을 대지 않고 다나까 대위는 밤새 사진을 찍었다는 말이었다.

"중사님, 이 사진 다나까 정보 대위한테 받은 거 맞지요?"

"그래 맞다."

시노즈카는 이미 사진의 출처를 확신하고 있었다. 특별감옥 독방에 갇힌 니나 반나의 사진을 다나까 대위가 아니면 감히 누가 찍을 수 있단 말인가.

"중사님이 왜 이 사진을 가지고 있나요?"

"내가 돈 찔러주고 산 거야."

시노즈카가 절로 고개를 끄덕였다.

"우리 다나까 대위님이 사진을 찍어서 돈벌이를 하셨군요?"

"이래 봬도 이게 열 장이면 한 달 월급이야."

시노즈카의 입이 딱 벌어졌다. 다나까 대위가 악착같이 사진을 찍을 만했다는 생각이 들었다.

"예, 그렇게 비쌉니까?"

"그러니까 예쁜 여자 벗겨서 사진 찍는 데 혈안이 되어있는 거 아니냐? 야, 시노즈카 군, 너 나하고 손잡고 이것처럼 여자 나체사업 한번 해보지 않겠니?"

"나는 군인이잖아요. 나는 특별반 마루타 담당이에요. 내가 어떻게 사업을 할 수 있겠어요? 외출도 마음대로 하지 못하는데~"

"자네는 가슴에 별도 없는데 무슨 군인이라고. 그냥 자네는 노무자 신분이야. 거리낄 게 없단 말이야."

"하지만 나는 외출도 쉽지 않고 더군다나 그런 짓을 하기 싫습니다."

시노즈카는 설령 외출이 가능하다고 해도 이런 짓은 하지 않을 생각이었다. 그는 이곳에서 돈을 벌고 싶은 생각이 없었다. 그에게 필요한 것은 오직 세이코면 충분한 것이다. 세이코를 만나는 것이 어마어마한 돈을 버는 것보다 중요하다고 생각했다.

"외출을 하지 않고 사업하는 방법도 있다. 너만 결심하면 내가 그런 방법은 다 알려줄 테니까 나하고 거래 한번 해보겠나?"

"중사님, 나는 정말 돈벌이 같은 것은 하기 싫습니다. 돈을 벌어도 저축할 수도 없구요. 나는 그저 프자텐 거리에서 맘껏 내 친구 세이코를 만나고 싶을 뿐이에요."

"짜식, 생각보다 사내다운 데가 있군. 당장 생각하지 말고 차차 시간을 갖고 결정해도 된다. 어려울 게 없어, 내가 사진기를 주면 너는 은밀히 찍어서 필름만 넘기면 되는 일이야. 다나까 대위를 거치지 않고 외출할 수 있도록 내가 얼마든지 힘도 써줄 수가 있지. 뭐 너무 성급하게 생각하지 마라. 우리 오늘 처음 만났는데 뭐 서두를 게 없지. 러시아 여자가 가장 인기가 좋고, 조선 여자가 두 번째인데 얘기 듣자니까 이번에 열여덟 살 먹은 러시아 여자들하고 조선 여자들이 열 명이 넘게 대기하고 있다는 거야. 야, 이번 마루타들 잘만 찍으면 프자텐 거리에서 여자 만나 살림도 차릴 수가 있을 거다. 내 말 무슨 뜻인지 알아듣겠지? 응?"

시노즈카는 저도 모르게 입을 벌리고 말았다. 아무리 특별감찰부라고 해도 도고부대에 입소할 마루타의 정보까지 오오다 중사가 알고 있다는 사실에 놀라지 않을 수 없었다. 부대 밖의 모습에서 사람들이 비겁하게 살아가는 모습을 보았다. 시노즈카는 정직하고 당당하게 살아가는 사람이 되고 싶었는데 만주 하얼빈에 와서 느낀 것은 전혀 이런 모습이 아니었다. 도고부대는 시노즈카에게 정직한 삶의 방식을 허락하지 않았다. 정직한 삶의 방식을 도고부대는 완전히 착취해버렸다.

오오다 중사는 시노즈카를 위병소 대기실에 기다리게 하고 곧 인력거꾼을 데리고 나타났다. 인력거꾼은 체격이 커 보이진 않았지만 피부가 거무스레 하고 상체는 우람해 보였으며 아주 부지런히 움직이고 있었다. 오오다 중사가 이미 하얼빈 프자덴 5번가 조로야 유곽에 손님을 모셔다드리라고 인력거꾼에게 지시한 모양으로 인력거꾼은 중국말을 하지 않고 어서 올라타라는 시늉을 했다.

“조로야 유곽을 찾아가는 손님이니 잘 모셔다 드리게.”

“하이!”

일본말을 알아듣는 인력거꾼의 목소리가 씩씩하고 우렁찼다.

“시노즈카 군, 마감 시간에 늦지 않도록 이곳에 도착해야 한다.”

“하이!”

시노즈카를 태운 인력거는 송화강을 끼고 하얼빈 거리를 달렸다. 하얼빈은 일본의 도시지역과는 달리 도로가 반듯하고 거리를 끼고 늘어선 건물들도 잘 정돈되어 보였다. 유럽풍의 건물들은 새로운 시대를 향해 시원하게 달리는 느낌이었다. 인력거는 속력을 줄이지 않고 강변을 달렸다. 시노즈카는 바람에 날리는 인력거꾼의 옷자락 사이로 파랗게 펼쳐지고 있는 송화강을 바라보았다. 인력거는 내내 송화강을 끼고 달리는 모양이었다. 하지만 곧 송화강을 따돌리고 허리를 향해 파고들 듯 오른쪽으로 꺾어 돌았다. 인력거는 퉁명스러운 말을 걸기라도 하듯 이제부터 심하게 흔들거렸다.

그런데도 인력거꾼은 속력을 줄이지 않았으므로 시노즈카는 발판에 힘을 주어 버티었다. 프자덴 거리는 불규칙했고, 지나다니는 사람들은 자유분방한 모습이었다. 중국풍의 음식점과 상점, 주점의 모습이 스쳐 지나갔다. 그리고 이따금 일본풍의 주점이 보였다. 고향에서 본듯한 거리의 풍경을 만나니 시노즈카는 한결 마음이 편안해졌다. 세이코를 이 프자덴 거리에서 만나게 된다고 생각하니 가슴이 뛰었고, 몹시 설레는 중이었다.

인력거는 음악이 요란하게 들리는 데서 멈추었다. 시노즈카는 뒷자리에서 일어나며 심호흡을 했다.

"바로 이 골목 끝에 조로야 유곽이 있습지요."

"고맙습니다."

시노즈카의 대답이 끝나기도 전에 인력거는 왔던 길을 다시 달리고 있었다. 인력거의 모습을 한참 바라본 뒤 그는 여러 번 심호흡 했다. 만주 하얼빈의 프자덴 거리 5번가, 그는 골목 끝을 향해 천천히 걸음을 옮겼다. 주위에서 중국풍의 음악과 함께 왁자지껄한 소리가 섞여 들리고 있었다. 발걸음이 설레며 동시에 떨렸다. 시노즈카는 태어나서 이렇게 설레는 걸음을 처음 느끼는 중이었다. 설렘이란 떨리는 것, 그가 고국을 떠나와 타향에서 느끼는 새로운 감정이었다.

골목 끝에 서서 시노즈카는 하늘을 올려다보았다. 하얼빈의 하늘이 이날따라 청명해 보였는데 구름이 한가롭게 노닐고 있었다. 저런 모습은 고향에서 보았던 하늘이었다. 세월이 많이 흘렀어도 그의 기억은 변하지 않아 한참이나 고개를 쳐들고 바라보았다. 고향의 부모 형제들 생각이 났다. 도고부대에선 피곤함에 지쳐 곯아떨어지면 고향 생각도 하지 못했다. 파란 하늘과 한가로운 구름을 보니 고향이 지척에 있는 듯이 느껴졌다. 세이코가 이곳에 머물고 있다는 생각을 하자 가슴이 뭉클했다.

2층으로 된 낮은 기와집이었다. 네 짝의 미닫이가 있었는데 제법 규모가 커 보였다. 미닫이문에 빨간 글씨로 조로야라는 간판이 보였고, 간판 위로 낮게 쳐진 차양이 보였다. 차양을 가로질러 빨랫줄이 펼쳐졌고 빨랫줄에는 흰 광목천이 바람에 날리고 있었다. 골목은 전형적인 유곽의 거리 같았다. 조로야 이외에도 골목의 초입부터 다른 유곽이 자리하고 있었는데 집단을 이루고 있는 것으로 보였다.

태양을 가리는 햇빛 가리개가 출입문 입구에 보였다. 앉은뱅이 나무 의자가 덩그러니 놓여 있었고, 그 옆으로 기다랗게 화단이 일구어져 있었다. 일본의 유곽의 모습이었는데 화단에는 키 큰 나무들이 무성히 입을 피워올리고 꽃을 피운 나무들도 보였다. 너무도 선명한 나머지 꽃나무들을 만들어 일부러 심어놓은 모습이었다.

골목의 중간 유곽에서는 술을 마시고 왁자지껄 떠들며 노래하는 소리가 새어 나왔다. 조로야 입구로 바짝 걸어갔을 때 그 안에서도 여자들이 도란거리는 소리가 들렸다. 저 여자들 중에 세이코가 있을까? 술을 팔고 웃음을 파는 게이샤들이 분명할 것이다. 고향을 떠나 이렇게 먼 타국에서 살아가는 세이코를 생각하면 시노즈카는 우선 자책감이 들었다. 그가 아니었다면 세이코는 머나먼 하얼빈의 프자덴 거리에 머물 까닭이 없었을 것이다.

시노즈카는 마음을 가다듬은 다음 미닫이문을 살짝 열었다. 미닫이문이 스르륵 열렸는데 문이 열리며 그 틈새로 진한 분 냄새가 새어 나왔다. 시노즈카는 분가루 냄새가 매웠던 탓인지 가볍게 재채기까지 했다. 그가 목을 안으로 들이밀어 보았는데 기척이 없었고, 안에서는 마침 샤미센의 음악에 맞춰 노랫소리가 흘러나왔다. 고향에서 들었던 정겨운 사미센의 가락을 음미하며 내부를 향해 시야를 넓혔다. 마루가 뒤쪽으로 곧게 뻗어 있었고, 마루는 아마 복도의 역할을 하며 다다미 다락방과 연결되는 모양이었다.

벚꽃이여 벚꽃이여

들도 산도 마을도 보이는 곳마다

안개인가 구름인가 아침 해의 향기나네

벚꽃이여 벚꽃이여

꽃이 한창일 때다~

어느새 시노즈카는 미닫이 너머로 발을 들이밀었다. 샤미센 음악에 섞여 들리던 남녀들의 노랫소리가 향수를 불러일으키는 듯했다. 사쿠라, 라는 노래로군. 시노즈카는 낯선 이곳의 세계가 전혀 어색하지 않았다. 샤미센의 선율이 그의 가슴을 포근하게 감싸고 있는지도 모른다. 일본사람치고 사쿠라, 라는 노래를 모르는 사람이 없을 정도니 순간 시노즈카는 향수에 빠져든 것이 분명했다.

벚꽃이여 벚꽃이여

3월의 하늘은 보는 곳마다

안개인가 구름인가 향기 피어오르네

가자꾸나 가자꾸나

보러가지 않겠니~

시노즈카는 노래가 끝날 때까지 잠시 옛날 생각에 젖어 있었다. 샤미센의 선율이 멎고 노랫가락도 마루 너머로 멀어지는 느낌이었다. 순간 적막이 찾아들었을 때 안쪽에서 외치는 소리에 그는 정신을 반짝 차렸다.

"누구세요?"

시노즈카가 쳐다보니 젊은 여자였다. 검정색 기모노를 입고 있었다.

"친구를 찾아 왔습니다."

시노즈카는 웃는 얼굴로 대답했다.

"친구 누구요?"

여자의 볼에 술기운이 번져 있었다.

"세이코라는 친구를 만나러 왔습니다."

"어머, 오늘 일찍 어디에 갔는데요."

시노즈카는 여자의 말에 약간 실망했다. 하지만 세이코가 이곳에 있다는 사실을 생각하니 곧 마음이 편안해졌다.

"언제 돌아옵니까?"

"돌아올 때가 되었어요. 근데 우리 세이코 양과는 어떤 친구세요?"

여자의 입에서 술 냄새가 풍겼다. 샤미센의 연주가 안쪽에서 다시 시작되고, 그 연주에 맞추어 같은 음색의 여자가 다시 사쿠라 노래를 부르기 시작했다.

"저, 고향 친굽니다."

"술만 마시면 친구가 보고 싶다고 울곤 하던데 혹시 그 친구 아닌지 모르겠네요. 곧 돌아올 테니 괜찮으면 들어와서 술이나 한잔하세요."

"아니오, 술은 마시지 않습니다. 그냥 밖에서 꽃나무나 감상하며 기다리겠소."

시노즈카는 의젓한 태도로 말했다.

"그렇게 하세요."

여자가 들어가는 것을 보고 시노즈카는 미닫이문을 열고 밖으로 나왔다. 입구의 화단에 자란 꽃나무들을 바라보며 그는 마음을 안정시켰다. 세이코를 이제 곧 볼 수 있다고 생각하니 가슴이 두근거렸다. 세이코는 어떻게 변했을까? 유곽에서 세이코는 어떤 일을 하고 있을까? 복잡한 생각을 하다가 시노즈카는 좌우로 고개를 흔들었다. 머나먼 이국異國의 유곽에 몸을 담고 있는 세이코가 하는 일이 과연 무엇이겠는가. 시노즈카는 이제 아무 생각도 하고 싶지 않았다. 시간이 흘러서 해가 많이 기울었는데 세이코는 나타나지 않고 있었다. 시노즈카는 이제 조금 있다가 일본인 거류지를 향해 돌아갈 생각을 하고 있었다. 도고부대로 돌아가려면 저녁 6시까지는 거류지에서 출발해야 하는 것이었다.

해가 지고 있는데 세이코는 끝내 나타나지 않았다. 시노즈카는 몹시 실망한 모습으로 천천히 골목을 걸어 나왔다. 인력거를 타고 들어올 때는 보지 못했는데 골목의 입구에 히노마루 찻집이 보였다. 찻집을 슬쩍 곁눈질하는데 서양 의상을 입은 여자가 눈에 띄었다. 맵시가 돋보여 쳐다보았을 뿐인데 시노즈카는 우뚝 걸음을 멈출 수밖에 없었다. 찻집에서 막 문을 열고 나온 여자의 얼굴이 아무리 봐도 세이코의 얼굴이었기 때문이다.

여자는 시노즈카를 의식하지 않고 뒷모습을 보이며 골목 끝을 향해 걷고 있었다. 시노즈카는 부대로 복귀해야 한다는 사실도 잊은 채 여자를 뒤쫓았다. 여자의 몸에서 지난날 세이코의 모습을 찾아보기는 어려웠다. 허리가 잘록하고 가슴이 아주 두드러져 보였는데 반듯한 숙녀화를 신은 모습에서 무르익은 여인의 육체를 보는 느낌이었다. 니나 반나의 머리처럼 갸름한 단발머리에 곱슬곱슬 멋을 부린 여자의 모습은 아주 우아하고 품위 있어 보였다.

시노즈카는 무르익은 여자의 몸을 설레는 마음으로 음미하면서 조심스레 걸었다. 골목의 끝에서 여자는 우뚝 걸음을 멈추었다. 미닫이문을 손으로 열기 전에 여자는 고개를 돌려 습관적이듯 한번 뒤를 돌아다보았다. 시노즈카가 가까운 거리에서 여자를 쳐다보고 있었지만 여자는 그대로 미닫이문을 열고 안으로 들어가 버렸다. 그가 용기를 내어 출입문을 향해 몇 발짝 떼는데 등에서 식은땀이 흘렀다. 그는 자신도 모르게 몹시 긴장하고 있었다. 몇 걸음 뒤에서 미닫이문을 열지 못하고 심호흡을 하고 있었다. 지금 부대를 향해 출발하지 않으면 규칙을 위반하게 된다. 어떻게 해야 할지 그는 망설여졌다. 규칙을 위반하면 따라오는 것은 가혹한 처벌일 것이다.

3

미닫이문이 열린 것은 바로 그 순간이었다. 미닫이문이 열릴 때 시노즈카의 가슴이 콩닥거리며 뛰었다. 여자로부터 손님이 찾아 왔더라는 소식을 들은 것일까. 여자의 시선이 그에게 향할 때 시노즈카는 한 걸음도 움직이지 못할 정도로 얼어붙어 버렸다. 그의 그림자가 석양에 기다랗게 늘어지는데 헐레벌떡 다가오는 여자의 그림자가 보였다. 순간, 그들은 동시에 상대의 이름을 불렀다.

"세이코!" "시노즈카!"

시노즈카는 여자가 세이코라는 사실을 알아차릴 때 심장이 고동쳤다. 연인 사이도 아닌데도 오랜만에 만나는 친구임을 확인한 순간 그리운 감정이 폭발했다.

"여길 어떻게 찾아온 거야?"

"다나까 대위한테 네 소식을 들었어. 대위님이 이곳 위치와 조로야손님에게 유흥을 시키는 것을 직업으로 하는, 즉 색시 촌이라 함라는 유곽의 이름을 가르쳐주셨다."

시노즈카는 세이코에게 사실대로 말했다. 세이코가 가방에서 담배를 꺼내 입에 물었다.

"시노즈카, 지금 대체 어느 부대에서 무슨 일을 하는 거야? 다나까 대위님은 이시이 부대 정보장교라는 말만 할 뿐 무슨 일을 하는지 일절 얘기하지 않아~ 일본인 거류지 헌병대에 근무하는 오오다 중사와는 업무상 자주 만나는 모양이던데~"

"세이코, 그나저나 대체 어떻게 된 거야? 조선과 만주 국경 지역에서 헤어져서 대체 어디로 가게 된 거야? 이런 모습으로 유곽에서 일하다니 정말 상상이 되지 않는단 말이야."

과거의 시간을 더듬어 보면 모든 것이 안개 속처럼 불확실한 느낌이었다.

"시노즈카, 차차 알게 될 거야. 이곳까지 나를 찾아온 걸 보면 나에 대한 소문은 들었을 테지. 키요코가 소년 대원인 료타 씨를 고아 수용시설인 동선당에서 우연히 만났다고 하더라. 수상한 소문이 들리기는 하던데 정확한 정보는 아무것도 없어. 확인할 수 있는 방법이 아무것도 없으니까 말이야."

세이코는 정말 도고부대에 관한 정확한 정보를 전혀 듣지 못하고 있는 모양이었다.

"세이코, 이시이 각하에 관한 얘기를 들었어. 친구로서 아주 가슴 아픈 일이라고 생각해. 네가 지금 이곳 삼류 유곽에서 방황하는 것도 이시이 각하 때문이겠지?"

그는 조심스레 말을 꺼냈다.

"시노즈카, 함부로 말하지 마. 그래 난 망가진 년이야. 숨길 게 뭐가 있다고. 이시이 그 개 같은 자식한테 상처 입고 자리 잡은 곳이 볼품없는 이따위 유곽이야. 하지만 겉만 보고 사람을 판단하지 마라. 이런 데서 돈 냄새에 중독되고 밥이나 축내는 년이지만 그래도 나름대로 의미 있는 일을 하는 중이야."

세이코의 말에 시노즈카는 물끄러미 쳐다보았다. 그녀의 눈가에서 주르륵 눈물이 흘렀다. 그녀는 이미 숙녀가 되어있었지만 둘은 금방 옛날 분위기로 빠져들었다. 성숙한 세이코의 모습에는 옛날의 감정들이 새록새록 박혀 있었다.

“의미 있는 일을 하다니 무슨 말이야?”

“여기서 이러지 말고 어서 안으로 들어가자.”

세이코가 담배를 바닥에 비벼끄고 시노즈카의 손목을 붙들고 안으로 잡아끌었다. 그러나 시노즈카의 마음이 다급해졌다.

“부대로 돌아갈 시간이야.”

“부대? 시노즈카, 지금 군인 신분이니? 하하하~”

세이코는 마치 시노즈카를 비웃는 듯한 느낌이었다.

“왜 웃는 거야? 지금 날 비웃는 거니?”

순간 시노즈카는 공연히 화가 났다.

“시노즈카, 가슴에 별도 달지 못했으면서 무슨 부대로 돌아갈 시간이란 거야? 이게 부대에서 입는 군인 제복이니?”

“그래, 내겐 자랑스런 제복이다.”

세이코가 다시 가방에서 담배 한 개비를 꺼내 입에 물었다.

“하하하~ 다나까 대위하고 다르잖아. 오오다 중사와도 다르네. 부대로 복귀하는 문제는 걱정하지 마. 오오다 중사 불러서 돈만 찔러주면 아마 너 있는 부대까지 안전하게 데려다 줄 테니까~ 다나까 대위도 마음만 먹으면 불러낼 수가 있지~”

“정말 그게 가능하단 말이야? 헌병대 오오다 중사를 네가 그렇게 움직일 수가 있어? 다나까 정보 대위님도?”

시노즈카는 세이코의 말이 얼른 이해가 되지 않았다.

“그렇다니까. 밤만 되면 돈 달라고 손 벌리고 들어오는 놈들이 헌병대 놈들이야. 전쟁 에다 인신매매가 들끓는 시대다 보니 더 그러는 거지~. 다나까 놈도 돈 버느라 아주 극성을 부리는 중이지~”

시노즈카는 세이코의 말을 듣고 이제 세상 굴러가는 모습을 조금 들여다볼 수 있을 것 같았다. 다나까 대위가 니나 반나의 독방에서 사진을 찍어낸 것을 보면 세이코의 말이 하나도 틀린 말이 아니었다. 오오다 중사 역시 자신을 은밀한 공간으로 데려가서 이상한 사진을 보여주며 함께 돈벌이하자고 제안하지 않았는가 말이다. 세이코는 습관처럼 담배를 바닥에 비벼껐다. 시노즈카는 손목을 잡힌 채로 안쪽으로 들어갔다.

복도를 따라 종종걸음을 하였는데 격자무늬의 방문을 보면서 걸었다. 복도를 따라 마치 물건을 진열하듯 방이 일정한 간격으로 펼쳐졌다. 그가 바깥에서 상상한 것보다 내부 공간은 훨씬 넓어 보였는데 벽의 위쪽에는 풍속화가 그려진 액자와 족자가 걸려 있었다. 복도를 걸으면서 보니 간혹 낮 손님들이 들어온 탓인지 왁자지껄 소리도 들렸고, 흥이 무르익은 데서는 샤미센의 음악 소리가 경쾌하게 흘러나왔다.

세이코는 복도의 중앙을 조금 지나서 오른쪽으로 꺾더니 아담한 방문을 열고 들어갔다. 시노즈카는 이곳이 세이코의 방이란 것을 알았다. 조붓한 듯 아담한 그녀의 방에는 장방형의 다다미돗자리가 깔려 있었다. 그곳에는 붙박이장도 놓여 있었고, 도코노마라고 부르는 장식용 공간도 있었다. 한쪽 벽면에는 단체로 찍은 사진이 붙어 있었다. 왜색을 짙게 풍기는 사진 속에서 기모노를 화려하게 갖추어 입은 세이코의 모습을 찾아볼 수 있었다. 마치 본토에 있는 고향의 벽을 장식한 가족사진 같은 분위기를 풍겼다.

"세이코, 정말 이런 사람들과 같이 사진을 찍은 거 맞니?"

"명성을 날린 리키시力士하고 사진을 찍었다는 게 믿어지지 않지?"

그들 둘은 벽에 걸린 흑백사진을 한참이나 쳐다보았다.

"이름은 생각나지 않은데 일본 최고의 스모 선수 같은데?"

시노즈카가 머리를 갸웃거리며 말했다.

"히슈산이란 선수야. 100kg이 넘는 거구지. 이시이 시로의 명령에 따라 조선이나 만주 등지에 방문해서 기량을 뽐내는 거야. 이놈들 한 번씩 들어오면 조선 거리나 하얼빈 거리가 하루도 조용할 날이 없었지. 이시이가 아끼는 리키시 놈들인데 프자덴 거리에 와서 날마다 마약과 도박을 했다는 소문이 있어. 이놈들이 게이샤들을 일렬로 세워 발가벗겨놓고 손 장난질을 했다는데 이시이를 보고 배운 지랄이야."

"아주 그냥 사진을 보니 게이샤들이 이놈들한테 환장하는구나. 사내를 밝히는 게이샤들은 이렇게 거구들을 좋아한다면서? 이시이 시로도 이렇게 거구잖아? 지금은 살이 붙어 아마 스모 선수 못잖게 거구지. 세이코, 근데 대체 어떻게 이시이 작자하고 살림을 내고 살게 된 거야?"

"시노즈카, 그 개자식 얘기는 절대 꺼내지 말아줘. 난 군인이 되고 싶었는데 이렇게 프자덴 뒷골목에서 돼지처럼 밥이나 퍼먹고 돈이나 탐내는 돈벌레가 되고 말았어. 이시이는 인간이 아니야. 이시이는 정신병자야. 한 살이라도 어린 처녀만 있으면 무작정 들이대고 첩 년으로 만들었다지. 나는 차라리 버림받았던 게 이제 생각하면 더 나은 건지도 몰라. 정말이야."

"세이코, 이시이 각하가 무슨 일을 하는지 정말 모르니? 응?"

"정확히는 몰라. 본토에서 보내주는 엄청난 돈을 주무른다면서? 새끼가 돈이 들어오는 날은 빳빳한 달러로 바꿔서 밑구멍에 쑤셔 넣는 버릇이 있다니까. 아마 다른 첩 년들도 못 버티고 기겁을 하고 도망들 쳤을 거야. 이시이는 정신병자라니까!"

"맞아. 이시이는 정신병자야. 소년대원들도 다들 그렇게 생각하고 있어."

그들은 시간이 흐르는 줄 모를 정도로 지난날에 대한 회상에 잠겼다. 시노즈카는 이제 죽어도 여한이 없을 듯한 감회에 젖었다. 도고부대에 귀대하는 문제는 그에게 이미 중요한 문제가 아니었다. 군인 신분도 아니니 부대를 이탈하는 게 탈영을 의미하지도 않는다. 차라리 이렇게 숨어서 세이코의 치마폭에서 지내면 어떨까? 하고 생각했다. 하지만 도고부대의 모든 비밀을 알고 있는 탓에 아마 도고부대는 밤새 비상이 걸릴지도 모른다. 이시이의 성품을 볼 때 숨어서 지내다가 붙들리는 날에는 총살을 당하고도 남을 것이다.

"세이코, 먼저 하나 묻고 싶은 말이 있어."

"뭐든 물어봐. 숨길 게 뭐가 있니."

세이코는 아주 달관한 사람처럼 말하고 있었다. 그리고 물을 끓여서 능숙하게 찻잔에 찻잎을 넣고 우려냈다.

"이시이에 대한 수상한 소문이 들린다고 했잖아. 혹시 어떤 소문이 들리는지 말해 줄 수 있니?"

시노즈카는 이렇게 물으면서도 심한 죄책감에 시달렸다. 도고부대에서 어떤 일이 일어나고 있는지 세상 사람들이 알게 되면 대원들은 모두 무사하지 못할 것이다.

"따뜻할 때 마셔 봐. 가슴이 따뜻해질 거야."

"고마워."

시노즈카는 도금이 된 찻잔을 집어 들었다. 따뜻한 기운이 찻잔의 테두리에 얹힌 탓에 찻잔을 바로 입에 가져가지 않고 손끝에 쥐고 몇 번 돌렸다.

"이시이 부대는 악마들이 근무하는 부대라는데?"

"악마?"

"서양 사람을 하얼빈 거리에서 총으로 사살한 것도 이시이 부대 사람이라는 소문이 있었지~ 그리고 인신매매 당한 사람들이 끌려간 데가 이시이 부대라는 소문도 있어. 시노즈카, 이시이 부대가 정말 악마 부대가 맞아?"

"맞아~ 이시이 부대는 아주 악마 부대야. 사람을 물건처럼 취급하고 있지. 어디서 붙잡아 오는지 아마 정기적으로 포로들이 들어온다. 우린 특설감옥에 포로들을 가두는데 그들을 마루타라고 부르지. 포로는 우리에게 사람이 아니라 그냥 통나무라는 뜻이야. 마루타를 대상으로 독가스 실험을 하고 여자 마루타에게 매독균 주사를 놓고, 쥐에 페스트균을 감염시켜 장차 중국인 마을에 살포할 계획도 세우고 있지."

"장차 만주가 떠들썩하겠네. 흉측하게 떠도는 소문이 정말 사실이었구나. 어휴 나쁜 자식!"

세이코의 입에서 한숨이 흘러나왔다. 시노즈카의 이마에도 땀이 돋아나고 있었다.

"실험실에 가두고 물과 음식을 끊은 다음 얼마 동안 버티나 실험을 하지. 붙잡혀 들어온 포로한테 물을 한없이 먹여 죽을 때까지 마신 물의 양을 실험하고, 공기가 통하지 않은 통속에 마루타란 이름의 포로를 가두고 공기를 모두 빼낸 다음 생존시간을 테스트하고 말이야. 또 좁은 공간에 사람을 가두고 빨래 말리듯 죽을 때까지 열을 가한다. 어디 이것뿐인 줄 아니?"

세이코는 대꾸하지 않고 입을 벌린 채 시노즈카를 쳐다보고 있었다. 그의 말을 듣고 장난이라고 생각을 하는지도 모를 일이다.

"세균을 만들어 피부를 벗긴 다음 그 속에 감염시키고, 입과 코에 세균 주사를 놓기도 한다. 뜨거운 물로 화상을 입힌 다음 세균을 감염하는 방식도 있고, 사람의 몸에 말馬의 간肝을 이식하기도 하는데 간을 이식하기도 전에 번번이 사람이 먼저 죽고 말더라. 가장 무시무시했던 실험은 뭔지 알아? 총탄실험이라는 것인데 포로들을 일렬종대로 세워놓고 총을 쏘아서 몇 명이나 관통해서 죽일 수 있는지 알아보는 실험이야. 또, 고속 원심분리라는 실험을 하는데 사람을 세탁기 같은 드럼통에 집어넣고 그냥 세탁기처럼 돌리는 거야. 아주 고속으로 돌아가니까 빨래처럼 몸에서 물이 빠져나가 탈수증으로 죽을 거라는 생각을 한 거지. 정말 생각할수록 잔인한 실험이야, 담배 연기를 폐에 주입하는 실험도 있어. 산 채로 배를 갈라 폐를 꺼내놓고 직접 담배 연기를 불어넣기도 하고 어떨 때는 마루타에게 담배를 하루종일 피우도록 하고 쓰러져 죽으면 배를 갈라 니코친 농도를 측정한단다. 여자는 남자보다 폐가 확실히 약하다는 것을 실험을 통해 부대원들은 모두 알고 있지. 담배를 밀폐된 공간에서 쉬지 않고 피우도록 하면 먼저 쓰러지는 쪽은 항상 여자 쪽이더라. 세이코, 너는 담배를 너무 많이 태우는 것 같은데 이제 절대로 담배를 태우지 않았으면 좋겠어. 나도 어쩔 수 없이 담배를 태우기는 하지. 왜 그러겠어. 담배라도 태우지 못하면 불안해서 견딜 수가 없으니까 태우는 거지. 너도 줄담배를 태우는 걸 보면 지금 몹시 불안한 거야. 세이코, 내가 여기 찾아와서 불안한 거니?"

시노즈카는 마음에 담아둔 말을 쏟아내니 속이 후련했다. 죄악의 고통에서 약간은 벗어난 느낌이었다.

"시노즈카, 그런 말이 어딨어. 우린 친구야. 청년으로 의젓하게 변했을 너를 나도 꼭 만나보고 싶었어. 이시이 자식은 절대로 너에 관해 얘기해준 법이 없었으니까. 아니 한번 너를 의심한 적은 있었지. 나더러 그러더라. 육군군의학교에서 보았던 까까머리, 바로 너하고 붙어먹은 적이 있느냐고~ 기가 막혀서. 이시이는 변태야. 너한테 듣고 보니 아주 그냥 하는 짓도 정말 변태였구나."

"키요코 씨는 자주 만나니? 키요코의 아이를 동선당에 맡겨 놓았다면서? 그리고 키요코 씨 역시 너처럼 관동군 소속 부대장한테 버림을 받았다고 하더라. 료타 씨한테 들은 얘기야. 고등관 놈들은 아주 나쁜 새끼들이야. 그렇지? 세이코, 갑자기 왜 말을 하지 않는 거니? 내가 이런 얘기 하는 게 불편해? 싫어? 너 쥰이라는 친구 알지? 걔가 세이코 너를 아주 좋아했어. 쥰의 눈빛이 너한테 어떻다는 것을 군의학교에서부터 너는 충분히 알고 있었지?"

"시노즈카, 만주 하얼빈에서 그런 시시껄렁한 얘기는 집어치우자. 키요코 씨는 지금 아들 문제로 아주 힘든 시간을 보내고 있을 거야. 내가 너한테 보여 줄 게 있는데 잠깐 기다려 봐."

세이코는 서랍장에서 조심스럽게 무슨 서류를 꺼냈다. 세이코의 뒤태를 보니 무르익은 숙녀를 제대로 보고 있는 느낌이었다. 순간 한번 안아보고 싶다는 생각이 들었으나 세이코가 알아차리지 못하게 머리를 좌우로 흔들어 그런 생각을 털어냈다. 키요코의 아들이라면 동선당에 맡겼다는 관동군 소속 어느 부대장의 아들이 아닌가. 이런 생각을 하면서도 시노즈카는 세이코의 몸을 은근한 눈으로 탐닉하고 있었다.

"이것 좀 봐줘. 시노즈카, 너 내 몸뚱일 보고 있었던 거야? 하하하~ 친구란 자식도 어쩔 수 없는 수컷이구나. 죽으면 썩어질 몸 원하면 맘껏 줄 테니까 잠깐 정신 좀 차리자. 시노즈카, 나도 너 싫지 않아. 고향에서도 사실 너를 좋아했었어."

세이코가 느닷없이 시노즈카의 입술을 덮쳤다. 그는 세이코의 이런 당돌한 행동이 너무 낯설게 느껴지고 있었다. 거칠게 입술을 포개 힘껏 소리가 나도록 빨아대는 세이코를 시노즈카는 밀어내고 있었다.

"무슨 짓이야! 내게 봐달라는 게 뭐니? 이리 줘봐. 사진이야? 이깟 사진 좀 봐주는 게 뭐가 어려운 일이라고 그러니. 사진이란 아주 좋은 추억이 담긴 물건이지. 고향에 두고 온 가족들 사진 한 장이라도 가져왔더라면 향수병이 깊어지지는 않았을 텐데~ 세이코, 사진은 인간을 위대하게 만드는 거니 추악하게 만드는 거니? 사진으로 돈벌이하는 인간들이 요즘 보니 주위에 널렸더라. 그러니까 결론은 사진은 위대한 거다, 이거지 뭐. 가만, 이 여자는 내가 분명 아는 얼굴인데?"

시노즈카는 자신도 모르게 횡설수설하고 있었다. 하지만 그는 이내 정신을 가다듬었다. 사진 속의 인물은 조선 마루타들이 분명해 보였다. 독가스 실험으로 함께 죽은 박순금과 김동철, 둘은 조선독립군으로 연인 사이라고 하였는데 사진 속에서 두 사람은 이를 드러내고 활짝 웃고 있었다.

"그래, 정말 아는 얼굴이야?"

"그렇다니까. 특설감옥에 갇힌 마루타들이지. 조선인 마루타 박순금과 김동철, 두 사람은 사랑하는 사이야. 박순금이 김동철을 오빠라고 불렀지~"

시노즈카는 두 사람의 애절한 사랑에 감동했었다. 그들의 사랑을 떠올리며 세이코를 그리워했던 적이 바로 얼마 전 일이었다.

"지금 이들이 특설감옥에 갇혀 있어?"

"죽었어. 독가스 실험으로 한날한시에 서로 붙들어 안고서 죽었지."

시노즈카는 그 죽음의 순간들을 떠올리니 소름이 돋았다.

"세상에. 이시이가 그런 짓을 벌인 거야?"

"이시이뿐만 아니라 만주 하얼빈에 사는 우리 일본인들은 모두 미쳐있는 것 같아. 대일본제국의 건설이란 이름으로 온갖 살육을 자행하고 있으니 말이야. 세이코, 그런데 너는 어떻게 조선독립군들 사진을 이렇게 가지고 있니?"

"설명하자면 얘기가 길어진다. 전후 따질 거 없고 시노즈카, 우리 친구를 떠나서 나의 동지가 되어주지 않겠니?"

세이코가 긴장한 분위기를 느슨하게 풀면서 말했다.

"친구를 떠나서 동지가 되어 달라고? 무슨 말이야? 우리가 비밀조직을 결성한 것도 아니고 조선독립군 때려잡겠다는 순사도 아닌데 동지라니? 그리고 사실 친구면 곧 동지 아니냐?"

세이코의 말이라면 시노즈카는 어떤 요청이든 받아들일 마음의 준비가 되어있었다. 오랜 세월 그리워했던 세이코를 만났는데 조금이라도 사이가 멀어지는 일을 만들지 말아야 한다는 생각을 했다.

"세이코, 난 이미 너의 동지야. 무엇을 요청하든 나는 너와 뜻을 같이 하겠어."

"역시 시노즈카는 나를 실망시키지 않네. 우리 그런 의미에서 한번 안아보자. 난 너를 위해 몸을 바칠 준비가 되어있어. 깨끗한 몸은 아니지만 너를 향한 마음은 고향을 떠나올 때 간직했던 바로 그 마음이야."

세이코가 일어나더니 갑자기 방문을 잠갔다. 이미 해는 졌고, 어둠이 내려와 바깥은 어둑했다. 도고부대로 돌아갈 시간이 임박했지만 시노즈카는 개의치 않았다. 세이코가 시키는 대로 그는 옷을 벗고 알몸이 되었다. 세이코의 알몸은 눈이 부셨고 몸에서는 향기가 흘렀다. 그녀의 살갗에 코를 가져다 대는 순간 시노즈카의 정신이 몽롱했다.

두 사람은 마치 꿈을 꾸는 중에 구름 속에서 만나 사랑을 나누는 듯한 느낌 속에 빠져들었다. 세이코의 동작과 몸짓은 시노즈카의 상상력 밖에 있었다. 절제와 격정 그리고 눈물이 섞인 사랑의 행위는 몸이 하나임을 충분히 증명하고 있었다. 사랑이란 몸이 하나 되는 행위이며, 몸이 하나일 때 기쁨이 충만했다. 시노즈카는 세이코를 통해 지금 그런 감정을 경험하고 있었다. 두 사람의 몸이 하나로 붙어서 뜨거운 가슴속에 불이 타오를 때 시노즈카는 이제 그녀와 죽음까지 함께 해야 한다는 강렬한 책임감 같은 것을 느꼈다.

세이코는 입을 열어 시노즈카를 사랑한다고 말하지 않았다. 그녀는 몸을 움직이는 것으로 자신의 마음을 시노즈카에게 전달하고 있었다. 시노즈카는 사랑의 감정을 세이코의 움직임과 흐느끼는 소리를 통해 충분히 느끼고 있었다. 그도 역시 세이코를 향해 사랑한다고 말하지 않았다. 어렸을 적부터 오랜 시간 가슴 깊이 쌓아온 감정의 분말들을 세이코의 뜨거운 몸을 향해 하나도 남김없이 쏟아부었다. 온갖 상처와 고독, 원망과 용서의 감정까지도 함께 녹아서 세이코의 몸속으로 빨려드는 느낌이었다.

두 사람의 몸은 이제 땀으로 얼룩졌다. 그들의 몸은 이제 상대의 몸을 익숙하게 받아들이기 시작했다. 상대가 서로의 주인임을 충분히 확인한 순간 그들에게 새로운 세상이 마주하고 있었다.

"시노즈카, 나는 조선독립군을 돕는 사람이야."

"아니 뭐라고? 감히 조선독립군을 돕다니 대체 무슨 말이야? 이게 말이 되는 소리야?"

시노즈카는 순간 머릿속이 하얗게 비워지는 느낌이었다.

"시노즈카, 이시이 부대가 어떤 짓을 하는지 이제 정확히 알 것 같아~ 내가 선택한 방식이 옳았어. 나는 목숨을 희생당한다 해도 그들을 돕는 일을 멈추지 않을 거야. 내 말 잘 들어라. 키요코 씨 알지? 키요코 씨도 나와 같은 동지야. 아무것도 묻지 말아줘. 우리가 왜 조선독립군을 도와야 하는지 간단히 얘기해 줄게."

세이코는 발가벗은 몸을 일으켜 세운 다음 수건으로 땀을 닦았다. 그리고 속옷을 꿰입고 젖가슴을 덜렁거린 채로 다시 담배를 하나 피워물면서 의미심장한 얘기를 시작했다.

"우리의 인생은 일본제국에 의해 도둑맞았다고 생각해. 나도 그렇고 키요코도 그렇게 생각하고 있지. 우리가 당한 멸시와 천대, 여자로서 겪은 수모는 누구를 탓할 수도 없는 일이지 않겠니? 일본제국은 군인이란 직업을 미끼로 우리를 속이고 우리의 인생을 맘껏 짓밟았어. 우리는 그들에게 한낱 노리개밖에 되지 않았지. 말했지만 이시이는 변태 같은 놈이었어."

"세이코, 힘들면 내게 얘기하지 않아도 돼. 더 듣지 않아도 충분히 이해할 수 있을 것 같아. 이시이는 변태고 색주가라는 것을 부대 대원들도 모두 알고 있지."

시노즈카는 엉거주춤 일어나 아랫도리를 담요로 가린 다음 담배를 피워물었다. 좁은 다다미방에 담배 연기가 가득 피어올랐다.

"류노스케龍之介라는 키요코의 아들이 있는데 이제 겨우 일곱 살이야. 동선당에 아들을 맡겼지. 그런데 최근에 이상한 소문이 떠돌았어. 동선당에서는 아이들이 조금 자라면 인신매매를 당하거나 노예처럼 팔려나간다는 거야."

"그런 소문은 나도 료타 씨한테 들어서 대충 알고 있어."

시노즈카는 세이코의 말을 자르며 끼어들었다. 놀라운 순간이었지만 몸을 섞은 사이며 동지라는 친밀감이 더해지자 새삼 용기가 생겼다. 솔직히 이제 시노즈카에게 어떤 두려움도 생기지 않았다.

"일본인 자식이라 중국 애들과는 다를 것이라고 생각했지. 그런데 남도 아닌 피를 물려준 아버지가 아이를 없애려고 한다는 첩보를 입수했어. 키요코는 미친 사람처럼 자식을 구하려고 이리 뛰고 저리 뛰었지. 정말 자식을 위한 어머니의 사랑이 얼마나 치열하고 위대한지 키요코를 보고 알겠더라. 어떻게 하겠어. 일본인 집에 숨길 수도 없고, 중국인 집에 숨길 수도 없는 거야. 류노스케를 살리는 방법은 오직 조선독립군한테 맡기는 방법밖에 없다고 생각했지."

"음~ 일이 그렇게 된 거로군."

시노즈카는 고개를 끄덕이며 입을 열었다.

"그런데 정말 우리가 조선독립군을 만나게 된 것은 아마 운명적이었는지 몰라. 프자덴 거리의 뒷골목에는 상당수의 조선독립군이 은신해 있지. 이건 우리만 아는 비밀인데 이 골목에도 벌써 여러 명의 조선독립군이 지하활동을 벌이고 있어. 일본말을 유창하게 하고 중국말을 유창하게 해도 조선독립군들은 눈빛이 벌써 다르더란 말이야. 조로야에 간혹 술을 마시러 오기도 하지. 당연히 독립군이란 신분을 속이고 유창한 일본말을 하기도 하고 어떨 때는 중국인 행세를 하기도 하고. 하지만 손님치곤 조선인들이 가장 신사적이야. 우릴 괴롭히는 놈은 일본놈들이지 조선인은 절대 우릴 괴롭히지 않았어. 그들은 의리도 있고, 설령 첩자라고 해도 정말 의리 하나는 도와주고 싶을 정도로 끝내주더라고. 키요코가 울면서 아이를 부탁하니까 류노스케를 제 자식처럼 반드시 지켜내겠다고 하더라. 만주에는 독립군 은거지가 아주 여러 군데 있어. 북간도 용정촌이 대표적인 마을이고 연길 이도구二道邱라는 데서는 다이쇼 8년기미년에 독립축하회까지 열었을 정도라고 하더라. 이것 좀 봐."

세이코는 서랍에서 또 다른 서류인 노란 봉투를 꺼냈다. 시노즈카는 놀라운 표정으로 세이코가 내민 봉투를 바라보았다. 노란 봉투 안에서 꺼낸 것은 조선독립군 사진과 이름 등이 적힌 문서였다. 조선어로 적혀 있었고, 군데군데 중국어와 일본어로도 적혀 있었는데 시노즈카는 조선어를 전혀 읽을 수도 없었다.

"박찬익, 김사복, 이환재, 오순실, 남자현, 사진하고 이름을 잘 기억해 둬. 조선독립군들인데 이번에 체포되었거나 실종된 사람들이래. 일본인 짓이라면 거기 특설감옥이라는 데 감금되어 있을지도 모르잖아~ 이 눈빛들 좀 봐, 내가 하얼빈의 외곽 러시아 저택에서 이시이 개자식하고 살 때 중국놈들에게 붙잡혀 죽을 뻔한 적이 있었어. 그때 날 죽음에서 구해준 사람들이 바로 조선독립군들이었어. 난 키요코의 애가 아니라도 독립군의 눈빛을 보면 무슨 짓을 해서든 이들을 도와야 한다는 사명감 같은 것을 느끼고 있단 말이야."

"조선독립군의 눈빛을 보고 나도 괴로웠던 적이 여러 번이었다. 조선독립군들은 어떻게 죽음을 앞에 두고도 당당할 수 있는지 나도 모르게 숙연해지더군. 조국을 위해서라면 자신의 목숨 따위는 아주 하찮게 취급해버리는 무서운 종자들이야. 그런데 세이코의 생명의 은인이라니 이제 나의 은인이기도 하지. 그렇다면 내가 그들을 어떻게 도울 수 있단 말이야?"

시노즈카는 우선 머릿속에 다양한 생각들이 스쳤다. 감히 상상할 수도 없는 일들이 자신 앞에 펼쳐질 것이지만 전혀 두렵지 않았다. 세이코만 이렇게 곁에 있어 준다면 죽음도 전혀 두렵지 않을 것 같았다.

"시노즈카, 귀 좀 빌리자. 낮말은 새가 듣고 밤말은 쥐가 듣는다는 말도 있잖아."

세이코가 마치 숨어서 결의를 다지듯 말했다.

"그래, 벽에도 듣는 귀가 있다는 일본 속담도 있지."

시노즈카는 세이코와 단둘이 있는 이런 시간이 너무 감격스러울 정도였다. 그들은 상체를 숙여 얼굴을 맞댔다. 세이코의 입김이 뺨에 닿을 때 시노즈카는 색다른 감정의 흥분을 느꼈다. 세이코와 이제 몸을 합쳤다는 사실이 새삼스럽게 흥분을 고조시켰다. 그는 도고부대로의 귀대시간이 이미 지났다는 사실도 잊어버리고 있었다.

"조선독립군 다섯 명이 관동군한테 체포됐다는 거야. 바로 이 사진 속 사람들이야. 내가 악착같이 이곳에서 돈을 벌려는 이유를 굳이 설명하지 않아도 알겠지?"

"이제 상황을 알겠어. 거류지 헌병대 위병소에서 오오다 중사가 분명 내게 말했어. 체포된 러시아 여자들하고 조선 여자들 열 명이 넘게 대기하고 있다는 거야. 이시이 부대로 이송하기 위해 대기하고 있다는 얘기지. 조선 여자들도 있다는 걸 보면 이 사진 속 여자들이 바로 대기자 중에 포함되어 있을지도 모르잖아?"

"아마 그럴지도 모르지."

간단명료한 세이코의 대답이었다.

"오오다 중사는 자기하고 거래를 하자는 거야. 사진기를 줄 테니까 벗은 여자들을 은밀히 찍어오면 돈도 주고 외출도 나올 수 있도록 힘을 써주겠다는 거지. 세이코, 이제 더는 여기에서 지체할 시간이 없어. 이미 많이 늦었는데~"

세이코가 비록 프자덴의 뒷골목에서 몸을 팔아 돈벌이를 한다고 해도 다나까 대위나 오오다 중사보다 훨씬 존경스러워 보였다.

"내가 직접 거류지에 데려다줄게. 인력거를 부르면 금세 달려올 거야. 오오다 중사에게 얘기하면 좀 늦은 것쯤 아무런 문제가 되지 않을 거야. 헌병대에서 이시이 부대에 직접 시노즈카를 데려다주면 되는 거니까."

"그럼, 다음에 만나도록 하고 이만 일어설게. 참, 이시이는 가끔 여기에 오냐? 변태 자식이라 한때 자기의 여자가 다른 사내 품에서 놀아나는 것을 기분 나빠 할 수도 있으니까."

이시이를 들먹일 때는 이상하게 세이코에게 죄책감이 들었다. 세이코가 이시이에게 당한 치욕을 생각하니 저도 모르게 욕설이 나온 것이었다.

"개자식 얘기 꺼내지 말라고 했잖아. 개자식한테 당한 일을 생각하면 돌아버리겠다니까. 내가 조선독립군을 돕는 것은 운명적인 선택이야. 모든 나의 운명이 그렇게 흘러왔던 것이라고. 시노즈카, 나도 시노즈카를 여기 붙잡아두고 싶지만 아직은 아니야. 지금부턴 이시이 부대에서 신분을 위장하고 놈들의 극비정보를 빼내는 거야. 조선독립군을 도울 수 있는 데까지 도와야 해. 그래야 우리의 목표를 이루는 거야. 그러고서 우리 함께 저기 북간도 같은 데 도망가서 숨어서 살자."

그들은 다다미방의 감촉을 느끼며 서로 껴안았다. 세이코 역시 긴장한 나머지 호흡이 가빴고, 시노즈카는 이런 행동들이 싫지 않았다. 그들은 뜨겁게 입술을 포개어 서로의 감촉을 느끼려고 애썼다. 시노즈카는 몸의 격렬한 움직임을 통해 세이코의 진심을 충분히 이해할 수 있었다. 그들은 미닫이문을 열고 복도를 가만히 걸었다. 복도에는 은은한 백열등이 켜져 있었다. 장방형의 다다미가 깔린 방마다 손님들로 북적거렸다. 샤미센이 애절하게 제 살을 물어뜯으며 울고 있었다.

조로야 유곽 바로 앞에 인력거가 대기하고 있었다. 인력거꾼이 허리를 숙여 인사를 했다. 인력거꾼은 혼자가 아니었다. 세이코가 미리 당부하였는지 뒤에서 미는 사람을 데리고 나타났다. 그들은 나란히 뒷좌석에 앉았다. 세이코가 중국말로 일본인 거류지를 가자고 하자, 인력거꾼은 달리기 시작했다.

"속히 가주세요."

세이코가 다급하다는 듯 재촉했다.

"하이! 두패지르고 달리니 염려 마십쇼."

조력자와 함께 달리니 걱정하지 말라는 뜻으로 인력거꾼이 대답했다. 인력거꾼은 익숙한 듯 정해진 거리를 뜀박질로 달렸다. 프자덴의 밤거리를 압축공기를 가득 집어넣은 고무바퀴가 부드럽게 굴러가고 있었다. 중국인 인력거꾼은 한참을 달려도 속력을 떨어뜨리지 않았다. 뒤에서 밀어주는 조수 탓에 한결 가뿐한 모양이었다. 인력거가 일본인 거류지에 가까워지자 기생이 탔다는 것을 노출하지 않으려는지 인력거의 장막을 내렸다. 인력거꾼은 온 힘을 다해 그들을 일본인 거류지 앞에 내려주었다. 세이코는 운임을 대신하여 손가방에서 전표를 꺼내 인력거꾼에게 건넸다. 인력거가 저쪽으로 달아나는 것을 바라보면서 그들은 위병소를 향해 걸었다.

세이코는 시노즈카를 잠시 밖에 있도록 하고 혼자 위병소 안으로 들어갔다. 얼마 안 돼 오오다 중사와 세이코가 위병소 밖으로 나왔다. 오오다는 시노즈카를 보더니 히죽 웃어주면서 놀리듯 입을 열었다.

"시노즈카, 왜 이렇게 늦었나? 좋았어?"

"하이!"

시노즈카는 아무 생각하지 않고 대답했다.

"생각 좀 해 봤나?"

"하이!"

그가 이렇게 대답하자 오오다 중사가 실없이 웃었다. 시노즈카는 고등관들이 들어가는 문으로 들어갔다. 소년 대원으로 처음 거류지에 왔을 때 이용한 문이 아니었다. 세이코는 오오다 중사와 아주 가까운 사이처럼 보였다. 도고부대로 출발하는 쪽으로 오오다가 군용 짚 차를 몰고 왔다. 오오다 중사가 어서 타라는 식으로 운전석 문을 주먹으로 쾅, 쾅 쳤고, 시노즈카는 마치 약속이나 한 듯 자연스럽게 조수석에 앉았다. 시노즈카를 태운 짚 차가 거류지를 떠났고, 세이코는 멀어지는 짚 차를 향해 조용히 손을 흔들어주었다.

5. 변태의 밤

1

세월이 무심하게 흐르고 있었다. 타향에서 이렇게 쌓인 눈은 처음 보았다. 고국을 떠나온 세월이 깊어갈수록 동료들의 머리에도 하얗게 서리가 앉았다. 대일본제국의 승리를 위해 온갖 신역身役: 국가에서 부과하던 군역과 부역, 몸으로 치르는 힘든 일을 쓷고 가슴에는 무거운 별을 달았다. 가슴에 달린 별이 무거워질수록 조국을 위한 책임감 역시 깊어지는 법이었다. 몸이 늙어지고 타향에 오래 머물수록 향수병이 도지는 모양이었다. 이렇게 눈이 수북이 쌓인 날은 늙으신 어머니와 고향에 두고 온 가족 생각이 났다.

이시이는 하얼빈 프자뎬 거리에서 가장 유명한 요정의 다다미에 앉아 창밖에 내려 쌓이는 눈을 바라보고 있었다. 오랜 세월 만주 하얼빈에서 많이 울기도 하고 많이 웃기도 하였다. 이시이는 결국 대일본제국의 인정을 받아 장군이 되었고, 부대장이 되었다. 731부대를 생각하면 온갖 영욕의 모습들이 떠올라 눈이 시큰거릴 정도였다. 세계를 제패하고 대일본제국의 영광만 생각하며 쉼 없이 달려온 날들이었다.

"이제 오는군."

이시이는 하얼빈에서의 명예와 치욕까지 한순간에 떠올리면서 시야에 들어오는 동료들을 바라보며 혼잣말을 흘렸다.

"저놈들 머릿속에는 무엇이 들었을까?"

이시이는 혼잣말을 하며 담배를 피워물었다. 나이가 들수록 담배가 해롭다는데 며칠 동안 멈추지 않고 눈까지 내리니 감정의 쓰나미가 한순간에 밀려왔다. 기모노를 입고 오리처럼 궁둥이를 흔들며 들락거리는 기생들을 보면 이제 지칠 법도 하건만 엉뚱한 생각들이 소용돌이처럼 일어난다. 실룩거리는 엉덩이를 보면 저것의 밑구멍은 배꼽 밑에 바짝 붙었겠지. 혼자서 이런 생각을 하다가 실없이 웃었다. 이시이는 자신이 생각해도 미친놈처럼 보였다.

"히히히~"

"아이쿠 대장님은 혼자서도 즐거우신 모양입니다."

마침 이시이의 동료들이 한꺼번에 들어왔다.

"어서들 오게. 자네들 기다리느라고 저년들 애가 타드는 모양이야."

"이시이 각하 애가 타는 게 아닙니까?"

"하하하~"

이시이를 비롯한 고등관들이 일제히 호탕하게 웃었다. 눈이 며칠씩 쏟아붓자 요정에는 이른 시간인데도 손님들로 북적거렸다.

"하얼빈 생활 십여 년 만에 이렇게 쏟아붓는 눈은 처음입니다."

"그럴테지~ 내 기억에도 이렇게 쏟아부은 눈을 본 적이 없는 것 같은데~"

그들은 다다미 바닥에 무거운 엉덩이를 부렸다. 세균전 무기 개발에 전력을 다하며 세계를 제패하겠다는 야망을 갖고 머나먼 타향에서 지낸 세월이 무심히 흘러갔다. 그들은 이제 눈만 마주쳐도 머릿속에 무슨 생각을 하고 있는지 알아차릴 정도로 서로를 믿고 의지했다.

"이시이 대장님, 왜 아직까지 저년들을 옆에 두지 않으셨습니까?"

이시이의 후배 마스다 도모시다 군의 대좌가 물었다. 마스다 대좌는 교토대학 의학부를 졸업한 이후 독일과 프랑스에 유학한 석학으로서 육군군의학교에서 교관으로 근무하다가 이시이를 도와 731부대를 설립했다. 이시이의 오른팔에 해당하는 인물이었다. 난징의 방역급수부에 배속되어 인체실험과 무기응용에 탁월한 업적을 남겼다. 지금은 관동군 방역급수부 업무를 총괄하고 있었다.

"프자덴의 요정에 오니 옛생각이 자주 나서 말이야."

이시이의 머릿속에 세이코의 성기를 만지고 음모를 포악스럽게 뽑은 짓들이 주마등처럼 흘러갔다.

"이시이 각하, 그 계집 생각나서 그러지요? 세이코라는 계집은 일찍 잊어버리는 게 좋습니다. 세이코는 각하에게 아무런 도움이 되지 않는 존재예요."

세이코를 여전히 잊지 못하고 있는 이시이를 향해 동료들이 악담을 퍼부었다. 그럴수록 세이코에 대한 생각은 멈추지 않았다.

"마스다 대좌 말에 전적으로 공감하오. 관동군 소속 그 부대장 아무개처럼 타향에서는 독해져야 하지요. 세이코의 소년 대원 동료였다지요. 키요코라는 계집 말입니다. 그 아무개 몰래 키요코란 계집이 애를 낳아서 글쎄 동선당에 맡겼답니다. 아무개 부대장이 그 소문을 듣고 제자식 존재 자체를 없애버리려고 동선당을 덮쳤는데 벌써 낌새를 채고 뒷구멍으로 빼돌렸다지 뭡니까? 지금도 그 애를 찾아 동분서주하고 있답니다."

나이코 료이치 군의 중좌가 세간에 떠도는 관동군 모 부대장의 소문을 입심 좋게 흘려놓고 있었다. 나이토 중좌는 교토대학 의학부 출신으로서 미국 명문대학에서 혈액동결건조술을 습득한 인물이었다. 이시이의 또 다른 오른팔이라 할 수 있었고, 이시이의 심복이었다. 그는 훗날 능통한 영어 실력으로 731부대 전범자들의 죄를 무마하는 데 큰 역할을 하게 된다.

"나도 그 관동군 부대장에 관한 해괴한 소문은 들었습니다. 제 마누라 두고 헤픈 사람이라고 말들이 많아요. 하얼빈 땅에 원치도 않는 핏줄이 걸려있으니 군인의 수치가 아니오? 아무리 싱싱하고 풋풋한 계집이라 해도 뒤처리는 확실히 해야지요."

"나이토 중좌, 이시이 대장님 듣기 불편하게 왜 그런 말을 하나? 사내대장부로 세상에 태어나서 젊은 계집들을 품어보지 못한 자가 어찌 세상을 평정할 수 있겠는가. 원치 않는 자식이 만주 땅에 자라고 있다는 소문을 들었으니 놀랄 수밖에~ 우리 중에 솔직히 마누라 몰래 젊은 계집 곁에 두지 않는 자가 어디 있나? 이시이 각하, 내 말이 틀렸습니까?"

기타노 마사지 군의 중장이 이시이를 위로하는 말을 했다. 기타노의 말에 이시이는 대꾸하지 않고 수염을 손으로 쓰다듬으며 빙긋 웃었다. 기타노 중좌 역시 도쿄대학 의학부 출신으로 나이토 중좌는 기타노의 까마득한 후배였다. 까마득한 후배가 함부로 지껄이는 듯하여 기타노가 한 방 날렸던 것이다. 기타노는 어떻든 이시이 대장의 환심을 사려고 노력하는 중이었다. 그는 만주의과대학에서 미생물학 전문가로 강의를 하고 있었는데 요즘 731부대의 가사하라 기사와 함께 유행성출혈열을 연구하는데 골몰하고 있었다.

"우리 사이에 맞고 틀리고를 따져서 뭐하겠나. 우린 이미 한배를 탔으니 죽어도 같이 죽고 살아도 같이 사는 사이야. 내가 후배들을 이렇게 부른 것은 폭설 탓에 고향 생각이 간절해서 술 한잔 마시면서 향수나 달래자는 뜻이 첫째이고, 둘째는 은밀히 시도해보고 싶은 실험이 있어서 의견을 모아보자는 취지야. 새로 들어온 게이샤들도 여럿 있다고 하니 신선한 계집 냄새는 천천히 맡기로 하지."

이시이가 후배들을 한 명씩 눈에 넣을 듯 그윽이 쳐다보며 말했다.

"대장님, 향수 달래는 거야 언제라도 마음만 먹고 이렇게 만나면 되는 것인데 내 생각에는 은밀히 시도해보고 싶은 실험에 관해 먼저 얘기를 나누는 것이 좋을 듯합니다."

기타노 중장이 말했다. 기타노는 이시이의 성품을 잘 알기에 다른 동료들보다 선수를 쳤다. 이시이가 폭설을 보고 감상에 빠져 향수나 달랠 사람이 아님을 누구보다 잘 알고 있었다. 따라서 급히 후배들을 호출한 이시이의 목적이 세균무기의 성능을 실험해보는 것에 있다는 것을 직감했다.

"하하하~ 역시 기타노 후배는 머리가 빨리 돌아가는군. 내가 핑팡지역에

731부대를 설립한 것은 몇 가지 절실한 이유가 있었지. 무엇보다 세균전 기지로서 비밀을 유지하기에 좋은 입지였다는 점이네. 주변 인구가 많지 않아서 설령 세균이 외부로 누출된다고 하더라도 피해를 줄일 수 있다는 점이지. 게다가 조금만 수고하면 대도시에 나가 실험재료를 확보하기 쉽다는 점이네. 드넓은 평지에 산이나 계곡 같은 장애물이 없다는 점도 중요한 요건이었네. 중국과 소련이 국경에 서로 인접해있기 때문에 소련 놈들이 함부로 우리를 쫓아내려고 남하南下할 수 없다는 지형적 이득은 덤으로 얻는 것이야. 그리고 무엇보다도 마루타를 확보하기 쉽고 우리가 개발한 세균무기를 실전에 쉽게 활용할 수 있다는 점이라네."

이시이의 시급한 목적은 단연 세균실험을 실전에서 사용하는 문제였다. 도고부대 안의 실험실에서 사용한 자료는 아주 지엽적이며 부족한 것이었다. 이시이는 이제 자신의 실험연구를 대일본제국의 영광을 위해 실전에서 사용하는 일이 관건이라고 생각했다. 겨울이 지나면 중국이나 소련과도 치열한 싸움을 벌여야 한다는 것을 모르지 않았다. 그러나 이렇게 마음이 급하다고 혼자서 중대사를 결정할 수는 없는 일이었다. 만약 향후 무슨 문제가 발생한다면 혼자서 모든 책임을 떠안을 수는 없는 노릇이었다.

"이시이 각하께서 은밀히 시도해보고 싶은 실험이 무엇입니까? 비록 핑팡지역과는 좀 떨어져 있지만 관동군방역급수부에서 각하를 위해 앞장서는 것은 당연한 일 아닙니까?"

마스다 대좌가 기타노 중장에게 뒤질 수 없다는 듯 선수를 치며 말했다. 그는 난징이란 곳에 멀리 있어도 이시이 부대와 작전을 함께 해서 이시이 각하의 사랑을 독차지하고 싶었던 게 사실이다.

"마스다 대좌, 그렇게 생각해주니 아주 고맙네. 이제 뒤돌아볼 틈도 없이 속도를 내야 할 때가 목전에 닥친 것 같네. 인위적으로 만들어진 공간이 아닌곳 말이야. 그저 넓은 도시로 나가 대량의 인명人命을 대상으로 실험을 해보고 싶단 말이네."

"대장님, 그렇다면 뭐 망설일 필요가 없습니다. 731부대가 자리 잡기도 전에 각하가 원하는 방식으로 무지막지한 실험을 했던 사람이 있잖습니까? 오타 스미 기사 말입니다. 오타 스미 기사는 마음만 굳히면 오직 대일본제국의 자부심만을 위해 일하는 사람이지요."

마스다 대좌가 경쟁을 하듯 머리를 조아리며 말했다. 마스다의 말에 이시이의 눈빛이 반짝거리는 것을 기타노 중장은 못마땅한 표정으로 지켜보고 있었다. 기타노는 이시이의 오른팔 격인 마스다 도모시다 군의軍醫와 나이토 료이치 군의만 아니라면 이시이를 이어 731부대장의 위치를 꿰찰 수 있으리라 생각하는 중이었다.

"나도 그런 사실 정도야 잘 알고 있지. 오타 스미 기사야 우리가 핑팡 지역에 자리 잡을 때까지 아주 많은 수고를 했던 사람이야. 하얼빈 외곽에서 오타 스미 기사는 누구도 엄두를 내지 못한 실험연구를 해서 세균실험에 아주 혁혁한 공을 세웠지. 아마 오타 스미의 공을 모르는 사람은 이 바닥에 없을 거야."

이시이의 머릿속에도 오타 기사에 대한 기억이 또렷이 남아 있었다. 오타 기사가 하얼빈의 교외에서 중국인을 마구잡이로 체포하여 청산가리를 마시게 했다는 소문은 전설처럼 퍼져 있었다. 일종의 독극물인 셈인데 청산가리를 마신 후 사망시간을 측정하는 실험을 최초로 실시한 것이었다. 그리고 당시 숨진 중국인 포로는 10여 명이었다.

"예, 맞습니다. 이시이 대장의 말을 듣고 보니 나도 문득 생각나는 게 있습니다. 오타 기사에 뒤질 수가 없어 우리 북지나 방역급수부에서도 당시 실험을 하였지요. 니시무라 에이지西村英二라는 군의 대좌가 러시아 포로 10명을 데려다가 오타 기사와 똑같은 방식으로 독극물 실험을 하였지요. 아주 손톱보다 작은 소량의 청산가리가 엄청난 살상력을 지니고 있다는 사실을 확실히 증명한 실험이었지요. 뭐, 니시무라 대좌의 상관이 바로 저였다는 것을 이시이 대장님은 알고 계십니까?"

"그야 물론 알고 있지. 내가 그런 위대한 공적을 모르면 후배께서 서운하지 않겠는가. 내가 부대장에 오른 것도 후배들의 충심 어린 조력助力이 있어서 가능했다고 생각하네. 오타 스미 기사는 지금 만주의 광활한 전쟁 무대에서 탄저균을 활용한 광범위한 실험준비로 정신이 없다네."

"역시 철저하십니다. 그럼 대장께서 직접 활용해보고자 하는 실험은 어떤 실험입니까? 쇠뿔도 단김에 빼라는 말이 있지 않습니까? 이제 각각 돌아가면 대장의 계획을 우리의 최대 목표로 삼아 준비에 돌입하도록 하겠습니다. 말씀만 해주십시오."

기타노가 이시이의 관심을 빼앗기지 않으려고 끝까지 넙죽 충성맹세를 하고 있었다. 사실 이런 충성심 탓에 이시이를 이어 기타노가 훗날 731부대장에 오르게 된다. 기타노의 약삭빠른 행태를 바로 옆에서 지켜보던 마스다 대좌와 나이토 중좌의 눈꼬리가 고압적으로 각을 세우고 있었다.

"다들 고맙네. 나는 좁은 실험실이 아니라 만주 교외 마을을 대상으로 무작위 실험을 시도해보고 싶네. 몇 개의 마을을 동시에 봉쇄하고 그런 마을에 우리가 불철주야 실험연구에 몰입했던 페스트균을 퍼뜨려서 주민들이 어떻게 죽어가는지 보고 싶다네."

"그야 어려운 일은 아니지요. 우리 731부대에는 세계에서 유례없는 곤충배양실이 훌륭하지 않습니까? 세균에 감염된 곤충을 얼마든지 양산할 수 있는 세계 유일의 사육실이 바로 731 도고부대 아닙니까?"

731부대에서 특별히 공을 들여 연구한 분야가 실험용 동물이나 곤충의 배양을 통한 세균감염이었다. 동물이나 곤충을 매개로 해서 인간에게 세균을 퍼뜨리는 실험을 실험실에서 성공적으로 마쳤다는 사실을 모르는 고등관들은 없을 것이다.

"그렇다마다요. 실험용 동물은 물론 이나 빈대, 벼룩, 모기, 황쥐까지 다양하게 배양하지 않았습니까? 페스트균이라면 무서운 살상 무기가 충분히 되고도 남지요. 페스트균을 배양하면서 우리 대원들의 희생도 여러 번 있었잖습니까? 각하의 말처럼 페스트균을 넓은 지역에 살포한다면? 하하하~ 이것 참 기대가 되겠군요."

아무리 같은 부대원이라도 자신이 알고 있는 사실과 자신이 경험한 실험결과에 대해 일절 함구하도록 수칙을 정해놓았기 때문에 이런 세부적인 실험의 양상까지 모두 알기란 쉽지 않았지만 적어도 전략을 세우고 집행하는 고등관들 정도라면 이러한 정보를 듣거나 현장견학을 통해 충분히 숙지하고 있었다.

"페스트균 전문인 다치오마루 기사가 있질 않습니까? 하시모토 단장이 시찰단을 데리고 만주에 오셨을 때 각하께서 도기 폭탄 실험까지 성공리에 마쳤다는 소문이 관동군 간부들 사이에 아주 그냥 전설처럼 퍼졌었지요."

"하하하~ 후배들이 나를 알아주니 무엇보다 고맙군. 도기 폭탄의 위력을 내 그때 제대로 보여준 덕분에 단장께서 본국에 돌아간 이후 우리 부대에 대한 지원이 한층 두터워졌지. 페스트 우하 실험이란 것은 비행기를 통해서 공중에서 살포를 하는 방법인데 비가 올 때 세균투하를 하면 몇 배나 위력이 강하다네. 모두 알고 있겠지만, 혼조 시게루 사령관도 참석을 했던지라 하하 지금 그저 관동군사령부에서도 은근히 실전에 페스트균이 배치되도록 기대를 하고 있는 모양이야."

"오호 참 듣고 보니 하시모토 단장과 혼조 사령관을 모시고 열심히 브리

핑했던 분이 바로 엔도 사부로 장군 아니십니까? 이시이 각하 덕분에 장군이 되었다면 오늘 같은 날에 그저 기생들 엉덩이나 만지면서 재롱을 떨어도 시원찮을 것인데 말입니다. 엔도 장군을 한번 이런 사석에서 뵐까 하였는데 이거 참 섭섭합니다."

"하하하~ 폭설이 내린 터에 엔도 사부로 장군도 이미 제군들을 마음속으로 반기고 있을 것이야. 이번 폭설 중에는 반드시 항공기를 타고라도 우리 도고촌에 들러야 한다고 아주 그냥 단단히 벼르고 있었지. 계집들이 대체 무엇인지 아주 그냥 본토에서 데려온 게이샤한테 빠져서 우리하고 술 마실 시간도 없다지~"

"이시이 대장께서 엔도 장군의 첩을 만들어주고 또 본국에서 여기까지 데리고 왔다는 소문을 들었습니다. 게이샤 경력 1년이나 겨우 되었을까 말까한 요이꼬의 오비를 대장께서 엔도 장군에게 풀도록 지원해주신 게 정말 맞습니까? 아주 그냥 도고촌에 그 요이꼬란 엔도 장군의 첩이 지나가면 코밑이 향긋한 데다가 거리가 훤하다는 소문이 퍼졌을 정도랍니다. 하얼빈에 폭설이 내리니 엔도 장군의 손가락이 아주 게이샤의 젖가슴을 만지느라 분주하겠습니다."

"하하하~"

그들은 모두 호탕하게 웃었다. 고향을 떠나온 이후 오랜 세월 폐쇄된 공간을 무대 삼아 살아왔으니 이런 순간이 스트레스를 푸는 데는 아주 소중한 시간이었다.

"폭설이라 조금 아쉽군. 폭설이 폭우로 변한다면 페스트균 살포로 수천 명을 살상할 수가 있는데 말이야."

"이시이 각하, 페스트 벼룩 1kg이면 적을 어느 정도 살상할 수가 있는 것입니까? 페스트 벼룩 세균무기에 의한 적의 살상이라니 대일본제국은 뭐가 달라도 다르지요?"

"페스트 벼룩 1kg이면 통상 10여 명을 살상할 수가 있지. 30kg이면 3개 중대 병력을 살상할 수가 있다는 말이야. 우기雨期에 작전을 펼치면 그 열 배를 더 살상할 수가 있을 정도니까 아주 놀라운 병기라 할 만하지 않아? 그러니 이시이의 가슴이 날마다 이렇게 뛰면서 안달을 할 수밖에 없단 말이야."

"아이쿠, 이시이 대장님을 위해서 제발 폭설이 그치고 비가 뿌렸으면 좋겠습니다. 눈이 멈추고 만약 비가 내리게 되면 지체하지 않고 페스트 벼룩 세균 무기를 가지고 만주 하얼빈의 마을들을 은밀히 염탐해야겠군요. 몇 개의 마을을 선정해서 부락민 머릿수를 헤아린 다음 되도록 많은 수의 주민을 살상할 수 있는 전술을 펼쳐야겠지요?"

"내가 구상하는 것이 바로 그런 전략이네. 다치오마루 반장이 철두철미해서 우리는 페스트균에 대해 많은 준비를 했다네. 우리가 장차 치러야 하는 사이판 전쟁도 그렇고 괌 전쟁도 그렇고 결전을 하면 바로 사용할 수 있도록 치밀한 세균전 계획을 준비하고 있어. 부대 내 실험장에서 페스트균에 사망한 마루타의 해부 표본까지 만들어두었으니 이제 하늘이 도와만 준다면 결행을 해도 부족함이 없다고 생각하네. 찢어지게 가난한 중국 놈들에게 군침이 도는 만두나 빵을 들이밀면 재깍 걸려들 거야. 그 만두나 빵 속에 고명으로 뭐를 넣는지 자네들 상상을 해보게. 하하하~"

"그야, 당연히 페스트 균이나 탄저균을 넣지 않겠습니까? 청산가리는 이미 실험을 하였고, 마루타를 통해 독극물의 위력을 파악하였으니 이제 당연히 세균전이지요. 세균무기만이 대일본제국이 세계를 제패할 강력한 무기가 되지 않겠습니까?"

기타노 중장이 이시이 대장 곁에 바짝 붙어서 듣기 좋은 말을 흘렸다. 그들은 세균전 계획에 대한 논의를 마치고 기생들을 불렀다. 이시이에게 있어서 보안이란 가장 중요한 문제였다. 정보를 절대로 노출하지 않는 것이 전쟁에서 승리의 조건이었다. 따라서 철저히 보안을 유지한 다음 논의가 완전히 끝나고서야 이시이의 주문에 따라 기생들이 짝을 맞추어 들어왔는데 아주 새파랗게 어린 애들이었다.

열여섯 살이나 될까 말까 한 여자들은 출신지가 각각 달랐다. 이시이 시로 대장의 특별한 부탁이 있었던 탓에 대모代母는 특별히 신경을 써서 기생들을 방에 집어넣은 것이다.

"이시이 대장님, 오늘 여기 있는 아이들은 전혀 경험을 하지 못한 애들이랍니다."

"하하하~ 오카미상이 내게 아주 큰 선물을 내리는군."

이시이가 대모의 젖가슴을 주물럭거렸다. 얼굴에 미소를 짓고 있는 나이 어린 기생들은 이시이 시로 대장이란 말을 듣고 모두 긴장하고 있었다. 손버릇이 고약하고 짓궂다는 소문을 벌써 들었기 때문이다.

"이시이 대장님은 오이란花魁:최고급 기생도 별로라죠? 그저 새파랗게 젊은 아이면 대장한테는 최고랍니다. 그래서 오늘 이렇게 특별히 젊은 아이들을 준비했답니다. 이시이 대장께서 먼저 고르십시오."

이시이의 일행 앞에 아주 나이 어린 여자들이 긴장하며 서 있었다. 얼굴에는 엷은 웃음기가 있는 듯하지만, 잔뜩 긴장한 모습이었다. 턱밑의 목선이 가늘게 떨렸고, 시선을 어디에 둘지 모르겠다는 눈빛이었다.

"저는 중국 윈난성 쿤밍에서 왔습니다. 나이는 열여섯 살이고, 이름은 밍메이明美라고 합니다."

"아이쿠 내 딸만 하구나. 아주 멀리서 올라왔구나. 예쁘다, 예뻐~"

이시이는 침을 흘리며 눈을 반쯤 감은 채로 감상하고 있었다. 그리고 나머지 동료들이 앞다투어 딸 같은 여자애를 흘깃거리며 감탄을 쏟아내고 있었다.

중국 여자애는 아주 체구가 아담했다. 어지간한 사내의 품에 쏙 들어올 정도로 아주 아담한 체구를 지녔다. 불빛에 눈빛이 빛났고, 머리는 가운데 가르마를 내어 두 갈래로 정갈하게 땋았다. 다른 소녀가 자기소개를 시작했다. 대모는 방에서 나가지 않고 소녀들이 자기 소개하는 것을 만족한 표정으로 지켜보고 있었다.

"저는 조선 함경도 길주에서 왔습니다. 나이는 열여섯 살이고, 이름은 김정숙이라고 합니다."

"아이쿠 그냥 애는 나이도 어린 게 젖가슴이 왜 저렇게 빵빵하냐? 이시이 대장님, 조선 것들은 원래 젖가슴이 작지 않아요?"

"간혹 조선 것들 중에 저렇게 풍만한 계집들이 있네. 난 가슴만 대책 없이 큰 계집들한테는 손이 가지 않아. 나이토 중좌가 조선 계집을 좋아한다고 했던가? 아니면 마스다 대좌가 그랬던가? 내가 분명 누구한테 들었던 것 같은데. 조선 계집 밑구멍만 만나면 얼굴 따위 쳐다보지도 않고 밤새 들이민다고 분명 누구한테 들었는데~"

"이시이 각하, 염치없지만 제가 선배님한테 술자리에서 했던 얘기 같습니다. 프자덴 뒷골목에서 만난 조선 계집들은 노는 애들이라서 그런지 만난 것들마다 헐렁한 게 그냥 김이 슬그머니 빠져나간 기분이었지요. 오늘 이 아이는 나이도 어리고 아주 탄탄한 것이 밤새 힘

깨나 써야 할 모양이군요."

이시이의 기억과는 달리 조선 여자와의 잠자리에 대한 하나같은 신뢰를 보이는 사람은 누구도 아닌 기타노 중장이었다. 기타노 중장의 말을 듣고 이시이를 비롯한 동료들이 목젖을 드러내놓을 정도로 통쾌하게 웃었다. 세 번째 기생이 자기소개를 올렸다.

"안녕하세요. 저는 러시아 카잔에서 왔습니다. 나이는 열일곱 살이고, 이름은 쏘냐라고 합니다. 저는 돈을 벌어야 해요."

쏘냐라는 러시아 여자는 다른 여자들보다 훨씬 성숙했다. 이시이는 원래 성숙한 여자보다 나이 어린 여자를 좋아했는데, 쏘냐라는 여자는 보는 순간 빨려들었다. 러시아 여자는 키가 다른 여자들에 비해 훌쩍 컸고, 마치 조각을 빚어놓은 듯한 모습이었다. 불빛 아래서도 금발이 나부끼는 듯 아름답게 보였다. 도고부대 특설감옥에 갇혀있는 니나 반나라는 마루타보다 외모적으로 훨씬 돋보였다. 저토록 성숙하고 아름다운 쏘냐라는 여자가 아직 처녀라는 사실이 믿어지지 않을 정도였다.

이시이는 순간 깊은 곳에서 마음이 흔들리기 시작했다. 니나 반나라는 러시아 마루타를 감옥에 가두고 자신의 의지를 테스트하는 중인데 이렇게 쏘냐라는 계집에게 흔들리다니 정신을 바짝 차려야 한다는 생각이 들었다. 차라리 쏘냐를 건드리는 것보다 잠깐 대모를 데리고 노는 편이 자신을 위해 현명할지도 모른다고 생각했다.

"안녕하세요. 저는 일본 치바현에서 왔습니다. 나이는 열다섯 살이고, 이름은 미오美櫻입니다. 저는 이시이 각하의 사랑을 받고 싶어요."

"하하하~"

일제히 동료들이 웃었다. 이시이는 순간 가슴이 뛰었다. 고향에서 온 열다섯 살짜리 풋풋한 계집이란 그에게 어떤 의미인지 순간 생각해 보았다. 대모의 뜻이 치바현의 열다섯 살 계집에게 은밀히 숨어 있을 것이다.

"이시이 대장 각하, 무슨 생각을 골똘히 하고 계십니까?"

이시이는 한동안 넋이 나간 사람처럼 나이 어린 계집을 쳐다보았다. 마치 무엇에 갑작스레 홀려서 빠져드는 느낌이었다.

"이시이 대장님, 대장의 고향 여자 아닙니까?"

"미오라~ 이름처럼 그냥 아름다운 벚꽃이로구나. 치바현 어디에서 왔느냐?"

이시이는 입맛을 다시면서 태연한 척 고개를 끄덕이면서 여자를 향해 물었다.

"나리타에서 왔습니다."

미오라는 애가 상냥하게 대답했다. 미오는 분명 대모로부터 학습 받은 모양이었고, 여전히 떨리는 목소리였다.

"그렇구나. 고향에서 무엇 때문에 머나먼 만주 하얼빈까지 왔느냐?"

"돈을 벌려고 왔어요."

미오가 천진스럽게 활짝 웃어보였다.

"돈을 벌어서 무엇을 하려고 그러느냐?"

이시이는 나이 어린 소녀와 얘기하는 것이 싫지 않았다. 무엇보다 아직 풋내도 가시지 않은 나이라는 사실에 매료되었다. 이시이는 벌써 가슴에서 까닭 모를 불이 타올랐다. 그가 아무리 나이 어린 여자를 선호해 왔지만, 이토록 벚꽃처럼 화사한 열다섯 살짜리 애는 처음이었다.

"고향에 계신 아버지한테 밭을 사드리고 싶어요."

"하하하~"

미오의 대답에 일제히 호탕하게 웃었다. 전혀 예상 밖의 얘기를 들었기 때문이다. 아버지에게 밭을 사드리고 싶다니 놀라운 효심이었다.

"밭을 사서 아버지한테 드리고 싶단 말이냐?"

마스다 대좌가 히죽거리며 물었다.

"예~ 아버지는 밭을 사서 땅콩 농사를 짓는 게 소원이라 하셨어요."

미오의 음성이 떨리는 듯했지만, 말에 진실이 담겨 있었다. 이시이는 이윽히 쳐다보며 고개를 끄덕이고 있었다.

"그러느냐? 치바현이 고구마, 땅콩 농사로 유명하기는 하다만 그래 이시이 대장님의 사랑을 받으려면 그만한 대가를 치러야 할 텐데 네가 대장님을 위해 무엇을 할 수가 있겠느냐?"

나이토 중좌가 재미있다는 듯이 말했다. 이시이 일행은 미오라는 소녀의 입에서 터져 나올 말이 무엇일지 온통 미오의 붉은 입술에 집중하고 있었다. 미오는 잠시 뜸을 들였는데 대모가 곁에서 미오를 향해 어서 대답하라는 눈짓을 보냈다.

"입과 귀를 즐겁게 해드리겠습니다."

"오호, 입과 귀라?"

이시이가 벌떡 상체를 흔들며 감탄을 하듯 입을 열었다.

"예. 입이 어디 밥만 먹는답니까?"

어울리지 않은 말을 미오가 속삭였다.

"그럼, 밥 말고 또 무엇을 먹느냐?"

이시이는 말을 하며 연신 입맛을 다시고 있었다.

"달콤한 사랑을 먹지요."

"하하하~ 그럼, 귀는 무엇으로 즐겁게 해주겠느냐?"

이시이 대장이 물었다. 이시이는 갑자기 힘이 솟아나는 사람처럼 태도가 적극적으로 돌변하고 있었다. 미오가 머뭇거리자 대모가 곁에서 턱짓으로 재촉했다.

"흐뭇한 소리지요. 몸이 간지러울 때 저절로 터져나오는 그런 소리~"

"것 참, 아니 나이 어린 게 어찌 그렇게 속이 깊더란 말이냐. 오카미상, 오늘 이 아이의 머리를 내가 올려주겠소."

이시이 시로의 말에 일행뿐만 아니라 대모가 감격의 박수를 보냈다. 미오와 나란히 서서 접대를 기다리고 있던 다른 어린 기생들도 한껏 입을 벌려 웃었다.

"이시이 대장님, 고맙습니다."

"오카미상, 어디서 이런 보물을 데리고 왔는가?"

그토록 바라던 아이를 보자 이시이는 몹시 흥분하고 있었다. 이시이는 또 자신의 병적인 행동이 도지고 있다는 것을 알면서도 멈출 수가 없었다.

"그야, 본토 드나드는 마담뚜를 시켜서 대령했지요."

"하하하~ 오카미상 역시 오늘따라 예뻐보이는군."

"어머나~ 대장님이 오늘 정말 기분이 좋으신가 봅니다. 호호호~"

이시이 시로는 입이 찢어지도록 활짝 웃었다. 그는 속절없이 눈이 쌓이는 바람에 야외실험도 당분간 시행하기 어렵다고 생각했다. 그러던 차에 후배들과 약속을 잡았고, 오카미상이 은근히 바람을 집어넣었다. 이제 생각하니 오카미상은 미오라는 나이 어린 기생을 준비해놓고 자신만만하게 이시이를 초대한 모양이었다.

이시이는 니나 반나 같은 마루타를 통해 자신의 의지를 시험하는 중이었는데 미오라는 열다섯 살 먹은 계집을 보고는 정말 참을 수가 없었다. 마침, 며칠 후에 조선의 소록도란 수용소에 은밀히 잠입해야 하는 임무를 앞두고 있었다. 소록도에 수용되어 있는 수천 명의 조선인을 대상으로 생체실험을 해야만 하는 것이다. 그에게 소록도 수용소는 마루타의 보고寶庫가 될만한 공간이었다.

이시이 시로에게 조선 총독 미나미 지로1874~1955는 어찌 보면 아주 소중한 조력자인 셈이었다. 중일전쟁 이후 내선일체를 앞세워 조선 민족 말살 정책을 추진하면서 조선인에게 황민의식皇民儀式을 주입 시키고, 조선인으로 하여금 전쟁에 자발적으로 참여하도록 하였다. 특히 만주의 관동군과 조선총독부는 경제, 문화, 치안 등 모든 부분에 걸쳐서 협력관계를 구축하게 되었으니 인사도 겸해서 급히 소록도에 다녀올 계획이었다. 일주일 정도 소요된다고 보면 이러한 여흥이야말로 일주일의 무료함을 달랠 수 있을 정도로 보람찬 의식이랄 수 있었다.

미나미 총독과 연락을 취하면서 인체실험에 관한 얘기를 하였더니 일말의 망설임 없이 소록도의 조선인들을 실험대상으로 제안했다. 소록도에는 조선의 나환자는 물론 건강한 사람들도 많이 수용되어 있다는 말을 들었을 때, 그가 대량의 조선인을 대상으로 실험자료를 확보한다면 이 분야에서 단연 세계적으로 독보적인 위치에 오르리라는 확신이 섰다. 조선의 남쪽에 있는 고흥반도 소록도 수용소 방문은 세균무기를 통한 전쟁에서의 승리를 위한 것이 아니라 나환자라는 특이성 질환에 대한 자료확보라는 점에서 의미가 있는 것이었다.

그들은 어린 기생들과 한바탕 술과 여흥을 즐겼다. 몸들이 달아올라 그들은 여흥의 자리를 일찍 마쳤다. 곧 마음에 맞는 기생들을 데리고 각자 다른 방으로 돌아갔다. 기타노 중장은 물을 것도 없이 자나 깨나 기대했던 김정숙이란 조선인 소녀를 데리고 나갔고, 나이토 중좌와 마스다 대좌는 서로 중국여자 대신 러시아 여자를 데리고 나가려고 옥신각신하는 모양이었다. 열일곱 살 먹었다는 러시아 카잔 출신의 쏘냐는 결국 계급의 상하에 따라 마스다 대좌가 데리고 나갔다.

이시이 시로는 동료들이 나이 어린 소녀 기생들을 하나씩 데리고 방을 나가자마자 나름대로 준비한 잔치를 벌이기 시작했다. 어린 여자만 보면 성애性愛에 빠진 자신의 변태성에 대해 의식적인 거부까지 할 필요가 없다는 생각이었다. 더군다나 고향 나리타의 열다섯 살 먹은 소녀 기생이며 사내의 손을 타지 않았다는 말에 억누르고 있었던 변태성이 꿈틀대기 시작했다. 조선에 들어가기 전에 며칠 간의 무료함을 흠뻑 풀어 보리라고 작정하며 이시이는 거친 손을 나이 어린 미오라는 기생의 젖가슴을 향해 천천히 밀어 넣었다.

"아아~"

"하하하~ 네가 정령 말처럼 나의 귀를 즐겁게 해주는구나."

이시이의 몸이 달아올랐다. 열다섯 살 계집애를 보니 그의 몸이 어쩔 수 없이 발동하고 있었다.

"이시이 대장님의 사랑을 독차지하고 싶어요."

"그래 마음껏 너에게 사랑을 주마."

이시이는 미오를 불쑥 안아 아랫목에 눕혔다. 미오는 잔뜩 긴장은 되었지만 활짝 웃는 얼굴로 이시이를 맞이하고 있었다.

"아이 짓궂으셔라."

이시이의 거친 손가락이 미오의 속옷을 열고 배꼽 밑을 더듬었다. 초봄 아지랑이가 피기도 전에 막 자란 보리 새싹처럼 부드러운 솜털의 감촉이 느껴졌다.

"아아~ 이게 살아가는 낙원이지."

"아악!"

그런데 미오가 얼굴을 찡그리며 갑자기 소리쳤다. 이시이의 손가락이 실오라기 같은 미호의 음모를 몇 가닥 잡아 뽑았던 것이다. 그러나 미오는 애써 마음을 진정시켰다.

"아가, 어찌 이러느냐?"

"대장님, 손장난 그만하고 얼른 머리나 얹어 주세요."

이시이는 속으로 통쾌하게 웃었다. 알아서 얼른 머리를 올려달라니 나이 어린 계집치곤 당차다는 생각이 들었다. 이시이는 여전히 손가락으로 미오의 음모를 더듬었다. 아무래도 미오의 음모가 주는 쾌감을 어쩔 수가 없었다. 음모를 만지는 순간 몸이 달아올랐는데, 이시이는 자신의 아랫도리가 불끈 솟아오르는 순간 새삼스레 자신감을 느꼈다.

"미오라고 하였느냐?"

"예, 대장님."

미오가 상냥하게 대꾸했다. 고향의 중학생 정도나 될까. 마음속에서 상상하던 일이 이렇게 일어나다니. 오카미상의 선물 중에 가장 마음에 드는 선물이었다.

"그래, 내 손맛이 느껴지느냐?"

"짓궂어도 손맛은 좋아요."

미오는 또 상냥하게 대답하며 활짝 웃었다. 이시이 역시 병적으로 배꼽 밑을 잡으며 웃었다.

"네가 사내를 아느냐?"

이시이는 열다섯 살의 사내 경험 없는 기생과 이렇게 도란거리는 순간이 싫지 않았다.

"아직 몰라요. 하지만 이곳 언니들에게 얘기를 들었어요."

"그래, 이곳 기생들이 사내에 대해 너한테 뭐라고 하더냐?"

이시이는 손가락을 쫙 펴서 미오의 배꼽 밑을 쓸어내렸다. 보리 새싹이 봄바람에 쓸려가는 듯한 감촉이 느껴졌다. 이시이는 집게손가락을 곧게 펴서 풋풋한 미오의 음문陰門에 집어넣고 아주 부드럽게 돌렸다. 사내 경험도 없으며 나이까지 풋풋한 어린 기생임에도 벌써 아래쪽이 질퍽하게 젖어 있었는데 미끌미끌한 감촉이 그에게 특별한 느낌을 가져다주었다.

"기생한테 최고의 사내란 힘이 좋은 사내가 최고라고 들었어요."

"하하하~ 힘이 좋은 사내라. 그래 그 힘이 어디에서 나오는 줄은 아느냐?"

이시이는 목구멍 깊은 데서 흘러나오는 군침을 꼴딱 삼켰다. 이시이의 눈빛이 초점을 잃은 사람처럼 흔들렸다.

"아직 경험이 없어서 거기까지는 모릅니다."

"하하하~ 오늘 내가 단단히 가르쳐 주마."

미오라는 어린 기생의 입에서 옥구슬 같은 말이 거침없이 빠져나오자 이시이의 몸도 한껏 달아오르고 있었다.

"예, 이시이 대장님. 난 당장 대장님의 여자가 되고 싶어요."

"아하 그래? 나이와 국적 불문곡직하고 남녀란 속궁합이란 것이 있는 법, 우선 너를 품어보아야 너를 내 여자로 삼을지 어떨지 양단간 결정을 할 수 있지 않겠느냐?"

이시이는 불현듯 세이코와의 잠자리를 떠올리며 자신감 있게 말했다. 세이코에게 당한 수모를 열다섯 살 먹은 기생 앞에서 더는 당하고 싶지 않았다. 세상을 호령한들 잠자리에서 여자 하나 즐겁게 해주지 못한다면 인생에서 무슨 의미가 있단 말인가.

"예, 대장님. 어서 저를 안아주세요. 당장 여기에서 저를 대장님의 여자로 만들어주세요."

미오라는 기생의 입에서 빠져나온 말은 들을수록 달콤하게 느껴졌다.

"오냐. 이제 나도 더는 참을 수가 없을 듯하구나. 자 숫처녀의 정기가 어떤 것인지 어디 오늘 제대로 한번 맛을 보아야겠다."

"대장님, 수줍어서 불을 끄고 싶어요."

미오라는 기생이 잠시 수줍은 티를 내며 머뭇거렸다. 이시이는 불을 끄고 관계를 갖는 것을 가장 싫어하는 사람이었다.

"아, 아니다. 깜깜한 어둠 속에서 짐승처럼 이루어지는 교접은 결코 고수高手의 교접이 못 된다. 교접 중에도 사내의 가슴에 깔려 몸부림치는 계집의 자태를 고스란히 음미하는 교접이 으뜸이라 할 수 있는 것이야."

이시이의 별난 잠자리 버릇 또한 이런 습성과도 무관하지 않았다. 그는 여자와 잠자리를 하면서 바닥에 깔린 여자가 괴로워하는 모습을 보는 것이 최고의 낙원 같은 삶이라고 생각하는 사람이었다. 여자의 몸부림을 보는 것으로도 이시이는 흡족했다.

"소녀의 몸이 아직 여물지 못해 이시이 대장님이 실망하실까 두렵습니다."

"아니다. 나는 네 몸이 덜 여물어서 풋풋한 게 오히려 마음에 든다. 너는 다만 맘껏 나의 귀와 몸이 즐겁도록 용涌을 써주면 되느니라."

"예, 대장님."

미오의 대답이 끝나기도 전에 이시이는 잔뜩 성난 아랫도리를 세워서 움켜잡았다. 거구의 신체에 비해 항상 묵직하지 못하다고 생각하였지만 이날 따라 자신의 손에 잡힌 생식기조차 풍만하게 느껴지고 있었다. 이시이는 거구의 몸으로 작고 여린 미오의 몸을 오랫동안 주무른 다음 생식기를 그녀의 음문陰門으로 천천히 밀어 넣었다. 음문의 문이 좁았으나 미끌미끌한 애액이 분비된 바람에 삽입이 어렵지 않았다. 크고 단단한 이시이의 생식기가 절반 정도 미오의 생식기 내부로 진입했을 때 미오는 고통스러운 듯한 작은 탄식을 흘렸다.

"아아~"

"귀가 즐거운 소리로다. 견딜만 하느냐?"

이시이의 생애에 이런 즐거움은 처음이었다. 이시이의 몸은 이미 흐물거렸다.

"밑이 찢어질 것 같아요."

"바로 이 맛이 진정한 맛이니 참거라."

이시이가 몸을 숙여 음문을 향해 더욱 세게 쑤셔 넣었다. 아악! 미오가 고통스럽다는 듯 단말마의 소리를 뱉어냈다. 이시이는 마치 떼쓰는 어린애를 달래듯 천천히 빙빙 돌리면서 마치 싸움 직전에 서로 작전을 하듯 머리를 굴렸다. 적의 진지를 향해 최초의 일격을 가할 시간을 가늠하고 있었다. 그리고 마침내 질긴 막이 묵직한 자신의 힘에 밀려 찢어지는 느낌을 받았는데 이시이는 태어나서 이런 기쁨의 순간을 처음 맛보고 있었다. 진정 회춘을 한다는 것이 바로 이런 순간이란 말인가. 뜨거운 피가 끓어오르는 것을 생식기의 감촉으로 느낄 수가 있었다. 이시이의 정신이 순간 혼비백산하며 소용돌이칠 때 미오라는 어린 기생의 이마에는 송알송알 땀이 맺히기 시작했다.

이윽고 이시이 시로는 열다섯 살 어린 기생 미오의 옥문을 향해 더욱 깊숙이 자신의 생식기를 밀어 넣었다. 생식기를 밀어 넣을 때 이시이는 미친 사람처럼 이상한 신음을 흘려냈다. 미오는 처음 얼마 동안 통증을 참지 못해 몇 번 소리를 질렀다. 미오의 입에서 터져 나온 소리는 분명 이시이의 귀를 즐겁게 희롱하고 있었다. 이시이는 지난날 사내 경험이 없다는 나이 어린 여자애들을 몇 번 데리고 놀았던 적이 있었다. 하지만 그들 중 처녀성을 잃지 않고 간직한 애는 별로 없었다. 옥문이 사내의 음경에 의해 처음으로 파열될 때에 내지르는 고통의 신음을 듣지 못하면 그는 공연히 맥이 빠져버렸다. 이시이는 병적으로 이런 분위기를 즐기게 되었는데 마음에 들지 않으면 몸의 기운이 스르륵 빠져나갔다. 세이코와의 잠자리에서 만족하지 못한 것은 이런 탓이었다.

정사情事가 끝나고 뒤처리를 하다 보면 피를 살짝 비친 애들이 있었지만 그의 격정을 끌어 올리기에는 역부족이었다. 하지만 미오라는 여자애는 분명 다른 어떤 나이 어린 계집들과는 달랐다. 신음에서 감촉과 막이 찢어지는 순간의 고통과 희열의 화음이 조화를 이루는 느낌이었다. 그가 세상을 호령하면서 여러 명의 여자들을 난봉꾼처럼 희롱해도 보았지만 이런 황홀경을 맛보기는 정말 처음이었다.

미오의 입에서 신음소리가 멎자 이시이는 서서히 미오의 풋풋한 얼굴을 음미하며 하체를 움직이기 시작했다. 그는 미오라는 어린 기생의 낯바닥을 음미하고 있었지만 이런 동작이 자신과의 대결이란 것을 모르지 않았다. 세이코와의 잠자리에서 번번이 먼저 나가떨어져서 그녀를 고독하게 만들었다. 세이코와 불협화음이 반복되면서 이시이의 난폭성이 덩달아 늘어나기 시작했다. 세이코는 그의 난폭성을 변태로 규정하면서 나중에는 노골적으로 비하하는 발언을 서슴지 않았다. 세상을 호령하는 자신에게 나이 어린 계집애의 비하 발언은 엄청난 상처로 남아 있었다. 이것이 세이코를 버릴 수밖에 없는 까닭이었지만 마음속에 그녀에 대한 그리움이 여전히 남아 있었다.

이시이는 처음 경험치곤 미오라는 애가 잘 버텨주었다고 생각했다. 미오는 자신의 말처럼 이시이의 귀를 즐겁게 해주고 입을 즐겁게 해주었다. 작은 입으로 이시이의 생식기를 이리저리 희롱하며 간질이더니 젖가슴으로 이시이의 입을 희롱했다. 미오와의 정사는 이시이가 나이 어린 기생을 희롱하는 것이 아니었다. 미오라는 나이 어린 계집이 거구의 이시이 시로를 맘껏 주무르는 상황이 되고 말았다. 이시이는 세상에 태어나서 이토록 기쁨으로 충만한 잠자리는 처음이라는 생각이 들었다. 미오는 이시이에게 충분했으며 잠자리만큼은 완벽한 여자가 되어주었다. 이시이는 오카미상을 불러 기생 미오의 대가를 지불하고 당장 하얼빈의 외곽에 살림집을 내리라 다짐하고 있었다. 밤마다 미오의 품속에서 잠들고 싶다는 충동을 그는 강렬하게 느끼고 있었다.

2

이시이 시로는 이른 새벽, 조선 고흥반도에 당도했다. 고흥반도의 겨울 새벽은 몹시 춥고 겨울 안개가 해안에 가득했다. 그는 생체실험 재료가 든 007 가방을 들고 소록도의 선착장에 도착했다. 병사들이 깎듯이 예의를 갖추어 이시이를 맞았다. 그리고 사또라는 소록도의 부관이 마사오라는 직원과 함께 이시이를 짚 차에 모시고 본부를 향해 달렸다. 해안가를 달리는 짚 차가 새벽 안개를 뚫고 신작로를 달릴 때 먼동이 뿌옇게 트고 있었다.

이시이는 사또의 안내를 받으며 수호 원장실 문을 열고 들어갔다. 수호와 부하들이 이시이 시로를 향해 절도 있게 거수경례를 붙였다. 수호의 옆에는 의사 타다와 조선인 수간호사 등이 함께 있었다.

"먼 길 오시느라 수고 많았소."

수호원장이 이시이를 따뜻이 반겼다. 이시이는 마음이 급한 나머지 007가방부터 열고 있었다. 이시이가 말했다.

"아시다시피 우리는 하얼빈에 주둔하고 있는 비밀부대요."

수호원장이 이시이의 첫마디에 고개를 끄덕거렸다. 소록도 직원들은 007가방의 내부를 보고 몹시 흥미롭다는 표정이었다. 그럴 것이, 이시이가 007가방 안에서 기이하게 생긴 빨간색 병과 파란색 병을 꺼내 탁자 위에 올려놓았기 때문이다. 수호원장을 비롯한 직원들이 긴장한 모습으로 이시이의 입술을 바라보았다.

"우린 궁극적으로 생화학무기 개발에 주력하고 있습니다."

이시이의 이러한 말을 들을 때 유일하게 조선인인 수간호사만이 온몸을 파르르 떨었다. 이시이는 이런 모습을 결코, 놓치지 않았다. 수호원장이 손가락으로 가리키며 이시이에게 물었다.

"이 용기들은 무엇이오?"

수호의 물음에 이시이가 침착한 목소리로 대답했다.

"마루타에 주입할 균액菌液이오. 영사기는 준비 되었습니까?"

이시이가 묻자 타다가 예의 바르게 대답했다.

"회의실로 자리를 옮기시죠."

그들은 무거운 걸음걸이로 침묵을 한 채로 회의실로 향했다. 회의실에서 그들은 곧장 영사기를 설치하였다. 이시이는 미리 준비해온 필름을 걸어 영사기를 돌리면서 관동군 부대를 어필하기 시작했다.

"이것은 나와 엔도 사부로라는 동료가 발명한 세균배양 상자로 5리터의 농축액을 만들어 세균전을 승리로 이끌 수가 있소~"

이시이는 손동작을 크게 하면서 영사기의 화면을 보고 설명을 하고 있었다. 화면에 나타나는 세균배양기는 몹시 독특한 모습이며 정교하게 조립이 되어 있었다. 화면이 바뀌면서 이상한 모양의 도구가 나타났다.

"이것은 통방이라는 것인데 페스트에 감염된 벼룩을 세균무기로 사용하기 위해 고안된 쥐 잡는 도구지요. 우리 일본의 찬란한 업적이 될 것이오."

영사기를 통해 화면을 바라보던 사람들이 일제히 박수를 보냈다. 이때, 아침 일찍 본관 청소를 나온 조선인 여자 나환자가 살며시 문을 열고 들어와 청소를 하면서 그들의 대화를 엿듣고 있었다. 이시이는 이런 모습도 놓치지 않고 눈에 담아두었다. 수호원장이 감탄의 말을 뱉어내고 있었다.

"내 관동군 방역급수부의 정체를 짐작하고는 있었지만 이 정도일 줄은 몰랐소."

이시이가 수호원장의 말을 받았다.

"선배님이야말로 몰핀 중독 연구로 박사학위까지 받지 않았습니까?"

수호원장이 감격한 나머지 흥분하며 말했다.

"박사학위는 무슨~ 이시이 대장께선 조선, 중국, 만주, 몽고 게다가 소련까지 전쟁포로를 확보하지 않았소?"

수호원장은 전쟁에 관하여 많은 연구를 해온 모습이었다.

"그러니 더욱 다양한 재료가 필요한 것 아니오? 우린 대일본제국의 번영을 위해 우리는 기꺼이 짐승이 되어야 하오."

"알았소, 알았소. 내 대일본제국의 번영을 위해서라면 뭣인들 못하겠소?"

"피부 표본은 변형을 막기 위해 죽은 자의 것은 아니 되오."

이시이 시로가 한참 선배인 수호원장에게 마치 명령을 하듯 말했다. 수호원장이 순간 미소를 지으며 이시이를 쳐다보았다. 수호는 거구의 이시이 앞에서 주눅이 들어 일부러 목소리에 힘을 실었다.

"하하하~ 그거라면 자신 있소. 이시이 대장, 나를 따라 오시오."

이시이는 수호원장의 말투에서 자신감을 느꼈다. 수호원장이 자신과 닮은 데가 많다는 것을 그는 느끼고 있었다. 이시이는 수호원장 일행을 따라 본관의 극비보관실로 향하고 있었다. 이시이는 731부대만은 못하지만, 수호원장이 소록도에서 일군 업적을 보고 은근히 놀라고 있었다.

"사또 준비 되었나?

"원장 각하의 명령이신데 여부 있겠습니까?

이시이는 호기심 어린 표정으로 수호원장을 바라보았다.

"이시이 대장을 위해 특별한 추억거리를 준비해 두었소."

"아니 날 위해 추억거리를 준비해 두다니~ 아무튼 고맙소."

이시이는 수호원장에 의해 수술실로 안내되었다. 수술실에선 벌써 간호사들이 수술복 차림으로 미리 대기하고 있었고 수술 침대에는 배가 부른 젊은 여자가 팔과 다리기 강하게 묶인 채 몸부림치며 누워 있었다. 수호원장 일행은 곧 장갑, 마스크 등을 착용하고 수술대 앞으로 가서 여자의 가랑이를 번쩍 들어 올렸다. 여자의 울음소리가 들렸지만, 거즈를 입에 물린 탓에 울음소리가 밖으로 크게 새어 나오지 못했다. 타다라는 의사가 장갑 낀 손을 여성의 생식기 안으로 집어넣은 이후 곧 아이의 울음소리가 들렸다. 일행들이 감격스런 표정으로 박수를 보냈다. 그들은 순식간에 뱃속의 아이를 꺼내 포르말린 용액이 담긴 병 속에 아이를 거꾸로 집어넣었다. 포르말린 병 속에 들어간 아이는 잠시 몸부림치다가 멈췄다. 이시이는 731부대에서 행한 수많은 실험장면이 떠올랐지만 직접 뱃속의 아이를 꺼내는 것을 보니 감격스러울 정도였다. 이시이는 다시 안내를 받으며 수술실에서 빠져나왔다.

이시이 시로는 이제 극비보관실이란 곳으로 안내되었다. 조선인 수간호사가 서랍에서 놋쇠로 된 열쇠를 꺼내 극비보관실 문을 열었다. 이시이는 수호원장이 제법이군, 하고 속으로 생각하고 있었다. 극비보관실의 모습이 눈앞에 펼쳐졌다. 이시이는 저도 모르게 탄성을 지르고 말았다.

"이것들은 내가 수 년 동안 수확한 표본들이오."

수호원장의 설명이었다.

"가히 실험용 사체들의 백화점입니다. 이 시료는 조금 독특한데~"

이시이의 목소리에 설렘마저 묻어 있는 느낌이었다.

"내 가장 아끼는 시룝니다. 타다 선생, 이게 몇 개월 된 아이였지?"

"거의 만삭이었지요."

"탯줄로 하나 된 이 모습이 아름답지 않소?"

"아름답다 뿐입니까? 내 정신이 다 맑아지는 것 같소."

이시이는 감동한 나머지 목소리가 떨릴 정도였다. 갓난아이의 탯줄이 어머니의 탯줄과 연결된 모습은 아무리 봐도 감동적이었다. 이시이의 떨리는 목소리에 극비보관실 내부에서 한꺼번에 만족한 소리가 흘러나왔다. 이시이는 수호원장의 안내를 받아 소록도 병원의 이곳저곳을 시찰했다. 이시이 시로는 소록도를 세계에서 최고 나병 요양소로 만들겠다는 수호원장의 당찬 야심이 마치 세계를 제패하기 위해 세균무기를 개발하는 자신의 야망과 닮아있다는 생각이 들었다.

"수호 선배님, 정말 대단합니다. 우린 대일본제국을 위해 악마가 되어야 합니다."

"이시이 후배의 말을 들으니 용기가 절로 생기오. 내가 특별히 이시이 후배를 위해 보여줄 것이 하나 있는데 괜찮겠소?"

"괜찮고 말고요. 선배님의 모습을 보고 나도 더욱 정진해야 하겠습니다."

수호원장과 일행이 이시이 시로를 소록도의 북쪽 후미진 데로 안내했다. 바닷가에서 소금이 마르는지 짠내가 코끝을 자극했다. 바닷가로 향하는 곳의 작은 언덕에 드럼통들이 몇 개 놓여 있었다.

"이 드럼통에는 소록도 나환자들이 저기 뒷산에서 채취한 송진 기름이 들어 있습니다. 이봐, 타다 선생. 어서 나환자들을 데리고 오시오."

수호원장의 지시에 타다가 어디론가 뛰어가더니 곧장 세 명의 나환자들을 데리고 나타났다. 나이 어린 여성 나환자 한 명과 나이 지긋한 두 명의 사내들이었다. 나환자들은 일본 병사들에 에워싸여 드럼통 앞에서 멈춰섰다. 수호원장이 병사에게 손짓으로 지시를 하자 병사가 드럼통에 불을 붙였다. 송진이 담긴 드럼통이 활활 불타올랐다. 병사들이 드럼통에 집어넣으려고 세 명의 나환자들을 붙들었다. 나환자들은 자신의 운명을 순간 직감한 듯 붙들리지 않으려고 발버둥 쳤지만 소용없는 일이었다. 병사들의 힘을 물리칠 힘이 나환자들에게는 없었던 것이다.

수호원장의 지시에 맞춰 병사들은 차례대로 환자들을 드럼통에 집어넣었다. 두 명의 사내는 도살장에 끌려가는 황소처럼 버티며 저항하는 모양이었지만 끝내 드럼통에 처넣어지고 말았다. 마지막으로 체격이 작은 여자아이의 몸이 병사들에 의해 들려졌는데 이윽고 아이의 몸이 드럼통으로 던져졌다. 이시이의 입이 저절로 떡 벌어졌고, 한참 동안 닫아지지 않았다. 이시이는 수호원장에게 부탁한 악랄한 세균실험을 염려하지 않아도 되리란 자신감이 섰다. 수호 선배가 저토록 악랄하다는 소문은 듣지 못했는데 직접 소록도에 와서 보니 치가 떨리도록 흉악했다. 이런 모습이 이시이의 눈에 아름답게 비춰지는 것이었다. 그럼에도 이시이의 가슴에 안타까움으로 남은 하나는 소록도 드럼통에서 타죽은 여자는 자신의 취향인 아주 어린 계집아이라는 점이었다. 이시이는 믿음직스러운 수호 원장에게 남은 과제를 부탁하고 소록도에서 소속부대로 향했다.

3

"시노즈카 군, 세이코는 만나 보았어?"

다나까 대위는 오오다 중사의 말을 떠올리며 물었다.

"예~"

시노즈카는 사실대로 대답해주었다. 다나까 대위에게 모든 사실을 비밀로 할 수는 없다고 생각했다. 세이코와의 사이에 이루어진 은밀한 사건에 대해서만 비밀을 유지하면 되는 것이었다.

"왜 그렇게 늦었는데?" "오랜만에 만나 얘기를 하다 보니 늦어졌습니다."

시노즈카는 역시 사실대로 대답해주었다.

"얘기만 했어 아님 다른 짓도 했어?"

"다른 짓이라니요?"

시노즈카는 다나까 대위의 말에 불쑥 화가 났다.

"몇 년 만에 그립던 애인을 만났는데 얘기만 하고 왔단 말이야? 나한테 그걸 믿으라는 말이야? 나한테 뭐 숨기는 거 있냐?"

"어, 없습니다."

시노즈카는 다나까 대위와 마주친 시선을 떨구었다. 세이코와 격정적으로 발가벗고 뒹굴었던 장면들이 뇌리에 떠올랐다.

"우물거리기는~ 근데 왜 그렇게 늦었어? 세이코가 인력거를 타고 거류지 위병소까지 함께 왔다면서?"

"누, 누가 그런 말을 해요?"

시노즈카는 자신의 모든 행동을 알고나 있는 듯이 말하고 있는 다나까 대위를 뚫어지게 쳐다보았다. 무서운 세상이라고 생각했다.

"누군 누구겠냐. 오오다 중사지~ 근데 너 의리는 있더라?"

"그게 또 무슨 말입니까?"

"시치미 떼지 말아 자식아 다 알고 있으니까~ 앞으로 너는 나를 함부로 속이려고 들면 안 된다는 뜻이야. 세상에 묻힐 비밀이란 이 정보장교한테는 없다는 사실을 반드시 기억해 두기 바란다."

시노즈카는 다나까 대위의 말에 대답하지 않았다. 세이코가 어떤 비밀을 지니고 있고, 어떤 일을 하고 있다는 사실까지 다나까 대위가 알고 있을지도 모른다는 생각이 들었다. 하지만 조선독립군과 연결되어있는 사실까지 아무리 정보장교라 해도 알 리는 없으리라 생각했다.

테니스장의 눈을 치우고 장교들이 열심히 운동하고 있었다. 테니스를 치는 장교도 있고, 운동복으로 갈아입고 운동장을 열심히 뛰는 대원도 있었다. 눈이 그친 지 며칠이 되었지만 치우지 않은 곳에는 여전히 녹지 않고 수북이 쌓여 있었다. 시노즈카는 다나까 대위와 중요한 얘기를 나눌 때는 항상 테니스장으로 나왔다. 어떤 얘기를 나누어도 다나까 정보장교와 시노즈카 대원의 말에 주의를 기울이는 사람은 없었다.

눈이 겨울 햇볕에 서서히 녹아 가는데 하늘은 파랗게 높았다. 파란 겨울 하늘에 떼를 지어 떠다니는 구름 송이들이 한가롭게 보였다. 양지바른 데는 업무를 하다가 담배를 태우려고 나온 대원들이 삼삼오오 뭉쳐있는 모습도 보였다. 이시이 시로 대장이 장기간 조선 출장을 떠난 탓에 고등관을 비롯하여 부대원들의 마음이 약간은 풀려 있는 상태였다. 다나까 정보장교 역시 이시이가 부대에 부재중인 탓인지 약간 긴장이 풀린 모습이었다.

"대위님 말씀 잘 알아들었습니다."

"시노즈카, 우리 둘이 손잡고 해야할 일이 있다."

시노즈카는 다나까 대위의 말에 고개를 돌렸다. 다나까의 눈빛이 무엇인지 모를 열정으로 활활 타오르는 느낌이었다.

"그게 무엇입니까?"

"오늘 밤 포로들이 아주 많이 들어올 거라는 정보가 있다."

다나까 대위의 말을 듣고 시노즈카는 오오다 중사와 세이코가 했던 말이 떠올랐다. 다수의 포로가 유입될 거라는 말은 정말 사실인 모양이었다.

"러시아 여자들이 있습니까?"

"아직 정확히 모르지만 남녀 합쳐서 십여 명이 넘는 모양이야."

다나까 대위의 목소리는 분명 아주 고조되어 있었다.

"대위님은 러시아 여자가 많이 들어왔으면 좋겠지요?"

시노즈카는 오오다 중사가 보여준 사진을 떠올리며 물었다. 그는 다나까 대위의 속내를 이제 훤히 들여다보고 있었다.

"뭘 숨기겠냐. 러시아 년들이 가슴도 크고 미끈하잖아."

"니나 반나 발가벗은 사진 대위님이 찍어서 오오다 중사한테 팔아넘긴 거죠?"

시노즈카가 입술을 틀어 올리며 힐난조로 물었다. 여자 마루타를 이용 돈벌이를 한다는 사실을 알게 되면서 다나까 대위가 결코 자랑스런 군인이란 생각이 들지 않았다. "에이 자식, 누구 듣는다. 그런 말은 함부로 지껄이지 말고 너는 여자 마루타를 2층 독방으로 올려만 주면 된다니까."

다나까 대위가 시노즈카의 어깨를 가만히 건드렸다.

"돈 정말 많이 벌어요?"

"임마, 엉덩이만 찍어도 돈이 되는데 밑구멍을 찍으면 얼마나 짭짤하겠냐. 너 자식 다시는 그런 소리 입에 올리지 마라. 너는 그냥 독방에 올려주기만 하면 된단 말이야. 그럼, 너에게 일주일에 한 번은 세이코 만나게 외출증 끊어준다니까. 오오다 중사가 귀대시간도 한참 지난 대원을 괜히 상관 모시듯 짚 차에 태워서 데리고 왔겠냐?"

정보장교의 말에 시노즈카는 속으로 고개를 끄덕였다. 다나까 대위와 오오다 중사, 세이코 사이에는 돈이란 수단이 존재하고 있었다.

"대위님, 이번 포로 중에 조선독립군들도 섞여 있을까요?"

시노즈카는 슬쩍 조선독립군 얘기를 꺼냈다.

"그야 아직 모르지. 관동군 호송병이 군용버스에 싣고 온다니까 지켜봐야겠지. 근데 네가 왜 갑자기 조선독립군 얘기를 꺼내냐?"

"조선독립군들이 들어오지 않았으면 좋겠어요. 조선 마루타는 다루기가 불편하지 않습니까? 말을 제대로 듣지 않고, 죽음도 두려워하지 않으니 자칫 우리가 위험에 노출될 수도 있고 말이에요."

다나까의 말에 시노즈카는 정색을 하며 대답했다.

"임마, 너 이시이 대장 앞에서 그런 소리 하면 총살감이야. 이시이 대장이 왜 급히 조선에 출장을 간 줄 아냐?"

"그야 나 같은 대원 주제에 뭐를 알겠어요? 우린 시키면 시키는 대로 하고 시체 뒤처리나 하면 되는 것들인데요. 이시이 대장이 조선에 왜 들어가는데요?"

"척 보면 모르냐. 조선인 대상으로 실험하러 들어가는 거지. 임마, 그래도 네들이 아니면 마루타 실험하는데 온갖 궂은일을 누가 하냐? 비록 계급도 없이 아직도 소년 대원 직함 달고 있지만, 대일본제국을 위해서 네들이 아주 값진 일을 하고 있다는 점을 잊지 말아라. 나중에 본국에 돌아가면 네들의 공적을 내가 입증하마."

시노즈카는 조선인을 대상으로 세균실험을 하러 간다는 다나까 대위의 말을 가슴에 인장처럼 새겨두었다.

"예, 저도 다나까 대위님의 공적을 꼭 증명하도록 하겠습니다. 나도 사내인데 의리라는 게 있지 않습니까?"

시노즈카가 시치미를 떼며 삐딱하게 대꾸했다. 그는 속으로 큭, 큭 웃음이 나왔다.

"어째 네놈 말에 뼈가 있는 것 같다. 솔직히 내가 이런 돈벌이 좀 하는 것을 보고 네가 나를 우습게 볼지도 모르겠다만 이렇게라도 하지 않으면 우리의 젊은 청춘을 어디에서 어떻게 보상받겠냐?"

다나까 대위를 따라 시노즈카는 키득키득 웃었다. 청춘이 흘러간다는 말은 대원들에게도 전혀 이상한 말이 아니었다. 속절없이 세월이 흘렀고, 폐쇄된 공간에서 외출마저 통제되었으니 희생당한 청춘을 보상받아야 하는 것은 당연한 일이었다. 다나까 대위는 무의미하게 흘러간 청춘을 보상받기라도 하려는 듯 여자 마루타의 사진을 찍었다. 그리고 젊은 남녀가 유곽이나 요정 같은 데서 나체로 풍기문란을 보여주는 춘화春畫를 수집해 은밀히 거래하고 있었다.

"돈이 청춘을 모두 보상해주는 건 아니잖아요? 다나까 대위님도 이제 유곽 같은 데다 사랑하는 게이샤를 한 명 둘 때가 되지 않았나요? 아니면 도고촌에 사는 여자들을 색시로 맞아들일 수도 있을 텐데요."

"아니 이 새끼가 지금 보자 보자 하니까! 나를 감히 이시이 대장이나 엔도 사부로 같은 난봉꾼 취급을 하는 거냐 지금? 시노즈카, 너 나하고 거래하는 사이가 되었다고 해도 임마 너와 나는 엄연히 계급이 달라. 짜식이 세이코 만나고 오더니 갑자기 간덩이가 부었나? 너 그날 세이코 만나 밑구멍이나 한번 쑤셔 봤어?"

시노즈카는 씩 웃으면서 고개를 절레절레 흔들었다. 고개를 흔들면서도 세이코와의 사이에 있었던 짜릿했던 순간들을 떠올려 보았다. 잠시 생각만 해도 온몸이 불끈 달아오르는 느낌이었다. 상상할 수도 없는 세이코의 몸짓이 머리에서 떠나지 않았다. 여자의 알몸을 처음 보았고, 알몸이 눈부신 것도 처음 느꼈다. 여자의 살갗 냄새에 취해 정신이 몽롱한 순간도 세이코를 통해 처음 경험해 본 일이었다. 몸이 하나가 되는 과정과 하나일 때 기쁨이 배로 된다는 사실을 새삼스럽게 느꼈었다. 몸이 하나로 연결되고 뜨거운 피가 섞이면서 서로의 주인이 되는 순간 역시 목숨이 다할 때까지 잊을 수 없을 것 같은 순간이었다.

시노즈카는 다나까 대위의 이런 비난이 이제 싫지 않았다. 세이코와의 사이는 이제 자신만이 은밀히 간직한 인장印章:도장 같은 것이라고 생각했다. 가슴 깊숙이 숨겨두고 간혹 지치고 힘든 순간을 만날 때 가만히 꺼내어 위로를 받을 생각이었다.

"다나까 대위님, 근데 대위님은 여자하고 언제 해봤어요?"

"자식이 세이코 만나 뭘 잘못 먹고 왔나? 새끼 거 엄청 밝히네."

둘은 약속이나 한 듯 동시에 웃었다. 시노즈카를 향해 입에 욕설을 매달고 있어도 다나까 대위의 표정은 기분이 나쁜 표정은 아니었다. 다나까 대위는 아마 마루타의 입소와 특설감옥 관리, 독방 관리를 맡은 자신과 같은 배를 탄 것이 돈을 벌기 위한 수단으로서 필수적이라고 생각하고 있는지 모를 일이었다.

이후 곧 들어온다는 마루타들은 눈이 완전히 녹을 때까지 들어오지 않았다. 다나까 대위의 외출증은 마루타가 들어오지 않자 시노즈카에게 주어지지 않았다. 다나까는 쓸만한 여자 마루타가 입소해야 그에게 외출증을 끊어줄 모양이었다.

이시이 대장이 조선 출장에서 흐뭇한 미소를 띠며 돌아온 뒤에야 새로운 마루타들이 731부대에 들어왔다. 시노즈카는 세이코를 통해 알게 된 조선독립군의 이름들을 뇌리에서 떠올렸다. 한꺼번에 20여 명의 포로가 들어온 경우는 극히 드물었는데 이시이의 입장에서 보면 잔칫날이라 할 수 있었다. 731 도고부대에서 포로들을 대상으로 세균실험을 하고 있다는 것이 외부에 알려지는 경우 치명상을 입을 수가 있기 때문에 함부로 마루타를 포획하여 들어올 수가 없었다.

시노즈카는 열심히 마루타를 분류하며 명단을 살폈다. 놀랍게도 세이코로부터 받은 조선독립군 5명이 포로집단에 모두 포함되어 있었다. 박찬익, 김사복, 이환재 등 3명의 남자 조선인 마루타는 중국인과 섞어 8동 집단방에 집어넣었다. 그리고 조선독립군 오순실, 남자현 등의 여자 조선인 마루타는 역시 중국인, 몽골인과 섞어 7동 집단방에 집어넣었다. 마루타 입소상황에 대해 전달받은 총무부의 움직임도 바빠졌는데 가장 바쁜 사람은 역시 다나까 정보장교였다.

다나까 대위는 가장 먼저 여성 마루타의 존재부터 주도면밀하게 살폈다. 사진과 출신, 나이, 성별, 신체 정보 등을 살피고 시노즈카를 앞장세워 감옥에 시찰까지 나갔다. 다나까의 이런 움직임은 정보장교로서 정상적인 업무 범위에 속했다. 다나까 대위는 이렇게 시찰하면서 머릿속에 다양한 상상을 하고 있었다. 소중한 재료가 들어온 이상 획기적인 사진을 찍어내야 한다고 은밀히 생각하고 있었다. 여자 마루타의 알몸 사진으로는 사내들의 호기심을 완전히 사로잡을 수가 없다는 판단을 했기 때문이다. 돈을 버는 작업이라면 어차피 수익을 배로 올려야 하는 게 당연한 방식이었다.

"시노즈카 군, 이번 입소한 마루타 중에 마음에 드는 마루타가 있나?"

"예~"

다나까 대위는 거침없이 대답하는 시노즈카의 태도에 놀랐다. 세이코를 만난 이후 시노즈카는 분명 변했다는 생각이 들고 있었다.

"어떤 년이 마음에 드는데?"

"조선년들이 마음에 듭니다."

시노즈카는 망설임 없이 대답했다.

"하하하~ 너도 참 이상한 취향으로 변해가는구나. 조선년 중에 어떤 년이 더 마음에 드는데?"

"그건 정확히 모르겠습니다. 한번 데리고 잔다면 그래도 더 예쁜 여자가 낫지 않을까요?"

시노즈카는 아무런 생각도 하지 않고 닥치는 대로 대답했다.

"역시 너는 애송이밖에 되지 못해. 예쁜 여자를 찾는 사내놈들은 하나밖에 모르는 놈들이지 하하하~"

다나까 대위는 마치 자신이 여자에 관해 통달한 사람이라도 되는 듯 거침없이 내뱉었다. 시노즈카는 자신과 아무런 교감이 없는 여자와의 관계는 아무런 의미가 없다는 생각이었다. 세이코처럼 고향의 동무였다거나 같은 공간에서 오랫동안 얼굴을 익히며 정분을 쌓은 사람과의 잠자리가 의미 있다고 여겨졌다.

"그럼, 다나까 대위님은 어떤 여자가 좋은데요? 얼굴 예쁜 여자가 좋지 않아요? 조선 여자 마루타 중 대위님은 누구와 한번 붙어먹고 싶습니까?"

시노즈카는 은근히 다나까 대위를 비아냥거리며 물었다. 다나까 대위의 짓을 알고 나서는 솔직히 상관으로서 하나도 무섭지 않았다.

"아니 이 새끼가 정말 다나까 정보장교 알기를 아주 그냥 개좆 취급을 하네. 오순실이란 년은 얼굴이 동글동글 예쁘기만 한데 그것 벗겨 놓으면 몸뚱이도 그렇게 예쁘다고 생각하냐? 새침하게 생겨 먹었어도 미끈하게 빠진 년이 여자로서 한번 붙어먹을 만하지. 내 말이 틀렸다고 생각하냐?"

다나까 대위는 여자의 존재에 대해 상당히 많은 고뇌를 해온 사람처럼 말했다. 시노즈카는 이제 겨우 세이코밖에 경험하지 못했기 때문에 다나까의 말이 얼른 이해가 되지 않았다. 그는 남녀관계란 사랑을 전제로 이루어지는 관계가 최상의 관계라고 생각하고 있었다. 그에게 조각처럼 빚어놓은 니나 반나같은 여자라도 아무런 의미가 없다는 생각에는 여전히 변함이 없었던 것이다. 하지만 다나까 대위와의 이런 잡담이 무슨 의미가 있는 것은 아니었다. 시노즈카는 다나까 대위와는 어떻든지 더 가까워져야 한다고 생각하며, 이처럼 설레발을 치고 있는 것이었다.

"대위님 말씀이 맞습니다. 근데 대위님, 혹시 오늘 2층 독방이 필요하신가요?"

"필요하긴 한데 너 세이코 만나러 가고 싶은 거지?"

시노즈카는 다나까 대위가 자신의 머릿속을 훤히 들여다보고 있다고 생각했다. 독방에 여자 마루타를 넣어주면 다나까 대위가 사진을 찍고 그는 대가로 외출증을 받을 수 있을 것이기 때문이었다.

"예, 외출증이 필요합니다. 바깥바람을 쐬었더니 자꾸 나가고 싶네요."

시노즈카가 히죽 웃으면서 대답했다.

"이 새끼 보니까 외출 나가서 세이코랑 붙었구나. 하하하~ 그래 너도 사람이니까 당연한 감정이지. 음 시노즈카 군!"

"예?"

시노즈카는 다나까 대위를 물끄러미 바라보았다. 다나까 대위의 눈빛이 순간 이글거리고 있었다. 무슨 엄청나며 당돌한 계획을 세우기라도 한듯한 표정이었다. 다나까의 강렬한 시선을 견디지 못하고 피한 것은 시노즈카였는데 다나까의 눈빛이 너무 세서 고개를 숙여야 했던 것이다.

"조선년들도 나이가 상당한데 설마 처녀는 아니겠지?"

다나까의 심각한 표정에 비해 튀어나온 말은 좀 시시껄렁한 말이었다.

"에이 대위님, 그걸 말이라고 하세요? 나이가 서른 살에 가까운데요."

"야 그럼, 우쓰미 가오루 반장한테 가서 이시이 대장 지시라고 하고 빨리 이번에 들어온 여자 마루타들 성병 검사부터 해달라고 해라."

"처녀성 검사는 생략해도 되겠지요?"

"임마, 이번에 여자 마루타들 다 서른 살 넘었잖아? 서른 살 처먹은 년들 중에 처녀가 어디에 있겠냐, 응? 제발 생각 좀 하고 살자~"

"아, 알겠습니다. 그냥 해본 소리예요."

여자 마루타들의 처녀성 검사는 제외되었다. 하지만 성병 검사는 꼼꼼이 실시했다. 포로가 되어 이곳저곳 이동하는 과정에서 성병을 옮길 수도 있었다. 우쓰미 가오루 앞에서 여자들은 벌벌 떨었다. 우쓰미는 성병 검사를 하면서 슬쩍슬쩍 여자의 음부를 만지거나 꼬집었다. 음부를 꼬집힌 여자들이 기겁을 하며 놀랐다. 이시이의 흉내를 내느라고 그러는지 우쓰미 가오루 역시 성병 검사를 하면서 여자의 음모를 습관처럼 뽑았다. 음모가 뽑힐 때 여자는 자지러지게 소리쳤고, 옆쪽 실험실에서도 우쓰미의 나쁜 버릇이 작동되고 있다는 것을 알 수가 있었다. 그런데 여자 마루타들을 모두 검사한 이후 우쓰미 가오루 반장의 표정이 약간 어두워지고 있었다.

"반장님, 뭐 결과가 좋지 않습니까?"

"이번에는 이상 무로 보고할 수 있기를 바랐는데~"

우쓰미 반장이 고개를 갸웃거리면서 혼잣말하듯 대답했다.

"문제가 있습니까?"

"본토에서 아무리 군령軍令을 내려보내면 뭐하나요. 여자 마루타 전원이 성병에 감염 되어 있는 상태인데~ 전쟁이 끝나면 전범戰犯으로 처벌받을 수도 있다는 사실을 너무 가볍게 보고 있어요."

"그거야 우리 일본이 전쟁에서 졌을 때 얘기지요. 근데 여성 전원이 성병 감염자라구요?"

다나까 대위가 물었고, 시노즈카는 우쓰미 반장의 헤아릴 듯 말 듯 심란해 보이는 표정을 우울한 마음으로 쳐다보았다.

"그렇소. 관동군사령부에서 은밀히 여자 마루타들을 내돌린 거란 말입니다."

"치료를 하지 않아도 되겠죠?"

다나까 대위가 말했다. 병이 걸려 들어온 마루타를 치료하는 경우는 극히 드물었다. 성병 정도야 몇 번 약물을 주입하면 나을 수 있는 질병이었다.

"조선인 마루타 한 명은 꽤 쓸만하던데 이시이 대장이 치료하라고 하면 치료를 하는 게 맞겠죠?"

우쓰미 반장이 다나까 대위를 향해 되물었다. 이시이는 들어온 여자 마루타가 마음에 들면 그 마루타의 성병을 치료하도록 명령했다.

"이시이 대장은 러시아 마루타에 관심이 많아요. 니나 반나를 그렇게 오랜 시간 집단방에 두는 것을 보면 엄청나게 러시아 여자를 아낀다는 증거죠."

"다나까 대위는 이시이 대장이 왜 니나 반나를 아직까지 건들지 않고 지켜보는 줄 아십니까?"

우쓰미 반장의 머릿속에도 이시이나 고등관들에 대해 궁금한 내용이 많은 모양이었다.

"글쎄, 대장님의 그런 속내는 정말 모르겠어요."

"그저 마음에 드는 여자를 옆에 두고 아주 오래오래 아끼는 거죠. 항상 최고의 미모를 지닌 여자를 품을 수 있다는 희망으로 말입니다."

우쓰미 반장의 말을 듣고 보니 이시이 대장이 니나 반나의 몸에 손을 대지 않는 까닭이 바로 그런 연유인지 모른다는 생각이 들었다. 하지만 이시이 대장의 성품으로 보아 그렇게 순수한 마음이 저변에 깔려 있을 리는 없을 것이라고 시노즈카는 생각했다.

새로 입소한 마루타들에 대하여 이시이 대장의 지시는 독특했다. 조선 여자들에 대해서는 성병 치료를 하라고 지시하지 않았다. 그런데 이시이는 러시아 여자에 대해서만 성병을 치료하라고 지시했다. 이시이의 지시가 떨어지자 우쓰미 반장이 바쁘게 움직였다. 러시아 여자 마루타에 대해 성병을 치료하라는 지시가 떨어지는 것을 보고 다나까 대위는 표가 나지 않게 웃었다. 이시이의 가슴속에 박힌 엉큼한 뜻을 읽을 수가 있었기 때문이다. 러시아 여자 마루타의 성병을 치료한 다음 은밀히 데리고 놀겠다는 속셈이 깔린 지시였기 때문이다.

이시이 대장의 지시는 러시아 여자 마루타의 성병을 치료하라는 것인데 우쓰미 반장은 조선인 여자 마루타의 성병까지 치료하기 시작했다. 시노즈카는 이러한 사실을 알고 내심 기뻤으나 무엇 때문에 오순실, 남자현 등의 성병을 치료하는지 영문을 몰랐다. 그리고 다나까 대위는 무슨 꿍꿍이속이 있는지 몰라도 여자 마루타들의 성병 유무有無에 일희일비一喜一悲하지 않았다.

"다나까 대위님, 우쓰미 기사님은 왜 조선인 여자 마루타들의 성병을 치료할까요?"

"글쎄다. 다들 나름대로 꿍꿍이가 있겠지~"

시노즈카 생각에도 짐작이 가는 대목은 있었다.

"성병 치료 후에 누가 데리고 놀겠다는 뜻일까요?"

"계집애들이 아니라 사내놈들이 성병에 걸렸다면 왜 쓸데없이 비용과 시간을 축내려고 하겠나?"

남자 마루타가 성병에 걸렸다면 굳이 약물을 써서 치료하려고 애쓰지 않을 것이다. 매독의 경우 이미 전염과 치료에 있어서 남녀 마루타 모두 충분한 실험자료가 확보된 상태였다.

"그러니까 이상하단 말이지요. 러시아 여자 마루타들을 치료하라는 지시는 이시이 대장이 워낙 러시아 여자들을 좋아하니까 이해가 가는데요."

시노즈카는 자신의 상식을 동원하여 말했다.

"네가 뭘 하나 모르는 게 있는데~"

"내가 모르는 게 있다고요? 대위님, 그게 무엇입니까?"

다나까 대위의 말을 무찌르며 시노즈카가 불쑥 끼어들었다.

"만주의대 미생물학 전문가로 있는 기타노 중장이 사실 조선 여자만 보면 얼굴도 안 보고 들이댄다는 소문이 있더라. 취향이 독특한 거지."

"가사하라 반 대원들 사이에 떠돌아다니는 소문은 나도 들었어요. 유행성 출혈열을 기타노 중장하고 같이 연구하는 중인데 술에 잔뜩 취해 실험실에 들어오는 날은 조선 기생을 데리고 실컷 마신 날이래요. 조선 기생 데리고 놀다가 심심하면 밤에 부대에 들어와서 조선 여자 마루타를 은밀히 독방에 올렸다는 소문도 있지요. 특별반 대원들은 웬만해선 이러한 비밀을 동료 대원에게 털어놓지 않은데 혼자만 알고 있으면 병이 나버릴 것 같은 대원이 정보를 슬쩍 흘린 거지요."

시노즈카의 머릿속에 고요히 숨어 있는 부대 내의 소문들을 마치 다나까 대위에게 신고하는 느낌이었다.

"나도 그런 소문은 들어서 알고 있다. 시노즈카 군, 그래도 함부로 말을 뱉어서는 안 된다. 지금은 전쟁 중이야. 기타노 중장이 마음만 먹으면 너도 그렇고 나도 그렇고 감쪽같이 총살을 당할 수도 있단 말이야."

시노즈카는 다나까 대위의 말을 듣고 파르르 몸을 떨었다. 다나까 대위의 말은 틀린 말이 아니었다. 지금은 엄연히 전쟁 상황이니 상관이 마음만 먹으면 부하의 머리통에 얼마든지 구멍을 내버릴 수도 있는 것이다.

우쓰미 기사가 마루타들의 성병을 치료하기 시작했다. 그런데 며칠 후, 다나까 대위가 시노즈카를 은밀히 테니스장으로 불러냈다.

"무슨 일입니까?"

"시노즈카 군, 너 이번 일요일에 외출 나가고 싶지 않냐?"

시노즈카는 고개를 끄덕이며 다나까 대위를 쳐다보았다. 다나까는 그를 보며 씩 웃으면서 아주 작은 목소리로 말했다.

"야 독방 중에서 가장 넓은 방이 몇 호냐?"

"왜 넓은 독방이 필요합니까?"

무슨 작업을 하려고 이번에는 넓은 독방이 필요하다는 것일까. 시노즈카는 순간 빨리 머리를 굴려 보았으나 예상할 수가 없었다.

"우린 이제 동업자니까 너도 알아야겠지?"

"무슨 작업을 하려고 그러는데요?"

다나까 대위가 상체를 끌어다가 귓속말로 소곤거렸다. 테니스장에 테니스를 치는 장교들이나 고등관들이 보이지 않았지만 다나까는 조심스럽게 귓속말을 했다. 주위에 아무도 없는데도 모기 만한 목소리로 말을 했는데 얘기를 듣고 시노즈카는 피식 웃음이 나왔다.

"꼭 그렇게까지 해야겠습니까?"

"시노즈카 군, 어차피 우린 마루타를 이용해서 돈벌이를 하는 거잖아? 같은 값이면 많은 돈을 버는 것이 좋지 않겠냐?"

다나까 대위는 이번에 들어온 여자 마루타와 남자 마루타를 함께 독방에 집어넣고 둘이 발가벗고 섹스하는 사진을 찍자고 제안했던 것이다. 마치 이시이의 변태를 보는 느낌이었다.

“만약 이시이 대장이 알게 된다면 그때 어떻게 하시겠어요?”

“에이 모르게 하면 되지~ 그리고 뭐 아무리 이시이 대장이라도 돈을 내밀면 없던 일처럼 되는 거야. 이시이 대장이 얼마나 돈을 밝히는지 모르지? 이 정보는 최근에 들은 정보인데 이시이가 본토 여자 기생을 첩으로 들인다는 소문이야. 세이코하고 그랬던 것처럼 하얼빈 외곽에 또 살림집을 낸다는 소문이 돌고 있어. 열다섯 살짜리 계집앤데 하얼빈의 요정에서 머리를 올려준 모양이야. 조선 출장에서 도착하자마자 거기 요정부터 찾아갔다더라. 너 돈콘대라는 조직에 대해 알고 있냐?”

다나까 대위는 정보장교 답게 이시이 시로에 관한 정보력이 남보다 다르다는 생각이 들었다.

“예, 들어는 보았어요. 이시이 대장 고향인 치바현 출신들로 구성된 건설집단이잖아요?”

이시이의 고향 노동자들을 초기에 데려와 건설현장에 투입하였다는 말을 얼핏 들었던 적이 있었다. 처음 베이인허에 도고부대를 짓고 나중에 핑팡지역에 광활한 731부대를 완성할 때까지 모든 건설공정을 도맡은 기업이라는 말이었다.

“맞아. 돈콘대 내부에 스즈키구미라는 건설업체가 있어. 이 731부대 이전以前부터 세균 부대 공사에 참여했던 업체야. 일종의 공병대라고 할 수 있지. 돈콘대 사장이 돈이 어마어마하게 많다는데 이시이가 그렇게 만들어준 거 아니냐. 거기 우두머리가 바로 이시이 대장 친척이야. 그 스즈키 시게루라는 돈콘대 사장을 은밀히 만나 지원요청을 했다고 하더라. 이시이는 돈과 여자를 엄청나게 밝히는 사람이니까 너무 겁먹을 필요 없다 뭐 이런 얘기야. 하하하~”

다나까의 얘기에 의하면 이시이와 기타노는 함께 하얼빈에서 술을 마시고 들어와서 여자 마루타와 은밀히 섹스 파티를 했다는 것이다. 여자 마루타를 벗겨 놓고 함께 섹스를 하였는데 마약을 하였는지 여자 마루타가 마음에 들지 않으면 다른 여자로 대체하고, 또 그 여자가 마음에 들지 않으면 또 다른 여자로 대체했다고 한다. 언젠가는 밤새 여자 마루타들을 벗겨 자신들의 욕망을 채우고 새벽이 되어서 그 여자들을 은밀히 없애버린 일도 벌였다고 한다. 목숨이 위태롭기 때문에 이런 사실을 알고도 부대 대원들은 쉬 쉬 할 수밖에 없었다는 것이다. 특히 이시이는 술을 마시는 날에는 은밀히 부대로 들어와 여자의 아랫도리를 만지는 이상한 취미를 아직도 버리지 못했다는 것이었다.

다나까 대위의 말을 들으니 시노즈카는 공연히 자신감이 생겼다. 이시이 시로의 약점을 알고 있기 때문에 다나까 대위의 행동이 이렇게 대담해지고 있는지도 몰랐다. 그날 밤을 위해 다나까는 은밀히 7동 남자 마루타 집단방을 살폈다. 마루타 인적사항 같은 것은 보지도 않고 다나까는 건장한 사내를 물색하고 있었다. 시노즈카는 당장 외출증을 받아내기 위해 다나까 대위가 시키는 대로 가장 넓은 독방을 준비해 두었다. 시노즈카는 자신 역시 이시이처럼 이상한 사람이 되어가는 모양이라고 생각하며 머리를 저었다.

그날 밤에 그들은 은밀히 남녀 마루타를 가장 넓은 독방에 불러 발가벗긴 채로 섹스를 하도록 강요했다. 조선인 여자 마루타를 독방으로 끌어올리지 않도록 시노즈카는 처음부터 강력하게 막았다. 기타노 중장이 언제 찾을지도 모른다고 항변했지만 사실 시노즈카는 세이코를 떠올리며 조선인 마루타를 보호해야 한다는 사명감 같은 것을 느끼고 있었다. 다행히 다나까 대위는 시노즈카의 의견을 받아들였다. 남녀가 발가벗고 섹스를 하는 대상은 조선인 마루타가 아니라 러시아와 중국인 마루타였다. 다나까 대위는 남녀 마루타의 은밀한 부위를 사진 속에 직접 담았다. 남녀 마루타의 얼굴을 숨긴 채 노골적인 성행위 장면을 정지사진 속에 담아내고 있었다. 조명과 각도를 달리하여 다양한 사진을 찍느라고 다나까 대위는 식은땀이 흐를 정도였다.

남녀 마루타는 분명 선택받은 일이었지만 황당한 섹스가 마음에 들지 않았다. 일면식도 없는 같은 처지의 마루타를 발가벗은 채로 서로 능멸하는 짓에 자괴감을 느꼈다. 그러나 남녀가 붙어서 시간이 흐르자 그들은 제대로 분위기를 즐기고 있었다. 상대의 몸을 구석구석 음미하고 마음껏 애무했다. 남녀 마루타는 마음에 없는 섹스를 하면서 인간으로서의 본능적 쾌락에 도취 되어 어느 순간 엉덩이를 미친 듯 흔들었다. 이런 모습을 지켜보며 사진을 박던 다나까 대위가 남자 마루타의 엉덩이를 사정없이 걷어찼다. 그런데도 마치 세게 붙은 개의 결합처럼 남녀의 결합은 풀어지지 않았고, 여자 마루타가 꺽, 꺽 소리를 지르며 온몸을 흔들고 있었다.

이렇듯 남녀 마루타는 서로 일면식도 없는 사이지만 다나까 대위의 강요로 해괴한 섹스를 하게 되었다. 시노즈카는 세이코를 만나 이처럼 황당한 얘기를 들려줄 생각에 밤잠을 설칠 정도였던 것이다.

4

하얼빈의 봄은 무척 짧았다. 지구의 북쪽에 위치한 하얼빈은 위도가 높았고, 봄이 짧아서 그런지 해가 무척 짧았다. 5월이 되어서야 하얼빈의 봄이 시작된다. 만주 하얼빈의 봄은 그래서 특히 짧았고, 봄이라고 해봐야 채 달포가 되지 않을 정도였다. 그런 대신에 여름과 겨울이 빨리 오며 길었고, 겨울의 추위는 매우 강력했다. 겨우내 추위 탓에 움츠린 사람들은 봄이 오자 마음의 긴장감도 살짝 풀리는 중이었다. 무엇보다 도고부대의 대원들은 봄이 다가오자 신체의 긴장감도 풀리고 마음의 긴장감도 풀리었다.

송화강의 차가운 바람은 만주 하얼빈을 오랫동안 얼어붙은 도시로 만들었다. 그러나 봄바람이 불면서 사람들은 송화강 강변에 나와 긴장한 몸을 풀기 시작했다. 송화강 강변을 따라 늘어선 술집들은 봄의 기운에 들떠 술을 마시려는 사람들로 붐볐다. 저녁 이른 시간인데도 얼큰하게 취한 손님들이 강변을 따라 비틀거리며 걸었다. 하얼빈의 외곽지역에도 봄을 알리는 라일락꽃丁香花과 개나리, 벚꽃들이 앞다투어 피어나기 시작했다.

도고부대에 비상이 걸렸다. 최초로 마루타들의 탈출 사건이 벌어진 것이다. 집단방에 있는 마루타들 십여 명이 특설감옥에서 탈출했다. 마루타들의 탈출은 이시이 시로를 가장 당혹스럽게 만들었다. 마루타들에게 세균실험을 하였기 때문에 탈출한 마루타들에 의해 731부대의 정체가 폭로되는 것은 시간문제나 다름 아니었다. 731부대는 비상체제에 들어갔고, 이시이를 비롯한 고등관들은 탈출한 포로들을 포획하기 위해 모든 수단을 동원했다. 세상 밖에서 세균실험의 정황이 알려지게 되면 세계의 비난이 들끓고 일어날 것이다. 이시이는 고등관들과 담당자들을 불러모아 특별조치를 취했다.

“다나까 대위, 탈출자가 총 몇 명이야?”

“남녀 합쳐 12명이 탈출한 것으로 보입니다.”

다나까는 이미 시노즈카를 의심하고 있었다.

“12 명이라, 탈출자들은 중국놈들이야?”

“조선인 마루타 5명에 나머지 모두 중국인 포로들입니다.”

시노즈카가 자꾸 조선인 마루타에 관한 얘기를 꺼낼 때부터 수상쩍다는 생각을 했던 것이다. 그런데 이렇게 조선인 마루타가 모두 탈출한 사건이 벌어지니 시노즈카에 대한 의심은 당연한 것이었다.

“아니 대체 관리를 어떻게 했길래 이놈들이 탈출한 거야? 집단방 두 곳에 수용된 마루타들이 동시에 탈출을 했다면 이거 어느 놈이 의도적으로 탈출시킨 사건 아니야?"

"대, 대장님, 지금 조사 중입니다."

다나까의 목소리도 떨리고 있었다.

"특별반 담당 대원이 시노즈카 군이라고 했나?"

"하이!"

"이봐 정보 대위, 시노즈카 이자식을 당장 내 앞으로 끌고 오도록 하라!"

이시이 시로 대장이 화가 난 탓인지 어깨를 심하게 떨었다.

"저 대장님, 시노즈카 군이 보이지 않습니다."

"이건 또 무슨 소리야?"

"어제 밤까지 특별반 사무실에 있었답니다."

밤에 시노즈카와 함께 마루타들을 점검한 사실을 떠올리며 다나까가 대답했다.

다나까 대위는 시노즈카를 만나 얘기를 나눈 사실이 없는 것처럼 시치미를 뗐던 것이다.

"다나까 대위, 당장 일본인 거류지 헌병대에 연락해서 놈을 잡아들여라! 시노즈카, 이 자식이 최근에 외출을 몇 번 했다지?"

"하이!" "누가 외출증을 끊어준 거야? 다나까 너냐?"

이시이의 물음에 다나까는 침착하려고 애썼다.

"바깥바람 한번 쐬고 싶다기에 그만~"

"바깥바람? 프자덴 뒷골목에 갔던 거 아니야?"

시노즈카를 증오하던 이시이 대장이기에 다나까는 프자덴 뒷골목의 외유만은 철저히 숨겨야 한다고 생각했다.

"송화강에 나가 물구경 하고 들어왔다고 들었습니다."

"당장 잡아들이고 탈출한 포로들이 은닉할만한 데가 어딘지 당장 파악하

라. 단 한 명도 빠짐없이 잡아들여야 한다."

도고부대는 탈출한 마루타들을 잡아들이기 위해 전력을 기울이고 있었다. 겨울에 수북이 쌓였던 눈이 녹지 않았다면 탈출한 포로들을 추적하기 쉬웠을 것이다. 하지만 이미 봄바람이 부는 때인지라 눈은 완전히 녹아버렸고, 포로들의 발자취를 찾을 수가 없었다. 도고부대 소속 병사들 1개 중대를 풀었지만 마루타들의 흔적을 찾지 못했다.

시노즈카는 포로들이 탈출한 뒤 4시간 만에 나타났다. 포로 탈출의 방조자로 다나까 대위의 추궁이 있었음에도 시노즈카는 강력히 부인했다. 급기야 이시이 시로 대장에게 불려가 고문까지 받았지만 시노즈카는 전혀 모르는 일이라고 항변했다. 이시이는 세이코에게 당한 수모를 생각하면서 시노즈카를 고문까지 하였지만 자백을 받아내지 못했다.

"네가 포로들을 풀어주지 않았다면 누가 풀어주었단 말이야?"

"대장님, 저는 정말 모르는 일입니다."

시노즈카는 정말 억울하다는 듯 고개를 내저었다. 이시이는 새로 들어온 마루타들에게 하고 싶은 짓을 하지 못해 몹시 화가 난 모양이었다.

"동시에 집단방 두 곳이 뚫렸는데 말이 된다고 생각하냐?"

"간혹 인원 점검을 하면서 감옥의 문을 열어둔 채 나오는 경우가 있는데 그런 순간을 이용했던 것 같습니다."

"임마, 아무리 그렇다고 해도 어떻게 동시에 두 곳이 똑같이 뚫렸느냐 말이야. 너 이실직고하지 않으면 저 마루타 놈들처럼 된맛을 한번 보도록 해주겠다."

이시이의 말은 도고부대에서 곧 법이었다. 지금은 또한 전쟁 중이니 부대장인 이시이는 마음만 먹으면 누구든지 총살을 감행할 수 있었다. 시노즈카는 덜컥 겁이 났다.

"대장님, 정말 믿어주십시오. 저는 모르는 일입니다. 밤에 점검을 했던 것은 맞습니다. 다나까 대위와 같이 점검을 했는데 어떻게 거짓말을 하겠습니까?"

"너 최근에 자주 외출을 나갔다면서? 그래 프자덴 뒷골목에 나가 네 친구 세이코라도 만나 보았느냐?"

이시이 시로가 비아냥거리면서 말했다.

"아, 아닙니다. 답답하다고 했더니 다나까 대위가 외출증을 몇 번 끊어주었습니다. 그래서 송화강 강변에 나가 잠깐 물구경을 하면서 바람을 쐬었을 뿐입니다."

세이코를 만난 것은 맞지만 처음을 제외하고는 세이코와 송화강 강변에서 만났기 때문에 이렇게 사실대로 대답해주었다.

"그래? 어떻든 너는 특별반원으로서 책임을 다하지 못했다. 대일본제국의 1급 비밀이 노출될 위기에 직면했으니 그에 합당한 처벌을 받아야 한다. 이봐, 다나까 대위!"

"하이!"

"시노즈카 군을 당장 7동 독방에 가두어라. 탈출한 마루타를 한 놈도 남김없이 사살하거나 생포하지 못하면 이놈을 사살하도록 하라."

이시이 시로의 고함에 시노즈카는 부들부들 떨었다.

"하이!"

시노즈카의 손에 수갑이 채워졌다. 다나까는 시노즈카를 특설감옥으로 데리고 이동하면서 진지하게 물었다.

"시노즈카 군, 정말 탈출사건에 개입하지 않았나?"

"정보 대위님, 저를 의심하지 마십시오. 마루타를 탈출시키다니 제가 그렇게 무모한 놈처럼 보이십니까?"

시노즈카는 펄쩍 뛰었다.

"아무리 생각해도 집단방 열쇠를 따 줄 만한 사람이 너 말고 없는데~ "

"자꾸 저를 그런 식으로 취급하면 대위님도 안전할 수 없습니다. 춘화 사건 터뜨려서 함께 자폭할 거란 말입니다."

시노즈카는 모든 상황에서 이제 다나까 대위를 물고 넘어지면 죽을 위험에서만은 벗어날 수 있을 것이라고 생각했다.

"자식, 의리 있다고 칭찬한 지 얼마나 됐다고 나를 그런 식으로 겁박하냐? 임마, 일단 감옥에 갇혀있어. 어떻든 너 죽도록 내버려 두지는 않을 테니까. 이시이 대장 성질 알지? 기분 나쁘면 정말 총질하는 사람이야. 함부로 입을 놀리지 말란 말이야. 알아들었냐?"

시노즈카는 다나까 대위의 말에 덜컥 겁이 났다. 그가 아무리 용감한 척하려고 해도 죽음 앞에서까지 허세를 부릴 수는 없었다. 시노즈카는 7동 독방으로 가기 전에 마루타들이 고문을 당한 고문실로 보내졌다. 고문실에는 말로만 들었던 고문 도구들이 즐비했다. 마루타들 중에 정보를 갖고 있을 만한 마루타들은 비밀을 털어놓을 때까지 고문을 받았다. 대부분의 마루타들은 고문 앞에서 완벽하게 무너졌다. 조선독립군 마루타들만 고문 앞에서도 무너지지 않았다. 조선독립군들은 옷에 똥을 싸고 피를 토해도 굴복하지 않았다. 그들은 죽음을 택하는 것을 자랑스럽게 생각하는 자들이었다.

고문 장교는 시노즈카의 옷을 벗겨 가장 낮은 고문의 단계를 실시했다. 몽둥이로 엉덩이를 내려치는 고문, 시노즈카는 아직 견딜 만하다고 생각했다. 고문 장교가 한 단계 고문의 강도를 높였다. 발목을 천장에 매달아 거꾸로 세우는 고문이었다. 고문의 강도를 높이면서 욕조에 머리통까지 집어넣었다. 욕조에 머리통을 집어넣고 물고문을 하는 것은 정말 힘든 고문이었다. 인두를 빨갛게 달궈 등줄기에 대는 순간 뼛속을 관통하는 통증으로 혼이 완전히 달아났다. 밤이 깊도록 고문은 멈추지 않았다. 다나까 대위가 헐레벌떡 고문실로 뛰어오고 나서야 고문이 멈췄다. 시노즈카는 끝까지 마루타의 탈출과 관련해서 입을 열지 않았다. 절대 모르는 일이라며 절레절레 고개를 저었다.

"시노즈카를 방면하라는 이시이 대장의 지시오."

다나까 대위가 숨이 넘어가는 목소리로 말했다.

"탈출 사건에 대해 아직 한 마디도 불지 않았어요."

"꺼내줄 만한 까닭이 있어서 그런 것이오."

시노즈카는 다나까 대위의 말에 어안이 벙벙했다. 온몸이 찢어지고 욱신거려 움직이기조차 힘이 들었지만 정신을 바짝 차렸다.

"다나까 대위, 대체 그 까닭이란 게 무엇이오?"

"포로 탈출 사건 덕분에 오히려 좋은 일이 생겼기 때문이오."

뜻밖의 말에 시노즈카는 깜짝 놀랐다. 그리고 시노즈카는 고문실에서 독방으로 올라가는 대신 특별반으로 돌아왔다. 이시이 대장은 시노즈카를 고문실에 보낸 이후 탈출한 마루타들에 관해 특별조사를 실시했다. 조선인 마루타들과 중국인 마루타들이 탈출한 사실을 발견했고, 추적했지만 단서를 잡지 못했다. 탈출한 조선인 마루타들과 중국인 마루타들의 거주지를 살피던 중 마침 엔도 사부로 장군의 방문을 받았는데 엔도 장군이 아주 특별한 제안을 내놓았던 것이다.

"이시이 대장님, 차라리 잘 되었는지 모르겠습니다."

"엔도 장군, 무슨 뜻이오?"

노란색 바탕에 빨간색 두 줄의 선명한 칼라장과 은색 찬란한 두 개의 별이 화려하게 빛났다. 후배의 성공한 모습을 보는 이시이 대장의 마음은 몹시 뿌듯했다.

"이놈들의 거주지 주민들을 아예 통째로 말살하는 것이오."

"통째로 말살하다니 무슨 말이오?"

이시이의 뇌리에도 순간적이지만 번뜩이는 생각이 떠올랐다.

"이번 기회에 놈들의 거주지를 대상으로 직접 세균실험을 해보는 것이지요."

"아하 그런 깊은 뜻이 있군. 마침 잘 되었소."

엔도 장군의 뜻이 곧 이시이 대장의 뜻이 된 것은 우연의 일치는 아니었다. 어쩌면 이번 사건이야말로 운명적인 일인지 모른다고 생각했다. 탈출한 조선인 마루타들과 중국인 마루타들의 거류지가 몇 개의 지역으로 군락을 이루고 있었다. 다행인 것은 조선인 마루타들이 도망쳤을 곳으로 생각되는 거류지 역시 중국인 마루타들의 거류지와 일치하고 있었다. 이시이 대장과 엔도 장군은 더욱 철저히 파악했다. 이시이는 광활한 중국 무대를 대상으로 세균실험을 하는 꿈을 너무 오랫동안 가슴속에 품어온 사람이었다.

"다나까 대위, 당장 시노즈카 군을 방면하게."

"갑자기 무슨 일이 있습니까?"

"이놈 덕분에 내가 꿈에 그리던 현장에 나가 세균실험을 하게 되었네. 시노즈카가 마루타 관리를 잘못한 정황은 충분히 있지만 내게 충성할 기회를 한 번 더 주어야겠어."

다나까 대위가 고문실로 달리는 것을 보며 이시이와 엔도 사부로는 다시 머리를 맞대었다. 이후, 온종일 두 사람은 두문불출하며 계획을 세웠다. 세균 담당 군의들을 모두 불러 이시이의 뜻을 전달하고 총력전을 기울이도록 지시했다.

"이시이 대장님, 이번 기회에 조선독립군 조직을 완전히 없애버리죠."

"아주 좋은 생각이오. 한데 너무 조직이 방대하지 않나?"

이시이는 세균무기를 열심히 개발하였지만, 대규모를 상대로 한 번도 사용해보지 못하였기 때문에 약간 겁이 났다.

“나한테 아주 기발한 아이디어가 있습니다.”

“엔도 장군의 아이디어라면 언제나 믿을만은 하지~ 그래 어떤 아이디어를 가지고 있소?”

“이번에 탈출한 중국인 포로들의 거주지에 마치 조선독립군 놈들이 진을 치고 있소. 북간도, 서간도에 기생하는 조선인들이 몇만 명에 이르고 있지요.”

“몇만 명으로는 부족하오.”

이시이 시로가 섭섭하다는 표정을 지으며 말했다. 대규모 살상에 대해서 약간 겁은 났지만 몇만 명으로는 어딘지 모르게 부족하다는 생각이 들었다.

“일단 중국인 마루타들부터 없애는 것도 좋은 방법이라 생각하오. 놈들의 입부터 막아야 우리 부대의 정체가 탄로 나지 않을 테니까 말이오.”

“마루타 놈들의 거주지가 마치 몇 개 지역으로 일치하고 있다니 불행 중에 다행이오.”

“그럼 대장님, 당장 북간도 왕청현과 서간도 안동현 주민들을 모두 처치해 버립시다. 약 5만여 명으로 파악이 되는데 여기에 우리 대일본제국이 십여 년을 넘게 쫓고 있는 악질 독립군들이 있을 것으로 사료 됩니다.”

“악질 독립군이라면 이름만 들어도 일본 군인들이 겁을 먹는다는 의병 놈들을 말하는 것이오?”

“그렇습니다, 대장님.”

“그럼, 여기 모인 군의軍醫 분들과 기사분들은 속히 그간 우리 부대에서 갈고 닦은 세균병기를 최대한 준비하시오. 아주 그냥 일이 술술 풀리는 게 일거양득이군.”

이시이 시로는 분주하게 내달리는 군의들과 기사들의 경쾌한 구두 굽 소리를 들으며 엔도 사부로 장군과 눈빛을 교환하며 웃었다. 이번 기회에 세계를 제패할 세균무기를 실전에 활용하게 되다니 생각할수록 가슴이 벅찼다.

"이시이 대장님, 조선 고흥반도에 출장 간 일은 어찌 되었습니까?"

"아주 좋은 정보를 확보했소. 쥐 잡는 도구를 영사기로 돌려 보여줬더니 아주 감탄을 하더군. "

"소록도라는 곳의 원장이 몰핀 중독 연구로 박사학위를 받았다는 소문이 있던데요."

"그런 이력이 있어선지 아주 조선인들을 대상으로 가히 실험용 백화점들을 만들어 놓았더군. 포르말린 용기 속에 잠든 어머니와 아이의 탯줄을 보니 그 아름다운 모습에 정신까지 맑아지더군."

"그래, 나환자들을 대상으로 생체실험은 하였습니까?"

"하다마다~ 한꺼번에 200 명의 마루타들을 만나게 되니 그냥 가슴을 누르던 체증이 쑤욱 빠져나간 기분이더군. 탁월한 치료제라고 속이고 실험을 하였는데 너도나도 약물 주사를 맞겠다고 그냥 난리가 났지."

"실험의 성능은 사망자로 평가를 한다는 말이 있질 않습니까? 소록도란 시설에서는 사망자가 얼마나 발생하였답니까?"

"실험실시 이후 며칠 이내에 수십 명의 사망자가 나왔고, 후유증에 시달리는 나환자들이 많이 발생했다고 하더군. 우리가 적을 살상하는데 목표를 두면 순식간에 많은 수의 적을 살상할 수 있겠다는 자신감을 얻었다고 볼 수 있겠지~"

"역시 이시이 대장님의 추진력은 아무도 말리지 못할 것이오. 이제 우리가 중국이든 러시아든 어떤 대상을 적으로 만나더라도 세균무기를 잘 활용하면 전쟁에서 승리할 수 있을 것입니다."

"하하하~ 엔도 사부로 장군, 나도 그렇게 생각하오. 참, 요이꼬 상은 잘 있나? 언젠가 한번 마주쳤는데 자네한테 불만이 많더군. 바쁘다는 핑계대지 말고 시간 날 때 자주 찾아 주게. 헬리콥터 타면 여기까지 30여 분이면 날아오지 않나? 자고로 여자나 물건은 오래 내버려두면 망가지기 마련이라네. 내 말 명심하도록 하게."

"선배님 말씀 잘 새기겠습니다."

이시이와 엔도 사부로는 중국 현지 마을을 대상으로 세균실험을 하기로 작정하고 군의와 기사들을 철저히 준비시켰다. 탈출한 마루타들의 인적사항을 확보하여 놈들의 마을을 특정한 뒤에 마을 전체 주민을 살상하자고 의견을 모았다. 페스트 벼룩과 탄저균을 이용하여 몇 개의 마을을 공략하기로 하고 분주히 움직이기 시작했다.

중국 만주에는 조선독립군들이 활발하게 활동하고 있었다. 조선독립에 뜻을 둔 의병들이 가족을 데리고 조선을 떠나와서 만주지방에 자리를 잡았다. 중국과 일본 사이에 만주사변이 일어나자 조선독립군들이 중국 공산주의와 손잡고 연합전선을 펼칠 정도였다. 한중연합전선의 형성은 젊은 조선인 여성들로 하여금 직접 전투에 참여하도록 하는 계기가 되고 있었다. 중국인들은 억센 조선의 여자들을 여전사라고 부를 정도였는데 특히 북만주에서는 일본군과 맞서 싸워서 승리를 이루어내기도 하였다.

조선독립군들은 조선의 임시정부와 손을 잡고 항일투쟁을 계속하였다. 이런 점에서 만주 하얼빈은 특히 독립운동기지라 할 수 있었다. 해방될 때까지 이러한 독립군들은 일본군 및 만주군과도 목숨을 걸고 싸웠고, 독립을 위해 싸우다가 장렬하게 죽는 것을 자랑스러워할 정도였다. 조선독립군들은 남녀를 가리지 않고 조선의 독립을 위하는 일이라면 만주 산간지역은 말할 것도 없고 러시아 지역까지 활동 범위를 넓혀 나갔다.

독립운동의 전초기지였던 북간도는 함경도와 평안도 조선인들이 두만강이나 압록강을 건너와서 개간한 지역이었다. 조선인들이 모이면서 자연스럽게 조선인사회가 형성되었으며, 조선의 흉년이나 가뭄, 기근 때문에 이주한 사람들은 점차 조선의 독립을 위해 눈을 떴다. 중국에서는 북간도로 흘러들어온 조선인들을 매우 반기는 상황이었는데 궁극적으로 러시아의 남하 정책을 차단하기 위한 선택이라 할 수 있었다.

조선이 일본에 통합되자 홍범도 등은 망명하여 북간도에 자리를 잡았다. 그들은 무력항쟁을 토대로 독립군의 기반이 되었는데 조선인 학교를 세워 민족주의 교육에 힘을 쏟았다. 의병운동을 하는 이동휘 등은 학교를 세우고 계몽운동을 벌였다. 이동휘의 자식들도 북간도 화룡현의 명동촌이란 데서 야학 등을 설치해 조선어 등 민족교육에 힘썼다.

서간도는 북간도보다 조선인들의 왕래가 빈번했다. 조선의 압록강 유역을 근거지로 하여 생활하다 중국에 망명한 자들이 서간도로 몰려들었다. 특히 유인석 의병장은 단발령 이후 의병을 일으킨 투사로서 서간도 봉천이란 곳에서 독립운동을 벌였다. 이회영 역시 서간도로 망명했다. 안창호, 신채호 등의 독립운동가들과 함께 중국 청도지역에 독립운동 기지를 개척하였다. 이회영이 여섯 형제와 함께 만주 서간도로 망명하였을 때 수백 명의 경상도 유림이 동행하게 되었다.

조선을 떠난 이후 망명지에서의 삶은 아주 힘이 들었다. 만주에서의 생활은 적응이 되지 않았고, 아주 낯설게 느껴졌다. 혼인을 한 청춘남녀들은 가정생활도 제대로 꾸려보지 못하고 작별을 맞이하기도 하였다. 항일공작을 추진하기 위해 하얼빈에 잠입하였다가 일본 경찰에 체포된 경우도 있었다. 중국으로 망명 온 조선인들은 서간도와 북간도를 떠도는 경우가 많았다. 독립운동을 하던 조선인들은 어려운 여건에서 가족을 먹여 살려야 하였고, 심지어 치마저고리를 팔거나 은가락지, 나비잠 같은 비녀를 팔아 연명했다.

간도 지방에는 소위 부인애국회라는 조직까지 생기게 되었다. 여자들도 바라만 보고 있지 말고 직접 독립운동에 가담할 권리와 의무가 있다면서 독립사업을 남자에게만 맡겨놓지 않는다는 취지로 만들어졌다. 남자처럼 직접 투쟁하는 사람도 있었지만 대개 독립군의 후원활동을 하고 있었다. 조선독립군들은 처음에는 하얀 두루마기를 입었으나 일본 헌병들의 눈에 쉽게 띄자 중국 사람들처럼 검은색 두루마기를 지어 입곤 하였다.

만주에서 활약하고 있는 여성 독립군들은 누구나 혁명의 어머니라 할 수 있었다. 근대조선의 여걸이라 불리기도 하였고, 전율할 노파라는 이름으로 칭송을 받기도 하였는데, 그들은 일본군의 독립군 대토벌 작전으로 궁지에 몰린 독립군들을 사력을 다해 돕는 역할을 하였다. 그들은 또한 만주 일대를 은밀히 순회하며 조선 여성들의 계몽에 모든 힘을 쏟고 있었다. 일본군은 특히 여성 독립군을 체포하려고 혈안이 되어 있었다. 여성 독립군 중 일본군에 체포되어 관동군사령부의 감옥에 보내졌고, 모진 고문을 받은 이후 은밀히 731부대에 넘겨지는 것이었다.

5

이시이 시로 대장과 엔도 사부로 장군은 각각 대대 병력을 인솔하여 세균전을 벌이기로 결정했다. 만주 북간도 지역과 서간도 지역을 대상으로 세균무기를 살포하기로 작전을 세웠다. 서간도의 현황을 보고 받은 이시이는 밤새 두근거리는 가슴을 억눌렀다. 이제야말로 세균무기의 위력을 발휘할 때가 되었다고 생각하니 가슴이 뭉클했다. 이번 기회에 감옥을 탈출한 마루타를 소탕하는 것은 물론 중국인과 조선인을 동시에 제거하리라고 결심했다.

"서간도 지역에 11개의 현이 있습니다."

"조선인들이 서간도 지역에 아주 촘촘히 박혀있군 그래."

"그렇습니다. 집안현에 3만여 명의 조선인들이 살고 있고, 안동현과 통화현에 각각 2만여 명, 장백현에 1만 5천여 명, 기타 지역을 합치면 총 14만여 명에 달하는 것으로 파악이 되고 있습니다."

"14만여 명이라~"

이렇게 많은 조선인이 중국 만주지역에 이주하여 살고 있다는 사실에 이시이 시로는 뜻밖에 놀라고 있었다.

"북간도의 연길, 화룡, 왕청, 훈춘 등지에는 서간도 보다 훨씬 많은 조선인이 살고 있는 것으로 파악이 되고 있습니다. 이번 조선독립군 탈출자들은 서간도에 한패, 북간도에 한패 이렇게 분산되어 숨어든 것으로 보입니다."

"조선독립군도 문제지만 탈출한 중국인 마루타 놈들도 문제 아닌가. 이놈들의 거처는 어디로 파악이 되고 있소?"

"북간도의 훈춘 근처 앵목이란 마을과 동녕이란 마을인데 마을민의 규모가 일천여 명 이내인 것으로 파악이 되었습니다."

"음~ 일천여 명 정도라면 부담 없이 한번 실험을 시도해 볼 수 있겠군. 서간도 지역 상황은 어떻소?"

"서간도의 경우 탈출한 조선인 마루타들이 장백현으로 숨어든 것으로 파악이 되고 있습니다. 장백현을 통째로 공격 대상으로 하고, 앵목과 동녕 마을을 집중 공격 대상으로 실행하면 부담 없이 목표를 달성할 것으로 사료 됩니다."

"아주 좋군. 내가 2개 중대를 데리고 장백현을 대상으로 세균무기를 살포할 테니 엔도 장군은 1개 중대를 데리고 가서 앵목, 동녕 2개 마을을 완전히 처리하게."

"하이! 이번 작전을 수행한 이후 대장님 모시고 맘껏 즐길 여흥의 자리를 만들어 보도록 하겠습니다. 대장님, 아니 선배님, 내가 요이꼬를 멀리했다는 말은 헛소문입니다. 헬리콥터를 타고 왔다가 볼일 보고 바로 날아가는 처지라 소홀한 것처럼 보였을 것입니다. 전쟁 중이니 마음대로 눌러살 수도 없고 말입니다."

"그야 자네 처지는 내가 더 잘 알지~ 지난겨울 폭설 때 엔도 장군이 요정에 참석하지 못해서 후배들이 서운해하더군. 자네는 오지 않은 게 차라리 다행이었어. 처녀 딱지도 못 뗀 나이 어린 계집애들을 오카미상이 본토에서 공수했다잖아. 자네 그날 거기 있었더라면 요이코를 헌신짝 버리듯 차버렸을 거야. 하하하~"

"선배님, 정말 아쉽습니다. 나도 이제 사내답게 그런 자리도 즐겨보고 싶습니다. 요이코도 몇 년 데리고 자다 보니 이제 지겨울 때도 된 것 같습니다. 고향에 있는 마누라한테 편지 보내는 것도 이제 지겹고요."

"사람이 변하면 죽는다더니, 요이코는 몰라도 마누라한테는 잘하게. 참, 요이코는 엉덩이를 잘 흔들던가? 자네를 위해서 얼마나 충성을 하나? 여자란 자고로 잠자리에서 자기 낭군을 위해 하악 하악 소리도 적당히 지르고 적당히 교태도 부려야 하는 법일세. 꿔다놓은 보릿자루처럼 누워만 있으면 무슨 맛으로 긴 밤을 지새운다는 말인가. 자고로 남녀의 밤이란 밀고 당기는 맛이지. 자, 이제 어지간히 차량이 도착한 모양이군. 우리 이번 작전 마친 다음 하얼빈 요정에 가서 털도 안 난 계집들 조갯살 맛이나 즐겨보세. 자네니까 이런 말을 아낌없이 해주는 걸세."

엔도 사부로는 이시이 대장을 향해 허리를 넙죽 숙였다. 탈출한 마루타들을 소탕하기 위해 이제 대대적인 현지실험 작전이 시작되었다. 600여 명의 대대 병력을 수송하기 위해 군용트럭들이 종일 쉴새 없이 도고부대 연병장으로 집결하고 있었다. 며칠을 이동해야 공격 대상 목적지에 닿을 수 있는 광활한 중국 만주 땅에 이시이의 일당에게 무서운 적이란 없는 듯이 보였다. 이시이 시로는 엔도 사부로와 함께 특별반에 들렀다. 시노즈카는 보이지 않았는데 다른 특별대원에게 러시아 여자 마루타 2명을 2층 독방에 올려보내라고 지시했다. 이시이는 니나 반나를 제외하고 새로 들어온 러시아 마루타들로 준비하라고 타일렀다.

"선배님, 왜 러시아 여자 마루타들을 독방에 올려 보냅니까?"

엔도 사부로가 짐작이 가는 데가 있으면서도 의례적으로 물었다.

"곧 세균전을 치르러 전쟁터에 떠나야 하는데 몸이라도 한번 풀고 나가야 하지 않겠는가?"

이시이의 표정은 아주 밝았다.

"선배님, 성병에 걸렸는지 모르는 애들이라 저는 이번에는 좀~"

"걱정하지 말게. 우쓰미 기사를 시켜 모두 성병 치료를 마쳤다네."

이시이 시로는 관동군사령부 고등관들이 포로수용소에 들러 반반한 계집들을 주무르고 있다는 것을 알고 있었다.

"아 그렇군요. 니나 반나라는 계집애를 데리고 놀 겁니까?"

엔도 사부로는 술집에서 들은 말이 떠올라 슬쩍 농담을 흘렸다.

"아, 아닐세. 새로 들어온 반반한 러시아 계집들이 있다네. 니나 반나는 죽어도 손을 대지 않을 작정일세. 내가 자네와 술을 마시면서 말하지 않았나? 여성 편력인 내가 니나 반나 만큼은 절제를 하면서 내 삶을 통제해 볼 생각이라고 말이야."

"선배님, 아주 의지가 대단하시군요. 하하하~"

그들은 서로 얼굴을 쳐다보며 호탕하게 웃었다. 독방을 준비했다는 소년대원의 보고를 받고 이시이와 엔도 사부로는 사무실을 나와 2층으로 가는 계단을 오르기 시작했다. 집단방의 마루타들이 가슴을 조이며 복도를 걸어가는 이시이와 엔도 사부로의 발소리를 듣고 있었다.

한편, 시노즈카는 731부대 정문을 쏜살같이 빠져나왔다. 위병소의 헌병 병사에게는 도고촌에 심부름 간다는 말로 슬쩍 속여버렸다. 하지만 시노즈카는 도고촌과 반대 방향으로 달렸다. 한참 달린 후에 도고부대를 돌아보았다. 높은 굴뚝에서 연기가 끊임없이 흘러나왔다. 그는 마음속으로 안녕, 하고 작별 인사를 보냈다. 이제 다시는 이곳으로 오지 못할 것이며, 돌아올 이유도 없을 것이라고 생각했다. 만약 죽는다고 해도 그는 두렵지 않았다. 이제야말로 도고부대에서 가진 죄책감으로부터 조금은 자유로워지는 느낌이었다.

핑팡역을 향해 다시 뛰기 시작했다. 세이코에게 빨리 도고부대의 작전을 알려야 한다. 핑팡역에서 기차를 타고 하얼빈역에서 내려 프자뎬으로 잠입해야 한다. 헌병들의 검문은 별로 두렵지 않았다. 군인 신분이 아니었고, 만약 트집을 잡아 위험에 처한다면 어려움 없이 빠져나갈 방법까지 준비해 두었다. 시노즈카의 안쪽 주머니에는 다나까 대위가 소중히 간직하고 있던 여러 장의 나체사진이 숨을 죽이고 있었다. 애지중지하던 나체사진이 없어진 것을 알면 다나까 대위는 아마 돌아버리겠지, 생각하자 시노즈카는 피식 웃음이 삐져나왔다.

핑팡역에서 내려 하얼빈 시내로 진입하는 길목에 헌병들이 검문을 하고 있었다. 중일전쟁이 한창 진행 중인 터라 하얼빈 시내는 일본 헌병들이 군데군데 진을 치고 검문을 강화하고 있었다. 군복을 입지 않았기 때문에 특별히 겁낼 이유는 없었지만 시노즈카는 긴장하며 헌병 검문소를 지나갔다. 다행히 그를 보고 그쪽으로 오라는 신호를 보내지 않았다. 시노즈카는 빠른 걸음으로 헌병대 검문소를 지나쳤다.

하얼빈 거리에는 일본 헌병들이 제법 많이 눈에 띄었다. 중국은 워낙 방대한 대륙인 탓에 하얼빈을 완전히 방어하지 못했다. 그래서 하얼빈은 일본인

천국이었고, 마치 일본의 본토처럼 일본 사람들의 걸음은 당당했다. 프자덴 거리로 들어가는 길목에서 시노즈카는 인력거를 기다리고 있었다. 인력거들은 여기저기에서 요란하게 움직이고 있었는데 손님을 태운 인력거는 제 길을 찾아 분주히 달리는 모습이 보였다.

마음이 바쁜 탓에 인력거가 멈추는 곳을 향해 빠르게 달렸다. 시노즈카는 두 패 지르고 달리는 인력거를 찾고 있었다. 마침 손님을 내려주고 인력거가 다른 손님을 태우고 달렸고, 연이어 두 패 지르고 달려온 인력거가 그의 앞에서 멈추었다. 손님이 내리자마자 시노즈카는 인력거에 올라탔다.

"프자덴 거리 5번가로 갑시다."

시노즈카의 중국말이 서툴렀다.

"염려 마십쇼. 두 패 지르니 눈 깜빡 할 사이에 당도할 겁니다. 5번가 어디에 가시오?"

인력거꾼이 달리면서 물었다. 앞 번 손님을 태우고 얼마나 바삐 달렸던 것인지 뒤에서 미는 조수는 숨을 헐떡거리고 있었다.

"조로야로 데려다 주시오."

"골목 끝에 있는 기생집이로군."

시노즈카는 인력거꾼의 말이 귀에 들어오지 않았다. 마음이 급했는데 한시도 바삐 세이코에게 도고부대의 작전을 전달해야 하는 사명감에 불타오르고 있었다. 도고부대의 작전이 시행되면 중국인은 물론 조선인들까지 엄청난 살상을 당할 수도 있을 것이었다. 조선독립군들이 잠입한 마을에 세균무기를 살포한다면 키요코의 아이까지 피해를 당할 수가 있을 것이다.

인력거꾼은 이마에 땀이 맺히는지 자꾸 수건으로 이마를 닦았다. 프자덴 5번가에 가까워질수록 인력거의 뒤에서 밀어주는 조수의 숨이 거칠어졌다. 인력거꾼은 손님의 편의를 위해 게으름을 피우지 않고 최고 속력으로 달리고 있었다. 조수의 호흡이 거칠어지는 것을 시노즈카는 인력거에 앉아 느끼고 있었다. 인력거가 골목으로 꺾어 달리기 시작했다. 인력거는 곧 속도를 줄였고, 시노즈카는 조로야의 기생집 근처에 당도했음을 알아차렸다.

"저기 이층집 앞에서 내려주시오."

"알겠소. 흥, 아직 이른 시간인데 이 골목은 항상 술손님들로 북적거리지. 전쟁 중인데도 여기 들락거리는 사람들은 그저 팔자들이 늘어진 사람들이야."

인력거꾼이 신세 한탄을 하듯 뇌까렸다.

"예, 주인님. 그저 일본 놈들 팔자가 늘어진 게지요."

뒤 칸에서 밀어주던 조수가 주인을 향해 말했다. 시노즈카는 고개를 숙인 채 요금을 치르고 어깨를 한번 활짝 폈다. 인력거는 벌써 저만치 달아나고 있었다. 유곽의 골목은 여전히 노랫소리가 새어 나오고 있었다. 조로야 기생집 앞에는 그때처럼 빨랫줄에 광목천이 바람에 날리고 있었다. 시노즈카는 조로야, 라고 빨간 글씨가 씌어진 네 짝의 미닫이문을 거침없이 밀쳤다. 바쁜 탓인지 안내를 맡은 사람도 보이지 않았다. 시노즈카는 복도를 뛰듯 걸어 세이코의 방문을 두드렸다. 인기척이 없어 문을 열어 보았으나 방은 비어 있었다.

시노즈카는 세이코가 보이지 않아 약간 실망했다. 복도를 다시 걸어 나오는데 방마다 왁자지껄했다. 세이코는 어디에 갔을까? 저 방들 가운데 세이코가 사내들과 노래를 부르고 있는 것은 아닐까? 혼자 이렇게 생각하며 다시 밖으로 나왔다. 시노즈카는 잠깐 서성이며 담배를 피워물었다. 긴장한 때문인지 아직도 숨이 거칠었다. 한참 담배를 태우고 있는데 골목 입구에서 서너 명의 순사가 조로야를 향해 걸어오고 있는 게 보였다. 전혀 예상하지 못했던 광경이었다. 시노즈카는 중간쯤 태우던 담배를 발로 밟아 꺼버리고 고개를 숙이고 복도를 걸었다.

"또 오셨군요. 세이코를 찾아온 게 맞지요?"

그때 안내를 해주었던 검정색 기모노를 입은 젊은 여자가 물었다.

"예, 아주머니. 세이코는 여기에 없습니까?"

시노즈카는 넙죽 허리를 숙였다. 순사들이 조로야를 검문한다면 낭패라는 생각이 들었다. 세이코가 당장 여기에 없다면 어떻게 해야 할까?

"불러드릴까요? 지금 3호실에서 손님을 접대하고 있어요."

"미안하지만 그렇게 해주세요. 아주 급히 만나야 한다고 전해주십시오."

시노즈카는 애써 진정하려고 하였지만 저절로 마음이 급해졌다.

"알겠습니다. 바로 전해드리지요."

세이코는 젊은 여자로부터 시노즈카가 찾아왔다는 말을 전해 듣고 3호실에서 곧장 밖으로 나왔다. 시노즈카는 아주 의젓한 태도로 세이코를 마주했다. 그는 도고부대에서 목숨을 걸고 조선독립군 마루타들을 탈출시켰던 것이다. 중국인 마루타를 포함시킴으로써 조선독립군을 특별히 탈출시킨 사실을 위장하였다.

"세이코, 어서 네 방으로 들어가자."

"잠깐, 뭐 급한 일이야?"

세이코는 아직 이시이 시로의 작전에 대해서는 모르는 모양이었다.

"당장 탈출한 조선독립군 마을에 비밀작전 소식을 전해야 해!"

"그 정도야? 그럼, 3호실 손님에게 먼저 얘기를 해야겠어."

"세이코, 그럴 시간 없어. 아주 급한 일이야."

시노즈카는 세이코를 잡아끌 듯이 그녀의 방으로 들어갔다. 방으로 들어온 순간 시노즈카보다 세이코가 황급히 입을 열었다.

"3호실에 조선독립군 손님들이 와 있어."

"그렇군. 세이코, 조선인 마루타들을 내가 탈출시켰는데 혹시 소문은 들었냐?"

조선독립군들이 세이코와 함께 있다는 사실에 시노즈카는 놀라고 있었다. 이럴수록 침착해야 한다고 생각하고 있었다.

"물론 들었지. 시노즈카, 아주 장하다. 탈출해서 8시간 만에 독립군들과 연락이 닿았대. 네가 나와의 약속을 지켜줄 것이란 것을 믿었지."

"그래, 조선독립군 연락체계가 아주 빠르구나. 그런데 세이코, 아주 급한 일이 생겼어. 나는 죽을 각오로 부대를 도망쳐 나왔다."

"무슨 일인데 그렇게 숨이 넘어가니?"

세이코는 아직도 상황의 심각성을 알아차리지 못하고 있는 모양이었다.

"이시이 대장이 세균무기를 퍼뜨려서 조선인과 중국인 말살 작전을 펼치기로 한 모양이야."

"뭐, 그게 정말이야?"

이제야 세이코의 표정이 완전히 달라졌다.

"탈출한 마루타들의 마을을 모두 알아낸 모양이더라. 731부대의 정체가 탄로 나는 것이 두려워 탈출한 마루타들의 마을을 특정해서 아예 말살 정책을 펴는 모양이야. 1개 대대가 오늘 밤에 은밀히 간도 지방으로 이동할 것 같아."

"이시이 이놈들이 제대로 정보를 입수한 모양이네. 서간도 지방과 북간도 지방 바로 두 패로 나누어 숨어든 모양이던데~"

"중국인 마루타도 거기 같이 포함되어 있어. 간도 지방에서 마구잡이로 조선독립군 포로들과 중국인 포로들을 잡아들이니까 거주지 마을이 겹치는 거야."

세이코는 일본 병사들이 선량한 주민들을 마구잡이로 붙잡아 포로처럼 수용소로 데리고 간다는 사실을 조선독립군을 통해 들어서 알고 있었던 것이다.

"시노즈카, 이제 부대로 들어가지 못한단 말이지?"

"나는 이제 돌아가면 죽을 수도 있어. 하지만 세이코, 나는 이제 죽어도 좋아. 지금부터 너와 같이 지내고 싶어."

세이코와 함께라면 어디든지 숨어서라도 살아갈 수 있을 것 같았다.

"네가 사라진 걸 알면 이시이 개자식이 가만두지 않을 텐데~ 다나까 대위나 오오다 중사가 여길 훤히 알고 있는데 어떻게 하지? 당장 너를 잡으러 이쪽으로 몰려올지도 모르잖아.시노즈카, 나는 아직 모든 것을 버리고 이곳을 떠날 수는 없는 상황이야."

"내가 여기 어디 안전하게 숨어 지낼만한 곳이 없을까?"

"글쎄, 당장은 어려울 것 같은데~"

"작전이 노출되었다는 사실을 알게 되려면 적어도 일주일은 걸릴 거야. 이시이 자식은 그때 나를 체포하려고 안달을 하겠지."

하얼빈에서 세균무기를 공략하려고 하는 만주지역까지 이동하여 작전을 펼치는 데는 적어도 일주일은 소요될 것이라고 그는 생각했다.

"그렇다면 아직 시간적인 여유는 있겠구나. 시노즈카, 일단 이리 따라와 봐."

세이코는 방에서 나와 3호실을 향해 걸었다. 세이코가 3호실 방문을 열었을 때 시노즈카는 콧수염을 짙게 기른 범상치 않아 보이던 사내들과 마주쳤다. 그들은 모두 검정색 두루마기를 걸치고 있었다. 세이코가 말한 조선독립군들인 모양이었다.

"동지들, 내가 말했던 친구 시노즈카 씨에요. 서로 인사들 하세요."

세이코의 소개로 시노즈카는 조선독립군이라는 세 명의 사내와 수인사를 나누었다. 그들의 손은 투박하고 거칠었다. 콧수염을 모두 기른 탓에 강렬한 느낌이 들었지만, 얼굴을 자세히 들여다보니 부드러운 구석도 엿보였다. 그들은 조선독립군이란 신분을 노출시키지 않으려고 조선어 대신 중국어를 사용했다. 세이코는 그들과 중국어로 유창하게 소통하고 있었다. 시노즈카는 중국어 실력이 짧았지만 적당히 알아들을 수는 있었다.

세이코가 조선독립군들에게 긴박감 있게 상황을 설명했다. 세이코가 설명하는 순간순간 시노즈카가 부연설명을 하였고, 그들은 알아들었다는 듯 연신 고개를 끄덕이고 있었다. 그들은 시노즈카에게 굳은 신념의 눈빛을 던지며 연신 고맙다고 말했다. 시노즈카는 자신이 조선독립군들을 만나 이렇게 의리를 다지고 있다는 것이 믿어지지 않았다. 목숨을 걸어야 한다는 것을 알기에 그는 몹시 긴장하고 있었다.

"북간도 앵목과 동녕에 세균무기를 살포할 모양이니 당장 그쪽 부인회에 연락하여 대비를 해야 합니다."

세이코는 생각보다 조선독립군에 대해 많은 부분을 알고 있는 듯했다.

"앵목과 동녕 쪽은 내가 책임지고 대비를 할 테니 서간도 장백현 쪽은 황 동지가 맡아 대비를 해주십시오."

이 동지라는 독립군이 사건의 시급함을 인식했던지 촉급하게 서둘렀다.

"알겠소. 우물에 독약을 타거나 쥐를 퍼뜨려 페스트균을 살포한다면 당장 거기에 맞는 대책을 마련해야 할 테니 이렇게 지체할 시간이 없소."

황 동지라는 독립군이 자리에서 벌떡 일어서며 말했다.

"페스트균에 대비하는 최상의 방법은 죽은 쥐를 절대 만져서는 안 되고 반드시 불로 태워 없애버리도록 하십시오. 하지만 가장 좋은 방법은 당분간 주민들이 마을을 떠나는 것입니다."

시노즈카의 말을 조선독립군들이 알아들었는지 고개를 끄덕였다. 세이코가 중국말로 무어라고 설명을 덧붙이는 것 같았다. 독립군들은 곧 자리에서 일어나 떠날 채비를 서둘렀다. 시노즈카는 골목에서 몇 명의 일본 순사를 보았다고 말했다. 그의 말에도 세이코는 그다지 심각하게 생각하지 않은 모양이었다.

"시노즈카, 이 골목에 드나드는 순사나 헌병들은 걱정하지 않아도 돼. 저 놈들은 독립군이나 적군을 체포하는 일보다 돈벌이에 더 눈이 어두운 놈들이야. 돈만 건네주면 독립군 서너 명쯤 모른 척 눈감아주는 놈들이야."

"돈이 소중하긴 하나 봐. 다나까 대위도 오오다 중사도 돈을 벌려고 아등바등하는 것을 보면 말이야. 하긴 이시이 대장도 하얼빈 외곽에 또 살림집을 낸다는 소문이야. 열다섯 살 먹은 본토 여자 기생을 첩으로 들이는 모양이더라. 스즈키 시게루라고 돈콘대 사장까지 은밀히 만났다잖아. 돈콘대 사장을 왜 만났겠냐?"

"스즈키 시게루도 개자식이야. 이시이 집안 족속들은 모두 짐승만도 못한 개자식들이야. 이시이가 며칠 집을 비우면 스즈키 시게루 개자식이 몰래 찾아와서 내 몸을 만졌다니까. 암튼 이시이 개자식은 나일 퍼먹어서도 개새끼들이나 하는 버릇 남 못 주는구나. 어떤 년이 걸려들었을까? 나처럼 고생만 하고 아마 일 년도 못가 헌신짝처럼 차일 텐데~ 열다섯 살? 흥, 뽑힐 털이나 돋았으려나 하하하~"

세이코가 이시이에 대한 증오의 감정을 담아 일본말로 지껄였다. 마음에 없었지만 세이코를 따라 시노즈카 역시 호탕하게 웃었다. 하지만 그의 마음속에는 긴장감이 엄습하고 있었다. 이제부터 체포되는 날에는 자신은 총살을 당할 것이라고 시노즈카는 생각하고 있었다. 대일본제국을 배신하는 행위, 이제 엄연히 반역자라는 사실을 떠올리니 문득 현기증이 일었다.

조선독립군들이 검은 두루마기 자락을 펄럭이며 방에서 나갔고, 시노즈카는 세이코와 함께 그들을 배웅했다. 독립군들은 시노즈카의 손을 맞잡으며 연신 고맙다고 허리를 숙였다. 석양을 등지고 뛰어가는 독립군들의 자취가 보이지 않을 때까지 시노즈카는 세이코와 나란히 서 있었다. 어둠 속으로 멀어지는 세 명의 조선독립군들이 마치 동지처럼 느껴진다는 사실이 신기했다. 시노즈카는 자신의 이런 변화가 세이코 때문이라고 생각했다. 좀 더 정확히는 세이코를 사랑하는 마음 때문이었다.

시노즈카는 다시 세이코의 방으로 돌아왔다. 그는 온몸이 뜨겁게 달아오르는 것을 느꼈다.

"세이코, 나는 부대로 돌아갈 수가 없는데 이제 어떻게 하지?"

"하지만 네가 여기에 머물 수는 없어. 다른 방법을 찾아봐야 해."

세이코의 대답에 시노즈카의 마음이 순간 우울해졌다.

"예상은 하고 있었어. 손님을 받는 세이코의 방에서 머물 수는 없겠지. 하지만 세이코, 오늘 밤만은 너와 함께 여기에서 머물고 싶어~"

"시노즈카, 내 말을 서운하게 듣지 마. 나는 몸을 팔아 살아가는 기생이야. 너도 사내인 이상 이제 내 몸을 함부로 만져서는 안 돼! 우리가 조선독립군을 돕는 일은 그저 동지로서 하는 것이야. 참 너 모아놓은 돈 얼마나 있니?"

세이코의 말에 시노즈카는 화들짝 놀랐다. 세이코와의 순간들을 생각하니 머리가 더욱 복잡해지는 느낌이었다. 처음 만나서 그녀의 몸을 안았던 순간이 믿어지지 않았다. 여자의 마음이란 대체 무엇일까. 세이코와 함께 어디든지 도망쳐서 같이 살고 싶다는 자신의 생각이 얼마나 어리석은 생각이었는지 얼굴이 붉어질 지경이었다.

"세이코, 나를 그렇게 냉대하는 까닭이 뭐야? 처음 여기에서 만났을 때 날 여기 붙잡아두고 싶다고 하지 않았니? 함께 저기 북간도 같은데 도망가서 숨어서 살자고 하지 않았느냐 말이야?"

"하하하~ 너 아주 마음이 급하구나. 내가 나이가 몇인데 희망도 없는 소년 대원하고 숨어서 한평생 지낸다는 말이니? 나는 아직 목표를 이루지 못했어.

목표를 이룰 때 그러자고 내가 말하지 않았니?"

세이코는 여전히 그에게 냉정했다.

"대체 너의 목표가 뭐야? 돈이야?"

"돈은 싸구려들이나 밝히는 물건이란다."

그녀의 마음이 점점 이해가 되지 않았다.

"아하 이제 생각나는군. 조선독립군을 돕는다고 했지? 도울 수 있는 데까지 도와야 한다고 했지? 나는 목숨을 걸고 조선독립군들을 탈출시켰다. 그리고 목숨을 걸고 극비정보를 전하려고 부대를 도망쳐 나왔어. 나는 이제 부대로 돌아가면 이시이한테 죽는 일만 남아 있지. 아마 지금쯤 내가 사라져서 도고부대에 비상이 걸렸을 거야."

시노즈카는 도고부대의 상황을 상상하기조차 싫었다.

"내 마지막 목표가 무엇인지 아니? 시노즈카, 너 나를 위해 목숨을 바칠 수 있어?"

그녀를 위하는 일이라면 목숨 따위 아깝지 않다고 생각했다.

"네 마지막 목표가 무언데? 나는 너를 위해 극비정보도 빼냈고, 조선독립군도 탈출시켰어. 혹시 키요코의 애를 안전하게 지키는 게 네 마지막 목표야? 그래?"

세이코의 마음이 갑자기 달라졌다는 게 믿어지지 않았다. 그는 자신이 세상 경험이 없어 너무 순진했던 것은 아닌지 염려되었다.

"그 아이는 키요코에게나 중요한 거고~ 첩과 자기 핏줄한테 해코지나 하는 협잡꾼의 자식을 내가 뭐가 아쉽다고 가슴에 담아둔단 말이니?"

"그럼, 너의 마지막 목표가 뭐야? 말을 해야 네 속을 알게 아냐?"

이렇게 되어버린 마당에 시노즈카는 세이코의 마지막 목표를 위해 동참할 의지가 있었다. 동지가 된다 해도 나쁘지 않다고 생각했다.

"그래~ 말할게. 내 마지막 목표는 이시이 시로를 죽이는 거야."

"아니 뭐라고? 너 제정신이야? 그게 가능하다고 생각해?"

세이코의 말에 시노즈카는 정말 깜짝 놀랐다. 설마 세이코가 이시이를 죽이려고 하는지 예상조차 하지 못했다.

"혼자 힘으로는 어렵겠지. 하지만 힘을 합치면 언젠간 뜻을 이룰 수 있어. 나는 장담해. 이시이 개자식이 엄청난 자금을 횡령한 것도 알고 있어. 때가 되어 기회가 주어진다면 나는 이시이를 파멸할 수 있어."

"이시이를 죽이고 네가 살아남을 수 있을 것 같니? 죽인다고 한들 네가 살아남지 못하면 무슨 의미가 있느냐 말이야?"

이시이라면 시노즈카 그에게도 죽이고 싶은 사람이었다. "넌 그렇게 생각하겠지. 나는 이시이만 죽인다면 설령 내가 죽는다고 해도 후회하지 않아. 내 인생은 이시이 개자식 때문에 망가졌으니까. 시노즈카, 너도 사내라면 알아둬. 여자란 사내한테 버림받는 게 죽임을 당하는 것보다 치욕적이란다."

"그래. 세이코, 네 처지를 생각하니 이해가 된다. 나도 이시이 시로라면 목숨을 걸고 죽이고 싶은 놈이야."

이렇게 말해놓고 세이코의 표정을 살펴보았다. 세이코는 여전히 냉정한 표정으로 그를 대하고 있었다.

"그렇다면 부대로 돌아가. 돌아가서 이시이 개자식을 죽일 수 있는 기회를 만들어. 그게 친구로서 나를 도와주는 거야. 이시이를 죽이면 우린 자유를 찾아 어디든지 함께 떠나자. 참, 약속해 주면 부대로 돌아가기 전에 나를 한번 안을 수 있도록 해줄게."

"약속하지. 하지만 이런 식으로 네 몸을 안는다는 건 자존심 상해서 싫어. 돈을 주고 네 몸을 사기도 싫다."

시노즈카는 돈을 주고서라도 세이코의 몸을 안아보고 싶은 마음이 간절했다. 하지만 그녀를 향한 자신의 생각이 빗나갔다는 사실을 알게 되자 공연한 자존심을 세우고 싶었다. 이게 마지막이 되더라도 세이코에게 비겁한 모습을 보여주기 싫었다. 시노즈카는 죽음을 각오하고 세이코의 다다미방에서 몸을 일으켜 세웠다. 그때, 누군가가 문을 두드렸다.

"아주머니, 무슨 일이세요?"

"세이코, 왕서방이 찾아왔어."

시노즈카는 문을 열고 나와 복도를 걸어 나왔다. 세이코가 그의 뒤를 따랐고, 처음 보았을 때처럼 검정색 기모노를 입은 젊은 여자가 종종걸음으로 앞장서서 걸었다. 그가 복도의 입구에서 구두를 신고 있는데, 신사복 정장에 머릿기름을 번질나게 바른 중년의 왕서방이란 사람이 그의 어깨를 부딪치며 걸어들어왔다.

"왕서방, 왜 이제 오셨어요?"

세이코가 반색을 하며 왕서방을 맞아들였다.

"돈을 구하느라 늦었지. 세이코, 당장 사진을 구해줘. 이번에는 아주 큰 돈이야. 러시아 여자들 사진은 많을수록 좋아. 남녀가 함께 엉킨 춘화 사진도 여러 장 필요하다. 춘화 사진이 이렇게 인기가 많을지 몰랐다. 북경 재벌들 사이에 경쟁이 붙어서 아주 난리가 났어. 상해에서는 말이지. 사진을 모방한 춘화 판매점이 해변을 끼고 줄줄이 들어섰단 말이야! 우리 사업이 아주 번창하게 생겼다. 하하하~"

"반가운 소식이네요. 내 방에 들어가서 잠깐 기다리세요. 손님을 배웅해드리고 올게요."

"호호호, 오늘따라 세이코 엉덩이가 아주 예쁘군. 배웅해드리고 빨리 들어오너라. 오랜만이라서 아주 손이 근질근질하구나. 하하하~"

왕서방이 복도를 쿵쿵 울리면서 사라졌다. 시노즈카는 세이코에 관해 새로운 사실을 알게 되었다. 그의 예감은 틀리지 않았는데 오오다 중사와 다나까 대위를 상대로 세이코는 수상한 거래를 하고 있는 게 분명해 보였다. 시노즈카는 왕서방이 사라진 복도를 물끄러미 바라보고 있었다.

"시노즈카, 뭘 그렇게 보고 있어?"

"너 저 사람하고 도고부대 마루타 나체 사진들 거래하니?"

그의 물음에 세이코는 대답하지 않고 웃음을 지었다.

"저 사진들을 찍을 수 있도록 내가 다나까 대위한테 자리를 만들어준 거야. 외출증을 끊어 너를 만나려고 저런 짓을 저지른 거지. 그런데 세이코 알아둘 게 있다. 네가 돈을 벌려고 거래하는 저 사진들은 말이야. 세균실험을 하다 결국 죽임을 당하는 마루타들 사진이란 걸 명심해라. 조선인, 중국인, 러시아인, 몽골인들이 자기 모습을 숨기고 저항하는 사진인 거야. 웃고 있고, 남녀가 한 몸처럼 붙들고 있어도 철저히 일본군에 의해 강요된 몸짓이란 걸 명심해. 세이코, 너의 진짜 속마음을 나는 모르겠다. 나체사진이 필요하니? 내가 살아온다면 무더기로 만들어 가져올 수도 있어."

세이코는 어쩌면 사진뿐만 아니라 더한 사업을 하고 있는지도 몰랐다. 세이코는 충분히 그럴만한 사람이라고 생각했다. 이시이 시로한테 시달려온 세월, 사내들로부터 짓밟힌 시간, 그녀에게는 아마도 치욕적이었을 것이다. 세이코가 도고부대의 정체를 몰랐다고 하더라도 포로라는 명목으로 인신매매 같은 짓을 이곳에서 가장하고 있는지도 모른다는 생각이 들었다. 몸을 팔고 인신매매를 하고 춘화 장사를 한다. 그렇게 돈을 벌어서 조선독립군을 돕는다니 시노즈카로서는 얼른 이해가 가지 않았다.

"시노즈카, 나한테 실망했을 거야. 난 네가 상상하는 것보다 훨씬 더러운 몸이야. 네 인생을 나 때문에 망쳐서는 안 돼! 나는 미래가 없는 몸이야. 시노즈카, 네 인생을 충실히 살도록 해. 네가 어디에서 무엇을 하든 우리의 우정은 변하지 않을 거야. 내가 말했지? 나는 이렇게 살아갈 수밖에 없는 운명인 거야. 그러니까 나한테 미련 같은 것은 버려라. 나는 오직 자신과의 약속을 지키려고 애를 쓰고 있는 중이야. 지금까지 내가 너한테 말한 것, 너한테 보여준 모습, 모두 진실이야. 꾸민 것은 하나도 없어. 나는 정말 이시이 시로한테 복수하는 것이 내 삶의 전부야. 오늘은 손님이 기다리니까 거류지까지 바래다주지 못해. 반드시 살아남아야 해. 포로들 탈출시키고, 목숨 걸고 극비정보 전해준 거 고마워."

세이코는 이렇게 말하며 돌아섰다. 비틀거리듯 걸어가는 그녀의 뒷모습을 시노즈카는 쓸쓸하게 바라보았다.

시노즈카는 골목을 걸어 나와 인력거를 타고 일본인 거류지에 도착했다. 그는 자신의 죄를 알기 때문에 죽음이 찾아와도 하나도 두렵지 않다고 생각했다. 그는 일본인 거류지 헌병대에서 오오다 중사를 만나지 못했다.

"시노즈카 군, 지금 어디에 다녀오나?"

시노즈카는 아무런 대답을 하지 못했다.

"임마, 너를 체포하라는 수배가 떨어졌어."

헌병들의 위압적인 말에도 그는 놀라지 않았다. 이미 예상하고 있었던 일이었다.

"하얼빈역으로 가서 기차를 타고 귀대하겠습니다."

"짜식, 세상이 다 네 맘대로 되는 줄 알아? 어서 오라를 받아라."

헌병이 두꺼운 국방색 포승줄로 그의 몸을 묶었다. 그를 태운 짚 차가 731 도고부대를 향해 쏜살같이 달리기 시작했다. 도고부대의 정문에 짚 차가 도착하자 부대 내의 헌병들이 시노즈카를 기다리고 있기라도 하듯 인계받아 고문실로 데리고 들어갔다. 도고부대는 대대 병력이 빠져나간 탓인지 다른 때보다 조용했고, 다나까 대위의 모습도 보이지 않았다.

6. 대위의 여자

1

이시이 부대가 대대적인 페스트균 작전을 펼치면서 북간도 앵목과 동녕 지역의 여러 마을에 페스트 환자가 발생했다. 역병이 돌자 주민들은 집에서 뛰쳐나왔다. 우물물을 마시지 말라는 지시를 받고 먼 지역에서 물을 공수받았다. 미처 물을 마신 사람들도 나타났다. 물을 마신 사람들은 하나둘씩 쓰러졌다. 미쳐서 날뛴 이들도 있었다. 마을 사람들에게 다양한 질환이 발생했다. 중국 당국은 이런 현상에 대해 영문을 몰랐다. 마침내 학교는 휴교령이 내려졌고, 학생들은 학교에 가고 싶은 마음이 간절해도 등교하지 못했다. 중국 당국에서 방역복을 입고 나온 사람들이 구석구석 약을 뿌렸다. 페스트로 가족이 몰살당한 집은 완전히 불태워졌다. 이런 집이 셀 수 없이 많았다.

페스트균으로 죽은 사람들은 관에 들어가지도 못하고 땅속에 묻혔다. 강에 버려진 시체도 생각보다 많았다. 온 가족이 몰살당해 땅속에 묻히거나 강에 수장된 경우도 많았다. 강 건너 땅속에 묻힌 사람은 그래도 다행이었다. 강물 위에서 죽어가는 사람도 아주 많았다. 병에 걸려 강에 버려져서 다시는 뭍을 밟지 못했다. 그러나 비록 땅속에 묻혔다고 해도 가족이 묻힌 무덤의 위치조차 기억하지 못하는 경우도 많았다. 일본 병사들은 시체를 들것에 실어다 아무렇게나 구덩이를 파고 묻거나 불에 태워버렸다. 일본 병사들이 총을 겨누면서 집집마다 들이닥쳤다. 살아 있는 주민들이 있으면 망설임 없이 총을 쏘아댔다. 일본 병사들은 실험의 흔적을 지우려고 무던히 애를 쓰고 있었다.

주민들은 고열에 시달리다 죽었다. 마을의 집마다 고열에 시달리는 환자가 발생했다. 당시에는 페스트균에 감염된 사실조차 알지 못했다. 나중에서야 쥐를 잡아서 불에 태웠고, 일본군이 마을마다 쥐를 풀어 페스트균을 옮기게 했다는 사실을 알았다. 일본군 병사들은 페스트에 걸린 사람을 찾아내어 총살했다. 그래서 페스트에 걸린 사실을 알면 몰래 가족을 나룻배에 태워 강물 위에서 숨어 살도록 하였다. 그러다가 죽으면 강물에 수장을 시킨 것이었다.

강물 위에 떠 있는 배는 차츰 사라졌다. 배 위에서 환자가 죽었기 때문이다. 배 위에 관이 놓이면 사람이 죽었다는 뜻이었다. 방역대가 와서 흰 천에 시체를 덮었다. 관이 배 위에서 불에 타는 경우도 있었다. 관에 들어간 가족이 배에 실려 불에 타는 것을 보면 가족으로 보이는 사람들이 서럽게 울었다. 특히 자식이 죽어 관에 실리면 부모들은 펄쩍펄쩍 뛰면서 울다가 정신을 잃는 경우도 있었다.

일본군이 공격을 하고 세균무기를 살포한다는 정보를 입수하여 사전에 충분히 대비한 사람들은 화를 면할 수가 있었다. 촌민위원회에서 만반의 대책을 세워 대비하였지만 마을을 떠나지 못한 다수의 주민이 목숨을 잃었다. 중국의 국민당 정부에서도 사망자를 소독한 후 매장을 하거나 불에 태워 없애 버렸다. 가족이란 이름으로 장례에 전혀 관여할 수가 없었다. 땅에 묻힌 사람의 경우 가족이 매장에 필요한 경비를 부담해야만 했다.

일본군은 마을에서 도망친 주민을 뒤쫓아가 총으로 쏘아죽였고, 고도로 훈련된 헌병들이 대거 합류하였는데 그들은 대나무숲이나 사당祠堂 같은 데까지 샅샅이 살폈다. 젊은 여자들도 일본군에 잡히면 집단으로 강간 후 총살을 하는 등 살아남지 못했다. 강간을 당한 이후 총살당한 여자도 있었다. 일본군 중에서도 몸의 상태가 좋지 않은 군인들도 몸이 가려운 탓인지 바짓가랑이 속으로 손을 넣어 박박 긁어댔다. 모기에 물린 듯 병사들의 몸에 좁쌀만 한 빨간 반점이 돋았다. 처음에는 좁쌀만 한 반점이 시간이 흐를수록 구멍으로 변해갔다. 커진 구멍에서 물과 고름이 나왔고, 역겨운 냄새가 흘러나왔다.

사람들은 피부에 구멍이 생기면 헝겊이나 종이로 틀어막았다. 이렇게 피부병을 앓은 사람들은 거의 일주일 만에 죽어 나갔다.

이시이 부대는 주민들을 대상으로 무자비한 세균실험을 했다. 세균실험 중에도 일본군 병사들은 노인이나 젊은이나 치마를 입은 여자라면 닥치는 대로 강간을 일삼았다. 강간을 당한 여자는 보통 열 명 이상의 군인을 상대해야 하였다. 이시이를 비롯하여 관동군 병사들까지 모두 정상이 아니었고, 마치 미친 사람처럼 행동했다. 페스트에 걸린 여자를 강간한 성급한 병사들은 똑같이 페스트에 걸린 경우가 많았다. 페스트에 전염되어 죽을 줄 알면서도 강간을 저지르는 병사들도 있었다. 가족 중에 페스트에 걸려 죽은 사실이 알려지면 일본군들은 집에 찾아가 불태웠다. 가족 중 한 명이라도 페스트균에 감염되었다면 무조건 마을을 떠나 숨어 지내야만 살 수 있었다.

촌민위원회에서 소독을 마치면 소독이 완료된 집의 대문이나 담벼락에 X자가 적힌 큼직한 종이를 붙였다. 약혼자 중에 한 사람이 페스트균에 감염되면 다른 약혼자를 찾아가 총살을 하였는데 약혼자가 페스트균에 감염되었다는 소식을 들으면 살기 위해 도망을 쳐야만 했다. 도망친 약혼자는 사찰에 숨은 경우가 많았다. 일본군이 정보를 입수해 찾아와 약혼자를 죽이면 국민당이 나와서 하얀 천으로 시신을 감싼 후 절간 뒤에 묻어주었다. 일본군의 야만적인 행동을 보고 나이 어린 소년들이 국민당에 입당하기도 하였다. 중국군은 나중에 인민해방군이라 불렸는데 중일 전쟁 시에는 팔로군, 신사군으로 나뉘어 중국의 수도권 중심부에 주둔하고 있어서 이런 변방부에는 중국 병사들의 힘이 미치지 못했다. 일본군이 맘껏 세균실험도 하고 마을을 초토화할 수 있는 환경이었다.

이시이의 대원들은 두 패로 나뉘어 세균실험에 참여했다. 이시이 대장은 서간도의 장백현을 대상으로 두 개의 중대 병력으로 세균무기 실험을 하였다.

페스트와 장티푸스, 콜레라, 적리 등의 실험을 하였다. 북간도의 앵목과 동녕 역시 엔도 사부로 장군의 지휘 아래 이러한 실험을 실시했다. 특히 엔도 사부로가 지휘한 중대는 난각병을 일으킨다는 탄저균 실험까지 실시하였는데, 탄저균에 감염된 주민들은 아주 오랫동안 앓다가 죽는 경우가 많았다. 탄저균에 오염된 땅은 100년이 흘러도 쉽사리 원상복구 되지 않는다는 것이었다.

중국 국민당은 처음에는 이런 원인을 알지 못했다. 나중에서야 일본군이 세균실험을 했다는 사실을 알았다. 국민당은 일본군이 페스트로 죽은 마을 주민의 시체를 싣고 가서 은밀히 해부했다는 소문을 듣고 나서야 일본군의 잔학성을 알게 되었다. 가슴 아픈 것은 마을의 행정책임자가 일본군에 협력했다는 사실이다. 그러한 반역자들이 있었기 때문에 일본군은 말썽 없이 죽은 사람을 데려다 해부를 할 수 있었으며 가옥을 불태울 수가 있었다.

"아버지 시신에 창자가 보이지 않아요."

"차라리 네 아버지 시신을 보지 않은 것만 못하게 되었구나."

"짐승이 내장을 모조리 빼먹었을까요?"

"아니다. 머리 검은 짐승이 벌인 짓이라는구나."

"머리 검은 짐승이요? 악마같은 일본놈들이 아버지 시신 내장까지 도둑질했단 말이지요?"

피해를 본 마을의 가족들은 가족의 시신 앞에서 하염없이 울었다고 했다. 즉, 죽음을 무릅쓰고 가족을 보러 갔던 사람들은 내장이 모두 사라진 시신만 허무하게 살펴보고 돌아왔다는 것이었다.

이시이 부대는 페스트에 감염된 주민들을 은밀히 데려와서 치료실험도 시도했다. 환자들은 감기에 걸린 듯 오한이 들었다. 밤에도 열이 계속해서 났고, 그러면 일본군들은 물을 마시게 해서 열을 떨어뜨렸다. 주민들 사이에서 술을 사서 후추를 섞어 마시면 낫는다는 소문이 돌았다. 확신은 들지 않았지만, 주민들은 앞다투어 후추를 섞은 술을 마셨다. 그래서 집집이 술에 취해 비틀거리는 환자들로 넘쳐났다. 이런 마을은 아비규환이나 다름이 없었다.

위생소로 끌려가서 약을 처방받은 주민들은 운이 좋은 사람들이었다. 약을 먹자 말갛게 침이 흘러나왔고, 목의 피질 부분에 생겼던 단단한 덩어리가 사라지면서 병의 증상이 호전되었다. 그러나 대부분은 얼마 지나지 않아 다시 상태가 나빠졌으며, 목숨을 잃는 경우도 많았다. 이시이의 부대에서는 시체를 가져다가 해부를 하거나 화장을 했고, 중국 국민당에서는 방역대를 보내 방역에 매진했다. 중국 땅에서 일본의 관동군과 중국의 국민당이 서로 다른 목적으로 분주했던 것이었다.

죽은 쥐가 동네의 곳곳에서 발견되기 시작했다. 중국인이 포섭되어 정체 모를 어떤 물건을 떨어뜨렸다는 소문이 돌았다. 골목길을 향해 무언가를 던지고 도망치는 것을 목격한 사람들도 있었다. 일본을 도왔다는 중국인은 체포되어 일본군에 의해 살해당했다고 하였는데 입막음을 위한 행위였다. 마을 주변을 지나가는 기차는 역에서 멈추지 않고 지나쳤다. 마을의 주변과 역 주변 및 도로에는 석회가루가 뿌옇게 뿌려졌다.

일본 병사는 사복을 입고 위장하여 나타났다. 중국인 반역자들을 통해 마을의 정보를 거의 알고 있었기 때문에 낯선 사람이 나타나면 간첩으로 판단했다. 그래서 낯선 사람을 만나면 일단 포획한 이후 벨트로 묶어놓고 칼로 심장을 찔러 죽였다. 일본군들은 여자의 경우에 나이가 열둘이나 열세 살밖에 먹지 않았는데도 체포했다. 고문을 당하다가 거짓으로 자백하면 일본군이 악랄하게 칼로 찔러서 죽였다. 반역자들은 젊은 사람이나 늙은 사람이나 불문하고 악랄하게 죽였다. 그들은 주민 가운데 배신자로 지목되면 칼로 찌르는 연습을 하면서 아주 흉측하게 죽였다.

어느 날, 일본군이 주민들에 의해 살해당하는 사건이 있었다. 일본군은 이

사건 이후 반경 5km에 있는 마을을 불태웠다. 그리고 약탈을 일삼은 일본군들은 정체를 숨기려고 사복을 입고 움직이고 있었다. 조선족 마을이나 중국인 마을에서 키우고 있던 오리와 닭, 돼지 등의 가축은 일본군들에 의해 모조리 약탈당했다.

중국인 여자들 가운데 전족纏足:중국의 예 풍습을 차고 있어서 피해를 본 경우도 있었다. 또한, 소아마비를 앓던 손녀가 일본군에게 강간을 당할 때 할머니가 우산을 펼쳐서 손녀의 수치羞恥:창피하고 부끄럽다를 가려주었다는 소문도 돌았다. 따라서 일본인에 대한 중국인의 반감이 치솟을 대로 치솟았던 것이다. 일본군의 횡포를 견디지 못한 중국인들이 국민당에 입당한 이후 군관학교에 들어가서 장교가 되기도 하였다.

장백현 마을에서 이시이 대장은 미모가 빼어난 여자들을 위안부란 이름으로 체포했다. 작전을 펼치면서 장소를 이동할 때마다 수십 명의 위안부를 데리고 다녔다. 이시이 대장은 자신의 전용 위안부를 데리고 다니면서 따분함을 달랬다. 또한, 이시이가 버린 위안부를 헌병 대장이 데리고 다녔다. 헌병 대장은 젊은 여자가 마음에 들었는지 일본에 같이 가자고 제의했으나 여자는 거절했고, 헌병 대장은 여자를 총살해버렸다.

장백현 주민들을 통째로 없애려고 했던 이시이 시로 대장은 이러한 정보를 미리 입수한 조선독립군 때문에 목표를 이루지 못했다. 마을 주민들은 조선독립군이 시키는 대로 냄비 하나, 쌀 5kg, 이불 1채씩을 준비하여 마을 뒷산에 숨어서 화를 면할 수가 있었는데, 이시이 대장은 세균무기를 통해 뜻처럼 주민들을 대량으로 살상할 수 없다는 사실을 알고 한숨만 흘릴 뿐이었다.

2

이시이 대장의 표정이 몹시 굳어 있었다. 탈출자 제거를 위한 세균무기 실험을 통해서 만족할만한 성과를 달성하지 못했기 때문이다. 완전제거를 목표로 했지만, 막상 실전에 적용해 보니 많은 허점이 드러났다. 게다가 아군의 피해까지 상당수 발생하고 보니 세균무기를 믿고 큰소리쳤던 자신이 수치스럽게 느껴졌다.

"왜 이렇게 우리의 목표에서 빗나갔다고 생각하오?"

이시이는 불만스러운 얼굴로 관계자들을 향해 물었다. 페스트균에 단 한 명도 살아남지 않고 치명상을 당할 것이라 기대했다. 많은 수의 사망자가 발생하였지만, 이시이의 눈에는 하나도 성이 차지 않았다.

"다치오마루 반장 왜 아무런 말이 없소?"

"이시이 대장님, 이번 작전은 사전에 정보가 유출된 것으로 보입니다."

페스트 전문가인 다치오마루 기사가 말했다. 이시이는 다치오마루의 말이 믿기지 않는 듯 어이없는 표정으로 한동안 쳐다보았다.

"내부에 첩자가 있단 말인가?"

"있어야 할 주민들이 절반 정도밖에 보이지 않았습니다."

"정보 대위도 그렇게 생각하나?"

다나까 대위를 향해 이시이 대장이 물었다. 다나까는 정보담당 장교로서 사전에 비밀작전이 유출되었다면 자신의 책임을 배제할 수가 없으리라고 생각했다.

"면목 없게 되었습니다."

"면목이 없다는 뜻은 정보가 새어나갔다는 것을 인정한다는 말일 텐데 대체 어떤 놈이 대일본제국의 극비전략을 외부에 유출 시켰다는 말인가?"

"아무래도 소년대원이 의심스럽습니다."

다나까 대위가 결국 함구할 수가 없다고 판단한 끝에 조심스럽게 대답했다.

"뭐? 소년 대원? 소년 대원 누구란 말인가?"

"시노즈카 군입니다."

이시이 대장의 입이 놀란 듯 크게 벌어졌다.

"그놈 덕분에 극비작전을 펼쳤는데 이게 말이 되는 소리야? 고문실에서 놈을 꺼내 달라고 내가 얘기하지 않았나? 이런 개자식, 나를 위해 한 번 더 충성을 바칠 기회를 주려고 했는데 끝까지 나를 배신했단 말이지? 그래, 이놈은 지금 어디에 있나?"

이시이 대장은 시노즈카의 배신이란 말에 화가 머리끝까지 치솟았다. 이시이는 시노즈카를 떠올리면 이상하게 사내로서 열등감을 느꼈다. 시노즈카를 떠올리면 늘 세이코를 만족시키지 못한 것에 대한 수치심이 솟아났다.

"지금 부대내 포로 고문실에 있습니다."

"뭐 포로 고문실에?"

이시이가 입술 끝을 말아올리며 비웃음을 쳤다.

"하이! 거류지 헌병대에서 포획하여 데려왔답니다. 제가 극비작전 떠나면서 시노즈카 군이 부대를 이탈해 보이지 않으니 헌병대에서 책임지고 체포하라고 지시했습니다."

"시노즈카 이 자식이 끝내 말썽질이군. 어떻든 포로 고문실에 있다 하니 잘되었어. 이놈의 고문은 당장 내가 맡을 것이니 김빠지게 산송장 만들지 말라고 전해주게."

"알겠습니다."

다나까 대위가 허리를 굽실거렸다. 다나까는 자신에게 불똥이 튀지 않을지 염려하고 있었다. 다나까 대위는 고문실을 향해 회의실 밖으로 나갔다. 이시이 대장이 에시마 반장을 향해 물었다.

"에시마 반장은 이번 작전에 대해 보고할 사항이 없소?"

이시이 대장은 극비작전을 절반의 성공, 절반의 실패로 결론짓고 있었다. 이시이의 마음속에는 현장실험에 대한 열망으로 여전히 불타오르고 있었다.

"실험실에서 확보한 상황을 조금 소홀히 다룬 면이 있습니다."

에시마 적리 담당 군의軍醫가 대답했다.

"실험실 상황? 그게 무엇인가?"

"우리가 하얼빈 핑팡 지역에서 간도 지방으로 이동하는 동안 쥐가 얼마나 죽을지 간과한 것이지요. 벼룩을 증식하는 과정을 실험을 통해 여러 번 확인하였는데 실전에서는 그렇게 하지 못한 것입니다. 쥐를 살려야 하는 기간과 죽여야 하는 기간을 정확히 계산하지 못한 것이 치명적인 실수가 되었던 것 같습니다."

에시마 반장의 말을 듣고 이시이는 속으로 고개를 끄덕거렸다.

"음~ 내 생각에도 그런 것 같군."

"게다가 빨간 전구의 원리를 무시한 것이 치명적이었습니다. 벼룩은 습성대로 어두운 곳으로 튀어 오릅니다. 실험실에서 빨간 전구를 켜면 벼룩은 모두 욕조浴槽의 암실을 향해 이동하였지요."

이시이 대장의 표정이 밝지 않았기 때문에 회의실에 모인 고등관과 고위 장교들은 몹시 긴장하고 있었다. 에시마 반장이 계속 설명하고 있었다.

"우리는 대낮에 페스트균을 살포하여 효율을 최고조로 끌어올리지 못하였고, 밤에는 플래시 불빛을 집안에서 산란하게 함으로써 벼룩이 집 밖으로 튀었습니다. 이런 것들이 페스트균을 주민들에게 옮기지 못한 치명적인 원인이 되었던 것이지요."

"아주 좋은 생각이군. 실험이란 그래서 자주 반복하는 것이 아니겠소? 우리에게는 발전적인 실전용 실험을 위한 막강한 책무가 따른다는 점을 모두 망각해선 안 될 것이오. 이번 실전에서 어렵게 선발된 소년 대원들이 감염되어 몇 명 죽었는데 여름이 닥치기 전에 이번 작전에 참여했던 병사들을 철저히 검사하시오."

이시이 시로의 머릿속에는 다음 실험에 대한 계획들이 마치 찬란한 빛처럼 떠오르고 있었다. 비록 원하는 정도의 살상殺傷은 하지 못했어도 가능성을 기대할 수 있게 만드는 실전이었던 것 또한 사실이었다.

"알겠습니다. 균 검사를 하도록 이미 지시를 하였고, 병사들의 변 검사를 진행하고 있습니다. 셀로판으로 덮여있는 변을 넓게 펴는 작업을 지금 소년 대원들을 시켜 열심히 진행하고 있습니다."

"좋소. 몇 주 이내에 우리는 또 다른 사명을 안고 광활한 중국 땅을 호령하게 될 것이오. 다들 맡은 바 임무에 따른 준비를 철저히 하도록 하시오. 이번 작전의 결과와 실전에서의 문제점이나 방안들을 각 연구 반별로 서면書面 제출하도록 하시오. 그리고 부관副官은 지금 당장 이카리 쓰네시게碇常重 소좌를 불러오도록 하게."

"하이!"

이시이 대장의 부관과 각 연구반 반장들 그리고 장교들이 한꺼번에 회의장에서 빠져나갔다. 이시이 시로는 뻣뻣한 목을 뒤로 젖히면서 다음 실험에 대한 구체적인 계획을 떠올리고 있었다. 이카리碇班 반장을 부른 것은 정신대挺身隊를 전쟁에 활용하여 효율성을 높이고 세균을 무기로 삼아 많은 사람을 죽일 수 있다는 사실을 입증해야 하는 사명감 때문이었다.

"이시이 대장님, 부르셨습니까?"

"어서 오시오, 이카리 소좌."

이시이 시로는 몸소 차茶를 끓여 이카리 쓰네시게 소좌 앞에 내밀었다.

"고맙습니다. 근데 저에게 무슨 지시할 일이라도 있는지요?"

"이카리 반장의 도움이 필요하오."

"저의 도움이 필요하다면 정신대를 동원해달라는 말씀이십니까?"

이카리 소좌는 정신대 대장을 맡고 있었다.

"그렇소. 아주 극비사항이라 정신대 대원들도 자세한 내용은 몰라야 하오."

"혹시 무슨 작전인지 내게만 살짝 말씀해 주실 수 있겠습니까?"

"은밀히 상자를 운반해야 하겠소."

세균 상자를 운반할 노동자들이 필요한 것인데 당시에는 노동력이 턱없이 부족했다. 정신대는 대개 여성들로 구성되었으며, 이카리 정신대 대장이 다스리고 있는 조직은 조선여자근로정신대라는 조직이었다.

"혹시 세균을 밀봉한 상자를 말씀하시는 것입니까?"

"그렇소. 이카리 대장이 동원할 수 있는 정신대 대원들이 몇이나 되오?"

이시이는 중국을 공략하기 위한 획기적인 전략을 떠올렸다.

"몇 명이나 필요하신지요?"

"1개 소대는 되어야 할 것이오. 하사관이 인솔하고 소년 대원도 2개 조는 필요할 것으로 생각하오."

"대장님의 지시만 떨어지면 철저히 준비하도록 하겠습니다."

"이번 작전을 성공적으로 마치면 육군본부에 조서를 올려 금치훈장金鵄勳章을 받아내도록 하겠소."

"아이쿠 감사합니다. 세균무기를 운반하는 어려운 일이니 저보다 대원들이 받아야 할 훈장이지요. 저는 그저 종군훈장從軍勳章이면 충분합니다."

"그거야 뭐 어려운 일이겠소? 다만 이번 작전은 세균무기에 대한 나의 치적 역시 심판받는 작전이니 반드시 성공시켜야만 하오."

"하이! 최선을 다해 저도 전공戰功을 세워 제2부를 맡을 수 있는 영광의 치적을 만들어 내겠습니다."

"고맙소, 이카리 쓰네시게 소좌."

이시이 시로는 이카리 소좌의 손을 꽉 움켜잡았다. 탈주한 마루타를 빌미삼아 호기를 가지고 시행했던 만주지역 세균무기 시험에 성공하였다고 보기 어려웠다. 이시이 대장은 머뭇거릴 시간이 없었다. 일본이 세계를 제패하는 방법은 세상을 향해 오직 세균무기의 막강한 힘을 보여주는 것이었고, 이를 위해 정확한 작전이 필요했다.

이시이는 회의실에서 마지막으로 나와 고문실로 향했다. 특설감옥의 고문실은 마루타를 고문하기 위한 방이었다. 그런데 마루타가 아닌 소년 대원 시노즈카를 고문하게 되다니 세상의 일이란 한 치 앞도 내다볼 수 없다는 사실에 이시이는 적이 놀라고 있었다. 시노즈카는 몸을 결박당한 채 고문실 의자에 속옷 차림으로 앉아 있었다. 이시이는 시노즈카를 바라본 순간 저도 모르게 비웃음 소리가 흘러나왔다.

"하하하 쥐새끼 같은 자식. 나한테 충성할 기회를 주었더니 뭐 날 배신을 했어?"

"너무 몰아세우지 마십시오."

시노즈카가 반항하는 투로 말했다. 고문을 받은 탓인지 몸이 축 늘어져 있었다. 하지만 시선은 강렬하게 이시이를 내쏘고 있었다. 결박된 몸을 비꼬듯 내려다보면서 이시이는 벗은 세이코의 몸을 떠올렸다. 세이코의 몸은 너무 뜨거웠던지 이시이는 맥을 추지 못하고 올라가자마자 바닥으로 굴러떨어지곤 하였다. 이시이는 세이코의 음모를 뽑듯 시노즈카의 음모를 한 가닥 잡아챘다. 시노즈카의 입에서 악, 하는 소리가 뱉어졌다.

"네놈은 대일본제국의 반역자란 말이다."

"어서 죽여주십시오."

시노즈카가 날카롭게 목청을 세웠다.

"어쭈 아주 제법이로구나. 너란 놈은 총알도 아깝지~"

이시이는 시노즈카의 빰을 한번 세게 올려쳤다. 고문실의 백열등이 흔들렸다. 불빛이 어지럽게 흩어지고 시노즈카가 몸을 떨었다. 이시이는 하사를 시켜 시노즈카의 속옷을 벗기도록 지시했다. 속옷이 벗겨지지 않자 이시이가 가위를 가져와서 속옷을 베어냈다. 속옷이 달아난 시노즈카의 몸은 우람해 보였다. 6척 장신인 이시이에 비해 전혀 작지 않았다. 이시이는 습관처럼 손끝으로 시노즈카의 성기性器를 건드렸다.

"야 미친놈아!"

"이 자식이 아직 된맛을 보지 못한 모양이군."

이시이는 시노즈카의 겨드랑이를 들어 올려 털을 몇 가닥 우지끈 잡아 뜯었다. 시노즈카의 입에서 신음소리가 흘러나왔다.

"세이코를 만나고 왔나?"

"아니오!"

이시이의 물음에 시노즈카는 고개를 저으며 대답했다. 세이코에게 어떤 위험이 닥쳐서는 안 된다고 생각했기 때문이다.

"임마, 속이려고 들지 마. 세이코는 나한테 아주 재수가 없는 년이지. 내가 데리고 잔 계집 중에서 아마 밑구멍이 가장 뜨겁고 헐렁할 거야. 밑구멍이 뜨거운 계집은 옛날부터 사내들이 상종할 여자가 못 된다고 하였지. 밑구멍이 뜨거우니 내가 아무리 난봉꾼이라 해도 버텨낼 수가 없어 암, 그렇고 말고~ 뜨거운데 어떻게 1분을 버티겠냐? 집어넣는 순간 뜨거운 기운에 그만 맥없이 빠져버린 거지. 내가 세이코를 버린 것은 다 그년 탓이지 내 탓이 아니란 말이야 하하하~"

이시이는 마치 술에 취한 사람처럼 주절거렸다.

"이시이 시로, 당신은 정신병자야. 어서 나를 죽여라."

시노즈카가 몸부림을 치며 소리쳤다. 시노즈카는 이제 죽음까지 각오하고 있었다.

"얘기했잖아. 네놈은 총알이 아깝다고~"

이시이는 하사에게 턱짓으로 시노즈카를 교수대 쪽으로 데리고 가라고 지시했다. 하사가 시노즈카의 몸을 부축했고, 이시이가 흔들거리는 천정의 오라굵은 밧줄를 향하자 하사가 시노즈카를 데려다 목에 오라를 걸었다.

"죽여줄까?"

"어서 죽여달라!"

시노즈카는 눈을 부릅뜬 채 소리쳤다. 그는 사실 두려웠다. 이렇게 허무하게 죽음을 마주할 수는 없는 일이었다.

"하사, 밧줄을 당겨라!"

하사가 힘껏 밧줄을 잡아당기자 시노즈카의 몸집이 반사 동작처럼 붕 떠올랐다. 시노즈카는 숨통이 막혔다. 숨을 쉬지 못하는 순간이 길어질수록 목의 동맥이 부풀어 올랐다. 이시이는 이런 모습을 보며 씩 웃었다. 시노즈카는 몸부림을 쳤다. 알몸인 까닭에 성기性器가 덜렁거렸다. 이시이가 하사를 향해 신호를 주자 시노즈카의 몸이 천천히 바닥으로 내려왔다. 발이 바닥에 닿자 시노즈카는 헐떡거리며 숨을 몰아쉬었다. 그는 지금 죽고 싶지 않았으며, 악착같이 살고 싶었다. 이시이 시로가 바닥에 쓰러져 있는 시노즈카에게 걸어왔다. 이시이의 구두굽이 시노즈카의 허벅지를 밟았다.

"아직도 죽고 싶냐?"

"살려주십시오."

시노즈카는 자신도 모르게 이렇게 소리쳤다.

"하하하~ 이제야 네놈 본성이 흔들리는구나. 진즉 그렇게 나왔어야지~"

"무엇이든 시켜만 주십시오."

죽여달라고 말하던 용기가 믿기지 않을 정도로 그는 읍소泣訴하고 있었다. 이시이의 화를 돋우면 정말 끔찍한 일이 일어날 수도 있음을 충분히 알고 있기 때문이었다.

"그래? 날 또 배신하려고?"

시노즈카는 고개를 저었다. 이시이의 강렬한 눈빛이 시노즈카의 눈빛을 밀어냈다. 이시이가 시노즈카의 머리카락 한 올을 잡더니 낚아챘다. 예리한 통증이 배꼽 밑까지 느껴지고 있었다.

"세이코는 지금 어디에 있니?"

"모르오."

뜻밖에 세이코의 거처를 물어오는 이시이의 물음에 시노즈카는 고개를 저었다. 세이코에게 어떤 위험이 닥치게 할 수는 없는 노릇이었다. 이시이를 죽이기 전에 세이코가 먼저 죽어서는 안 될 일이었다.

"너 다나까 대위하고 은밀히 프자덴 거리에 나갔냐?"

"아, 아닙니다."

시노즈카는 머리를 저었다. 다나까 대위와 거래를 했다는 것을 알고 있는지도 모른다는 생각이 들었다. 하지만 다나까 대위와 프자덴 거리에 나간 것은 정말 아니었다.

"너 기생집에 드나드니?"

"아, 아닙니다."

이시이가 머리를 한 움큼 움켜잡았다.

"니나 반나 사진이 하얼빈 뒷골목에 돌아다닌다는데 네놈 짓이냐?"

"정말 아닙니다."

시노즈카는 깜짝 놀랐다. 니나 반나 사진이 돌아다닌다는 사실을 어떻게 알았을까. 다나까 대위가 찍은 니나 반나의 알몸사진이 돌아다닌다는 것을 그는 모르지 않았다. 하지만 이시이 시로가 이런 사실을 알고 있다는 데는 좀 의외였던 것이었다. 모든 상황이 혼란스러웠는데 누구를 믿고 누구를 의심해야 하는지 가닥이 잡히지 않았다.

"이봐, 하사. 이놈 목을 조여라!"

"하이!"

이시이의 지시에 하사가 다시 밧줄을 잡아당겼다. 육중한 시노즈카의 몸이 다시 공중으로 솟구쳤다. 시노즈카는 숨이 턱 막혔다. 숨이 막히는 것이야말로 가장 커다란 고통이었다. 목의 힘줄이 굵어지는 것을 보고 이시이는 속으로 비웃음을 쳤다. 이시이는 이상하게 세이코를 생각하면 화가 치밀어 올랐고, 시노즈카에 대한 증오심으로 불탔다. 시노즈카가 숨이 꼴딱 넘어갈 듯한 순간에 밧줄이 느슨해졌다. 그리고 시노즈카는 아까처럼 다시 헐떡거렸다.

"제, 제발 사, 살려주십시오."

"살려달라고? 맨입으로 되겠냐?"

이시이는 마치 장난을 치듯 툭, 툭 말을 던졌다.

"뭐든 물어 보십시오. 아니 뭐든 시키십시오."

시노즈카는 계속 헐떡거리면서 말했다.

"네가 이제 똥줄이 타는 모양이구나. 그래, 솔직히 사내답게 얘기하자. 너, 세이코하고 붙어먹었지?"

"죄송합니다. 딱 한 번~"

"오호 그래. 너는 이제 나하고 남이 아니구나. 밑구멍을 같이 쑤셨으니 찐

한 인연이네. 그래 세이코 데리고 노는 맛은 좋았냐?"

"아, 아닙니다."

이렇게 말하면서도 시노즈카는 어떻게 하면 이시이의 기분이 좋아질 수 있을지 빠르게 머리를 굴렸다.

"그년은 밑구멍이 너무 뜨겁고 헐렁해서 탈이야. 하긴 네놈은 보니까 물건이 큼지막해서 괜찮았겠는걸? 세이코가 엉덩이는 잘 흔들어 주더냐?"

"아, 아닙니다."

시노즈카의 말은 이제 철저히 계산된 마음에서 흘러나왔다.

"프자덴 뒷골목에 가면 중국놈으로 위장하려고 검정 두루마기 입은 조선놈들이 많이 돌아다닌다는데 너 혹시 그놈들이 어떤 일을 하는지 들어보았느냐?"

검정 두루마기라는 말에 시노즈카의 속이 뜨끔했다. 그가 기생집 조로야에서 만난 사람들이 검정 두루마기를 입은 조선독립군들이었기 때문이다.

"그런 얘기 듣지 못했습니다."

"네가 여러 번 외출증을 받아서 나간 것으로 아는데~ 나갈 때마다 세이코 이년을 만났을 거 아니냐? 근데 고작 한 번밖에 못 했어?"

이시이는 아주 집요하게 세이코와의 잠자리 문제에 대해 물고 늘어졌다.

"기생이라 싫었습니다. 경험도 없지만 너무나 떨렸고, 그러다 보니 아무런 느낌도 없었습니다. 힘도 쓰지 못하고 끝나버려서 자존심도 상했습니다."

시노즈카는 이번에는 자신의 마음을 속여 말했다. 어떻게든지 이시이의 기분을 좋게 하려는 마음이 앞섰다.

"하하하~ 이제야 이야기가 좀 통하는군. 그렇지? 세이코는 느낌도 없지? 우리 잘못이 아니라 세이코 이년이 잘못된 거지?"

"세이코는 문제가 있는 여잡니다. 대장님의 생각이 옳습니다."

시노즈카는 세이코에 대한 이시이의 열등감이 존재하고 있음을 깨달았다.

"기분이 한결 나아지는군. 그럼, 세이코가 어디에 있는지 말해봐."

"그건 정말 모릅니다."

목에 칼이 들어와도 세이코의 행방에 대해 이시이 시로에게 말하고 싶지 않았다.

"뭐든 물어보고 뭐든 시키라고 했잖아?"

"하지만 모르는 건 모르는 것이 아닙니까?"

시노즈카는 이시이의 강렬한 눈빛을 맞받지 못하고 시선을 피했다.

"그래? 그럼 우리 부대의 작전을 누가 외부에 발설했는지 아는가?"

"저는 모르는 일입니다."

그는 부정해야 하는 대답은 단호히 부정했다.

"그렇다면 좋다. 지금까지 너의 말을 사내로서 믿어주겠다. 대신 사내로서 너한테 부탁 하나 하겠다."

"하십시오."

시노즈카가 용기 있는 목소리로 대답했다.

"중요한 물건을 좀 옮겨줘야 하겠다."

"어떤 물건입니까? 이 또한 작전입니까?"

이시이가 그에게 물건을 옮겨달라는 부탁은 매우 뜻밖이었다.

"너는 거기까진 알 거 없고 옮겨주는 임무만 해주면 된다."

"좋습니다. 어디로 옮기는 일입니까?"

그는 사람을 죽이는 일이 아니라면 크게 문제 될 게 없다고 생각했다.

"장군묘라고 들어 보았는가?"

"들어보았습니다. 노몬한만주와 몽골 국경인 노몬한에서 소련과 일본의 국경분쟁이 있었고, 이후 일본군이 대패하여 국경선은 소련의 주장대로 확정되었다전방기지 아닙니까?"

지명을 듣는 순간 일본이 노리는 노몬한 지방이 떠올랐다. 노몬한 지역에서 소련과 갈등을 빚어 크게 문제가 되었던 일본이었다. 그 지역을 손에 넣을 수 있다면 소련 진출의 교두보를 마련하는 것이다.

"아주 제대로 알고 있군."

"명령만 주십시오."

이시이의 얼굴에는 세균무기의 야망으로 가득한 모습이었다.

"고맙군. 이것으로 나는 자네가 지난날에 어떤 죄를 지었든 그 죄를 묻지 않겠네."

"그렇다면 아주 위험한 작전이겠군요?"

"대일본제국을 위해 애국하는 길이지. 그럼, 자네는 돌아가서 명령에 따라 움직이면 되네. 이봐, 하사! 이 친구 옷을 입히고 정중히 모시게. 부대 내 일본인 전문병원에 데려가 상처를 치료해주도록 하게."

"하이!"

시노즈카는 부대 내에 있는 일본인 전문병원에서 수액을 맞고 상처를 치료했다. 몸이 가뿐히 나았고, 그는 이튿날부터 이시이 대장의 작전에 따라서 움직이게 되었다. 이시이 대장은 시노즈카를 마치 로봇처럼 움직이려는 모양이었다. 이시이의 지시가 떨어지면 시노즈카는 로봇처럼 그 지시에 따랐다.

이시이 대장의 마음을 시노즈카는 완전히 읽을 수가 없었다. 하지만 이시이가 시노즈카를 악마적 인간으로 만들려고 하는지도 모를 일이었다. 시노즈카는 이시이의 지시에 따라 하루를 분주히 움직이고 있었다. 이시이 대장은 어쩌면 처음서부터 시노즈카를 향한 맞춤형 작전을 계획했던 것인지 모른다. 시노즈카는 이시이의 지시가 처음에는 거부감이 느껴졌지만 몇 번 시도하다 보니 몸에 맞춘 의복처럼 익숙하게 느껴졌다.

3

시노즈카는 이시노란 병리학 강사의 실험실에서 자신의 내면에 숨어 있는 악마의 기질을 끌어내는 데 성공했다. 이시노 강사는 간肝 절제에 있어서 타의 추종을 불허할 정도로 전문가였고, 이시이 대장의 신임마저 얻고 있는 모양이었다. 만주지방에 와서 이시노는 인간의 생명과 간에 관한 연구를 원 없이 하고 있었다.

"시노즈카라고 했나?"

"그렇습니다. 강사님께서 간 절제의 대가라는 말을 들었습니다."

"존경한다는 말은 듣고 싶지 않다네. 대일본제국의 승리를 위해 우리 국민은 절대적으로 강해져야 한다는 말일세."

실험실 의복을 입은 채로 이시노 강사가 말했다.

"하늘 아래 모든 민족은 평등하다는 신념을 보여줄 존재는 일본밖에 없다는 뜻이지요?"

"자네 아주 사상무장이 제법일세."

이시노는 시노즈카를 다시 한번 예리하게 노려보았다. 이놈의 악마성을 끄집어내도록 훈련하라는 이시이 대장의 지시를 뇌리에 기억하고 있었다.

"이시이 대장으로부터 항상 교훈처럼 들어온 얘기라는 것쯤 강사님도 잘 아실 텐데요?"

"알고 있지. 자, 그럼 이제 시작해 볼까?"

시노즈카는 이시노의 실험실에서 두 눈을 의심했다. 벽면을 밀자 벽에 숨어 있던 문이 열렸다. 문이 열리면서 어두운 공간이 드러났고, 백열등을 켜자 마치 진열장처럼 발가벗은 남녀 마루타 수십 명의 모습이 보였다. 그들은 불이 켜지자 마치 잠에서 깨어나듯 기지개를 켰고, 어떤 마루타는 힘에 겨운지 신음呻吟을 흘리고 있었다. 시노즈카는 등을 떠밀리듯 안쪽으로 들어갔다. 분명 이시노 강사가 그의 등을 떠밀쳤던 것 같았다.

"이시노 강사님, 이런 공간이 숨어 있을 줄은 정말 몰랐습니다."

"이건 극비작전에 속하네. 당연히 자네 같은 졸개들은 들어올 수도 없고 이런 시설이 있다는 것 자체를 알 수가 없지. 밖에서 마루타의 숫자나 헤아리고 죽은 마루타를 목욕시키고 시체를 화장터에 운반해 소각하는 작업과는 차원이 다르다는 말일세."

이시노는 벽에 붙어 있는 비상벨을 눌렀다. 벨소리를 들었는지 얼마 안 돼 군인 두 명과 간호원 두 명이 문을 열고 들어왔다. 군인들은 둘 다 장총을 소지하고 있었고 간호원들은 중국인인지 일본인인지 분간이 가지 않았지만 들어오자마자 익숙한 듯 손발을 바삐 놀렸다.

이시노가 젊어 보이는 중국인 마루타를 한 명 끌어다 수술대 위에 눕혔다. 군인들이 마루타의 손과 발을 묶어 움직이지 못하도록 고정시켰다. 마취 주사 같은 것은 주입하지 않았다. 간호원들은 거즈를 잔뜩 수술대 옆에 쌓아두었다. 젊은 마루타는 자신에게 벌어질 일을 예상하기라도 하듯 몸부림을 쳤다. 시노즈카가 깜짝 놀란 것은 바로 다음 순간이었다. 이시노 강사가 수술용 칼을 시노즈카 앞에 불쑥 들이밀었기 때문이다.

"이게 무엇이오?"

"눈에 보이는 그대로일세."

이시노는 매우 태연한 태도로 말했는데 시노즈카는 황당함에 입이 다물어지지 않았다.

"제 말은 이런 수술용 칼을 왜 내게 들이미느냐고 묻는 것입니다."

"어서 이 칼을 받아들게."

시노즈카는 어쩔 수 없이 칼을 받아들었다. 칼날이 불빛에 반사되어 파랗게 일어서는 느낌이었다.

"사람의 간은 횡격막 바로 아랫쪽에 위치하고 있네. 여기 이렇게 말일세."

이시노는 가는 붓으로 마루타의 횡격막 바로 아래쪽에 선을 그었다. 시노즈카는 인상을 찌푸리면서 표시한 위치를 내려다보고 있었다.

"간은 인간의 몸속에서 가장 큰 장기臟器라고 할 수 있지."

"그렇군요. 간이 나빠지면 얼굴이 노랗게 뜬다는 것을 저도 알고 있지요."

시노즈카가 누워 몸부림치는 마루타를 바라보며 말했다.

"이놈이 바로 그런 놈이지. 자, 이 수술용 장갑을 착용하게."

이시노가 미끌미끌한 수술용 장갑을 시노즈카에게 건넸다. 시노즈카는 이시노의 지시를 피할 수 없다는 것을 알고 수술용 장갑을 받아 착용했다. 시노즈카는 이제 이시노 강사가 자신에게 어떤 지시를 내릴지 예상하고 있었다.

"내가 간을 연구하면서 내린 결론이 무엇인지 아나?"

"무엇입니까?"

이시노가 헤벌쭉 웃으며 간단명료하게 대답했다.

"간은 바보 멍청이 같은 존재라는 점이야."

이시노의 말을 듣고 시노즈카는 순간 키득거리며 웃었다.

"크크크~ 왜 그런 생각을 하셨습니까?"

"나는 지금까지 간을 절제하는 실험을 꾸준히 지속해왔네. 다양한 놈들을 대상으로 약물주입도 하고 세균전염도 시키고 말이야. 지금까지 이런 연구를 하면서 간의 오염된 부분을 절제하는 실험을 아주 많이 병행했다네."

"그런데 왜 바보 멍청이 같다고 하십니까?"

이시노의 깊은 뜻을 시노즈카는 알 수가 없었다. 이시노는 간에 대해 지식이 짧은 사람들과 실험을 통해 터득한 정보에 관해 이렇게 얘기 나누는 시간이 매우 좋았다.

"하하하~ 시노즈카 군도 내 마음을 알 수 있을 거다. 내가 왜 간을 보고 멍청한 존재라고 하는지 말이야. 내가 그려준 선을 따라 그 칼로 이놈 뱃속을 열어젖히게."

"예? 마루타 배를 제가 이 칼로 가르란 말입니까?"

시노즈카는 이제 정말 피할 수 없는 순간이 되었다고 생각하고 있었다.

"아니 지금 두려운가? 이것은 대일본제국의 승리를 위해 우리가 감수해야 하는 과정일세. 몸은 산더미 같은 사람이 그렇게 용기가 없어 어디에 쓰겠나?"

이시노가 이렇게 말을 할 때 수술대 위에 사지四肢가 고정된 채 몸부림치는 중국인 마루타가 무어라 소리치고 있었지만 무슨 말인지 알아들을 수가 없었다. 격한 발음으로 보아 중국인 마루타는 이시노 등을 향해 욕설을 퍼붓고 있는 모양이었다. 이시노는 눈빛으로 시노즈카에게 어서 개복開腹하라고 신호를 주고 있었다. 마루타가 소리를 지르자 흰 캡을 머리에 두른 간호사가 욕설과 함께 버럭 화를 냈다. 시노즈카는 이제야 간호원이 일본인이라는 사실을 알 수 있었다.

시노즈카는 떨리는 손에 힘을 주어 수술용 칼을 마루타의 배에 가져다 댔다. 칼날이 뱃가죽에 닿자 중국인 마루타가 빠가야로! 하며 욕설을 뱉어냈다. 마루타는 잔뜩 겁을 먹은 탓인지 사지를 떨면서 닥치는 대로 욕설을 뱉어내고 있었다.

"제발 살려 주세요!"

마루타가 중국말로 소리쳤다. 시노즈카의 짧은 중국어 실력으로도 마루타의 절규는 느껴지고 있었다. 이시노가 어서 실시하라고 시노즈카를 향해 턱을 까불었다. 시노즈카는 왼손으로 떨리는 손을 잠시 힘을 주어 움켜잡았다.

"워차오!"

제발 살려달라고 외치던 마루타가 이제 글렀다고 생각했던지 중국식의 욕설을 뱉어냈다. 시노즈카는 욕설이라고 느꼈지만 어떤 뜻의 욕설인지 알지 못했다. 사지를 떠는 마루타보다 시노즈카의 손목이 더 떨리고 있었다.

"차오니마!"

마루타의 입술 끝에서 더욱 강렬한 욕설이 빠져나왔다. 간호원이 마루타의 욕설을 듣고 인상을 찌푸리며 주먹으로 마루타의 턱을 강타했다.

"워차오니마!니미 씨부랄"

"이런 개자식!"

이시노가 화를 내며 버럭 소리를 질렀다.

"마루타 주제에 어디서 낳아준 어머니 밑구멍을 팔아먹니? 시노즈카 군, 이제 보니까 자넨 사내구실도 제대로 못하겠네. 저리 비켜라."

이시노 강사가 시노즈카의 손에서 수술용 칼을 뺏어가더니 곧장 망설임 없이 마루타의 살가죽을 갈랐다.

"아악!"

마취도 하지 않고 뱃가죽을 칼로 가르자 마루타는 고함을 쳤다. 붉은 선혈이 흘러나오는데 비릿한 냄새가 먼저 코를 자극했다. 시노즈카는 소름이 돋은 탓에 피가 흘러나오는 뱃가죽에서 시선을 피했다. 간호원이 거즈를 한 움큼 들고서 뱃가죽으로 새어 나오는 피를 닦아냈다. 시간이 흐르면서 새어 나오는 피의 양이 줄어들었다. 이시노는 비릿한 피의 냄새를 맡는 순간 기분이 환상적이었다.

"살려주세요!"

마루타의 목소리는 처음과는 달리 힘이 빠져 있었다. 중국인 마루타는 마치 한 마리 나약한 짐승처럼 사지를 붙들린 채 의식을 빼앗기지 않으려고 발버둥을 치고 있었다. 이시노가 다시 시노즈카의 손에 칼을 건넸다.

"어서 실험에 동참하게."

"하이!"

뿜어 올라오는 피가 거의 멎자 시노즈카는 조금 자신감이 생겼다. 비릿한 피 냄새를 맡으니 이상하게 흥분이 되고 있었다.

"오늘 우리가 살펴볼 내용은 간의 90%를 절제하는 것이네."

"간의 90%를 잘라내는데 마루타가 살아남을까요?"

몸속의 간이 거의 모두 달아나는데도 사람이 죽지 않는다니 놀라울 뿐이었다.

"80%를 절제했는데도 심장이 멈추지 않았네."

"아하, 그래서 바보 멍청이라고 하셨군요? 정말 놀랍네요. 간을 그렇게 많이 절제하는 데도 사람이 죽지 않는다니~"

"그러니까 오늘 실험 결과가 중요하다는 말일세. 오늘 자네의 손끝에서 놀라운 결과가 나타나지 않겠나?"

이시노 강사의 말에 시노즈카는 다시 놀라고 있었다.

"무슨 말씀입니까?"

"우리 실험실에서 아직까지 90%를 절제한 경우는 없었네. 자 이제 자네가 놀라운 기록을 만들어 보게나."

간호원들은 어느새 수혈을 준비하고 있었다. 마루타는 의식이 없는 모양이었지만 심장은 뛰고 있었다. 핏줄을 통해 혈액만 제대로 공급해준다면 마루타의 생명은 계속 유지될 것처럼 보였다. 유출된 혈액이 들어가자 놀랍게도 마루타가 의식을 되찾았다. 의식을 되찾으면서 마루타는 작은 소리로 말했다.

"살려주세요."

"시노즈카 군, 어서 간을 절제하게."

시노즈카는 이시노의 재촉에 마음을 굳혔다. 살려달라는 마루타의 말이 그의 귓가에 꽂혔다. 이시노가 절제할 부분을 표시해주었다. 눈대중으로 보니 정말 간의 대부분을 절제하는 실험이었다. 시노즈카는 숨을 크게 들이쉰 다음 천천히 뱉어냈다. 긴장된 마음을 진정시키는 중이었다. 마음이 진정되는 것을 느끼며 칼로 간을 절제하기 시작했다. 간이 수술칼에 잘리면서 피가 흘러나왔다. 간호원이 집게로 뱃가죽을 활짝 젖혀 시야를 환히 확보했다. 생각보다 마루타의 간은 쉽게 절제되었다.

"강사님, 절제가 끝났습니다."

"용기에 절제한 간을 담게. 심장 상태는 지금 어떤가?"

이시노가 물었는데 그의 목소리는 특유의 호기심을 내포하고 있었다.

"심장이 아직도 뛰고 있어요."

간호원이 놀라운 표정으로 대답했다.

"으흠, 90%를 절제하는데도 심장이 뛰는군."

"환자의 의식은 없습니다. 절제한 간을 다시 봉합할까요?"

"아니야. 그럴 필요 없지. 운이 좋으면 몇 개월 이내에 간이 재생되어 이놈은 살아날 걸세. 심장이 아직 뛰고 있으니 말이야."

그러나 잠시 후 중국인 마루타는 다시 의식을 잃은 모양이었다. 선혈이 낭자한 간이 용기에 담아졌다. 간호원들이 빠른 손놀림으로 뱃가죽을 꿰매기 시작했다. 간은 병사들에 의해 밖으로 버려졌고, 뱃가죽을 꿰맨 마루타는 잠시 의식을 되찾았다. 하지만 끝내 마루타의 심장이 멈추었다. 마루타의 호흡이 끊어지고 심장은 다시 뛰지 않았다.

"이시노 강사님, 마루타가 죽었습니다!"

그러나 이시노는 아무런 감정의 변화가 없었다. 이시노는 다만 인간의 간을 90% 절제 시 반응과 생존시간, 혈액의 유출과 수혈, 환자의 의식의 유무有無, 남은 간의 기능, 복막과 복벽의 상태, 주변 장기의 상태, 개복에서 절제, 봉합의 시간, 담즙 상태, 통증과 의식, 장의 폐색과 마비, 간경화의 정도, 알코올성 간질환의 유무, 간염 및 간농양 등 다양한 항목에 대해 기록하고 있었다.

"병사, 이놈 시체를 치우게."

"하이!"

병사들이 부지런히 몸을 놀렸다.

"이놈은 뭐 하다 잡혀들어온 놈이냐?"

"마약 판매상이랍니다."

이시노의 표정이 밝아졌다. 한 생명이 자신의 손끝에서 죽었지만 양심의 가책 같은 것은 전혀 느끼지 않았다. 시노즈카는 자신의 손으로 마루타를 죽였다는 죄책감에 순간 머리가 혼란스럽게 느껴졌다. 이시이 시로 대장의 지시로 악마가 되어가는 자신의 모습을 모른 채 그는 다음 작전을 위해 이시이의 계략에 빠져들고 있었다.

4

다나까 대위는 밤새 사진을 보며 몸이 달아올랐다. 독신자 숙소에서 혼자 잠들지 못하고 뒤척이는 중이었다. 자정이 지났지만 잠을 이룰 수가 없었다. 니나 반나의 알몸사진을 밤새 탐닉했지만 여자에 대한 갈증은 가시지 않았다. 사진 하나라도 더 팔아서 돈을 벌려고 마음에 드는 사진마저 남기지 않고 프자덴 뒷골목에 내다 팔았다. 그러나 니나 반나의 알몸사진과는 비교할 수 없는 사진을 숨겨놓고 밤마다 꺼내 보는 맛은 일품이었다.

시노즈카와 은밀히 작업했던 남녀의 교접장면을 몰래 보는 순간 몸이 뜨거워졌다. 다나까 대위는 몸이 달아올라 찬물을 두 번씩이나 뿌렸다. 러시아 마루타와 중국인 마루타가 음란한 자세로 결합한 모습은 자신이 마치 행위를 하는듯한 착각에 빠져들도록 했다. 남녀의 음모가 함께 엉켜 숲처럼 짙은 음영을 만들어 냈다. 남녀의 생식기가 불빛에 드러난 모습 역시 선정적이었다.

오오다 중사는 사진값으로 2배나 많은 셈을 치르면서도 더 많은 사진을 인화해 오도록 사정했다. 남녀가 결합한 사진을 인화하는 작업은 쉽지 않았다. 다나까는 사진반 직원을 은밀히 이용해서 알몸사진 등을 현상했다. 용돈처럼 건네지는 몇 푼 안 되는 돈이라도 사진반의 반원들에게는 구미가 당기는 것이었다. 사진반에 비치하고 있는 인화지를 모두 사용할 정도로 이번 남녀 마루타 교접장면은 반응이 좋았다.

"다나까 대위님, 그 사진 100장만 더 부탁합시다."

"오오다 중사, 이거 큰일이군. 사진반에 비치한 인화지가 바닥이 났는데~ 아니 그렇게 많은 사진을 누가 주문한 것인가?"

"거래처가 어디 한 둘입니까? 갈수록 늘어나는 게 이런 뒷골목 사업이란 말입니다. 이번에는 아주 왕서방이란 자가 대량으로 주문을 넣은 모양입니다. 물 들어올 때 고기 잡는다고 이렇게 분위기가 뜨거울 때 재미 봐야지 않겠습니까?"

"오오다 중사 얘기가 맞소. 문제는 인화지인데 사진반 대원들이 매번 이득도 안되는 작업을 땀 흘려가며 하면서 검열이나 나오면 낭패일 거라며 하소연을 한단 말이오. 대원들한테도 뭘 좀 찔러주려면 내게 돌아오는 몫이 1할은 더 필요하다 뭐 이런 말이지요."

"알겠습니다. 다나까 대위님 몫을 더 얹어 드리겠습니다. 대신 이번에 출시한 남녀 섹스 장면 나온 방식으로 조선 년들 밑구멍 사진을 원하는 부자들이 많이 있습니다. 러시아 여자들도 좋은데 쫄깃쫄깃한 조선년들 밑구멍이 적나라하게 찍힌 사진을 찾는 분위기랍니다. 뭐 들리는 소문에는 북경 재벌들 사이에 아주 그냥 이런 야한 사진 쟁탈전이 벌어졌다고 하오. 상해 어딘가에는 뭐 사진을 모방한 춘화 판매점이 해변을 끼고 줄줄이 들어섰다나 어쩠다나~ 흥, 다나까 대위님, 우리도 전쟁통에 청춘 다 바쳤는데 이번 기회에 돈이나 왕창 벌어서 전쟁 끝나고 고국에 돌아가면 구멍가게라도 하나 내서 살아봐야 하지 않겠습니까?"

남녀가 엉겨 교접하고 있는 사진은 그가 봐도 정말 선정적이었다. 숨기고 싶은 부위를 적나라하게 노출 시킨 다음 남녀의 얼굴을 보여주는 전략이 완전히 먹혔다. 그런데 이상한 것은 혼인하지 않은 사람보다 혼인한 사람들이 이런 사진을 은밀히 찾고 있다는 점이다. 부부의 침대 위에서 상대 몰래 이런 사진을 볼 리는 없을 텐데 다나까 대위는 혼인한 사람들의 행동이 전혀 이해되지 않았다.

그는 애지중지 아끼던 사진을 서랍에 은밀히 넣어두고 밖으로 나왔다. 잠을 이루지 못하고 자정이 넘은 시간에 자신처럼 이렇게 방황하는 사람은 없을 것이다. 음탕한 사진을 오랜 시간 보고 온 뒤끝이라 여전히 벗은 알몸의 모습들이 눈앞에 어른거리는 듯했다. 신록이 우거진 밤거리의 모습은 달빛에 안겨 포근해 보였다. 잎이 넓은 나무들을 따라 다나까 대위는 정처 없이 걷고 있었다.

신록은 낮보다 밤사이에 많은 향기를 뿜어내는 모양이었다. 코끝이 향기로운 신록의 내음으로 매료되는 느낌이었다. 상큼한 냄새를 맡자 음탕한 사진에 탐닉했던 시간이 환상처럼 뒤로 밀려났다. 가로수가 무성한 밤길을 걸어서 어느덧 독신자 숙소에서 고급장교의 저택이 즐비한 곳까지 걸어온 모양이었다. 그런데 달빛이 떨어져 내리고 있는 나무 의자 아래에서 인기척이 났다.

다나까 대위는 그냥 지나치려다가 흐느끼는 소리가 들려 나무 의자를 향해 걸어갔다. 나무 의자 위로 달빛이 환하게 떨어지고 있었는데 바로 그 나무 의자에 한 여인이 앉은 채 흐느끼고 있었다.

"뉘신데 야밤에 이렇게~"

다나까 대위가 다가가서 말을 걸자 여자는 자리에서 불쑥 일어섰다. 가까이 다가가서 살펴보니 여자는 다름 아닌 엔도 사부로의 첩이었다. 다나까 대위는 몇 번 사석에서 마주한 경험이 있었다. 요이코가 지나가면 코밑이 향긋할 정도로 거리가 훤하다는 소문이 퍼져있을 정도로 빼어난 미모를 자랑하고 있었다.

"요이코 씨, 밤이 깊었는데 무슨 일이세요?"

"어머 다나까 정보 대위님이시군요?"

요이코 씨가 흐느낌을 멈추고 정색正色을 하며 반겼다.

"야심한 밤에 나무 밑에서 울고 계시다니 대체 무슨 일이십니까?"

"대위님 보시기에 내가 한심해 보이죠?"

요이코의 몸에서 향긋한 냄새가 맡아졌다.

"무슨 말씀을 그렇게 하세요. 엔도 장군께서 자주 들르시는 걸로 알고 있는데~"

"치잇! 자주 들르면 내가 야심한 밤에 이렇게 주책을 떨고 있겠어요?"

요이코의 목소리에는 엔도 사부로에 대한 증오의 감정이 깊이 묻어 있는 듯했다. 달밤이라 그녀의 표정은 정확히 읽을 수가 없었다.

"곧 외부작전이 있어서 엔도 장군께서 이곳에 여러 날 머물게 될 테니 요이코 씨, 힘내십시오."

"일본으로 돌아가고 싶어요."

하고 말하면서 요이코는 나무 의자에 앉았다. 다나까 대위 역시 의자에 따라 앉았다.

"그야 여기에 사는 사람들 모두 그런 바람이 있겠지요."

"다나까 대위님, 나는 지금 너무 외롭답니다."

요이코가 다나까 대위를 빤히 쳐다보며 말했다. 그녀의 말속에 정말 외로움의 알맹이들이 알알이 맺혀있는 듯했다.

"좋은 집에 좋은 옷에 좋은 음식을 먹으면서~"

"의식주 따위는 진수성찬을 차려준다고 해도 나는 싫답니다. 이제 정말 집에 박혀 혼자 있는 시간이 지겹답니다. 콱 바람이나 피워버릴까?"

요이코의 말속에 견딜 수 없는 외로움이 묻어 있는 듯했다.

"아이쿠, 사모님. 엔도 장군께서 알면 온전치 못할 겁니다."

"다나까 대위님은 왜 결혼하지 않으세요?"

요이코가 다나까 쪽으로 살짝 다가왔다. 다나까는 물러서지 않고 그대로 앉아 있었다.

"그야 마음에 맞는 짝을 아직 만나지 못했기 때문이지요."

"그게 정말이에요? 사내구실을 하지 못한다는 소문이 있던데요."

요이코가 한 뼘쯤 더 다나까 쪽으로 다가왔다. 다나까는 이번에도 피하지 않고 그대로 앉아 있었다. 거리가 너무 가까운 나머지 숨소리가 들릴 정도였다.

"아니 뭐라고요? 난 아주 멀쩡한 사람입니다. 욕정을 주체할 수 없어 이렇게 방황하고 있을 정도란 말입니다."

"호호호~ 정말요? 그렇다면 나하고 대위님의 처지가 아주 비슷하군요?"

다나까는 이상한 감정의 소용돌이에 휘말리듯 요이코를 쳐다보았다.

"비슷하지 않습니다. 요이코 씨는 엔도 장군의 아내예요."

"아내라고요? 치잇, 죽어 자빠질 아내 같은 소리 하시네. 일본에 있는 마누라 잊지 못해 날마다 편지를 보내는 사람이 엔도 사부로 개자식이라고요."

향기를 달고 다니는 요이코의 입에서 나온 소리라고는 믿어지지 않는 말투였다.

"그야 오래 떨어져 있으니까 미안해서 편지라도 보내는 거겠지요."

"흥, 어디 그뿐인지 아세요? 개자식이 나한테 임질까지 옮겼다고요. 얼마나 계집을 밝히면 집에 있는 여자한테 그런 더러운 병까지 옮기느냐 말이에요."

다나까 대위는 요이코의 말에 놀랐다. 관동군사령부의 간부들이 포로수용소에 잡혀 온 여자들을 상대로 은밀히 폭력을 행사하고 강간을 일삼는다는 소문을 들었다. 군인정신이 투철하지만 조용한 편인 엔도 사부로 장군이 임질을 옮겼다는 말은 정말 믿기지 않았다. 탈출한 마루타 말살 정책이란 명목하에 현지 실험을 하러 출전하기 전에 러시아 여자 마루타의 성병 치료를 시켰다는 소문까지 돌았다. 러시아 여자 마루타를 누가 올라탔는가를 두고 도고부대 내에 은밀한 말들이 무성했던 것이다.

다나까 대위는 그날 이후 약속처럼 깊은 밤에 나무의자에서 요이코를 기다렸다. 요이코는 화장 냄새를 선정적으로 풍기며 밤마다 밖으로 나왔다. 나무의자에 앉아 얘기를 나누고 으슥한 숲길을 도란거리며 걸었다. 다나까는 요이코가 여자로서 마음에 들었지만 몸을 만지는 것은 경계하고 있었다. 상관上官의 여자였고, 상관의 아내나 다름이 없는 요이코였다. 요이코는 마치 고향의 오빠처럼 다나까를 대했다.

그러나 달밤에 만난 지 일주일도 되지 않아 둘은 깊어질 수밖에 없었다. 거침없이 자신을 향해 달려오는 요이코를 다나까 대위는 쉽게 밀어낼 수가 없었다. 그는 도고부대에서 오랜 세월 생활하면서 오직 돈밖에 알지 못했다. 여자를 가까이하는 것은 사치라고 생각했다. 그들이 도고부대에서 저지른 추악한 짓을 생각하면 그는 여자의 몸을 만질 자격이 없다는 생각이 들었다. 그가 사진과 춘화에 빠져 돈을 벌려고 했던 것도 이런 죄책감에서 작은 위로나마 받고 싶었기 때문이다.

하지만 이런 염려도 요이코의 요염한 향기를 밀어낼 수는 없었다. 밤에 숙소에 요이코를 데려와서 잠을 잤던 것은 둘만이 알아야만 하는 극비사항이었다. 동료들의 활동이 활발한 낮에는 전혀 요이코를 만나지 않았다. 자정이 넘은 시간, 동료들이 모두 잠에 곯아떨어질 시간에 은밀하게 만났다. 다나까는 처음 요이코의 몸을 탐할 때 엔도 사부로의 여자라는 것을 명심했다. 하지만 잠을 함께 자고 나니 엔도 장군의 아내가 아니라 자신의 아내처럼 여겨졌다.

"다나까 대위님, 나를 어디든 데리고 가세요."

"요이코, 전쟁이 끝나면 일본으로 돌아가 함께 살자."

다나까는 요이코를 알게 되면서 미래의 삶이란 것을 처음으로 계획했다.

"이곳에서 하루하루 사는 게 지긋지긋해요."

"요이코, 곧 전쟁이 끝날 테니까 좀만 기다려라. 일본은 아마 세계를 제패하고 전승국이 되어 우리는 금의환향할 것이다."

다나까 대위는 불안한 마음을 숨기려고 용기를 내어 말했다. 전선에서 밀리고 있다는 소문도 있지만 이시이 대장의 말처럼 일본이 세계를 무대로 잘 싸워 빛나는 승리를 거두리라 은근히 기대하고 있었다. 전선에 나가 총을 쏘며 싸우지는 않지만 세균 무기의 위력을 그는 충분히 짐작하고 있었다. 비록 사진을 팔아 돈벌이를 하지만 도고부대의 정보 장교로서 그는 최선을 다하고 있었다.

"돈도 집도 옷도 다 필요 없어요. 나를 진정 아껴주는 다나까 대위만 곁에 있으면 나는 괜찮아요. 제발, 나를 이곳에서 꺼내주세요."

"요이코, 이성을 찾아야 해. 엔도 장군이 알게 되면 우리는 무사하지 못할 거야. 지금은 전쟁 중이라 마음만 먹으면 우릴 총살할 수도 있다는 것을 명심해. 이시이 대장이 알게 되는 날에도 우린 총살을 당할지 몰라. 감정을 절제하면서 아주 은밀히 만나야 하고, 앞으로 요이코는 내 지시를 따르면 된다. 나는 도고부대의 정보 대위야. 부대가 알아야 하는 정보는 모두 나를 거치게 되어 있지. 그러니까 너무 표나게 행동하지 말란 얘기야. 알아듣겠니?"

"무슨 얘긴지 알아들었어요. 하지만 나는 저놈들이 무섭지 않아요. 나를 여기에 감금시킨 게 바로 저놈들이란 말에요. 나는 엔도의 노예나 다름없는 몸이에요. 하루빨리 여길 벗어나고 싶어요. 그리고 다나까 대위님을 정말 사랑해요."

요이코는 말하며 다나까 대위의 품에 안겼다. 요이코의 몸은 이상한 매력을 지녔다. 그녀의 몸을 만지기만 하면 이상하게 다나까의 몸이 달아올랐다. 원래 사내란 종자는 여자의 몸을 만지면 이렇게 몸이 달아오르는지 몰랐다. 다나까는 다른 부서의 장교에게 이런 현상에 대해서 살짝 물어보았다. 하지만 그 장교의 말인즉 여자의 몸을 만진다고 사내의 몸이 달아오르는 게 아니라고 대답했다. 남녀의 궁합이 맞아야 서로의 몸을 만질 때 참을 수 없을 정도로 몸이 달아오른다고 했다. 아무리 붙들고 있어도 감정이 생기지 않는 남녀들도 많다고 하면서 이런 커플은 궁합이 맞지 않는다는 것이었다.

다나까 대위는 우연한 기회에 우쓰미 기사와 마주할 기회가 있었다. 부대 내에 있는 마루타의 성병 관련한 정보를 취합하기 위해 우쓰미의 병리반에 들렀는데 마침 우쓰미 반장이 자리에 있어서 함께 얘기를 나누게 되었던 것이었다.

"우쓰미 가오루 반장님은 어쩌다 성병치료 전문가가 되었습니까?"

"다나까 대위는 내가 한심해 보입니까?"

우쓰미 반장이 약간 비웃는 듯한 표정으로 그에게 물었다. 다나까 대위는 우쓰미 반장을 한 번도 한심하다고 생각한 적이 없었다. 성병을 검사하고 성병을 치료하는 일이야말로 대일본제국을 위해 가장 필수적인 작업이었다.

"한심하다니요? 반장님은 도고부대 대원들의 안전한 성생활을 위해 영웅이십니다."

"하하하~ 너무 과찬이시군요. 하지만 성병에 걸린 여성들을 치료하는 행위는 존경받아 마땅합니다."

"나도 그렇게 생각합니다. 한데 우쓰미 반장님, 이시이 대장 지시도 없이 왜 조선인 여자 마루타들의 성병을 치료했습니까?"

다나까 대위가 묻자 우쓰미 반장이 한참을 말없이 쳐다보았다. 예민한 얘기 탓인지 다나까는 우쓰미 반장과 시선을 마주치는 게 마음이 편하지 않았다.

"사실 기타노 중장이 은밀히 부탁을 했어요."

"그럼, 떠돌아다니는 소문이 사실이군요?"

기타노 중장은 조선인 여자를 병적으로 좋아한다는 소문이 돌았다.

"알만한 사람은 웬만큼 알 테니까 굳이 내 입으로 말하지 않겠습니다. 유행성출혈열을 함께 연구하는 가사하라 반장도 부탁을 했지요."

"아하 그러니까 가사하라 반장과 기타노 중장의 노리개 제물祭物로 삼으려 했던 것이군요?"

다나까 대위는 이제 풀리지 않던 숙제가 하나씩 풀리는 느낌이 들었다. 시노즈카 역시 기타노 중장이 언제 찾아와서 조선인 여자 마루타를 찾을지 모른다며 조선인 여자 마루타를 독방으로 올려보내는 것에 강력하게 반대했었다.

"얘기가 그렇게 되나요?"

"하지만 조선인 마루타들이 특설감옥에서 탈출을 해버렸는데 반장님 체면이 난처했겠군요?"

다나까 대위의 머릿속이 이상한 상상력으로 요동치고 있었다.

"난처할 것 까지야 뭐 있나요? 꿩 대신 닭이라는 말도 있는데 하하하~"

"꿩 대신 닭이라구요?"

"러시아 여자 마루타 2명의 성병도 말끔히 치료를 해두었는데 아마 간도지방 출전 전에 성찬을 즐겼겠지요. 이시이 대장과 엔도 장군이 독방에 들렀다는 소문이 있던데요. 하하하~"

"변태 같은 놈들, 이시이가 만진 계집의 몸에는 어떤 대원도 손을 댈 수 없다고 하지요. 고급장교나 고등관들 사이엔 그 짓도 서열이 있다면서요?

"그런 얘기가 있습니다만 알아서들 몸을 사리는 분위기지요."

두 사람은 또 실없이 웃었다.

"미쓰미 반장님, 엔도 사부로 장군께서 혹시 성병 치료를 받은 적이 있습니까?"

다나까 대위는 자연스럽게 엔도 장군의 얘기를 꺼냈다.

"나는 모르는 일이오. 엔도 장군이 성병에 걸렸다면 아마 관동군사령부 야전병원에서 은밀히 치료를 받지 않았을까요?"

"아, 그렇군요. 도고촌에 거처하고 있는 엔도 장군의 부인께서 비슷한 질병으로 고생을 했던 것으로 알고 있습니다만~"

요이코에 관한 얘기는 신중해야 한다고 생각했는데 불쑥 말이 튀어나왔다.

"다나까 대위님은 어떻게 그런 비밀까지 알고 있습니까? 정보 대위의 역할이 바로 그런 대목까지 조사를 하는 겁니까?"

우쓰미 반장의 시선이 예리하게 다나까의 시선을 찔렀다.

"아, 아닙니다. 누구한테 은밀히 들은 얘기라서 조금 조심스럽기는 합니다만~"

다나까는 이렇게 시치미를 떼면서 자신의 얼굴이 붉어지는 것을 느꼈다.

"실은 요이코 부인의 임질을 내가 치료하였소."

우쓰미 반장의 말에 다나까는 정신이 번쩍 들었다. 요이코의 은밀한 부위를 우쓰미 반장이 들여다보았던 것은 아닐까? 별의별 상상력이 뇌리에서 발동하고 있었다.

"엔도 장군은 성품도 신사적이고 아주 조용한 성격의 군인이 아닙니까?"

"글쎄 말입니다. 여성 편력이란 게 성품이나 성격 하곤 간혹 아무런 관련이 없을 때도 있지요."

우쓰미 반장이 묘한 웃음을 지었다.

"요이코처럼 아름다운 부인을 두고도 방탕한 짓을 하고 다니는 사내들이 이해가 가지 않습니다. 우린 그저 춘화 그림 하나만 품 안에 있어도 감지덕지 하곤 하는데 말이지요."

"그러니까 여자들을 요물이라고 하지 않습니까?"

두 사람은 잠시 깔깔 웃었다.

"예, 맞습니다. 여자는 요물이지요. 그런데 나는 요이코처럼 아름다운 부인에게 성병을 옮겼다면 장군 체면에 어떻게 부인을 볼 수가 있을지 염려스럽습니다."

다나까 대위가 진지한 표정으로 말했다.

"남의 일에 지나친 간섭이군요. 남의 마누라 밑구멍에 몹쓸 병균을 옮기는 것보다야 자기 마누라 밑구멍에 병균을 옮기는 게 백번 낫지요."

"우쓰미 반장님도 농담을 하시는군요. 내 말은 그런 남편들은 천벌을 받아야 한다, 뭐 이런 얘깁니다."

다나까는 이렇게 말하면서 이제부터 자신이 요이코를 지켜주리라고 다짐하고 있었다.

"요이코 부인 주변에 사내들이 아마 제법 꼬일 겁니다. 내 일전에 운동장에서 동료들과 공을 차고 있었는데 요이코 부인이 지나가는 것을 보고 장교들이 그냥 넋을 잃더란 말입니다. 하늘하늘 엉덩이를 흔들고 지나가는데 어찌나 향기가 나는지 그저 보는 나도 가슴이 설레더군요."

우쓰미 반장이 쩍쩍 입맛을 다셨다.

"요이코 부인을 품든 어떻든 상상은 자유 아닙니까? 그저 엔도 장군의 총알이 무섭지 않다면 맘껏 해보시라고 하세요."

이렇게 말을 해놓고 다나까 대위는 스스로 깜짝 놀랐다. 엔도 장군의 허리춤에 매달린 권총을 보았던 적이 있었다.

"엔도 사부로 장군과 하얼빈에서 술을 함께 마신 적이 있는데 일본 본토에 있는 부인을 아주 끔찍이 아끼더군요. 지금도 이틀에 한 번씩 편지를 쓰지 않으면 잠을 이루지 못할 정도라니 사람의 변덕스런 마음인들 알 턱이 있나요?"

"엔도 장군은 천하에 위선자가 맞습니다. 본부인 몰래 요이코 같이 젊고 예쁜 첩을 두고 그것도 모자라 시궁창 같은 데 드나들며 첩한테 성병을 옮기다니~ 첩 년이 바람이라도 나면 사내의 수치가 뭐가 되겠습니까?"

다나까 대위는 얼굴이 붉어졌지만 정색을 하며 말했다.

"어지간히 간뎅이가 크지 않고서야 감히 요이코 부인한테 덤비는 사내자식이 어디에 있답니까? 엔도 사부로 장군이 알면 바로 총살감인데 감히 요이코 젖가슴에 어느 사내가 손을 집어넣겠습니까?"

마치 충고를 하듯 우쓰미 반장이 말했다. 다나까는 더는 우쓰미 반장의 실험실에서 있을 수가 없어 밖으로 나왔다. 이시이 대장과 엔도 장군에 대한 증오심이 갑자기 불타올랐다. 국가의 세금을 흥청망청 쓰는 놈들, 여자의 밑구멍에 막대한 세금을 쑤셔 넣고 여자의 신세를 망치는 놈들, 세균무기로 세계를 제패한다는 계획은 아마 이룰 수 없는 환상이 되고 말 것이다.

그날 밤, 다나까는 나무의자에 나가지 않았다. 머리가 매우 복잡한 때문이었다. 자정이 넘도록 잠을 이룰 수가 없었다. 요이코를 사귀게 되면서 잠자리에서 몰래 음탕한 사진을 들여다보는 일도 흥미가 없었다. 전쟁이 끝나야 요이코를 데리고 본국으로 돌아갈 수 있을 것이다. 전쟁이 끝나기 전에는 결코 고향으로 돌아가지 못할 것이라고 생각했다. 정보 대위가 근무지를 이탈하는 것은 탈영이며, 곧 죽음을 의미하는 것이다. 자정이 훨씬 지났는데 누군가 똑똑 똑 문을 두드리는 소리가 들렸다.

"다나까 대위님~"

"요이코, 밤이 늦었는데~"

다나까는 재빨리 숙소 문을 열쳤다. 요이코가 찾아온 것인데 그녀는 얇은 잠옷을 걸치고 허둥지둥 달려온 모양이었다.

"혼자서 견딜 수가 없어 이렇게 왔어요."

"요이코, 엔도 장군이 집에 들르면 어쩌려고 그러니?"

요이코는 신발을 벗고 화닥닥 들어와서 다나까를 끌어안았다. 다나까의 몸은 뜨겁게 달아올랐다. 그들은 이내 한 몸이 되었다. 잠옷을 걸친 요이코의 몸은 훨씬 선정적이었다. 요이코는 불빛에 자신의 알몸을 비추면서 다나까를 오래 애무했다. 요이코의 목덜미를 혀로 핥으며 다나까는 여자의 냄새를 음미했다. 다나까 대위는 여자를 사랑하는 사내들의 마음을 이해할 수 있을 것 같았다. 그의 장교 동료들 중에 부대 내에나 하얼빈 시내에 애인을 두지 않은 사람은 거의 없을 정도였다. 요이코와 이렇게 만나게 된 것이야말로 인연인지 모른다고 생각했다. 그러나 어쩔 수 없이 엔도 장군의 그림자가 마치 세균무기라도 되듯 가까이 다가오고 있는지 모른다는 불안감이 엄습했다.

"아, 이대로 함께 죽어도 여한이 없겠어요."

요이코가 한숨을 토해내며 말했다. 불빛에 미끄러질 듯 갸름한 요이코의 몸이 조각처럼 아름답게 드러났다.

"요이코, 왜 그런 소릴 해? 지금은 전쟁 중이야. 군인은 악착같이 살아야 승리하는 거야. 이제부터 요이코도 군인이라 생각하고 신중히 행동해야 한다."

다나까의 머릿속에 기발한 아이디어가 떠올랐다.

"엔도 사부로 자식이 알면 날 죽이려고 하겠지요?"

"요이코 뿐만 아니라 나 역시 안전을 장담할 수 없을 거야."

다나까는 생각이 여기에 미치자 마음이 조급해졌다.

"다나까 대위님, 우리 이제 어떻게 하죠? 난 당신 없인 이제 안 될 거 같은데~"

"요이코, 나도 마찬가지야. 나보다 더 당신을 사랑하게 되었으니까. 하지만 무작정 당할 수는 없지. 난 도고부대의 정보 장교야. 모든 정보를 내가 취급하고 있지. 정보를 먼저 손에 넣는 자가 전쟁에선 승리하는 거야. 요이코, 앞으로는 이렇게 무작정 독신 장교 숙소에 들어와선 안 돼. 보는 눈이 있을 수 있단 말이야."

다나까는 요이코의 몸을 힘껏 끌어안았다.

"알겠어요. 아, 좋아."

"나도 아주 좋은데?"

다나까 역시 자신의 마음을 감출 수가 없었다.

"대위님, 그럼 당신을 어떻게 만날 수 있나요? 엔도 사부로 자식처럼 또 바라만 보고 살 수는 없잖아요?"

"나는 군인이잖아. 항상 시간을 내서 달려갈 수는 없지. 낮에는 사람들의 보는 눈도 있으니까 더 어렵고. 자정이 넘어야 그래도 안전한 시간이니까. 요이코, 이럴 시간 없어. 어서 일어나 집으로 돌아가."

다나까는 요이코를 돌려보낸 다음 급히 준비할 사항이 있었다.

"새벽에 돌아가면 안 되나요?"

요이코는 틈만 나면 다나까의 품으로 파고들었다. 이럴 때마다 다나까는 그동안 외로웠을 요이코를 생각하며 힘껏 안아주었다.

"안돼. 새벽이면 동이 훤히 터버리잖아. 차림새도 그렇고~"

"알겠어요."

요이코가 게으른 동작으로 일어섰다.

"요이코, 내일부터 나를 밖에서 만나면 서로 정중히 대해야 해."

"밖에서 어떻게 만날 수 있어요?"

요이코의 표정이 한껏 밝아진 느낌이었다.

"내 말 잘 들어. 우리 자신을 보호하기 위해 우리는 철저히 준비해야 한다."

"다나까 대위님을 믿어요."

요이코가 고개를 진지한 태도로 끄덕였다.

"요이코, 도고부대가 어떤 부대인 줄은 알고 있지?"

"장교 부인들 통해 얼핏 들었어요. 바이러스를 만들고 독가스실험도 한다고 들었어요. 포로들을 데려다가 감옥에 가두고 실험도 한다는 말을 얼핏 들었는데 정말 사실이에요?"

다나까 대위는 부대의 정보 장교로서 요이코에게 부대의 기밀을 발설해서는 안 되지만 지금은 상황이 좋지 않았다.

"모두 사실이야. 들었던 소문보다 훨씬 더 치명적이지. 도고부대에 붙들려 온 사람들은 통나무 취급을 받지. 그래서 부대 내에선 마루타라고 불러. 요이코, 지금 여기에서 나가면 절대 뒤를 돌아다보지 말고 고개를 푹 숙이고 걸어

라. 누구의 눈에 띄면 안 되잖아?"

다나까 대위의 말에 요이코는 피식 웃었다.

"알았어요. 그럼, 오늘 자정에 나무의자에서 만날까요?"

"아니야. 나는 오전에 하얼빈 프자덴 뒷골목에 다녀올 거야."

다나까 대위의 뇌리에 복잡한 그림들이 펼쳐졌다.

"프자덴 뒷골목에는 왜 가시나요? 군대 임무인가요?"

"아냐. 요이코는 아직 몰라도 돼. 내가 왜 급히 프자덴 뒷골목에 다녀오는지는 저녁에 보면 알 거야."

다나까는 요이코의 등을 다독이며 안심을 시켜주었다.

"어머, 저녁에 대위님을 볼 수 있어요?"

요이코의 표정이 활짝 밝아지는 모습이었다.

"그래. 요이코, 저기 도고부대 북쪽 끝에 기간병 사격장을 혹시 아나?"

"알아요. 엔도 자식 따라서 몇 번 가본 적이 있어요. 근데 거긴 왜요?"

요이코가 눈을 동그랗게 뜨고 물었다.

"됐어. 그럼, 저녁에 거기 사격장으로 올 수 있나?"

"왜 사격장이죠?"

다나까는 아직 총에 관한 얘기는 꺼내지 않았다.

"이따 알게 될 거야. 어서 가."

"알겠어요. 사랑해요, 다나까 대위님."

요이코가 아기처럼 다나까의 품으로 파고들었다.

"나도 요이코를 사랑해. 아주 많이~"

그들은 끌어안은 채 입술을 부딪쳤다. 다나까는 이런 순간이 아주 위험할 수도 있지만 너무나 설렜다. 담배 냄새 나는 독신자 숙소에서 향기로운 여자 냄새를 맡고 안을 수도 있다니 불과 며칠 사이에 자신의 인생이 통째로 변화되는 모습을 다나까는 느끼고 있었다. 이제 목숨이 위험하다고 해도 요이코를 포기하지 않으리라 작정했다.

이튿날, 다나까 대위는 사복을 입고 은밀하게 외출을 했다. 일본인 거류지 위병소에서 오오다 중사를 만났다. 오오다 중사는 아침 일찍 예고도 없이 사복 차림을 하고 나타난 다나까 대위를 보고 놀라는 모양이었다.

"다나까 대위님, 아니 사복 차림에 아침 일찍부터 무슨 일이십니까?"

"오오다 중사, 나 좀 하얼빈 프자뎬 뒷골목에 나가 봐야겠네."

다나까는 애써 떨리는 마음을 진정시키며 말했다. 그는 연신 혀로 타는 입술을 적셨다.

"프자뎬 뒷골목에는 왜 가시려고 합니까? 나를 빼놓고 은밀히 사진 거래를 하시는 것은 아닙니까?"

"아니네. 급히 물건을 하나 구해야 해서 말이네."

다나까 대위는 권총을 구입하는 문제까지 숨길 생각은 없었다. 왜냐하면 오오다 중사의 도움을 받을 수 있다고 생각하기 때문이었다.

"급히 구해야 할 물건이 무엇입니까?"

오오다 중사의 물음에 다나까 대위는 누가 듣지 않게 귓속말로 대답했다.

"권총을 하나 급히 구해야겠네."

"아니 장교 지급용 1정은 가지고 계실텐데, 왜 또 은밀히 구하려고 하십니까?"

오오다 중사의 목소리가 크게 들렸다. 다나까 대위는 깜짝 놀랐다.

"오오다 중사, 목소리를 낮추게. 누구 듣겠네. 그럴만한 사정이 있어 그러네. 프자뎬 뒷골목에 가면 은밀히 총기 거래하는 데가 있다고 들었는데~"

"권총이란 게 이런 사진 거래하는 통로와는 완전히 다릅니다. 권총은 결국 사람을 죽인다는 전제가 깔려 있어서 아주 까다롭고 또 값도 엄청나게 비싸죠."

"시간이 없네. 내 장차 서운하지 않게 사례할 테니 나 좀 도와주게."

이렇게 된 이상 그간 사진을 암거래하며 벌어놓은 돈을 모두 사용한다고 해도 아깝지 않을 거라는 생각이 들었다.

"프자덴 뒷골목에 가면 구입하는 통로가 있긴 하지요. 하지만 내가 아는 바로는 좀 위험한 사람들과 거래를 하는 것이라서~"

"그건 무슨 말인가? 위험한 사람들과 거래를 한다니?"

다나까 대위는 물끄러미 오오다 중사를 쳐다보았다.

"대위님, 잠깐 귀좀 빌리시죠."

오오다 중사는 담배 냄새가 풍기는 묵직한 턱을 다나까 중사의 뺨에 가져다 댔다. 위병소를 왕래하는 자동차와 인력거들이 바쁘게 달리는 모습이 창문 틈으로 보였다.

"조선독립군한테 부탁을 하면 권총을 바로 구입할 수 있을 겁니다."

"조선독립군? 꺼림칙하긴 한데 한시가 급하네. 당장 기별을 넣어주게."

다나까 대위는 마음을 진정시키며 위병소의 안내실에서 나왔다. 오오다 중사는 거류지 2층 사무실로 다나까 대위를 데리고 들어갔다. 음탕한 사진을 거래하며 수없이 들락거리던 오오다의 사무실은 암흑에 둘러싸여 있었다. 불을 켜자 암흑의 공간이 일시에 눈을 떴다.

"대위님, 나한테는 말씀해 주십시오. 권총이 은밀히 필요한 까닭이 무엇인지요?"

"자세한 얘기는 어렵네만 그저 세상이 어지럽다 보니 사방에 적들이 바글거리는 느낌일세. 그냥 호신용이라 여겨주게."

이상하게 엔도 사부로 장군의 총구에서 화염을 뿜는 모습이 환상처럼 어른거렸다.

"도고부대의 정보 대위께서 위험에 빠진다면 당연히 조선놈들이나 중국놈들 그도 아니면 소련 놈들이 표적일 텐데 장교용 권총으로 모자라 하나가 더 필요하다면 무슨 다른 계획이 있으신 거 아닙니까?"

"그런 것은 아니네. 그저 호신용으로 쓰려는 것이야. 부대 내에 있는 장교용 권총이야 실탄을 받지 못하면 무용지물이라는 걸 자네도 잘 알잖아?"

도고부대에서 자유롭게 실탄을 소지하고 다닐만한 사람은 이시다 대장과 엔도 장군 등 지위가 높은 소수에 제한되어 있었다.

"알았습니다. 실탄까지 여벌로 구입을 해야겠지요?"

"고맙네, 오오다 중사."

"정보 대위님, 간절한 것 같아서 내 일처럼 도와드리는 것이니 대위님께서도 내가 위기에 처할 때 내 일처럼 도와주십시오."

"오오다 중사, 그런 점이라면 약속하겠네. 나도 군인으로서 의리를 목숨처럼 소중히 간직하는 사람이라네."

"고맙습니다. 잠깐 기다리십시오. 사복으로 갈아입도록 하겠습니다."

그들은 신분을 감추기 위해 사복으로 갈아입고 곧 일본인 거류지 위병소를 빠져나왔다. 인력거를 잡아타고 프자덴 뒷골목으로 향했다. 삼십여 분을 달려 택시는 프자덴 5번가에서 멈춰 섰다. 그들은 인력거에서 내려 주위를 살폈다. 주위를 살피는 오오다의 눈빛이 예사롭지 않게 날카로웠다.

"대위님, 5번가 골목에 조선독립군들이 많이 박혀 있다는 것은 알고 계시죠?"

"알고 있네. 검정 두루마기를 입고 중국인 행세를 한다면서?"

정보 대위로서 이런 정보는 일찍부터 듣고 있었다.

"그렇긴 합니다만 워낙 노출된 정보라 이제 중국 말을 원주민처럼 익혀서 철저히 신분을 속인다고 합니다. 속을 드러내지 않은 이상 하얼빈에서 조선독립군들 색출하기가 하늘에서 별 따기라는 말이 있지요."

"음 그렇군. 어떤 사람은 일본말을 원주민처럼 익혀서 일본인 행세까지 한다고 하더군. 그런데 5번가 골목 입구에서 내린 까닭이 있는가?"

"대위님, 조로야란 기생집은 잘 아시죠?" "그렇네. 세이코가 동업자와 같이 운영한다는 얘기를 들었는데~ 나도 본 지가 제법 되었는데 혹시 조로야 기생집을 방문하려는 것인가?"

"직접 만나서 거래를 해야 지체하지 않고 손에 넣을 수가 있습니다."

조로야의 출입문을 열고 들어갔다. 오전이라 기생집은 조용했다. 기모노를 입고 안내를 하는 아주머니에게 세이코를 보게 해달라고 말했다. 아주머니가 종종걸음을 치더니 곧 세이코가 나왔다. 잠을 자고 있었는지 머리가 부스스하고 얼굴이 부은 듯했다. 세이코는 가까이 다가오면서 두 사람을 알아차렸는지 깜짝 놀랐다.

"어머나, 기별도 없이 이렇게 갑자기 웬일이세요?"

"세이코, 긴한 일이 있어서 이렇게 일찍 찾아왔다. 조용한 방으로 안내해라."

그들은 세이코의 다다미방에 앉아 머리를 맞댔다.

"무슨 일인데 이렇게 이른 시간에 찾아왔나요?"

"세이코, 급히 구할 물건이 하나 있다."

다나까 대위가 재촉하듯 말했다.

"시노즈카는 잘 있나요, 대위님?"

"잘 있지. 시노즈카 군하고 아주 좋았다면서?"

"치잇, 젖비린내 나는 촌놈이 그렇게 얘기해요?"

"시노즈카를 너무 홀대하지 말아라. 너에 대한 마음이 아주 깊던데 고맙게 생각해야지. 시노즈카는 깨끗한 몸이잖아?"

"대위님, 그럼 저는 더러운 몸이란 말예요? 대위님도 내 인생을 망치는데 일조一助하신 분이죠. 군의학교에서부터 우릴 속였잖아요?"

"자 자 대위님 그런 얘기는 다음에 하시죠. 세이코, 우린 지금 급히 권총 한 정이 필요하다."

오오다 중사가 중간에 끼어들었다.

"권총을 구하러 오셨군요? 누굴 없애려고요?"

"세이코, 그런 것은 이쪽 사정이니 네가 알 바 없고 가장 빨리 권총을 구하는 방법이 있나?"

"얼마나 급한 건데요?"

세이코가 머리를 한번 매만진 다음 담배를 입에 물었다.

"빠를수록 좋아. 조선독립군 놈들과 접선해야 잽싸게 권총을 구할 수 있는 거지?"

"그렇긴 한데 아마 일주일은 걸릴 텐데요. 그래도 괜찮아요?"

"좀 더 빨랐으면 좋겠는데~"

다나까 대위가 입맛을 다셨다. 오오다 중사가 세이코의 손가락에서 담배를 빼앗아 자신의 입에 물었다.

"어머머, 중사님 좀 봐."

"세이코, 아주 급하다니까!"

다나까 대위가 숨이 넘어가는 듯이 말했다.

"뭐, 그렇게 급하다면 방법이 당장 있기는 하지요."

"아니 어떻게 그게 가능해?"

"돈이면 뭐든 못하겠어요. 난 돈에 미친년이잖아요. 머나먼 타국땅에서 돈이라도 만지지 못하면 돌아버릴 것 같으니까요."

"그럼 돈을 얼마나 쥐어줘야 하는데?"

세이코가 손가락 두 개를 폈다. 오오다 중사와 다나까 대위가 무슨 뜻인지 얼른 이해가 되지 않아 물끄러미 손가락을 바라보았다.

"두 배 달란 얘기에요."

세이코가 다시 담배를 꺼내 입에 물었다. 다나까 대위 역시 자신의 주머니에서 담배를 꺼내 불을 붙인 다음 몇 번 입맛을 다시듯 빨았다.

"왜 싫어요?"

"까짓거 그렇게 하자."

다나까 대위가 이렇게 말하자 오오다 중사의 입이 벌어졌다.

"대위님, 정말 급하셨던 모양입니다?"

"오오다 중사, 오늘 일은 목에 칼이 들어와도 비밀일세."

"당연하지요. 대신 권총 알선비는 좀 챙겨 주십시오."

"알았네."

다나까는 오오다의 끈덕짐에 속으로 인상을 찌푸렸다. 세이코가 일어서더니 경대 옆의 서랍장 뒤쪽에서 은밀히 숨겨온 듯한 권총을 꺼내왔다.

"소련제 권총이예요."

"나강 권총이군!"

다나까 대위는 감탄을 자아냈다. 오오다 중사 역시 눈을 휘둥그레 놀라고 있었다. 리볼버란 이름의 회전식 권총은 아무나 소지할 수 있는 총이 아니었다.

"육혈포六穴砲 총이 맞지요, 대위님?"

"오오다 중사 뭘 그렇게 놀라나? 자네도 이번 기회에 하나 마련하지 그런가?"

다나까 대위는 자신도 속으로 놀라면서 태연한 척 너스레를 떨고 있었다.

"나야 뭐 특별히 누굴 죽이고 싶은 사람은 없습니다. 나는 그저 훗날을 위해 돈이나 벌겠습니다."

"잡담 그만 하세요. 총알을 재는 구멍이 여섯 개예요. 실탄은 장전해 두었어요. 총알을 미리 장전해 두면 여섯 명은 바로 죽일 수가 있다는 뜻이지요."

"세이코, 고맙다. 누굴 죽이려고 이렇게 무서운 총을 은밀히 구해두었나? 괜히 무섭고 궁금해지는군."

다나까는 신기한 듯 나강 권총을 살펴보았다. 손때가 묻은 탓인지 번들번들 빛이 나고 있었다.

"다나까 대위님이 더 잘 아실텐데요. 이시이 개자식을 가장 먼저 죽이고 싶고, 키요코를 짓밟고 자식까지 없애려고 애를 쓰고 있다는 류노스케의 아버지를 없애고 싶어요. 키요코의 소원이기도 하지요."

세이코가 이를 뿌드득 갈며 말했다.

"세이코, 허무맹랑한 꿈은 일찍 버리는 게 좋을 것이야. 너희들이 무슨 수로 이시이 대장을 죽이고 관동군 부대장인 류노스케 아버지를 죽인다는 말이야? 그놈들이 마음만 먹으면 언제든 찾아와서 너희들 머리에 구멍을 낼 수 있는데, 그나저나 류노스케도 많이 컸겠군. 동선당에서 류노스케를 어디로 빼냈는지 세이코도 모르지?"

"다나까 대위님, 그런 걸 왜 내게 물어보세요? 어서 돈이나 주세요. 조선독립군들은 이런 나강 권총을 하나씩 품에 지니고 있대요. 숫자가 적다고 조선독립군들을 무시하면 절대 안 된다는 뜻이지요. 그들을 함부로 대하지 마세요. 솔직히 우리보다 애국자들이 바로 조선독립군들이에요. 전쟁 중에 돈벌이에 바쁜 대위님이나 중사님이나 말만 대일본제국을 위한다고 하지 실제는 이렇게 뒷구멍으로 돈벌이에 미쳐있잖아요? 내 말이 틀렸나요?"

세이코의 빈정거리는 말에 다나까 대위와 오오다 중사는 아무런 대꾸를 하지 못했다. 겸연쩍은지 헛기침만 큼큼 뱉어내고 있었다. 다나까 대위는 품에서 돈을 꺼냈다. 두툼한 돈뭉치를 보며 세이코가 입술을 비틀었다.

“세어 봐. 나머지는 다음에 줄게. 나도 대충 시세는 알고 있어.”

“이만하면 됐어요. 내가 뭐 당신들처럼 돈에 환장한 여자인 줄 아세요? 그러니까 다나까 대위님도 나를 한번 도와주세요.”

“알았다. 참 오오다 중사는 다음에 사례하지.”

“그러지요, 대위님.”

“그럼, 이만 일어나세.”

다나까 대위는 권총을 품속에 넣고 세이코의 방에서 나왔다. 세이코에게 이런 무서운 총이 있었다는 사실에 내심 놀라고 있었다. 사진을 찍어 마련한 돈을 상당액 사용했지만 사랑하는 요이코를 지킨다는 생각을 하니 하나도 아깝지 않았다. 아마 세이코가 세 배 네 배를 요구했어도 그는 계산을 치렀을 것이다. 조로야 앞에서 다나까 대위와 오오다 중사는 동시에 담배를 입에 물었다. 세이코가 따라 나와서 배웅을 하는데 다나까 대위가 세이코를 저쪽으로 데리고 가서 물었다.

“시노즈카 한테 혹시 도고부대의 작전에 대해서 들었나?”

“알면서 왜 물어요? 이시이 개자식이 시노즈카를 고문했다면서요? 그런데 내게 뭘 더 알고 싶으세요?”

세이코는 다나까 대위를 생각하면 여전히 이시이 일행처럼 느껴졌다.

“너 말을 함부로 하는구나. 이시이 개자식이 뭐냐? 한때 네 남자였잖아?”

“하하하~ 사람 피곤하게 건들지 마세요. 다나까 대위님도 개자식이라고 했잖아요?”

“그래 그건 맞다. 근데 아까 나한테 한번 도와달라는 게 뭐냐? 나도 사내로서 의리라는 것은 있다. 네가 내게 권총을 팔면서 바가지를 씌우나 했는데 ~”

다나까 대위는 진정한 마음으로 세이코를 돕고 싶었다.

"그거야 이 권총의 총구가 이시이를 겨눌 수도 있으니까 그랬죠. 내가 괜히 대위님한테 권총을 거저 넘기겠어요?"

"아 그런 깊은 뜻이 있었군. 하하하~ 세이코도 이제 제법 세상을 읽을 줄 아는구나."

세이코의 대답에 다나까는 다시 놀랐다.

"이시이 개자식이 하얼빈 어느 요정에 다니는지 얘기해 주시면 사례를 할게요."

"이시이가 살림을 차렸다는 소문은 들었지?"

이미 알려진 소문이지만 다나까 대위는 진심을 담아 말했다.

"알고 있어요. 열다섯 피도 안 마른 첩을 들였다면서요? 하얼빈 외곽에 집을 얻었다는 소문이 있는데 어디인지 가르쳐주세요."

"나도 외곽인 것만 들었고, 다른 내막은 모르는 일이야. 암튼 세이코 오늘 고맙다. 시노즈카한테 잘해라. 그 새끼 그냥 물에 빠진 생쥐처럼 기가 팍 죽어 보이던데 네들은 원래 좋은 친구였잖아? 그럼 나 이만 간다."

"예, 다나까 대위님. 나는 대위님을 믿어요. 나랑 키요코 불쌍한 애들이란 거 아시죠?"

뜻밖에 세이코가 울먹이는 소리로 말했다.

"그래, 알고 있다. 네들한테 항상 미안한 마음뿐이지~"

그들은 조로야 골목을 나란히 걸어나왔다. 다나까 대위는 품속에 나강 권총이 실탄이 장전된 채로 있다는 생각을 하자 마음이 든든해졌다. 어떤 위급한 일이 닥쳐도 이제 대응할 수 있다는 자신감이 들었다. 일본인 거류지부터는 오오다 중사가 짚 차를 몰았다. 오오다는 사복을 벗고 군복으로 갈아입었다.

"대위님, 위험한 일이 발생했습니까?"

"그런 건 아니네. 너무 알려고 하지 말게. 도고부대 대원들은 누구나 나처럼 불안한 상태라는 걸 자네도 알잖나?"

다나까 대위를 태운 짚 차는 송화강 강변을 미끄러지듯 달리고 있었다. 오오다가 운전을 하며 곁눈질로 반짝이는 강물을 바라보았다. 강변을 따돌리고 방향을 틀어 달리면서 오오다 중사가 대답했다.

"하긴 그렇지요. 나는 만년 헌병대라 그런 마음의 부담에선 조금 자유롭긴 합니다."

"마루타가 우리 눈앞에서 죽어나가는 것을 보지 않은 것만으로 자넨 다행이겠네. 하지만 전선 상황이 그다지 좋지 않은 모양이야. 우리가 세계를 제패하기는커녕 아시아에서 패주敗走한다면 도고부대 대원들은 전원 무사하지 못할 것이란 은밀한 소문이 돌고 있어. 이시이 대장이 실험을 서두르고 대대적으로 실전에 활용하려는 것도 이런 조짐들 탓에 마음마저 바빠진 탓이라네. 그러니 이제부턴 자기의 안전은 자기가 책임져야 살아남을 수가 있다는 말이네."

다나까의 얼굴에 복잡한 생각으로 그늘들이 드리워지고 있는 느낌이었다. 그러나 이런 다나까 대위의 생각과는 달리 오오다 중사는 다른 생각에 빠져 있었다.

"대위님, 이번 기회에 우리 돈벌이나 확실히 하시죠. 세이코를 잘 활용해서 조선독립군 루트를 통해 권총장사를 해보는 건 어떻습니까? 도고부대 장교들 마음이야 다나까 대위님과 다 똑같지 않겠습니까? 고급장교들 몇 명만이 이런 권총을 지급받았겠지요? 군인들 허리에 매달린 권총이야 허울뿐이고요. 도고부대 장교들 다들 이런 권총 하나 살만한 돈들은 모아두었겠죠. 월급 받아 고향에 보내고 남은 돈도 있을 테고요. 대위님, 이거 되는 장사 아닙니까?

나강 피스톨, 말로만 듣던 그 육혈포가 아닙니까? 한 번에 여섯 명을 죽일 수 있단 말입니다. 정말 구미가 당기지 않습니까?"

운전을 하는 오오다의 얼굴에 순간 미소가 번졌다. 길가의 나무들이 한참 즐비하게 지나가더니 이제 넓은 벌판이 펼쳐지고 있었다.

"좋은 생각이네. 이번에 이시이 대장이 대대적인 야외작전을 준비하는 모양이야. 그 작전이 끝나면 한번 머리를 맞대고 구체적인 사업계획을 짜보세. 세이코나 키요코를 이용하면 뭔가 재미있는 일이 일어날 것도 같네. 자네 혹시 키요코 소식은 듣나?"

"듣지 못했습니다. 하얼빈 어디 요정에 있다는 얘기는 들었는데 정확히 모르겠습니다. 동선당에서 아들을 빼돌렸다는데 아이 아버지인 관동군 부대장이 그 빼돌린 아이를 찾아 없애버리려고 한다는 소문까지 들었지요."

하얼빈 거리나 프자뎬 뒷골목에는 항상 이상한 소문들이 떠돌아다녔다. 소문 중에는 군대에서 전략적으로 이용할 수 있는 가치 있는 정보도 있었다. 그런 까닭에 프자뎬 거리의 정보를 가지고 돈벌이를 하는 사람들도 생겨났다.

"나도 그 정도 정보는 가지고 있네. 암튼 앞으로 자네와 나는 이제 한배를 탄 몸이 아닌가? 해서 해주는 얘긴데 오오다 중사도 너무 돈에만 집착하지 말고 전쟁이 끝났을 때 어떻게 고향으로 무사히 돌아갈 수 있는지 그 방법도 좀 생각하며 살게. 우리가 전쟁에서 패해 중국이나 소련의 포로가 된다면 전쟁범죄자로 재판을 받아야 한다는 소문이 은근히 돌고 있네. 이게 이시이 대장이 제일 두려워하는 시나리오라네."

"예, 명심하겠습니다. 나도 당장 세이코한테 돈을 가지고 가서 육혈포나 한 정 부탁해야 하겠습니다."

"그러게. 어서 차를 더 빨리 몰게. 공연히 사복을 입고 자리를 비운 탓에 마음이 불안하구만~"

오오다 중사가 가속기를 밟아 차의 속력을 높였다. 창문을 열쳤더니 바람이 훅 끼쳐왔다. 추위가 엊그제 같더니 벌써 눅눅한 더위가 느껴졌다. 다나까 대위는 도고부대 남문 위병소에서 내려 오오다 중사와 작별했다. 헌병대의 짚 차를 타고 오니 남문 위병소 근무자들이 그에게 접근하지 않았다. 숙소에 들러 권총을 숨겨놓고 군복으로 갈아입고 다시 밖으로 나왔다. 부대는 뜻밖에 다른 날보다 조용했다. 총무부에 와서 대원들에게 부재중의 상황을 물었더니 특별한 문제는 발생하지 않은 모양이었다.

"정보 장교들은 왜 안 보이지?"

"야외실험장에 근무 나갔습니다."

하사가 성의없이 툭 던지듯 대답했다.

"야외실험장?"

"예, 무슨 무기 성능실험을 하는 모양입니다."

다나까 대위는 형식적으로 근무일지를 작성하고 나서 사격장으로 이동했다. 사격장에는 고위 장교들은 보이지 않고 하급장교들이 몇 사격연습을 하고 있었다. 다나까는 권총 사격 사대射臺를 힐끗 살펴보았다. 권총 사격 연습장은 텅 비어 있었다. 사격 연습장을 사용할 수 있다는 것만으로도 그는 만족했다. 이런 상황이라면 표가 나지 않게 사격연습을 하는 데는 무리가 없을 듯했다.

다나까 대위는 오후 늦도록 사무실에 앉아 마음을 졸였다. 적당한 기회에 사무실을 나와 사격장으로 올라갈 생각이었다. 어제 새벽 요이코와 독신자 숙소에서 헤어질 때 분명 사격장에서 저녁에 만나자는 약속을 했었다. 그런데 저녁이 오기 전에 시노즈카가 은밀히 다나까 대위를 찾아왔던 것이다. 그들은 여느 때처럼 테니스장을 향해 걸었다.

"대위님, 오늘 계속 안보이시던데 어디에 다녀오셨습니까?"

"급한 볼일이 있어서 프자덴 거리에 다녀왔다."

"그러셨군요."

시노즈카가 호기심어린 표정으로 말했다.

"부대가 왜 이렇게 조용하지?"

"이시이 대장이 야외실험장에 나갔거든요."

"그건 부하한테 들어서 나도 알고 있다. 안다이 실험장에 간 건가?"

"731 청쯔거우城子溝 제2실험장이요."

도고부대에서 약 10km 정도 떨어진 곳에 있는 실험장이었다. 비밀을 요구하는 실험은 이런 야외 특설 실험장에서 진행하는 경우가 많았다.

"그래서 사격장에 고급장교들과 고등관들 모습이 보이지 않았군?"

"사격장엔 왜 다녀오셨는데요?"

시노즈카가 꼬치꼬치 캐묻는 것 같아 다나까 대위는 인상을 찌푸렸다.

"임마, 네가 거기까지 신경 쓸 필요는 없잖아?"

"알겠습니다. 이시이 대장이 대위님을 찾았거든요."

시노즈카가 겁을 주듯 퉁명스럽게 입을 열었다.

"정보담당 장교들을 둘씩이나 대동했으면 됐지 굳이 나를 따로 찾을 필요가 뭐야?"

다나까 대위는 혼잣말처럼 지껄였다. 하지만 은근히 겁도 났다. 이시이 대장의 눈 밖에 나면 나중에 어떤 수모를 당할지도 모르는 일이었다.

"대위님, 야외실험장에 한번 올라가 보세요."

"왜?"

이시이 대장이 찾았다면 올라가 봐야 마땅할 것이다.

"사령부에서 엔도 장군도 오셨거든요."

"그래?"

엔도 사부로 장군이 왔다는 말에 다나까는 순간 소름이 끼쳤다. 요이코의 손에 죽을 수도 있는 엔도 사부로를 생각하니 몸이 잔뜩 긴장되었다.

"근데 마루타를 스물다섯 명씩이나 트럭에 태우고 나갔어요."

"스물다섯 명씩이나? 총무부 하사한테 무기 성능실험을 한다고 들었는데 아니 무슨 무기실험을 하려고 한꺼번에 그렇게 많이 데리고 나간 거야? 페스트균 우하雨下실험은 더이상 할 필요가 없을 텐데~"

"모르겠어요. 이시이 대장도 그렇고 엔도 장군도 그렇고 아주 기분 나쁜 표정이었어요. 마루타를 내가 꺼내서 대원들한테 인계를 해줬는데 트럭에 탈 때 둘이서 발로 마구 짓밟았다던데요. 동작이 뜨다고~"

"무슨 기분 나쁜 일이 있었던 모양이지? 마루타들이 무슨 잘못을 했다고 성질을 부리겠나? 괜히 화풀이하는 거겠지~ 근데 시노즈카 너는 두 번씩이나 죽을 고비를 넘기고 말이야. 이거 세이코 친구라고 이시이 대장이 아주 잘 봐주는 모양인데?"

"히힛 봐주기는요. 목숨을 걸어야 할 임무를 부여받았다고요. 나를 살려주는 대신 엄청 힘든 임무를 부여할 모양입니다. 지금 아주 일이 힘들어 죽을 맛이에요."

"엄청 힘든 임무라니 대체 무슨 일인데? 네가 죽을 맛이라면 아주 힘들다는 얘기인데~"

다나까 대위는 대충 짐작은 하고 있었지만 먼저 말을 꺼내지 않았다.

"무슨 작전인지는 모르겠어요. 기밀이 너무나 많으니 괜히 겁도 나구요."

"기밀이 많다는 건 그만큼 보람도 많다는 말인데 군국주의 교육의 환상이 바로 여기에 있는 법이야."

"대위님, 소년 대원들의 불만이 하늘을 찔러요. 이러다가 미루타들을 죄에 풀어주고 모두 도망쳐버릴 줄도 모른다고요. 다들 도고부대에서 하늘 일이 지겹답니다. 견딜 수 없는 지경에 왔다고요."

어느새 청년이 되어 있는 시노즈카를 보면서 정말 말처럼 소년대원들이 큰 문제를 일으킬지도 모른다는 우려스런 생각이 들었다.

"시노즈카, 그래도 함부로 그런 말을 하지 말아라. 전쟁에서 승리하고 일본으로 돌아가면 네들이야말로 영웅 대접을 받게 될 거다. 내가 장담하지."

다나까 대위는 이런 말을 하면서 얼굴이 붉어지는 것을 느꼈다. 일본이 전쟁에서 승리한다는 것이야말로 환상일지 모르는 일이다. 들려오는 소문은 일본의 전세가 아주 불리해지고 있다고 했던 것이다.

"치잇 대위님, 대접은 무슨 영웅 대접입니까? 지금 소년 대원한테 하는 짓들을 보면 알 수 있는데 대위님까지 우릴 속이려고 들어요?"

"아, 아니다. 하지만 어쩌겠냐. 우리는 이제 일본 군국주의의 명령으로 싸우고 힘들어도 희생을 하며 최선을 다하는 길밖에 더 있냐?"

광활한 중국대륙에서 목숨을 바쳐 싸우고 있는 군인들이야말로 군국주의의 명령을 충실히 이행하기 위해 싸우는 것이다.

"마루타를 향해 나쁜 짓을 하도록 채찍을 받는 사람은 우리 소년 대원들이에요. 세균을 제조하는 것까진 좋은데 제발 세균실험을 사람의 몸에 하지 않았으면 좋겠단 말입니다. 동물들도 많은데 굳이 사람의 몸에 바이러스 실험을 하는 까닭을 모르겠어요."

다나까 대위 역시 사람의 몸에 나쁜 짓을 하는 것이 가장 싫었다. 지시를 받아 간혹 악행에 가담하면서도 그들은 국가의 명령이라는 말로 스스로 위로를 했다. 이시이 대장이나 엔도 사부로 장군 같은 위치에 있는 사람들도 그런 생각을 하는지 다나까는 알지 못했다. 이시이나 엔도 등은 철저히 마루타를 괴롭히는 범죄자였다. 스스로 채찍을 드는 경우도 많았지만, 멀찍이 떨어져서 마루타가 죽어가는 과정을 보며 희열 같은 것을 느끼는 모양이었다. 이시이 등은 이런 과정이 아시아는 물론 세계를 제패할 수 있는 길이라고 스스로 자기 자신을 위로하며, 죄책감 하나 없이 악행을 도모하고 있었다.

"그건 어쩔 수 없는 일이야. 사람의 몸을 이용하면 독성이 강해진다고 하잖아? 균주를 얻기 위해 사람의 몸이 최고의 거름 역할을 한다고 하잖아?"

"개새끼들! 군의軍醫 제 놈들이 해야 할 일을 완전히 우리한테 떠넘기고 있다니까요. 총검으로 마루타를 찔러 죽이면 잘한다고 칭찬이나 하고 말입니다. 다 죽어가는 마루타 몸을 제 놈들은 만지지도 못하면서 우리가 깨끗이 씻어놓으면 이제 숙련공이 다 되었다고 설레발을 치죠. 소년 대원들은 감염이 되어 언제 죽을지도 모르면서 흉악한 범죄는 우리 몫인 것처럼 일을 하고 있단 말입니다."

"그래, 소년 대원들의 고충이 무엇인지 충분히 알겠다. 시노즈카, 너한테 충고 아닌 충고 하나 하겠는데 앞으로 세이코를 만나지 않는 게 네 앞날에 이로울 거야. 세이코와 네가 친구 사이라는 것은 알지만 세이코 주변은 아주 위험한 일들로 가득하다. 하얼빈 프자덴 거리는 항상 범죄가 들끓고 사람들이 짐승처럼 죽어 나가는 곳이야. 정말 시노즈카 네가 걱정돼서 그런다. 세이코는 조선독립군을 접촉하고 있어. 네가 세이코를 만나 조선독립군을 접촉한다면 너는 결코 살아서 일본으로 돌아갈 수가 없단 말이야. 내 말 명심해라. 정말 너를 생각해서 해주는 말이야. 그럼, 다음에 보자. 나는 야외실험장에 올라가 봐야겠다."

다나까 대위는 시노즈카를 진심으로 생각해서 이렇게 충고 아닌 당부를 해주었다. 시노즈카는 다나까의 말을 듣고 진심이란 것을 알았다. 세이코가 조선독립군을 만난다는 것을 자신도 알고 있었기 때문이다. 세이코를 자신이 결코 사랑할 수 없고, 사랑해서도 안 되는 여자라고 결론을 내렸기 때문에 다나까 대위의 말이 고맙게 들렸다. 그러나 세이코를 생각하면 딱하기 이를 데가 없었다. 세이코의 길이 위험한 길인 줄 알면서도 계속 만나 조선독립군을 돕는 일에 힘을 합쳐야 할지 아니면 세이코로 하여금 그런 위험한 상황에서 빠져나오도록 설득해야 할지 아직은 자신의 마음조차 결정할 수 없는 상황이었다. 멀리 뒷모습을 보이며 멀어지는 다나까 대위를 향해 시노즈카는 저도 모르게 최경례를 올렸다.

7. 냉동실에 갇힌 마루타

1

731 청쯔거우城子溝 야외실험장은 고요했다. 모두 숨을 죽인 나머지 정적만이 흘렀다. 남녀 마루타를 25 명씩이나 데리고 나온 이시이 일행은 지금 총기 성능실험을 하고 있었다. 총기 성능이란 다름이 아니라 총알 하나로 몇 명의 마루타를 관통하여 죽일 수가 있는지 알아보는 실험이었다. 찐득한 바람이 저 위쪽 언덕에서 불어왔다. 마루타들은 다섯 그룹이 다섯 명씩 일렬종대로 서 있었는데 앞뒤 간격이 아주 좁았다. 일렬종대로 거의 붙어있는 형국이었다. 대열을 같이하는 마루타들은 하나의 포승줄로 한데 엮어져 있었다.

마루타들과 10여 미터 떨어진 곳에 도고부대의 특급사수들이 총을 조준하고 있었다. 마루타 무리에는 남녀가 적당히 섞여 있었다. 맨 앞줄의 마루타는 모두 남성이었고, 여성 마루타는 공교롭게도 맨 끝에 배치하고 있었다. 마루타들이 줄을 이루어 서 있는 곁으로 무장한 병사들이 만약을 대비해 총을 겨누고 있었다. 마루타들은 이제 곧 총살을 당하리라는 것을 알고 있는지 눈물을 흘리고 있었다.

갑자기 대열의 중간에서 노랫소리가 흘러나왔다.

아리랑 아리랑 아라리요
아리랑 고개로 넘어 간다

처음에는 작은 소리로 시작되었는데 처량한 음색이었다. 이시이 대장은 몇 번 들어본 듯한 노래라는 생각이 들었지만 정확하게 어떤 노래인지 기억하지 못했다. 노랫소리는 점점 커졌다.

"누가 노래를 부르나?"

"조선인 마루타인 모양입니다."

총무부의 하사가 소리쳤다.

"저게 조센진 노래였던가?"

"대장님, 당장 사살할까요?"

아주 듣기 싫다는 듯 엔도 사부로 장군이 물었다.

"아, 아니네. 마지막 떠나는 길인데 한恨이나 풀도록 내버려 두게나."

이시이와 엔도 사부로 장군이 마주 바라보면서 웃었다. 노래는 계속 이어지고 있었다.

나를 버리고 가는 님은
십 리도 못가서 발병 난다

"아주 음색이 처량맞도다."

"조선놈들이 모였다 하면 저런 노래를 부른답니다."

정보 중위가 설명하듯 말했다.

"핑팡역 철도를 놓을 때도 저런 선율이 조선인 노동자들 사이에서 흘러나왔습니다. 철도노동자들이 부른 선율하고 똑같습니다."

"그렇군. 조선 놈들을 몇 명이나 데리고 나왔나?"

이시이는 홧김에 마구 마루타들을 데리고 나온 탓에 정확한 상황을 파악하지 못하고 있었다. 엔도 사부로 역시 홧김에 달려온 탓에 마루타의 숫자 따위에 신경 쓸 겨를이 없었다.

"세 명입니다."

다른 정보 장교가 얼른 대답했다.

"경성에서 보낸 명단의 독립군은 여기 없지?"

"몇 번이나 확인했습니다. 경성에서 추적하는 조선독립군은 우리 731부대에 없는 것 같습니다."

다나까 대장과 엔도 사부로 장군은 슬쩍 정보 장교를 쳐다보며 시무룩히 웃었다.

"다행이군. 마구 잡아다가 정보도 확보하지 않고 없애버린다고 조선총독부 경무대 놈들이 입만 벌리면 투덜거린다더군."

이시이는 조선의 고흥반도에 방문했을 때 총독에게서 들었던 말을 떠올리며 혼잣말처럼 지껄이고 있었다.

청천靑天하늘엔 별도 많고
우리네 가슴엔 한도 많다~

노랫소리는 세 군데에서 동시에 흘러나왔다. 조선인 마루타들이 다른 대열에 섞여 마지막으로 부르는 노래라는 생각이 들었다. 이시이 대장은 마지막으로 죽어갈 조선인 마루타들을 생각하며 저지하지 않고 가슴을 저미듯 들려오는 노래의 선율에 빠져들었다. 그런데 바로 그때 다른 대열에서도 노랫소리가 흘러나왔다.

아름다운 한 송이 모리화
아름다운 한 송이 모리화
가지마다 향기가 가득하네~

"엔도 사부로 장군, 저거 중국 놈들이 좋아하는 노래지?"

"하이~ 모리화茉莉花란 민욥니다. 중국 어디든 어른이나 아이나 틈만 나면 부르는 노래가 맞습니다."

엔도 사부로는 중국의 어디를 가나 익숙하게 들었던 노래라서 얼른 대답했다.

"듣기 거북하시면 당장 발사명령을 내릴까요?"

"아, 아니네. 놈들이 죽는 마당에는 한결같이 애잔한 노래를 부르는 모양이군. 쯧쯧~"

이시이 대장이 감정이 드러나지 않게 혀를 찼다.

"그러게 말입니다."

"그런데 엔도 자네 오늘 무슨 기분 나쁜 일이 있나? 오늘따라 저놈들 죽어가는 모습을 간절히 보고 싶은 모양인데?"

"예~ 좀 심사가 복잡한 일이 있습니다."

이시이 대장과 엔도 사부로 장군 일행은 바람결에 들려오는 마루타들의 노래를 듣고 있었다. 바람에 실려 들려오는 노랫소리는 애잔하게 들렸다. 노래는 한 군데서 들려오더니 이윽고 여러 군데에서 중국의 모리화란 노래가 들려오기 시작했다. 중국인 마루타가 대부분이라서 모리화의 선율이 압도적이었고 조선의 아리랑은 희미하게 들리고 있었다.

그윽한 향기의 하얀꽃
아름다운 꽃을 친구에게
한 송이 보내련다
모리화 모리화~

조선인 마루타들과 중국인 마루타들이 부르는 노랫소리로 대열이 혼란스러웠다. 하지만 대열은 총을 겨눈 일본 병사들의 고압적인 감시로 흐트러지지 않았다. 마루타들은 울면서 마지막으로 간절한 마음을 담아 노래를 부르고 있었다. 엔도 사부로 장군이 이시이 대장을 재촉하듯 쳐다보았다. 이시이 대장이 이내 발사하라는 신호를 보내자 신호수가 크게 깃발을 흔들었다. 그러자 다섯 군데의 사대射臺:총을 쏠 때에 서는 자리를 말함에서 준비된 사수가 방아쇠를 당겼다. 특급사수는 이시이 대장의 지시에 따라 방아쇠를 한번 당기게 되어 있었다. 각 사수가 한 발의 총알을 발사했다. 다섯 군데의 대열에서 마루타들이 외마디 비명을 지르며 풀썩 쓰러졌다. 맨 앞의 마루타가 쓰러지면 함께 밧줄로 연결되어 있기 때문에 한꺼번에 와르르 넘어지는 식이었다.

"부사수는 사망자를 확인하라!"

정보 장교가 지시하자 부사수들이 대열에서 쓰러진 마루타 무리에게 뛰어갔다. 총을 맞고 죽은 마루타도 있고 죽지 않은 마루타도 있는 모양이었다. 비명을 지르며 울부짖는 소리가 계속해서 들리고 있었는데 부사수들이 사망자와 부상자를 구별하느라 분주히 움직이고 있었다.

총알이 일렬로 마루타를 관통했을 때 몇 명까지 사살할 수 있는지 알아보는 실험이었다. 전쟁을 통해 총의 이러한 성능을 확인할 수가 없는 탓에 이시이 대장이 시행하는 이런 총의 성능실험은 획기적이라 할 수 있었다. 대원들이 실험의 결과를 파악하는 틈을 타서 이시이 대장과 엔도 사부로 장군은 작은 냇물이 흐르는 언덕으로 이동해 담배를 입에 물었다.

"엔도 사부로, 이제 좀 기분이 풀렸나?"

"아직 덜 풀렸지만 견딜만은 합니다. 그런데 선배님도 무슨 언짢은 일이 있습니까?"

"지금 전쟁상황이 좋지 않은 모양인데 세균전을 치러서 승리를 거둘 수 있을지 솔직히 확신이 서지 않네. 게다가 에이 이런 얘기를 해야 하나 말아야 하나~"

"선배님, 무슨 일인데 그렇습니까? 내게 뭐 숨길 일이라도 있습니까?"

엔도 사부로의 손끝에서 담배 연기가 공중으로 하늘거리며 올라가고 있었다. "나를 이해해 주는 엔도 자네가 있어서 그나마 다행이군. 사실은 말이야. 그 미오라는 계집애 때문에 내가 많이 힘들다네."

"선배님, 자꾸 나이 어린 계집애들한테 상처를 입으시는 모양인데 그냥 마음에 내키지 않으면 세이코처럼 밟아버리십시오."

이시이 대장은 엔도 장군의 말이 뜻밖에 강력하다고 느끼면서 살짝 웃음을 지었다.

"글쎄 말이야. 미오는 세이코와 상황이 좀 다르다네. 하는 짓이 예쁘고 타고난 인연인지 잠자리도 아주 만족스럽다네."

"그럼, 대체 뭐가 문젭니까 선배님?"

이렇게 말을 하면서 엔도 사부로는 요이코를 떠올리며 내심 화가 났다.

"계집이 앙탈을 부리는 것까지는 좋은데 너무 바가지를 긁는단 말이야. 집에 하녀를 붙여줘도 밤만 되면 무섭다고 나를 찾으니 원~"

"참 선배님도~ 아주 행복한 고민이시군요. 하하하~"

엔도 사부로는 억지로 통쾌한 듯 웃었다.

"자네가 하나밖에 모르는군. 날마다 속옷 너머로 돈다발을 넣어주는 데도 더 달라고 앙탈을 부린다니까. 아마 지금껏 내가 준 돈 제대로 모았다면 벌써 교토에 집을 몇 채 샀을 걸세. 한데 자네는 뭐 때문에 기분 나쁜 표정을 하고 그런가?"

"우리야 그저 비싼 사치놀음이지요. 요이코 말입니다."

엔도는 여전히 요이코를 사랑하고 요이코 역시 자신을 사랑한다고 믿고 있었다.

"뭐, 요이코한테 무슨 불만이라도 있나?"

"지난날에는 관동군사령부에 무슨 애인을 숨겨 두었느냐고 잔뜩 바가지를 긁은 계집이 이젠 오랜만에 얼굴을 맞대도 시큰둥한 얼굴이란 말입니다."

요이코의 앙탈이 심해지면 불안한 중에도 기분은 좋았다. 하지만 이번에는 쉽게 수그러들지 않을 태세여서 내심 걱정하고 있었다.

"요이코야 오직 자네밖에 모르지 않았나? 게이샤의 처녀성을 내가 얼마나 많은 돈을 지불하고 살 수 있도록 노력한 줄 아나? 요이코 신분에 내가 쏟은 자금이 결코 적은 액수가 아니었는데, 자네한테 섭섭하게 대하더란 말인가?"

요이코를 자신의 여자로 만들기 위해서는 대모한테 지불해야 할 값이 만만치 않은 것이었다. 계절 따라 기모노를 입었다면 기모노 의상 비용 일체, 화장품을 화려하게 사용했다면 그 화장품 구입비용 일체, 샤미센과 춤을 전문가로부터 배우는 데 드는 비용 일체, 이런 모든 것을 지불해야만 비로소 게이샤를 자신의 여자로 취할 수가 있는 법이었다.

"나를 보고 웃지도 않고 무슨 일이 있느냐고 물어도 대꾸도 하지 않고 춤을 춰달라고 해도 콧방귀만 뀌고 있으니 그저 한번 안고 싶은 생각마저 달아나버렸습니다. 그냥 난데없는 배신감이 들 정도였다니까요."

"이런 나쁜 계집! 우리가 아니었으면 대모 밑에서 평생 춤이나 추고 노래나 부르다가 늙어질 몸을 구제해 주었더니 뭐 배신을 했단 말이야? 아니 자네한테 자주 들르지 않는다고 앙탈을 부릴 때는 언제고 말이야. 자네 혹시 요이코한테 뭐 약점 잡힌 게 있나?"

"아, 아닙니다. 내가 약점 잡힐 게 뭐가 있겠습니까?"

엔도 사부로는 거짓말을 하려니 얼굴이 화끈거렸다. 요이코에게 성병을 전염시킨 사실을 이시이 시로 대장에게 밝힌다는 것은 체면을 구기는 일이었다.

"그렇다면 다행일세. 그런데 거 참 이상한 일일세."

"아니 선배님. 무슨 말씀입니까?"

엔도 사부로는 물끄러미 이시이 대장을 쳐다보았다.

"내 입으로 자네 체면까지 상하게 말을 꺼낼 수도 없고~"

"대체 무슨 일인데 그러십니까?"

엔도 사부로에게 아무래도 불안한 기운이 밀려들고 있었다.

"엔도 자네가 요이코한테 약점 잡히지 않았다고 하니 얘기네만 우쓰미 반장이 이상한 얘기를 하더란 말이야."

"우쓰미 반장이 이상한 얘기를 하다니요?"

엔도 사부로는 이렇게 물어놓고 깜짝 놀랐다. 731부대 성병 치료 전담 기사인 우쓰미 반장이 이시이 대장한테 이상한 얘기를 했다면 성병 치료에 관한 얘기일 가능성이 높았다. 요이코에게 임질을 전염시킨 것은 돌이킬 수 없는 실수나 다름이 없었다.

"요이코가 임질 치료를 받으러 일본인 전문병원에 들렀다고 하더군. 자네가 요이코한테 성병을 옮기지 않았다면 요이코가 다른 놈하고 붙어먹었다는 얘긴데 요이코가 목숨을 걸지 않고서야 외간 놈을 만나지도 못할 텐데~"

"선배님, 일이 이렇게 된 걸 뭘 숨기겠습니까? 내가 임질에 걸려 완전히 낫지 않은 상태에서 요이코를 품었는데 그만 일이 이렇게 터져버리고 말았습니다."

"예끼 이 사람아! 아무리 급해도 오매불망 자네 오기만을 기다리던 요이코한테 무슨 짓이란 말인가? 우쓰미가 입이 무거운 사람이다 보니까 내게만 슬쩍 귀띔을 해주었네. 자네, 닮을 게 없어서 나를 닮아가나 그래?"

이시이 역시 임질에 걸려 고생한 경험이 있었다. 자신이 탐하는 여성 마루타의 성병을 철저히 검사하라는 그의 지시는 이런 쓰라린 경험 탓이었다.

"아니 선배님, 왜 그런 말씀을? 저야 뭐 선배님을 닮고 싶은 부분이 사실

많습니다. 사내다운 기질하며 그칠 줄 모르는 여성편력조차 닮고 싶은 사람입니다."

"나를 닮고 싶다니 너무 과신하지 말게. 나를 닮고 싶으면 일에 대한 열정만 닮으면 되네. 요이코가 임질성 인후염 치료까지 받았다는데 자네 요이코 데리고 잠자리를 하는데 내 흉내 내느라 이상한 짓거리까지 하나? 왜 자네 아랫도리를 요이코의 입에 처넣고 지랄을 하는가 말이네."

그런 기억을 떠올리니 세이코에게 못한 짓을 많이 했던 기억이 연달아 떠올랐다. 세이코를 생각하면 불쌍하게 여겨지다가도 한편으로 사내로서 수치를 안겨준 세이코를 생각하면 여전히 화가 치솟았다.

"그야 내 실수였습니다. 게이샤의 성품이 몸에 배어 있는 애한테 이상한 짓까지 시켰으니 요이코로서 화가 단단히 날만도 하지요. 반성하고 있습니다."

"나도 한때 이상한 짓을 많이 했다네. 밤새도록 어린 계집들 데리고 겨드랑이털은 물론 은밀한 곳의 털을 뽑아 괴롭히곤 했지. 난 말이야, 이상하게 나이 어린 계집애들이 고통에 몸부림치는 장면을 보면 극도로 흥분이 되더군. 잠자리를 할 때 평범한 방식으로는 도무지 흥분이 되지 않더란 말일세. 그래서 계집들을 똑바로 눕혀놓고 입에 그냥 닳아 오른 몽둥이를 넣어 휘저어보기도 하고 어떨 때는 계집을 엎어놓고 뒷구멍에다 사정을 하곤 했다네. 아직도 술에 취하기라도 하면 변태성 기질이 나오니 죽어서나 철이 들려는지~"

이시이 대장과 엔도 장군은 서로 상대의 옆모습을 씁쓸히 바라보았다. 엔도 사부로는 이시이 대장의 말을 듣고 얼굴이 붉어졌다. 요이코가 싫어하는데도 지나친 방사房事남녀간의 두 사람이 육체적인 관계를 함를 치렀는데 오래도록 후회가 될 듯하였다. 순간의 쾌락을 멈추지 못해 사랑하는 요이코에게 크나큰 상처를 안겼기 때문이다. 그날, 싫다고 몸부림치는 요이코의 입속에 자신의 성기性器만은 집어넣지 말았어야 했다. 아니, 입속뿐만 아니라 요이코의 음부에조차 몸을 밀어 넣는 방자함을 멈추었어야 했다. 성병을 치료하면서 완전히 나았다는 성병 담당 군의의 진단이 나오지 않는 상태였기 때문이었다.

그들이 사적인 대화를 하고 있을 때 정보 장교들이 걸어왔다. 총기 성능실험 결과가 모두 나왔다고 했다. 이시이와 엔도 사부로는 침묵 속에 흘러가는 좁은 냇물을 바라보다가 지휘부를 향해 걸어갔다. 보이지 않았던 다나까 대위가 실험현장에 와 있었다.

"실험결과보고입니다."

뜻밖에 결과보고를 하고 있는 사람은 다나까 대위였다. 이시이와 엔도 사부로 그리고 참석한 모든 실험연구반 반장들이 작은 단상에 올라 잔뜩 긴장한 모습으로 보고를 준비하는 다나까 대위를 바라보았다. 이윽고 다나까 정보 대위가 보고를 시작했다.

"이번에 사용한 총기 성능 결과보고입니다. 1조부터 5조까지 공히 2명이 죽고 1명은 중상, 1명은 경상입니다. 나머지 1명은 영향을 미치지 못한 결과로 나타났습니다."

다나까 대위의 결과보고를 받은 이시이 대장의 표정이 그다지 밝지 않았다. 엔도 사부로 장군 역시 마찬가지였다. 그들은 이번 총기 성능실험의 결과가 아주 대단한 성과를 보여주리라는 예상을 하였지만 생각보다 저조한 성적표가 나온 셈이었다. 이시이는 잠시 엔도 장군과 몇 마디를 나누었다.

"엔도 장군, 생존자들을 어떻게 하겠나? 자네의 뜻대로 하게."

"내게 그런 기회를 주시니 매우 영광입니다."

이시이 대장은 이제 다음 실험장으로 이동할 생각으로 짚차를 향해 걸어가고 있었다.

"엔도 장군님, 생존자를 어떻게 처리할까요?"

"5열에 배치한 생존자는 모두 여자 마루타들인가?"

"그렇습니다."

"참 아깝군. 하지만 이런 모든 사실을 눈 뜨고 지켜보았을 테니 살려두는 것은 위험천만한 일이지. 내가 직접 처리하겠다."

"장군님, 다음 실험장의 실험재료가 부족한 상황이니 차라리 건강한 여자 마루타들을 안다이 실험장으로 데리고 가면 어떨까요?"

다나까 대위가 정중히 제안했다. 하지만 엔도 장군은 다나까 대위를 한번 흘깃거리면서 입술을 비쭉거릴 뿐 아무런 말이 없었다. 그런 대신에 엔도 사부로 장군은 허리춤에 있는 권총을 꺼내 들었다. 그리고 마루타들이 겁에 질려 떨고 있는 작은 운동장을 향해 걸어갔다. 엔도 사부로가 빠른 걸음으로 걸어갈 때 다나까 대위가 잔뜩 굳은 표정으로 엔도의 뒤를 쫓았다. 요이코를 생각하면 엔도 사부로를 당장 쏘아죽여버리고 싶었지만 권총을 숙소에 숨겨두고 왔다는 사실을 깨달았다.

엔도 사부로는 닥치는 대로 총질을 했다. 총성이 실험장 상공을 울렸고, 총기 성능실험 때 죽지 않고 살았던 마루타들을 전원 사살했다. 시체 처리반의 손은 더욱 바빠졌다. 부대에서 데리고 나간 25명의 마루타는 시체처리 대원들의 손에 의해 트럭에 실려졌다. 다나까는 총소리가 울려 퍼질 때 소름이 돋았다. 경우에 따라선 엔도 사부로가 자신에게도 총질을 할 수 있다는 것을 새기고 있었다.

2

도고부대 북쪽 끝에 있는 기간병 사격장에는 어둠이 짙게 깔려 있었다. 저녁 식사도 거른 채 다나까 대위는 헐레벌떡 사격장 문을 열고 들어갔다. 요이코와 기간병 사격장에서 만나기로 한 저녁 시간이 한참 지난 뒤였다.

"대위님, 왜 이렇게 늦으셨어요?"

"요이코, 많이 기다렸지? 내가 야외실험장에서 일행들 보다 먼저 빠져나왔는데도 이렇게 늦었군."

다나까는 권총 사격 연습장에 아무도 없어서 마음이 놓였다.

"야외실험장에서 무슨 실험을 하신 거예요?"

"말도 마. 아마 내 몸에서 마루타들의 피냄새가 진동할 거야."

"대위님께서 포로들을 죽였나요?"

요이코가 이맛살을 찌푸리면서 물었다.

"내가 왜 포로들을 죽이나? 이시이와 엔도 자식이 지시하고 특별사수들이 총으로 쏘아죽이거나 때려죽이는 거지~"

"총으로 쏘아죽이는 것은 알겠는데 때려죽이는 것은 뭐예요?"

다나까는 이런 얘기를 나누는 것보다 마음이 더 급한 것이 있었다. 엔도 사부로의 악행이 무자비하게 변한 것을 보고 당장 대처해야 한다는 생각이 들었던 것이었다.

"도공倒空실험을 테스트하는 거지. 공중에 얼마나 매달려 있어야 죽는지 테스트하는 거지. 뭐 그뿐인 줄 아나? 사람이 얼마나 얻어맞아야 죽을 수 있는지를 마루타 두 사람을 동시에 세워놓고 비교를 하는 거야. 더 무서운 것은 여자 1명, 남자 1명, 이렇게 남녀를 비교하기도 하고, 여자의 힘으로 맞아 죽는 실험과 남자의 힘으로 맞아 죽는 실험 등 아주 다양한 실험을 하더군."

떠올리기 싫은 장면들을 떠올리며 다나까 대위가 말했다.

"정말 이시이와 엔도는 무서운 군인들이군요?"

요이코가 몸을 떨면서 혼잣말을 하는 식으로 물었다.

"요이코는 사람의 정맥에 공기를 주입하면 얼마나 버틸 수 있다고 생각하나?"

"그런 해괴한 장면은 생각조차 하기 싫어요."

요이코의 고개를 젓는 모습조차 선정적으로 보였다.

"담배 연기를 폐에 주입하면 얼마나 버틸 수 있을까? 731부대 대원들은 틈만 나면 담배들을 빨아대지. 담배 맛을 알고 빨아대는 게 아니라 괴로워서 빨아대는 거야. 어떤 대원은 자기가 담배를 빨고 있는지 어떤지도 모른 채 무의식적으로 빨아대는 모습을 보았어."

"담배는 나도 빠는 걸요. 불안하니까 담배를 자꾸 빨게 되요."

요이코가 말하면서 미소를 지었다. 미소를 짓는 요이코의 뺨에 다나까가 입술을 가져다 댔다. 내일의 운명을 장담할 수 없다고 생각하자 다나까 대위의 행동은 아주 대담해졌다.

"위장과 십이지장을 제거하고 식도와 소장을 연결하면 사람이 먹는 음식이 제대로 소화가 될 수 있을까? 이런 엄청난 정보들을 이시이 대장과 엔도 장군이 마치 훈장처럼 소유하고 있어. 일본이 전쟁에서 승리하면 이러한 자료들은 이시이 대장과 엔도 사부로 장군을 영웅으로 만들어 줄 수 있을지도 모르지. 전쟁에서 승리한다면 말이야."

다나까는 말하면서 어떻게든 도고부대가 보유하고 있는 생체실험에 대한 자료를 확보해야 한다는 생각이 들었다. 정보 장교로서 확신한 게 있다면 정보를 소유한 자가 마지막에 승리할 수 있다는 점이었다.

"만약 전쟁에서 패한다면요? 이시이와 엔도 개자식은 어떻게 되는 거죠?"

"글쎄, 살아서는 이곳 하얼빈에서 빠져나가기 어려울 거야. 요이코, 지금부터 우리는 이곳 만주 하얼빈에서 살아서 나갈 수 있는 방법을 모색해야 한다."

다나까는 시간이 허락하고 여건이 허락한다면 거래할 수 있는 실험 자료를 확보하는 것이 요이코와 무사히 귀국하는 방법이 될 것이라고 생각했다.

"아, 알겠어요. 대위님을 정말 사랑해요."

"나도 마찬가지야. 내 목숨이 다 할때까지 요이코는 내가 반드시 지킬 거야."

그들은 한참동안 꼭 끌어안고 있었다. 요이코의 숨결이 느껴지는 게 기분이 좋았다. 요이코도 그가 싫지 않은지 그의 가슴에 마구 파고들었다.

"대위님, 그런 말은 싫어요. 내가 살고 대위님이 죽는다면 정말 나는 싫어요. 나 혼자 살아서 일본으로 돌아간들 무슨 의미가 있겠어요."

"요이코, 그렇게 생각해주니 정말 고마워. 자, 이제 내가 여기에서 만나자고 했던 이유를 말할 테니 정신 바짝 차리도록 해."

어둠이 물컹하게 내려앉은 탓인지 과녁이 제대로 보이지 않았다. 하지만 과녁이 중요한 것은 아니었다. 권총을 자유롭게 다룰 수 있는 훈련이 중요했다. 다나까는 세이코를 통해 구입한 나강 권총에 관해 설명해주었다. 권총에 장전한 실탄을 빼낸 다음 연습용 실탄을 장전했다. 그리고 육혈포의 의미를 설명해주고 연속해서 여섯 명의 적을 사살할 수 있다는 것을 가르쳐 주었다. 실탄의 장전, 안전 잠금장치, 방아쇠 전진과 후퇴의 의미 등을 진지하게 설명해주었다. 실탄을 장전하고 해체하는 과정을 여러 번 보여주고 요이코로 하여금 따라 해보도록 하였다. 요이코는 처음에는 무서워서 어려워하는 모양이었지만 권총을 자유롭게 다룰 수 있어야 살 수 있다고 수없이 강조하자 적극적으로 훈련에 임했다. 과녁에 바짝 접근해서 플래시 불빛에 의지하여 조준하는 방법도 지도해주었다. 과녁에 조준하는 방법과 호흡법, 실탄을 신체의 은밀한 부위에 숨기는 방법까지 짧은 시간에 상당한 훈련의 결과물을 얻었던 것 같았다.

"정말 무슨 일이 일어날 것 같네요."

"요이코, 우리 목숨은 우리가 지켜야 해. 일본은 아시아를 넘어 세계와 전쟁을 치르고 있지만 우리는 이시이 대장과 엔도 장군으로부터 우리의 목숨을 지켜야만 한단 말이야. 전쟁에서 승리를 하더라도 엔도 장군의 총알 세례를 받을 수가 있어. 요이코와 내가 이렇게 사랑하는 한 엔도 사부로 장군의 총구가 우리를 노리고 있을 거란 말이야. 이시이 대장 역시 엔도 장군의 편이지 우리 편은 아니잖아?"

"대위님, 만약 일본이 전쟁에서 패한다면 우리는 어떻게 되나요? 지금 전쟁 상황이 좋지 않다는 소문이 돌고 있어요."

"이시이는 물론 엔도 장군이나 이곳 부대의 고등관들도 살아서 일본으로 돌아가긴 어렵지. 전쟁에서 패한다면 중국이나 소련군이 만주에 주둔하고 있는 일본군이나 일본인 민간인들까지 잡아 죽이려고 들 거야. 그러니 우린 돈을 모아서 영향력 있는 중국 현지인들을 포섭해두는 것도 살아서 돌아갈 수 있는 좋은 방법이지. 이시이 시로나 엔도 사부로 같은 지휘부 장군들은 낙관은 하지 않아도 설마 일본이 패하리라고는 생각하지 않는 것 같아. 지금 계획하고 있는 세균살포 전략을 보면 아주 광범위한 지역을 공격의 대상으로 하고 있단 말이지. 이번에 대대적으로 성공을 해야만 아시아나 유럽을 향해 전면적인 선전포고를 하게 될 거란 말이야. 이러니 돈을 모아 중국 현지인도 매수하려면 싫어도 요이코가 당분간 엔도 사부로에게 충성하면서 되도록 많은 돈을 빼내란 말이야."

"무슨 말인지 알겠어요. 그런데 대위님, 나는 당장 엔도 사부로 장군을 마주하는 게 죽도록 싫습니다. 비행기 타고 부대 항공대에 내리자마자 내게로 달려온 모양인데 내 몸을 마치 자기 노리개처럼 주물럭거려서 그냥 홧김에 소리를 질렀어요. 빰을 올려치면서 미치광이처럼 거친 손을 아래쪽에 집어넣더라고요. 그냥 기를 쓰고 엔도의 손을 거부했어요. 밤에 보자면서 내 얼굴에

침을 뱉고 가더라니까요. 첩의 몸에 성병을 옮긴 주제에 감히 어디서 패악질이냐고 소릴 질러버렸어요. 단단히 화가 났을 거예요."

"요이코, 아무리 화가 나도 엔도 장군 눈 밖에 나지 말아야 해. 어떻게든 많은 돈을 받아내야 한다니까. 지금부터 우리는 이시이 대장이나 엔도 사부로 장군과 전쟁을 치르는 거라고 생각하며 철저히 대비하자. 우리가 무사히 살아서 고향에 돌아가려면 이러는 수밖에 없어. 이시이와 엔도 장군은 변태들이란 말이야. 하루에도 좋아졌다 싫어졌다 뭐 감정의 기복起伏이 널뛰기를 한다는 말을 들었어. 이런 얘기는 하지 않으려고 했는데 이제 해야겠다. 성병 전문가인 우쓰미 반장한테 들었는데 기타노 중장이 조선인 여자 마루타를 독방에 올려보내라고 했대. 그래서 소년 대원이 반대를 했는데 그만 탈출 사건이 벌어진 거야. 그리고 간도지방 출전 전에 이시이와 엔도가 은밀히 2층 독방에 들렀다는 거야. 성병 치료를 받은 러시아 여자 마루타를 둘이서 건들고 전쟁에 나갔던 거라고. 원래 유행성출혈열을 연구하는 가사하라 반장과 기타노 중장이 데리고 놀려고 준비해놓은 건데 조선인 여자 마루타들이 탈출하는 바람에 꿩 대신 닭을 먹는다고 러시아 여자들을 처먹은 거래. 그래서 지금 기타노 중장하고 엔도 장군 사이가 억수로 안 좋다는 거고~. 바로 이런 놈들이란 말이야. 오늘 밤에 수틀리면 요이코가 당할 수도 있어. 쥐도 새도 모르게 없어지면 죽는 사람만 억울하지 아무도 슬퍼 해주지 않는다고. 내 말 알아들었어?"

"정말 변태보다 더한 자식들이군요! 알았어요. 그럼, 우리 함께 지금부터 은밀하게 준비해요."

요이코가 다짐을 하듯 힘을 주어 말했다.

"그래. 자 잘 익혀두라고. 이건 연습용 총탄이다. 총소리가 아주 작게 들리니까 걱정하지 말고 쏴 봐. 엔도뿐만 아니라 요이코의 목숨을 위협하는 어떤 놈이든지 정확히 조준해서 방아쇠를 당기면 되는 거야. 자 여기에 연습용 총탄을 장전할 거니까 요이코가 직접 쏴 봐."

요이코는 나강 권총을 힘껏 움켜잡았다. 다나까 대위가 연습용 실탄을 여섯 발 장전했다. 표적지에 바짝 접근해서 다나까 대위는 플래시를 표적에 비추었다. 표적이 달무리처럼 하얗게 밝아졌고, 요이코는 연습한 대로 나강 권총의 가늠쇠 사이로 목표지점을 주시했다. 요이코는 호흡을 가다듬으며 엔도 사부로의 얼굴이 과녁에 박혀 있다고 상상했다. 다나까는 요이코의 뒤쪽에서 껴안은 자세로 권총을 든 그녀의 팔을 지지했다. 호흡을 멈추고 호흡을 내뱉는 연습을 수차례 반복했다. 요이코의 젖가슴이 다나까의 손에 느껴졌다. 그녀의 풍성한 젖가슴에 손이 닿자 괜히 다나까의 가슴이 두근거렸다.

그들은 서로 이러한 감정을 느끼며 설레고 있었다. 그런 중에도 권총 사격 훈련에 진지한 자세로 임하고 있었다. 요이코가 방아쇠를 잡아당겼다. 틱, 하는 소리가 어둠 속에 흩어졌고, 다시 호흡을 가다듬었다. 이렇게 여섯 차례 요이코를 뒤에서 안은 채 총알을 발사했다. 육혈포의 총구멍에서 불이 번쩍이지는 않았지만, 충분히 긴장되는 순간이었다. 목숨을 구하는 훈련이란 긴장감 탓인지 자세가 흐트러지지 않고 꼿꼿했다. 그들은 이런 동작을 여러 번 반복했다.

"요이코, 이제 내려가도록 하지."

"좀 더 익히고 싶은데요."

요이코의 마음은 진심인 것 같았다. 다나까 대위는 요이코를 돌려세우고 힘껏 가슴 쪽으로 끌어당겼다.

"엔도 장군이 늦은 밤에 술에 취해 돌아올 거야. 안다이 실험장에서 마루타 실험을 마치면 이시이 대장과 고등관 몇은 하얼빈 요정에 들러 술 파티를 하겠지. 술 파티는 곧 여자 파티라는 것을 요이코도 바보가 아닌 이상 알고 있겠지?"

"알고는 있지만 나는 정말 엔도 장군 만큼은 믿었지요. 오직 나뿐이라고 귀에 딱지가 앉도록 들었으니까요. 그런데 내게 성병을 옮기고 말았어요. 나를 찾아오는 날도 뜸해지고~ 난 이제 콩으로 메주를 쑨다고 해도 엔도 사부로 말은 믿지 않을 거예요."

"사내들이란 여자를 사랑할 때는 모두 그렇게들 말하지. 오직 당신밖에 없다, 나는 네가 처음이다, 이런 식으로 말이야. 권력이 있는 사내일수록 이런 수완이 능숙하다는 걸 명심해야 해. 요이코, 이제부터 엔도 장군에게 철저히 돈을 빼내야 해. 그럼, 우리는 적어도 살아서 일본으로 돌아갈 수 있을 거야."

다나까 대위의 마음은 절박했다. 이러다가 전쟁에 패하면 정말 목숨이 어떻게 될지 장담할 수가 없는 노릇이었다. 일본의 추악한 비밀을 알고 있는 자신과 부대원들의 목숨 또한 안전을 담보할 수가 없을 것이다.

"알겠어요. 어서 내려가요. 다나까 대위님, 날 한번 안아주세요."

"그러지~"

다나까는 설레는 가슴으로 요이코를 끌어안았다. 그녀의 몸이 뜨거워지는 것을 느끼면서 다나까 역시 몸이 달아올랐다. 하지만 이럴 때가 아니라 이제부터 철저히 안전한 방법을 준비하는 일이 중요하다고 여겨졌다. 마루타들의 알몸 사진이나 춘화 같은 사진을 팔아서는 중요한 순간에 계획을 성사시킬만한 자금을 모으기가 어려울 것이다.

"나강 권총을 소지하고 있다는 걸 절대로 들키면 안 돼. 눈에 띄지 않은 곳에 은밀히 감추라고. 이제부터 밖에 나올 때는 항상 허벅지 밑에 숨겨서 나오도록 하라고. 실탄을 장전하고 안전장치만 잠그면 만반의 준비가 끝난단 말이야."

"알겠어요. 어서 내려가요."

그들은 몸을 낮추고 주위를 살피면서 조심스럽게 권총 사격 연습장에서 내려왔다.

다나까 대위는 요이코와 작별하고 숙소로 돌아왔다. 배가 고팠지만 긴장된 나머지 저녁밥을 먹을 수 없을 것만 같았다. 슬쩍 들여다보았더니 장교식당에 불이 밝혀져 있고, 장교들이 삼삼오오 모여 늦은 저녁 식사를 하고 있었다. 총무부 사무실을 둘러보니 두 명의 중위가 보이지 않았다. 이런 점으로 보아 아직 마루타 실험이 끝나지 않은 모양이었다. 다나까 대위는 순간 피로가 몰려들었다. 잠시라도 눈을 붙이고 싶어 숙소를 향해 걷기 시작했다.

3

안다이 실험장에는 이시이 대장과 엔도 장군, 기타노 중장 등을 중심으로 각 연구반의 반장들과 정보 장교, 궂은일을 도맡아 하는 소년 대원들과 기간병 병사들이 열심히 움직이고 있었다. 대원들과 병사들은 상관의 지시에 따라 정신없이 움직였는데 저녁 어둠이 깔리면서 허기가 몰려오는지 하품을 하는 병사들이 늘어났다. 이시이 대장과 엔도 장군을 위시하여 고등관들이 실험장 뒤쪽 숲의 입구에 놓인 나무 의자에 앉아 담배를 피우고 있었다.

"기타노 중장, 아직도 나한테 맺힌 게 있나?"

"아, 아닙니다. 선배님한테 서운할 게 뭐가 있겠습니까?"

기타노는 이시이 대장 앞에서는 항상 정중했다. 이시이는 기타노 중장이 말은 이렇게 해도 자신에게 많이 서운했을 것이라고 생각했다.

"조선 마루타들이 탈출한 사건이 아주 유감이군."

"선배님, 사실 약간의 오해가 있습니다."

"아니 내가 뭐 잘못 알고 있는 게 있다는 말인가?"

이시이는 동료들이 함께 있어 눈치를 보며 의자에서 일어났다. 총총걸음으로 오른쪽 숲길이 시작되는 쪽으로 걸어갔다. 기타노 중장이 말없이 이시이 대장을 뒤따랐다. 이시이는 10여 미터 정도 지점에서 멈추었다. 기타노 중장이 먼저 입을 열었다.

"실은 가사하라 반장을 위해 선심 좀 쓰려다 보니 러시아 여자 마루타 2명의 성병을 치료하도록 명령했고, 마침 조선 마루타들이 탈출하는 사건이 일어났기에~"

"오호 그러니까 나와 엔도 장군이 꿩 대신 닭으로 선택한 러시아 여자 마루타는 원래 자네들의 목표물이 아니었다는 이런 얘기군?"

"그렇습니다. 조선인 여자 마루타의 성병을 치료하도록 한 것은 맞습니다. 선배님 앞에서 뭘 숨기겠습니까? 조선 여자를 워낙 좋아하다 보니 혼자서 일을 치르는 것보다 실험을 위해 불철주야 고생하고 있는 가사하라 반장과 뭐 결의라도 맺고 싶은 마음에 두 명의 조선 여자를 준비했지요."

"한데 탈출 사건이 일어났으니 김이 빠졌단 말이지. 나도 엔도 사부로가 힘들어해서 자네처럼 결의를 맺고자 러시아 여자 마루타들을 데리고 잠깐 객고를 풀었던 것이네. 전쟁에 나갈 때는 목숨을 장담할 수 없으니 계집 맛이라도 한 번 더 보려고 하는 게 사내들의 생리가 아니겠는가? 혹여 서운한 마음이 있다면 나를 이해해 주게."

"아이쿠 선배님, 무슨 그런 가당찮은 말씀을 하십니까? 백번 천번 이해하고도 남지요. 나 역시 마찬가집니다. 선배님도 잘 알잖습니까? 선배님이 장차 치적治績으로 삼으려고 하시는 유행성출혈열 연구에 가사하라 반장이 얼마나 열심히 매진하고 있는지 말입니다."

"잘 알고 있네. 말이 나온 김에 유행성출혈열에 대해 들어보고 싶군. 내가 전쟁에 힘을 쓰다 보니 요즘 그쪽 분야에 많이 소홀해서 말이야."

이시이 대장은 잠시 말을 멈추더니 숨을 깊게 내쉬었다. 그리고 동료들이 앉아 두런거리고 있는 저쪽 나무의자 방향을 향해 큰 목소리로 소리쳤다.

"가사하라 반장!"

"왜 그러십니까?"

가사하라 반장이 저쪽에서 되물었다. 가사하라의 목소리는 바람을 타고 전해진 탓인지 생각보다 가깝게 들렸다.

"잠깐 이쪽으로 오게."

"하이!"

가사하라 반장이 득달같이 뛰어왔다. 이시이 대장은 잠깐 가사하라 반장이 숨을 몰아쉬도록 여유를 주었다. 가쁜 호흡이 잦아들자 이시이가 말했다.

"가사하라 반장, 나한테 서운하게 생각하지 말게. 자네들이 공들여놓은 러시아 계집들을 엔도 장군하고 데리고 놀았는데 그만한 까닭이 있었다네. 헙헙~"

이시이 대장이 겸연쩍은지 헛기침을 뱉었다.

"이시이 대장님, 저는 여자 마루타 문제로 서운한 감정이 일절 없습니다."

"그렇게 생각해주니 고맙군. 기타노 중장한테도 내가 말했네. 조선년들이 탈출한 사건이 일어나서 그렇게 되었던 것이라고~. 그나저나 유행성출혈열 연구로 고생이 많은 점 나도 잘 알고 있다네. 내 치적을 위해 둘이서 아주 잠까지 설쳐대며 연구하고 있다는 사실을 잘 알고 있어. 그래 이렇게 기타노 중장까지 함께 있으니 내게 특별히 보고할 내용이 있으면 하게나."

"지금 만주 지역에 유행성출혈열로 의심되는 질병이 들끓고 있습니다. 그에 대한 보고서를 군의軍醫인 이케다 나에오 중좌가 철저히 준비 중입니다. 저보다 이케다 중좌를 불러 간략하게 들으시는 게 더 나을 것 같습니다."

"그럼, 그렇게 하게."

기타노 중장이 가사하라 반장을 향해 말했다. 이시이 대장은 고개를 끄덕이고 있었다. 곧 이케다 나에오 중좌가 뛰어왔다. 이케다는 손에 들고있던 담배를 바닥에 비벼서 끄고 나서 잠깐 숨고르기를 한 다음 입을 열었다.

"만주 육군병원에서 일찍부터 연구했던 분야입니다. 먼저 방대한 연구를 멈추지 않도록 지원해주신 이시이 대장님께 감사드립니다. 대장님 이름으로 발표할 연구 자료를 지금 가다듬고 있는 중입니다."

"아주 수고가 많네. 자네가 바로 관동군 특수연습소련전 준비 때문에 여기에 파견 나온 군의로군. 그래 자네 소원이 뭔가?"

"전쟁이 끝나면 고향에 돌아가 피부과나 항문과, 비뇨과 같은 분야를 개원開院하고 싶습니다."

"음 그렇군. 그렇게 되도록 내 열심히 돕겠네. 그래 내 이름으로 발표할 연구자료를 간략하게 설명해 보게. 나도 한때 원숭이 두개골을 갈아서 실험의 자료로 사용한 경험이 있다네."

이시이 대장의 목소리는 자신감에 차 있었다.

"그거야 전설적인 업적이라서 우리 같은 후배들은 모두 알고 있습니다. 뭐 간략하게 보고를 올리겠습니다. 육군병원에서 유행성출혈열 진단을 받은 병사가 있었지요. 그 병사로부터 채취한 혈액을 중국인 마루타에게 주사한 결과 즉각 감염이 되었습니다. 그리고 감염된 마루타의 몸에 이蝨를 퍼뜨려 또한 몇 시간 만에 감염이 되는 것을 확인하였습니다. 더욱 놀라운 것은 벼룩을 이용해서 마루타의 몸에 유행성출혈열을 감염시키는 데도 성공하였습니다."

"하하하~ 정말 대단히 놀라운 결과로군."

이시이 대장은 박장대소하며 아주 기쁜 표정이었다. 이시이는 이와 벼룩을 이용해 페스트균처럼 유행성출혈열을 대대적으로 적군에게 퍼뜨릴 수 있다고 믿었던 것이다. 강력한 세균무기의 보유는 중국은 물론 소련과의 전쟁에서 승리할 수 있는 강력한 수단이라고 생각했다. 이시이 대장이 기뻐하는 것을 보자 기타노 중장의 기분 역시 아주 좋아졌다. 기타노는 이시이 대장이 더욱 놀라운 업적을 이루면 이곳 731부대는 자기의 품 안에 들어오리라고 조심스럽게 기대하고 있었다.

"이시이 대장님, 더욱 반가운 실험의 결과물도 저희들이 가지고 있습니다."

기타노 중장이 이케다 군의의 말을 끊으며 이시이 대장을 기쁘게 해줄 셈으로 서두르듯 끼어들었다. 기타노는 이시이 대장 곁에 붙어서 이시이의 환심을 사려고 온갖 노력을 기울이는 중이었다.

"정말 대단한 일이로군. 어서 말해 보게나."

"우리는 비밀리에 유행성출혈열에 걸린 마루타의 몸을 생체 해부하는 데 성공하였습니다."

"훌륭하군. 내 염려되는 대목이 있어서 하는 얘긴데 마루타의 몸을 이용한 생체실험의 자료 데이터를 원숭이나 토끼 같은 동물로 치환해서 수치를 조정해야 할 걸세. 내가 알기로 원숭이 몸은 사람의 몸보다 온도가 더 높다는 것일세."

"이시이 대장님의 말씀이 옳습니다. 제가 측정한 바로 원숭이 몸은 사람의 몸보다 체온이 약 8도 정도가 높습니다."

나에오 중좌가 말했다.

"바로 그거야. 자넨 역시 수재로구만. 마루타의 몸을 생체실험하였으니 원숭이로 실험대상을 바꿔서 결과를 발표하려면 8도 높은 온도를 감안해서 수치를 조절해야 한다, 뭐 이런 말이지. 내 말 맞나?"

이시이 대장은 원숭이 관련 실험을 이미 오래전에 경험한 터라서 이런 정도의 상황까지 꿰뚫고 있었다.

"네, 맞습니다. 역시 이시이 대장님은 저보다 몇 수 위이십니다. 저는 거기까지는 생각을 하지 못했는데 지적을 해주시니 그렇게 조절하도록 하겠습니다."

"그만하면 되었네. 어서 가서 이곳 실험에서 맡은 자네의 임무를 다해 주게."

"하이!"

"기타노 중장, 자네는 저토록 훌륭한 사람을 실험 동지로 두었으니 여한이 없겠구만. 그래 유행성출혈열의 병원 매개체를 밝혀냈다지?"

"그렇습니다. 선배님, 쥐에 기생하는 '비단털쥐 좀진드기'의 일종으로 바이러스에 의한 감염이라 할 수 있습니다. 방역을 위해서는 쥐와 집쥐 진드기, 이와 벼룩을 박멸하는 게 가장 우선이라 할 수 있습니다."

"그렇군. 나도 잠깐 짬을 내어 만주 유행성출혈열을 연구한 경험이 있네. 감별진단을 위해서 환자의 간이나 비장에서 얻은 여과액을 항원으로 사용하여 피부의 반응을 관찰해보았다네. 뎅기열과는 확연히 증상이 구분되었지~"

"어떻든 이번 유행성출혈열에 관한 연구는 선배님의 훌륭한 업적으로 남을 것이라고 생각합니다."

"하하하~ 그렇게 여겨주니 고맙네. 자 그럼, 저쪽으로 가보세. 이어지는 실험은 무엇인지 궁금하군. 오늘 실험을 마치면 밤늦게라도 하얼빈 시내에 나가서 거나하게 한번 취해 보세."

"아이쿠 여부 있겠습니까?"

그들은 빠른 걸음으로 야외실험장을 향해 걸어갔다. 저녁이 되면서 어둠이 숲과 들판으로부터 빠르게 내려와 실험장 주위를 자욱하게 덮고 있었다. 병사들은 실험장 주변의 경계를 서느라고 절도 있게 움직이며 전방을 주시했다.

실험장은 이미 다음 실험을 위한 장치가 준비되어 있었다. 머리에 캡을 두른 간호사들은 흰옷을 입고 분주히 움직였다. 군의軍醫들은 각자 맡은 영역에서 실험을 위한 준비를 마쳤고, 반장들은 이번의 실험에 관한 관심이 컸으므로 몹시 설레는 중이었다.

하사관을 비롯한 중공군 병사 25명과 중국인 주민 25명이 잔뜩 겁먹은 얼굴로 의자에 앉아 대기하고 있었다. 그들은 일본군 병사들이 총을 겨눈 채 주위를 에워싸자 표정이 완전히 굳어지고 있었다.

"그럼, 혈액형 부적합 실험을 시작하도록 하겠습니다."

혈청연구를 담당하고 있는 우쓰미 반장이 말했다.

"먼저 실험의 진행 상황부터 보고하게."

엔도 사부로 장군이 심각한 생각에 잠겨 있다가 잠을 깨듯이 말했다. 이시이 시로 대장은 만족한 표정으로 고개를 끄덕였다. 우쓰미 가오루 혈청 반장 옆에 병리 전문 오카모토 반장이 흰 가운을 입고 좌우를 살피고 있었다. 오카모토 오른쪽에 콜레라 담당 미나토 반장이 눈을 끔뻑거리며 실험재료들을 바라보고 있었다. 적리 연구반을 이끌어오고 있는 에시마 반장과 악성 종기 탄저균을 연구하는 오타 반장 역시 가운을 입고 실험장을 살펴보고 있었다. 요시무라 히사토 동상 연구반장도 바로 이들의 뒤에서, 다음에 도고부대 동상 실험실로 이동하여 보여줄 동상실험 현장을 떠올리며 마음을 졸이고 있었다.

"우리는 먼저 중공군 191명과 포로 20명, 중국인 주민 25명 등 총 236명에 대한 혈액형을 조사하였습니다. 조사결과는 먼저 O형이 압도적으로 많았으며, 무려 51.3%를 차지하였고, 다음으로는 B형이 많았습니다. B형은 O형의 절반 이하로서 22.9%를 차지하였습니다. 이어서 A형 8.4% 순이었는데 대략 중국인들의 혈액형 분포 역시 조선인의 혈액형 분포와 비슷한 경향을 보여주었습니다."

이시이 대장과 엔도 장군이 동시에 고개를 끄덕거렸다. 그들은 조선인의 혈액형 분포에 관한 연구 자료를 조선총독부 경무국으로부터 받아본 탓에 인간의 혈액형 분포에 관한 정보를 나름대로 숙지하고 있었다.

"우리가 조선총독부로부터 건네받은 자료와 혈액형 분포가 다르지 않군. 전쟁에 대처하기 위해 우리가 시급히 확보해야 할 혈액형이 무엇인지 이번 실험을 통해 판가름이 나겠군 그래."

이시이 시로 대장이 만족스런 표정을 지으며 말했다.

"그렇습니다. 앞으로 우리가 맞아야 할 전쟁 상황은 아주 치열해질 것입니다. 부상병을 구하려면 긴급히 수혈할 혈액을 확보하는 일이 무엇보다 시급하겠지요. 일본 본토에서 생포한 미군 포로를 대상으로 생체 해부 실험을 했던 것은 다들 알고 있지요?"

엔도 사부로 장군이 설명을 곁들이다가 좌중을 향해 물었고, 여기저기에서 고개를 끄덕이고 있었다.

"아 참 그 실험의 결과는 어떻게 나타났지? 인간의 혈액을 바닷물로 대체하는 실험이었지 아마?"

이시이 시로가 이렇게 물었고, 좌중들의 시선이 엔도 사부로에게 향했다. 엔도 장군이 손짓으로 우쓰미 반장에게 대답하라는 신호를 보냈다. 하지만 우쓰미 반장이 대답하지 않고 오카모토 병리 반장이 대답하고 있었다.

"그렇습니다. 전쟁 시에는 혈액을 대신하여 어떠한 수액을 혈관에 투여해서 목숨을 구하는 것이 무엇보다 중요한 문제라고 생각합니다. 본토에서 실행한 혈액 대체실험은 실패했습니다. 혈액을 대신할만한 바닷물은 존재하지 않습니다. 말馬이나 다른 동물의 혈액으로 인간의 피를 대체할만한 방법도 아직 성공하지 못한 상태입니다. 우리가 이번 실험에서 다른 혈액형을 수혈하여 생명을 구하는 방법을 성공시킨다면 전쟁에서 승리하는데 엄청난 공적을 이루는 쾌거라 할 수 있을 것입니다."

오카모토 반장의 말이 끝나자 좌중들의 박수가 이어졌다. 이윽고 이시이와 엔도 장군이 설레던 실험이 시작되었다. 간호사들이 반장의 지시에 따라서 붙잡혀 들어온 중공군 병사들과 중국인 주민들의 혈관에서 피를 뽑기 시작했고, 이렇게 채혈한 혈액을 사전에 준비한 방식으로 혈액에 주입하기 시작했다.

그들은 여러 번의 실험을 통해 가설을 몇 가지 세우면서 실험의 효율성을 점검해나가던 중이었다. 여러 번의 실험으로 그들은 같은 혈액형끼리 수혈하는 것이 가장 이상적인 수혈방식임을 확인했다. 하지만 같은 혈액이 없는 경우에 한에서는 O형 혈액을 다른 사람의 몸에 수혈하는 방식이 가장 상식적인 방식임을 또한 확인했다. ABO식 혈액형에 있어서 O형 혈액형이 만능공급자가 된다는 것을 증명해 보였다.

"이시이 대장님, 혈액형 부적합 수혈의 실험결과를 말씀드리도록 하겠습니다."

"정말 결과가 기대가 되는군."

이시이 대장뿐만 아니라 엔도 장군이나 다른 전담반장들, 대원들 할 것 없이 모두 기대를 하고 있는 상황이었다.

"A형 혈액을 O형 수혈자에게 100cc 수혈하였을 경우, 수혈 전에는 맥박 87, 체온 35.4도였습니다. 하지만 30분 후에는 많은 변화가 나타나기 시작합니다."

"음, 예상했던 결과가 나타나는구만 그래."

"30분 후에는 맥박과 체온이 모두 상승하는 것을 엿볼 수 있습니다. 맥박이 97로 10 이상 상승했고, 체온 역시 38.6도로 크게 올랐습니다."

"음, 숫자변화까지 예상했던대로 나타났군. 그럼, 경련 상황은 어떻게 나타나고 있는가?"

“지금 간유리 너머를 보시면 아시겠지만 아직 가벼운 경련 정도에 그치고 있습니다.”

간유리 너머로 보이는 마루타의 모습은 크게 움직임이 나타나지 않은 모습이었다.

“실험의 예상치에 근접한 결과가 나타나고 있는 것을 보니 우리들의 실험이 그간 아주 효율적이었던 것은 사실이군. 1시간 이후의 변화를 관찰하여 알려주도록 하게.”

이시이 시로 대장과 엔도 사부로 장군이 실험실 밖에서 무료함을 달래려는 듯 담배를 피워물고 있었다. 그들은 중요한 실험의 결과물에 온통 관심이 집중되었지만 기다리는 동안은 매우 무료하게 느껴졌다. 그들이 실험실로 손수 들어가기 전에 키가 껑충한 정보 중위가 뛰어와서 1시간 후의 결과가 나타났다고 보고했다. 그들은 습관처럼 몇 개비 태우던 담배를 땅바닥에 밟아 버리고 실험실로 뛰어 들어갔다.

“60분 후의 변화에 관한 결과를 말씀드리도록 하겠습니다. 30분 전보다 맥박 역시 106으로 소폭 상승하였습니다. 체온은 38.6도에서 39.4도로 올라갔습니다. 우리는 이제 3시간 후에 수혈자의 상태는 어떻게 변할 것인가에 관한 실험 전 가설의 옳고 그름을 확인하기 위해 2시간 정도를 더 기다려야 합니다.”

오카모토 병리반장이 설명했다.

“아주 훌륭하군. 우리가 예상했던 상황에서 크게 빗나가지 않은 듯하네.”

이시이 대장이 만족한 표정으로 응대하고 있었다.

“그렇습니다만, 우리는 조심스럽게 AB형 혈액을 O형 수혈자에게 200cc를 투입할 계획을 세우고 있습니다. 우리의 기대대로 진행이 된다면 아마 이런 경우 실신을 하거나 심하면 사망자도 나올 수 있을 것으로 사료 됩니다.”

"으흠, 아주 훌륭해. 우리가 예상한 기대치에서 크게 다르지 않군. 오카모토 반장! 우리는 지체할 시간이 없으니 이곳에 남아 나머지 실험을 계속하고 내일 결과를 보고하도록 하게."

"하이! 우리의 예상대로 3시간이 경과하게 되면 체온이 약간 내려가고 상태는 지금보다 호전될 것으로 보입니다. 따라서 우리는 AB형 혈액을 O형 수혈자에게 수혈하는 실험에 집중할 생각입니다. 최악의 실험결과를 예측해 놓은 실험이기 때문입니다."

우쓰미 반장과 오카모토 반장을 비롯하여 부적합 수혈에 관련한 실험 팀만 안다이 실험장에 남겨놓고 이시이 대장을 비롯하여 엔도 장군과 나머지 고등관 등 거의 모든 대원이 731 도고부대로 돌아왔다.

부대에 돌아오자 가장 바쁜 사람은 동상연구를 담당하고 있는 요시무라 히사토 반장이었다. 그는 겨울을 앞두고 격화될 전쟁 속에서 맞이하게 될 만주의 엄청난 추위를 대비하여 동상에 관한 대대적인 실험을 계획해두었다. 이시이 대장과 엔도 장군 역시 이번 겨울의 전쟁을 대비하여 각별한 관심을 지니고 있었다. 만주사변을 격렬하게 치르면서 3도 동상환자가 다수 발생했던 사례는 불과 몇 년 전에 경험했다. 전쟁을 치르는 군인에게 겨울동안의 동상이란 최대의 적이나 다를 바가 없다는 점이었다.

"동상실험은 실험결과가 차고 넘치는 것으로 아는데 오늘은 어떤 실험을 보여줄 텐가?"

이시이 시로 대장이 요시무라 반장에게 웃음을 띠면서 물었다.

"대장님, 아예 실험장으로 들어가서 바로 설명해 올리겠습니다."

요시무라 동상연구반장이 자신감 넘치는 소리로 대답했다. 그들은 동상실험실로 안내되었다. 한겨울이 아니어도 731부대에서는 동상실험을 할 수 있는 최고의 시설이 설치되어 있었다. 이시이를 비롯한 간부들이 실험실의 관찰실에서 실험장 상황을 관찰하고 있었다. 간유리 너머는 한겨울처럼 온도가 낮아 언제나 동상실험을 실행할 수가 있었다. 만주의 겨울은 영하 3~40 도를 오르내릴 정도로 혹한이었다. 혹한의 전쟁 상황을 가정하여 폭풍을 유발하는 장치도 마련되어 있었고, 눈보라를 뿌리는 장치도 마련되어 있었다. 커튼을 젖히자 혹한 속에 찬 바람이 불었고, 턱수염이 웃자란 중년의 마루타가 남루한 옷을 입은 채 동상에 걸린 손과 발을 가누지도 못하고 헐떡거리고 있었다.

대원 하나가 마루타를 붙들어 거꾸로 매달았다. 대원의 얼굴도 혹독한 추위로 파랗게 멍이 들어버릴 정도였다. 거꾸로 매달린 마루타를 잠시 쳐다보고 대원이 밖으로 나왔다. 요시무라 반장이 간유리 안쪽 특수공간에서 설명했다. 요시무라 반장의 목소리는 바깥 스피커를 통해 또렷하게 전달되고 있었다.

"소년 대원, 그쪽에 대기하고 있는 건강한 마루타를 이리 데려오라."

"하이!"

소년 대원이 건강한 마루타를 옆쪽에서 데리고 나타났다.

"냉동실에 넣어라."

"하이!"

마루타는 냉동실에 들어가지 않으려고 잔뜩 힘을 주어 버텨보는 모양이었지만 이내 냉동실이란 공간에 처넣어졌다. 대원이 냉동실의 문을 닫았고, 냉동실에 갇힌 마루타는 이내 오돌오돌 떨고 있었다.

"지금 여러분이 보시는 곳은 생체냉동실입니다. 특수 시설로 만들어진 탓에 불과 2~30 여분이면 308번 마루타는 냉동인간이 될 것입니다. 냉동된 상태가 되면 피부가 마치 백랍처럼 하얗게 얼어붙을 것입니다. 이것은 우리의 병사들이 전쟁 중에 만주 땅에서 동상에 걸렸을 때 효과적으로 대처하기 위한 방법을 알아내는 실험입니다. 우리는 이미 완벽한 실험결과를 확보한 상태이며, 잠시 후에 백랍처럼 얼은 마루타를 효과적으로 치료하는 방법을 보여드리도록 하겠습니다."

이시이 대장을 비롯한 관람자들이 흥겨운 나머지 박수를 보냈다. 그들은 이러한 일본식 세균무기와 생체실험의 결과물을 통해 앞으로 닥칠 전쟁에서 반드시 승리하리라는 다짐을 마음속에 굳히고 있었다. 실험이 진행되는 동안 이시이 일행은 잠깐 밖에 나와 담배를 빼어 물었다. 이시이 부대에서는 이시이는 물론 거의 모든 군인이 담배를 피웠고, 군속들도 담배를 태우지 않는 사람이 드물 정도였다.

"얼음물에 팔다리를 담그면 아주 마루타가 펄쩍펄쩍 뛰는 게 볼만하지요."

"얼은 팔을 망치로 두드리면 통, 통 소리가 나는데 장단이 그만입니다. 그래도 우린 동태처럼 냉동되는 마루타의 몸짓을 보며 같이 아파한 적도 있지요."

"하하하~ 나약한 소리 그만하시오. 우리 피부 표본 반에서는 마루타를 산채로 살가죽을 벗기는 일이 다반사지요. 우리가 확보한 피부 표본으로 말할 것 같으면 페스트 246개, 콜레라 135개, 유행성출혈열 101개 등 엄청나지요. 우린 이러한 작업을 하면서 아무런 감정을 느끼지 않고 살가죽을 제대로 벗겨내는 것이 특기라 할 수 있지요. 이런 냉혹한 감정 또한 강력한 군국주의 사상과 정신무장에서 비롯되는 것입니다."

피부 표본과 혈청연구를 담당하는 우쓰미반의 장교 하나가 자랑스레 말했다.

"의식이 남아 있는 반 시체 상태의 마루타를 불에 태운 적이 있소. 화장火葬을 한 게 아니라 실험실에서 신체를 태우는 것입니다. 반은 시체고 반은 사람인데 우리에겐 그저 통나무가 타는 것과 똑같습니다. 이런 곡절을 겪은 탓에 마루타의 신체에서 뇌와 폐, 간을 제거하는 실험을 자유자재로 할 수가 있었지요."

또 "우린 성전환 수술의 획기적인 전환점을 마련한 상태라오. 남자 마루타와 여자 마루타의 생식기를 절단하여 상대방의 국부에다 이식하는 것이지요. 아직 완전한 성공을 거두지는 못했어도 충분히 남녀 성전환 수술을 성공시킬 수 있는 단초緞綃를 만든 것은 사실이라오. 식도나 창자를 절제해서 잇는 수술은 그저 새 발의 피라 할 수 있지요. 하하하~" 각 연구 반별로 자신들의 연구실적을 자랑하느라고 입이 닳을 정도였다. 이시이 시로 대장과 엔도 사부로 장군, 다른 고등관들 역시 이들의 말을 듣고 매우 흡족한 표정이었다. 잡담들이 끝나고 실험장에서 들어오라는 신호를 보내자 이시이 일행이 우루루 실험장 안으로 몰려갔다.

잠깐 사이임에도 마루타는 동상에 걸려 있었다. 선선한 가을 날씨임에도 특수장치 영향으로 원하는 상태를 만들어낼 수가 있었다. 냉동상태에 처넣어진 마루타는 이미 동태처럼 얼어서 의식을 거의 잃은 상태처럼 보였다. 완전히 동결凍結되었는지 확인하고 이를 보여주기 위해 대원 하나가 각목으로 마루타의 손발을 사정없이 때렸다.

"만주의 혹한 추위 속에서 동상에 걸린 병사들을 속히 치료하여 전투에 참여시키는 것이 장차 있을 전쟁의 승패를 좌우하게 될 것입니다. 동상의 최대의 적은 차가운 바람이며 가장 치명적인 적은 얼음과 찬물입니다. 따라서 우리는 병사들의 환부를 두꺼운 방한 장갑이나 양말로 감싸주고 뜨거운 바람을 불어넣어 주는 것이 주요한 방책임을 확인했습니다."

요시무라 반장의 말을 이어받아 동상 연구반의 장교가 계속 설명했다.

"마른 헝겊으로 온기가 느껴질 때까지 문질러주고 37도의 따뜻한 물에 부상 부위를 담그게 되면 금방 환부가 풀어지게 됩니다."

동상 연구반의 대원들이 냉동실의 마루타를 꺼내 동태처럼 얼어붙은 몸에 따뜻한 물을 끼얹었다. 마루타의 얼었던 몸에서 하얀 수증기가 안개처럼 피어올랐다. 마루타는 살아 있는지 손과 발을 꼼지락거리고 있었다. 장교가 이시이 일행을 향해 말을 이었다.

"다음에 보실 장면은 동상의 경과를 한눈에 보실 수 있도록 실험실을 배치해놓은 공간입니다. 요시무라 반장께서 직접 보여드리겠습니다."

요시무라 반장이 차례대로 실험실 문을 열어 보였다. 의자에 앉아 손을 얼린 마루타, 거꾸로 매달려 발바닥을 얼린 마루타, 동상이 심하다 못해 고드름처럼 얼어버린 손과 발을 멀뚱히 바라보며 죽어가는 자신을 바라보는 마루타 등 처참한 모습의 실험 마루타들의 모습이 보였다.

이시이 시로 일행은 요시무라 반장이 즉석 동상 대처법 시범을 준비하는 것을 보고 동상실험실을 빠져나와 짚 차에 올랐다. 이시이 대장과 엔도 사부로 장군, 기타 몇몇 고등관들을 태운 몇 대의 짚 차가 위병소 정문을 빠져나와 만주 하얼빈 시내를 향해 달렸다. 그들은 밤이 늦었어도 술판을 벌이기 위해 피로함도 잊은 채 하얼빈 시내의 요정을 향해 전속력으로 달리고 있었다.

4

시노즈카는 이시이 시로 대장과의 약속을 지키느라 열심히 작업하고 있었다. 정보유출 이후 고문을 받았고, 고문실에서 죽음 직전에 이시이의 명령을 수행하겠다고 약속했다. 이시이 대장으로부터 두 번의 용서를 받고 이제 이시이가 지시한 명령을 수행하는데 모든 힘을 쏟고 있었다. 마루타를 관리하는 특별반에서 제외된 것도 이시이 대장의 뜻이었다. 시노즈카는 이시이의 지시를 받아 일본제국을 위해 충성해야 한다고 생각하면서도 세이코를 생각하면 몹시 혼란스러웠다.

시노즈카는 감시를 받으며 작업에 임했다. 작업을 하는 기간이 길어질수록 이시이 대장은 작업을 재촉하기 시작했다. 시노즈카는 동료 대원과 함께 2인 1조로 작업했다. 그들이 하는 작업은 세균을 대량으로 배양하는 일이었다. 세균의 대량생산이 그들의 목표였는데 그들은 철저히 분업을 통해 작업했다. 배양통을 세척하고 조립을 하면서 용해용 가마라는 곳에 한천 배지를 만들었다. 그리고 고압증기를 이용해 멸균시켰다. 멸균시킨 것을 냉각시켜서 한천 배지를 굳히고, 이것을 다시 컨베이어를 이용해 전면이 유리로 된 멸균실로 옮기는 것이었다.

오전에는 하루 전에 이식한 세균을 긁어내는 작업을 하였다. 오후에는 줄곧 이식하는 것이 일과가 되었다. 이렇게 긁어낸 세균은 펩톤이라는 빈 병에 넣었는데 빈 병의 입구가 매우 넓었다. 이렇게 하여 그들은 대량의 세균을 생산하는 데 성공했다. 그들은 이시이 일행이 시키는 대로 운반에 참여했다. 소년 대원들이 하사관의 지시를 받아 세균을 옮기는 데 참여한 것이다. 하사관은 철저히 무장을 하고 있었다.

그들은 만주 하얼빈역에서 기차를 탔다. 열차에는 다양한 승객들이 타고 있었다. 일본 승객들도 있고, 중국인 승객들도 있었다. 소련인으로 보이는 승객들도 보였는데 시노즈카 일행이 기차에 타자 승객들의 시선이 일제히 그들을 향했다. 보통열차에 짚으로 두껍게 동여맨 상자를 들고 탔기 때문이다.

"바람이 잘 통하는 곳에 앉아라."

"하이!"

하사관의 지시에 시노즈카와 다른 대원이 대답했다. 열차가 출발하고 하사관들이 저쪽에 떨어져 앉아 은밀히 경호했다. 시노즈카의 생각에 세균 상자를 사람들 몰래 운반하는 임무를 부여받은 것 같았다. 중국 보안이 어깨에 빨간 완장을 차고 검문을 다녔다. 시노즈카 일행은 눈에 띄지 않으려고 일부러 꾸벅꾸벅 졸았다. 보안원이 상자 곁을 아무 탈 없이 지나쳤다. 이시이는 소년 대원들이 보안원의 제재를 받지 않고 무사히 세균 상자를 운반하기를 바랐던 것이다.

그들은 몇 시간 뒤에 이윽고 목적지인 하이라얼에 도착했다. 자연스럽게 상자를 들고 내렸는데 하이라얼에 내리자 잔뜩 무장한 군인들이 엄중한 경호를 펼쳤다. 시노즈카 일행은 대기하고 있는 군용트럭에 상자를 실었다. 세균을 가득 넣은 상자를 싣고 트럭이 쏜살같이 달렸다. 트럭은 또 몇 시간 달려 밤이 늦어서야 노몬한의 일본기지까지 이동했다. 시노즈카 일행은 이렇듯 장군묘라 불리는 지역까지 세균 상자를 운반하고 부대로 복귀하였다.

시노즈카는 노몬한 일본기지에서 이상한 광경을 목격했다. 어둠 속에서 여자들이 줄을 지어 이동하는 것을 보았는데 여자들은 꾀죄죄하고 몹시 지쳐 보였다. "시노즈카는 이 여자들이 조선인과 중국인으로 구성된 이카리 정신대"라는 말을 나중에 들었다. 전쟁에서 싸우는 일본 병사들을 위해 정신대 여자들이 봉사한다는 말을 나중에 대원들을 통해 들었던 것이었다.

시노즈카 일행이 부대로 복귀하고 얼마 후에 페스트에 걸린 일본 병사들이 부대로 복귀하였다. 부대로 복귀한 병사들은 페스트 치료를 받았다. 시노즈카는 자신이 운반했던 세균이 할하강 상류에 있는 호르스텐강 지류에 투하되었다는 소문을 그 병사들에게서 들었다. 이시이 대장이 중국 만주와 소련의 국경 지역 부근에서 주민들을 향해 강에 세균을 투하하여 페스트를 전염시킨 상황이었다.

시노즈카는 다나까 대위를 한동안 만나지 못했다. 세이코를 한번 만나야 한다고 생각했는데 다나까 대위를 만날 수가 없었다. 시노즈카는 특별반에서 제외되었고, 부대의 허드렛일을 하고 있었기 때문에 만나볼 기회가 주어지지 않았다. 마루타를 관리하지 않은 탓에 다나까 대위가 시노즈카를 만나야 할 이유도 없었을 것이다. 돈을 밝히는 다나까 대위를 위해 시노즈카가 해줄 게 아무것도 없었다. 그는 하루하루가 몹시 지루하고 따분한 탓에 실망이 컸다.

그런데 뜻밖이었다. 밤이 늦었는데 다나까 대위가 시노즈카의 숙소로 찾아왔다. 그들은 말없이 숙소에서 걸어 도고부대의 테니스장에 도착했다. 나무 의자에 앉았는데 다나까 대위가 품속에서 담배를 꺼내 시노즈카에게 건넸다. 시노즈카는 꾸벅 허리를 숙이며 담배를 받아 입에 물었다. 그들은 한동안 아무런 말을 하지 않고 묵묵히 담배를 피웠다. 담배 연기가 어둠 속에서 푸슬푸슬 공중으로 날아올랐다. 그가 흐흡! 하고 담배를 들이마시면 담배의 끝이 충혈된 눈처럼 깜박거렸다.

"너희들 이번에 공적을 세웠는데 기분이 어떠냐?"

"다나까 대위님, 공적을 세우면 뭐해요? 우리 일본군 병사들도 엄청 많이 감염되어 죽었잖아요?"

시노즈카는 세균 상자를 운반했다는 사실 때문에 몹시 고통스러운 마음이었다.

"그거야 당연한 거 아니냐? 몇만 명의 중국인과 적들을 죽였는데 아군의 희생 없이 그게 가능하다고 생각하냐?"

"그렇긴 하지만 일본 병사들을 죽여 놓고도 이시이 대장이 훈장을 받는다면서요?"

이시이뿐만 아니라 다른 간부들도 훈장을 받는다는 소문을 듣고 시노즈카는 잔뜩 화가 난 상태였다.

"그렇다더라. 이시이 대장은 육군 최고 유공장을 받고 이카리 소좌에게 금치 훈장을 내린다는군."

일본제국은 소문처럼 얼마 후 이시이 대장에게 육군 최고 훈장을 내렸고,

이카리 소좌에게는 금치훈장을 내렸다. 이카리 정신대에서 일했던 부하들에게도 크고 작은 훈장이 내려졌다. 이후 이카리 소좌는 항공반을 성공리에 이끌었으며, 이런 업적 덕에 세균전을 실행하는 제2부 부장이 되었다.

"개새끼들, 정신대를 관리하는 이카리 소좌가 뭐가 대단하다고 훈장을 내립니까? 우린 목숨을 걸고 세균 상자를 운반했는데요."

"시노즈카, 너희들 억울하지 않냐?"

다나까 대위가 피우던 담배를 비벼끄며 물었다. "억울하지만 뭐하겠어요? 어쩔 수 없잖아요?"

시노즈카 역시 생각하면 화가 풀리지 않았다.

"이번에 중국 사람도 엄청 많이 죽고 소련 사람도 많이 죽었다더라. 들리는 소문에는 말이야, 우리 일본의 범죄행위를 알아차리고 중국뿐만 아니라 미국과 소련에서도 벌컥 하고 있다는 거야."

"정말입니까? 그럼, 우리는 어떻게 되는 겁니까? 우리가 이시이 말처럼 전쟁에서 승리하긴 할까요?"시노즈카는 공연히 마음이 급해지는 느낌이었다.

"나도 잘은 모르겠다. 떠도는 소문에는 우리가 승리하기엔 몹시 어렵다는 군. 그래선지 본토에서는 전쟁을 계속할지 멈추어야 할지 망설이고 있다는 얘기도 있어. 전쟁에서 우리가 패하면 우리 군인들은 말할 것도 없고 하얼빈에 사는 일본인들까지 아무도 살아서 돌아갈 수가 없어. 소련군에 붙들려 전쟁범죄 재판을 받고 있다는 병사들도 있다더라. 시노즈카, 우리 잠깐 아무도 모르게 비밀 얘기하나 하지 않을래?"

다나까 대위의 표정이나 말투에서 시노즈카는 아주 진지한 느낌을 받았다. 그는 한참이나 다나까 대위를 물끄러미 바라보았다. 보초를 서는 병사들이 이동하는 발소리가 어둠 속에서 들려왔다. 발소리가 저만치 멀어지자 다나까 대위가 먼저 입을 열었다.

"시노즈카, 너도 살고 싶으면 나 좀 도와주라."

"대위님, 나 특별반에서 빠졌어요. 지금은 노무자 신세란 말에요. 부대 내 허드렛일이나 하는 처지라고요."

"알고 있는데 네 친구 있잖아? 하사관 훈련 마치고 와서 폼 잡고 다니는 놈 말이야. 그놈이 특별반에 배치되었는데 몰랐어?"

"료타 씨 말에요?"

시노즈카는 료타 씨가 하사관이 되어 돌아온 사실을 알고 있었다. 훈련을 떠나기 전에 함께 나누었던 얘기들이 새록새록 떠올랐다. 인생은 한 번뿐이니 예쁜 여자 만나서 결혼도 하고 가정도 일구고 싶다고 했었다.

"그래. 료타 이놈이 계급장 달고 와서 특별반에서 부사관으로 일하고 있는 거 몰랐어?"

"알고는 있는데 료타 씨가 만나주기나 하겠어요?"

"그렇다면 료타 친구 있잖아?"

"쥰이요?"

"그래, 인상 좋은 놈 말이야. 료타하고 가장 친한 놈~. 그놈이 이번에 조사과 사진반으로 옮겼잖아. 1층 세균 제조반에 장기간 있다 보니 머리가 아프다고 맨날 진정을 넣었대 이놈이."

쥰은 시노즈카와 같은 숙소에 있을 때부터 머리가 아프다고 투덜거렸었다. 시노즈카는 나중에 알게 되었다. 세균을 제조하는 작업은 종일 역겨운 냄새와 싸우는 작업이라는 것을.

"소문은 얼핏 들었어요. 근데 료타 씨가 특별반에서 부사관으로 근무하고 있더라도 부탁을 들어주지 않을 거예요. 료타 씨는 쥰과 친하지만, 소년 대원들도 업무만큼은 서로 비밀이라구요. 뭐, 여자 마루타 알몸 사진 찍으려고 그러지요?"

"아냐. 알몸 사진을 찍을 수 있으면 좋긴 하겠지. 아직도 돈벌이는 되니까 말이야. 하지만 그보다 더 급한 일이 있어. 잠깐 귀 좀 빌리자."

다나까 대위가 시노즈카의 어깨를 잡아당겼다. 시노즈카는 영문을 몰라서 다나까 대위에게 귀를 가져다 댔다. 그는 다나까 대위의 말에 깜짝 놀랐다. 입을 벌리고 다물지 못했다. 이시이 대장을 죽이려고 하는 사람이 세이코뿐만 아니라 다나까 대위도 있다는 사실에 매우 놀랐다.

"뭘 그렇게 놀라냐? 이시이를 죽이려는 자들이 어디 한둘인 줄 아냐?"

"대위님, 혹시 내 친구 세이코 만났어요?"

시노즈카는 난데없는 말에 다나까 대위가 세이코를 만난 것은 아닌지 궁금했다.

"아냐 자식아. 너 이시이를 죽인다는 게 꼭 총으로 쏴 죽이는 것만 있다고 생각하냐?"

"예? 무슨 뜻입니까?"

다나까는 다시 시노즈카의 상체를 잡아당겼다. 뺨에 얼굴을 바짝 가져다 대며 작은 소리로 소곤거렸다.

"세이코는 이시이를 죽이려고 권총까지 숨겨두었지만 총으로 이시이를 이길 수는 없지. 우린 지금부터 이시이가 도고부대에서 마루타를 대상으로 생체실험을 했다는 증거를 모으면 되는 거야. 그걸 모아서 미국에 넘기면 너와 나, 세이코는 살 수가 있어. 미국에서 철저히 보호해 주게 될 거야."

"무슨 말인지 알겠습니다. 근데 생체실험 사진이라면 대위님께서 더 구하기 쉬울 텐데요. 대위님이 생체실험 활동사진도 많이 찍지 않았나요?"

"찍긴 많이 찍었지. 근데 누군가 내가 찍어서 보관하고 있던 생체실험 사진들을 훔쳐 간 것 같아. 어쩌면 이시이 대장이 누구한테 지실 했는지도 몰라. 정보 중위 놈들한테 물어보았더니 두 놈 다 모른다더라. 분명 어떤 놈이 치워버린 거야."

"사진반 병사들한테 구하는 게 빠르지 않을까요? 사진반에서 생체실험 사진들을 모두 보관하고 있잖아요?"

"사진반에 부탁할만한 병사들이 없어~. 부사관들이 있긴 한데 이 정도 되면 지금쯤 아마 이시이 대장의 각별한 통제를 받고 있을 거야. 어리숙한 쥰 이놈이 좀 도와주면 좋을 텐데 언제 보았느냐는 듯 날 모른 척하더란 말이야~"

"그것 보세요. 소년 대원 시절부터 우리는 실험실에서 일어난 일들을 동료한테도 발설하지 않았다니까요. 대위님이 더 잘 아시잖아요?"

"그래 시노즈카, 이거 정말 낭패로군. 료타와 쥰은 고향 친구 아니니? 그러니까 료타를 구워삶은 다음 쥰에게 열쇠만 받으면 해결되는 일인데 정말 미치겠구나. 마루타들을 데리고 생체실험한 몇 장의 사진이나 필름만 빼내면 너와 나 그리고 세이코도 함께 살아서 돌아갈 수가 있는데 워낙 보안이 강화돼서 말이야~. 야 너는 세균무기를 가지고 우리 일본이 세계를 제패할 수 있다고 생각하냐? 어림없는 일이란 거 너도 알고 있지?"

시노즈카는 다나까 대위의 말을 듣고 고개가 끄덕여졌다. 일본제국이 제아무리 강하다고 한들 중국을 먹고 소련까지 먹는다는 것도 매우 어려울 것이다. 일본이 전쟁에서 패한다면 일본 군인들은 물론 중국에 거주하는 일본 사람들도 살아남기 어려울 것이다. 731부대에서 몇천 명의 마루타들을 대상으로 세균무기 개발이란 명목하에 저지른 악행은 그 누구에게도 용서받지 못할 범죄행위나 다를 바 없을 것이다.

이튿날, 시노즈카는 아침 일찍 료타를 찾아 특별반으로 찾아갔다. 료타는 멋진 군복을 입고 있었다. 오른쪽 어깨에는 오장伍長이라는 노란 황금색 띠에 은색의 빛나는 별이 하나 부착되어 있었다. 료타가 군인이 되어 결국 731부대로 돌아왔고, 특별반에 배치되어 부사관으로 일하고 있었지만 이렇게 직접 만나기는 처음이었다. 료타 하사는 잠깐 행정실에서 나와 복도 끝에서 시노즈카와 마주하고 섰다.

"료타, 축하한다!"

시노즈카는 반가운 마음에 격의 없이 입을 열었다.

"시노즈카 군, 태도가 왜 그 모양이야?"

료타 하사가 잔뜩 무시하는 투로 소리쳤다. 시노즈카는 얼른 눈치를 채지 못했다.

"료타, 갑자기 왜 그래? 우리 이제 말을 놓을 때도 되지 않았냐? 난 오랜만에 친구를 만나니 반가운데~"

"아무리 세월이 흘러 친구가 되었어도 넌 노동자잖아? 정확히 말해서 너희들은 용인傭人이야. 전쟁에 징용된 노동자란 말이야. 너 내 팔에 부착된 계급장이 보이지 않아? 임마, 난 엄밀히 관등으로 치자면 판임관 4등급이란 말이야."

료타의 말에 시노즈카는 그제서야 깨달았다. 자신은 전쟁 중에 은밀히 끌려온 노동자라는 것을 말이다. 료타가 악착같이 군인이 되려고 했던 것도 노동자 취급받지 않고 정당하게 군인 대접을 받기 위해서였다.

"아, 알겠어. 료타 씨가 하사관이라는 것을 내가 깜박 잊었어. 상관 대접을 해달라는 거지?" "짜식아, 알면서 끝까지 그따위로 말을 하냐?"

료타 하사는 팔에 부착한 관등의 표시처럼 정확히 군인 대접을 받고 싶어 했다. 시노즈카는 료타 씨의 진지한 태도에서 장난이 아니라는 것을 깨달았다. 이곳은 어디까지나 일본의 군부대인 것이다. 그리고 지금은 전쟁 중이기 때문에 계급으로 서열을 따지는 것은 어쩌면 당연한 일일지도 모른다. 시노즈카는 무척 당혹스러웠지만, 얼른 태도를 바꾸었다. 자세를 가다듬은 다음 똑바로 서서 진지하게 경례를 올렸다.

"그런데 무슨 일이냐?"

삐딱하게 료타 하사가 물었다. 료타는 시노즈카의 깍듯한 대접에도 불만 섞인 모습이었다.

"료타 하사님, 특별반 업무는 힘들지 않습니까?"

시노즈카는 당장 도움이 필요하다는 말을 꺼내지 않고 분위기를 잡아나갔다. 자존심 따위는 전혀 생각하지 않았다.

"짜식아, 네가 왜 그런 쓸데없는 걱정을 하냐?"

"특별반 업무가 얼마나 힘든지 알기 때문에 물어본 것입니다."

"할만하다 자식아. 한낱 밑바닥인 소년 대원하고 같냐? 네 들은 마루타 머릿수나 헤아려서 실험실로 이동이나 시키고, 죽으면 시체를 씻긴 다음 해부나 돕다가 화장장에 가서 불태워 없애 버리면 그만이지~. 군인이나 기사가 이리 오라면 이리 오고 저리 가라면 저리 가고 뭐 악랄하게 마루타 죽이는 짓들이나 하지 무슨 존재감이 있었느냔 말이야?"

료타 하사의 말에 시노즈카는 아무런 대답을 하지 않았다. 료타의 말이 결코 틀린 말이 아니란 것을 시노즈카는 모르지 않았다. 생체실험의 악역은 특히 소년 대원들이 떠맡듯이 해온 일이었다. 소년 대원들 가운데 일본을 떠나온 이후 도고부대에서 신분이 변한 대원은 아마, 료타 하사뿐일 것이다. 소년 대원들은 이시이 대장의 약속을 이제 믿지 않는다. 감언이설에 속아 이곳에 왔지만, 이시이 대장의 말처럼 만주의대는 물론 가장 낮은 군인계급인 이등병 병졸이 되는 것도 기대하지 않았다.

"료타 하사님의 말이 맞습니다. 우리 대원들은 아무도 존재감이 없습니다. 하지만 우리의 의지와 관계없이 악행의 주역이 되었지요. 오죽하면 쥰 대원이 끊임없이 불만을 토로해서 사진반으로 전반轉班하였겠습니까?"

"쥰이란 놈도 뭐 크게 달라진 게 있나? 사진반에서 결국 하는 일이란 게 생체실험으로 망가져서 죽어가는 마루타들을 촬영하는 일이지 않아?"

"쥰 대원이 사진반에서 무슨 일을 맡았는지 하사님은 아십니까?"

료타의 입에서 자연스럽게 쥰의 얘기가 나오도록 유도하며 시노즈카는 쥰에 관한 정보를 하나라도 얻어내는 데 집중했다.

"쥰 이놈은 입이 우리보다 더 무겁잖아? 같은 숙소에서도 비밀이 많았으니까~. 이제 쥰과 나는 신분이 다르니까 잘 어울리지 않아. 저번에 한번 복도에서 마주쳤는데 얼굴이 창백하더라. 어디 아픈 데 있냐고 물었더니 날마다 암실暗室에서 지낸다는군."

"암실이요? 왜요?"

"사진반이니까 찍어온 필름을 가지고 이제 암실에 들어가 현상작업을 하고 인화 작업을 하는 거지. 냄새가 지겨워서 전반轉班했는데 거기에서도 냄새 때문에 돌아버릴 정도라더라. 나도 몰랐는데 현상폐수는 사람 몸에 치명적인 중금속이란다. 아마 하얼빈 송강까지 더러워질 것이라는데 다 제 놈 팔자지~"

"료타 하사님, 돈 벌고 싶지 않습니까?"

"돈 싫어하는 놈 어디 있냐? 하지만 나처럼 하사 계급장 달고 있는 판임관 월급이 150엔이다. 네놈들 하고는 차원이 다르단 말이야. 군복 입고 근무한 햇수가 길어지면 진급도 할 테고 진급하면 당연히 월급도 오르지 않겠냐? 난 이만하면 만족한다. 내가 너한테 하사관 교육 떠나기 전에 말했지? 인생은 단 한 번뿐이니 예쁜 여자 만나서 결혼도 하고 가정도 일구고 싶다고 말이야. 그때 너와 나누었던 말처럼 이제 나는 결혼도 하게 될 거야."

시노즈카는 대답 대신에 묵묵히 고개를 끄덕거렸다. 료타 하사가 부럽다는 생각이 들었다. 하지만 이런 감상에 젖어있을 때가 아니었다. 시노즈카는 순간 빠르게 머리를 굴렸다.

“예쁜 여자와 결혼하려면 그 정도 월급으로 턱도 없어요. 다나까 대위는 주임관 6등급인데도 월급이 적다고 투덜대는 것을 보지 못했습니까? 다나까 대위가 왜 악착같이 여자 마루타들 사진을 박았는지 알아요?”

시노즈카의 말을 듣고 료타 하사는 몹시 기분이 나쁘다는 표정이었다. 그저 아무런 대꾸도 하지 않고 멀뚱히 바라볼 뿐이었다. 시노즈카는 여세를 몰아 료타의 체면을 납작하게 밟아버릴 생각이었다.

“료타 하사님처럼 예쁜 여자 만나서 결혼하려면 더 많은 돈이 필요하기 때문이지요. 예쁜 여자들은 욕심이 끝이 없어요. 웬만큼 돈을 벌어서는 예쁜 여자 만나 결혼할 수 없다니까요. 다나까 대위는 마루타 알몸 사진을 찍어서 몰래 돈을 벌었지요. 나는 다나까 대위의 여자를 한 번도 보지 못했지만, 이곳에서 사랑하는 여자를 만났다는데 전쟁이 끝나면 일본에 돌아가서 함께 살 거래요.”

“시노즈카, 그게 정말이냐? 다나까 대위님이 사랑하는 여자 만나서 전쟁 끝나면 일본에 들어가 살 거라고? 다나까 대위가 알몸 사진 찍는다고 내가 너한테 귀띔해주었는데 벌써 시간이 그렇게 흘렀냐? 내가 이제야 여자 마루타 알몸 사진을 찍어서 어느 세월에 돈을 벌겠냐? 네 말 듣고 보니 이해는 가는데 막상 돈을 버는 방법도 모르겠고~”

료타 하사의 마음이 흔들리기 시작했다. 만주에서 생활하는 군인은 모두 여자 만나서 결혼하는 희망을 품고 있는 모양이었다.

“방법이 있어요. 사진반의 쥰을 만나서 얘기해 보면 한방에 많은 돈을 벌 수 있는 방법을 찾을 수 있을 겁니다. 료타 하사님, 당장 쥰을 만나러 가죠. 하사님은 쥰을 만날 수 있잖아요? 일단 내게 쥰을 만나게만 해주십시오. 나머지는 내가 알아서 할 테니까요.”

“그럴까? 시노즈카, 이제 보니 너 아주 제법인데?”

료타 하사가 시노즈카의 어깨를 다독여주었다. 그들은 마치 소년 대원의 시절로 돌아간 것처럼 7동 특별반에서 나와 나란히 조사과 사진반을 향해 걸었다. 사진반은 1동 1층에 자리 잡고 있었다. 공무 관리과 옆에 조사과 사진반이 보였는데 료타 하사가 안으로 들어가 있는 동안 시노즈카는 긴장된 마음을 진정시키며 입구에서 기다렸다. 얼마 후에 쥰이 료타 하사와 함께 사진반 작업실에서 나왔다. 쥰과 눈이 마주치자 시노즈카는 반갑게 손을 흔들었다. 쥰은 몹시 지쳐 보였고, 전보다 야위어 있었다.

그들은 3동으로 올라가는 계단 좌측에 있는 병기고 나무 아래로 걸어갔다. 병기고를 중심으로 우거진 나무들이 울창했다. 나무가 너무나 울창해서 나무 밑이 어둑할 정도였다. 계단 우측에 있는 자재부 쪽에서 병사들이 각각 큼지막한 상자 하나를 어깨에 짊어지고 3동 건물을 향하여 걸어가고 있었다. 시노즈카는 병사들을 한참 쳐다보고 나서 쥰에게 말했다.

"쥰, 세균반에서 작업할 때보다 더 힘든 거 아니냐?"

"힘은 들지만 마음은 한결 편해. 냄새가 지독하긴 해도 세균 냄새를 맡는 게 아니니까 훨씬 가뿐해."

쥰은 얼굴은 야위고 피곤해 보여도 정말 상쾌한 듯 말했다.

"무슨 의미인지 알겠어. 마음이 한결 가볍다는 뜻이지? 맞지?"

"그래. 너도 특별반에 있을 때보다 지금처럼 노동을 하는 게 훨씬 편하지?"

시노즈카는 고개를 끄덕여주었다. 둘은 뜻밖에 마음이 통했다. 이들의 말을 듣고 료타 하사는 이마를 찡그렸다.

"새끼들아 그럼 나는 너희들보다 못한 데서 일한다는 거냐? 야 쥰 그런 뜻이야?"

"아, 아닙니다. 료타 하사님은 우리와는 다른 신분이잖아요? 우린 발버둥 친들 끝내 고용자밖에 되지 않은데 하사님은 판임관 4등급이잖습니까?"

쥰 역시 료타에게 깍듯이 말했다. 료타와 쥰은 예전의 친구 사이보다 상하 관계의 느낌이 강해 보였다. 료타가 쥰에게도 신분을 이용해 억누르고 있다는 느낌이 들었다.

"그래, 제대로 알고 있군. 야 시노즈카, 무슨 얘기할 건데? 알아서 한다고 했으니까 내가 듣도록 어서 말해 봐."

"료타 하사님, 잠깐 자리를 비켜주면 안 됩니까?"

시노즈카가 정중히 요청했다.

"뭐? 나한테 비밀로 하겠다는 얘기야? 너희들이 무슨 짓을 하든 판임관인 내가 있어야 유리하지 않겠냐?"

료타 하사가 펄쩍 뛰면서 인상을 찌푸렸다. 쥰이 영문을 몰라 시노즈카와 료타 하사를 번갈아 쳐다보았다. 시노즈카는 기회는 이때다는 듯 살짝 웃어 보였다.

"료타 하사님, 그럼 우리가 어떤 말을 하든 들어줄 수 있습니까?"

"그래 임마! 우린 한때 친구였잖아? 쥰을 만나서 얘기해 보면 한방에 돈을 벌 수 있는 방법을 찾을 수 있다고 좀 전에 네가 얘기하지 않았냐?"

료타 하사가 뜻밖에 관심을 갖고 끼어들었다. 쥰은 료타의 말을 듣고 시노즈카를 멀뚱히 쳐다보았다. 시노즈카는 당당하게 머리를 끄덕거렸다.

"한방에 돈을 벌 수 있는 방법을 찾고 있다니 무슨 말이야? 그것도 나하고 얘기를 해서 찾는다니 난 도무지 무슨 말인지 모르겠다. 쥐 꼬리 만한 월급이지만 전쟁 끝나면 그거라도 가지고 고향에 돌아가서 부모님께 효도해야 한단 말이야. 효도라는 게 뭐겠냐? 예쁜 여자 만나 결혼도 하고 손자도 만들어주는 거 아니냐?"

쥰이 의아한 표정으로 시노즈카에게 물었다.

"쥰 임마! 너 하사 월급 가지고도 힘든데 그깟 소년 대원 월급으로 뭐를 한단 말이냐? 평생을 이곳에서 썩어도 그런 돈은 만질 수가 없어 너희들은. 참 시노즈카, 어서 네 생각을 말해 봐. 한방에 돈을 벌 수 있는 방법이 뭔데 쥰을 보자고 한 거냐?"

료타가 쥰과 시노즈카를 번갈아 쳐다보면서 말했다. 그들은 모두 긴장하며 서로를 의식하고 있었다. 쥰은 아직도 영문을 모르겠다는 표정이었고, 료타는 시노즈카로부터 얼른 기발한 방법을 듣고 싶었다.

"너희들 내 얘기 잘 들어라. 료타, 너 우리끼린데 계급 따지려면 썩 저리 꺼져버려 자식아. 난 너희들과 함께 살아서 일본으로 돌아가기를 바란다. 료타, 너 자식아 정신 바짝 차려라."

시노즈카의 되바라진 말에 료타 하사가 화를 내며 펄쩍 뛰었다.

"이 자식이 지금 돌았나? 나를 뭘로 보고~"

쥰이 료타 하사를 붙잡아 화를 가라앉히도록 말렸다. 시노즈카가 핏대를 세우며 계속 말했다.

"료타 하사 좋아하네, 병신. 임마, 내 얘기 끝까지 듣고 날뛰든지 해라 자식아. 우리 일본이 지금 전쟁에서 엄청나게 밀리고 있다더라. 만약 일본이 전쟁에서 지면 우리가 무사히 살아서 고향으로 돌아갈 수 있을 것 같냐? 넌 하사 계급장 달고 만주 하얼빈을 무사히 빠져나갈 수 있을 것 같냐? 임마, 우리 731부대 대원들은 우리 같은 노동자들까지 전원 사살이란 말이야. 우리가 이곳에서 무슨 짓을 해왔는지 너희들도 잘 알잖아, 응? 이제 내 말 알아듣겠냐?"

시노즈카의 말에 쥰 뿐만 아니라 료타 하사의 기氣가 한풀 꺾이는 모양이었다. 그들은 시노즈카의 말을 듣고 고개를 끄덕이면서 진지하게 의논했다. 쥰보다 료타 하사가 더 고분고분한 태도를 보였다. 시노즈카의 말을 듣고 그들이 들었던 소문을 보태 순식간에 일본이 전쟁에 패하고 어떻게 살아서 돌아가느냐의 분위기로 싹 바뀌고 있었다.

"그럼, 우리가 살아서 돌아가는 방법이 있냐?"

"료타, 너도 정말 살아 돌아가고 싶지?"

시노즈카의 목소리는 이제 자신감이 넘쳤다.

"당연하지 임마. 만리타향에서 죽고 싶은 사람 누가 있겠냐? 안 그러냐 쥰?"

"맞아~. 우리가 여기에서 얼마나 고생을 했는데 죽으면 안 되지. 시노즈카, 그럼 우리가 무얼 어떻게 해야 하지?"

"잘 들어라. 우리가 살아서 돌아가는 방법은 아주 은밀한 작업이야."

"대체 뭔데 그래? 어서 말을 해봐!"

이제 시노즈카보다 쥰과 료타의 마음이 급하게 느껴졌다.

"이시이 대장을 죽이는 거야!"

"아니 뭐? 너 미쳤냐? 우리가 어떻게 이시이 대장을 죽여?"

료타 하사가 말도 안 된다는 표정으로 말했다. 시노즈카는 다나까 대위의 말을 떠올리며 속으로 웃었다.

"임마, 너는 뭐 꼭 총으로 쏴 죽여야 이시이를 죽이는 거라고 생각하냐?"

"그게 무슨 말이야?"

쥰이 턱을 한껏 쳐들면서 물었다. 시노즈카는 한참 호흡을 가다듬은 다음 쥰과 료타를 끌어안듯 어깨를 감싸고 속삭이듯 낮은 소리로 말했다.

"몇천 명의 포로들을 데려다 흉악한 생체실험을 하고 세균무기를 개발하여 수도 없이 주민들을 독살한 사실을 은밀히 미국 측에 알리는 거야."

"무슨 얘긴지는 알겠는데 그게 가능할까? 우리가 무슨 능력으로 미국 측에 알릴 수가 있단 말이냐?"

료타가 말했고, 쥰 역시 어렵다는 듯 고개를 저었다.

“잘 들어라. 다나까 대위가 미국 측에 연결할 수가 있다고 한다. 문제는 우리가 생체실험한 자료를 빼내는 일이야. 그래서 쥰 네 역할이 아주 중요하단 말이지.”

“이제 이해가 된다. 다나까 대위가 날 찾아와서 뭐를 한번 도와달라 하기에 내가 모른 척했는데 바로 이런 얘기였구나. 지금부터 내가 뭘 어떻게 하면 되는데?”

쥰이 진지한 표정으로 물었다. 료타 하사는 매우 긴장이 되는 모양으로 담배를 꺼내 입에 물었다.

“조사과 사진반에서 지금까지 했던 실험 관련 필름들을 보관하고 있어. 그 실험 관련 필름을 손에 넣는 게 중요하고 정 어려우면 실험장면 사진이라도 손에 넣을 수 있으면 우리는 성공한 거야. 쥰, 그래서 네 도움이 필요한 거야.”

시노즈카가 쥰을 향해 간절한 목소리로 말했다.

“우리가 필름을 빼낸다고 하자. 만약 일이 진행되기도 전에 들통나면 우리는 죽는 목숨 아니냐?”

쥰이 우려섞인 표정을 지으며 물었다.

“우리는 상황을 봐서 곧장 부대를 빠져나가면 돼!”

“부대를 빠져나가? 우리가 무슨 수로 부대를 빠져나가냐? 야 시노즈카, 우리가 어디로 어떻게 부대를 빠져나간다는 거야?”

쥰은 여전히 불안한 표정이었다.

“다나까 대위한테 자세한 계획이 있대. 하얼빈 시내에서 은밀히 대기하다가 미국 측 도움을 받을 수 있다는 거야. 다나까 대위는 그래도 우리에게 우호적인 사람이잖아? 일본에서 여기까지 인솔한 사람도 다나까 대위님이시고, 어떻게 보면 우리를 끝까지 책임질 보호자란 말이야.”

시노즈카가 호의적인 감정으로 다나까 대위에 대해 설명했다. 쥰과 료타가 동시에 고개를 끄덕였다.

"무슨 얘기인지 이해는 간다. 근데 지금 상황이 그렇게 시급한 거야? 일본이 정말 전쟁에서 지는 거냐고? 아직 앞일은 아무도 모르잖아? 야 료타, 우리가 너무 경솔하게 서두르는 게 아닐까?"

"아냐 쥰, 절대 서두르는 건 아닐 거야. 내가 그래도 부사관인데 아무래도 너희들 보다 전쟁 돌아가는 상황에는 더 밝지. 최근에 들어온 포로 놈들이 뭐라 지껄이는 줄 아냐? 일본은 곧 망한다. 그러니까 살아서 곱게 고향으로 돌아가고 싶으면 당장에 이 짓 멈춰라. 뭐　　들어오는 놈마다 이런 소릴 지껄인다고. 괜히 그러는 거 아니야. 다나까 대위도 뭔가 조짐이 있으니까 이렇게 살아 돌아가려고 날뛰는 거 아니겠냐?"

료타가 긍정적인 태도를 보이며 말했다. 다나까 대위에 대해 소년 대원들은 절대적으로 좋은 감정을 가지고 있었다. 일본에서 조선을 거쳐 만주에 올 때까지 든든한 울타리가 되어 주었고, 이곳에서도 마치 소년 대원들을 가족처럼 아껴주었다. 료타의 말에 시노즈카와 쥰이 동시에 고개를 끄덕거렸다.

"에이 제기랄~ 쥰을 만나서 한방에 돈 버는 방법을 찾으러 왔는데 이게 뭐냐? 돈을 버는 게 아니라 살아서 돌아가기 급급하게 생겼구나."

"료타, 내가 약속할게. 다나까 대위가 필름만 입수하게 해주면 우리한테 정말 서운하지 않게 돈을 줄 거야. 다나까 대위는 여자 마루타 알몸 사진을 찍어서 많은 돈을 모은 것 같더라. 정말이야. 아 참 쥰, 너 세이코 만나고 싶지 않아? 너 내 친구 세이코를 아주 좋아했잖아?"

세이코의 이름이 튀어나오자 쥰의 표정이 순간 밝아졌다. 시노즈카는 어떻게든 쥰을 설득하여 사진반의 사진과 필름을 손에 넣어야 한다고 생각했다.

"시노즈카, 료타한테 세이코가 살아 있다는 말을 들었는데 만나볼 수 있는 거야? 뭐 하얼빈에서 잘 나가는 기생이 되었다면서?"

"그래, 나도 다나까 대위가 외출증을 끊어줘서 몇 번 만나봤다. 너희들 생각에는 세이코가 기생이나 하고 있으니까 한심하다고 생각하겠지만 갠 우리보다 훨씬 인생을 의미 있게 살고 있더라. 야 이번 일 잘만 하면 세이코랑 같이 고향에 돌아갈 수도 있어. 쥰이 원한다면 내가 세이코를 만나게 해줄 수도 있고 말이야. 정말이야. 쥰, 너 세이코 좋아했잖아?"

"시노즈카, 정말 세이코를 만나볼 수가 있어? 함께 살아서 고향으로 돌아갈 수 있단 말이니? 그럼 정말 좋겠다. 내가 목숨을 걸고 사진반의 필름을 한번 훔쳐볼게. 훔쳐서 어떻게 하면 되는 거야?"

일이 일사천리로 진행되는 느낌이었다. 시노즈카의 말에 쥰 역시 크게 공감하고 있었다.

"무조건 다나까 대위한테 가져다주면 되는 거야. 이 작업은 우리 목숨이 달린 문제니까 아주 은밀하고 신중하게 접근해야 한다."

"알았어. 중국 놈들한테 맞아 죽느니 차라리 그렇게라도 해서 살아나갈 방도를 찾아보는 게 낫겠다. 이시이 대장이나 높은 놈들은 자기들 살아나갈 궁리나 하지 우리 같은 소년 대원들은 죽든 살든 안중에도 없을 거다. 다나까 대위님이 이렇게 걱정할 정도면 오죽하겠냐? 야, 료타! 우리 이번 일만큼 함께 협력해서 꼭 살아서 돌아가도록 하자. 세이코를 만날 수 있으면 키요코도 만날 수가 있겠지? 료타 너는 키요코가 마음에 든다고 하지 않았냐?"

쥰의 말에 료타가 맥없이 웃었다.

"그냥 철없을 때 해본 소리지 뭐. 동선당에서 키요코를 잠깐 보고 못 봤는데 비록 애 엄마가 되었어도 키요코를 만날 수 있었으면 좋겠다. 하여튼 우리가 뭔가 해야 우리 뜻을 이룰 수 있을 거라고 생각해. 자, 그러면 우리 셋이 절대 변치 않겠다고 굳게 약속하자."

그들 셋은 힘껏 손을 잡아 약속했다. 그때, 몸이 날렵해 보이는 사람이 어깨에 상자를 메고 나무 뒤쪽에서 나타났다. 그들은 자신들의 비밀이 탄로 나는 것은 아닌지 순간 당황했다.

"사사키 씨, 안녕하세요."

가라사와 반장이 가장 신임한다는 창고지기 사사키 고스케佐夕木幸助란 청년이었다. 가라사와반에 오래 적籍을 두면서 수없이 마주친 사이였기 때문에 쥰이 반갑게 인사했다. 평소 말수가 적기로 유명한 사사키는 상자를 메고 자재부 쪽으로 향하면서 잠시 나무 아래서 쉬고 있었던 모양이었다. 쥰은 간혹 실험실에서 가라사와 반장이 마루타를 향해 가혹한 실험을 할 때 가라사와 반장을 노려보는 사사키 청년의 눈빛을 아직도 기억하고 있었다.

"쥰 씨 아닙니까? 여기에서 뭐 하고 계세요?"

"혹시 우리 얘기 엿들었습니까?"

쥰이 대답하기 전에 료타 하사가 먼저 사사키에게 단호한 어조로 물었다. 사사키는 대답하지 않고 그들을 물끄러미 바라보았다.

"우리가 무슨 얘기 했는지 몰래 다 듣고 있었어요?"

시노즈카 역시 사사키를 향해 다그쳤다.

"난 거짓말은 못하는 사람이오. 솔직히 댁들이 나눈 얘기를 조금 들었소."

사사키의 대답에 시노즈카 뿐만 아니라 료타와 쥰도 상황이 난처하게 되었다고 생각했다. 그렇다고 그들이 사사키란 청년을 제거할 수도 없는 입장이었다. 그들은 잠시 고민하다가 료타 하사가 회유하듯 입을 열었다.

"사사키 씨, 우리 사내끼리 모른척 해 줄 수 없습니까?"

"그래요 사사키 씨. 우리가 무슨 힘이 있겠어요. 그냥 장난삼아 해 본 소리인데~"

쥰이 료타 하사를 거들었다. 시노즈카는 사사키에게 공포심을 주려고 큰 체격을 바짝 들이밀고 노려보았다. 그런데도 사사키는 아무런 동요도 하지 않았다.

“사사키 씨가 비밀로 해주지 않으면 우리는 당신을 죽일 수밖에 없소.”

료타 하사가 인상을 찌푸리며 단호히 경고했다. 그러면서 료타 하사와 쥰은 당장 요절을 내버릴 것처럼 사사키를 에워싸고 있었다. 사사키로선 충분히 공포심을 느낄 수 있는 상황이었지만 그는 아주 태연한 표정을 짓고 있었다. 심지어 사사키는 아주 편안한 표정으로 입을 크게 벌려 웃고 있었다.

“사사키 씨, 지금 우리를 비웃는 것이오?”

“하하하~ 용기는 가상한데 그런 각오로 어떻게 이시이를 때려잡는다는 말이오?”

사사키의 입에서 전혀 뜻밖의 말이 흘러나왔다. 그들은 서로 바라보며 어리둥절한 표정을 지었다.

“무슨 뜻입니까?”

“가라사와 반장님한테 일본이 전쟁에서 패할 거라는 말을 들었소. 좌관급들도 생사生死를 장담하기 어려울 거라고 들었어요. 나 같은 창고지기를 누가 보호해 주겠소. 괜찮다면 731부대의 악행을 알리는데 나도 함께 할 수 있도록 도와주시오.”

그들은 사사키의 말에 깜짝 놀랐다. 뜻밖의 제안이었기 때문이다. 그들은 잠깐 의논을 거쳐 사사키 씨를 합류시키기로 결정했다. 사사키 씨는 마치 구세주를 만났다는 듯 활짝 웃으며 말했다.

“난 솔직히 이곳에서 온갖 악행에 가담했소. 가라사와 반장은 마루타들에게 온갖 죽을 짓을 했소. 가라사와를 보좌한 내 죄 역시 결코 가벼운 것이 아니오. 나는 온갖 수단으로 목숨을 보전하기 보다, 마루타에게 가한 온갖 악행에 용서를 비는 마음으로 가능하다면 731부대의 음모를 당신들과 함께 외부에 알리고 싶소."

"사사키 씨, 정말 고맙소. 하지만 그 어떤 것보다 자신의 목숨이 가장 소중하다는 걸 명심하시오. 우리가 힘을 합치면 이시이 대장의 만행을 외부에 알릴 수도 있고, 또한 반드시 살아서 고향에 돌아갈 수도 있을 것이오."

"가라사와 반장은 나를 가장 신뢰한다고 하지만 그는 어떻게든 자신만이라도 살아서 돌아갈 생각을 하고 있을 것이오. 나는 기회가 된다면 반드시 가라사와가 마루타에게 가한 악행이 심판을 받도록 앞장서고 싶소."

사사키의 말을 듣고 그들은 누구나 그를 신뢰하게 되었다. 사사키가 합류하게 되어 그들은 더욱 용기가 생겼다. 그들은 밤에 다나까 대위와 만나 더욱 은밀한 계획을 세우기로 하고 각자 헤어져 일터로 돌아갔다. 그들이 나누었던 얘기와는 반대로 부대는 여느 때처럼 평온해 보였고, 각 실험실에서도 변함없이 계획한 실험을 계속하고 있었다.

8. 공동전범-생존거래

1

일본은 만주국이라는 나라를 세워 중국의 동북지방까지 점령하였고, 베이징과 텐진도 점령하였다. 그리고 난징을 점령하여 무고한 시민들 수십만 명을 잔인하게 살육했다. 일본군은 난징에서 온갖 살육과 강간을 일삼고 약탈을 강행하였다. 중국 동북지방에는 시체 썩는 냄새로 진동하고 있었다.

난징대학살이란 이름의 만행이 연일 이어지고 있었다. 중일 전쟁 중 난징을 점령한 일본은 군대를 동원해 중국인을 무차별 학살하기 시작했다.

"살려주시오."

일본군에 붙잡힌 중국 병사들과 주민들은 살려고 무릎을 꿇고 애원했다. 하지만 일본군은 한 줌의 온정도 보여주지 않았다. 포로로 붙잡힌 군인과 주민들을 맘껏 살육하고 신체를 훼손했다. 일본군은 점령지에서 사람을 무참히 학살하면서 포로들과 민간인까지 트럭에 실어 731부대로 운반했다. 이시이 부대에 끌려 들어온 이들은 생체실험의 마루타가 되었다.

난징을 포위한 다음 일제는 중국군 사령관에게 항복할 것을 종용했다. 그러나 사령관은 일절 항복하지 않았다. 중국의 주요 관리들과 부유층들은 재빠르게 난징 도시를 빠져나갔다. 하지만 100만 명이 넘는 대부분 주민은 도시를 빠져나가지 못했다. 난징 시내는 피란민들로 엉켜 아수라장이었다. 이윽고 일본군은 눈이 수북이 쌓인 겨울 초입에 항복하지 않으면 피의 양쯔강을 만들겠다며 최후통첩을 하였다. 그런데도 중국군은 끝내 투항하지 않았다. 마침내 일본군은 전면적인 공격을 감행하기 시작했다.

일본군은 공격을 시작하면서 백기를 들고 투항한 중국군을 기관총으로 난사했다. 전쟁터는 사방에서 죽어간 시체들로 산을 이루었다. 일본은 또한 중국인 청년들을 색출해서 도시 외곽으로 끌고 나갔다. 일렬로 세워놓고 무자비하게 기관총 세례를 퍼부었다. 중국 청년들이 마치 화마에 쓰러진 나무토막처럼 쓰러졌다. 황당하게 죽음을 맞이한 중국인들의 피는 양쯔강을 빨갛게 물들였다. 피로 물든 양쯔강에서는 비릿한 피 냄새가 천지를 진동했던 것이었다. 며칠 새에 수만여 명의 중국인들이 일제의 총검 앞에 무자비하게 희생당했다.

일본군이 소리쳤다.

"심심한데 저놈들을 잡아다가 총검술 훈련이나 하세."

"그거 신나는 일이군."

일본군은 사람을 죽이는 것으로 부족해 포로들이나 주민들을 붙잡아다 총검술 교보재로 사용했다. 눈 하나 깜짝하지 않고 살아 있는 중국인을 세워놓고 총검으로 수없이 찔러 죽였다. 가슴과 배를 칼에 찔린 중국인들이 마치 힘없는 허수아비처럼 쓰러졌다. 그들은 아무런 저항조차 하지 못했다. 속절없이 목숨을 일제 앞에 내놓을 수밖에 없었다. 중국 난징 시내도 피로 얼룩졌고, 피비린내로 진동했다.

일본군은 중국인을 죽이는 것도 지겨울 정도였다. 또, 악랄한 한 무리의 병사들이 동료 병사에게 제안했다.

"우리 무료한데 목 베기 시합이나 하자."

"그러자. 목을 많이 벤 놈에게 담배를 몰아주는 것으로 하자."

일본군들은 담배를 획득하기 위해 악랄하게 난징 시민들의 목을 베었다. 총알을 아낀다는 명목으로 일본군 병사들의 이러한 목 베기 행위는 그들 사이에서 정당화되었다. 예리한 칼과 무기로 목을 베인 사람들이 낫에 베인 벼처럼 쓰러졌다. 한 줄로 서서 차례대로 목을 베인 중국인들이 마치 도미노 게임을 보듯 한 방향으로 쓰러지기 시작했다. 또한, 총알을 아낀다는 명분으로 난징 시민들을 산 채로 생매장기도 했다.

일본군은 조條를 정해 땅을 파는 조가 있고, 포로를 땅에 묻는 조가 있었다. 파고 묻는 행위로 속도전을 하면서 담배 내기를 하고 간식 내기를 즐겼다. 소중한 난징 시민의 목숨이 일제에게는 한낱 장난감이었으며 노리개에 불과했다. 일본 병사 중에는 자신의 잔학성을 자랑이라도 하듯, 일본도로 중국인 포로를 난도질한 사건도 많았다. 악마보다 잔인한 자신의 용맹성을 동료들에게 보여주기 위함이었다.

하루는 1000여 명이 넘는 난징 시민을 드넓은 광장에 여러 개의 열로 세웠다. 그리고 일본 병사들이 이들의 몸에 석유를 쏟아부었고, 석유를 뒤집어쓴 시민들의 몸뚱이에 불을 붙였다. 몸에 불이 붙은 시민들이 짐승처럼 펄쩍펄쩍 날뛰었다. 일본군들이 이를 지켜보고 있다가 기관총을 난사했다. 시체 더미가 순식간에 산더미처럼 쌓였다. 불에 탄 시체 냄새가 고약하게 진동했다. 이렇게 죽은 사람 중에는 여성과 노약자들이 많았다.

일본군들은 심심하면 사람이나 죽이러 나가자고 할 정도로 중국인을 죽이는 데 혈안이 되어 있었다. 그러다 일본군들은 어느 순간 관심을 다른 데로 돌리기 시작했다. 사람을 죽이는 일에 짜증을 느꼈는지 이번에는 여자들을 붙잡아 들이기 시작했다. 닥치는 대로 인간사냥을 하였고, 여자 사냥을 한 다음에 발가벗겨 육체를 유린했다. 그런 다음 기분이 좋아졌는지 미친 듯 축배를 들었다.

예쁜 여자들은 집단으로 윤간을 당했다. 미모가 빼어난 여자 앞에 많은 일본군 병사들이 줄을 섰다. 아무 데서나 바닥에 눕힌 다음 옷을 벗기고 윤간을 했다. 심지어는 죽은 여자의 시체에 올라타는 일본군도 있었다. 일본군들은 여자라면 크게 대상을 가리지 않았다. 10살 먹은 여자아이부터 70살이 넘은 노인까지 일본군들 배 밑에 무자비하게 깔렸다.

"오늘 몇 번이나 했냐?"

"나는 세 번을 했다. 그중 한 번은 할머니야. 할머니가 죽어가면서도 좋아하는 것 같던데~"

"병신! 그게 자랑이냐? 고작 세 번밖에 못 한 주제에. 임마, 나는 10살짜리 여자애들하고 다섯 번을 놀았는데~."

그들은 농담 삼아 이렇게 얘기했다. 몸을 유린당한 중국 여자들은 거기에서 끝나지 않았다. 일본군들은 선간후살先姦後殺이라 하여 먼저 강간한 다음에는 반드시 죽였다. 수녀나 비구니 같은 종교인 여자들까지 강간을 당하고 죽임을 당했으니 가히 난징 시내는 지옥이나 다름이 없었던 것이었다.

난징학살은 1937년 12월 말부터 이듬해 2월 초까지 대략 6주에 걸쳐서 자행되었다. 이 기간에 수십만여 명의 난징 시민들이 희생되었다. 일본군에 의해 포위를 당한 50~ 60만여 명의 난징 시민들과 중국 군인들은 공황상태에 빠져들고 말았다. 어찌나 지옥 같았는지 훗날 고향으로 돌아간 일본군 중에는, 자책하다가 자살을 하는 경우도 많았다는 것이다. 누가 일본도日本刀로 100명을 먼저 참살시키는지 겨루었다는 회고담이 난징대학살 시기에 오사카마이니치신문에 보도된 적도 있었다. 그 겨루기를 했던 그 군인들은 결국 난징에서 군사재판을 받고 총살되었다고 한다.

훗날, 하와이 대학 정치학 교수인 R.J.럼멜은 1937년~1945년 사이에 일본군이 중국에서 약 390만여 명을 살해했고, 서양 전쟁포로를 포함하여 대략 3백만 명에서 1천만 명 이상의 무고한 사람들을 살해했다고 추측하고 있었다.

한편 당시 중국은 국민당과 공산당의 내전으로 혼란을 거듭하고 있었다. 그러나 일본의 침략이 극에 달하자 중국의 두 정치세력은 일본의 공격을 먼저 막아내자는 데에 의견의 일치를 보았다. 일명 국공합작을 하면서 항일 전선을 형성하였고, 본격적인 항일전을 시작했다. 중국군은 대대적인 유격전을 토대로 일본의 세력을 저지했다. 일본이 점령한 지역을 탈환하고 힘을 합쳐 본거지에서 일본군을 밖으로 내쫓았다.

일본은 중국인을 모두 적으로 간주하며 대대적인 반격에 나섰다. 온갖 전략과 병기를 내세워 전쟁을 수행하였다. 이른바 삼광작전三光作戰이란 이름을 내걸고 게릴라전을 펼치는 중국 팔로군의 배후나 촌락을 철저히 파악하여 모두 죽이고 모두 빼앗았으며, 철저하게 불태웠다. 이렇게 하여 희생된 중국인이 1,200만 명에 이른다는 소문이었다. 그러나 중국 인민의 항전 의지를 꺾지 못했다. 전쟁은 장기화하는 양상이 되었는데 엎친 데 덮친 격으로 전쟁이 다른 데로 확장되었다. 그러다가 일본제국은 미국 하와이 진주만을 기습공격하였지만, 미국에 참패하고 말았다. 일본군의 사기는 급격히 떨어졌고, 군기가 문란해졌다. 100만 명에 이르는 일본군이 중국 전선에 갇혀 오지도 가지도 못하고 갇혀있는 상황이었다.

"엔도 장군, 전세는 어떠한가?"

"대장님, 아주 불리한 상황입니다."

이시이 대장의 물음에 엔도 사부로가 힘없이 대답했다. 전세가 결국 이렇게 끝날지도 모른다는 불안감을 안고 731부대의 간부들이 머리를 맞대고 있었다.

"독일과 이탈리아까지 동맹을 체결했는데도 돌파구가 없단 말인가?"

"미국 놈들이 아주 강력하게 일본군 철수를 강요하고 있답니다."

그들은 오랜 세월 세균무기를 개발하고 생체실험을 하면서 전쟁에서 일본이 승리하는데 731부대가 획기적인 역할을 하리라고 생각했다. 하지만 전해오는 소식은 연일 전투에서 패했다는 소식이었다.

"진주만 공습이 우리에게 너무 과욕이었던 게지 응?"

"그랬던 것 같습니다. 독일과 이탈리아가 일본에 가세하는 것을 보고 미국, 영국, 중국, 소련 등 스물여섯 나라가 연합군을 조성하기로 선언했다고 합니다. 가사하라 기사가 풀죽은 목소리로 응대했다.

"중국놈들이 그걸 믿고 악착같이 대항을 하는 모양이군. 말레이반도에서 영국 전함을 물리쳤고, 필리핀에도 상륙했고 싱가포르도 점령했다잖아. 수마트라섬과 자바섬을 점령해서 네덜란드군의 항복을 받아냈으니 이제 미얀마를 정복할 차례가 아닌가? 그런데 정작 가장 중요한 주전장主戰場:중국 전선에서 교착상태에 빠져들었으니 정말 난처한 일일세."

이시이 대장이 낙담하는 말을 흘렸다.

"이시이 대장님, 본토 참모본부에서 천황칙령이라도 내려오면 우리는 어떻게 해야 합니까?"

엔도 사부로가 이시이를 향해 물었다.

"뭐? 천황칙령? 무슨 천황칙령이란 말인가?"

이시이 대장이 발끈 화를 내며 말했다. 엔도 사부로는 일본의 국운이 불길하게 흘러간다고 느끼고 있었다.

"관동군사령부에 공격 중지 명령을 내리는 문제 말입니다. 예전에도 이런 칙령을 내렸는데, 우리 지휘부에서 교묘히 상황을 뒤집어 여기까지 버티어 왔지만 이제 한계에 부딪힌 것 같습니다."

엔도 사부로가 풀이 잔뜩 죽은 목소리로 대답했다.

"엔도 장군, 우리가 이대로 주저앉을 수는 없지. 당장 소련전을 대비해서 도상일이 진행되는 과정이나 도중을 의미함연습을 진행하도록 하게. 중앙참모부 작전본부장을 초대해서 소련을 당당히 무너뜨릴 수 있는 역량이 있다는 것을 도상연습을 통해서 보여줘야 하지 않겠느냔 말이야."

"무슨 말씀인지 알겠습니다. 곧 그리하도록 하지요."

엔도 사부로는 중앙참모부와 상의하여 이시이 대장 말처럼 도상훈련을 실시하였지만, 그만 도상연습 중에 소련군 전투기에 폭격을 당하고 말았다. 관동군사령부는 엔도 사부로 장군에게 모든 책임을 전가했다. 만주로 출장 온 작전본부장 도미나가는 이번 훈련을 통해 관동군 부대가 소련군에 패배할 수밖에 없다는 것을 확신한 모양이었다.

“엔도 사부로 장군, 이건 당신의 패배요. 엔도 장군이 이제 만주에 남아 있을 이유가 없어졌소. 속히 본토로 복귀하도록 하시오.”

도미나가의 단언적인 명령에 엔도 사부로는 변명거리가 하나도 떠오르지 않았다. 들려오는 소문에도 전세는 일본에 불리하게 진행되고 있다고 하였는데, 절호의 기회를 놓치고 말았으니 더는 버틸 재간이 없었다. 엔도 사부로는 밤에 비행기를 타고 황급히 731부대로 날아갔다. 어떻게든 일본이 중국을 무너뜨릴 방법을 찾아야만 했던 것이었다. 엔도는 다시 이시이 시로 대장을 만나 머리를 맞대고 앉아 상의를 거듭하고 있었다.

“선배님, 이제야말로 우리 731부대의 진가眞價를 발휘할 절호의 기회가 온 것 같습니다. 세균무기를 전선戰線에 나가 직접 사용하면 어떻겠습니까?”

“으음~”

이시이 시로 대장이 장탄식을 흘렸다. 이시이는 엔도 장군의 제의에도 썩 달가운 기색이 아니었다. 엔도 사부로는 불안한 표정으로 이시이 시로를 바라보았다. 지금까지 부대 내에서 마루타들을 대상으로 이루어진 생체실험은 매우 경이로울 정도였다. 프랑스에서 공부할 때의 기억을 되살려 보아도 이런 정도의 실험은 세계 어디에서도 이루어진 적이 없었다. 마루타를 이용한 30여 가지의 구체적 실험은 의학적인 측면에서도 획기적인 업적이었다.

“무엇을 망설이십니까? 우리는 페스트균을 이용해서 다수의 중국과 조선 주민들을 살상하는 데 성공하였지 않습니까?”

"자네 말도 틀린 말은 아니지. 참모본부에서도 우리에게 세균전을 펼치도록 명령을 내렸다네."

"그런데 뭐가 두려우십니까?"

엔도 사부로의 가슴이 오히려 조여드는 느낌이었다. 엔도는 전쟁을 반대하던 자신이 오히려 전쟁을 확대하자고 이렇게 이시이 대장을 설득하리라고는 꿈에도 생각하지 못했다.

"우리가 하나 놓친 것이 있네. 우리가 수많은 중국과 조선 주민을 살상할 수 있었던 것은 우리에 대적할 적군이 없었기에 가능한 일이었네. 하지만 전선은 우리가 공격하면 반드시 적의 공격을 받게 된다는 게 전쟁 법칙이란 말일세. 그런데 우리는 적의 공격을 받았을 때의 방어책이 매우 미흡한 상태라네."

"우리가 주도권을 잡아 은밀히 실행하면 되지 않겠습니까?"

엔도 사부로는 답답한 마음이 앞서 어떻게든 이시이 대장을 설득해서 전쟁터로 나가기를 희망하고 있었다. 만약 전쟁이 멈추게 된다면 살아서 일본으로 돌아갈 수 있다는 장담을 하기도 어려울 뿐만 아니라 이시이 대장으로부터 지원받고 있는 거액의 돈이 끊길 것이었다. 아내한테 송금하고 있는 돈에다가 가뜩이나 요즘 돈을 마련해달라고 재촉하는 요이코를 생각하면 전쟁이 끝나서는 절대로 안 되는 일이었다.

"소련과의 전쟁을 우리는 결코 주도하지 못할 것이네. 소련이 우리에게 공격을 해오면 거기에 맞대응하는 전략만이 우리가 취할 수 있는 최선이라고 나는 생각하네."

이시이는 막상 중앙 참모본부에서 명령이 내려오자 자신감이 떨어졌다. 731부대는 시설은 화려하지만 허술하기 짝이 없었다. 그는 어떤 점들을 보완해야 한다는 것을 잘 알고 있었지만 일본 정부는 더는 도움을 주지 않았다.

결과적으로 이시이 부대는 아직 미완성이었고, 결코 실용단계에 돌입한 것이 아니었다.

"선배님, 갑자기 소련 공포증에 빠지신 까닭이 뭡니까?"

엔도 사부로는 갑자기 나약한 태도를 보인 이시이 대장이 야속하게 느껴질 정도였다.

"그게 아닐세. 나는 자네와는 다르네. 엔도 자네가 무기감축을 제안했을 때 자네를 설득한 사람이 누구였던가? 바로 나란 말일세. 나를 비겁한 겁쟁이로 여기지 말게. 마루타를 대상으로 야외실험이나 독특한 실험을 많이 하였지만, 의학적인 측면에서 의미 있는 작업을 했을 뿐 우리가 기대했던 대량살상과는 거리가 멀었네. 엔도 사부로 자네가 이런 점은 나보다 더 잘 알지 않은가?"

"선배님의 말이 어떤 뜻인지 이제 알 것 같습니다. 그렇다면 선배님, 도고부대에게 주어지는 정부의 지원은 어떻게 되는 것입니까?"

엔도 사부로는 마음속에 담아둔 말을 꺼내지 않을 수가 없었다. 전쟁을 가장 싫어하는 사람이 자신이라고 그는 생각했다. 그런 자신의 속도 모르고 자신을 관동군 참모부장의 지위에 오르도록 배려한 정부를 생각하면 공연히 화가 치밀었다. 이시이 시로 대장과 준비한 오랜 프로젝트가 겉만 화려했지 막상 조국을 위해 중요한 순간에는 무기력하게 된 상황을 생각하니 자괴감에 빠져들었다.

엔도 사부로는 자정이 넘어서야 요이코가 있는 도고촌의 별장으로 향했다. 자정이 지난 탓인지 바깥에서 보니 불이 모두 꺼져 있었다. 요이코와 사이가 멀어진 이후 관계가 서먹한 탓인지 엔도 사부로가 문을 열고 들어오는데도 인기척이 없었다. 엔도는 거실의 불을 켜고 기침을 하여 인기척을 보냈다. 그런데도 아무런 기척이 없었고, 방마다 둘러봐도 요이코의 모습이 보이지 않았다.

엔도는 집안을 환히 밝히고 담배를 빼 물고 밖으로 나왔다. 고요히 잠든 도고촌, 일본의 전세戰勢가 불리하게 전개되는 상황에서 이 가족들의 운명은 어떻게 될 것인가. 731부대 대원들이야 하얼빈을 빠져나가기 어렵겠지만, 가족의 안위도 장담할 수가 없는 노릇이었다. 이시이 대장 역시 자신과 같은 생각을 하고 있을 것이라고 엔도는 확신했다. 이시이 대장과 의논하면서 엔도는 이시이 시로의 표정 너머에 깃든 불안함 같은 것을 엿볼 수가 있었다.

엔도는 담배를 피우면서 거리를 걸어보았다. 요이코와 처음 이곳에 살림을 차리던 날, 그들은 팔짱을 끼고 바로 이 거리를 걸었었다. 그때도 이렇게 자정이 지난밤이었다. 그때, 집에 들어와서 격정적으로 섹스를 하였는데 엔도는 평생 요이코만을 사랑하겠노라고 약속했었다. 하지만 세상은 그를 가만히 놔두지 않았다. 관동군 포로수용소에서 여자를 겁탈한 것은 그의 생애에 가장 치욕적이며 고통스런 기억으로 자리 잡을 것이다. 어떤 여자의 체취에도 흔들리지 않겠다던 자신과의 약속은 미모의 포로 앞에서 그만 무너지고 말았는데 불행하게도 그녀의 자궁에서는 나쁜 균이 번식하고 있었던 것이었다. 그런 일만 없었다면 요이코와 첫날 그랬던 것처럼 이날도 팔짱을 끼고 거리를 걷다가 들어와서 어쩌면 미친 듯 섹스를 하였을 것이다.

엔도는 과거의 좋았던 순간을 회상하면서 무심히 걸었다. 그런데 저쪽 어둠 너머에서 도란거리는 소리가 들렸다. 요이코와 처음에 거리를 거닐며 한참동안 앉아있곤 했던 나무 의자 쪽이었다. 엔도는 피우던 담배를 땅바닥에 버리고 가만히 호흡을 낮췄다. 그런데 어느 순간, 엔도는 감전된 듯 몸을 움직일 수가 없었다. 도란거리는 소리의 주인이 분명 요이코였기 때문이다. 엔도 사부로는 자세를 낮추어 바짝 나무 의자를 향해서 접근했다. 나무 의자에는 두 사람이 앉아서 도란거리고 있었다. 무슨 말인지 주의를 그쪽으로 기울였지만, 자세한 내용을 알아들을 수는 없었다.

엔도 사부로가 자세를 낮추어 나무 의자를 향해 몇 걸음 걸어가려고 하는데 나무 의자에서 두 사람이 불쑥 일어났다. 두 사람은 팔짱을 끼고 거리를 걸어 올랐다. 엔도 사부로는 으슥한 담벼락에 숨어 두 사람이 자신의 곁을 지나가는 것을 똑똑이 지켜보고 있었다. 엔도는 다시 한번 놀라지 않을 수가 없었다. 요이코와 팔짱을 끼고 착 달라붙어 걷고 있는 사람은 바로 총무부 다나까 정보 대위였던 것이었다.

두 사람은 길의 중간에서 멈추어 서로를 껴안았다. 엔도 사부로는 심장이 찢어지는 느낌이었다. 요이코에 대한 배신감은 물론 자신보다 새파랗게 어린 다나까 대위에게서 모욕감을 느꼈다. 엔도 사부로는 당장 요절을 내버리고 싶었지만 진정했다. 다나까 대위가 요이코와 작별하고 멀어지는 것을 한참 동안 지켜보았다. 엔도는 온몸에서 화가 치솟아 올랐다. 요이코에게 소홀한 틈에 감히 기가 막힐 일이 일어났다는 게 믿어지지 않았다.

요이코는 소파에 다소곳이 앉아있었다. 엔도 사부로는 아무런 말을 하지 않았다. 요이코가 담배를 꺼내 입에 물었다. 엔도 역시 담배를 꺼내 입에 물었다. 요이코는 불안한 기색이 역력해 보였다. 둘은 침묵한 채 담배를 연신 빨았다. 담배를 피우는 모습에서 요이코가 몹시 떨고 있다는 것을 엔도 사부로는 느꼈다. 말을 먼저 꺼낸 사람은 엔도 사부로가 아니라 요이코였다.

"혹시 보았어요?"

"요이코, 무슨 말이냐?"

엔도 사부로는 정색正色을 하며 되물었다.

"불을 환히 켜두고 나오셨잖아요."

"요이코가 보이지 않아 잠깐 바깥에서 바람을 쐰 것 뿐이야."

엔도 사부로는 담배를 재떨이에 비벼 껐다. 엔도 사부로를 따라서 요이코 역시 담배를 비벼 껐다. 엔도 사부로는 떨리는 몸으로 요이코 곁으로 바싹 다가갔다. 요이코가 엉덩이를 떼어 엔도와 한 걸음 정도의 거리를 두었다. 엔도 사부로는 기분이 나쁘다는 표정으로 요이코를 잠깐 노려보았다. 요이코의 몸에서 외간 사내의 냄새가 짙게 풍겨오는 느낌이었다.

"불을 끈 채 바깥바람을 쐬러 나갔나?"

"사내를 만났어요."

요이코의 대답은 매우 뜻밖이었다. 그런데도 엔도 사부로는 당황하지 않은 척했다. 요이코가 제풀에 그만 선수를 치고 나왔던 것이었다.

"잘했군. 내가 지켜주지 못하니 다른 사내라도 만나야겠지."

"무슨 말씀을 그렇게 하세요?"

요이코는 애써 태연하려고 노력했다. 다나까 대위와는 고향 오빠인 듯 이미 마음속에 작정해두고 보니 마음이 편안했다.

"나한테 애써 숨길 필요 없다. 사내란 여자 곁에 있을 때만 남편 노릇을 하는 게 아니야? 우리 공연히 말싸움하지 말고 피곤한데 잠이나 자자."

엔도 사부로는 가슴속에서 피가 거꾸로 치밀어오르는 기분이었지만 애써 태연한 척했다. 그는 상의를 벗어 옷걸이에 아무렇게나 걸었다. 바지를 벗어 속옷 차림으로 세수를 한 다음 침대에 올라갔다. 엔도 사부로는 머리를 비우고 눈을 감고 있었다. 요이코는 방으로 들어오지 않았다. 엔도가 침대에서 일어나 요이코를 강압적으로 잡아끌어 들였다.

"요이코 냄새를 맡은지 정말 오랜만이군."

"오늘은 몸을 섞고 싶지 않아요."

하지만 엔도 사부로는 요이코의 잠옷을 벗기고 침대에 눕혀 강압적으로 속옷을 벗겼다. 요이코는 순간 치욕을 느꼈지만 거부할 힘이 없었다. 엔도 사부로의 짓궂은 손을 저항하지 않고 받아들였다.

"사내란 말이야. 간절히 여자를 안고 싶을 때가 있는 법이지. 요이코가 거부해도 나는 지금 너무 아래쪽이 고프단 말이야. 내가 잠깐 한눈팔아 몹쓸 병을 옮긴 것은 미안한데 난 여전히 요이코를 사랑해. 내가 당신을 외롭게 했던 것은 전쟁 상황에서 어쩔 수 없는 일이었고, 전쟁을 치르다 보니 술집에서 계집한테 잠깐 한눈을 판 것인데 용서해 주면 좋겠어."

엔도 사부로는 난처한 자신의 체면을 모면하려고 임기응변처럼 입을 열었다. 요이코는 순간 마음이 흔들렸다. 엔도 장군이 그런 짓만 하지 않았다면 아무리 외롭더라도 다나까 대위에게 마음을 주지는 않았을 것이다. 하지만 다나까 대위에게 들었던 소문대로라면 엔도 사부로는 은근히 여성 편력이 강한 사람이었다. 731부대에서도 러시아 여자 마루타를 데리고 흉측한 짓을 벌였다고 하지 않았는가. 그러나 요이코는 순간 아무것도 모른 척 행동했다. 아직 엔도 사부로의 도움이 남아 있기 때문이었다.

"용서는 더 큰 의무를 요구하는 순진한 여자들의 모성애랍니다. 다시는 나쁜 짓을 하지 마세요. 딱 이번만 용서하겠어요."

"요이코, 알았어. 내 다시 그런 짓을 하지 않을 거야. 나는 정말 모든 것을 당신을 위해 해주고 싶은 사람이란 걸 알아줬으면 좋겠어."

엔도 사부로가 요이코의 몸을 끌어안았다. 요이코는 자신의 내면을 속여가면서 엔도 사부로를 예전처럼 받아주었다. 엔도는 오랫동안 여자를 품어보지 못해 욕정이 불타올라 그런 모든 감정을 담아 요이코를 애무했다. 요이코는 엔도 사부로의 손이 거칠어도 거부하지 않고 자신을 속여가며 교성嬌聲을 아끼지 않았다. 엔도 사부로가 거친 호흡을 뿜어내며 요이코의 아래쪽을 공격했다. 엔도는 요이코가 설마 다나까 대위와 잠자리를 했을 거라고 생각하지 않았다. 요이코의 몸을 애무하면서도 그런 어수선한 생각이 한쪽에 자리 잡고 있었지만 애써 털어 내려고 애쓰는 중이었다.

"엔도 사부로 씨, 당신 날 안으면서 무슨 생각을 그렇게 골똘히 하세요?"

"아, 아냐. 당신을 오랜만에 안아보니 감회가 깊어서 그러는 거야."

엔도는 어둠 속에서 머리를 저었다. 엉덩이를 흔들면서 머리를 흔들어대는 자신의 모습이 우습게 느껴졌다. 그런데 한번 떠오르는 나쁜 생각이 계속 이어졌다. 요이코의 몸이 분명 예전과 달랐기 때문이다. 요이코를 오랜만에 안을 때면 아래쪽이 쫄깃하며 감촉이 따뜻하고 좋았었는데 지금은 이상하게 헐렁했다. 맵고 짜던 요이코의 아래가 아주 싱겁고 푸석거리는 느낌이었다. 엔도 사부로는 사내의 직감으로 요이코의 몸이 다른 사내의 손을 탔다고 느꼈다. 그러자 잔뜩 성나있던 성기性器가 서서히 힘이 빠지기 시작했다. 그래도 엔도 사부로는 사내의 체면을 살리고 싶어 지난번의 러시아 여자 마루타의 몸을 떠올리려 안간힘을 썼다. 그런데도 결국 요이코와의 잠자리는 남녀의 환희를 느껴보지 못한 채 흐물흐물 끝나버리고 말았다.

"오늘 왜 이러세요? 기력이 많이 딸려 보이네요."

"예전같지 않군."

엔도 사부로는 요이코의 몸에서 털썩 미끄러져 내려왔다. 사내의 체면이 속절없이 구겨지는 느낌이었다. 순간 다나까 대위를 향한 증오심이 불타올랐다. 하지만 요이코 앞에서 내색하지 않았다. 요이코가 예전처럼 엔도의 몸을 끌어안았다. 엔도 사부로는 요이코가 다나까 정보 대위에게 몸을 맡겼다는 생각을 하니 구역질이 올라왔다.

"당신이 그리웠어요."

"흐응, 그래?"

그녀의 말이 믿어지지 않았다. 엔도 사부로는 속으로 그녀를 비웃었다.

"내가 당신 말고 누가 있겠어요? 그래서 잠깐 정보 대위를 만나 고향 얘기를 나누었던 것 뿐이라고요."

요이코는 천연덕스럽게 거짓말을 늘어놓았다. 그녀의 말에 엔도 사부로는 속으로 콧방귀를 끼였지만 피로가 몰려와서 개의치 않았다. 나른한 졸음에 떨어지려는 엔도 사부로의 귀밑에 대고 요이코가 주절거렸다.

"엔도 사부로, 당신이 없이는 이제 살 수가 없어요."

"오늘따라 왜 이렇게 흐물거리는 거야? 내게 뭐 부탁할 거라도 있나?"

엔도 사부로는 지나가는 듯한 말투로 물었다.

"전쟁이 막바지라고 들었어요. 고향으로 돌아가는데 빈손으로 갈 수는 없잖아요? 엔도 사부로 씨, 내게 돈을 마련해 주세요. 당신은 능력 있는 사람이잖아요?"

"알았으니 너무 걱정하지 말아라."

"당신은 지금도 부인한테 편지를 쓴다면서요? 고향으로 돌아가면 부인과 자식밖에 모를 텐데 나도 혼자서 자립할 수 있도록 준비를 해야지요. 다나까 정보 대위한테 들었어요. 일본이 전쟁에 패한다면 당신이나 이시이 대장 같은 사람도 살아서 만주를 빠져나가기가 쉽지 않을 거라구요."

요이코의 말을 듣고 엔도 사부로는 자리에서 벌떡 일어섰다. 그녀의 말처럼 일본이 패망하게 되는 날을 상상하면 저절로 숨이 막힐 것만 같았다. 전쟁에서 진다면 그녀의 말처럼 731부대 대원들은 정말 살아서 돌아가기 어려울 것이다. 아니 731부대 대원들뿐만 아니라 그 가족들 역시 하얼빈을 빠져나가는 게 쉽지 않을 것이다. 엔도 사부로는 응접실 소파에서 심란한 마음을 달래며 담배를 입에 물었다.

요이코 역시 그처럼 심란한 모양이었다. 그녀도 담배를 입에 물고 한숨을 깊게 내쉬었다. 엔도는 그녀의 말을 곰곰 되짚어 보았다. 전쟁이 끝나 일본으로 돌아간다면 그는 요이코를 옆에 두지 못할 것이다. 아내를 두고 요이코와 이곳에서 살림을 냈다는 사실은 자신에게 치욕적이었다. 중국과 영원히 전쟁을 하면서 이곳에서 살면 모를까 일본으로 돌아가야 한다면 요이코는 그에게 골치 아픈 문제로 남을 것이다. 대체 이를 어떻게 처리해야 한단 말인가.

"요이코, 내가 하나 묻겠는데 솔직히 대답해 주도록 해라."

"내게 궁금한 게 무엇인지요?"

요이코는 대답을 듣기 전에 피우던 담배를 껐다. 엔도 사부로가 뚫어지게 쳐다보는 것을 피해 그녀는 잠깐 자신의 방에 들어가서 은밀히 숨겨놓은 육혈포 권총을 살펴보았다. 권총은 엔도 사부로의 변덕스런 횡포에 대비해 자신을 지킬 수 있는 유일한 수호신이라는 생각이 들었다. 요이코는 가쁜 호흡을 가라앉히며 소파로 걸어왔다. 엔도 사부로의 물음은 너무나도 뜻밖이었다.

"일본으로 돌아가면 우리는 헤어져야 한다. 전쟁이 끝나면 당연히 각자 자기 세계로 돌아가야 하니까. 나는 사랑하는 아내와 가족이 있는 몸이고, 요이코는 너무 젊고 아름다운 몸을 지닌 여자다. 내가 요이코의 오비를 풀었는데 일본으로 돌아가면 다시 게이샤를 할 수는 없을 테지. 그래서 묻는 말인데 요이코는 다나까 정보 대위를 사랑하나?"

엔도 사부로의 물음에 요이코는 몸이 부들부들 떨렸다. 다나까 대위는 오직 요이코를 위해 헌신할 사람이란 것을 그녀는 확신했다. 엔도 사부로 장군이 고국으로 돌아가면 오직 가족을 위해 자신을 헌신짝처럼 버린다는 생각은 결코, 틀리지 않는 말이다. 요이코는 속으로 생각했다. 이제 자신의 선택은 명확하다. 다나까 대위를 선택한 것이 잘못되지 않은 선택임을 엔도 사부로의 말을 듣고 확신하고 있었다.

"만약 내가 다나까 정보 장교를 사랑한다면 당신은 괜찮아요? 내게 어떻게 그런 말을 물을 수가 있나요?"

"요이코, 너무 어렵게 생각하지 말자. 만약 전쟁이 끝나고 우리가 일본으로 돌아간다면 이것은 우리가 반드시 자각해야 할 현실이란 말이야. 나는 결코 요이코를 곁에 둘 수가 없단 말이야. 그래서 다나까를 사랑한다면 내가 도와주려는 거야."

"엔도 사부로 당신이 있는데 어떻게 다나까 대위를 사랑할 수 있겠어요. 당신이 나를 버린다면 그때 다나까 대위를 의지할 수 있겠지요. 여자는 한 남자에게 몸을 바치게 되면 다른 사내를 받아들이기가 영원히 쉽지 않은 거랍니다."

엔도 사부로는 요이코의 말을 들으며 속으로 비웃음을 쳤다. 자신 몰래 이미 다나까에게 몸을 바친 여자라는 생각을 하면 용서할 수가 없었다. 만약 일본으로 돌아가게 된다면 요이코는 자신에게 골칫거리가 되리라. 그러나 사랑하는 요이코가 다나까 대위의 품에 안겨 살도록 놔둘 수는 없었다. 오랜 시간 몸을 섞고 첩으로 데리고 살았는데 자신의 첩이 다나까 대위의 품에서 놀아나는 것을 용납할 수가 없었다. 엔도는 장탄식을 흘리며 자신의 비밀공간에 숨겨둔 육혈포 권총을 떠올렸다. 위급한 순간에 대처하려고 은밀히 구입해 둔 나강 권총이었다.

2

이시이 시로 대장은 밤에 급습을 받았다. 나이 어린 첩인 미오를 끌어안고 막 잠이 들 무렵 헌병대가 들이닥쳤다. 이시이가 사적으로 거느리고 있던 병사들이 여럿 있었지만, 헌병대의 위세를 감당할 수가 없었다. 이시이는 속옷 차림으로 헌병대에 붙들려 겨우 군복 바지를 껴입고 헌병대 짚 차에 올랐다.

"이시이 대장님, 저희들을 용서하십시오."

"네놈들이 나를 이런 식으로 끌고 가다니 앞으로 내가 가만두지 않을 테다."

헌병들은 이후 이시이 시로에게 아무런 대꾸를 하지 않았다. 이시이를 태운 짚 차는 관동군사령부 본부로 향했다. 본부 지하 조사실에서 이시이는 육군성 특별수사대 조사관으로부터 복잡한 사생활과 공금횡령에 관한 조사를 받았다. 처음 중국 베이인허에서 가모부대를 시작할 때부터 핑팡의 731부대 급식비까지 조사관들은 조목조목 횡령의 대목을 짚었다.

이시이 시로는 조사관들의 계급을 하나씩 살펴보았다. 자신보다 한참 직급이 낮은 감찰관 소속의 군인들이었다. 이시이 시로는 조사가 끝나고 지하실 감방으로 돌아왔다. 조사가 있을 때마다 대위 두 명이 먼저 와서 그를 양쪽에서 제압했다. 사흘 간격으로 조사를 받았는데 조사는 일곱 차례를 넘기고 있었다. 첫날은 주로 이시이의 복잡한 여자관계를 조사했다. 조사관들은 이시이가 현재 데리고 살고 있는 미오라는 첩의 이름까지 알고 있었다.

이시이는 첫날 조사를 받고 세이코를 의심했다. 첩 년들 중 자신에게 복수를 감행할 사람은 당연히 세이코라는 생각이 들었기 때문이다. 시노즈카와 만나고 다나까 정보 대위와 만나면서 세이코가 심경의 변화를 느꼈을지도 모른다는 생각이 들었다.

그러나 두 번째 조사부터는 여자 문제가 아닌 도고부대 건설을 위한 부지 확보 문제를 비롯해 설계비, 건축비, 각종 공사비, 실험재료비, 부식비, 출장비, 야외활동비 심지어 음화사진 및 춘화 판매비까지 총망라되어 있었다. 이시이는 이런 조사를 받기 시작하면서는 세이코를 의심하지 않았다. 세이코가 이런 세세한 내막까지 알고 있을 리는 만무하다고 생각했기 때문이다.

이시이는 1개월간 지하 감방에서 조사를 받고 풀려났다. 일본 육군성은 이시이 시로의 죄가 크다고 판단하였지만 그를 방면해주었다. 지금은 전쟁 중인 데다가 이시이가 해결해야 할 문제가 산더미처럼 쌓여 있었기 때문이다. 가뜩이나 미국과 소련이 하얼빈 731부대에서 전쟁범죄에 해당하는 인간생체실험의 정황이 있다고 추궁하고 있었다. 일본 육군성은 이시이 시로를 석방하지 않을 수가 없었던 것이었다.

731부대는 그새 기타노 중장이 부대장이 되어 있었다. 육군성 본부에서는 긴밀히 731부대의 의견을 물었다. 지금 전쟁 상황이 궁지에 몰리고 있는데 세균무기를 활용해서 전세戰勢를 역전시킬 수 있겠는지 하는 물음이었다. 이시이 시로는 기타노 중장을 비롯하여 엔도 사부로 장군, 기타 간부들과 밤새도록 머리를 맞대고 치열한 토론을 거쳤으나 세균무기로 전세를 뒤집을만한 성과를 내기가 어렵다는 판단을 내렸다.

"이시이 대장, 문제는 이제부터입니다."

"나도 이미 짐작은 하고 있소."

간부들은 이시이가 살아 돌아오자 모두 놀랐다.

"우리 731부대 간부들이 10명이나 체포되었습니다. 지금 블라디보스톡 재판소에 갇혀 심문을 받고 있을 거란 말이오."

기타노 중장을 추종했던 세력들이 이시이를 보고 우려 섞인 말을 흘렸다.

"대체 누가 기밀정보를 유출한 것이오? 내가 없는 사이 무슨 일이 벌어진 것이오?"

"미국과 소련이 은밀히 우리 부대를 들여다보았던 것 같습니다. 이시이 대장이 없는 틈에 조사과 사진반이 털렸어요."

"아니 조사과 사진반이라면 공무 관리과 옆에 있는 가장 중요한 부서가 아니오? 사진반이 털렸다면~"

이시이 시로의 숨이 넘어갔다. 사진반이 털렸다는 말은 731부대의 실상이 담긴 비밀이 세상에 유포될 수도 있다는 말이었다. 어떤 순간보다 촉급한 일이 아닐 수 없었다.

"사진반의 모든 필름을 도둑맞았답니다. 백방으로 알아보고 탐문하여 범인을 추적하려고 노력해 보았지만, 어느 놈이 사진반의 필름을 훔쳐 갔는지 도대체 알 수가 없단 말이오."

"사진반의 정보 장교들, 하사관들, 사병들과 소년대원 놈들까지 고문을 해 보았소?"

"하이. 하지만 원하는 대답을 듣지 못했습니다. 그런데 한 가지 수상쩍은 부분이 있습니다."

엔도 사부로 장군이 우려섞인 표정으로 입을 열었다.

"어서 말을 해 보시오."

"사진반의 쥰이란 대원이 자취를 감췄습니다."

"아니 그놈은 두통 때문에 세균실에서 사진반으로 전반한 놈이 아니오? 그 놈 혼자서 자취를 감추었단 말이오?"

"혼자 사라진 게 아닙니다. 특별반에 료타 하사란 놈과 시노즈카 대원도 사라졌습니다."

엔도 사부로는 턱수염을 어루만지며 쩝, 쩝 입맛을 다셨다.

"이번 필름 도난사건은 바로 이놈들 소행이 분명하오. 시노즈카 요시오, 이 놈이 결국 말썽을 부리는군."

"소년 대원만은 아닌 듯합니다."

실험실 기사가 말을 이었다.

"아니 그건 또 무슨 말이오?"

"조선인 마루타들도 모두 사라졌습니다."

"이거 갈수록 태산이군. 당장 이놈들을 잡아들이지 않고 뭣 하고 있는 것이오? 조선인 마루타라면 여자 마루타요 남자 마루타요?"

이시이 시로는 조선인 여자 마루타를 은밀히 아끼는 기타노 중장을 떠올리며 물었다. 기타노 중장이 저쪽에서 이시이를 노려보았다. 기타노는 이시이가 멀쩡하게 돌아오자 마음이 편치 않았던 것이다.

"모두 사라졌습니다. 특별반의 관리가 소홀한 틈을 타서 누가 의도적으로 조선인 마루타를 풀어준 것 같습니다."

엔도 사부로가 기력 잃은 목소리로 대답했다. 엔도는 사라진 요이코를 생각하면 화가 머리끝까지 치솟아 올랐다.

"그럼, 대체 그 소행이 누구라고 생각하시오? 특별반의 마루타 담당자 중에 누구일 텐데 혼자서 이런 일을 저지를 수는 없는 노릇이 아니오? 엔도 사부로 장군, 당신 생각은 어떻소?"

"한 가지 의심스러운 대목이 있습니다."

모두의 눈이 엔도 사부로 장군을 향했다. 이시이 시로는 속으로 억울한 나머지 부들부들 떨고 있었다. 자신이 한 달간 조사를 받는 사이 부대가 이렇게 망가졌다니 기가 막힐 노릇이었다. 이시이는 당장 육혈포 나강 권총부터 챙기지 못한 게 원망스러웠다. 조사를 받으러 끌려가면서 그의 모든 무기는 해체되었고, 상부에서 회수해버렸다. 하지만 그는 크게 두렵지 않았다. 그에게는 은밀히 숨겨둔 엄청난 비자금이 있었다.

"그 일은 제가 설명해 올리겠습니다."

마스다 도모시다군의 대좌가 엔도 사부로 장군과 이시이 시로를 번갈아 바라보면서 말했다.

"마스다 대좌 그럼, 당신이 어서 말을 해보시오."

"예. 창고지기 사사키 고스케 이놈이 수상쩍은 데가 한둘이 아닙니다."

"바로 그거야. 그놈이 아주 수상해."

엔도 사부로는 크게 고개를 끄덕이며 맞장구를 쳤다.

"엔도 장군, 사사키 고스케라면 가라사와 반장이 가장 신뢰한다는 놈이 아니오?"

이시이 시로가 고개를 갸웃거리면서 물었다. 이시이가 인마혈 교환 실험을 할 때 가라사와와 함께 실험실에 들렀던 놈이었다.

"예, 그렇습니다. 말수가 적어서 가라사와 반장이 가장 믿는다는 놈입니다. 이놈이 글쎄 가라사와를 하얼빈으로 유인해서 그만 가라사와 반장이 소련군 헌병대에 붙들려간 모양입니다."

"이거 낭패로군. 필름을 도난당했고, 10여 명의 간부가 체포되었다면 731부대의 정보를 놈들이 입수하였다는 게 아니오? 근데 사사키 이놈이 어떻게 부대 밖으로 들락거릴 수가 있었던 것이오?"

이시이는 부대에서 일어난 일이 정말 믿기지 않았다.

"다나까 대위 이놈 짓이지요. 명실공히 731부대 정보를 총괄한다는 다나까 정보 대위란 놈도 지금 사라져버렸습니다."

"다나까 정보 장교 이놈이 내 콧수염을 건드렸다 뭐 이런 말이군. 제군들, 일단 각자 돌아가서 우리 부대의 정보가 밖으로 새나가지 않도록 각별히 단도리 하도록 하시오. 어떤 일이 있어도 우리가 마루타를 대상으로 생체실험과 세균실험을 했다는 게 발각되면 안 되오. 만약 그렇게 된다면 우리는 감히 살아서 조국으로 돌아가지 못할 것이오."

이시이 시로를 비롯한 엔도 사부로 장군, 다른 간부들은 모두 발등에 불이 떨어졌다. 간부들이 모두 돌아가고 이시이 시로와 엔도 사부로는 머리를 맞대고 앉았다.

"다나까 대위의 행방은 수소문하였나?"

"선배님, 이번 사건은 다나까 대위가 조장한 것이 분명합니다."

"다나까 이놈이 맘대로 하얼빈을 들락거리더니 결국 일을 저질렀군. 너무 풀어주는 게 아니었는데 마루타 알몸사진 찍어 돈벌이한다기에 그만 떡고물이라고 생각하고 슬쩍 눈감아주었던 게 화근이 되었군."

"선배님, 다나까 이놈이 은신할만한 하얼빈 프자덴 거리를 아십니까? 세이코 이년이 최근에 다나까를 만나는 것을 보았다는 사람이 있습니다."

"음~ 나도 다나까 대위가 프자덴 뒷골목을 드나들고 있다는 것쯤 알고 있지. 하지만 세이코를 만나든 키요코를 만나든 어린 년들 일에서 손을 떼고자 하였으니 크게 신경 쓰지 않았는데~"

"선배님, 저는 정말 죽을 맛입니다."

"아니 자네는 또 왜 그러나?"

"요이코 이년이 다나까 대위와 눈이 맞았습니다."

"너무 오래 외롭게 내버려 두었으니 원. 그래 자네는 그걸 언제 알았던가?"

"벌써 달포는 지났지요. 오랜만에 품는데 밑을 만져보니 다른 사내놈 손을 탔더라구요."

"이 사람아, 여자들 밑이야 사내 손을 타지 않아도 의심쩍스러울 데가 있는 법이네. 너무 상심하지 말게. 요이코는 오직 자네밖에 모르는 여자 아닌가?"

"선배님, 다나까 대위 이놈하고 팔짱 끼고 걷는 모습을 내 이 두 눈으로 똑똑이 지켜보았습니다."

"자네 오히려 잘 되었네그려. 전쟁이 끝나고 고향에 돌아가면 자네 요이코가 큰 짐이 될 텐데 말이야."

"요이코는 내게 여전히 사랑스럽고 예쁜 여잡니다. 요이코가 내게 희생당한 것은 사실이니 불쌍하기도 하고 말입니다. 그런데 다나까 대위를 생각하면 용서가 되지 않습니다."

"그럼 결론은 간단하군. 요이코는 손대지 말고 다나까를 죽이면 되지 않겠는가? 다나까 대위 정도야 제놈이 하얼빈 프자덴 거리에 있다면 어떻게 우리 눈을 피해갈 수 있단 말인가? 자네 육혈포 권총 가지고 있나?"

"은밀히 숨겨둔 육혈포가 1정 있긴 합니다. 선배님도 장차 어떻게 될지 모르니 육혈포 권총부터 마련하십시오."

이시이 시로는 엔도 사부로를 바라보면서 은근히 실망하고 있었다. 군인으로서의 포부는 온데간데없고 한낱 계집 타령에 눈물을 흘리다니 꼴이 말이 아니었다. 더군다나 여태 엄청난 배려를 해주고 재산도 축적하도록 도와주었는데 육혈포를 마련하라고 하며 나강 권총을 상납하지 않은 것을 보니 허무하게 느껴졌다.

"자네 꼭 다나까 대위를 죽이도록 하게. 나 같으면 요이코도 살려둘 수는 없지. 조국에 무사히 돌아간다면 이런 사람들이 자네를 곤혹스럽게 할 것이네. 만약 그렇다면 일본이란 나라가 자네를 용서하지 않을 것이네. 그럼, 일이 급하니 우리는 작별인사나 하세. 언제 또 무사히 만나리란 장담을 못 하니 그저 무사히 귀국하도록 하게. 만약 우리가 살아서 귀국하게 된다면 이곳의 흔적은 모조리 치우고 떠나야 한다는 점을 명심하게나."

이시이 시로는 황급히 집무실을 빠져나왔다.

"선배님, 그간 고마웠습니다. 선배님께서도 꼭 무사히 귀국하시기 바랍니다."

멀어지는 이시이 대장을 향해 엔도 사부로는 경례를 올렸다.

이시이 시로는 짚 차를 타고 하얼빈의 외곽으로 향했다. 한 시간을 넘게 달려 외곽 집에 왔는데 집은 엉망이었다. 그가 아끼던 미오는 이미 집을 떠난 모양이었고, 집은 온갖 잡동사니로 가득했다. 만주 하얼빈에 거주하는 일본인들도 일본이 전쟁에서 패하게 된다는 소문을 이미 들었던 모양이었다. 그러지 않고서야 미오가 자신을 버리고 혼자 이렇게 도망치듯 떠날 리는 없는 것이었다.

이시이 시로가 일본인 거류지에 들렀을 때 그를 맞아준 사람은 다름 아닌 오오다 중사였다. 이시이 시로를 보더니 오오다 중사는 몹시 반가운 표정을 지었다.

"이시이 대장님, 여긴 어쩐 일이십니까?"

"오오다 중사, 이거 낭패로군. 내가 관동군사령부에 들어가 있는 동안 내 꼴이 말이 아니야."

"그렇잖아도 대장님을 만나러 부대로 들어갈 계획이었습니다."

"자네가 나를 왜?"

"대장님, 지금은 자신만이 자신을 지켜줄 수 있습니다. 자신을 지키는데 가장 강력한 무기가 무엇이겠습니까? 바로 육혈포란 말입니다."

"오호, 역시 오오다 중사는 촉이 빠르군. 내가 그렇잖아도 그 일 때문에 자네를 일부러 보러 왔다네. 나강 권총을 속히 구하려고 하였더니 쉽지 않더군. 자네가 나를 좀 도와주겠나?"

"하이, 대장께서 내게 값만 제대로 쳐서 주십시오. 내 목숨 잃으면 돈이 다 무슨 소용이겠습니까?"

"자네는 끝까지 돈타령이군. 그래 돈은 달란 대로 줄 테니 어서 나강 권총이나 몇 정 가져오게. 그리고 자네, 다나까 대위의 행방을 모르나?"

이시이 시로는 목소리를 낮춰 다나까 대위의 행방을 물었다. 다나까를 만나면 당장 머리에 구멍을 내버리고 싶었기 때문이다. 군인의 책임과 의리를 저버리고 반역을 자초한 놈은 사형을 받아도 아쉽지 않을 것이었다.

"모릅니다. 한데 이시이 대장을 위해 제가 꼭 알려드리고 싶은 정보가 있습니다."

"그래 고맙네. 어서 말을 하게."

이시이는 마음을 가라앉히려고 애를 썼다.

"대장님의 목숨과 관계되는 정보인데 제게 목숨 값은 치러야 하지 않겠습니까?"

"염려 말게나. 자네도 알겠지. 내가 사령부에 조사받으러 들어간 소식 말이야."

"알지요."

오오다 중사가 고개를 끄덕이며 대답했다.

"내가 비자금을 얼마나 가지고 있다고 생각하나?"

"글쎄 말입니다. 나 같은 부사관이 그런 고급정보를 무슨 수로 알겠습니까?"

"알려고 하지 말게. 대신 자네한테 고향에 돌아가서 가게 하나쯤 차릴 수 있도록 도와주겠네. 내 약속어음을 미리 끊어주지."

"대장님, 세이코를 함부로 만나시면 안 됩니다. 세이코가 육혈포를 소지하고 있다는 것을 명심하십시오. 세이코는 오직 이시이 시로 대장님을 저격하기 위해 그 육혈포를 품에 지니고 있다고 합니다."

"하하하~ 제깟년이 나를 죽인다고? 한때 몸을 섞은 첩년이라 잠시 뒷배를 봐주고 자금도 마련해주었더니 뭐 나를 없앤다고 육혈포를 품고 다녀? 하여튼 고맙네."

이시이는 평소 가지고 다니던 자신만의 약속어음을 오오다 중사에게 끊어주었다. 오오다는 입이 떡 벌어져서 어쩔 줄을 몰랐다.

"대장님, 오늘 중으로 나강 권총을 몇 정 구해다 드리겠습니다."

"고맙네. 먼저 이거 받아 두게."

이시이 대장은 오오다의 품에 두툼한 지폐 봉투를 찔러주었다. 오오다는 평생 이렇게 두툼한 봉투를 받아본 경험이 없던 터라 깜짝 놀랐다. 오오다는 이제 일본이 패하고 전쟁이 끝난다 해도 무서울 것이 없었다. 차곡차곡 곡식 모으듯 모아놓은 돈이면 고향에 돌아가서 가게 하나쯤 차리는 것에 부족하지 않다고 생각했다. 이시이 시로는 일본인 거류지에서 짚 차를 몰아 731부대로 향했다. 이시이 대장이 떠나자 오오다 중사의 행동이 순간 바빠졌다. 오오다 중사 역시 위병소를 빠져나와 재빨리 짚차를 몰았다.

3

세이코는 키요코를 덥석 끌어안았다. 키요코의 몰골이 말이 아니었다. 몸이 보름 만에 훌쩍해질 정도로 축난 것을 세이코는 처음 보았다. 키요코는 아들 류노스케를 중국인 집에 양자로 보내고 식음을 끊다시피 하였다. 관동군 사령부 산하 부대의 부대장인 류노스케의 아버지가 류노스케를 찾아 죽이려고 일본 헌병대까지 풀었다는 소문을 듣고 키요코는 세이코와 상의 끝에 결심한 일이었다.

"류노스케를 잊어야 해."

"세이코, 그래야겠지. 중국인 부모님이 좋은 사람들 같아서 마음이 놓여."

키요코의 눈가에 눈물이 맺혀 있었다.

"그래. 류노스케는 일본에 가서도 살 수 없고 중국에서도 일본인으로는 살 수가 없는 처지야. 뭐 운명인 거지. 차라리 좋은 사람 중국인 부모를 만났으니 잘 되었다고 생각하자. 전쟁이 끝나고 나중에라도 우리가 건강하면 찾아볼 수도 있을 거 아니니?"

세이코는 연신 키요코의 등을 어루만지며 위로해 주려고 애쓰고 있었다.

"응, 그래. 나도 류노스케가 중국인 양자로 들어간 게 다행이라고 생각해. 아니면 세이코 말처럼 우리 애는 어디서든 일본인으로는 살 수가 없어. 차라리 완전히 중국인이 되어 한세상 살도록 하는 게 백배 낫지 않겠어?"

"맞아. 맞는 얘기야. 전쟁이 원수로구나. 근데 누가 문을 두드리는 모양인데?"

세이코는 말을 멈추고 밖으로 나왔다. 키요코가 세이코를 따라 나왔다. 문 밖에서 문을 두드리는 사람은 헌병대 오오다 중사였다.

"중사님, 무슨 일이세요?"

"세이코, 육혈포 모두 몇 정이나 있지?"

"아주 중사님, 권총 장사로 신이 나셨네요? 도고부대 간부들 권총 7정을 사간지 얼마나 되었다고~"

"아주 급한 일이 생겼어. 야 세이코, 이시이 대장이 조사받고 부대로 돌아왔다는 소식 들었냐?"

"아직 듣지 못했어요. 이시이 개자식이 아무 탈 없이 부대로 복귀했군요?"

"그래. 이시이 시로가 나를 찾아왔어. 조사받으러 사령부에 들어가면서 모든 무기를 해체당한 모양이야. 그래서 긴급히 육혈포를 구해달라고 하더라. 봐, 이렇게 약속어음까지 받았어. 너 이시이 시로 이놈 죽이는 게 소원 아니었냐?"

"권총 몇 정이나 필요해요?"

"있으면 많이 줘. 나는 이시이와 약속을 지켜야 해. 군인 간의 신뢰 문제니까 말이야. 세이코, 내가 이시이를 죽일 수 있는 기회를 만들어줄 테니 돈을 좀 다오."

"좋아요. 총은 지금 여기 가지고 있는 게 총 세 정이에요. 까짓 돈이 뭐라고 오오다 중사는 오직 돈밖에 모르는군요. 그럼, 당장 이시이 시로 이놈을 죽일 수 있는 데로 안내해 주세요."

세이코의 태도는 아주 진지했다.

"좋아. 권총 값은 이시이에 관한 정보 제공료로 교체하면 되겠네."

"이시이 개자식을 죽일 수 있게 기회를 만들어준다면 그렇게 하셔도 좋아요."

세이코는 이렇게 어수선한 상황에서 돈을 욕심내지 않았다.

"고맙다. 내가 이시이를 부대 밖으로 불러 내 권총을 건네고 돌아설 테니 그때 기회를 봐서 멀찍이서 저격하도록 해라. 이시이는 죄를 너무 많이 진 사람이니까 죽이는데 망설일 이유는 없다고 나는 생각한다."

세이코는 서랍에서 돈을 꺼내 오오다 중사에게 건넸다.

"세이코, 나도 이런 돈은 받고 싶지 않아. 권총이면 충분하다. 나라고 뭐 오직 돈밖에 모르는 놈인 줄 아니?"

오오다 중사가 이를 드러내고 웃었다. 키요코가 옆에 있다가 오오다 중사와 눈이 마주치자 싱긋 웃었다. 오오다는 사실 키요코를 은근히 좋아하고 있었다. 키요코도 오오다를 싫어하는 눈치가 아니었다.

그들은 밖으로 나왔다. 오오다의 짚차에 세이코가 올라탔다. 키요코가 함께 올라타려고 하자 오오다 중사가 키요코를 저지했다.

"키요코, 너는 여기 있어라. 너까지 가면 일이 너무 복잡해질 수도 있어."

"알았어요. 오오다 중사님, 몸조심하세요. 세이코, 너도 몸조심해. 꼭 이시이 개자식을 해치우고 올 수 있으면 좋겠어."

키요코는 자신의 바람까지 대신해서 세이코가 이시이 대장을 해치우고 오기를 바라고 있었다.

"키요코, 우리 마지막이 될지도 모르니까 작별인사나 하자."

"싫어. 너는 반드시 살아서 돌아와야 한다. 류노스케까지 중국인한테 넘기고 너까지 없으면 나 혼자 어떻게 버티고 살아갈 수가 있겠냐?"

키요코의 표정 역시 진지했다.

"알았어. 그럼, 오늘 밤에 웃으면서 보자."

세이코와 키요코는 서로의 체온을 느끼며 한참 동안 손을 붙들고 있었다. 오오다 중사는 머쓱한 탓에 공연히 빈 담배만 피우고 있었다. 세이코가 조수석에 앉아 눈물을 훔쳤다. 오오다 중사는 키요코를 한번 이윽히 바라보며 운전석에 올랐다. 세이코를 태운 오오다의 짚 차가 731부대를 향해 달릴 때 키요코가 눈물을 흘리면서 연신 손을 흔들어주었다. 그들은 모두 예감이 좋지 않았다.

오오다 중사의 짚 차는 일본인 거류지를 거쳐 731부대로 향했다. 2시간을 넘게 달려서 그들은 731부대 남문 위병소 300m 근처에서 짚 차를 세웠다. 세이코는 조수석에 상체를 숙이고 앉아있었다. 오오다 중사는 3정의 육혈포를 짚 차의 운전석 밑에 숨기고 밖으로 나왔다.

천천히 3 분을 걸어 부대의 남문 위병소에 도착했다. 남문에서 위병을 서는 군조 계급의 헌병 하사관이 반갑다는 표정을 지으며 오오다에게 용건을 물었다. 오오다 중사는 이시이 시로 대장을 만나러 왔다고 용건을 말했다. 남문 위병소의 헌병 하사관이 구내 연락선을 통해 이시이 대장실에 통신을 넣었다.

이시이 대장이 남문 위병소로 걸어나왔다. 오오다 중사는 이시이를 보고 반갑게 손을 흔들었다. 이시이 시로는 위병소 안에 있는 헌병 병사를 밖으로 내보냈다.

"이렇게 일찍 육혈포를 대령할 줄 몰랐네."

"대장님의 목숨이 달려있는데 한시라도 바삐 대령해야죠."

"내게 뭘 원하나? 어음은 이미 끊어줬고~"

"지금은 전쟁 중이라 대장님의 목숨이 어떻게 될지 모르는데 어음이 무슨 소용 있겠습니까? 대장님, 지금 육혈포 3정을 가져왔으니까 대장님의 목숨값으로 현찰을 주십시오."

"그렇군. 저번에 봉투에 현찰을 넣어 주었는데 더 달라고?

"대장님, 사방에 육혈포를 구하려는 일본군 장군들이 널렸습니다. 당연히 부르는 게 값이란 얘기지요."

"아무리 내가 예전만 못하다고 자네까지 나를 무시하는가? 우리 일본이 항복을 선언한 것도 아닌데 말일세. 그리고 나는 반드시 살아서 일본으로 돌아갈 것이네."

"그러셔야지요. 하지만 대장님, 지금 우리는 거래를 하고 있습니다. 대장님도 살아서 돌아간다는 장담을 못하고, 저도 역시 살아서 돌아간다는 장담을 할 수 없습니다. 그러니 현찰을 주십시오."

"나강 권총을 보여주게. 어디에 있는가?"

이시이 시로는 예리한 눈매로 오오다 중사를 살폈다. 나강 권총 3정이라면 부피가 상당할 텐데 아무리 뜯어보아도 있을 만한 네가 보이지 않았다.

"그렇게 쉽게 내어드리지 않습니다."

"자네, 기차를 타고 왔나? 아니면 짚 차를 타고 왔는가?"

오오다 중사는 이시이 대장의 물음에 대답하지 않았다.

"현찰을 가져오겠네. 나를 따라오게."

이시이 시로는 남문 위병소에서 나와 앞장서서 걸었다. 그는 오오다 중사의 태도가 괘씸하다고 생각하는 중이었다. 그전 같으면 감히 앞에서 눈도 마주치지 못할 새파란 부하들이었다. 하지만 이시이가 잠시 부대를 비워 기타노가 부대장을 하고 있었지만, 이시이의 권력은 아직 731부대에서 추락하지 않았다.

"대장님, 현찰을 가지고 나오십시오. 저는 이곳에서 기다리겠습니다."

"꼭 현찰이 필요한가?"

이시이는 속마음이 표정에 드러나지 않도록 애쓰면서 물었다.

"현찰을 봐야 육혈포를 드리지요. 설마 총만 빼앗고 저를 없애려는 것은 아니지요?"

"하하하~ 나를 대체 뭐로 보는가?"

이시이 시로가 놀란 표정을 지으면서도 껄껄 웃었다. 정말 해치려고 마음먹은 사실을 들키기라도 한 듯 말이다.

"사방에서 자기 목숨을 지키려고 육혈포를 구하는 시기에 제가 쉽게 당하겠습니까? 저를 죽이거나 저를 감금해서 고문을 하면 육혈포는 달아나는 겁니다."

이시이 시로는 표나지 않게 입술을 깨물었다. 헌병대에서 잔뼈가 굵은 놈이라 처세술이 보통이 아니라는 생각이 들었다.

"오오다 중사, 자네 생각보다 뛰어나군. 관동군사령부 소속 헌병대는 다 자네처럼 그런가? 자네처럼 버르장머리가 없는 거냐고 묻고 있는 거라네."

"대장님, 지금은 예의를 따질 때가 아니지요. 솔직히 731부대 대원들의 생사를 장담할 수 없다는 말이 하얼빈 뒷골목에 쫙 퍼졌는데요."

오오다 중사는 계단 입구에서 걸음을 멈추었다. 이시이 대장이 앞장서 걷다가 오오다가 따라오지 않자 뒤를 돌아보았다.

"자네 마음이 그래야 편한 모양이군."

"용서 하십시오. 나도 목숨은 지켜야 하지 않겠습니까?"

오오다 중사의 말을 듣고 이시이 대장이 가던 걸음을 뒤로 물렸다.

"자네, 나를 못 믿겠으면 여기서 기다리게."

"하이. 돈을 받으면 대장님을 모시고 권총이 있는 데로 제가 안내하겠습니다."

이시이 시로 대장이 계단을 올라가는 모습을 오오다 중사는 지켜보았다. 오오다는 지금껏 이시이에 대한 자신의 처신이 옳았다고 판단했다. 이시이는 소문에 의하면 교활하기 이를 데가 없고 악종 중의 악종이었다. 나강 권총만 받고 자신을 충분히 없애버릴 수도 있는 사람이라고 오오다는 생각했다. 세상이 제아무리 돈을 따라 흘러간다고 해도 이시이 같은 재벌이 육혈포를 구할 수 없는 것은 당연한 일이었다. 러시아 사람들은 나강 권총이 일본인들 손에 들어가는 것을 원하지 않았다. 조선인 독립군에게 은밀히 제공하는 루트가 있다는 사실을 관동군사령부 고위간부들도 알고 있는 내용이었다. 오오다 중사가 세이코를 멀리하지 않고 나름대로 보살피며 배려해 준 것은 나름의 까닭이 있었던 것이었다. 세이코가 조선독립군들과 은밀한 거래를 하고 있다는 것을 오오다는 진즉부터 알아차렸다.

오오다 중사는 10여 분 동안 계단 아래서 기다렸다. 이시이 대장이 곧 돈을 가지고 계단을 걸어 내려왔다. 두 사람은 운동장을 가로질러 말없이 걸었다. 이시이는 돈을 아직 오오다에게 건네지 않았다. 이시이 역시 오오다의 간교함을 미리 읽고 있었다. 일본이 불리한 상황을 이용해 이런 문제로 간부에게 사기를 치는 부하들이 있다는 소문이 돌았다. 이시이 역시 품속에 찔러 둔 돈을 말단 부하에게 쉽게 꺼내줄 생각은 하지 않고 있었다.

"짚 차를 타고 왔군."

짚 차를 향해 거의 걸어왔을 때 이시이 대장이 말했다.

"요즘엔 인력거를 타거나 택시를 잡아타는 일도 위험할 수가 있지요."

"하얼빈 분위기가 벌써 그 정도란 말인가?"

이시이 대장의 어깨가 힘이 빠져 보였다.

"전쟁에서 패한다면 중국인에게 우리는 복수의 대상이 될 수밖에 없지 않겠습니까?"

"그렇겠군."

이시이 대장의 대답에 오오다 중사는 더 이상은 대꾸하지 않았다.

오오다 중사는 이시이와 이대로 짚 차까지 걸어가면 이시이가 세이코의 존재를 알아차릴 수도 있겠다는 생각이 들었다. 그래서 짚 차와 얼마간의 거리가 느껴졌을 때 오오다는 이시이 대장에게 그곳에서 기다려달라는 부탁을 하고 싶었다. 그런데 예상외로 이시이 대장 쪽에서 먼저 입을 열었다.

"오오다 중사, 나는 여기에서 기다릴 테니 어서 총을 이리로 가져오게."

"알겠습니다."

오오다는 순간 복잡한 생각들을 떠올렸다. 이시이가 가까운 거리에서 멈추자 오오다 중사는 자연스럽게 걸어서 짚 차의 운전석 문을 열었다. 세이코는 이미 상황을 파악하고 있었던지 의자에 낮게 엎드려 바깥을 주시하고 있었다. 오오다는 권총을 꺼내 이시이 대장에게 건네기 전에 세이코와 시선을 주고받았다. 오오다가 세이코를 향해 눈을 찡긋하였고, 세이코는 알아들었다는 듯 답례로 눈을 찡긋해 보였다. 오오다는 짚 차에서 이시이 시로가 서 있는 데까지 거리가 멀어 보였기 때문에 이시이를 향해 이쪽으로 오라고 손짓했다. 이시이 대장이 오오다의 손짓을 보고 이쪽으로 몇 발짝 걸어왔다. 세이코와 이시이 사이의 거리는 이제 훨씬 가까워졌을 것이다.

오오다 중사는 이시이 대장에게 육혈포를 건넸다. 최고의 성능인 소련식 나강 권총이었다. 상자에 담겨 있던 3정의 권총을 건네받은 이시이 대장은 품에서 봉투를 꺼내 오오다 중사에게 돈을 건넸다. 오오다가 상자에서 권총을 꺼냄과 동시에 이시이 대장 역시 품속에서 봉투를 꺼냈다. 그들은 정확히 동시에 권총과 돈을 맞교환했다.

"나강 권총에 대해 혹시 알고 싶은 내용이 있습니까?"

"아닐세. 이렇게 실탄까지 챙겨주니 고맙네."

오오다 중사는 세이코의 조준선을 생각해서 이시이의 정면에 서지 않았다. 마음만 먹으면 세이코가 짚 차에서 총알을 날릴 수 있도록 몸의 방향을 조정하고 있었다. 그런 때문인지 오오다는 몹시 긴장하고 있었다. 만약 세이코가 이시이를 저격한다면 곧장 짚 차를 몰고 어디로 달아나야 할지 머리가 복잡했다. 이시이 대장과 오오다 중사가 나강 권총과 돈을 거래한 순간은 불과 10여 분에 지나지 않았다. 오오다 중사는 이시이 대장의 움직임에 따라 방향을 조절하면서 세이코에게 저격할 기회를 주려고 노력했다. 하지만 충분히 기회가 주어졌음에도 세이코는 이시이를 향해 총을 쏘지 않았다.

"고국에서 만나게 되면 자네한테 건넨 어음을 내게 제시하게."

"이시이 대장님, 반드시 살아서 돌아가도록 하십시오."

"고맙네. 오오다 자네도 꼭 살아서 돌아가게. 그럼, 고국에서 만나세."

이시이 대장은 수인사를 나누고 남문 위병소 쪽을 향해 걸어가고 있었다. 오오다는 이시이를 향해 최경례를 올렸다. 이시이의 어깨가 다른 때보다 한없이 낮아 보였다. 오오다는 이시이 대장이 남문 위병소를 지나 모습을 감출 때까지 한참 동안 뒷모습을 지켜보았다.

오오다가 짚 차로 돌아왔을 때 세이코는 울고 있었다. 오오다는 시동을 걸고 속력을 내어 달리기 시작했다. 차라리 아무 일도 없이 돌아갈 수 있게 되어 다행인지도 몰랐다. 오오다는 세이코가 울도록 오래도록 내버려 두었다. 세이코는 일본인 거류지에 거의 도착했을 때에야 울음을 멈추었다.

"오오다 중사님, 이시이를 차마 죽일 수가 없었어요."

"세이코, 이시이 대장을 아직 사랑하고 있나?"

오오다 중사는 이런 물음이 아무런 의미가 없다는 것을 알면서도 물었다. 이시이 시로를 죽이겠다고 노래를 부르던 세이코가 아주 좋은 기회를 놓쳤다고 생각하니 아직 그녀의 가슴 한구석에 이시이에 대한 그리움의 파편이라도 남아 있는지 모를 일이었다.

"그럴 리가요. 그냥 내 손을 더럽히고 싶지 않았어요."

"세이코 너, 이시이 대장이 첫 남자 맞지?"

세이코는 아무런 대답을 하지 않았다. 오오다 중사가 짚차의 속력을 늦추며 계속 말을 이었다.

"너를 여자로 처음 인정한 사람이 이시이 대장이잖아? 첫 남자라면 누구라도 잊을 수 없는 사람이겠지. 총알을 머리통에 어떻게 박을 수가 있겠냐? 차라리 잘한 거야. 그래도 이시이가 너한테 잘해준 대목도 있잖아? 모르긴 하지만 이시이 대장도 지금쯤 너한테 속죄하는 마음을 지니고 있을지도 모르지."

이렇게 말해주고 보니 오오다의 마음이 조금 편안해지는 느낌이었다.

"중사님, 나는 앞으로 어떻게 해야 하죠?"

"뭘 어떻게 해? 너나 나나 살아서 고향으로 돌아갈 수 있으면 그만이지. 전쟁으로 세계를 처먹으려고 잠깐 한눈을 팔았던 일본이란 조국을 원망해야지 누굴 원망할 거야? 자, 내가 세이코 사는 데까지 데려다줄게. 키요코 얼굴도 한 번 더 보고 올 겸. 피곤한데 훌쩍거리지 말고 눈이나 붙여라."

"고마워요, 중사님. 그런데 중사님은 정말 키요코를 사랑해요?"

"그래. 키요코도 너처럼 상처를 많이 입었잖아? 내가 고향에 살아서 돌아갈 수 있도록 키요코를 지켜주고 싶어."

"예, 중사님. 너무너무 고맙습니다. 키요코도 외롭고 지쳐 있어요. 그리고 키요코가 오오다 중사님을 좋아하는 눈치예요."

"세이코 눈에도 그렇게 보이지?"

세이코는 오오다 중사를 곁눈질로 바라보며 싱긋 웃었다. 오오다 중사는 신바람이 나서 가속페달에 힘을 주었다. 짚 차가 하얼빈 프자덴 골목을 향해 경쾌하게 달리고 있었다. 그리고 얼마 후 이미 프자덴 거리에는 저녁이 한참 저물었다.

4

일본의 전세는 완전히 기울었다. 군인들은 적군의 병사들과 싸울 의지를 상실하고 있었다. 전선마다 들려오는 소식은 패배한 소식이었다. 무기를 버리고 적진에 투항한 병사들도 나타났다. 일본인의 최대목표는 살아서 만주를 빠져나가는 것이었다. 731부대에서도 이미 여러 명의 간부들이 부대를 빠져나갔다. 운 없는 간부들은 하얼빈을 벗어나려다가 중국군과 소련군에 체포되는 경우도 있었다.

731부대의 군의軍醫 가운데도 10여 명이 체포되어 감옥에 수감 되었다는 소문이었다. 이시이 시로는 사태가 막다른 골목에 닿아있음을 뼈저리게 깨달았다. 이시이는 부하들을 향해 각자 살아서 돌아갈 것을 당부하고 엔도 장군과 마주하고 있었다.

"선배님, 만주국은 끝났습니다. 이제 마지막 순간입니다."

"자네는 군인정신이 투철한 사람이니 나와 끝까지 함께 해주게."

"당연히 선배님과 마지막을 함께 해야지요. 전쟁터에서 군인은 패배하면 천사로 남을 수는 없는 모양입니다."

"이제 돌이켜보니 전쟁을 반대하던 자네가 맞았네. 못난 나 때문에 자네 체면이 말이 아니게 되었어."

이시이 시로의 표정이 소나기를 퍼부을 구름처럼 잔뜩 찌푸려 있었다.

"선배님, 사람은 누구나 마음속에 부처님도 있고, 악마도 있습니다. 세상이 누구를 원하느냐에 따라서 우리의 운명은 달라지는 것입니다."

"그래, 그렇게 생각하니 마음이 조금 가벼워지는군. 하지만 우리가 이곳에서 행한 죄를 무엇으로 숨길 수 있다는 말인가?"

"선배님은 대일본제국의 군인으로서 최고였고, 최선을 다했습니다. 이제 어떻게 하겠습니까?"

엔도 사부로는 어떻게 살아서 돌아갈 수 있는지가 관건이었다.

"지금 밖에 연합군들이 우리를 포위했다고?"

"하이."

"놈들의 책임자를 불러 내 앞에 데려오게."

엔도 사부로가 화닥닥 밖으로 나가서 책임자를 데리고 왔다. 영어를 잘하는 오타 기사가 이시이의 옆에 앉았다. 이시이는 투항하겠으니 며칠만 시간을 달라고 사정했다. 왜냐하면, 731부대 시설을 모두 파괴하라는 육군성 중앙본부의 지시가 하달된 때문이었다. 하지만 책임자는 시간을 허락하지 않았다. 연합군 체포조가 들어와 이시이와 엔도 사부로를 결국 제압했다. 일본 측은 어떤 저항도 할 수가 없었다. 이시이는 연합군의 호송차에 범죄자로 포박되어 하얼빈 시내를 울면서 빠져나갔다.

"엔도 사부로, 자네는 장차 어떻게 하고 싶은가?"

달리는 호송차에서 이시이 대장이 엔도 장군에게 물었다.

"전쟁은 군인의 판단력을 마비시키는 악마입니다. 나는 살아서 고국으로 돌아간다면 이제 절대 조직에는 몸을 담지 않겠습니다."

"꼭 그렇게 되기를 바라네."

"선배님, 우리가 이곳에서 살아나갈 방도가 있을까요?"

엔도 사부로는 잔뜩 겁먹은 표정을 하고 있었다.

"글쎄~ 하늘의 뜻을 따라야지."

"나는 고향에 돌아가면 농촌으로 내려가 농사를 짓고 싶습니다. 군사가 강하면 나라가 망한다는 중국 속담이 틀리지 않는 듯합니다."

"칼을 쓰는 사람은 칼로 망한다는 성경 문구가 생각이 나는군. 소년 대원들은 어찌 되었나?”

이시이 시로가 입맛을 다셨다. 목이 마르는지 쩝, 쩝 소리가 났다.

“소년대는 해체되었고, 거의 모든 대원들이 남쪽으로 도망간 모양입니다.”

“엔도 장군, 그놈들의 운명은 어떻게 될까?”

“살아서 돌아가기 어려울 것입니다.”

“음~ 그렇겠군.”

그들은 더는 아무런 말을 하지 않았다. 그들을 태운 호송차가 미국 측 조사위원회 앞에서 멈췄다. 이시이와 엔도 장군은 미국 측 협상 대표들과 자리를 마주하고 앉았다. 조사관들은 이시이와 엔도 사부로를 인간적으로 대해주었다. 포승줄을 풀고 신체를 자유롭게 해주었고, 자리를 마주하자 뜸 들이지 않고 바로 사진을 들이밀었다. 미국 측이 제시한 사진은 이시이를 비롯해 수많은 부대원이 각종의 마루타 실험을 하던 장면이었다. 이시이는 이 사진이 사진반에서 도난당한 필름의 현상 본이라는 것을 알았다.

“이 사진의 진위를 믿을 수가 없소.”

이시이 대장이 고개를 저으며 한번 펄쩍 뛰었다.

“당신들 부대원들이 필름을 가져온 것이오.”

“믿을 수가 없소. 그렇다면, 부대원들 명단이라도 제시하시오.”

“참 나, 다나까 대위, 료타 하사, 창고지기 사사키, 소년 대원 시노즈카, 소년 대원 준, 이렇게 다섯이서 필름을 가지고 거래를 하러 왔어요. 살아서 만주를 빠져나갈 수 있도록 도와달라고 말이오. 이래도 이 사진을 믿지 못하겠단 말이오?”

이시이와 엔도 사부로는 이제 아니라고 항변할 방법이 없었다. 미국 측은 이시이와 엔도 사부로가 고개를 떨구자 은밀하게 거래를 제의해 왔다. 엔도 사부로는 다나까 대위의 이름을 듣는 순간 머리가 뻣뻣이 일어서는 느낌이었다.

"이 사진들은 당신네 쪽에서 우리에게 제공한 것이 맞소. 하지만 우리는 일찍부터 731부대의 세균전을 의심하고 있었소. 우리와 전쟁을 시작했을 무렵부터 아마 당신들을 의심했을 것이오. 중국 만주에서 페스트 발생에 따른 대량의 주민살상 기록도 접수했소. 당신들이 포로들을 데려다가 마루타란 이름으로 엄청난 세균실험과 독가스 실험을 했다는 것도 우리는 잘 알고 있소. 이제 당신들의 범죄행위가 이렇게 증거물로 우리에게 접수되었으니 당신들은 모두 전범戰犯이 되는 것이오."

"그렇다면 우리는 어찌 되는 것이오?"

엔도 사부로가 부르르 떨며 서툰 영어로 물었다.

"죄의 경중에 따라 분류할 것이오. 당신들은 731 세균부대의 지휘부가 아니오? 당연히 살아서 돌아갈 수는 없을 것입니다."

이시이 시로가 입술을 지그시 깨물었다. 엔도 사부로의 뇌리에서는 일본에서 기다리고 있을 가족들의 얼굴이 떠올랐다. 미국 측은 훨씬 이전부터 일본의 생물전에 관한 정보를 확보한 모양이었다. 공격용 세균무기 제조, 생체실험, 인체실험, 포로를 통해 확보한 은폐자료 등을 제시했다. 그리고 결정적으로 확보한 이러한 세균무기, 독가스 실험, 각종의 인체 해부, 생물전 실험 데이터 등 다양한 자료와 사진을 첨부해 들이밀었다. 이시이 시로와 엔도 사부로는 이제 정말 변명할 구실을 찾을 수가 없었다.

미국 측 조사관들은, 포로 및 일반 주민을 마루타로서 특별히 731부대로 이송한 문서를 제시했다. 중국과 소련 국경 지역의 세균살포 및 살상 현황, 특이급 처리자 문서, 관동군 임시 페스트 방역대 관련 문서, 731부대에 의한 저장성, 후난성 주민 1만여 명 이상 희생자 현황 같은 구체적인 문서를 제시했다. 그리고 최근에 소련 측 포로로 붙잡힌 731부대 세균제조부장 기와시마 군의와 가라사와 도미오 군의를 통해 확보한 진술까지 제시했다.

“우리에게 협조하면 목숨은 보장해 드리겠습니다.”

“그게 정말이오? 무엇을 어떻게 협조해야 합니까?”

이시이보다 엔도 사부로의 마음이 더 급한 모양이었다.

“당신들이 확보한 세균 및 생체실험 자료들은 어디에 있습니까?”라고 물었다. 그리고 모든 자료를 압수하겠다며 보관된 자료를 요구했다. 이시이 시로는 잠시 머리를 굴렸다. 지금 현재 상황에서 모든 자료를 넘겨줄 경우 목숨을 보장받을 방법이 없었기에 이시이 시로는 답변했다.

“그렇게는 못합니다. 이시이 시로가 단호히 말했다. 전 생애를 걸고 추진해온 실험의 데이터를 미국 측에 넘기는 것보다 차라리 죽음을 선택하겠다며 내뱉었다.

“그렇다면 우리와 더 나눌 이야기는 없소. 당신들은 모두 감옥으로 이송되어 전범재판을 받게 될 것이오.”

미국 측 조사관들은 더는 협상에 응하지 않고 단호히 말하고 자리를 박차고 일어섰다. 이시이 시로는 전쟁 중에 이루어지는 전범 재판은 매우 치명적이라는 것을 잘 알고 있었다. 그가 가장 염려한 것도 전쟁 패배 시에 포로가 되어 전범 재판을 받는 것이었다. 731부대 대원들은 누구를 막론하고 전범재판에서 살아남기 어려울 것이었다. 이시이 시로 대장이 등을 보이고 단호히 출입문을 향해서 걸어가는 미국 측 조사관들을 불러세웠다.

이시이 시로는 말했다. “우리의 요구조건을 들어주시오.”

“하하하. 진즉 그렇게 나올 일이지. 그래 요구조건이 무엇이오?”

두꺼운 서류철을 책상에 던지듯 하며 물어오는 조사관의 물음에 엔도 사부로가 먼저 활짝 웃었다. 엔도 사부로는 적어도 이곳에서 살아서 나갈 수는 있겠다고 생각했다.

“모든 자료를 정리해서 넘길 테니 우리의 목숨을 보장해 주시오.”

"포로로 붙들린 731부대 대원들의 목숨을 모두 보장해달란 말이오?"

조사관이 어이없다는 표정으로 물었다.

"우리도 염치가 있지 그런 뜻은 아니오. 적어도 우리 둘만이라도 무사히 귀국할 수 있도록 도와주시오."

"그렇게 하겠소. 노파심에 얘기하는데 포로로 수감 된 대원들은 국제법의 심판을 통해 처리할 것이오."

"알겠소. 한 가지 부탁할 일이 더 있습니다."

이시이 시로가 난처한 표정으로 말을 이었다.

"아니 또 무엇이오?"

"필름을 제공한 우리 부대 대원들과 함께 돌아가도록 조치해주시오. 여기 몇 명이나 있소?"

엔도 사부로가 넌지시 넘겨짚으며 이렇게 요청했다. 엔도는 다나까 대위가 주축이 되어 필름을 훔쳤을 것이라는 정보 중위의 말을 떠올렸던 것이었다.

"국제법상 그렇게는 되지 않습니다."

"그렇다면 우리와의 약속은 없던 일로 하겠소."

엔도 사부로가 갑자기 변덕을 부렸다. 이시이 시로는 엔도의 변덕에 순간 당황했다. 겨우 의견의 일치를 보았는데 엔도 사부로가 일을 그르치는 게 아닌지 걱정스러웠다. 이시이는 실망의 낯빛으로 엔도 사부로를 바라보았다.

"그러면 이렇게 하는 것은 어떻소?"

하고 미국 측 조사관이 조건을 제시했다. 이시이와 엔도 사부로는 동시에 조사관을 쳐다보며 눈을 크게 떴다.

"민간인 신분은 당신들과 함께 돌려보내도록 하겠소."

"그렇게는 아니 됩니다. 그 반대를 원하오."

엔도 사부로가 역시 단호한 어조로 말했다. 엔도의 뇌리에는 요이코를 배꼽 밑에 눕혀 남의 여자를 범하고 또한 은밀히 요이코를 뒷구멍으로 빼돌린 다나까 대위에게 복수할 생각으로 가득했다.

"아니 반대라면 민간인을 전범재판에 세우라는 말이오?"

"다나까 대위만이라도 우리에게 돌려달란 말입니다."

"그렇게 하겠소. 료타 하사는 우리 의지대로 전범 재판에 세우겠소. 정보제공이란 수훈을 세웠으니 이를 참작하여 판결을 할 것이오. 그리고 시노즈카와 쥰, 창고지기 사사키란 사람은 노무자에 불과하니 전범 재판에는 세우지 않을 것이오."

"조사관, 그렇다면 그 대원들을 우리한테 넘기시오."

"아니 되오. 미국에 협조하는 민간인을 일본 측에 넘길 수는 없소. 우리는 이 대원들을 전범재판의 증인으로 세울 것이오."

이시이 측과 미국 측 조사관 사이에 최종적인 결론이었다. 미국 측에서는 사무가 바쁜지 지체하지 않고 곧장 행동으로 옮겼다. 이시이와 엔도는 약속대로 다나까 대위를 넘겨 받았다. 다나까는 이시이와 엔도 사부로를 보고 깜짝 놀라는 모양이었다. 조사관들을 향해 항변하는 모양이었지만 이시이와 엔도는 다나까를 양쪽에서 제압했다. 조사관들은 비행기를 타고 핑팡 731부대를 향해 날아갔다. 이시이와 엔도 장군을 태운 다른 비행기가 뒤를 따랐다. 이시이를 뒤따른 비행기에는 숙련된 특공대원들이 수십 명 탑승하고 있었다.

미국 측의 감시를 받으며 이시이와 엔도는 오랜 세월 축적한 세균연구 및 생체실험의 자료들을 미국 측에 건넸다. 이시이와 엔도의 안전은 미국 측의 약속처럼 보호받고 있었다. 엔도 사부로는 부대에 있는 장교들을 시켜 다나까 대위를 고문실로 데려오도록 했다. 다나까 대위는 조국의 반역자이기 때문에 그를 처단하는 것은 아무런 죄가 되지 않는다. 엔도 장군이 다나까를 향해 물었다.

"요이코는 어디에 있느냐?"

"모릅니다."

"다나까 대위, 너는 대일본제국의 반역자다. 요이코의 행방을 말해준다면 너를 살려주겠다."

"요이코의 행방을 알아서 뭣하려고 그럽니까?"

다나까는 엔도 사부로 앞에서 기가 죽지 않았다. 미국 측이 자신과의 약속을 어겼지만, 엔도 사부로로부터 요이코를 빼내 살아서 빠져나갈 방도를 만들어놓았으니 설령 이곳에서 죽는다고 하더라도 요이코만 살아남을 수 있다면 미련은 없었다.

"요이코는 너도 알다시피 나의 처다. 요이코를 안전하게 일본으로 데려갈 수 있는 사람은 다나까 대위가 아니라 바로 나란 말이다. 미국 측 조사관들이 다나까 대위를 우리에게 인계한 것을 보고도 믿지 못하겠나?"

다나까 대위의 머리에는 순간 복잡한 생각들이 지나갔다. 미국 측에 필름을 제공한 공로자를 오히려 이시이 측에 인계하다니 속았다는 생각이 들었다. 그래도 시노즈카 일행을 인계하지 않은 것으로 충분했다.

"시국이 어수선해 나도 잘은 모르오. 말로는 요이코의 행방을 설명할 수가 없소."

"그럼, 어떻게 해야 하는가?"

"나를 하얼빈 프자덴 중심으로 안내해 주시오. 그곳에 가면 요이코를 만나볼 수 있을 지도 모르겠소."

엔도 사부로는 다나까 대위를 포박했다. 엔도 사부로의 허리에는 육혈포 나강 권총이 덜렁거리고 있었다. 엔도 장군은 요이코에 관한 미련이 강렬한 모양이었다. 다나까 대위를 포박하고 옆에 두 명의 헌병대 하사관을 대동했다. 다나까의 저항에 대비하려는 속셈이었다. 다나까 대위가 731부대의 남문 위병소를 빠져나오기 시작했는데 뒤에서 폭발음이 터지기 시작했다. 이시이 시로 대장의 지시에 따라 731부대의 흔적을 없애는 작전이 시작된 것이었다. 일본 육군성 중앙본부에서는 천황의 지시로 731부대의 흔적을 완전히 없애라고 지시했다. 731부대의 존재가 세상에 알려지는 일은 절대 없어야 한다고 쐐기를 박았다. 그리고 관동군 간부들을 비밀리에 모이도록 했다. 그날은 소련군에 의해 포로가 된 일본군 사령부 20여 명의 장군이 소련의 하바롭스크 감옥으로 연행되는 날이었다.

731부대는 퇴각을 하면서 모든 증거를 없애려고 혈안이 되었다. 본부 건물은 물론 지부 건물, 다른 시설도 대부분 폭파했다. 엔도 사부로 장군이 다나까 대위를 포박해 두 명의 헌병대를 대동하고 남문 위병소를 나서던 순간에 시작한 폭파작업은 이틀을 넘게 계속되었다. 본부 건물은 완전히 파괴되었다. 731부대 최종 처리반은 자재부와 병기고도 폭파했다. 폭파하기 전에 이시이 대장은 아쉬운 장면을 사진에 담았다. 1동의 표본진열실을 폭파하기 전에 표본을 정성껏 포장했다.

병기고가 폭발할 때는 엄청난 굉음이 일었다. 하늘 높은 줄 모르고 줄기차게 연기가 솟구쳤고, 부대 출입 시 검문을 받았던 남문 위병소는 폭파하지 않았다. 다섯 곳의 위병소 가운데 네 곳은 폭파하였지만, 남문만은 폭파하지 않았다. 폭파할 시간이 없을 정도로 상황이 급박했던 것이다. 보일러실에 남았던 증거물들을 대량으로 소각하고 건물을 파괴했다. 지하 배수지도 폭파했고, 지하 배수지 건물은 2개의 벽체가 폭파되지 않고 남았다.

생활용수를 공급하였던 급수탑도 폭파하고, 부대로 물건을 수송한 핑팡역 연결 선로는 폭파할 시간이 없었지만, 엿가락처럼 늘어져 화염의 재를 뒤집어썼다. 처리반원들로 비행기 11대가 항상 대기하고 있었던 격납고를 비롯한 항공반 건물을 폭파하려고 노력했지만 2층 오른쪽 귀퉁이만 폭파하고 섬뜩

한 잔해를 남겼다. 처리반은 특히 이시이 대장의 지시에 따라 로호동의 파괴에 심혈을 기울였다.

병리반, 혈청반, 콜레라반, 동상반, 적리반, 탄저균반, 독가스반, 바이러스반 등의 건물을 모조리 폭파했다. 마지막으로 시체소각로는 화로 부분은 폭파하는 데 성공하였지만, 굴뚝 부분은 완전히 폭파하지 못했다. 5층짜리 세균탄협 제조공장은 벽돌과 철근 콘크리트로 단단하게 지어진 탓에, 대량의 도자기는 산산조각이 났고 또한 가마터도 폭파하였지만, 굴뚝과 외형건물은 무너지지 않았다.

그밖에 야외실험장의 경우 대부분을 폭파했다. 실험동물 사육시설도 폭파했다. 특히 페스트 실험에 아주 중요한 동물이던 황쥐 사육실은 건물 자체가 폭파되어 완전히 불타 없어졌고, 곤충배양실도 마찬가지였다. 부대의 장교나 사관, 병사, 가족들이 생활하는 공간인 관사 구역은 워낙 방대했다. 그래서 731부대는 도주 시에 도고촌 건물들의 문과 창문, 지붕을 파괴하였으나 완전히 파괴하지는 못했다. 만주 하얼빈을 빠져나가기 위해 731부대 내에서 생활했던 일본인들은 모두 넋이 나갈 정도였다.

한편, 엔도 사부로에게 붙들려 하얼빈 프자덴 거리를 향했던 다나까 대위는 세이코와 논의해 은밀히 숨어 있던 요이코의 은신처에 도착했다. 다나까는 포박당한 채로 짚 차에서 내려 엔도 장군을 안내했다. 엔도 장군의 오른쪽 손은 허리춤의 권총 손잡이에 걸려 있었고, 헌병대 역시 권총을 착용하고 있었다. 다나까 대위가 대문으로 들어서면서 요이코, 하고 부르자 안에서 요이코가 다나까 대위님! 하고 반갑게 소리쳤다.

"요이코, 어서 나와!"

"다나까 대위님, 이렇게 돌아와주셨군요."

요이코가 이렇게 소리치며 헐레벌떡 문을 열고 뛰어나왔다. 다나까는 상황이 다급하다고 생각한 나머지 이렇게 소리쳤다.

"요이코, 엔도 장군이 나를 포박했어."

"다나까 대위님!"

요이코는 안쪽에서 문을 열고 달려 나오면서 다나까를 보자 단숨에 품에 안겼다. 요이코의 눈에 엔도 장군의 모습은 들어오지 않았다. 요이코가 다나까의 가슴에 한참 동안 달라붙어 있었고 엔도 사부로의 표정은 하얗게 굳어졌다. 다나까가 요이코의 몸에서 떨어지는 순간 요이코는 엔도 사부로의 모습을 보았고, 현재의 상황을 인식했다. 요이코는 허벅지에 부착한 육혈포를 집어 들려고 빠르게 손을 움직였지만, 엔도 장군의 동작이 훨씬 빨랐다. 엔도 사부로의 권총에서 화염이 일었다. 골목에 두 발의 총성이 들렸고, 다나까 대위와 요이코는 나란히 쓰러졌다.

"대일본제국의 반역자는 죽어야 마땅하다. 시체를 저쪽으로 치워라."

"하이!"

다나까 대위와 요이코의 시체가 담벼락 아래로 나란히 눕혀졌다. 그들은 이미 피를 흘리며 싸늘한 시체가 되어 있었다. 731부대를 향해 부지런히 달리는 차량에서 엔도 장군은 이제야 홀가분한 느낌이었다. 일본에 돌아가서 아내와 가족을 만날 때 조금은 떳떳하게 만날 수 있을 것 같아 한결 마음이 놓였다. 엔도 사부로는 창유리를 활짝 열어젖혔다. 차창 밖에서 불어오는 바람이 시원하게 느껴지고 있을 때 차량은 만주 하얼빈을 떠나고 있었다.

9. 에필로그

관동군 사령부의 한 부대장이었던, 키요코의 아들인 류노스케의 생부生父는 전쟁의 패색이 짙어지자 자신의 치부로 남아 있는 혼외 아들 류노스케를 없애려고 백방으로 노력했다. 하지만 쉽사리 아들의 행방을 찾을 수가 없었다. 부하들을 시켜 자신의 현지처였던 키요코의 행방을 찾아내는 데는 성공했다. 그는 키요코와 친구 세이코가 하얼빈 프자뎬 거리의 한 요정에서 장사를 하고 있다는 정보를 입수했다. 고국에 돌아가면 키요코의 존재가 자신의 앞길을 막을 것이라고 그는 생각했다.

그래서 부하들을 앞세워 은밀히 프자뎬 뒷골목에 잠입했다. 그리고 낮 동안 키요코의 행방을 샅샅이 살폈다. 적시摘示한 요정에 키요코와 세이코가 함께 있는 것을 확인하고 그는 부하들을 데리고 급습했다. 그는 허리에 육혈포권총을 차고 있었다. 일본군들이 갑자기 들이닥치자 키요코는 당황하여 어쩔 줄 몰랐다. 결국, 키요코는 류노스케의 생부인 관동군 부대장의 총에 가슴을 맞고 그 자리에 쓰러졌다.

세이코는 총소리에 놀란 순간 은밀히 숨겨둔 나강 권총을 손에 쥐고 밖으로 나왔다. 키요코가 쓰러져 있는 것을 보았고, 일본군들이 쓰러진 키요코 주위에서 우왕좌왕하는 것이 보였다. 세이코는 나강 권총의 안전장치를 풀고 목표물을 향해 연거푸 방아쇠를 잡아당겼다. 세 명의 군인 가운데 두 명이 쓰러졌고, 나머지 한 명이 세이코와 대치하고 있었다.

요정에서 요란한 총소리가 들리자 근처에 은신하고 있던 조선 독립군들이 쏜살같이 들이닥쳐 일본군들을 향하여 총을 쏘았다. 조선 독립군의 총에 즉사한 사람은 키요코의 인생을 망치게 했고, 키요코의 아들이자 자신의 아들을 무자비하게 죽인 관동군 사령부의 한 부대장 류노스케의 생부였다. 조선 독립군들은 빠른 동작으로 일본군들의 시체를 치웠다.

731부대의 대원들은 거의 만주 하얼빈을 무사히 빠져나갈 수가 있었다.

731부대의 전용 선로에 33량의 열차가 들어왔다. 도고촌 관사의 호 동 순서대로 질서를 지켜 탑승했다. 제1진이 731부대를 빠져나간 이후 남아 있는 마루타를 완전히 처리했다. 마루타를 화장하여 뼈와 재로 만들어 트럭으로 운반해서 폐기했다. 공병대가 투입되어 부대의 건물들을 집중적으로 파괴했고, 사흘째 되던 날은 마지막으로 교육부 병사들이 핑팡역을 출발했다. 이때, 이시이 시로 대장은 대본영에 보고하기 위해 다롄 출장소까지 달려가 필름을 인화했다. 파괴한 부대의 모습을 상공에서 항공기로 촬영하였고, 조선의 평양으로 본부에서 나온 참모부장을 만나 최종적으로 상황을 보고하였다.

가라사와 도미오 소좌는 펑텐에서 소련군의 포로가 되었다. 그는 다른 관동군 간부들과 같이 무장해제된 채로 하바롭스크로 이송되었는데, 731부대의 행적에 대해 심문을 받을 때 철저히 거짓말로 일관했다. 묘하게도 가라사와가 가장 믿었다던 창고지기 사사키란 청년이 증인을 서서 가라사와의 죄를 입증하고 말았다. 미국 측이 제 발로 걸어들어온 사사키를 전쟁범죄 법정에 증인으로 세운 것이다.

창고지기 사사키는 평소에도 가라사와를 죽이고 싶었지만, 법정에서 진실을 증언해 그를 감옥에 가두게 되니 오랜 세월 가슴을 억누르고 있던 죄의식에서 어느 정도 벗어난 느낌이 들었다. 가라사와는 군인이란 직업 면에서는 아주 근엄하고 강직한 사람이었으나 노동수용소 금고 20년이란 판결을 받았다. 가라사와는 항상 고국에 있는 아내를 잊지 못해 편지를 살뜰하게 썼지만 20년이란 형기刑期는 그를 절망에 들게 만들어버렸다. 그는 몇 년 후에 일본의 노력으로 특별사면을 받아 고향에 돌아갈 수 있었지만, 특별사면을 받기 바로 직전에 세탁실에서 목을 매어 자살했다. 그는 가족이나 지인들, 일본이란 조국을 향해서도 유서 하나 남기지 않았다.

시노즈카 요시오는 일본군인들 대열에 합류하지 않았다. 미국 측의 배려로 푸순 전범관리소에서 상당 기간 지냈다. 그는 국가의 명령에 따라 온갖 악행을 저지른 셈이었지만 자의적으로 거부하지 못한 것을 가장 후회하고 있었다. 그는 스스로 처형을 당해도 당연하다고 생각하는 사람이었다. 그는 전범관리소에서 자살한 사람과, 자살을 시도하는 사람들을 수없이 지켜보면서 괴로운 날들을 보내고 있었다.

다나까 대위가 죽었다는 소식을 들었다. 시노즈카는 자신이 사랑했던 세이코를 이곳 전범 재판소에서 만날 수가 있었다. 세이코를 통해 키요코가 죽었다는 소식도 들었다. 세이코는 료타 하사가 미국 측의 배려로 자유로운 몸으로 귀국할 수 있는 신분이 되었는데도 자신의 죄책감의 무게에 짓눌려 자살했다는 말을 듣고 눈물을 흘렸다. 료타뿐만 아니라 쥰이란 대원도 자살했다는 말을 들었고, 며칠 후 세이코 역시 하얼빈에서 권총으로 자살했다.

시노즈카는 푸순 전범관리소에서 관대한 대접을 받았다. 그는 평화헌법 제9조에 힘입어 처형을 당하지 않았으며, 관대한 대접까지 받은 것이다. 평화헌법 제9조는 전쟁의 포기와 반성을 약속한다는 조항이었다. 그는 전쟁 포기각서를 쓰고 새롭게 반성한다는 다짐을 하면서 생체해부한 사람의 얼굴을 떠올렸다. 생체해부 당한 마루타도 소중한 가족이 있었을 것이며, 그 마루타의 피도 뜨겁다는 것을 결코 잊지 못했다. 시노즈카 요시오는 귀국 이후 731부대의 잔학성을 알리기 위해 양심선언을 했던 사람이다.

731부대 대원들은 소수를 제외하고 거의 모두 무사히 만주를 벗어나 일본으로 돌아갔다. 이시이 대장과 엔도 사부로 장군이 미국 측과 실험자료를 은밀히 거래한 대가로 뒤를 봐준 것이었다. 일본 천황이 패망을 선언하기 이전에 그들은 벌써 만주 하얼빈에서 도망쳐 조선을 안집 마당처럼 밟고 부산항에 도착했다. 부대원 대부분이 센자키 등으로 상륙해 무사히 귀국할 수 있었다. 731부대원들은 이런 도주 과정에서 소련군의 포로가 된 경우도 있었다.

소련 하바롭스크시 극동 국제군사재판소에서 731부대 전범 12명을 공개적으로 심판했다. 그들 중에는 자살한 사람도 있었고, 소련에서 중국의 푸순 전범관리소에 수용되기도 하였다. 먼저 상하이에서 열린 미군 전범 법정에서 펑텐 포로수용소 관계자 3명이 심판을 받았는데 마쓰다 소장은 징역 7년, 미키 도게루 포로 감시 장교는 징역 25년, 악명높기로 유명했던 구와시마 대위는 가장 무거운 벌인 사형을 언도 받았다. 구와시마는 재빠르게 일본으로 도망쳤다가 일본에서 전범 용의자로 체포되어 중국 상하이로 옮겨져 포로 학대의 죄목으로 사형을 선고받았다.

이케다 나에오 군의 중좌는 나름대로 자신의 소원을 이룬 사람이었다. 소련전 준비로 파견을 나온 이케다는 731부대에서 이시이 시로 대장의 이름으로 유행성출혈열의 임상적 연구라는 논문을 써서 발표한 이력이 있는 사람이었다. 그는 하얼빈에 있을 때 전쟁이 끝나면 고향에 돌아가서 피부과, 성병, 항문과 병원을 개업하고 싶다고 이시이 대장에게 말하곤 하였는데 실제 전쟁이 끝나고 귀향하여 오사카에서 개원하였다. 그는 미국이 거래를 통해 731부대의 생체실험 데이터를 제공받고 그에 대한 대가로 부대원들의 전범 소추를 면책했다고 하는 사실을 논문으로 발표한 사람이다. 그는 논문에서 마루타를 원숭이로 표현했는데 나중에 그 원숭이는 중국인 마루타였음을 고백했다. 이케다는 일본이 전쟁에서 패하자 귀국한 이후 공직에서 추방되었다고 한다. 그가 하얼빈에서 행한 악행에 비하여 그에게 가해진 처벌은 미흡했고, 32년이나 개업의로 살다가 88세에 생을 마감했다.

엔도 사부로 장군은 다나까 대위와 요이코를 한꺼번에 사살할 수 있어서 다행이라고 생각했다. 그들을 제거하고 고국에 돌아오니 생각보다 마음이 가볍게 느껴졌다. 그는 1945년 8월 일본의 패전으로 인생의 전환점을 맞이하게 되었다. 그는 군대라는 거대한 조직에서 벗어나 남은 인생을 가족과 더불어 자유롭게 살고자 하였다. 그의 뜻처럼 그렇게 되었는데 엔도 사부로는 사이타마현의 황무지로 거주지를 옮겨 농장을 꾸렸다.

하지만 지난날들을 생각하면 결코 마음이 편하지 않았다. 그는 날마다 참회하는 마음으로 하루하루를 살아갔다. 그는 조용히 전원생활을 하는 중에 일본 당국에 의해 전범자로 체포되기도 했다. 전범자 신분으로 스가모 구치소에 수감 되었고, 옥중에서 매우 규칙적인 생활을 하였다. 심지어 성경을 읽으며 내면의 죄를 씻고 있었다. 그는 약 1년 후에 전범 혐의에서 벗어났고, 무죄로 석방되었다.

엔도 사부로는 이후에도 조용한 환경에서 책을 읽는 청빈한 삶을 살았다. 그는 이후 전쟁 반대자 즉 평화주의자로 전향했다. 그는 세계열강들이 무기를 없애거나 감축해야 한다고 주장했다. 이런 그의 노력 탓에 헌법 제9조에 반영되었고, 일본은 평화 국가로 탈바꿈하게 되었다. 그는 이후 일본의 전직 군인들을 인솔하여 푸순 전범관리소를 방문한 사람이었고, 자신의 행위에 대해 깊게 참회하는 삶을 살았다. 그는 1984년 10월, 91세의 연만年萬:나이가 아주 많다한 나이로 생을 마감했다.

이시이 시로는 731부대를 처음부터 끝까지 설계하고 운영한 사람이었다. 처음부터 포로를 사용한 인체실험을 염두에 두었고, 막대한 예산에 힘입어 마음껏 세균무기를 개발하고 인체실험을 할 수 있었다. 자신의 목숨을 구걸하기 위해 미국 측과 거래한 이시이는 일본으로 돌아와 포로를 이용한 인체실험이 정당하다고 피력했다. 그러나 이시이 시로의 생체실험 과정에는 너무 많은 인명의 희생을 동반하였고 비인도적인 행위가 거리낌 없이 자행되었다.

그러나 세균무기 역시 성과를 크게 올리지 못했고, 그들이 전쟁에서 이루려

했던 대량학살까지는 이루지 못했다. 미국 측과 은밀히 거래한 덕에 731부대원들에게 면책이란 선물을 받도록 하였고, 오직 살아남기 위해 희생당한 젊은 세이코나 미오 등은 자살을 선택하고 말았다. 이시이는 만주에서의 이러한 자신의 행동을 은폐하려고 부단히 노력했다. 이시이 시로는 마스다가 의문의 교통사고로 사망한 7년 후인 1959년 후두암으로 사망했다. 이후 나이코 료이치 군의가 죽었고, 이시이가 사망하고 난 20여 년 후에 미국 측 담합 거래자인 샌더스도 사망했다. 이러한 기록은 어떤 나라도 아닌 일본 측 선각자들에 의해 기록되고 보존되고 있다.

미국은 전쟁 범죄자들을 자신들의 이익을 위해 협력자로 만들었다. 협력자로 만든 결과는 면책이란 특권이었다. 731부대가 얻은 세균전의 과학적 성과를 자신들의 성과처럼 만들기 위해 731부대의 모든 것을 은폐했다. 그들은 일본의 731부대에서 세균무기와 생체실험의 정보를 획득하는 것이, 그들을 단죄하는 것보다 국가의 이익에 부합한다고 판단했다. 그 후 미국은 일본의 요청으로 731부대의 방대한 자료를 일본 측에 인계했다. 그들이 인체실험이라는 반인륜적 수단이기 때문에 접근하지 못한 정보를 일본의 실험자료를 통해 얻은 사실 때문에, 지금까지 단호하게 일본의 과거사를 문책하지 못하는 것이다. 미국 측은 731부대의 문제에 관하여 정부가 관여할 문제가 아니라며 책임을 회피하고 있는 것이다.

이후 중국인 피해자 180여 명이 731부대 세균전에 관하여 국가배상 청구소송을 제기하였다. 이 소송에서 일본 정부는 731부대가 중국 각지에서 세균무기를 실전에 사용한 사실을 인정했다. 하지만 보상문제에 대해서는 핑계를 대면서 국회 차원에서 논의되어야 한다고 떠넘기고 있는 실정이다. 일본 측이나 미국 측이나 오늘날까지 731문제에 대해 방관하고 있으며, 책임을 회피하고 있다.

그들은 인륜적으로 부끄러움을 모르는 행태를 보이고 있다. 일본의 의사회나 학술단체에서도 일말의 반성을 보이지 않고 있다. 더구나 당시 만주 하얼빈 731부대에서 경험한 실험을 토대로 하는 논문들이 일본에서 끊임없이 발표되고 있는 실정이다. 731부대의 업적으로 학위신청을 했던 군의도 있었다. 731부대에 관한 의제가 20여 년 전에 수면 위로 올라왔던 적이 있었다. 미국의 워싱턴 총회에서였는데 의학 범죄라는 이름으로 반성을 촉구하였으나 이런 제안이 부결되었다. 일본의사회의 강력한 반대가 있었기 때문이었다.

– 끝 –